文化名家暨
"四个一批"人才丛书

底稿

2000——2020

编年版·上

毛浩

主编

团结出版社
UNITY PRESS

图书在版编目（CIP）数据

底稿 / 毛浩主编 . -- 北京 : 团结出版社 , 2023.7
ISBN 978-7-5234-0150-7

Ⅰ . ①底… Ⅱ . ①毛… Ⅲ . ①新闻 – 作品集 – 中国 –
当代 Ⅳ . ① I253

中国国家版本馆 CIP 数据核字 (2023) 第 082045 号

出　版：团结出版社
　　　　（北京市东城区东皇城根南街 84 号　邮编：100006）
电　话：（010）65228880　65244790（出版社）
　　　　（010）65238766　85113874　65133603（发行部）
　　　　（010）65133603（邮购）
网　址：http://www.tjpress.com
E-mail：zb65244790@vip.163.com
　　　　tjcbsfxb@163.com（发行部邮购）
经　销：全国新华书店
印　装：三河市东方印刷有限公司

开　本：170mm×240mm　16 开
印　张：76
字　数：1141 千字
版　次：2023 年 7 月　第 1 版
印　次：2023 年 7 月　第 1 次印刷

书　号：978-7-5234-0150-7
定　价：168.00 元（全两册）
　　　　（版权所属，盗版必究）

目录

2003
分泌抗体

如果说一个人染上非典，说明这个人对SARS免疫能力缺失，如果非典大面积扩散，说明这个社会的"免疫系统"出了问题，没能分泌出有效的抗体。

2004

人均 1000 美元

我国人均 GDP 跨过 1000 美元台阶，意味着什么？时任发改委主任马凯回答：意味着可能进入了一个发展黄金期，也可能是进入了一个社会矛盾凸显期。

2005

筑底阵痛

2005 年充满了躁动不安。无论是地质运动还是社会活动，都是个异常的活跃期。回头来看，2005 年前后也是中国 GDP 连续十年以 10% 左右增速腾飞的大底。

2006
转型和谐

这一年最大的特点就是充斥了许多大辩论。回头来看，这些喧嚣和博弈都是改革发展到那个阶段的必然情态，也是执政理念调整正常要擦起的火花。

2007

增速冲顶

尽管踩了刹车，但 2007 年的中国经济仍然强劲增长。这一年的 GDP 增速达到惊人的 14.2％，回头来看，这也是新世纪 20 余年的顶峰，迄今再没达到过。

2008

三十而立

描述 2008 年需要更远的景深，这是中华民族复兴史上的重要转折点。这一年适逢改革开放 30 周年，三十而立，大国已然崛起，韬光养晦再无可能。

2009

V型反转

2009年是后来许多故事的开始，金融危机、逆全球化、互联网浪潮、中产崛起、文化碎片、高房价等等，这些现象有的余音袅袅，有的方兴未艾。

2010

超越日本

2010年，投资这驾马车吃住劲儿，仍在奋力狂奔。中国的GDP总额超越日本，成为世界第二大经济体。但身体内部的躁动不适，诚实地告诉自己，她实在还是一个"发展中"国家。

引 言

当代写志

一

2008年8月8日晚10时，北京，国家体育场"鸟巢"。第29届夏季奥运会开幕式表演环节结束，我甩开让人喘不上气的闷热，走到平静如水的街上。

这是一个"万人空巷"的夜晚，大街上没有车，没有人。由于还有组织报道的任务，我决定中途退场，徒步走回8公里外的海运仓胡同。

思绪还留在刚才的场景里。在没有空调的鸟巢，狂热的观众营造出巨大的声浪，与强劲的鼓点摩擦，仿佛要把空气点燃。一群身着民族服装的孩子手拉手护送国旗进场，音乐骤起，"歌唱我们亲爱的祖国，从今走向繁荣富强"，没有人指挥，九万人自发地开始合唱，我不禁心头一热。

偷眼看看周围，这些平时老成矜持的媒体老总也都在大声地唱着，有个头发花白的家伙竟然眼里噙满泪水。的确，大家都太不容易了，大半年来，我们隔三岔五一起开会，见证了太多折腾，火炬传递最艰险的时候，这个流泪的同行跟我嘟囔："早知道这么难，我们就不该申办！"

礼花再次绽放夜空，我边走边想，我们应该怎样记录，才会让后世人不忘今晚？

回头来看，这场开幕式是空前绝后的。在此之前，中国没有足够的国力，在此之后，不必如此铺陈。无疑，北京夏季奥运会是中华民族复兴史上的重要时刻。NBC主持人马特·劳厄尔对开幕式中"梦回大唐"的环节印象深刻，他评论说：中国人是在暗示，在过去的十个世纪中，他们九个世纪都是 GDP 世界第一，现在他们又在梦想他们的复兴。

在本书中，北京奥运会也是一个关键节点，你在书中可以看到，它是 21 世纪前 20 年的一个分号，在它的前后，时代的特征有明显的不同。作为断代史观察，我们试图记录下这 20 年中国伟大复兴的时代进程和加速崛起下的历史脉络。

20 年间，我们自加入世界贸易组织起步，开始一波发展周期，由高速增长的狂飙突进，到步疾蹄稳的常态发展：用 10 年左右时间，快速追赶到 GDP 世界第二位置，再用 10 年左右时间，调整步伐，全面协调，来到复兴目标的山脚前。至 2020 年春，全球新冠疫情暴发，给下一个十年增添重大变数，复兴历程又进入新阶段。

2000 年，我国 GDP 是 1.21 万亿美元，占全球 GDP 总量的 3.5% 左右，列世界第六位；人均 GDP 为 959 美元，列全球第 133 位。20 年过去，2020 年，我国 GDP 总量已达 14.7 万亿美元，占世界总量的 17%，居世界第二位；而人均 GDP 则突破 1 万美元，追赶到世界第 63 位。实际上，此前四年，人民币作为四种储备货币之一，已进入国际货币组织特别提款权篮子。中国还成为缴纳联合国会费和国际维和摊款的第二大户。拉长景深不难看到，这 20 年，是国家崛起的主升期。

但如果缩小焦距，你也会发现一个发展中大国"不平衡不充分的发展"。你会看到，我们行走的脚步有时不免踉跄，有些个体不免进退失据。这是一枚硬币不可分割的两面——有时甚至互为因果——都被我们记录留存。

据统计公报，2020 年全国城镇居民人均可支配收入 43835 元，农村居民人均可支配收入 17131 元，分别是 2000 年的约 7 倍和 7.6 倍。但这期间，大米约涨了 5 倍，猪肉涨了 6 倍，北京的房价涨了约 20 倍，而家电、汽车和手机，可比价格则基本持平，有的还有下降。还有政治生活、文化生活、社会生活，以及自然环境，众多变量反复加入，算法不断校正，让算式变得复杂无比。实际上，我们报道定格的时代表情十分丰富，豪迈、愉悦、焦虑、痛楚等等，图景斑驳，是为历史的底稿。

中国崛起是 21 世纪最重大的事件，如此宏大、剧烈、深刻的运动，其推动的引擎大概有四个：

——市场化改革，使资源配置得到优化，生产者积极性得到激发，大大提高经济效率；

——全球化开放，充分发挥了比较优势和规模效应，释放出强大一体化能量；

——城市化改造，提供了生产要素的聚集效应和溢出效应，尤其是数亿农村剩余劳动力进城转化为巨大人口红利；

——信息化革命，尤其是搭上互联网技术快车，以数字化、智能化、网联化，给经济带来新动能。

20 年的发展脱不开这四个大方面，而我们的全部报道或直接或间接，或事件或人物，或庙堂之高或江湖之远，都可关联到这四个方面上。作为一家有恒定价值观的大报，编辑记者各自的独立写作，订成一册，浑然构成了我们自己对 20 年历程的系统叙事和逻辑自洽。

二

咒语一经念出，潮水就涨起来了。社会主义市场经济自从 1992 年被确立，就再没有回头路可走。新世纪 20 年，中共中央共召开了四次三中全会，市场在资源配置中从基础性作用到决定性作用，改革的市场化方向从未有所动摇。其中，十六届三中全会和十八届三中全会分别作出了《关于完善社会主义市场经济体制的决定》和《关于全面深化改革若干重大问题的决定》，它们设定建成更加成熟更加定型制度体系的时间都是 2020 年。

改革从蓝图落到现实，面前并非一马平川，其间经历了先富与共富、效率与公平、速度与质量、增长与环保的种种政策调整或思想激荡。

2003年，我国人均GDP跨过了1000美元，国家统计局一位副局长告诉中青报记者王尧："这是一个国家经济高速腾飞的起跑点，如果把握得好，我们这代人可能亲眼目睹中国经济的起飞。"后来的事实证明，他说对了一半，次年全国两会上，国家发改委主任马凯补充了另一半：这可能是一个发展黄金时期，也可能是一个社会矛盾凸显期，登上这个台阶以后，许多国家经济停滞，矛盾激化，有的甚至出现社会动荡。

许多人后来都承认，一段时间，中国社会经济发展的确遇到了瓶颈。这表现为，一是粗放的经济增长已难以为继，二是出口导向政策的积极效应逐渐减弱。与此同时，改革行进中途，各种权力寻租、腐败蔓延、贫富差距扩大。这是一块沼泽地，全社会曾跋涉在迷茫和阵痛中。

与其他国家不同，中国推行的是社会主义市场经济，始终没有放弃政府和国有资本在国民经济中的主导作用，这是"中国模式"的重要秘诀。蹚过沼泽，市场要规范，政府要规制，法治化市场经济成为唯一正确路径。市场化和法治化从此双轮驱动，冲动与约束的博弈也贯穿了新世纪的20年。

新闻职业的好处，就在于你能置身在历史现场，有时你笔下的新闻，甚至可能成为历史的一部分。2005年7月，新疆阜康煤矿发生重大矿难，几十名闻讯赶来的记者被安置在一间办公室里等待消息。中青报记者李润文、刘冰采访无着，急得在办公室里打转。这时屋角一堆破衣服下的几张废纸引起了他们的注意，扒拉开一看，是一些公函和汇报材料，还有一张"内外联系电话"名单。"这个也许有用！"他们小心地把名单收进包里。

第二天，政府发布了一条信息：涉事煤矿由100多个自然人共同投资注册，此前该矿据称是国有煤矿，李润文和刘冰心想：这些股东会是些什么人呢？

走家串户没有结果，李润文和刘冰又翻看政府提供的材料，突然，一个名字跳进眼帘：抢险救灾领导小组后勤组副组长、阜康市副市长刘小龙，"怎么这么熟悉？"回过头再去翻那张电话表，果然有个人也叫"刘小龙"。手机拨过去，"你好，你是刘小龙副市长吗？""是的，我是。"猜测得到了证实。

副市长的电话号码为什么会出现在三名矿主和四名矿长的号码之间？这个疑惑被写进报道并报告给中央调查组。此后的调查证实，刘小龙在煤矿参股并收受贿赂，另外，该矿100余名股东大多数是哈密矿业集团的在职干部。

矿难频繁出现在我们2005年前后的报道里，这并非偶然。1996年矿业权市场化改革起步，许多国营矿企转制，但市场并未完全放开，行进中途的改革留下寻租空间，在丰厚利润招引下，一些政府官员入股煤企，"官煤勾结"低成本违规作业，成为矿难不断的重要原因。在我们的阜康报道后不久，国务院办公厅等部门发出"紧急通知"，要求入股煤矿的国家机关工作人员、国有企业负责人必须撤出投资，逾期不撤资的就地免职，并提出9月22日为最后期限。当年底整肃成绩单公布：全国4878名干部从煤矿撤资5.62亿元 。

人均GDP初达1000美元的几年，是矿难最多发的时期，每年伤亡事故都在3000次以上。但这也是中国经济增速最快的时期，历史就是这样跟跄而坚定地向前。

作为写作者，我们当时可能陷入了具体事例的烟尘，在编写本书的过程中，才发现了这种矛盾的二重性，我们是为改革鸣锣开道的鼓吹者，也是法治秩序的守夜人，有时两者可能相互龃龉。这种身份或者立场的恍惚，是前20年不曾有过的。

高考是千家万户渴望起点公平的一个标志。在本书里，你会读到许多与高考有关的往事。许多的试验，初衷良好，但后来招致口诛笔伐，在盐碱地里收获寻私、舞弊和腐败等"跳蚤"。20年时间里，我们不间断地揭露现行加分制度、特长生制度和保送生制度的缺陷，连续推出隆回违规保送案、厦门马拉松作弊案、重庆民族成分造假案、娄底武术加分作弊案、浙江"三模三电"舞弊案、罗彩霞被冒名顶替上大学案等一系列调查报道，它们推动改革举措不断修正规范，甚至收回。就在写作本文时，教育部宣布已取消了体育特长生、奥赛优胜者、省级优秀学生等五类全国性加分。

高考改革的所有指向，都是为"一考定终身"纠偏，让各样人等皆可人尽其才。这样的初衷不可谓不正义，让人肃然起敬，但对人性恶的软约束，常常使其在执行中变形，走到美好愿望的反面。在中国改革的前20年，我们是改革的铁杆拥戴者，那时的口号是，支持改革，哪怕它千疮百孔。但进入矛盾凸显期，粗鄙失序成为矛盾主要方面，维护法治、规则、秩序变得更为重要，这是这一时期我们报道理念的一个重大转变。

三

"能不能派记者去多哈？"

2001年初冬的一天，这个问题在编委会上被提出来，在这下面，其实是一个更大的提问：中国加入世贸组织这件事儿到底有多大。赴多哈采访中国入世会议纯粹是自选动作，需要自己向大会申请并自理差旅食宿。在此之前，我们还没有这种自主跨国采访的先例。

后来的事实证明，中国入世是一件天大的事。新世纪初，经济全球化风头正劲，国际企业纷纷在世界市场配置资源，比较优势和规模效应大大提高了经济效率。但中国入世，我们与西方各有猜忌，14年谈判后终成正果，不能不敬佩当时领导人的决断。在走进萨尔瓦大厅前两小时，首席谈判代表龙永图接受了中青报记者杨得志的独家采访，他说加入WTO，意味着国际社会对中国经济、法制环境的认可。这种无形资产的深远影响，是其他任何东西所无法企及的。

12年后，中国成为世界第一贸易国，年顺差2597.5亿美元，有力助推了中国的经济腾飞。更重要的是，中国由此完全融入世界大循环，时刻感受到全球化的潮汐，国际政治风云和经济浪潮深入到中国内部，即时广泛地影响着我们的市场、政策和社会情绪。

新世纪20年是中国崛起的主升期，连续超越意、法、英、德、日，这冲击着世界秩序固化的堤岸，又反弹回来，在国内激起惊天浪花。20年里，除"9·11"事件后有过短暂的缓和，中国与美西方的摩擦未曾间断，且日趋激烈，中国青年反对外来压力的运动风起云涌，构成了20年历史的重要篇章。

在国家崛起过程中，中国青年何以自处？回顾20年来的爱国主义思潮和行为，当代爱国主义新增添的精神内核与价值诉求日渐清晰：

——在国际交往日益频繁、全球化不可逆转的浪潮中，维护我们的国家利益和民族利益；

——在中国发展世人瞩目的背景下，寻求我们国家在世界上全新的定位和方向；

——在对外开放日益扩大的现实中，探索构成我们民族精神、民族性格的新内容。

回过头看，20年的国际关系也贯穿着一个悖论：在"全球化"的刺激下，国家意识反被激活和强化，面对更为广阔的市场，越来越多的国家选择从民族主义那里去寻求使命感和进取心。中国青年的爱国行动也充满博弈：勃发的激情如何不冲出轨道，成为和平崛起的正能量。

指导我们报道的，始终是一种理性爱国主义。按马克斯·韦伯的说法，理性可分为"工具理性"和"价值理性"。所谓工具理性，在意的是结果，其取向和标准在于行动是否"奏效"，是否能够引向我们期待取得的成果；而所谓价值理性，在意的则是过程，其取向和标准在于行动是不是"正确"，是否能够合乎我们对特定精神价值的追求。我们所持的理性爱国，既是在追求令我们达成现代化强国的结果，也是在追求崇高的精神价值。这些崇高价值包括和平、平等、正义等，其中法度是基础——既遵守国际法，也遵守国内法，我们有充分表达的自由，但一切以法度为底线，铺垫其上的是理性的思维、开放的心态和发展的眼光。

2004年的夏天格外燥热，日本队与中国队相遇在亚洲杯足球赛决赛上，由于此前日本首相参拜靖国神社，以及钓鱼岛争端，中国青年反日情绪高涨，比赛尚未打响，空气中就充满了火药味。此时，中青报被期待能做点儿"灭火"的工作，有人相信，"中青报的话也许球迷听得进去"。

刚分到评论部的华科大毕业生曹林被叫进办公室。年轻人手快，当天就拟好初稿，稍做修改，评论发往夜班，次日见报。《我们看着日本 世界看着我们》的主要观点是，应该把体育比赛与历史问题分开，在旁观者等着看笑话的时候，尊奉体育精神，礼貌观球将是一种更有力的爱国表达。不出所料，评论在网上炸了锅，有板砖，也有认同，后来高层的评价是：这瓢凉水没能灭火，但降了温。

对抗偏激，似乎成了我们的一种职责。2012年9月，"保钓运动"席卷全国，古城西安最为炽烈，数万人反日游行，部分区域演变成打砸日货商店和日系品牌轿车。一张网传照片引起编辑部注意：一个参加游行的青年在目睹打砸行为后，心理发生变化，转而站出来高举"前方砸车，日系掉头"的牌子，引导日系车主躲避狂躁人群。"给珍子打电话，标题就叫《拐点》"，正在西安探亲的记者秦珍子受命就地采访。她在人人网数百条评论中翻出一个线索，迅速找到了李昭，发回长篇特稿。

"在刊发之前我们就知道这会是一个标志性稿件"，时任《冰点周刊》主编的徐百柯回忆，好作品"要为大事件、大背景找到一个核心的意象，可以是一个人、一种性格，甚至是一种情绪。"在编辑部看来，"拐点"这个标题被赋予了三层意义：它是现实的拐点，车的拐点；它是李昭内心的拐点，从开始激情澎湃去游行到后面勇敢地举起那块牌子；最后，它也是整个民族的拐点，青年们从情绪狂热到理性思考的转折，举牌照片十万次被转发，"转发也是一种力量，鼠标也是一种力量"。

加入世贸组织，举办北京奥运会、上海世博会、杭州G20峰会，提出"一带一路"倡议，新世纪20年里，中国快步走近世界舞台的中央。这个节奏过于迅猛，让我们的身份变得含混不清，我们必须重新回答"我是谁""我们向何处去"这类最根本的问题。我们一直认为，风起云涌的爱国运动，在本质上是青年自发地在寻求解答，如果站在历史的高度，他们应当得到属于自己的荣耀。

但是，由于近代史上的屈辱过于深重，弱国心态沉蓄太深，寻找答案的过程十分漫长，充满了曲折坎坷，持续了整个20年。这其中，举办北京奥运会是国民心态最重要的一次洗礼。

2008年4月，奥运火炬传递在巴黎受阻的消息传回国内，尤其是残疾姑娘金晶以身护火炬的照片上传网上，立即激起了国人的极大义愤。屡试不爽的"抵制×货"模式被祭出，目标锁定家乐福。"5月1日，让全国的家乐福冷场！"一则短信在手机上传递，短信末尾还附了一句"转发20个，你就是最爱国的中国人"。接着几天，几则家乐福资助"藏独"的信息又流传开来。据新浪网的调查，88％的网友赞成抵制，中青报自己的民调显示稍低，但赞成抵制的人也过半。激情，就这样被点燃了。

与此同时，理性的声音也开始出现。初步发达的网络让弱声音也有了舞台，争论得以充分展开，一些公众人物纷纷下场发言，我们在报纸上也连续刊发《真情可嘉　理性不足》《辨利弊得失　做量长较短》等评论，阐明在经济全球化时代，以暴制暴的抵制只能杀敌一千、自损八百，还可能遂了滋事者的心愿，搅了奥运盛事的大局。此后我国政府部门发声，对家乐福等企业反对"台独"、支持北京奥运会的表态表示欢迎。

这是一场全社会的公开辩论，媒体正面引导，民众自我教育，事态渐趋平静。我们在4月底又进行了一次民调，此时针对"怎样对待此类问题"的提问，85％的人选择了"理性"，针对"最应该避免的情况"，选择"反应过激"的占64.74％，选择"过分忍让"的占46.49％。最后，我们发表了一篇特稿《一个发展中大国的理智与情感》，记录了"家乐福事件"的全过程，文章结尾写道："时间永远向前，中国人也是。100天后，各国朋友将自远方纷至沓来，北京——欢迎你！"

四

诺贝尔经济学奖得主斯蒂格利茨曾预言：中国的城市化和美国的高科技将是影响 21 世纪人类发展进程的两大关键因素。说这话时，中国的城市化刚驶上快车道，2000 年城市化率为 36%，比世界平均城市化率低 12 个百分点，到 2021 年，这个数据一跃而为约 65%，20 年间至少有四亿农民涌进各类城市。

新世纪 20 年里，我们完成了一段高度浓缩的城市化进程。国际经验认为，按美元不变价估算，城市化最快速度发生在人均收入 2700 美元左右，我国的这个时刻是 2009 年。也就是说，美国花了 120 年，日本花了 60 年来消化的过程，我们电闪雷鸣般地，到 2021 年就完成了绝大部分，离 70% 的完全城市化率只有咫尺之遥。

按国际经验，城市化每提高 1 个百分点，GDP 可提高 1.5 至 2.5 个百分点。实际上我们城市化的提速与经济的腾飞，轨迹是完全重合的。很难说清是农民进城加速了经济的增长，还是经济增长拉动了农民进城，但内部岩浆的运动，迟早会喷涌勃发。其间，2001 年中国入世，作为一个外部变量倍增了喷发能量的烈度和广度。

如此剧烈的运动，浓缩在如此短的时间里，带来的正效益和副作用都显而易见，并且相互纠缠，盘错而生。城市一天天健壮，但衣服尺码有时会跟不上，显得捉襟见肘。名列世界前茅的高楼都修建在这 20 年里，几场著名的城市危机事件也发生在这个时期。

在此后的阅读里，你会看到，因基建拆迁引发的"钉子户"抗争、高房价带来的"蚁族"蜗居、劳资矛盾导致的富士康十四连跳、特大暴雨带来的城市瘫痪、世纪疫情暴露的公共服务短板，等等，以及伴随的物权法、劳动法等法律诞生、修订，还有大规模的城市基建和逐年增加的民生预算。

斯蒂格利茨之所以将中国的城市化列为 21 世纪人类发展的关键因素，就在于他看到了四亿农村剩余劳动力转移到工业和服务业，并将通过经济全球化过程的比较优势变现。人口学家的研究佐证了这一判断，到 2009 年，中国的壮年人口（15-64 岁）占总人口的 71%，此后开始下降，但仍处在人口结构的"奶牛时期"。新世纪 20 年，人口高峰、城市化和经济全球化三个窗口叠加，释放出巨大人口红利，这被看作是中国经济腾飞背后最大的秘密。

在这一伟大进程中，农村和农民是默默付出的一方，作为城市化和工业化的对应物，在相当长一段时间里，城市吸走了农村的大部分青壮劳力，农村自己却变得空洞，逐渐凋散。"剪刀差"集中表现为农村廉价劳动力与工业品之间的价差，这是"人口红利"秘密下面的秘密。直至 2015 年 11 月，我国以解决"两不愁三保障"为目标，正式开始脱贫攻坚战，5 年后，7000 万农村人口脱贫，藉此开始转入乡村振兴。这 20 年里，中国农村和农民的巨大付出和艰难转型，是城市化进程的 B 面，构成了我们历史底稿重要的一部分。

在此后的阅读中，你会看到发自乡村的诸多真实记录，在中青版本的历史底稿上，关于农村剩男现象的调查报道，是别有意味的一笔。

由于计划生育政策与传统子嗣观念的综合作用，从上世纪末到本世纪初，中国的出生人口性别比出现了严重失衡，最高的 2007 年达到 100∶125，世界第一。2010 年前后，这些多出来的男孩陆续进入婚龄，于是出现"婚姻挤压"。此时正是城市化的高峰期，"婚姻挤压"最终挤向了相对贫穷落后的农村，造成严重的农村"剩男"现象。为了警醒社会，推动对这一危机的解决，我们决定做一次深度报道。

在充满机会，全社会都在忙着流动和选择的年代，做这样投入产出不成正比的长线调查，无论对媒体还是记者，都是件十分"奢侈"的事情。从 2014 年冬启动，我们先后向豫、冀、湘、鄂、皖、甘、桂等省区的贫困农村派出记者，由于只有在春节期间，外出打工青年才能集中返乡，整个采访跨越了两个冬春，在这个过程中，先后有两批主力记者离职，最后由第三拨记者接力完成。"就像养昙花，要集齐好几个花期，才能最后惊艳一现"，主笔刘世昕把那段采写经历比作一场睡不醒的"噩梦"："每换一次人，工作就停顿一段时间，后面的记者先花很多工夫整理前人的采访录音，然后再接着往下进行"。事实上，在得到报道带来的巨大职业成就感后，参加第三拨报道的 3 名记者，后来也全都辞职离开了报社。

后来报道披露的事实触目惊心：婚姻挤压下，农村剩下的"光棍"高达3600 万，城市吸走了劳动力，还吸走了本就短缺的姑娘。"剩男"是中国城市化独有的现象，是部分农村贫困人群在大时代下的特殊隐痛。让他们被社会看到，就是这组报道的使命和价值。让人欣慰的是，也就是在报道刊发这一年，脱贫攻坚战正式打响，而执行了 30 多年的生育政策也出现了重大调整。

五

2008 年北京奥运会后的第 21 天，美国雷曼兄弟倒闭，金融风暴呼啸而来。

对已融入世界经济循环的中国而言，最直接的冲击就是外贸塌方，当年11 月，出口增速刀削般从上月的 19.2% 降到 -2.2%，进口增速则从 15.7% 下降到 -17.9%。作为拉动经济的三驾马车之一，国际贸易突然"趴窝"，并由此转入持续下滑轨道。当时外贸对中国 GDP 的贡献份额已达 22%，塌方立即拉低整体经济，到当年 10 月，上证指数从上年最高 6124 点跌去 70%，为全球股市"熊王"。国际经济学界再现"中国崩溃论"，这一年的诺贝尔经济学奖得主克鲁格曼在《纽约时报》撰文 "Will China Break？"，中国要歇菜了吗？

然而他们都低估了中国经济的韧性和腾挪空间，时也运也，除了四万亿的投资拉动，此时杀出来救主的还有一支"奇兵"——互联网经济。

2008 年后互联网经济兴起，背后支撑是经济高速发展的重要成果——4亿多"中产"的形成，以及伴随而来的消费升级。互联网经济的早期形态集中在传播、社交、电商、支付等下游应用领域，这拆除了企业与消费者之间的篱笆，调整了产品的错配，也畅通了售买的渠道，一个以中产阶层为中坚的"新消费"市场被激活，那架一直沉寂的消费马车开始发力。到 2013 年，中国第三产业增加值占GDP的比重达到46.1%，第一次超过第二产业，产业结构发生历史性变化。

与投资拉动不同，互联网经济是一种内生动力。2008年，中国网民达2.98亿人，首次超过美国跃居世界第一，到2020年年底，中国网民增长至9.89亿人，其中手机网民占99.7%，渗透率几近饱和。因势利导，政府及时推动了互联网＋和供给侧结构性改革，把火烧向供应链上游，中国经济搭上信息技术革命的快车，维持了崛起的势头。

作为信息技术革命最重要的表征，互联网经济是一个增量蛋糕，它消解了过往资质和经验的门槛，在这个充分竞争的造富天堂里，诞生了无数平地而起的知识富翁和年轻的新中产。

这样的经济基础，让上层建筑随之嬗变，互联网形塑了新的时代精神和生活方式。20年里，有三茬新人登台，他们的青春与互联网发展同步，可以统称为"互联网一代"，本书记录了他们在互联网海洋里的迷茫、叛逆、化蛹成蝶。

早在2000年，作为最早的媒体网站之一，中国青年报旗下网站中青在线的论坛里藏龙卧虎，第一批网络"大虾"（大V的前身）每天都在这里"神仙打架"。这年9月底，作为青年话题论坛主持人，当时号称"互联网第一写手"的朱海军却连续多日没有现身。

朱是一个小学劳动课教师，在现实生活里很落魄，却在网络上呼风唤雨，以"狂人"著称。青年话题版主李方曾这样解释朱海军对网络的痴迷：在网上，现实世界里"沉默的大多数"终于有地方说话了，并且发现有人倾听，这种感觉多么美好呀！

然而当一个人将全部希望和欢乐都交给虚拟世界，后果也很可怕。朱海军失联几天后，人们得知，因连续熬夜上网，他突发心脏病独自在寓所去世。消息传开，悼念朱海军成了一个"网络事件"，"就像在无数个夜晚，总有无数网友趴在网上，寻找还没有入睡的同类"，网友们"通过悼念一个人的方式来彼此认同，并最终达成对网络生活的认同"。编辑部决定要做点什么，李方自告奋勇写下了《天堂里有没有互联网》。这是记录早期互联网生活最具代表性的一篇作品。

2010 年后，随着智能手机普及，中国进入移动互联时代，开启了互联网经济的全盛时期。那是一个"大众创业，万众创新"的火红年代，千团大战，三国演义，风投裹挟着热血青年潮水般涌入，前仆后继，杀出了称羡世界的"新四大发明"，以及无孔不入的互联网渗透。

我们一直想找到一个合适的意象来反映这一轮的互联网风云，2014 年初春，记者陈璇找到了这个意象。

"在互联网创业史上，'车库'是一种带着神奇魔力的地方"，她写道，除了惠普，上世纪 70 年代，乔布斯和沃兹尼亚克在乔布斯养父的车库里，开发了第一台苹果电脑；1998 年，谢尔盖·布林和拉里·佩奇租下位于加州门罗帕克市圣玛格丽塔大街一处 56 平方米的车库，创办了谷歌公司。

实际上，陈璇找到的地方，就叫"车库咖啡"。

这个藏在一家小旅馆二楼的咖啡馆，被人称作"创业者的乌托邦"，互联网江湖上的许多著名事件就发生在这里。

陈璇泡在咖啡馆，目睹怀揣各种奇特想法的创业者来这里"办公"，不用交租金，只需买一杯咖啡就可以坐上一整天，安心写代码、修改商业计划书，或者会见投资人。几天咖啡喝完，陈璇发现，这里不乏搬到隔壁写字楼的成功者，但更多的人没有结果，有的后来选择回到体制内。他们都曾经是所谓的"离经叛道者"，"只有在这个创业才是正题的地方，自己才不会被视作异类。"

一位美国硅谷的创业家也来过这个地方，回去后在华盛顿邮报网站上发表了一篇文章，标题是《美国人应该真正害怕中国什么》。文章里说："中国真正的优势在于下一代——那些从顶级高校毕业后选择创业的学生身上，他们聪明、动力十足、野心勃勃。"

实际上，中青报很早就开设了 IT 报道的版面，并且从 2004 年开始，就开辟了创业周刊，这在报纸中并不多见。在这上面，你可以看到互联网江湖的故事，以及大佬们曾经青涩的面容。

六

2020 年本就是许多规划的终点，其中最重要的就是第一个百年目标：实现全面小康，四周拱卫的，还有诸如 9800 万人脱贫、城乡居民人均收入较 2010 年翻一番、完善市场经济制度、改革高考制度，等等，人们期待的是一场盛大的收官。突如其来的新冠疫情没有阻挡既定目标的实现，但确实干扰了我们的节奏，这让 2020 年的分界色彩更加鲜明。疫情的影响远比人们想象的严重，足以划分出一个新的后疫情时代。

我们记录了这场灾难，这称得上是一次绝无仅有的经历——封城之下，我们随同中央指导组入汉——得以在武汉疫区展开采访。疫情初期，致病率和致死率都很高，16 名自愿报名的记者撒向前线，他们持特别通行证，驶过空荡的街道，深入到医院和方舱。在当时，我们的报道是外界获知信息少有的渠道之一。

那时，每次接受记者报题都伴随痛苦的心理纠结，越是价值高的采访越需要冒险。腊月二十九，记者争取到进入医院"红区"的机会，希望记录下这个不平凡的除夕。这是到武汉后首次可以进"红区"，但对不确定性的巨大担忧，让我们临时叫停了这次行动。

很难说清这个决定是否正确，但可以确定的是，它留下了永难消弭的遗憾。在理智上我们都知道，我们在记录历史，这个遗憾督促我们，在此后更刻意地覆盖有典型意义的地点、人物和事件。战"疫"期间，我们留下原创报道近 2 万条，你在本书中可以读到其中精华的篇章。

新世纪 20 年，灾难频仍，地震、洪水、暴雨、飓风，以及非典、禽流感、新冠，灾难报道也构成了我们叙述的很大一部分。对于灾难，我们能做的，就是真实地传达，传达灾难的现场，以及灾难中的人性。然而并不是所有的报道都是合格的史料，这更像是一种奖赏，一些优秀报道经过时间的淘洗，延续了生命，被赋予了历史记录的功能。在很多时候，这已经是非常高的标准。

但是，对于有雄心的媒体来说，新闻的功能还不止于此，它们天然拥有介入进程的"历史主动"，参与人们对现实认识的构建。有的时候，它们甚至会设置议题，主动去影响受众内心的信念。梁启超在《敬告同业诸君》中不无激越地阐释了这种主动："有客观而无主观，不可谓之报。主观之所怀抱，万有不齐，而要之以向导国民为目的者，则在史家谓之良史，在报界谓之良报。"

创刊 70 多年的中国青年报，在她的而立之年明确了办报宗旨：推动社会进步，服务青年成长。她曾经首倡过"向荒原进军"，参与过平反"四五运动"，为知青回城和农民工进城呼吁，替留学生正名，这都是局势未明时发出的先声。在新世纪 20 年，国家快速崛起，我们接续助力其中，炽烈与诚恳，此书可鉴。

2017 年召开的中共十九大正式宣布，中国特色社会主义进入新时代。大会报告像一篇雄心勃勃的宣言，宣告发起中国复兴的总攻：到本世纪中叶，建成现代化强国，实现中华民族伟大复兴。

新世纪 20 年，无论市场化、全球化、城市化还是信息化，客观上都导致中国社会进一步去组织化、去中心化，尤其是青年一代的利益分化更为严重，因此，聚拢人心，凝结共识，成了国家崛起大局中的一个胜负手。除了全民共识的"中国梦"，在总攻打响之时，青年群体也急迫需要一呼百应的号令。

我们意识到了这一点，在十九大报道预案里设定了这个目标。10 月 18 日大会开幕，现场记者拿到报告文本第一时间传回报社，编辑们立即开始研读。"新时代的总任务就是建设社会主义现代化强国"，"总书记专门给青年讲了一段话，中华民族伟大复兴的中国梦终将在一代代青年的接力奋斗中变为现实"，议到此处，朦胧中那层纸被捅破，大家眼前一亮："我们跑冲刺的一棒，不就是最终的'强国一代'吗？"

几天后，报纸刊发记者张国、刘世昕的稿件《强国一代》，大会闭幕时，我们发表社论对此做了更明确的概括："当代青年的人生黄金时期与'两个一百年'奋斗目标的实现过程完全吻合，我们是这一历史进程的见证者和建设者，当代青年是继往开来的强国一代。"

与灾难报道注重客观传播和忠实记录不同，时政报道作为新闻主动的极端，媒体需要在事实的选择和强化上，渗透进价值判断，实现舆论的引导，即李普曼所说的，用"新闻媒介影响我们头脑中的图像"。

呼唤"强国一代"，就是我们有意操作的一次议题设置。此后几年时间里，我们推出系列报道，召开研讨会，制作流行歌曲，组织"强国一代有我在"大讨论。在第一批00后满18岁时，我们甚至包下一列"开往2049的高铁"，为他们举办成人礼。五四运动百年，我们发起了覆盖全国的"青春万岁，强国有我"宣誓接力活动……

就像20世纪后30年有"团结起来，振兴中华"，新世纪20年，从"强国一代"到"强国一代有我在"，再到"请党放心，强国有我"，也是非常成功的"议题设置"，它在记录历史的同时，也在无意间被写进历史。

七

20年是一个比较尴尬的时段，很少有人拿它做断代的观察。认真想来，这很可能是人们认识角度的一个疏漏。

20年，足以让一个婴儿成年，让一个壮年老去。以这样的理念来看，新世纪20年已然是一个独立周期，自加入世贸起势，经北京奥运冲顶，以新冠疫情收官，形成了一个完整闭环，具备了质的规定性。让我们兴奋的是，对它的断代系统记录，还是一个空白。

但我们并不寻求做"全传"，甚至我们只定位自己是一份未完工的底稿。

埋头在时效要求的写作，指向是纷乱的，需要足够的数量规模和时间长度，才能理出深潜其中持续已久的头绪，这就像勃兰兑斯评论巴尔扎克的长篇小说，在烟雾腾腾的湿柴缝隙中，偶尔才会闪现出刺眼的烈焰。

更何况，隔代写史是学界不成文的约定。刚刚过去的 20 年，因格外的复杂多变而面目模糊，我们对如此近距离的观察心怀畏惧。所谓面目模糊，是说那些报道过的事实还相互分离着，虽然自身个个纤毫毕现，但看不见与他物的关联，以及所有关联建立起的系统，这妨碍了我们的评判。例如"矛盾凸现期"的一些社会现象，单独看只有放大的污秽，拿到过程中观察，许多却滋生着进步的因子，而一些曾建立奇功的应急之举，则带着与生俱来的遗症，只有透过时间的滤镜，才能穿越历史的迷雾。

霍布斯鲍姆在写作《极端年代》时曾说："任何一个当代人欲写作 20 世纪历史，都与他处理历史上其他任何时期不同，不为别的，单单就因为我们身处其中。"对共同经历的这段历史，我们也饱含深情，难以自拔。也许作为新闻从业者，在当时的编采中恪守了专业操守，对具体事实秉持了理性和克制，但当把它们串联起来，赋予评价和逻辑的时候，我们必须保持谦卑，这只是有限时间内局部的单体的描述，它不是"史"，很大程度上，它更像"志"，是编年或分类的新闻记录。

在新闻记录的诸多版本中，中青版本是无可替代的一种。对大时代的正面叙事无疑是媒体最重要的工作，所有媒体都参与传播，它们最终变成了家喻户晓的常识。通常它们是宏大和严肃的。我们这个版本选取的是"通稿"之外的记录，未必是宏大叙事，或者直接的正面视角，更多是时代的侧影、背影，甚至倒影，主角则是时代交叉点上一个个的个案或个体，它们通常具象、生动，充满戏剧性。

不要低估这个版本的价值。人们大多偏好科学的认知方式，即找到某一事物所在因果关联的系统，却忽略了这个事物本身。闵斯特堡曾有一个妙喻：面对海水，当我们见到了蒸发出来的盐分，收集了电解出来的气体之时，海水却不见了，我们再看不见堆银卷雪似的波浪，听不到鼙鼓雷鸣似的涛声。大时代有毕竟东流的趋势，也有百转千回的曲折，有不可阻挡的国家崛起，也有跌宕起伏的个人命运，"中青版本"的使命，便是以平民视角和专业精神，去探究时代与人性的宏阔或幽微。

从事新闻工作的好处，便是可以身在时代前线，或亲历历史现场。能够出版这套20年选本，除了以上的"大事因缘"，还有一点个人的机缘巧合。我自1984年大学毕业即供职中国青年报，迄今已38年。1999年底，我从记者站调回编辑部，开始参与重大报道的组织策划工作，在这里我完整经历了新世纪的20年。

14年前，从"鸟巢"走回海运仓的那个良夜，我曾许下心愿，要在退休前编出一个记录中国新世纪20年崛起的"中青版本"，从那时起，这个念头就一直折磨我。几届编委会带领下一茬一茬的编辑记者同心戮力，如今这个"中青版本"已然成型。我渴望可以做一个编选者。14年间，我对纸媒未来的疑虑日重，魔鬼梅菲斯特的呓语在耳边不时响起：这就是文字的黄金时代，真美呀，请停留一下！

但传媒是个以分秒计的职业，时间永远向前，新闻川流不息，容不得人稍作停留。

2022年6月，我卸任中青报总编辑，我知道那一刻到来了。感谢"文化名家暨'四个一批'人才"项目，感谢编选团队，让我第一时间得偿所愿。

中国崛起，是21世纪最重大的事件，它配得上足够丰富的记录版本。下面是我们的讲述。

毛　浩

2022年10月9日于中青大厦

2000

千 年 盲 盒

　　1999 年 12 月 31 日中午，俄罗斯总统叶利钦出现在国家电视台上，他开口第一句话就震惊了世界："今天，在即将过去的世纪的最后一天，我决定辞职。"中青报记者从莫斯科发回的报道称：尽管电视机前许多人流下了惋惜的眼泪，但股市一路上扬，当天有价证券价格平均增长25% -30%。

　　人们是带着乐观自信进入新千年的。冷战结束了，亚洲金融危机结束了，大家预测接下来将是一个不短的和平繁荣时期。中国人的自信更有底气一些，往远看，夏商周断代工程宣布了研究结果：中国最早的朝代夏代约开始于公元前 2070 年。

　　看当下，这一年中国名义 GDP 闯过万亿美元大关，百姓信心爆棚，2000 年 6 至 10 月，建设银行在北京发放个人住房贷款 100 亿元，超过了此前 8 年的总和。这一年开始实施长假制度，前两个黄金周就有 1 亿人上路旅行，而沪深股市则涌进了 5600 万股民，想象空间被打开，沪指 2000 年如愿攀上 2000 点，2 月 15 日，亿安科技带着满身泡沫成为首只百元大股。

现在看来，当时人们的预期过于乐观了。世纪初 20 年，战争、灾难、危机一样都没少，而中国转型的阵痛也接踵而至。时间打开的，是一只充满不确定性的盲盒。

2000 年，中国 GDP 增速 8.5%，沿海地区走上高速路后，西部大开发提上日程。这年一大亮点是"国企巨头"和互联网新贵排队海外上市，市值之高让世界惊愕。但这一年也出现了收容悲剧、基金黑幕以及密集的高考舞弊案，中青报独家披露湖南隆回一中保送生造假事件，由此开启长达 20 年对高考保送和加分问题的持续追踪。中国的崛起是如此宏大繁杂，从一开始就充满二重性。

在当年诸多"千年猜想"中，有一件事大家都猜对了，这就是中国的崛起。法国著名大报《费加罗报》在新千年第一天，从全球 24 时区中各选一张报纸的版面，来展现人们对未来的憧憬，在东八区，它选取了中国的《中国青年报》，并刊发在当天的头版上。

一夜千年

"一夜连双岁，五更分二年"，昨夜今晨，我们则是从一个千年走到了另一个千年。千年，在人类文明史上，足以使沧海变成桑田。这是人类第二次欢庆千年之禧。我们派出记者从各地发回报道，记录了这个千年一遇的历史之夜。

在北京的世纪坛广场，首都各界群众两万多人在这里共迎新千年。随着《欢歌迎千年》的歌声，几百人的腰鼓队，擂响了震天的鼓声。代表 12 亿龙子龙孙的 12 条 12 米长的彩龙和一条 50 米长的巨龙腾空而出。1999 年 12 月 31 日 23 时，迎接新千年庆祝活动拉开序幕。

歌声飘荡，舞步旋转，神采飞扬。一个个巨大的黄色气球，宛若无数圆月亮，和连绵的灯海一起把夜空照亮。在中华世纪坛到北京西客站广场长达 1.5 公里的路上，彩灯流萤，霓虹闪烁，喷泉欢唱，两万多名群众载歌载舞，共祝新年。

此时此刻，相隔 300 多公里，山海关老龙头海边，成千上万的人们举起联合国教科文组织寄给中国 2000 年庆典委员会的蜡烛，在《让世界充满爱》的旋律中，共同祝福人类神圣的和平。作为万里长城之首，老龙头也被列为千年庆典的布点之一。中国科学院天文委员会主任、天文学家汪景琇介绍说："老龙头在地理经纬上要比北京提前 14 秒钟左右进入 2000 年。"

我国最早迎接新千年的地方是位于东北部的乌苏，22 时 59 分就已进入 2000 年，而最早看到 2000 年曙光的中国人，是中国南极第 16 次考察队格罗夫山考察队的 10 名队员，当时他们位于南纬 72 度 54 分 44 秒，东经 75 度 09 分 56 秒。考察队队员郑鸣通过低轨道铱星电话告诉中青报记者，他们比那些在低纬度地区尽可能接近日期变更线的人们更早看到新年曙光，因为他们可以持续直视着 1999 年最后一天的太阳变化为 2000 年的太阳。

世纪坛上响起了歌声，稚嫩的童声里，那个唱《七子之歌》的澳门小姑娘容韵琳，今天唱起《同一首歌》。她和她的伙伴们用歌声祈祷和平。钟磬声里，世纪坛顶的1000多名孩子齐声诵读世纪颂，他们是从参加"中华古文诵读工程"的学生中选出的代表，中间有不少人来自希望小学，而且是第一次来北京。

为了迎接新千年的到来，更多的人做了准备。在安徽省合肥市，108岁的世纪老人汪修付因患白内障，一个月前视力受损，为了让老人看见新世纪的曙光，当地医院为老人成功地施行了白内障摘除手术。在山东泰安，两名身患重症的学生，来自重庆18岁的唐洁和来自济南13岁的李洁，在网友和媒体的帮助下相约登上泰山极顶，此刻正静静等候2000年第一缕阳光。

北京世纪坛的典礼正通过电视全球直播。23时46分，在8名手持花环的"时代少女"护送下，北京大学22岁的蒙古族学生达奔那，手持从周口店采集的火种进入会场。年轻的脚步踩过那条长270米、镌刻着自人类出现到公元2000年重大历史事件的青铜甬道。火种穿过人海、穿过欢声、穿越无数双凝注的目光到达圣火广场。

23时49分，北京市委书记贾庆林宣布"中华世纪坛"揭幕，覆盖整个世纪坛的3600平方米的巨幅大幕随之被揭起，汉白玉题字碑上，总书记亲自题写的"中华世纪坛"展现在世人面前。

23时50分，江泽民总书记发表新年讲话，欢闹的广场顿时安静下来，聆听这代表整个民族的世纪宣言。

23时59分50秒，世纪坛上，倒计时牌上的数字鲜红闪亮。10、9、8……群情激昂的人们和总书记一起念着倒计时，等候壮怀激烈的一刻。圣火台上，穿越悠长时空的圣火正待点燃，题字碑后，国旗在骄傲地飘扬。4、3、2、1！指针终于指向零点，新千年的钟声被撞响，圣火磅礴燃起，烟花腾空绽放……

与此同时，老龙头烽火台上，圣火也被点燃，灿烂的焰火使山海相连的地方成为明亮的世界，燕山大学的数百名大学生深情地唱起了《你好，2000年》。在1.08万米泰山上空，"世纪首航号"MU2000航班送走了1999年的最后一刻，

快乐2000年

▲澳大利亚悉尼方迎接新千年举行盛大的焰火晚会。

▲美国纽约时代广场迎接新千年集会上的一对夫妻。

▲1999年12月31日夜，1000多名来自世界各地的艺术家在埃及金字塔前举行名为《太阳的十二个梦》大型音乐会。

▲新千年将来临之际，守候在山海关长城脚边的数百名年轻人点燃由联合国专门迎来的和平的火种祈祷和平。　本报记者 李建泉摄

▶北京大学的两万余名师生欢聚在校园，敲响百年钟声以时庄严的大钟迎接新年的到来。

本报记者 刘占坤摄

▲澳门大三巴牌坊前电灯接新年的儿童。　徐家耀摄

◀在新千年到来的那一刻，新西兰少女欢呼雀跃。

▲2000年1月1日0时04分，广州第一个新千年婴儿在广东省人民医院诞生，这女婴体重3.85公斤。　李洁军摄

▼1999年12月31日20时23分，守卫在祖国最西端驻撒香港中沙边防县云雾的新疆塔什库尔干边防官兵迎来红色的夕阳送走最后的1999年。　柳 军摄

▲12月31日，各族青年在山东泰山脚下写下新世纪的祝福。　本报记者 江 蓉摄

▲首都市民迎接新千年大会上的舞龙表演。　本报记者 衡继军摄

社址：北京海运仓2号 邮政编码：100702 电报挂号：5401 电信中继线：64032233 报价：每月22.50元 零售：十二版每份1.20元 八版每份0.80元 四版每份0.40元 广告许可证：京东工商广字0029号 青春热线：6401.5039

机舱里 280 多位旅客，为自己能在空中迎来新的千年而欢声雷动。

零时刚过 3 分半钟，本报记者从北京市妇产医院发回消息，"新千年婴儿"自然出世：男孩，取名叫张一明，他的母亲叫史佳琳，父亲是国内著名男模特张威。全国妇联为这"千年等一回"的可爱宝宝献上一台照相机做礼物，据悉，全国 25 个城市在 2000 年第一个出生的孩子的资料都送入"中华宝宝图片库"库存。

2000 年 1 月 1 日凌晨 6 时 46 分，中国 2000 年庆典委员会负责人宣布，我国大陆第一道阳光照在温岭市石塘镇。守候朝阳的 15000 多人欢呼雀跃，2000 只和平鸽迎着初升的太阳展翅高飞。

7 点 36 分，天安门广场新千年第一次升起五星红旗，数万群众在零下 5 度严寒中参观升旗仪式。当天的国旗曾搭乘我国第一艘科学实验飞船"神舟"号遨游太空。

冯雪梅　刘畅　叶研　林毅红　桂杰　黄勇　江菲　罗新宇　高山　张凌

2000 年 4 月 9 日

西部·路啊路

西部的路有多长

1. 从一头公"电驴"说起

吴幺爸绕着卡车转了几圈，最后蹲在排气管前肯定地说："没错，是公的。"

1999年11月，贵州省南部瑶山地区一个边远山村修通了通向外部世界的公路。全村人在"村里最有见识的长者"吴幺爸的带领下，把平生从未见过的这头"铁驴"围得水泄不通。

几乎同一天，中美就中国加入WTO达成双边协议。此时，北京、上海、广州等地的市民，议论最热烈的话题之一是，轿车会以怎样的价格和速度迅速进入家庭。

当寄居西南大山的村民们以为，路就是可以背着压弯身躯的箩筐，手脚并用地翻过一座又一座大山的羊肠小道时，东南沿海等地的高速公路正在穿过许多村落。

据统计，中国西部地区面积达540万平方公里，然而，公路总里程尚不及面积不足全国1/3的东部。在东西部的各种差距中，路的差距异常明显，正严重阻滞着西部发展的步伐。

眼下，西部大开发的序幕已经揭开。据透露，从明年开始实施的第10个五年计划中，中国政府将首次安排关于西部大开发的专项计划。作为开发序曲，以大规模退耕还林为特征的生态工程和筑路工程已从去年全面展开。

一千年前，一条连接东西的丝绸之路，使中原和西域站在了同一文明的起跑线上。今天，西部需要的依然是一条路：这条路连接东西，传承文明，沟通现代，改变地理。

西部人盼望路：有形之路和无形之路！

2. 近一个世纪的梦想

8个壮汉扛着一头刚杀的肥猪，艰难地跋涉在蜿蜒曲折的山间小路上。烈日当头，汗水顺着严兴隆的脸颊肆意流淌，但他浑然不觉，只顾一个劲儿地察看猪肉的颜色。这头猪整整喂了两年，全指望今天能到集上卖个好价，作为面临失学的孩子的学费。

10多里地走了近3个小时，肉已被晒得发黑，只能减价处理。严兴隆欲哭无泪。

都到新世纪的门槛上了，航天技术已相当成熟，而生活在贵州安龙县朱砂村的严兴隆和全体村民却只有一个梦想：哪年哪月汽车能开到我们村啊？

其实，这梦想贵州人从本世纪初就开始酝酿了。

1927年，见过一些世面的贵州军阀周西成，带着对现代文明的向往，从广州买下一辆崭新的雪佛兰轿车。然而，贵州没有路，他只能沿都柳江走水路回乡。

水路尽头三都县就在眼前。然而，船突然漏了。雪佛兰沉入江心。

周西成痛心疾首，调动当地百姓，一连打捞几天，好不容易才把雪佛兰车摆放在贵州的土地。然而，面对贵州的大山，这个现代文明的产儿却寸步难行。无奈，他让人拆掉车，分成数十块，雇用民工背到贵阳。但当时的贵阳也没有一条公路，重新组装起的轿车依然只是个摆设。于是，周西成在自己的官邸前修建了一条两公里长的公路。

据称，这是贵州第一条路的由来。尽管，它是一个军阀为使自己的汽车轮子转动的举动，但它毕竟将贵州带到了另一个时代。

贵州地无三尺平。贵州人充满了对平地的渴望。近一个世纪过去了，这种渴望不仅丝毫未减，反而日渐强化。那些被群山封闭的山民为引入汽车，依然重复着当年周西成一般的努力。

为了路，贵州人付出了能付出的一切。其实，这种强烈的渴望何尝不是整

2001 年 8 月，一列火车运输修建青藏铁路设备经过戈壁。李建泉 / 摄

个西部的渴望：阡陌纵横，通江达海，甩脱贫困的羁绊！

"要想富，先修路。"这是一个来自东部的口号，如今成了西部人嘴上跳动最频繁的句子。

3. 朝"圣"之路吓跑了外商

新疆塔什库尔干县地处帕米尔高原，海拔 4000 多米。这里流出天然的矿泉水，无任何污染，是该县得天独厚的优势资源。许多外商对帕米尔"圣水"心仪已久。去年，一位日本商人专程前来考察，惊叹世间竟有此等"甘露"。然而，惊叹过后，一去便杳无音信。当地领导很久以后得知，让外商望而却步的是通向"圣水"的那条朝"圣"之路。

从地理位置看，甘肃占据了中国的中心地带。但走遍这个"丝绸之路"的故乡，人们惊叹，这里高速公路仅有 16 公里。

中科院院士、兰州大学教授李吉均认为，西部问题从某种角度讲，就是路的问题。西部犹如一个血栓病人，路不畅，血液无法流通。

西部要改变地理

4. 边远小镇成了世界窗口

1990 年 9 月 1 日，中国与哈萨克斯坦的铁路贯通接轨。第二座亚欧大陆桥正式合龙。中国西部尽头的一片戈壁——阿拉山口的命运从此改变了。

阿拉山口火车站站长说："你永远想不到，几年前，这片年平均 6 级大风的戈壁，惟一的生命是骆驼刺。"

如今，阿拉山口变成一个繁忙的小城。宽阔笔直的街道，漂亮精致的楼宇，行色匆匆的人流，勾画出小城雅致的景色。

戈壁还是那片戈壁，因为有了路，阿拉山口从中国西部的胡同底一跃变成了中国连接外部世界的窗口。今天，阿拉山口已经是中国第二大对外贸易口岸。

还是因为这条路，过去一直哀叹自己远离海洋的新疆，今天谈论的优势竟是地缘优势。新疆发展计划书上，加快同周边国家相连的道路建设，形成沿边开放大口岸格局，是其中重重的一章。

西部人形成共识：改善交通，其实就是改变地理。

5. 木瓜镇的两重天地

贵州桐梓县木瓜镇人"赌"赢了。这个位于大娄山脉深处的小镇，年财政收入仅有 60 万元。但镇领导举债 300 万元，整整两年，修了一条 12 公里长的砂石公路，使小镇同铁路接上了头。

外面的世界真精彩。这条路一下将木瓜镇的山民拉到了现代。过去几无用场的煤炭变成了致富"黑金"。小镇上饭馆多起来了，卡拉 OK 厅的音乐响起来了，繁华替代了沉闷。

在东街头开着一家叫"阳光餐馆"的老板幸义忠说，他当初离开家乡就是因为木瓜镇与世隔绝。1996年底，当他听说家乡通公路后，第一个反应就是返乡：有路就有生意做。

木瓜镇的公路修通仅仅一年，财政收入当年翻了近3番。其中，工商税占到80%以上。

一路通，路路通。这样的例子在西部不胜枚举。西部人正是有了这种切身感受，才倍加向往和珍惜有路的日子。

西部人认识到，西部不可能移山动水，但西部可以通过修路，使自己的地理重要起来。

6. 达坂城：哑巴吃黄连

1998年8月，新疆第一条高等级公路——吐（吐鲁番）—乌（乌鲁木齐）—大（大黄山）高等级公路竣工通车。但达坂城镇的4000多居民心下却有些黯然。因为这条路和达坂城擦肩而过。

有戈壁明珠美誉的达坂城曾经夺目。它镶嵌在乌鲁木齐和吐鲁番之间，312国道穿镇而过。南来北往的过客，无不因其美名而驻足于此。

过去，达坂城市场每天吸引着上万旅人流连其间。然而，今天，这条高等级公路从达坂城7公里外穿行而过。正是这条路，带走了人流，抹去了繁荣。达坂城露出了衰相。

据粗略统计，因这条公路，达坂城镇每年的直接经济损失达300万元以上，相当于达坂城镇社会生产总值的10%。

并非公路无情。据自治区一位官员介绍，当初修路时并非没有考虑这种因素，但达坂城要价太高。投资方征不起达坂城的地，无奈做出了今天的选择。

达坂城人只能哑巴吃黄连。

然而放眼西部，又何止一个达坂城。

贵州乌江，扼守贵阳遵义要冲。这里有一种名吃——乌江豆腐鱼。南北过客歇脚打尖，支撑得此地一派兴隆。也是因为贵阳遵义间贯通了一条高速公路，乌江从此凋零了。

乘火车走兰新线，不难看到一个奇怪景象：在这条线路上，不少火车站与县市若即若离，相距大多不到20公里，但决然各是各方。无论武威的历史有多久远，但武威铁路分局还是表现出自己的独立性，而另行建出个"武威南"。

如此等等，不敢说全是西部人自身的选择，但其中透出的西部人观念的滞后不容回避。西部本来路少，但又没能建到节骨眼上。

真是成也路，败也路。

西部路上铺洒着什么

7. 段体才魂铸铁索桥

1999年7月10日，一座长120米、宽2米的新铁索桥，接续起霁虹桥的历史。一段被割断14年的路，重新连起云南澜沧江两岸的村民世界。

这天，上千山民扶老携幼，聚集桥边。一个叫段体才的名字，口碑载道。

3年前，刚刚退休的段体才，赋闲在家。老人组织了一个民间音乐协会，整天以琴会友，日子本过得悠然闲适。

一条消息彻底"毁坏"了这种生活：1996年，当地一家报纸报道，我国最早一座铁索桥——霁虹桥，自1985年被洪水冲垮之后，一直没能得到修复。澜沧江两岸的山民，像他们的先辈那样，重新靠船摆渡。10多年来，至少已有20人成为断桥下的亡魂。

段体才再也坐不住了。他四处发动，通过新闻媒体呼吁，终于募捐到第一笔钱。虽然，这笔钱远远不够，但段体才不愿再等。

从此，澜沧江峡谷的梯云路上，走来一群老人。荒芜的峡谷添上了几间用塑料布、木棍支起的工棚，响起了民工拉扯钢筋的号子。

重修霁虹桥，远比设想的要严峻得多。开工不久，工地上，除了干活的附近村民，就剩段体才一个人住在风透雨淋的工棚里。每到夜晚，村民们回家了，段体才一个人坐在江边，用琴声向江水倾诉孤寂的情怀。

一天夜里，一场瓢泼大雨掀走了塑料棚布。大雨将睡梦中的老人淋得透湿。他无处藏身，站在雨中，老泪纵横。面对江水大声吼叫："我这是在干什么啊！"然而，天亮了，当他再次面对村民们期盼的眼神时，满腹酸楚顷刻化为乌有。

为修这座桥，段体才耗尽了全部家财，连最后一块房基地也被抵押成钱化进了桥中。

段体才被山民们誉为"救星"。其实，在西部，远远不止一个段体才。

8. 黄老汉砍尽养老林

1997 年冬，一条公路一直伸到大山深处的贵州安龙县梨树乡王院村前。

暮色中，黄志高老汉拄着拐杖，站在屋前陷入沉思。他发现自己在房角为防老种的 100 多棵"养老树"，挡住了公路的延伸。

黄老汉盼路比谁的愿望都强：20 年前，因为没路，他去公社扛化肥，结果摔下山，落下终身残疾。20 年了，他没有一天停止过对公路的企盼。如今，公路修过来了，却正对着他的"养老林"。

在贵州修路，全靠炸山开道，路径几乎无法选择。让老人让道，村民们都感到难以启齿。大家知道，林子是老人今后生活的保障。于是，大伙跳过林子，先修起其他路段。然而，这一切，黄老汉都看在眼里。

回到家中，老人 3 天没出门。第 4 天清晨，他提着斧子，含泪砍掉了自己的树林。

1998 年新春，王院村通路了。这天，村里几个后生扶着老人走到村头眺望。当有史以来第一辆汽车驶进眼帘时，老人泣不成声。

没有什么人比西部人更真切懂得路的含义。

为使偏僻封闭的家乡父老乡亲早日摆脱贫穷，甘肃靖远县 67 岁的农民杨廷英，将自己出外做了 20 多年生意赚到的 120 万元，倾囊拿出，为地处山区的老家筑路。

贵州江口县农民夏德贵为使乡亲进出方便，在村口的河上修桥。发一次大水，桥被冲垮一次；冲垮一次，夏德贵再修一次。今年这座桥，已是夏德贵修的第 3 座了。

一位来自西部的社会学家说，在整个西部群体中，本身就流淌着一种坚韧，而这种坚韧来自于生活的艰辛。没有什么比尝过痛苦的人更向往幸福了。西部从来不缺乏发展的原动力。看看每年春天从西部涌向东部的民工潮，他们带着怎样的一种渴望？

这渴望能燃烧整个西部。

有形和无形的路

9. 威风锣鼓敲起来

西安东西部贸易洽谈会尘埃未定，昆明旅游交易会依然如火如荼。如今，走进西部任何一个省会城市，从来往于机场和市区的出租车司机的脸上，就能读出西部正在变成一块热土。

打开西部省份的报纸，如何抓住机遇的消息让人目不暇接。

云南开发，大打绿色牌，要建大通道。

四川去年共出台地方法规 34 个。与此同时，这个省清理了数十个与现行开发有悖的政策。四川已做好了待人接物的准备。

甘肃省委书记孙英强调，公路建设要在西部大开发中唱主角。

宁夏回族自治区政协主席马思忠呼吁，西部大开发，交通要先行。

贵州出台的"两横两纵四联线"公路体系规划，以贵阳为中心，把省内 8 个地州市全部纳入高等级公路体系，从而与相邻省区市形成 8 个大出口。贵州计划，到 2002 年，全省实现乡乡通公路。

据最新消息，国家今年确定了投资上千亿元的西部开发 10 大工程，其中 5 项是修路工程。

西部有理由自信。这里不乏坚韧，不乏勤奋，更不乏动力。但西部的发展的确需要外界的一把推力。

10. 闯出一条西部道路

中国工业经济研究所区域研究室主任魏后凯大声疾呼："西部要走上快车道，必须走一条超常规的发展道路。"

纵观西部，改革开放20年，是其自身发展最快的时期。但只要与东部对照，这20年又是东西差距骤然拉大的时期。对此，魏后凯认为："资本在市场选择的当然是最大利润。东部赚得多，资金、人才等等必然向东部流。因此，在西部开发过程中，必须采取一定的逆市场思路。西方发达国家在解决本国地区贫富差距时，无一不是这种思路。"

西部少路。西部盼路。但在有形的路之上，西部望眼欲穿的更是一条无形之路。铺就这样一条能把西部带向繁荣的锦绣大道，西部盼望更加倾斜的优惠政策和更加诱人的机会。

西部一位官员说："当东部的企业家认为，西部比东部发财的机会更多、更大时，西部的政策就算到位了。西部开发不能仅仅停留在号召和助贫的基础上。解决地区贫富差距的核心手段，应该用利益杠杆去调节。"

无论是东部的学者，还是西部的官员，几乎达成共识：东西部差异主要表现在环境上。这里的环境，不光是道路等硬件环境，更体现在政策等软环境方面。西部亟须改善的是政策软环境。

100年前，美国开发西部，把土地分给移民，采取谁开发谁拥有的特殊政策，使荒无人烟、更无道路的西部，很快成为美国最具生机活力的阳光地带。

无形之路铺向哪里，有形之路就通向哪里！

据悉，中央关于西部大开发的一揽子计划正在拟订之中。消息灵通人士透露，该计划既不照搬国外做法，又有别于80年代将东部送上快车道的那些政策。

西部有理由感到兴奋，西部发展的机会正在来临：一条用经济杠杆转动的开发路，正向西部铺就。

西部，抓住！抓紧！

郝磊　任彦宾　谢念　黄博

2000 年 4 月 25 日

脚注：2000 年 1 月，国家正式推进西部大开发计划，中青报推出这组报道，揭示西部发展深层问题，是研究性报道的经典之作。报道共四篇，此篇为首篇，其余三篇《西部·水啊水》《西部·城啊城》《西部·人啊人》请扫码阅读。

沙丘又向北京逼近一米

连日来，沙尘大风频繁光顾北京，引起人们对生态局势的担忧。记者今日驱车赶赴位于北京西北部著名的风口河北省怀来县的"天漠"探察。当地老乡告诉记者，此处的沙丘在 4 月 6 日的一场大风之后，又向南大约移动了一米。记者看到，远处的先遣黄沙已经爬上了北京、河北交界的军都山的北山坡。翻过了这道山梁，沙丘就灌入了北京地界，这里距离天安门广场仅 70 公里！

在紧挨着沙漠的龙宝山村，沙子不但上了炕，而且钻到墙柜里去了，一位老太太把衣服摊了一炕，正在一件件抖落沙子。

"天漠"由方圆上千亩的沙丘组成，具体地点是位于北京西北的怀来县小南辛堡乡，北边是官厅水库，南面是军都山。其地理位置的特殊性在于，从更广的视野看，它是北京延庆县与河北怀来县的分界处，因此，又有沙丘距离北京"零公里"的说法。

在"天漠"，记者见到昔日"靠沙吃饭"的游乐园里游人稀少。大风扑面，一个牵马闲待着的老乡告诉记者："前两天这里黄沙漫天，天色昏暗，十五六米长的黄沙打着旋儿往前走，就连后面的大山都看不见了！"他说，头些年，沙丘走得慢，一年也就前进两三米，今年情形很是糟糕，一场大风就往前走一两米。

记者在沙丘前进的地点观察到，沙丘附近的树木不多，没有形成遮挡风沙的厚屏障。近处，原本盐碱化发白的地面上有沙丘新覆盖过的痕迹，沙子里有玉米秸的枯秆儿。往远处望，对面山的棱子上都是波纹状新的黄沙痕。而紧挨沙丘的龙宝山村已在黄沙的吞噬之中。一位姓金的大嫂对记者说："我们一年四季当中有两个季节在刮风，这里啥都缺，尤其缺水，可就是不缺沙子！"

另据有关资料表明，近年来，风沙肆虐使得"天漠"南侧的官厅水库泥沙入库量增加。现在每年的泥沙入库量达到 290 万吨，水库的总淤沙量达 6.46 亿

"翻过这座山就是北京城。"村民告诉我们。黄沙已一步步侵犯山的领地。　江菲／摄

立方米，侵占了部分库容，大有形成"地上悬库"之势。

有关专家分析说，此地的沙漠是形成北京沙尘天气的重要沙源之一，而不像有关媒体报道的全部来自内蒙古。从地理位置上讲，"天漠"一带现在比北京市区的海拔高 500 米左右，位居上风向，是西北气流侵入北京的重要通道，这里的沙化直接加大了北京的风沙危害。另外，"天漠"一带生态环境和自然环境也在逐年恶化，目前怀来境内已经有面积大约为 15 万亩的土地沙漠化，风起之时，也为形成大范围大规模的降尘推波助澜。

专家还分析说，"天漠"境内的沙子和内蒙古紧密相关。由于怀来地区多山，且呈盆地状，处于内蒙古高原向西北平原过渡地带的末端。所以在高原南下西北气流的作用下，内蒙古沙漠地带的风沙随风灌入，受到特殊地形地貌的影响在此堆积，天长日久形成了沙漠。如果不下大力气加以治理，"天漠"的黄沙威逼压迫北京只会有增无减。

当地老乡说:"这堆沙丘迟早得上北京!"

桂杰　江菲　晋永权

2000 年 4 月 9 日

脚注:2000 年春天北京地区曾遭受 12 次沙尘暴袭击,沙尘许多来自河北省怀来县的"天漠"。"天漠"原占地 1300 亩,寸草不生,对北京天气环境构成多年威胁。经过近 20 年的治理,如今"天漠"已缩小到 200 余亩,被保留成一处旅游景点。沙尘暴也逐渐淡出人们的视线。

大户室风云

有人说："在股市，每诞生一位百万大户，就至少有 50 位以上的散户成为他们成功的基石。"对一般散户而言，证券营业部的大户室是个神秘的地方。

大户都是些什么人？他们是怎么成为大户的？最近，记者走进了京城证券营业部的大户室，接触到一些以数百万、数千万元资金在波诡云谲的股海中冲浪的大户。

"股市像赌场，进去就上瘾，我真恨不得别收市，都不想回家了"

上午 9 点，我如约准时来到罗兰住的公寓。"别着急，我每天 9 点一刻出发，不堵车 10 分钟就到了，正好开盘。"她换下家居服，带我乘电梯至地下车库，开车直奔证券营业部。

一下车就看见那家证券营业部昏暗的营业大厅里摩肩接踵的散户股民，或许是里面太热，一些人索性坐在门外的台阶上看证券类报刊或交流信息。

从旁门进大户室，罗兰冲门口的保安点点头。她所在的大户室被隔为 8 小间，有两部空调，一部电话，每人一台电脑，还有冷热饮水机。

营业大厅里摩肩接踵的散户股民
李建泉 / 摄

"这儿的大户室和别的证券营业部比起来条件算中下等，按我目前的资金完全可以去单人间，但我在这儿挣了钱，不想换地儿了。"罗兰边说边递给我一杯八宝茶，她打开电脑，"又是高开，快突破历史高点了。"

"你是什么时候入市的？当时有多少钱？"

"我是 1997 年入市的，当时我在这儿买的 50 万国库券到期了，取钱时看到炒股的人挺多的，就取出国库券的钱入市了，那会儿 50 万就可以进大户室。当时大户室只有 3 间，每间三四个人。去年大户室人开始多了，现在这儿有 10 间大户室，得有 300 万资金才能进来。大户室除了个人投资者，还有机构投资人，前些时一家机构投资人来这儿做了把电力股，几天工夫就挣了几千万。"

她让我坐在旁边一个不常来的大户的座位上，打开电脑并告诉我："按 F1 是成交明细，F2 是分价表，F3 是沪市大盘，F4 是深市大盘，F5 是 K 线图……"听得我这个"股盲"一头雾水。

"你有多少种股票？"

"30 种。"她目不斜视地盯着电脑显示屏日 K 线图上那些红、绿、白、紫、黄的符号和线条。

11 点半收盘了，大户室的人就去餐厅吃饭，每人每天发 8 块钱餐券，自己点菜，富余的餐券还可以在餐厅买油、熟肉等副食品带回家。

我请罗兰谈谈她在股市的经历。

"我是 1997 年 6 月入市的，买的第一只股票是华联商厦，当时正赶上炒商业股，别人说这只股票好，我就在 16.4 元买了 1000 股。几天后就跌了，到香港回归时大跌，一股跌了 3 块多，我感到特别恐慌。后来它除权了，10 送 5，1000 股变 1500 股了，以后我又补了一些，成本是 9 块多钱，这破股一拿就是两年半，涨到 11 块多我就抛了，刚卖就'噌噌噌'地涨，最高涨到 25 块。"

"你在股市上做得最成功的是哪只股票？"

"方正科技。我买了两万多股，成本 12.5 元，去年'5·19'时 26.1 元卖了一部分，卖在当时的最高点，今年它涨到 30 多块时我全卖了。"

"最失败的呢？"

"有一次想买 2000 股山西三维，结果在电脑委托买进时无意中多按了一个键，第二天交割才发现成交了 52000 股，当时，冷汗就从我的每个汗毛孔冒出来了。直到现在这只股票还窝在我手里。"

"在股市折腾了 3 年，你到底是赚了还是赔了？"

"去年'5·19'前我赔了 40 万，'5·19'后我赚了 10 万，现在一直赚着呢。去年我开始在一级市场申购新股，中了 34 个签，新股上市稳赚。"

"炒股后你觉得自己有什么变化吗？"

"最大的变化就是关心国家大事。我每天都看电视新闻、经济类报刊，关注国家各种重大经济、金融变革与法规、证交所的信息、证监会的公告……再就是心态变得宁静了，进股市不要想着一夜间就成为百万富翁，标准定得低一点儿，只当是存银行了，这样会活得轻松些。"

这天下午，罗兰把窝在手里两年多的 20000 股安徽合力卖了，挣了两万多块钱。她的心情很好。

收市后，我和罗兰在营业部门口听一位白发苍苍的老太太正对人炫耀："今儿我挣了 26 块。"那份成功后的喜形于色绝不亚于挣了两万多的罗兰。

在开车回家的路上，罗兰说："进了股市就像进了赌场，上瘾，像有一只无形的手把你往里拉。现在我每天准时来这儿'上班'，忙活一天特高兴，都不想回家了，恨不得别收市。每周休息两天觉得特失落，不愿在家待着，总盼着星期一上股市。"

"股市里没有真朋友，只有一场与狼共舞的游戏"

去过几个大户室后，我感到那儿并不神秘，大户们从事什么职业的都有：月坛邮市的大邮商、秀水街卖服装的、红桥市场经营水产的、进口空调代理商、房地产公司经理、歌舞团演员、酒楼老板、倒汽车的、电视编导、青年经济学家、清华的 IT 专家……罗兰是"老三届"的，16 岁上兵团，18 岁入党，被保送上大学当工农兵学员，从大学教师的岗位上"下海"经商，然后进股市。在大户室，我还看到一位全国重点大学毕业的研究马列主义的博士，他曾经出版过多本有关马克思主义哲学的专著，后来去闯海南，现在是多家房地产公司的老总。

从表面看，大户们之间的关系还挺融洽，有说有笑的，甚至互相起个"ST小姐""飞乐先生"之类的绰号。他们经常互相串门打探消息，但股市里常常是各种消息满天飞，真伪难辨，一不留神就会误入歧途。

有位赵先生被誉为大户室的能人，他特别会看 K 线图形，还帮好几个人炒股，但有一次买"深科技"买砸了。当时，他分析这只股票能涨到 40 块，看他在 33 块时买了，大户室里所有的人都跟着买，没想到一下子就跌了 6 块钱，他先"割肉"跑了，其他人也跟着"割肉"。虽然买的人心里都在埋怨他，但谁也不愿拉下脸来当面提这事儿。因为股市里有规矩，买别人推荐的股票被套牢了，不能当面责怪，口吐怨言；人家传播消息，动机都是为让你赚钱，是否正确，判断在自己，何况大伙儿一块儿被套呢。

不过，大户们一般不随着别人买股票，他们各有自己的消息来源，能知道准确消息的人是不和别人接触的，他们往往是买完就走，该卖的时候再来。而且大户们彼此间都存着戒心。一个歌舞团演员本来和一个电视编导关系密切，吃饭叫着一块儿去，她俩说起梳妆打扮来特有共同语言，常在收市后结伴逛"赛特""SOGO"。一天，演员请了位会看 K 线图的先生看她的股票，正在解图时编导凑过来看，他们立即不说了。后来，演员出去上厕所，编导赶紧问那先生："她有什么股票？"那先生正指着显示屏告诉编导时，演员回来了，这俩顿时特别尴尬，演员一看什么都明白了。从此，她和编导就"掰了"，吃饭各吃各的，见面连话都不说了。

有一个给机构做的四川女人，经常向同屋的人透露点儿消息，有人就跟着她买。但当她得到该卖的消息时，就不告诉别人，独自抛出了，等那些人醒悟过来已被套住了，于是他们就骂四川女人，甚至拒绝和她在同一大户室。

所以，有人说"股市里没有真朋友，只有一场与狼共舞的游戏。"

有人把股市称为"印钞机"，有人把它喻为"赌博"，进股市就意味着走上赌博台，也许暴富，也许输个精光

"听说，中国股市是人生的加速器，有一日间成了百万富翁的，也有一夕间成了穷光蛋的。"我问一位在证券营业部大户室从业多年的资深管理人员，"大户室有这样的人吗？"

"一朝一夕变化这么大的倒没有，不过，大户中确实有很成功的和很失败的。"他沉思默想了片刻，"有拿着300多万进来，挣到1600万的。也有拿着120万进来，最后赔得只剩下20万的。

"有个大户是历史上一位名人的后裔，记不清他是那名人的第多少代曾孙了。他是开房地产公司的，1994年底带着300万来入市，通过做'长虹'和'发展'，短短两年时间，资产就翻起来了。因为这两只股票都是在那两年最疯涨的，'长虹'从转配股上市7块多钱，到后来连配股带送股除权以后涨到60多块钱，他一直捂着呢。在最高点时抛了，他的股票翻了12倍，最多时达到1600万。他当时的投资理念就是，选择有业绩支撑的好股票捂着做长线。他正好选准了前几年沪深两市的各一面大旗。不过，捂不捂得起要看是什么股票，成长性好的股票不怕捂。大户室有个人两年前花7块多买了几万股飞乐股份，捂到现在，涨到十几块了，他说等涨到20块再卖。人这样做够难的，两年才翻一番。但有些股票捂上三五年都不一定能捂出银行利息来。当然，也有捂过头的，把赚的又赔进去了。"

"这位名人后裔炒股一直很成功吗？"

"他今年做得不好。有人说，股市没有昨天。的确，股市一年和一年的行情不一样，比如说，前两年炒绩优股，你的理念是崇尚绩优股。可眼下炒的是高科技股，你不会把你的股票卖了去追高科技，不卖的话，你的股票就下跌，高科

技涨上去了，这拨行情你没赶上。等你思想转过弯儿来，觉得高科技股好了，再把手里已经跌下来的绩优股卖了去追科技股，但这时科技股已是高价，你进去后这拨行情又完了，你接的是最后一棒，只能被套住了。股市就是这样，一步赶不上，步步赶不上。"

"那个失败的人还在大户室吗？"

"很难再见到他了。他是从东北来北京做生意的，1997年拿着120万入市，做了一年不赔不赚。1998、1999年都是一两个月的行情，然后就慢慢变"熊市"了。在"熊市"炒股切忌追涨杀跌，但他犯了忌，一看跌就'割肉'，一看涨就追。比如他在12块钱一股时追进联华合纤，一点儿一点儿小跌的时候老舍不得割，最后跌到6块钱终于割了，120万就剩60万了，割了后一看涨了又追。做股票的人都有自己的脾气秉性，他就爱这么做，失败了不长记性，追完这只股票拦腰截了吧，再追一次又跌了，就剩多少钱了？拿120万的本金在股市折腾，即使不挣钱，光手续费来回就1.6%，做一次小两万块钱就没了。大户室的人管他叫'短线高手'，短线做好了能挣钱，做不好两头赔。他在股市里频繁地杀出杀入，后来，哪怕只套几毛钱也像马上要破产似的立即抛出，一看涨了，只恨自己买得少，赶快补进，典型的追涨杀跌。他的交易量特大，最高时月成交量3000多万，老排在大户室成交量前几名。不过，股市无情。追涨杀跌，跟着股市行情起舞的，被认为是最没出息的人。他在股市折腾了两年，100万没了，连响儿都没听见，听说他又去重操旧业了。"

"我的压力特别大，只能赚不能赔，赔了我就不能干下去了"

我走访了京城10家证券营业部，了解到，1992年北京最早的两家证券营业部开业时，有10万元资金就可以进大户室，但如今想进大户室至少得有100万元资金，不过，有的营业部即使你拿着1000万元想进大户室也没地方了。各营业部大户室的条件迥然不同，有20个人一间每人一台电脑的；有一人一间两台电脑带电视墙的；也有一人几间带多台电脑及厨房、卫生间、卧室的；甚至还有设在别墅里的大户室。

我去过一家证券营业部设在公寓的大户室。一套公寓3个房间，房间里有闭路电视、空调、沙发、电话，两个房间的4台电脑连接着从营业部拉过来的光缆，组成4套工作站，具备行情显示、委托下单及查询等功能。还有个房间有张席梦思双人床。厨房里冰箱、洗衣机、煤气灶、微波炉俱全，卫生间24小时供热水洗澡。每天早晚有专人来打扫卫生。

我和这间大户室的主人高凯聊天时，他同时在关注着4台电脑显示的股市行情，边看边滔滔不绝地给我讲解着那些"空头、多头；利好、利空；割肉、跳水；套牢、踏空；对倒、派发……"听得我云山雾罩。

高凯在大学学的是计算机专业，毕业后在证券业干了多年，后来辞职自己"单练"。看我在房间里东张西望，他说："这样的大户室营业部每月光房租就得付1万块，这不是白住的。首先，你得有几千万的资金，还得交易量大，交的手续费多。"

"资金是你自己的吗？"

"不是，我是帮别人操作。"

"你的职业算什么？"

"就算是个准经纪人吧。"

"靠消息和我自己的判断，我在这方面下过不少工夫。不过，对股市了解

大户室里同时在关注着4台电脑
李建泉／摄

越深，对技术指标研究越透，往往容易被庄家吸引。你通过技术指标、图表来研究，但这些都是庄家做出来的结果，你见到的都是人家庄家从包装这只股票到做起来的最后一步，你还能挣到钱吗？中国的股市很不透明，他们公告的消息，如公司变革等，股价没达到高位时他们是不会说的。媒体都是他们的吹鼓手，消息就是掩护出货。为什么'ST'哐哐哐跌到底了，过两年又起来了？利好出尽就是利空，利空出尽就是利好。"

"你白天炒股，业余时间干什么？"

"我几乎没有业余时间，每天收市后我要琢磨好几小时股票。你算算，上千只股票如果每只琢磨10秒钟的话，就得用近3个钟头，要是一只股票琢磨一分钟的话，那就甭睡觉了。过去我特好玩儿，喜欢各种球类运动，还喜欢到人艺、中戏去看话剧，现在只能忍痛割爱了。有时到'迪厅'去散散心，脑子想得太多，就不理智了。我今年都30多岁了，还没成家呢。"

"为什么不成家？"

"没这个精力，再说我的原始积累还没完成，还够不上成功。"高凯坦言，"就说我去年吧……咳，说出来惭愧，都该哭的过儿了。去年'5·19'时，如果我无所顾忌的话，至少能翻出两倍，但我做得很稳，虽然也获利了，但没翻番。一个月行情做空，面临半年调整，做什么赔什么，我非常后悔。股票本来就是一种投机活动，自然要风险越大得利越大。反过来，要想发财就得冒大风险。"

高凯一边噼里啪啦敲着电脑的键，一边指着显示屏告诉我："去年底，我找到这只股票（古汉集团），每股13元左右时我买了30多万股，后配股10配3，我共投资500万，拿了40多万股。这盘子非常小，后来放了一大量，拉了几根阴线，我理解为庄家出货，就出来了。当时应接过来，但去年行情整体不好，没敢进。这股票最高时到60多块，现在除权了，10送10后每股30多块。要是捂住了拿到现在，按获利30%提成的话，这一把我就能赚几百万。

"不过，今年我做得还顺，这只股票（深深房）我是在年初买的，一个多月翻了一番。这只股票（岁宝热电）是我在 4 月 6 日 13 块时拿的，半个月后就翻了番……"

高凯的家距公寓仅几公里，但他一般不回家。虽然他觉得晚上一个人住在这儿特没劲，但他终究摆脱不了那上千只股票的纠缠，这是他的压力，也是他的动力。

"在股市，如果你有大赌徒那样冷静的头脑，还有预见性强的人那种超过五官感觉之外的第六种感觉，以及狮子那样的勇气，那么，你有影子那样轻微的机会"

在大户室见到林维维时，他正看电视的财经报道，几位股评人士对证券市场的走势侃侃而谈。

"你相信他们的分析和推荐的股票吗？"

"我只听他们说大势。他们为庄家诱导的成分非常大，有股民开玩笑，说，社会上各种行业排序，最后一名是'三陪'小姐，倒数第二名是股评家。其实，想想就明白了，世上不可能有白吃的午餐，人家不可能给你出主意让你玩儿命地赚钱。有这么一说，'股市里没专家，只有输家和赢家'"。

林维维是专职炒股的，听说他在股市靠几十万起家，如今做到了上千万。但他并不满足："钱倒是挣了一些，但当大户可不是我的奋斗目标。"

"你的奋斗目标是什么？"

他指着窗外停车场上停的那辆"宝马"汽车，羡慕地说："这车主现在修成正果了。听说他以前是知识分子，搞过前卫艺术，几年前在这儿开的户，还写过股市的书，当时蹬着辆旧自行车，现在开上'宝马'740 了，我估计他手头儿控制的资金大概得有几个亿，有人帮他融资，有人帮他操盘，他在幕后指挥，是真正的'超级大户'，庄家级别的，他就是我的榜样。"

打听到这位"超级大户"贵宾室地址后，我贸然登门。这是套复式结构的建筑，一层是个几十平米的大厅，两套柔软的皮沙发，宽大的写字台，现代化的办公设备，有个小伙子正盯着电脑的股市行情。一位小姐告诉我，这位"超级大户"现在是一家上市公司的首席执行官，不常来这儿，平时住在别墅。

知道了这位"超级大户"的手机号码后，我就给他打电话，他说正在外地做项目呢。

"很想知道，你是怎么从一个搞前卫艺术的知识分子，开始研究股市、涉足股市，并成为"超级大户"的？"

"我从未个人炒过股票，一直在为机构做。我每天的日程都排得很满，马上就要去深圳，等我回来再谈吧。"他又平静地补充道，"其实，股票也是前卫艺术。"

放下电话，我想起看过的一本关于股市的书里有一句话，"股票是艺术，不是科学"，这是经济学大师萨缪尔森说的。他还说过，有志于股票投资的人必须把巴鲁克的训导铭记于怀：如果你放弃你所做的一切——像医学院学生学习解剖学那样研究整个市场的历史和背景以及在市场一切交易的主要公司的股票——如果除此之外你还有大赌徒那样冷静的头脑，还有预见性强的人所有的那种超过五官感觉之外的第六种感觉，以及还有狮子那样的勇气，那么——你有影子那样轻微的机会。

听说，在美国股市中流传着这样的说法："7 赔 2 平 1 赚钱。"又听说，1999 年中国股民在股市的成绩也如此。这种概率说明，股市的风险比人们想象的大得多，赚钱的永远是少数，赔钱的始终是多数。

在股市采访了半月有余，我觉得大户室并不神秘，大户们也不过是芸芸众生。与众不同的是，他们率先在股市这浓缩了人生百态的舞台上，演绎着喜怒哀乐的社会情景剧罢了。

刘　元

2000 年 7 月 19 日

隆回一中如此"保送"

这几天，参加高考的考生陆续收到了高校的录取通知书。令湖南省重点中学——隆回一中的学生倍感惊讶的是："平时成绩平平甚至位于全年级倒数几名的同学，竟也收到了大学的录取通知书。"

据学生们反映，这些同学并没有参加今年高考，而是该校的保送生。

8月11日至14日，记者到隆回县调查采访。接受调查的同学说起隆回一中今年的保送工作，义愤填膺。一位高三毕业生说："用一个字可以概括：黑！"

保送生成绩之低令人咋舌

隆回一中是湖南省76所具有保送资格的中学之一，也是隆回县惟一的一所省级重点中学、素质教育示范学校。据记者调查核实，该校今年推荐的19名保送生中，除5名学生没有保送成功外，有14名保送生分别被中南大学、湖南大学、湘潭大学、湖南师范大学等高校录取。

在这14名学生中，除1名体育特长生外，被保送的5名理科学生高三上学期期末考试成绩在前170名内（全年级理科学生285名）的没有一名，在前210名内的只有两名，有3名同学甚至排在第250名之后。分数最低的同学5门课成绩只有318分（总分750分），排在全年级倒数第13名。被保送的8名文科学生，高三上学期期末考试，只有两名学生在全年级前60名（全年级文科学生118名）之列，一名学生居第25名，另一名学生居第46名；有两名学生甚至排在第100名之后，其中一名学生居倒数第4名。在这13名保送生中，高三上学期期末考试的成绩，有5名一门课的成绩不及格，两名两门课的成绩不及格，1名同学甚至3门课不及格。

记者重点调查了被保送上中南大学的隆回一中校长儿子的平时成绩。该生高一第一学期有 5 门课、高二第一学期有 6 门课、高三第一学期有两门课不及格。

保送工作是一项原则性很强的工作。根据湖南省今年招收保送生的有关规定，除体育、文艺特长生，获全国中学生数学、化学、生物、信息学奥林匹克竞赛省赛区一等奖以上的学生外，必须是符合下列基本条件的应届高中毕业生，方可推荐保送——德智体全面发展，高中三年级德育评价为优秀等级；学习成绩一贯优秀，平时成绩名次位于年级前 8% 以内，且无不及格的科目，同时高中毕业会考 9 科总成绩位于年级前 4%；体育达到《中学生体育合格标准》。那么这些同学是怎么过关、进入保送圈的呢？

道道关卡蒙混过

记者从一份高三期末考成绩（理科）表发现，舞弊者主要采取的是偷梁换柱的手法。比如把表中居第 2 名的同学名字拿掉，换上同班的居年级第 264 名的范某某；把表中第 4 名同学的名字拿掉，换上同班的居年级第 251 名的袁某等。这样，被保送的 4 名理科生就由年级的 170 名之后变成了年级的前 13 名；被保送的 8 名文科学生全部换到了年级的前 10 名，隆回一中校长的儿子从倒数第 4 名换到了顺数第 5 名。

就这样，通过弄虚作假，把这些平时成绩不怎么好的保送生弄到了年级的前 17 名，达到了年级前 8% 的保送条件。

那么会考他们又是怎么过关的？

记者从隆回一中的"会考成绩年级前 4% 学生名单"中发现，这些同学的会考成绩均居年级前 17 名。令人疑惑不解的是，有的同学平时成绩居倒数之列，会考成绩竟考了年级的前 4 名。

这些成绩是怎么来的？据反映，会考之前一些想保送的同学及其家长闻风而动，纷纷邀请成绩优秀的同学到家里做客，要求考试时帮忙。老师也暗示那些成绩好的同学："会考就是学会考试，你们成绩好，考重点大学没问题，会考成绩差一点没关系，给某某让个步，帮点忙（指递答案条子），保证他们上4%的保送圈，两全其美！"

一位参加过会考的同学这样告诉记者："嘉禾高考舞弊算什么？我们会考作弊比那里还厉害呢！"一位同学接受了吃请后，为方便同学作弊，抄写答案时下面用了6张复写纸；有的同学低头看传呼机；巡视员来了，保安就喊："来人啦！"考试刚过了半小时，就有同学在教室外的走廊上来回走动，帮助别人传纸条，监考人员却视而不见。有同学看见，坐在窗口的一名考生用绳子从窗外把同学传的答案吊上来；一位考生把写有答案的纸条投给另一位考生时，没有传到位，那位考生到处寻找，监考老师发现了那个纸条，一脚把纸条踢给了寻找者。有一个同学说，当时学校商店的电话机生意好极了，同学们排着队给考场内打传呼："1234、2134……"（代表事先约定的选择题答案）。而有的考生，自知考不出，更是大胆地请人代考。

据了解，会考成绩一公布，同学们一片嘘嘘声。

与此同时，学校领导为了让自己的孩子顺利地上大学，动足了脑筋。按有关规定，获得过"湖南省三好学生"、"湖南省优秀学生干部"和"邵阳市（辖隆回县）三好学生"称号的同学在高考录取时可分别加10分、5分；若保送，在同等条件下优先。尽管隆回一中校长的儿子成绩不好，也没有突出的管理业绩，却被评为省优秀学生干部（这是该校惟一的一个名额）。该校一位副校长的儿子成绩中等偏下，却也奇迹般地被评上了省三好学生。

按有关规定，符合保送生基本条件的学生必须参加由教育部统一命题的综合能力测试。但这也没有难倒那些神通广大的家长们。

今年5月10日，邵阳市保送生综合能力测试在邵阳一中科学馆举行。为了这场测试能顺利通过，有关人员可谓费尽了心机。本来考生座位应由电脑随机抽样安排，但隆回一中的19名保送生除4名同学外，其余15名同学都被分在了同一考场。更蹊跷的是，大家座位相邻，第二排前 6 名同学都是隆回一中的学生，且成绩好的和成绩差的相间搭配。难道有这么巧吗？

因保送生上的大学不是国内的一流大学，隆回一中有些平时成绩居于前列的同学并不想被保送。有关人士瞄准了这个机会，为了便于那些成绩差的同学舞弊，特意推了 4 名成绩较好而又不愿成为保送生的同学参加这场综合能力测试。临考前，老师对他们说："你们去锻炼锻炼，费用你们不用考虑。"考试前，年级组组长暗示他们："只要不太出格，监考老师不会对你们怎么样！"

据一位同学反映，综合能力测试之前考场的地上干干净净，出考场后地上写着答案的纸条很多。他说，考试时考生们传纸条，交头接耳；有的考生戴一副能增加超常视力的眼镜；有的则低头看传呼机……对此，监考老师熟视无睹。

今年湖南保送生的资格线（综合能力测试最低分数控制线）很低，只有 50 多分（满分 100 分）。这一关又轻易过了。

一切尽在"暗箱"中

按有关规定，保送生的计划、政策、程序、要求及推荐名单、送审名单和录取名单，都必须及时向师生员工公开，向社会公布，主动接受群众监督。但据同学们反映，保送生名单从没有张榜公布过，一切都是在暗箱中操作的。

更耐人寻味的是，被学校推荐保送的一名学生（干部子弟）因没被保送成功而参加了今年高考，仅考了 347 分，离专科最低分数控制线还差 100 多分。而另 4 位"陪考"的平时成绩好但没被保送成的考生，今年高考成绩全都超过了重点线。

湖南省高校招生委员会曾强调，严格保送工作纪律，录取审批前，考生及家长不得与招生学校直接联系保送事宜，高校不得以任何形式向学生和家长许愿，工作人员不得利用工作之便徇私舞弊，弄虚作假。违者，除追究主管领导和当事人的责任外，取消中学的保送资格，并摘掉重点中学的牌子，或取消高校招收保送生资格，或取消保送生的入学资格，通报全省。

但据同学们反映，这些保送生的家长凭借手中的权力和关系，早就弄到了保送指标。今年 5 月，他们的子女就有人在同学中自鸣得意地传开了："爸爸已给我联系好了 ×× 大学。"有消息证明，这些被保送上大学的同学绝大部分是当地有权有势者的子弟，他们中至少有 6 名学生的家长是科处级干部，其中有县人大主任、县公安局副局长、县体委主任、隆回一中的正副校长、县国税局工会主席……

有位学生家长不无感慨地说："这些保送生，不就是特权生吗！"

据了解，从今年 5 月开始，就有学生向湖南省教育厅举报隆回一中保送中的舞弊问题。但不知为什么，举报材料兜了一圈，转到了隆回一中校领导的手中。校领导在大会上公开叫嚷："你们不要打报告，打报告不会有好果子吃，你们的报告还不是回到了我手里！"

当然，我们不能说当地有关领导不理睬群众的举报。隆回县教委党组成员、主管招生的陈石芳接受记者采访时说，今年 5 月，教委接到了部分学生的举报后，开始对部分学生在去年 6 月和今年 1 月高中两次会考中存在的问题进行了调查。调查发现，存在考风不严现象，但由于考试时间离现在太长，核实比较困难，至今还没有结论。

有人说，隆回一中保送生舞弊和嘉禾高考舞弊性质是一回事，但查处的力度远没嘉禾那么大。拖了这么久了，至今没一个结论。也难怪，隆回一中的领导这几天带着高三年级组的几十名教师，放心地坐着飞机到昆明旅游去了。

8 月 14 日，隆回县分管教育的范竹英副县长告诉记者，大约今年 7 月 19 日，她收到举报后，向县委、县政府领导进行了汇报，没想到他们也接到了举报。县委、县政府非常重视，7 月 20 日，县教委专门成立了调查组，调查发现，至少有两名保送生的平时成绩和保送生的要求不吻合，这些学生平时成绩 8% 都没达到，怎么突然会考达进了 4%？

同日，隆回县委分管教育的副书记蒋知强接受采访时说，县里已责成县教委抓紧调查今年隆回一中推荐保送生工作中存在的问题，弄清情况后，必须要给社会和家长有一个明确的交代。但由于最近县里工作比较忙，没时间听取调查组的汇报。他和范竹英都向记者表示，一定要把问题搞清楚，如果问题严重必须要按法纪处理，决不允许少数人破坏隆回县的名誉。

吴湘韩　周其俊

2000 年 8 月 16 日

脚注：经湖南省教育厅调查组后来核实，当年隆回一中 14 名保送生中，除一名体育特长生属农村孩子外，其余 13 名保送生中有两人分别是隆回一中正、副校长的儿子，另外 11 名均属县及县属单位的干部子弟，涉案的 10 名违纪人员受到开除党籍、行政撤职等党纪政纪处分。8 月 20 日，中青报发表报道《保送保送 多少权钱为你而动》和评论《排除干扰 当断则断》，呼吁取消保送生制度。

泪别三峡

再见了，故乡！

　　8月13日，"江渝"9号移民船把重庆云阳县634位乡亲们的命运拴在了一起。他们只是三峡库区百万移民中7万外迁到上海、广东、湖北等11个省市移民的一小部分。

　　跨出一步，离开祖祖辈辈生活的故土家园，移民们大都抱有新的期待，大都相信新家园会有好的生活。

晋永权 摄影报道

2000 年 8 月 26 日

经过 4 天的奔波，移民们到达
崇明岛 3 号码头。

8 月 13 日清晨，南溪镇送别亲人。

在外打工的青年赶回家中，加入到移民
的行列中。

天堂里有没有互联网

这是一个近日发生在中文互联网上的真实的故事。一个在许多网站论坛上非常著名的网人突然去世了，立刻引发了众多网友真诚的悲痛。为他的死，网友悼念，网友捐款，也如他生前那样引发争论。网络不是被称为"虚拟世界"吗？而一个网上的人死去，却如同现世般真实。"虚拟"与真实，究竟是怎样浑然合为一体的？

中青在线"青年话题"论坛主持人李方，写下这篇半是悼念、半是探寻的文章。

中文互联网大地震

在这个快速阅读的年代，扔万字长文的"板儿砖"不大仁义。好在本文跟"板儿砖"关系密切，因为本文的主人公朱海军同学，虽然在现实世界名声不著，但在中文互联网上却是呼风唤雨的一号人物。他说：

"有人说我是大陆的李敖。李敖算什么，他有理论吗？我却有自己的两套理论，它们是我将来跻身世界级思想家之林的资本。"

有一篇《朱海军印象》，是网友"插一腿"写的。原文如下：

"小朱同学的帖子可以概括为'一个中心，两个基本点。'一个中心就是出名。基本点之一是恶炒面对面（李方注：指朱海军一套怪异的性学理论），翻来覆去不厌其烦，真个是年年讲月月讲天天讲，直要家喻户晓老少皆知。其另一个基本点是反着来。你说谁是民族英雄，他偏说那是不仁不智；你说谁是无耻汉奸，他非说那是大智大勇。总之是要标新立异引人注目。这两个基本点都是为一个中心服务的。如果仅仅是要出名，一定程度上来讲小朱同学还是很成功的，网

朱海军　资料照片

路上看中文的谁没听说过朱海军呀？至于是好名坏名还是怪名就不好说了。

"要出名，那就公平竞争才好，不能踩鞋子扒裤子，枪打出头鸟什么的。小朱这头鸟无害，很少糟蹋粮食，会哨，很具观赏价值，不能打。俗话说'人怕出名猪怕壮'，但这个小朱同学的一大优点就是不怕壮，更恰当地讲是只怕不壮，心理素质好。正是：板儿砖拍小朱，小朱挺且直，要知朱强壮，待到对面时。"

这篇《朱海军印象》，我以为是传记文学里的绝妙文字。"崔灏有诗在上头"，我本不应该啰嗦了，只是因为网上发生了一件大事，才鼓起我狗尾续貂的勇气。

网上发生的这件大事，就是朱海军突然去世了。

9月11日，经法医鉴定大致为傍晚时分，朱海军因心脏病猝死于深圳寓所，享年33岁。他所在的一家网络公司，发现他两天没去上班，报案，遂在寓所发现朱的尸体。那已经是13日的事了。

现实世界中一个人的消亡，为什么说是网上的大事呢？实在是因为朱海军这个名字已经跟网络完全融为一体。如果没有网络，他的死亡，不过就是去公安局销个户口，身边的亲朋好友哭一场，如此而已。但在网上，你几乎没一天看不见朱海军的名字，因此在他死后最初几天，网友已经议论纷纷：朱海军哪里去

朱海军和他的妻子　资料照片

了？会不会又躲到哪个山洞炮制惊世骇俗的理论去了？

上网干什么去？对于新手来说，多半是浏览各种新闻和信息；而对于网虫，则很多人干脆说"拍板儿砖去"。在网上打架多过瘾啊，又伤不着半根毫毛。而在网上的掐架对手里边，朱海军以其古怪理论，无疑会让很多人见猎心喜。在习惯了他的方式之后，网友也开始形成一种期待：不知朱海军又要大放什么厥词了。

9月18日下午，网上突然冒出一条消息：朱海军死了！你可以想象，在多少电脑后面，有多少面孔一下子被炸得目瞪口呆。尽管有人怀疑可能是他的论敌开的一个超级玩笑，但立刻还是有很多网友行动起来，很快从朱海军生前公司得到证实：一代网络大虾（网语"大侠"的意思）已经不在人世。

一场网络大地震爆发了。

我一直以为互联网是一个纯粹的虚拟世界，大家在上面不过游戏而已，即使像尖端时尚如网恋，也不过就是过家家，一着落实到现实生活，十有八九"见光死"。但网友对朱海军死亡的反应，却令我始料不及。就拿《中青在线》我主持的青年话题论坛来说，没有几个小时，网友的悼念文章就糊满了好几个页面。很多人说自己哭了，有一个网友的丈夫见妻子对着电脑哭得伤心，默默卷起铺盖到隔壁"分居"去了。

网站与网站之间，也就是社区和社区之间，也都声气相通。朱海军纪念馆由网友们自发在网上建立起来。随后一两天内，朱海军生前活跃的各个网站，很多都建立起悼念主页，收集他的遗作，除了网上论战文章，还有他生前的性情文字，讲述他的家庭以及奋斗史。网友们同时也自发地商议，如何帮助朱海军的家庭。那个家庭由于失去顶梁柱，留下一个农村户口没有工作的妻子，还有一双未成年的儿女，生活也许立刻就会陷入危机之中。

朱海军绝对不是一个人见人爱的网人，为什么他的死会引起如此广泛的网上悼念活动呢？我想主要是出于网友们对网络的一种归属感，不论你是谁，只要你在网上，你就是"自己人"。拍板儿砖归拍板儿砖，但自己人归自己人。人们通过网络寻找自己的同道，就像在无数个夜晚，总有无数网友趴在网上，寻找还没有入睡的同类，眼睛紧紧盯着屏幕，关注对方的一举一动。无疑，网友们是把朱海军作为"同道"来悼念的，因此纪念的就不仅仅是一个人，而是一种生活；他们通过悼念一个人的方式来彼此认同，并最终达成对网络生活的认同。

我查看了朱海军发言记录，发现他最后一次在青年话题论坛留言，竟然是9月11日凌晨1点43分。这个时间，离他猝死只有十几个小时。

有网友说，这是一个"为网络而生，也为网络而死"的人。

"我在因特网的强势存在"

可以毫不夸张地说，朱海军是累死在网上的。就在他去世之前，还曾经连续几天在中青论坛上发帖子问"今夜谁陪我聊天"。第二天早晨我上网检视记录，发现他一整夜一整夜地泡在网上。

有一次跟他网上聊天，我问他："人在网络里，总感觉它仿佛露出嘲笑的眼神，说，去死吧你，你死了，葬你在此。可是，难道我们甘心死在网上？"

那时候我很困惑，由于泡网成性，连书都不读了，觉也睡得奇少，整个人成天腾云驾雾一般，跟人都没两句话，只有对着电脑才来神。我很担心，就向朱海军请教。他用一篇《我在因特网络的强势存在》回答了我：

"将近两年来，我像吸毒一样地迷恋因特网，迷恋网络写作，几近不能自拔的地步。昨天与母亲通电话，她关切地问，在家时饭端到跟前都不吃，不知道在深圳饿没饿肚子。真是知子莫如母，我真的经常饿肚子，饿得受不了了才下楼去吃饭。

"一直有人指责我一心想出名，我对此也从不讳言。我以内地一名小学劳动教师的身份上网，经过一年多硬碰硬的网上冲杀，成了因特网汉语写作界数得着的一号人物。

"因特网无与伦比的开放性和包容性使我一下子拥有了巨大的发言权。这一发言权不是任何人、任何机构赐予我的，而是我自己争得的，完全是凭写作实力争得的。

"我在网上横冲直撞、左突右挡，就是要以我的强势存在奋力拓展狭隘的思路，提高国人对异端思想的心理承受力。我在因特网里的强势存在将长久持续下去，即使没有一分钱稿费。我在高度紧张的写作中体验到了来自灵魂深处的高峰体验。现在，能让我高高兴兴离开电脑、离开因特网三个小时以上的，只有做爱这一件事。"

局外人很难理解这种对网络的痴迷，朱海军的回答可谓一语中的，那就是表达。在现实世界里，并不是人人都有充分表达自己的机会，所以才有了"沉默的大多数"的说法。但在网上，沉默的大多数说话了，并且发现有人倾听，这种感觉是多么美好啊。

在得知朱海军去世的这些日子里，尽管从没跟他"面对面"过，总仿佛有一幅画面在我眼前晃来晃去：

朱海军单枪匹马站在垓心，以大无畏的出名精神迎战各路好汉，杀退一批又上来一批。遇上那实在武艺高强的，杀不退，就干脆脱了铠甲下马单滚，还一边打一边大呼痛快。也许是在凌晨时分，各路英豪纷纷退场休息，朱大虾意犹未尽，仍一个人站在场子中央，脸上露出寂寞的神色，却不知死期已近。

当一个人把他全部希望和欢乐都寄托在互联网上，交给一个虚幻的世界，这是多么可怕的事情啊。

在朱海军"强势存在"之前，大虾之道无非有二：一个是把自己这堆符号拾掇得风调雨顺，让人肃然起敬；再一个就是揪住对手漏洞穷追猛打，自己风调不调雨顺不顺无所谓，反正不把对手弄得风不调雨不顺不肯罢休。网络界有言：只有偏执狂才能生存。

朱海军有些不同，他基本上不以贬损对手为乐，而是用自吹自擂的方式，一门心思在网上建立自己的"理论大厦"。他所谓的"强势存在"，更像是唐老鸭精神的现代网络版。由于破绽太多，屡屡被人抓住硬伤，倒也能大方地低头认错，但随即又神气活现地冲杀上来，一板一眼跟你争论每一个细节。更让人吃不消的是，他动不动就给你来个万字长文，如滔滔江水滚滚不绝。你若没有抗洪部队那两下子，的确一般很难招架。这个人也真够勤奋，自称网上论战两年，作品已有上百万字。

尽管朱海军的理论难以让人苟同，但许多网友还是认为，他真正动人的地方，在于其真诚，以及攀缘着互联网从社会底层不屈不挠向上奋斗的精神。互联网不是代表着某种梦想吗，朱海军就是在它的一条岔道上奋力攀登的追梦人，尽管他的道路绝大多数网人都不见得认同。

草根人物的奋斗史

网友"离乡客"在一篇悼念文章中谈道：

"在下去年在网络聊天室曾经多次聊过朱海军。当时就曾用了草根人物这么个名词，至今印象颇深。比起网络上众多的博士、教授，朱海军只是一个农民出身、二流大学中文系毕业的小学劳动课老师，草根两字应该相当形象。然而海军不甘如此碌碌一生，故有了中文网无数字节的朱海军帖。诚然海军先生的学问和所持的立场常常为众多名门正派的博士们包括本人所不齿，然而朱海军思维的活跃、分明的个性、良好的网络论辩之心理素质、充沛的体力和高产的上帖速度等，都还是给人留下了很深刻的印象。

"海军先生出身普通人家，他写的一些描述普通人的喜怒哀乐的文章其实还是颇具可读性，如关于母亲的记叙、弟弟的去世、少年时的老师、家乡的琐事以及最近那篇愤怒的《孕妇之歌》等，都如实写出了草根人物普通老百姓的感情。值得一提的是，海军先生的文风、学风虽然都大有问题，其人却不失为一条汉子，他向社会上层的挣扎也是靠着自己的勤奋与努力。"

朱海军网上成名，也算是"两手一起硬"。一手是他所谓的"两大理论"，另一手就是他对自己人生道路的回顾，正是这一手，使许多网友渐渐不再仅仅把他看作唐老鸭式的怪物。

朱海军出身于河南一个农民家庭，1986 年考入郑州大学中文系。在一些夫子自道的文字里，他把自己描述成一个天才早慧型的学生，初中自学高数，高中时已有诗作在正式刊物上发表，大学老师允许他不听课而选择自修。从他博闻强记、汪洋恣肆的论战文字来看，这倒未必全是吹牛。

有一次我在电话里对他说：你是那种身体活在今天，但精神气质却停留在80 年代的人。那是理想主义色彩极浓的一代，充满怀疑精神，不肯向现实妥协。作为朱海军的同龄人，当我们纷纷"正视现实"之后，他终于发现自己被永远封闭在那个年代。

也许这种感觉从他毕业后分配到洛阳一所中学教书就产生了。既然自己曾经是一个离经叛道的学生，并痛感现行教育体制对学生天性的戕害，于是就想把他的学生都培养成小朱海军。可以想象，他的语文课很快变成了离经叛道课。请看他的一段回忆文章：

"我给五年级学生读了作家汪曾祺的儿子汪朗写汪曾祺的一篇文章。在家中，汪曾祺叫'老头儿'，他的老伴儿、儿子这样叫，连孙女也这样叫。有外来人，他们一不留神也常把'老头儿'冒出来，弄得人家直纳闷：这家人，怎么回事，没大没小。

"我读到这里，朝学生笑了笑。

"'朱海军！'

"'小朱老师！'

"'大朱老师！'

"'大个子朱老师！'

"'猪八戒——'

"全班学生对我没大没小地喊了起来。"

很明显，这篇文章里的"朱老师"或"猪八戒"已经降职了，从教中学语文降到小学去教语文。是啊，那些眼睛必须盯着升学率的校长、年级组长们焉能容得他。事实上，后来朱老师连小学语文课也教不成了，竟然当上了劳动课老师。就这样也不忘独出心裁。一年春天，正上着劳动课，窗外突然下起雪来，朱老师对孩儿们说：还上什么课，春天下雪很难得的，都给我出去看雪去吧。

今年4月份，朱老师终于从劳动课堂滚蛋了，被深圳一家网络公司收编，开始了他津津乐道但又短暂的"网络作家"生活。

朱海军死后，据前往洛阳郊区他家悼念的网友众口一词的描述，这是一个破破烂烂的家，找不出一件像样的家具，但地上、桌子上、书架上、床上全都堆满了书。

于是我们可以想象，在朱海军为了出名而网上奋战的岁月里，他坐拥书城，整夜整夜赤身裸体（他自己说的）地跟电脑"面对面"，忽喜忽悲，满脸狂热的表情，其情其景颇与历代巫师或炼金术士暗合。

有人把朱海军形容为互联网的殉道者。但在我看来，他殉是殉了，但他殉的那个"道"实属虚无缥缈。一个草根人物通过互联网出人头地的梦想，终于凋谢在网络深处。

"本以高难饱，徒劳恨费声"

朱海军最后几个月的网络生涯基本上是在《中青在线》青年话题论坛度过的。

每一个网友，最初在网上被人看见，无非是一个名字，而且多半还是个假名，我想这就是所谓"虚拟"的开始吧。在网上，你经常会有一种身处卡通片世界的感觉，为了让自己的"面目"更鲜明，许多网友采取了在现实生活中几乎不可能采取的策略，包括口不择言的论战方式，疯狂的"灌水"行为，现实生活中的种种游戏规则往往被抛到九霄云外，甚至形成了"物竞网择，狂人生存"的网络哲学。

无疑朱海军是抱着这样的狂人哲学来到青年话题论坛的，出手就是那两套"规定动作"，伴着丝竹悠扬的自吹自擂，颇有《天龙八部》中星宿老怪驾临中原的排场。然后就是众家网友的"板儿砖拍小朱，小朱挺且直"。

话说小朱战罢三百回合，如同在别的论坛一样，众网友深沟高垒高悬免战牌。毕竟，大多数人上网并不是专门为了打架斗殴，如果没有真诚的交流，那么，在最初的"风风火火闯九州"之后，难道要永远把网上弄得一片狼藉如同失火天堂？而且，如果网络永远总是破坏者的乐园，那么它存在的本身也就失去了意义。在青年话题论坛上，许多网友也跟我说，在经历了许多打架斗殴的论坛之后，他们更愿意落脚在一个能够和和气气地讨论点问题、大家彼此友善相待的地方。

见小朱了无意趣地在论坛上游荡，我抄了李商隐一首咏蝉的诗送给他：

"本以高难饱，徒劳恨费声。五更疏欲断，一树碧无情。"

朱海军见了回帖说："是啊，我就像那只知了，只管自己叫，也不管别人爱听不爱听。"

小朱终于要考虑别人爱不爱听的问题，从此竟很少再鼓吹他的性学理论了，一门心思写起时评来。当然还是忘不了吹牛，说：我从现在起给报纸投稿，以刘洪波、鄢烈山为目标，要超过他们，做中国最好的杂文家。

　　我看了就忍不住笑，从要做"世界级思想家"，降价到"中国最好的杂文家"，朱海军同学怎么越活越抽抽了？不过也可看出，经过两年网上论战，朱海军也觉得此道终属虚幻，忍不住要向传统纸媒体靠拢。毕竟30多岁的人了，梦想需要落到实处。

　　大概在两个月前，朱海军最后一次在论坛上挑起风波，并且恶语伤人，恼得一帮网友纷纷宣布离去。我作为版主，左拉右劝，好不辛苦。总算都踏实了，没想到朱大虾从此却彻底转了性子，牛不吹了，独门理论不提了，别说"世界级思想家"，就连"中国最好的杂文家"也没了下文，却专心致志写起儿歌来，居然勾引得一帮人都陪着他搞起了儿童文学。整个人也变得谦和有礼，甚至有点絮絮叨叨、婆婆妈妈起来。

　　我感到莫名其妙，一个已经定型的人，怎么说变就变，简直要立地成佛了。现在想来，莫非当时他已经预感到大限将至，变得"人之将死，其言也善"了。

　　他的创作力衰退非常明显，万字长文不见了，尽发一些短帖子，牛也吹得有点有气无力：从现在起我要致力于写短帖子，将来要出一本书，成为短帖子的经典。

　　朱海军死于心脏病突发，但我绝对相信，长期没日没夜的网上生活，构成了他英年早逝的主要原因。

　　网友一般是不见面的，朱海军也不例外。这造成他极度缺乏与人真正的交流，从而在一个号称极度开放的网络世界，实际上却处于心灵的极度封闭状态。但是，在本文最后，我愿意讲一段人与人之间真诚交往的故事，告诉大家一个真实的朱海军。

　　大概就在朱海军死前十来天的样子，青年话题论坛来了一个名叫"三星堆"的网友，其实他就是李镇西老师，后来代表四川省参加了全国"十大教师"评比活动。也许是出于曾经是同行的嗅觉，朱海军立刻跟这个三星堆交上了朋友，当得知李老师要去深圳讲学的时候，朱海军连续发了无数个帖子，商量怎么去机场迎接，怎么见面，那种兴奋的心情隔着电脑屏幕你都觉得扑面而至。

下面是李镇西老师的回忆，这个文章贴在论坛上的时候，朱海军还没有去世，因此我认为不存在任何矫饰的成分。

那天上午下着大雨，李老师在深圳郊区一所学校讲完课，有人进来告诉他，有一个人打着伞，已经在校门口等了他好几个小时。李老师忙走出去，果然是朱海军，全身都淋透了，是坐公共汽车赶来的。李老师说，看你在网上说自己生活如何优越，还以为你会开车来呢。还有，你为什么不进来找我呢，却站在校门口淋雨。朱海军说，怕进去打扰了您讲课，虽然我自己也特别想听。

"一个腼腆而谦逊有礼的人，跟他在网上表现的狂妄完全不一样。"

另一位刚见过面的网友则说，本来不想跟朱海军见的，怕他又大谈性理论，吃不消。但见面后发现，朱海军只是不停地说，能得到今天这份工作不容易，一定要好好干，努力写作，争取将来把全家都接到深圳来。

但是，这个愿望不可能实现了。他的骨灰已经运回洛阳；在那个除了书没有一件像样家具的家里，留下一个农村户口、没有工作的妻子，还有一双未成年的儿女。

一个真正的草根人物，他的梦想在互联网上像晚霞一样随风飘散。在网友无数的悼念文章里，有这样一句话令人格外感动："海军，天堂里有没有互联网？"

有吗？也许。

李　方

2000 年 9 月 27 日

改革：我们正在过大关

再也不能贻误时机

记者： 变法图强是中华民族一个多世纪以来发出的强烈心声，最近20年波澜壮阔的改革无疑是其中最激动人心的乐章。在这场新的革命中，社会主义应该走计划经济道路还是市场经济道路成为主要分歧，围绕这一分歧有过多次激烈的交锋。作为这段历史的见证人，您能否简要回顾其历程？

吴敬琏： "文化大革命"以前，在中国政府机构和学术界，占绝对统治地位的是苏联计划经济的一套，我自己当时对这一套也是深信不疑的。有的经济学家如顾准，就提出过市场经济的观点，但是刚一露头就被政治运动打下去了。"文革"使得中国经济走向崩溃的边缘，也给了我们一些人以思考的空间，开始对计划经济进行反思。

粉碎"四人帮"后，孙冶方、于光远、薛暮桥等一大批经济学家把改革的取向指向了市场，我也成为其中的一员。1980年，在由薛暮桥等人起草的《关于经济体制改革的初步意见》中，明确提出："我国现阶段社会主义经济，是生产资料公有制占优势、多种经济成分并存的商品经济。"但这种认识并没有成为决策层的共识。

从1981年冬季开始，强调社会主义只能是计划经济的观点重新抬头，虽然当时以邓小平为首的许多领导人是主张市场经济的，但最终十二大报告的提法是："计划经济为主、市场调节为辅"，没能在计划经济还是市场经济的认识上取得进展。

然而，市场取向改革的要求是压制不住的。1984年，"市场派"开始反攻。马洪受命组织社科院的几个研究人员写了一篇文章，放出试探气球，要给市场经济翻案。这种要求得到各方面的响应和领导的认可。于是，建设"社会主义有计划的商品经济"或"社会主义商品经济"，成为1984年9月中共十二届三中全会的基调。最后，这一提法被写入这次全会《关于经济体制改革的决定》当中，从而实现了社会主义理论的重大突破。虽然"社会主义有计划的商品经济"这个提法有点绕弯子，不够明朗，但毕竟为改革确

吴敬琏　柴继军／摄

立了正确的方向。大多数经济学家认识到，所谓商品经济，就是以市场为基础配置经济资源的市场经济。

然而，有关计划与市场的争论并未平息。1989年以后，有些理论家坚持认为，惟一正确的说法应是"计划经济与市场调节相结合"，中国经济的性质是计划经济，决不能提市场经济，否则就是不和党中央保持一致。在1990年7月的一次高层会议上，经济学家们就这一问题正面交锋。当时，市场这边的力量很单薄，这次我站到了捍卫市场的第一线。会后，传出了"有计划、吴市场"的说法，意思是批评我不和党中央保持一致。

为了回答反对的意见，我更加深入地在理论和实际结合的基础上，研究这个关系中国命运和前途的问题。经过研究，我坚信为了中国的富强和人民的福利，我们必须走市场经济的道路。

在许多学者和领导人的努力下，1992年邓小平南巡谈话为这场争论一槌定音。党的十四大确立了建立社会主义市场经济体制的改革目标。

记者：中国从来不缺乏有识之士，中国需要的是对真理的倾听。从1956年顾准率先提出中国市场取向改革至今已是40多年，中国为探索自己的发展道路摸索了相当长的时间，也失去了太多的机遇。您对此有什么感触？

吴敬琏：顾准临死也没有看见曙光。孙冶方还在改革道路的探索时期就辞世了。薛暮桥也只参与了市场经济蓝图的制定和开始阶段的施工。我比他们幸运

得多，因而责任更大。我现在更多的不是为自己的一些主张被采纳而欣喜，是为正确决定执行得不够快和不够好而惋惜。

我感到不满足的是，1984年以后，一些方面的改革仍然进展太慢。十二届三中全会确定了改革的基本道路。其后的党代表会议要求在"七五"（1986～1990年）期间建立起商品经济的基本框架。这个任务没有完成。1993年十四届三中全会要求在本世纪末，初步建立社会主义市场经济体制。从那时到现在，市场经济体制建设有了很大进步，但是市场经济的有些重要架构，例如现代金融体系，还有待建立。阻碍改革推进得更快的一个因素是旧的意识形态的障碍，但更重要的是某些既得利益集团不愿意放弃既得利益。

随着入世的临近，留给我国进行认真改革、使自己能够在未来激烈竞争中自立于强手之林的时间已经不多。我们必须抓紧时间，按照党的决议已经确定的方针进行改革，避免由于延误时机而犯历史性错误。

贫富差距缘于机会不平等

记者：社会主义的本质是共同富裕，而当今贫富差距拉大是显见的事实，这使一些人产生怀疑，市场经济能带领我们走向共同富裕吗？

吴敬琏：单纯从效率的角度分析很容易做出市场经济的选择，但人们往往对效率和平等的关系提出疑问。根据美国经济学家奥肯提出的"效率与平等替换"的原理：分配越是平等，效率越是难以提高；分配越是不平等，越能提高效率。市场经济追求高效率，就必然造成不平等的加剧。

从理论上说，平等（不平等）有机会的平等（不平等）和结果的平等（不平等）两个大类。奥肯所说与效率有着替换关系的平等，指的是结果的平等。至于机会的平等，则大体上是同效率互相促进的。我们正在进行的经济体制改革，就是要打破计划经济体制下机会的不平等和无效率，用市场经济制度去创造机会平等和效率。

应当说，谋求平等和市场取向的改革是一致的。当前出现的不同阶层居民收入差距的扩大和贫富悬殊的现象，主要不是由结果的不平等造成，而是由机会不平等造成的。一些掌有权力的人利用手中的权力营私。还有一种情况是在机会平等的情况下也可能会出现产生的结果不平等。比如说在知识经济的条件下，知识水平越高的人就业机会越多，岗位越好，收入越高；相形之下，没受过高等教育或者不具备适用的专业技能的人将面临前所未有的就业压力，收入水平相对较低。

对于机会不平等造成的贫富悬殊，需要通过市场取向的改革来解决。在设计和施行改革的方式和步骤上，要注意防止少数人利用手中权力侵吞公共资产，掠夺大众以自肥。一是尽量减少审批的项目和改善审批办法，以便减少靠权力"寻租"的机会。二是严明规则，切实防止少数人在所有制结构调整过程中蚕食和鲸吞公共财产。对于改革过程中必然多少会发生的不平等，以及其他因个人条件不同而引发的结果不平等所造成的贫富悬殊，政府要及时地通过自己的政策来缓解社会矛盾，在人民生活水平普遍提高的基础上，运用多种政策工具，例如社会福利设施、累进税和遗产税等制度。一方面扶助老弱病残等弱势群体，另一方面抑制少数人个人财富的过度积累，力求实现共同富裕。

记者：现在有人借国有企业重组改制之机为个人牟取利益，造成国有资产的流失，并引发了一些国企职工对改革的抵触情绪。您对此怎么看？

吴敬琏：对国有资产流失要具体分析。其中确有以权谋私的问题，但有的并非如此。例如1993年十四届三中全会决定养老保险采取个人账户制。一些经济学家提出了从国有资产中"切"出一块补偿老职工的办法来充实"老人"和"中人"的个人账户。当时就有人以"国有资产流失"为理由加以反对，以致无法把老职工的个人账户制养老保险建立起来。

在我看来，现在存在两种错误的倾向：有人打着"维护社会主义"的旗号来打击改革；也有人打着"改革"的旗号来反改革。改革的阻力既来自旧观念，更来自既得利益。而与改革背道而驰的既得利益有的产生于旧的计划经济体制，也有的来自前期不规范的改革。例如，在规范化的基础上发展证券市场的要求，就遭到一些人的反对，说这是"打击新生事物"。有些人说这种话的原因是不了解经济学的道理和事情的真相，但是也有一些人对事情本身是知道得很清楚的。他们这样说，只是因为代表着一种利益。这种打着"改革"的旗号反对改革的说法和做法，为害甚大。第一，它延缓了建立规范化市场经济的进程；第二，使受到这类不正常行为损害的人们误以为这种不正常状态是改革带来的，从而产生对改革反感和对立的情绪，而这些人正是我们要为之寻求公平的对象。

改革确实会带来痛苦，但这些痛苦并非都来自改革自身，而是来自改革以外的东西。其中有些是不可避免的，有些是人为的。不客气地说，有人就是要在里面搅，想浑水摸鱼。

齐心合力过大关

记者：中国的改革已经取得了很大成就，以多种所有制经济共同发展为特征的社会主义市场经济的轮廓已经显现出来了。但许多经济学家仍然认为，中国经济处在关键时期。为什么好多年来一直在说当前的时期是关键时期？

吴敬琏：不是老有新的关键时期，而是关键问题一直没有解决。市场经济和计划经济的基本区别是资源配置方式不同。党的十四大决定说得对，市场经济的特点是市场在资源配置中起基础性的作用；反之，计划经济的特点是行政计划在资源配置中起基础性的作用。今年年初，我在一次演讲里说，现在改革的大关还没有过，就是因为体制未改的国有部门还支配着一些重要资源的主要部分。这是当前许多困扰我们的经济问题的一个总的根源。不过，今年的改革有比较快的进展。现在我要说："我们正在过大关。"

十五大以来，我国在理论和政策上都有重大突破。现在关键是贯彻落实。在当前的改革中，我们不但要解决计划经济中形成的制度问题，还要解决过去20年放权让利过程中形成的制度问题。不能拖，越拖越被动，必须横下心，厉行根本性的改革。目前在经济改革方面需要重点解决的问题有四个：

其一，按照"三个有利于"的判断标准调整所有制结构。为此，要加快推进国有经济有进有退的改组和国有企业的公司化改革。

其二，尽快解决私营企业的国民待遇问题。对私营企业的歧视性待遇，正制约着其健康发展。比如说，现在民营企业可以自营出口了，但其门槛比国营要高好几倍，这不符合十五大的精神。给民营企业以平等待遇并不是一种生产力不发达条件下的权宜之计，而是至少 100 年的社会主义初级阶段的基本制度所要求的长期政策。在社会主义市场经济条件下，各种经济成分在国民经济中的比重只应取决于这种经济成分本身的竞争力和对国力增强、人民生活提高所作的贡献。

其三，市场经济的支持性系统亟待建立。现在金融系统的市场化程度很低，与市场经济的要求相去甚远。市场经济不是面对面、一手钱、一手货的交易，必须依靠信用。因此信用问题生死攸关，而现在信用体系尚未建立，以致失信现象极其严重。

其四，要确立公正透明的游戏规则，要确立法治。要使老百姓知道自己拥有哪些权利，并使他们有足够的手段来维护自己的权利。要让官员在法律规定的范围内，依照法律行使自己的职权，并受到法律的监督。

总之，建立社会主义市场经济体制、建设法治国家，将是新世纪改革的重点任务。只有加快推进以上述四方面的改革为重点的全面改革，才能在不远的将来实现我国富裕、民主、文明的伟大目标。

潘　圆

2000 年 12 月 29 日

2001

申奥与入世

2001 年发生了三件大事，有的有预期，有的悬疑，有的从天而降，突如其来。三件事都是划时代的，准确地说，21 世纪是从 2001 年开始的。

中青报编辑部整整一年都在为入世报道做准备，这件事早在意料之中。中国入世好比不戴救生圈游进大海，有人说会腾飞，有人说会崩溃。在多哈会议中国议程开始前两小时，中国首席谈判代表龙永图接受了中青报独家采访，他说加入 WTO，意味着国际社会对中国经济、法制环境的认可。就这一点而言，加入 WTO 将给中国带来巨大的无形资产，这种无形资产的深远影响，是其他任何东西所无法企及的。

此时，山东安丘农民刘士理也正赶回家收看电视直播，他对中青报记者说："中国的大蒜，质量已经达到美国标准，但是美国为了限制我们，要征收高于 300％的关税。我特别想知道，加入 WTO 后，大蒜的关税能降到多少。"

20年过去，我们更深地理解了龙永图临进萨尔瓦大厅前的那席话。当年，在日本通产省的一份白皮书上，中国第一次被称为"世界工厂"，彩电、洗衣机、冰箱、微波炉等产品已占世界市场份额第一。12年后，中国成为世界第一贸易国，顺差2597.5亿美元。

相较而言，中国申奥则充满悬念。1993年申奥失利，北京电视台主持人田歌失落的表情被中青报记者定格，成为经典瞬间。2001年7月13日，在中华世纪坛观看区，当听到萨马兰奇念出"中国"，田歌一下子就哭了出来。此后一直到2008年，奥运会一直是中国宏观景气持续上扬的重要投资拉动和心理期盼因素之一。

这一年，世界热情地拥抱了古老而年轻的中国。2月，"博鳌亚洲论坛"创设，6月，"上海合作组织"成立，10月，APEC会议在上海举行，各国领导人身上的唐装风靡全球。同样在10月，中国男足从世界杯外围赛出线，历史性地实现"冲出亚洲走向世界"……

9月12日，中青报破天荒在头版头条以通栏标题刊发了国际新闻"9·11"事件。这件大事毫无征兆，闷头一棒，完全打断了世界正常的进程。2001年因此被称为"本质改变之年"。已融入世界的中国经济也难独善，2001年GDP增速结束连涨，同比下降0.2%。

申奥之夜：世界选择中国

莫斯科时间 18 时 10 分（北京时间 22 时 10 分），国际奥委会主席胡安·萨马兰奇在这里的世界贸易中心会议厅宣布："有幸举办 2008 年第二十九届奥林匹克运动会的城市是北京。"

等待在电视机旁的亿万中国人欣喜若狂，申奥之夜立即变成了狂欢之夜。

十万人涌向天安门广场

"北京，成功了！"欢呼声骤然间响彻天安门广场。这时正下着小雨，数万名等待消息的群众，在飘洒的雨丝中同享胜利的喜悦。

丰台区财政局的孔令斌高举着"丰台人民热烈祝贺北京申奥成功"的大条幅，向广场跑来。他激动地说："我隔 5 分钟就往家里打一个电话，他们告诉我申奥成功了，我的心跳加快，8 年来的心愿啊，我的眼泪止不住往下掉，真想唱起来，跳起来。"

来自浙江龙泉的毛宏伟高喊："今天是我 37 岁生日，这是中国人民的节日，也是我最有纪念意义的生日。"

北京卢沟桥乡的纪桂玲和 22 位乡亲舞起龙灯。这时，广场上播放出乐曲《歌唱祖国》，随即，上万人同声高唱这首表达对祖国情意深厚的歌曲，歌声汇成欢乐的海洋。

来自祖国北疆的大庆油田的 46 名职工，为了庆祝北京申奥，专程骑自行车来到天安门广场。67 岁的孙仁义激动地说："出来的时候，儿子、孙子一直把我送到黑龙江省与吉林省的交界处。现在，我要告诉他们，我的心血没有白费，中国，成功了。"

为庆贺北京申奥成功，一位滑旱冰的少女举着国旗在天安门广场狂奔。李建泉/摄

8年前的9·23之夜，北京申奥结果令人目瞪口呆。刘占坤/摄

　　北京三里河三小的20多名学生，玩起了"轮滑"，脚下的轮子飞转，孩子的叫声、笑声感染着每一个人。广场上的口号，从"北京，必胜"，变成了"2008相约北京"。

　　北师大的同学唱起了国歌，北京工商大学的同学唱起了《没有共产党就没有新中国》，北京顺义区北务镇的70多名群众高舞着4条龙、8只狮子，与同学们一起汇入了欢乐的人群。

　　北京语言文化大学的刘娜说："我们下午3时，提前五六个小时就来到这里，就是为了等待这一时刻。今天，有首都20多所大学的近万名学生来到广场庆祝。而在广场庆祝的人群，早已超过了10万人。"

　　23:00，当江泽民主席和其他党和国家领导人出现在天安门城楼时，人们激动地跳啊、唱啊，把美好的祝愿献给祖国，献给北京。

喜泪冲走 8 年阴影

22:10，当北京成功获得 2008 年第 29 届夏季奥运会主办权的消息一传来，北京电视台女主持人田歌抑制不住内心的激动和喜悦，泪水顿时夺眶而出……

整整 8 年过去了，田歌没有忘记中国申办 2000 年奥运会那个失败的夜晚：在北京国际会议中心，恰好站在原国家体委主任荣高棠身边采访的她，眼睛紧紧盯着电视屏幕，咀嚼着申奥失败的痛苦，泪水也是夺眶而出。田歌那副能引起千千万万中国人共鸣的刻骨铭心的痛苦神情和荣高棠老人失望的表情一道，被本报记者刘占坤摄入了镜头，那个经典的瞬间也因此得以永远定格，并随着照片广为流传，在无数中国人的脑海中烙下了不可磨灭的印迹。

通向中华世纪坛的甬道东南侧的一块草坪，是为采访今晚首都各界群众申奥联欢会的记者们专设的活动区。众多记者之中，身着一袭黑衣显得格外俏丽的田歌因为这份特殊的经历，不约而同地成为记者同行们关注的焦点。和许多同行们一样，19:00，田歌就来到盛大的联欢会现场。尽管没有报道任务，但田歌却难得悠闲，和现场上万名群众，特别是热血沸腾的 4000 多名北京大学生一样心潮澎湃。

21:50、22:00、22:05，田歌一边不停地看表，一边招呼着同事给"前方"打电话打探消息，比别人显得更焦急。她那和 8 年前一样刻骨铭心的神情同样感染了在场的许多同行，只不过这一回人们听到的是田歌有些哽咽、但却是万分欣慰的表白：现在我的心情是说不出的激动，毕竟，泪水没有白流，我们的企盼终于成为现实，8 年前的沮丧、失望和痛苦将永远成为历史……

开始憧憬奥体公园

22:10，随着满头银发的萨马兰奇一句"北京"，中科院北郊 917 大楼前广场上一片欢腾。彩条四起，香槟酒冲天而射，素不相识的人们情不自禁地互相握手、拥抱、握拳高呼，一张张笑脸尽情迎接着扑面而来的躲无可躲的"香槟雨"。在拥挤的人群中，记者的全身、采访本几乎湿透，而人们已彼此分不清眼前一张张湿漉漉的脸上，是香槟酒，还是泪水！

今晚，中国科学院在京 50 多个研究所 1000 多名科技工作者代表在这里载歌载舞，共同迎接投票揭晓的那一刻。

中科院科学家们选择了北郊大屯路 917 大楼作为庆祝申奥的场所，是具有特殊意义的。因为，申奥成功，这里连同附近的房屋，将夷为平地，成为未来的奥运公园的一部分。也就是说，眼前绿草如茵的地理所，可能就要搬家。但是，这丝毫挡不住中科院众多科技工作者及其家属渴盼奥运的热情。

同样，作为未来奥运村的老邻居们，大屯路中科院科学园小区家委会的大妈们，见到记者的第一句话就是："咱家门口的事，早就憋足劲等着欢庆啦！这是小区人盼了多少年的事呀！"

科学园小区居民均为中科院员工，眼下已住员工 3000 多户。小区位于北四环北侧 1 公里处，中轴路正北方向，北邻未来的奥林匹克公园，出小区东门，则是规划中的体育场馆。申奥一旦成功，这片小区就将为"奥运村"所环抱。不过眼下，小破平房、臭水塘子、翻浆的马路……可想而知，这里的居民对申奥成功的期待有多大！

23:30，科学园里的鞭炮声不绝于耳。记者赶回报社发稿时，在平日僻静的北郊"洼里申奥一条街"上，今晚堵起了车；在路北未来的奥运公园方向，灿烂的礼花照亮整个天穹。

"今天是个好日子"

北大校园今天分外热闹。不到 18:00，吃完晚饭的学生们陆续来到百年大讲堂的广场前席地而坐，守候着那牵动人心的一刻的到来。

20:00，天色渐暗。偌大的广场前挤满了学生，甚至花坛边上也坐满了人。

广场无声，上千双眼睛注视着屏幕，上千颗心随着时钟而跳动。

21:20，投票的时刻来到。一直零星飘落的雨点变成蒙蒙细雨。没有人愿意离开。广场上只撑起三四把雨伞，更多的是迫切渴望的面孔。

21:50，正式投票开始。全场悄无声息。

"第一轮被淘汰的城市：大阪。"全场松了一口气，随即陷入第二轮"煎熬"。评委们的每一个动作，对学生们来说，都如同慢镜头般地回放。

一个穿着时髦的女学生双手合十，不敢睁开自己的眼睛，口里小声地念叨着："北京必胜！北京必胜！"

旁边的几个小伙子压低了嗓门："我好紧张！你呢？""我也紧张！""为什么还不宣布北京得胜？我受不了了！"

短短的几分钟内，同学们忍受不了的紧张情绪终于爆发："北京！北京！"的呼喊在广场上空回荡。

当国际奥委会主席萨马兰奇念出同学们期望已久的两个字时，欢呼声此起彼伏。国歌声两次响起，庄重的表情代替兴奋。生化系的一位男研究生自始至终高举拳头，呈宣誓状："我觉得只有这样才能表示我对祖国的尊重。"

两个不知如何表达感情的女生紧紧地拥抱，泪水顺着脸颊流了下来："我们终于赢了！"

社会学系的一个女生眼里含着泪花，高叫着："我太高兴了，我要唱歌！"随即，她唱起《今天是个好日子》，以表达内心的喜悦。

一名男生按捺不住自豪的心情："第二轮中国就通过，说明什么？这是国际社会对中国的信任！我祝福我们祖国的发展更快！"

穿透全场的声音再度响起，欢呼的手臂林立："我爱中国！我爱北京！"

马北北　晋永权　刘畅　冈栋俊　黄勇　陈娉舒　原春琳　乔晓红

2001 年 7 月 18 日

莫斯科现场：感动世界的地方

7月7日至7月17日，作为本报特派摄影记者，我在莫斯科——这个举世瞩目的地方，亲历了中国人为胜利而极喜，巴黎、多伦多、大阪、伊斯坦布尔为失败而失望的场景；也亲眼目睹了功德圆满的前国际奥委会主席萨马兰奇先生在后任雅克·罗格的陪同下走下主席台的情形，更体味了5位候选人角逐国际奥委会主席时的复杂心情。

在这里，竞争的结果是只有冠军没有亚军。但这又是在高水平选手之间进行的真正展示实力的较量，是选手们在公平的基础上展开的真诚的较量。其结果，不只感动了胜利者，更将感动了整个世界：在战火、仇视与隔膜存在的地球上，这份感动着的力量意味深远。

从渴望得到别人镜头的关注，到以一颗平常心来关注别人的情感，这，也是我们走向世界的起点之一。

晋永权 摄影报道

2001 年 7 月 21 日

4 中国青年报 China Youth Daily

摄影专题 SHEYING ZHUANTI

本版编辑 石洪涛
电话：(010) 64032233—2485
E-mail: syheyd@cyd.com.cn

网址：WWW.CYD.COM.CN

2001年7月21日 星期六

莫斯科：感动世界的地方

□ 摄影·写文　本报记者　晋永权

7月7日至7月17日，作为本报特派摄影记者，我在莫斯科——这个举世瞩目的地方，亲历了中国人为胜利而极喜，巴黎、多伦多、大阪、伊斯坦布尔为失败而失望的场景；也亲眼目睹了功德圆满的前国际奥委会主席萨马兰奇先生在卸任雅克·罗格的陪同下走下主席台的情形，更体味了5位候选人角逐国际奥委会主席时的复杂心情。

在这里，竞争的结果是只有冠军没有亚军。但这又是在高水平选手之间进行的真正展示实力的较量，是选手们在公平的基础上展开的真诚的较量。

其结果，不只感动了胜利者，更将感动了整个世界；在战火、仇视和隔膜存在的地球上，这分感动着的力量意味深远。

从凝望得到别人镜头的关注，到以一颗平常心来关注别人的情感，这，也是我们走向世界的起点之一。

北京

7月13日，北京获胜后，北京奥申委的两名工作人员高兴地拥抱在一起。

▲前国际奥委会主席萨马兰奇先生在卸任雅克·罗格（右）的陪同下走下主席台。

▶雅克·罗格兴奋与国际奥委会的其他官员在一起，随后他们一同从莫斯科国际贸易中心（WTC）返往莫斯科国家大剧院接受祝贺。

多伦多

为什么不是多伦多？这位来自成的运动员面对镜头迷惑不解。

▲北京奥申委的新闻发布会上，围绕者提问踊跃，台上的3位工作人员同时未未接受采访。

大阪

大阪落选结束后，大阪申委面对媒体提问，态度谦恭。

▲俄罗斯方面为112次国际奥委会全会的举行付出了巨大的努力，他们的准备工作做得十分细致。

▶莫斯科时间7月16日中午12时，新一任国际奥委会主席的选举结果即将宣布，这位比利时的老人在为自己的罗格祝福，被身中场的是伐林国人，也在关注自己的同胞会否克。

巴黎

法国奥申委的这名工作人员对巴黎没有获得主办权心有不平。

伊斯坦布尔

土耳其奥申委主席束手无言表示。

沈阳人大不通过案

8月9日，辽宁人民会堂。备受瞩目的沈阳市第十二届人大五次会议在这里召开。一年内两度召开人民代表大会审议法院的工作报告，这在历史上绝无仅有。

当439名沈阳市人大代表庄重地步入人民会堂的时候，他们知道，无论从哪个角度讲，这都是在特殊时期召开的一次特殊会议。为期一天的会议只有一项议程：听取和审议沈阳市中级人民法院的整改工作报告。5个月前，同样在这里，中院的工作报告经审议未获代表通过。

上午9时，所有到会的党员代表被召集到一起开会。此前的两天，他们接到了市人大的明传电报，被要求必须参会。

随后召开第一次全体会议。沈阳市中级人民法院代院长丁仁恕作中院整改情况和2001年工作安排的报告。近1.5万字的报告，用四分之三的篇幅反思了原市法院院长贾永祥、原副院长焦玫瑰、梁福权等3名班子成员严重违纪违法的

张荣茂宣布"请代表们按表决器表决"。图为冯有为代表按表决器投下神圣的一票，冯曾在2月份的人大会上对法院的工作投了反对票。程刚 / 摄

教训；报告指出，审判工作存在着突出问题是法院工作报告未获通过的重要原因。"这些问题的存在，直接影响了审判机关实践司法公正这一最高准则，降低了人民法院的公信度。"

法院为期 3 个月的整改工作及将采取哪些措施提高案件审判质量，无疑是代表们最为关注的内容。

作完报告回到代表驻地，丁仁恕被记者"堵"在了电梯口。对下午将召开第二次全体会议对整改报告进行投票表决，丁仁恕显得信心十足。他说，"我相信，只要我们努力了，代表们是能够理解的。"

此前几乎拒绝了一切新闻媒体采访的丁仁恕是个崇尚少说多干的人。报告对几个月整改工作的总结，类似取得"初步成效""良好开端"的字眼都没用，就提了"只是法院工作新局面的一个开端"。丁说，"种种措施，我们就是要做到让人民群众相信：选择法院，就是选择了正义"。

简短的午餐后，各代表团分 24 组审议市法院的报告、决议。分组讨论中，应该如何看待法院的整改工作成为代表们讨论的焦点话题。他们纷纷强调，希望法院把工作报告的通过作为工作的开端，不要一通过就松了气，法院的整改应该是长期的、深入的。

冯有为代表明确表示自己在下午表决时将会投赞成票，但他强调自己的这一票是"有保留的、阶段性的赞成"。他解释说："整改 3 个月我看到法院发生了很大变化，对新领导班子我也是信任的。这是我投赞成票的原因。但法院积累下来的大量问题指望在 3 个月里得到彻底解决，是不现实的，法院真正的攻坚战还在后面。能不能攻下坚现在还不知道，所以赞成是有保留的、阶段性的。"

而王滨代表则强调，沈阳中院应该借此机会进行彻底反思。他认为造成中院问题的深层次原因还在于司法的独立性无法得到根本保障。

16 时 04 分，大会主持人、沈阳市人大常委会主任张荣茂宣布开始对整改情况和 2001 年工作安排的报告进行表决。16 时 05 分，电子屏幕上显示投票结果：到会的人大代表共 439 人，其中赞成通过该报告的代表 395 人，11 人反对，17 人弃权，16 人未按表决器。

会场上，响起一片热烈的掌声。

程　刚
2001 年 8 月 10 日

脚注：在 2001 年 2 月召开的沈阳市人民代表大会上，沈阳市中级人民法院的工作报告未获通过，这被称为"中国民主政治的标志性事件"。当沈阳市人大常委会主任宣布这一消息时，会场一度出现混乱，大会主席团成员转身背对着 500 多名代表开会研究应对措施。最后作出决定："闭会后，由市人大常委会继续审议市中级人民法院报告，并将审议结果向下次人民代表大会报告"。但后来发现，这个决定不符合《中华人民共和国地方各级人民代表大会和地方各级人民政府组织法》规定，必须由本级人民代表大会审议本级人民法院的工作报告，而不能由本级人大常委会审议。直到 3 个月后，沈阳市人大召开会议研究作出一个"开创性的决定"：再次召开人民代表大会，但不重新审议上次未获通过的中院工作报告，而是审议中院进行整改的情况和 2001 年工作安排的报告。8 月 9 日召开了这次特别人代会。

王伟，请返航

南中国海掬起一捧捧哀思的浪花，生生不息的涛声发出呼唤——王伟，请返航！

在13亿中国人的记忆中，永远刻下了美机撞毁我机事件中跳伞失踪的人民海军飞行员悲壮的身影。

今天，不速之客又来了

4月1日，一个让世界震惊的日子。

8时36分，一阵战斗警报声骤然响起。海军航空兵某部一级飞行员王伟和赵宇百米冲刺般跑向战机。他们记不清有过多少次这样的警报声划破甜美的梦乡，记不清有过多少回如此紧张的战斗起飞打破节假日的安宁。

多年来，美国军用飞机频繁到中国近海活动，在我沿海实施空中侦察，对我国家安全构成严重威胁。位于南海前哨的海军航空兵某部，为捍卫国家主权一次次派出战机进行跟踪监视，王伟和他的战友最多时曾一天紧急起飞3批次执行任务。

前年除夕，全国人民正欢天喜地迎接传统佳节。中午11时30分，一阵急促尖厉的警报响起，担负战斗值班的王伟和段辉扔下饭碗，驾机升空。目标越来越近，是美国的军用大型电子侦察机！他们发现座舱里的美国飞行员人人都戴着一顶"圣诞帽"。在西方，慈祥的"圣诞老人"为人们送去祝福，是平安与祥和的象征。而此时，一个国家的军用侦察机飞行员戴着"圣诞帽"抵近另外一个主权国家的领空，送来的"圣诞礼物"却是威胁和挑衅！

今年1月24日，新世纪第一个春节。美国军用侦察机又来了，他们似乎专挑这样的时候和中国人民捣乱。王伟和战友高秉礼，奉命去和"老对手"周旋。7天的春节假期里，他俩两次战斗起飞。

对抵近我国侦察的外国军用飞机实施跟踪监视，是维护我国国家安全的需要，完全符合国际惯例。

今天，不速之客又来了！王伟和赵宇紧急升空，战鹰仰首直刺海天，上升高度，调整航向，空中编队，向目标飞去……

几分钟后，王伟和赵宇发现左前方有一架大型飞机，他们向目标接近，很快判明这是美国的EP-3型军用电子侦察机，正向我海南岛三亚外海抵近侦察。王伟、赵宇迅速调整航向，驾驭战鹰与美机同向同速飞行。

王伟和赵宇已多次和狡猾的美国军用侦察机打交道了，熟知美国军用侦察机常常利用双方飞机性能上的差异，尤其是利用侦察机擅长低速飞行的长处，玩弄各种花招和伎俩，如"减慢速度""贴云飞行"等，企图摆脱我机跟踪。狂妄傲慢的美机还经常忽上忽下，突然左右大坡度转弯，一次次做出极危险的动作，挑衅我方飞行员。一次，王伟和段辉在我专属经济区上空执行跟踪监视任务，美国军用侦察机忽而贴着云底飞行，忽而大幅度减速，忽而下降高度，忽而钻进云层。僚机王伟紧跟长机段辉，始终咬住目标不放，保持着与美机的安全警戒距离。

这一次，王伟和赵宇当然知道该怎样对付多次到这里侦察的老对手EP-3。他们沉着冷静，在我海南岛一侧平稳编队飞行，美国EP-3飞机在外侧。突然，美机大动作转向，向王伟的飞机撞压过来！美机左机翼外侧螺旋桨将王伟驾驶的飞机垂直尾翼打成碎片。战机发出一阵惨烈的怒吼，赵宇眼看着王伟的飞机呈右滚下俯状坠落。

令长机赵宇难以相信的是，从翻滚坠落的飞机上依然传来了王伟镇定的报告声："飞机控制失灵。"王伟还在继续驾驭着已经完全失控的战机！具有1000多小时空中飞行经历的王伟，当然知道此时此刻的危急，当然知道在翻滚坠落的飞机上多待1秒钟意味着什么。

1秒、2秒……9秒，将个人生死置之度外的王伟与坠落的战机在空中翻滚，他在用血肉之躯为救护战机做最后冲刺。事不宜迟，别无选择。赵宇大声命令："跳伞！"

没有回音，但闻惊天动海的呼啸，尽管匆忙，却是从容不迫的告别。王伟离开了自己心爱的战机，犹如一颗流星用自己最后的光芒，在海天之际划出一道壮丽的彩虹。降落伞缓缓下落，一只不屈的雄鹰在南中国海盘旋、盘旋……

万里挑一的"满分"飞行员

一架银色的战鹰引擎呼啸，如长天高歌，直奔险象环生的海域。

驾驶战鹰的是海军航空兵一级飞行员王伟，此时，他担负着为超低空训练探路的任务。从高空到低空，俯视的感觉完全不一样，正视前方，似乎海在上面，环顾左右，一片混沌，飞行员的直觉是"无高度"飞行。此时此刻，只要有瞬间的疏忽或错觉，飞机都有葬海的危险。王伟镇定自若，继续下降着高度。老天又偏偏作难，刮起了大风，机身下波涛翻滚。他全神贯注沉着飞行，从容自如地翱翔在波峰浪尖上。

探路成功啦！王伟又创造了一个新的第一：在全团同批飞行员中，第一个驾新型战斗机探索超低空训练成功。15年飞行生涯中，他不断书写着第一的历史：

在飞行学院同期学员中，他第一个放单飞遨游蓝天；

在飞行部队3次装备更新中，他每次都是第一个放单飞，第一个担负战备值班任务；

在同一批飞行员队伍中，他驾驶最先进的国产歼击机，第一个飞满1000小时，成为能飞4种气象的"全天候"一级飞行员。

在王伟床头书柜里，摆满了《空气动力学》《飞行原理》《计算机仿真》等理论与专业书籍。在他厚厚的一大本飞行笔记中，密密麻麻、工工整整地记满了他的飞行体会和经验总结。一本《国际航空飞行规定》被翻阅得卷起了毛边，字里行间画满了红杠杠、蓝道道。与他同宿舍的副大队长叶潮嵩说，里面的重要条款，王伟都烂熟于心。在全师"飞行法规和国际法知识竞赛"中，他以满分的成绩获得优胜奖。

那是一次智慧、技术、胆识的综合考验。琼岛 6 月天，说变就变。王伟起飞时夜空星月皎洁，10 分钟后，乌云像一把巨伞遮盖了整个机场，霎时间 200 米外的景物都模糊不清。这时，王伟完成空中训练科目，请求着陆。但地面工作人员只闻引擎声，不见飞机影，能见度越来越差。

"能安全着陆吗？"有的人担心，但了解他的人知道，这位有着多次在黑云覆盖机场、雨水蒙住座舱等恶劣气象条件下，安然着陆经验的优秀飞行员，能处置眼前的险情。

就在此时，战鹰突然钻出云层，以漂亮的轻点着地平稳地降落在跑道上，为他喝彩的掌声划破了夜空。正是这种高水平、高质量的训练、磨砺，使王伟成长为蓝天雄鹰。

矢志做卫国的军人

当王伟还是浙江湖州一名 18 岁中学生的时候，他面临多种选择：可以报考地方大学，也可以下海经商。从小具有艺术天分的他，还可以走艺术之路。尽管他是父母惟一的儿子，但他毅然踏上了报国从戎的征程，"祖国至上"成为他至死不变的誓言。

紧张的 4 年航校生活，王伟以优异成绩拿到了飞向蓝天的通行证。分配前夕，好心的朋友劝他争取到上海、广州等大都市去工作，家人们也希望他能回到离家不远的杭州、苏州等江南城镇。但王伟找到学校领导说："我要到海防前线去、到部队建设最需要的地方去，不管那里多么艰苦、多么偏僻。"就这样，王伟如愿以偿地来到了驻海南岛海军航空兵某部。

万里挑一的飞行员，令人羡慕的空中骄子。妻子阮国琴从信中一次次读到王伟对军营如诗如画的描述，新婚的她带着向往从家乡来到海南。

汽车远离了海口，霓虹灯消失在背后的夜色中，阮国琴乘坐的汽车在窄小的土路上颠簸着，总算到了部队的营院。王伟满怀信心地告诉她，眼前这里虽然"路不平、楼不新、水不清"，但条件很快会改变的。他动员妻子办理了随军手续，在同期分来的 10 名飞行员中，第一个在这里安了家。其实，阮国琴在家乡有一份固定工作，收入相当可观，可到了部队，工作一直没有着落。王伟对妻子说："军人的奉献，是对祖国和人民最大的回报；军人的牺牲，是和平与安宁最牢固的基石。为了祖国和人民，我们应当甘愿舍弃自己的一切。"

王伟也曾有过致富的机会。前几年，有几家地方航空公司曾邀请他到民航去工作，许诺的月薪几乎是他月工资的 10 倍。他总是摇摇头说："钱能买来华贵的衣裳，但买不来军装的尊严；钱能带来生活上的享受，但带不走我心中的理想。"

在王伟看来，当好一名海军飞行员，献身祖国的万里海空，不仅仅是一种职业，更是他毕生热爱的事业。1998 年春，已经飞过两种机型的王伟，听说部队又将改装国产最先进的歼击机，立即报名申请第一批改装。有人劝他说："一旦改装，又是从零开始，你又成了一名新飞行员。像你这样的飞行技术，在别的部队早已干上大队长了。"王伟说："我不在乎当官，就是想飞最好的飞机。"改装先进战机，他又是第一个放单飞，率先进入战斗科目训练，率先担负战备值班。

3 月 30 日傍晚，飞行了一天的王伟回到家里，只待了一个多小时，便像往常一样吻别妻子，住进了飞行员宿舍，因为第二天，他有正常的飞行任务。3 月 31 日，王伟担负战备值班，他在电话中告诉妻子阮国琴："我不能回家了，你要照顾好自己。"没想到，这是他与妻子的最后告别。

王伟和儿子在一起 阮国琴／摄

多少人在盼你归航

4月6日，是王伟33岁生日。美国军用飞机的野蛮撞击，让一个向往和平的年轻生命流星般陨落，撞毁了一个幸福美满的温馨家庭。

王伟和阮国琴是高中时的同班同学，小两口相亲相爱，感情甚笃。王伟每次离家去飞行，都要亲密地拥抱一下妻子，亲亲儿子的脸蛋。

王伟飞行训练忙，执行任务多，每周只有一两天能回家。为了弥补对妻子的歉疚，一到家，他就扎上围裙下厨，弄一桌家乡的饭菜，还把家务都包下来，减轻妻子的负担。去年8月，小两口结婚纪念日，王伟从外地回来，特地买了一块漂亮的真丝衣料，亲自动手为妻子设计了一条新颖的时装裙子。

王伟永远是父母疼爱的儿子。他长年在外，一直记着父母的生日，不论多忙，不论在何地，他都要为父母祝贺生日，寄去父母喜爱的礼物。

王伟聪明能干，乐于助人，战友们有事都愿找他帮忙。他乐呵呵地为战友理发；为报考军校的战士辅导功课，解答疑难；帮助兄弟单位出板报。更多的时候，战友的困难被热心又细心的王伟看在眼里，不等你开口，他就会主动帮忙。副大队长朱新民的家属临时来队，王伟去看望，回去不一会儿就把他们需要的生活用品送了来。王伟爱战友，大家也都喜欢他。

王伟的业余爱好非常广泛，而且每样爱好都与他挚爱的飞行事业紧密相连。他很早就买了电脑，自学绘图软件，熟练掌握了三维动画制作技术。王伟走得匆忙，在他的电脑里还有一幅尚未完成的图画：威武的战机、飞行员的头像刚刚勾勒出轮廓。他是全团的摄像摄影专家，曾为战友们拍下了一个又一个美好的瞬间，他留下的数百幅飞行训练摄影资料，成为团里最宝贵的财富。

王伟喜欢美术，他的美术作品曾在南海舰队航空兵的展评中获奖。在他的家里，墙上有他亲手画的一幅幅以飞机和飞行为题材的油画，还有他带着头盔、登上战机的自画像。王伟自己谱曲、自己用吉他弹唱的飞行员歌曲，制作成录音磁带，还颇有专业水准呢。王伟爱花爱草，桌上摆着他制作的插花，窗台上有他栽培的盆景，样样都有一个与飞行相关的名字。

战友、亲人怎么也不会相信，王伟这样一个热爱生活、充满爱心的人，会突遭厄运。他曾一次次地计划把年老多病的父母接到美丽的海南，尽尽儿子的孝心，让老人看一看自己的战鹰；他早就许诺陪妻子照一本影集，纪念他们结婚10周年；他答应过教儿子画画，学吉他；他还要到医院看望生病的战友……

王伟走了，带着他对美好生活的向往，带着他对亲人、战友的眷恋，带着他对飞行事业的挚爱，带着他为祖国奉献的未了心愿。

王伟走了，走得如此匆忙，又如此悲壮。他用自己的壮举，捍卫了国家的主权和民族的尊严。

司彦文　吴瑞虎　袁华智

2001 年 4 月 23 日

曹县一中"替考事件"调查

刘强（化名）是某重点高校大一的高才生，但今年 7 月 7 日，他又出现在山东曹县高考的考场上。不过，此时的刘强已更名为张健行（化名），他的学籍档案上的学历也变成了高二，当然，这份学籍档案也是伪造的。

刘强是被有关领导主动找上门的。找他的人只有一个动机：顶替张健行参加高考；而刘强的目的也很单一：一旦考上，从中可以赚取一笔不菲的酬劳。

像刘强这样的高考替考事例，在今年曹县一中参加高考的学生中不是一例两例。无论是学生、老师、家长，对此无不知晓，甚至连路边的三轮车夫也向记者拍胸脯，称可以帮助推荐老师联系替考。

一位学生说：高考替考在曹县已是公开的秘密。

举报信说：替考奇风刮得太大了

6 月中旬，本报接到一封来自山东曹县的举报信。举报信中说："我是曹县一中高三理科班的学生，一些家长想法儿让去年考上大学的尖子生来替他们的孩子考试，俗称替考。方法是一切档案都是被替考考生的，只有相片是大学一年级回来的学生的。"

"这股奇风刮得太大了。照相报名正好在'五一'放假期间进行，这一次就有数以百计的大学生回来照相。"

"为什么考上大学的学生会冒险呢？条件是优厚的。先给 1000 元生活费，又称定钱，即确定回来考试，考上本科再给 1.5 万元到两万元。"

"当然这里缺少不了得好处的介绍人，就是学校的老师。从春节到'五一'期间，他们以慰问学生、家访的名义去游说。"

曹县一中校门　郑琳／摄

"本县大学的学生（来自本县的大学生——记者注）找完，找外县的及外省的。这都找完了，把'黑手'又伸向在校高二的学生，让他们来替考。今年曹县一中在校毕业生（包括往届生）2600人，（而高考）报名人数达3200人。"

信中最后呼吁："我面对十几年的奋斗就有可能付之东流，希望能有一个公道的说法，扼制住这股社会的暗流。"

接信之后，本报先后两次派记者赶赴曹县明察暗访。

学生说：替考好几年来都有

在曹县，记者随机走访了几十名高三应届学生及补习班学生，被采访的学生无一例外证实，替考现象十分普遍。"不是今年一年，好几年来都有。以前少，后来越来越多。因为山东高考从明年开始实行'3+X'，为赶末班车，今年替考的人数大大超过往年。"

一位高三补习班的学生这样对记者说："我们也很生气，但更多的是无奈。如果我们把这事向上汇报，学校能让我们上不了大学。"

另一位同学说："我们已经司空见惯了。"

被采访的学生都非常熟悉替考程序："一般都是班主任帮助联系。班主任知道自己的学生哪个学习好，哪个考上了好大学，就做他们的工作，让他们回来替考。"

"如果是赵姓学生替李姓学生考，在办准考证的时候，赵姓学生就以李姓学生的名义去照照片，最后以李姓学生的身份参加高考。这次'五一'放假，就回来了好多大学生来照相。而李姓学生，仍姓李，再换一个名字也参加考试。"

"再一个办法就是请高二学习好的学生，他们也愿意有个机会试一次。如果他们考上了大学，百分之百自己是不会上的。高二都能考上大学，明年当然能考上更好的学校，卖给别人，又赚了钱，又多了一次锻炼的机会，何乐而不为呢。"

"还有一些是考完以后直接买卖录取通知书。张三考上大学，或因考得不理想，或因经济困难等原因，把录取通知书卖给李四。到大学报到的还是张三，因为要核对照片和本人的身份，可大学开学后，就是李四去了。从此，李四就一辈子叫张三的名字，或以后再想办法改过来。"

学生们告诉记者，改名字、改年龄在这里非常容易，"只要花200元就行"。

"现在的替考实际上就是从以前的买卖录取通知书发展来的。有老师帮忙，风险很小，学籍档案都可以伪造。"

还有许多学生向记者证实，高考替考这种现象不是曹县一中一所学校有，也不是今年一年才有。"我们这里别的学校也有，只是一中学生多，所以替考的也多。"一些学生甚至说，在整个菏泽地区，这都不是什么新鲜事。"在菏泽某中学，今年高考也有不少学生替考。"

老师说：只要有钱，学习再差，我也能帮他上大学

高考前夕，记者假扮生意人，私下分别找到曹县一中的几位老师，称想找人替考。几位老师都表现得极为热情，满口答应："没问题，只要有钱，就是学习再差，也能找人替考上大学。钱多，想上哪个大学就上哪个大学。"

某位老师告诉我们，想上大学有两种办法，一是提前预订已上大一的学生或高二的尖子生，交几百元定金。"我可以帮你先提前预订，免得订得晚了，好

学生都被订光了。"二是等考完大学后再买别人的录取通知书。那时候谁考得好买谁的。

他还给记者讲了具体价钱：本科一万元，重点一万五或两万元。"前两年一个孩子花了4万元，找人替考上了×大（北京一所著名高校——记者注）。""专科便宜，6000元就可以了，但专科毕业找工作难，没什么人买。"

另一位老师甚至非常"好心"地告诉记者："这事也有风险，就像赌博一样。如果你个人操作，就很难换档案，容易被高校发现。但要通过老师，我们就能做好一切工作。当然也有极个别被高校发现的，那时候就看你能不能买通高校了。"

校长说得最多的是：我不清楚

7月6日，记者暗访的消息在部分学生中传开后，校方立即找到有关学生进行询问，并带领学生，暗中到记者所住的宾馆指认记者。随后，曹县有关人员每天频繁登门主动与记者"沟通"。而学生们暗自向记者通风报信：好多替考的大学生已于7月5日回来了，更多的将在7月6日回来。

7月7日，记者在县委宣传部有关领导的陪同下，直接采访了曹县一中校长汪洪祥。汪说，今年高考毕业生数目（包括应届生和往届生）是2976或2978人，"具体我没过问。""有没有替考，我不清楚。但我在班主任会议上说了'谁的班出替考，我处理班主任'。""要有个别学生无视纪律，自己操作，我管不了。"

汪说："学生买分的现象去年有，也有报纸登过，我们不回避。有的学生考上后，上不起，就卖了。还有的是因为自己考得不理想想明年再考，也卖。这是私下交易，学校不知道。至于怎样操作，我不知道。"

"也有的家长有钱，孩子又考不上，就想买分。但有没有预定，我不知道。"

"高三补习班的人数多，我也管不过来，具体情况不清楚。"

"照理说不应该有大一的学生回来替考，要不就是考的学校不理想。只要拿着去年的毕业证，就可以来报名。只要不是在以前的班主任处报，别人不认识他，就行。"

据悉，1996 年，曹县一中高考大幅度滑坡，在菏泽市排名倒数第二。现任校长汪洪祥在这种情况下接手出任校长，高考成绩一年止跌，第二年大幅回升，到第三年，高考成绩便跃居全市第一名。

县里的"紧急会议"强调：今天的会议要保密

记者在汪校长的笔记本上，看到一个最新的会议记录：

紧急会议，7 月 6 日。

地点：招待所西楼会议室。

主持人：曾庆诗（主管教育的副县长——记者注）。

李安现书记（分管教育的县委副书记——记者注）讲话：高考成败，取决于我们在座的各位。

1. 提高认识，增强做好此项工作的认识，把高考工作提到重要日程上来。把此项工作提高到"三个代表"的重要性的高度。对我们曹县而言，（高考）如果出了事，就会影响我们曹县的形象。

2. 要求各位领导认真分析和排查一下参加高考的考生是否有替考现象。有，你学校的班主任最清楚。有者，明天坚决不能再考。哪个学校出了问题，处理哪个学校的校长。私立学校出了问题，考虑你的办学资格问题。哪个班出了问题，考虑班主任的问题。

3. 今天的会议要保密，要做到内紧外松，该传达的传达，但不该说的绝对不说。

王玲部长（县委宣传部部长——记者注）在会上讲了为什么召开这次紧急会议，要站在讲政治的高度上落实好这次会议精神。

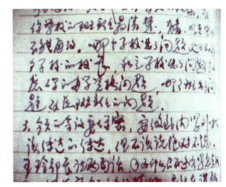

曾县一中校长汪洪祥关于 7 月 6 日
召开的紧急会议记录　郑琳／摄

曾副县长强调：今晚（指 7 月 6 日，高考前夜——记者注）无论如何要落实好会议精神，开好班主任会议。把李书记的讲话迅速传达到班主任中去。办学秩序比较混乱，长期下去肯定会出问题。

7 月 8 日，县委副书记李安现，县委常委、宣传部部长王玲以及副县长曾庆诗主动找到记者驻地。他们表示，欢迎新闻单位进行舆论监督。为不影响高考正常进行，待高考结束，县委、县政府将组织班子，对此进行严肃调查。

曾副县长说："县里的态度是一不保护、二不回避、三要查出结果严肃查处。"

究竟有多少毕业生？

在曹县一中提供的花名册上，应届生和往届生人数共有 2534 人（教导主任称还有两个班近 200 人的名单没有提供），而准考证名单上的人数则是 3125 人。多出 591 人。但校长说的毕业生人数则为 2976 人或 2978 人，与这两个名单均对不上。

对此，校方的解释是，多出来的部分有些是社会青年参加高考，有些是往届生虽然想在一中补习，但为了逃避交补习费，就混在班里上课，也有部分是高二的学生。而学生则说，这些人都是临考前才多出来的，从未和他们一起上过课。"如果是觉得一中补习效果好，现在才来有什么用。""再说，学校把升学率看得比命都重要，根本不会让一般社会青年来考，这会把升学率拽下来的。"

在暗访中，学生告诉记者，高考前夕，每个补习班突然多出了一些学生，每个班多几个到十几二十几个不等。学生们断言："这些人都是回来替考的"。

一位学生告诉记者，他们班拍准考证照片的时候，班主任隔几个人就塞进来一两个陌生面孔，"这些人我们从来不认识，怎么就成了我们班的？这里面肯定有鬼"。

此外，"还突然多出了理（科）补（习）11 班和 12 班（一中理科补习班为10 个——记者注），每个班人数都在 100 人以上。这一年都没有这两个班，突然多出来，肯定也是替考的。""这两个班很神秘，在高考体检时，也是排在最后，但我们都没有看到他们体检。"

记者与校长核实此事时，汪校长说：不知道有理（科）补（习）11 班和12 班。

学生们还给记者指认了部分替考学生名字，本名和准考证上的名字根本不一样。"他们不是替考的就是被替考的"。

究竟有多少考生临阵缺考？

7 月 7 日，高考第一天，记者在曹县三中考场看到，有公安车辆停在门前。

7 月 7 日晚，记者向曹县教委副主任贾金海询问缺考情况，贾告诉记者，头一天缺考人数是 199 人，"但没有具体名单，只有缺考学生的考号"。

7 月 8 日晨，记者再次与贾主任联系希望提供缺考考生名单，得到的回答是：只有人数，没有考号。

7 月 8 日中午，经第三次交涉，得到的回答是：人数不太清楚，也不能给，需请示市招办。记者与市招办有关领导联系，回答是还需请示省招办。

直至记者发稿，曹县今年高考究竟有多少人缺考，缺考的原因是什么，仍是一个谜。

仿佛一切迹象都显示，大批替考的学生临时退出了今年的高考。但7月8日晚，先后有数位学生向记者证实，退出的只是少数，他们都在考场内见到过大一学生的面孔。一位大一的替考生向他的同学说，他们（指记者）无法查清我，因为我既不是用的真名，又不是用的往届生的身份参加考试。

"我本来以为学校是块净土，但现在看到学校的种种黑幕，真叫人失望。"说到这儿，这位提供情况的学生声音有点哽咽。他坦承，"我家里生活也很困难，如果不是你们这次来采访，我也会把自己的考分卖掉。"

郑琳　蒋韡薇　杜涌涛
2001 年 7 月 10 日

脚注：2001 年高考次日，调查曹县一中替考乱象的报道就已成稿。但为不伤及无辜，编辑部还是决定等待高考结束。7 月 10 日，报道发出，立即引起社会震动。山东省委书记吴官正批示严查，教育部立即派出调查组。经查，当年高考共有 18 名替考生，另有 285 名高二在校生以往届生的名义参加了高考报名。为此，曹县教委、曹县一中 14 名责任人受到党纪政纪处分。

解密"黄冈神话"

又是一个丰收年。今年高考，湖北黄冈中学 568 名学生参加考试，521 人达到湖北省本科录取分数线，升学率 91.7％。其中 193 名学生总分在 600 分以上。此前，还有 37 名学生分别被保送到北京大学、清华大学、中国科技大学等全国重点高校。

在中国的几乎每一所高校，只要一说"我是黄冈中学毕业的"，同学们都会肃然起敬。"我做过你们的题！""我们老师到你们学校参观过！"一所僻处大别山区、以农村学生为主的中学，在中国教育界竟然拥有如此大的名声。

有人说，自恢复高考以来，全国有两个"神话"牢不可破，一个是"海淀神话"——北京海淀教师进修学校编撰的复习资料流传全国，另一个便是"黄冈神话"——黄冈中学输出了无数的高分状元。

今年高考前夕，记者来到大文豪苏东坡写下前后《赤壁赋》的湖北黄冈，深入这所百年名校寻幽探秘。

"黄冈神话"的由来

黄冈中学的校园，与一般城镇中学并无二致。普普通通的校门，普普通通的校名，普普通通的教学楼。三五成群的学生吃着从校门口小食摊买的零食出出进进，说说笑笑。也许是高三年级的学生已放假自由复习的缘故吧，整个校园显得有些冷清。

但当我们在副校长董德松的引领下走进学校的会议室时，还是小吃了一惊。会议室的墙壁上挂满了党和国家领导人为黄冈中学 90 周年校庆所作的题词。各种奖状、锦旗——作为一所中学所能获得的荣誉，这里几乎应有尽有。

学校党委书记骆东平自豪地告诉记者："中学校庆能上中央电视台《新闻联播》节目的，全国就是我们一家。"

经过三天的采访，我们大致知道了"黄冈神话"的来历。

1. 全省前六名占了五个

"文化大革命"前，黄冈中学的教学成绩只能算全省中等偏上。在恢复高考招生制度的第一年，黄冈中学的升学率还比不上同处一城的县办中学。

"当时我们的压力很大。在片面追求升学率的年代，一个学校的升学率上不去就等于死亡。"担任过黄冈中学11年副校长，现任黄冈中学党委书记的骆东平老师说。

1979年，黄冈中学在全地区择优选拔了23名学生组成"尖子班"，提前一年考大学（初中二年、高中一年），结果大获全胜：所有学生全部考入重点大学，同时囊括了当年湖北省高考总分第一名、第二名、第三名、第五名和第六名。

不可思议的成绩引起武汉地区一些兄弟学校的怀疑。他们向教育部告状，认为黄冈中学有作弊嫌疑。经过调查，上边的结论为："黄冈不宽，武汉不严。"

全省为之轰动。各地到黄冈中学来参观取经的人络绎不绝。

1980年，黄冈中学再接再厉，又取得全省第一名的好成绩。"黄冈神话"不胫而走。

2. "奥赛"明星

每年举办一届的国际中学生数学奥林匹克竞赛，被誉为是"激发青年人的数学才能，引起青年对数学的兴趣，发现科技人才后备军，促进各国数学教育交流与发展"的金字塔式竞赛。1985年，我国第一次组队参赛。

在此之前，黄冈中学在全国率先举行高中数学联赛，一炮打响，获奖人数最多，荣获一等奖。本来，地处中等城市的黄冈中学是没有资格参赛的，但他们凭借自己的实力，终于与各大中心城市的学生站到了一起。

1986年，全国选拔参加国际数学奥赛的90多名学生中，入选学生最多的是黄冈中学和南昌二中。竞赛结果，黄冈中学荣获两枚奖牌。1990年和1991年，黄冈中学学生又获得三枚奖牌，出尽了风头。获奖总数高居全国中学第一。当年无一枚奖牌入账的上海中等教育界急了，纷纷派人到黄冈小城取经。

因为指导奥赛有方，黄冈中学一位数学老师被聘为全国数学奥赛集训队的班主任。

截至目前，在国际奥林匹克数理化竞赛中，黄冈中学共赢得了9枚奖牌。奥赛加固了"黄冈神话"。

"这几年黄冈中学的获奖学生少了，因为一些省会城市的学校，其参赛学生并不是他们自己的在校生，我们当然就比不过了。"骆书记说。

3. "黄冈密卷"的传说

近一年来，由新疆某出版社出版的一套被鼓吹为"升学考试秘密武器"的丛书《黄冈密卷》在全国流传。在"出版说明"中，编写者吆喝："黄冈连续10年过高考录取分数线居全国第一，升学率高达96%以上，享有'全国高考状元'的美称。"而来自"状元故里"的《密卷》"由黄冈市一批久经沙场、长期战斗在高考第一线的状元老师亲自执笔完成，把多年汗水凝聚而成的一整套操作性极强的权威资料，首次拿出来整理出版，面向全国。"

这套《黄冈密卷》，其实与黄冈中学无关。骆书记说："市场上流传的一些所谓《黄冈密卷》《黄冈兵法》等等，没有一本是黄冈中学在职教师编写的。"那些印在《密卷》上的几十个编写者的名字，骆书记表示他"一个都不认识"。

但这些假冒黄冈中学名义编写的试题集，反过来也为"黄冈神话"罩上了一道炫目的光环。

4. 猜题：巧合还是智慧？

一件真实发生的事，经人们口耳相传，被演绎成"黄冈神话"的另一种版本——黄冈中学的老师擅长猜题押题。

这件事说的是几年前的一次高考前夕，应届毕业生们都已放假回家，进入了自由复习阶段。7月5日晚，一位语文老师突然觉得："高考已经连续几年没考过文学常识了，今年会不会考这方面的内容呢？有必要再巩固一下学生这方面的知识。"于是，他和教研组几位老师连夜编了个一页纸的复习提纲。7月6日，学生们来校看考场，老师站在教室门口，见一个学生发一份。7月7日上午考语文，果然有这方面的题。在高考语文试卷中，有7分题就是前一天学生们刚刚复习的内容。

"黄冈中学猜中高考题啦！"消息像长了腿似的，被放大无数倍传开了。

黄冈中学副校长董德松对记者说："这纯属巧合。但巧合也是一种智慧吧？"

今年6月18日，记者在采访间隙与这位语文高级教师开玩笑："我们赌一把，您猜猜看今年语文的作文题会考什么？"

董德松笑了笑，脱口而出："话题作文。"他说："话题作文的好处是，给一段材料，避免学生的审题障碍，主要考查学生的思维和运用语言的能力。要做到迅速切入话题，然后展开话题，最后收拢话题，而且要尽可能地选择自己熟悉的、耳闻目睹的生活场景。"

现在高考已经结束了。你说，董老师是猜中了还是没有猜中呢？

5. 水桶和鞋子的故事

多年来，地处大别山区的黄冈中学，高考升学率都在90%左右。因此，"黄冈神话"就有了一些稀奇古怪的版本，最典型的要属关于水桶和鞋子的故事。

黄冈这地方，山多蚊虫也多。据说，学生们每天复习至深夜，为了避免蚊虫叮咬，于是一人一只塑料桶，把腿泡在水桶里。——"黄冈状元"都是这样熬出来的。

又据说，黄冈这地方经济还不很发达，农村学生居多。老师为了激励学生上进，在每间教室里摆两双鞋子——一双皮鞋，一双草鞋。老师说："你们要努力呀，考上了大学就穿皮鞋，考不上大学就穿草鞋。"——"黄冈状元"都是这样逼出来的。

"这些都是无稽之谈。"黄冈中学副校长董德松说。但这些无稽之谈传播得如此之远，已经让黄冈师生们辩不胜辩。上海市一位区教育局长，见到湖北省教育厅的官员，都问："听说你们黄冈中学的教室里摆着一双草鞋、一双皮鞋，到底有没有这回事？"

"神话"是怎样产生的

与我们的想象不同，多年来，黄冈中学并没有形成成套的什么"教学法""教学模式"之类的东西。董德松说："学校的师资力量并不是太强，好多教师的第一学历仅仅是师专。"包括董副校长在内，全校只有两名教师拥有硕士学位。

在与学校领导、老师和学生看似漫不经心的聊天中，我们搜寻着"黄冈神话"的蛛丝马迹。

1. 校长亲自站讲台

如果将高考比喻成"千军万马过独木桥"，那么，各中学的校长们无疑是领军打仗的"统帅"级人物。

与全国大部分普通中学一样，黄冈中学实行的也是校长负责制度。一名校长、三名副校长（两名分管教学，一名分管校办企业）；一名校党委书记、一名纪委书记、一名工会主席。这就是黄冈中学赫赫有名的"7大帅"。

这"7大帅"分别有三项职责：蹲好一个点、管好一条线、教好一门课。

以副校长董德松为例。今年，他必须蹲好高三年级这个点，管理好全校教学工作，还要教好高三语文这门课。董德松说："如果校领导长期不带课，就会对教学情况产生隔膜，说服力也不强。"骆东平书记至今还带着高二年级的化学课，蹲着高二年级这个点。

学校的"主帅"——江立丰校长本人同样有教学任务在身。

2. 用不老的老招数

90名特、高级教师是黄冈中学的"将领"级人物，他们分别组成不同的年级组和教研室，以年级组为主。集体备课是黄冈中学的优良传统。"没有经过集体备课的教案是不能进入课堂的。"年级主任谢洪浠老师说。

据谢老师讲，集体备课的程序一般是这样的：面对每一门新课，年级组确定一个老师为"中心发言人"，由他讲解课程的重点、难点，并设置练习，其他教师则七嘴八舌地予以补充和完善，最后形成共同的教案，所有同一科目的老师一同把它带入课堂。

"在黄冈中学，所有的教案都没有个性化的东西，连做多少练习题都是全年级整齐划一的。至于教学效果，则通过每个老师独具个性的语言艺术和课后辅导来实现。"谢洪浠老师说。

在黄冈中学的课程表上，还设置有明确的"师徒课"。干部与教师、老教师与新教师结对。每个教师每学期都要讲 4 节以上"汇报课"，以保证教学质量并接受同学科教师的评议和监督。

3. "三字诀"

每一届高考成绩的好坏，当然并不完全取决于高三这一年，而是高中整个阶段的任务。因此，黄冈中学采取了分两步走的方法：一是三年的整体部署，二是高三的阶段部署。

三年的整体部署就是三个字："严""活""紧"。

严，就是高一"严"。黄冈中学的学生来自80多所初中，原学校教学风格各不一样，要做到统一，必须在起始年级高标准严要求。具体体现在：学风严、管理严、行为规范严。通过严格要求，使学生们成为行为规范、好学上进、自学能力较强的人才。

活，就是高二"活"。学生有自我约束能力和自学能力以后，就要着重培养他们的兴趣爱好和特长，如参加各种兴趣小组、竞赛训练、文娱体育活动，学生干部竞选、美术、音乐欣赏活动等等，全面提高学生的素质。

紧，就是高三"紧"。高三阶段基本上是总复习阶段，严中有紧，紧中有活，要有具体的指导思想，工作目标，具体实施方案，做到紧中有序。

4. 一轮复一轮

高三阶段的总复习，在黄冈中学被称为向高考发起"总进攻"阶段。他们的总体思路是：一轮复习要扎实，二轮复习要系统，三轮复习要提高。

第一轮复习（单元过关）截止于 3 月底。

第二轮复习（块块过关）在 4 月初至 5 月中旬的一个半月时间内进行，老师们精心编写了六套训练题。主要根据各科不同的特点，分知识点进行章节训练，做到题题过关、点点落实。

第三轮复习（大综合训练）在 5 月中旬至 6 月中旬进行，5 月份和 6 月份各有一套综合训练题，称为高考模拟题——这才是真正的《黄冈密卷》。

年复一年，月复一月，黄冈中学的老师和学生们就这样被绑在"高考"的战车上，左冲右突，屡战屡胜，成就了名闻遐迩的"黄冈神话"。

"考试越难，录取率越低，越能显出我们学校的水平来。高校扩招前，我们的升学率在 90％ 左右；扩招以后，基本上也还是那么多。一扩招，我们就不那么'神'了。"骆书记说。

"我们并不想这样教！"

"黄冈神话"的产生是以现行高考制度作为心理背景的。"其实，我们也不想这么教。"黄冈中学党委书记骆东平对记者说。

这是一个非常直爽的人。有一次，他到教育部开会，基础教育司和考试中心的两位负责人分别讲话。听完讲话后，他对主持会议的部领导说："他们两个讲的不一样，您说我应该听谁的？当然我只能听考试中心的，他们管考试嘛。"

今年春天，武汉某重点高校召集一些重点中学负责人去"联谊"，央请他们多往本校输送高分学生。骆书记开玩笑："你们校长不是刚刚在省报上发表长篇文章批判应试教育吗？又请我们这些应试教育的典型来干吗？"弄得人家直道歉："我们校长也是奉命、奉命……"中国教育，就是这么一个现实。正是那些最了解应试教育弊端的人，把应试教育推进到了极致。

骆书记说："3+2、3+X 等高考模式的改革，与推行素质教育没有关系。即使只考一门课也减不了负，相反还搞乱了中学阶段的教学计划。"他认为，真正的素质教育不在于这些形式，只要高考制度不进行根本的改革，全面推行素质教育就没有可能。

以语文考试为例。董德松副校长说，有些试题完全像是在做游戏。一段没头没尾的文字，中间抠出一段话，要学生填空，ABCD 四个答案模棱两可，似是而非，硬逼着选择惟一的一个，这样做毫无道理。学生只能死记硬背，阅读量越来越小，实际语文能力怎么会提高？

在应试教育的大背景下，这些老师也力所能及地做了许多素质教育的探索。

多年来，黄冈中学不办复读班，不招复读生，不加班加点，寒暑假不大面积补课，充分调动学生的学习积极性。

今年被保送到上海交大的高三（七）班学生熊韩晶，是经过全校民主竞选出来的学生会主席，省级优秀学生干部。每年竞选学生会主席，是全体学生的节日。一轮又一轮的公开演讲、答辩，正规得很。

熊韩晶说，在黄冈中学，自由支配的时间较多。她本人最大的收获是"养成了好的学习习惯"。她对即将到来的大学生活充满信心。

听周益新老师的地理课，学生们一定会充满乐趣。围绕"西部大开发"，围绕"长江水患"，他能从历史到现实，从人文到环保，讲得天花乱坠。今年夏初，他在本报发表的两篇讲解"综合"科目学习要领的文章，被国内上百家媒体竞相转载。

相比县一级中学和城市里的许多普通中学，黄冈的学生学习负担不算重。在该校团委和学生会主办的刊物上，我们读到了同学们写的很多文章。其内容、格调，与大城市里的中学生作品没有什么两样。黄冈中学旁边有一个网吧，夜晚，我们看到，里面挤满了学生。虽然这时离高考仅仅还有半个月时间。

据了解，历届从黄冈中学考走的学生，进入高校以后，有三分之二以上被选拔为学生干部。

黄冈师生最反感人家说他们"高分低能"——"同样在高考指挥棒下培养，这里出的学生素质应该算好的。"

张双武　刘健

2001 年 8 月 10 日

9·11: 祸从天降

美国东部时间 9 月 11 日，是美国灾难性的日子。上午 8 时 40 分左右，两架飞机一前一后突然撞向纽约世界贸易中心高达 110 层的双子塔楼。刹那间，两座高耸入云的塔楼上部浓烟滚滚，爆炸声不断。10 时 30 分，南北两座塔楼先后坍

塌，自此，世界驰名的世界贸易中心从地球上消失了。塔楼坍塌之时，灰尘四起，遮天蔽日，响声震天，行人四散奔逃。汽车眼睁睁地被埋没。受伤的行人匍匐于地，凄厉的哭喊声令人毛骨悚然。救护车、消防车和警车的警笛声响成一片。

与此同时，美国五角大楼也遭到了飞机撞击，国务院大楼遭到汽车炸弹的袭击，国会附近也多处爆炸。记者的住所离五角大楼只有 3 分钟车程，可以清晰地听到爆炸声，冲天浓烟近在眼前。五角大楼上空，数架直升机在空中盘旋。

在世界贸易中心大厦内共有 5 万多名职工上班。爆炸时正值上班时间，截至记者发稿时已有 1500 多人伤亡。爆炸发生后不久，正在佛罗里达公干的布什总统发表了简短讲话，声称这一行为"显然是恐怖主义袭击"。但目前尚无任何恐怖主义组织声称对此事负责。目前，布什正在紧急飞返白宫商讨对策。

爆炸后，美方采取了一些紧急应对措施，疏散了白宫、国务院、国会、财政部、联合国等敏感部门的工作人员。飞往华盛顿和纽约的国际航线中断，国内航线也很混乱。美国联合航空公司的一架客机在匹兹堡坠毁，两架美国航空公司客机失踪。

华盛顿地区乱成一团，地铁及公交业已中断，通往五角大楼的道路已封闭。美国网络也不能正常工作，CNN 及美联社等大型媒体的网址均无法登录。

记者居住的楼里，居民惊慌失措，愁云满面。一位居民悲伤地说："我们受到攻击，竟然不知攻击者是谁，可悲！"

据悉，联邦调查局正对此事进行调查。政府声称将采取一切措施严惩肇事者。

张兴慧

2001 年 9 月 12 日

世界杯：我们来了

或许若干年后我们已忘记这次的十强赛是如何的走运；或许若干年后我们已不记得这次十强赛是如何的一帆风顺；或许若干年后那位目光深邃却一脸狡黠的南斯拉夫老人已淡出我们的记忆；或许若干年后郝海东、祁宏的名字已被岁月磨蚀得痕迹全无……但我们永远不会忘记这样一个日子：公元 2001 年 10 月 7 日，中国足球"初吻"世界杯决赛圈的日子，一次经历了 44 年等待、7 次冲击后的"热吻"。就像一场饱经风雨的恋爱，当它终于在"触电"中爆发时，那是喜悦和泪水均不能表达的幸福，这种幸福今晚写在了每一位中国人的脸上。

米卢的世界杯

如果有人要写一部世界杯史的话，南斯拉夫人博拉·米卢蒂诺维奇的名字一定会占据其中的几页。尽管没有带队问鼎世界杯的经历，但他却将几支名不见经传的"边缘球队"第一次带进了世界杯决赛圈。在国际足联的网站上，与荷兰

沈阳球迷 刘占坤/摄

中国队 1：0 战胜阿曼队 刘占坤/摄

被淘汰出世界杯并重的，便是博拉带领中国，这个拥有 13 亿人口的国度第一次杀进世界杯决赛圈。

记得米卢入主国家队的时候，很多人都觉得米卢这次要栽了，他的一世英名很可能要折在中国足球这片"黑土地"上。因为中国足球就像傅红雪那把杀人不见血的"黑刀"，毁人无数亦"毁人不倦"。及至米卢率队以五胜一平的战绩提前两轮拿到入场券，我们除了感谢，还有深深的感慨。这届十强赛，与其说是中国队的，不如说是米卢的。他用自己的成功告诉世人：神奇并非浪得虚名。

或许有些中国教练到现在仍不服气，觉着这么好的签，这么好的赛程，这么"面"的对手，搁谁都能带进去。但米卢的运气却好得让人不得不服，这兴许便是他"神奇"的组成部分之一。主场打阿联酋，开场仅两分钟，我们便进球了；客场打阿曼，对方的点球愣是不进；客场打卡塔尔，恩纳济的良机丧失了一个又一个，而"大头"李玮峰却在关键时刻弄进去一个；还有客场打阿联酋，下半时城池如此不稳，米卢甚至换错了将，可对手就是无功而返。光从运气上来看，不管是苏永舜、曾雪麟、高丰文、戚务生，还是施拉普纳、霍顿两位洋帅，都已经输了。即便是心中不服的个别中国教练，也得先想想自己有没有这么好的命。运气不是足球场的全部，但有时却能改变命运，米卢便是这样一位球运亨通的家伙，不服不行。

2000 年元月 14 日，这对于中国足球和米卢来说都是个特殊的日子。在这一天，米卢来到了广州。当时他甩下广州机场出口处上百名记者，径自登上南方某报驶进停机坪的汽车扬长而去。这或许是一种暗示，告诉大家：博拉就是这么个我行我素，合适就行的主儿。也就是从这一天开始，关于"保米"和"倒米"的争论就一直没停过。在有名、没名的外籍教练蜂拥至中国淘金后，中国的媒体和球迷一样已经养成了对所有外教先打个问号的习惯。

米卢是个怎样的人或是个怎样的教练，我们至今还很迷惑。但他肯定是位善于走捷径或是善于"速成"的教练，而且他对自己的这一能力笃信不疑，所以他选择的多是哥斯达黎加、墨西哥、美国还有中国这样的球队。这一年多的时间里，米卢因其"我行我素"得罪了不少人，但也正是他"我行我素"到不按常理出牌的执教风格，让我们对中国队及中国球员有了重新的认识。为了给世界杯让路，他请阎"掌门"将联赛分割开；为了集训队伍，他不厌其烦地将队员们召集在一块儿，哪怕有时短到只有两三天的时间；为了考察队员，他的集训名单变得比纳斯达克的股价还快。为了让不听话的孙继海变成"好孩子"，他不管舆论如何坚持，不管球队热身赛乃至世界杯预选赛小组赛踢得如何难看，就是不开金口。结果，被"憋急"了的孙继海把全部能量释放到了十强赛场，他不仅是全队贯彻教练意图最好的，也是全队发挥最出色的球员之一。还有"郝大炮"，十强赛前把米卢"轰"得一无是处，可一个十强赛打下来，对米卢也是钦佩之情溢于言表。

一个固执的教练，首先是个自信的教练，所以，他才敢不理会别人的意思。热身赛和小组赛上，米卢坚持把马明宇放在中路的位置，任凭球迷如何愤怒，媒体如何谏言，就是不改这路数。可到了十强赛后，他猛地把祁宏推到了前腰，用马明宇挤掉了申思。事实证明此乃神来之笔，但这一想法是米卢十强赛前的突发奇想，还是早有"预谋"，又是一桩"无头案"。米卢调进了国安小将杨璞，把安琦直接从中青队门将升为主力"国门"，他重用李玮峰、李铁、李霄鹏、祁宏、吴承瑛等一批新锐，却把张恩华这位上届十强赛主力后卫搁在了板凳上。他宁愿用脚头不太灵光的谢晖，也不把张玉宁放在大名单里，他甚至在祁宏抽筋后面临无"腰"可用的窘境。但他却用自己独到的方式，将一群自信甚至自负的球员，整合为一支充满凝聚力和战斗力的球队。而在米卢偶出昏招的时候，他又有好运给兜底儿。

米卢善于寻找对手的弱点，并将其转化为"软肋"实施攻击；同时他又善于发现本队的特点，然后将其"速成"为杀伤性武器。他就像吉他速成班的老师，能在最短的时间里教会学生如何弹琴，但如果希望他告诉你如何成为吉他大师的话，那可不是米卢的强项，也是他的能力难以企及的。

对于米卢来说，带领中国队打进世界杯决赛圈已经足够了，这足以加亮他头顶上的"神奇光环"。他用自己的运气、"投机"手段及掌控比赛的能力，织成一张大网，一下网便帮咱们捞上了盼了44年的世界杯入场券。就像网鱼一样，鱼苗被聪明的米"渔夫"捞了上来，但这鱼苗如何处置就看咱们自己的了。是一次性煎炸炒煮尽情享用殆尽，还是放进咱们的鱼池，养出一池鱼来，是中国足球自己而不是米卢能够决定的。2001年十强赛或许是米卢的，但以后的世界杯之路还得靠我们自己走。难怪有人要说，如果中国足球还是现在这副弄法，下次冲进世界杯决赛圈估计得等到中国申办世界杯成功了。

郝范的世界杯

郝海东与范志毅，前者是中国足坛的北派"大佬"，如今已经是身价4亿的董事长；后者是南派"大哥"，现在是英甲水晶宫俱乐部薪水最高的球员。两人是中国足球职业化改革的第一批受益者，也是连续3届国家队中锋线和卫线的绝对主力。

因为众所周知的原因，数年前两人便如"仇人"般互不买账，一副老死不相往来的架势。不管是施拉普纳时期，还是戚务生带队，两人都是队中核心，但彼此又都"自立山头"。随着名气越来越大，腰包越来越鼓，两人的脾气也越来越不得了。郝海东在八一队时就曾因打架，被停赛半年，到了曼谷亚运会上，更是以一口"恶痰"招来一年"刑期"。在他的影响下，孙继海也步其后尘，成了不好管的"坏孩子"。"范大将军"的火爆脾气也是有目共睹，此君"殴打球迷事件"一直闹到去水晶宫才算平息下来。这两位"大哥"是近几任国家队主帅都希望仰仗的，又是最不好管最让人头疼的家伙。但两人都有一块同样的心病，又都有一个同样的心愿。1991年在新加坡举行的亚洲区争夺巴塞罗那奥运会入场券的关键比赛中，郝海东罚失一粒点球，致使全队进军巴塞罗那的愿望成为泡影；而范志毅在上届十强赛客战沙特那场决定生死的大战中，同样是一记点球"宴客"，提前取消了中国队争夺入场券的资格。所以，两人都希望在自己挂靴前圆一把世界杯梦。

年历翻到 2001 年，郝海东与范志毅都已过而立之年，均已为人夫为人父。也就在这一年，米卢将率领中国队第 7 次冲击世界杯决赛圈。尽管郝海东在中央电视台公开"炮轰"米卢，但那是基于对"国字号"战袍的渴望，他希望为祖国、为球迷，也为自己再去搏一次。范志毅则是不顾水晶宫扣工资的威胁，铁了心要随国家队战完自己的最后一次。多年的闯荡已经在范志毅身上烙下了印记，他不希望自己再有什么遗憾，也不希望再做当年那个"愣头青"。回到国家队后，他就告诫自己："不再意气用事，不再逞强好斗，学会沉默与成熟，但不失做人的棱角，让队员更信任你。"郝海东虽说仍是全队惟一的"特权"人物，可以只练半天，但只要他出场训练，总是全队最卖力的队员之一。两位中国足坛的腕级人物，在国家队里起到的是"老大哥"而不再是"老大"的作用。只是两人依然互不搭理，甚至连见面点个头的客套都不存在，以至于不少人担心国家队会因为两人的隔阂无法真正团结起来。

这也是米卢的担心，他可以不计较郝海东的"炮轰"，不计较范志毅曾"迷信"霍顿，却无法不计较两位举足轻重的队员间的漠视。他跟范志毅谈天，跟郝海东"套磁"，为全队播放《热血男儿》，并恳切地搬出电影里的那句精典对白："你们可以不成为朋友，却必须学会尊重对方。"终于，在 8 月 26 日主场首战阿联酋的比赛中，范志毅门前头球横敲，郝海东于后门柱小角度打门建功。我们不仅迎来了久违的胜利，还欣喜地看到两位"大哥"紧紧地拥抱在一起。这一画面成为第二天很多媒体的主打照，范志毅还动情地说了这么一段话："海东是两个孩子的父亲，我也是孩子的父亲，我们都是为人父为人夫的人了，可以说我们现在比以前成熟了许多。我们更知道在这个时候该做什么，只有全队紧密地团结在一起，中国队才有可能冲进世界杯。这也是我们两位最后一次参加世界杯比赛的老队员的共同心声。"

那是一个令人振奋的标志性时刻，它不仅仅标志着郝范间积怨的化解，更标志着一支球队、一批球员心态开始走向成熟。郝范间的矛盾是国家队最具代表性的，其实"米家军"自组建那一刻起，队内的各种矛盾及传闻就没停止过。队员们对米卢的微辞不断，"大连帮"与"上海帮"间的争斗，替补与主力间的矛盾，让人觉着国家队就没"消停"过。但随着袁伟民和阎世铎先后明确米"核心"不可动摇的地位，随着十强赛的迫在眉睫，队员们开始摆正心态，摒弃前嫌，他们已明白集体荣辱与每个人是分不开的。已被炒掉的卡塔尔主帅哈吉就曾说过，中国队的进步是整体上的，像中卡这种缺乏"一脚定乾坤"人物的球队，只有依靠整体的实力才能有所提高。而且他还无比羡慕地表示，中国队员间的相互默契，是建立在感情基础上。确实，不管是魏新、符宾这些几进几出形同陪练的队员，还是张恩华、李明、申思这些昔日主力如今的板凳队员，都在用实际行动诠释着团结对一支队伍的重要性。小组赛中国主场战印尼一役，替补队员下半时在雨中搭成一排站在场边助威的情景，至今仍留在人们的记忆中。

对于郝海东和范志毅来说，以代表中国足球首次打进世界杯决赛圈的方式结束自己的运动生涯，他们是幸运的。而对于孙继海、李铁、李玮峰、吴承瑛、祁宏、杨晨这些当打球员及安琦、杜威、曲波这些新锐来说，他们比两位老大哥更加幸运，因为他们的世界杯之路才刚刚开始，这也可能会成为他们运动生涯的一个转折点，为他们赢得更美好的明天。更重要的是，这次相濡以沫的经历不仅对足球心态，对他们的人生观都将是一次重要的启迪。学会尊重，学会团结，这将是一生受用不尽的财富。

中国足球的世界杯

沈阳黑市"高烧不退"的票价，爆满的宾馆，脱销的啤酒，都告诉大家这是中国球迷的节日。国家体育总局和沈阳赛区临时取消了赛后的庆典，但球员眼中长流的泪水，告诉大家这是属于他们的节日。世界杯决赛圈不会因为中国队的加盟变个模样，但中国足球却很可能因为这块"敲门砖"，重新变个活法。毋庸置疑，2001年的10月7日是属于中国队的，这一天的世界杯在中国人眼里是闪亮且记忆深刻的。我们可以把今天扩大为中国足球的节日，但如果把这一特定十强赛的胜利，理解为中国足球的成功显然还操之过急。

中国队只是中国足球的一部分，或者说是金字塔的尖端，但它涵盖不了中国足球的其他部分，尤其掩盖不了金字塔底座存在的问题。让我们看看与中国队此次冲击世界杯决赛圈同期发生的故事，这对于我们理解中国足球或许有更多的帮助。

就在中国队顺利拿到入场券的前一天，甲B联赛却以闹剧的形式收场。如果因为中国队冲击世界杯决赛圈成功，而将这一切像渝沈之战一样大事化小的话，那将是中国足球彻底的悲哀。联赛是中国足球的根基，如果赖以生存的根基以这种"假球"盛行、"黑哨"猖獗的方式生存下去的话，那么中国队历史性打进世界杯决赛圈的意义将很快化为乌有。更何况如果有人再把这张入场券当成"尚方宝剑"或是"保护伞"的话，那可真就得不偿失了。

也就在十强赛期间，17岁以下世界青年足球锦标赛结束了。这届世青赛没有中国队什么事儿，亚洲球队亦无一例外地扮演着"陪太子读书"的角色。更要命的是，我们发现亚洲的小球员与对手比起来，技战术水平依然落后许多。这与前不久的阿根廷世青赛颇为相似，亚洲球队中仅中青队杀进第二阶段，中青队虽依靠整体力量且顽强拼搏，却终因技不如人败下阵来。这是中国足球乃至于亚洲足球的现状，它如同一种不和谐音在中国足球大喜的日子里弹奏了出来。一张入场券代表的只是我们在亚洲区一次十强赛中的胜利，代表的只是现在的中国队，而这代表不了中国足球的未来，更代替不了青少年球员的培养。中国有多少孩子在踢球，中国有多少基层足球教练，这些教练又是以什么样的方式在教孩子们踢球，在锦标主义的影响下，又有多少孩子被拔苗助长。这些是我们一直在唠叨，却也一直没得到解决的问题。

诗人杜甫曾留下"白日放歌须纵酒"的诗句，我们今天不妨用啤酒、眼泪和欢笑，尽情宣泄压抑多年的情感。待明天醒来后，我们会发现联赛仍将继续，一堆遗留问题还得有人去收拾，青少年的培养还有很多工作没有做。我们还会发现球迷又将会有新的期待，期待中国队不只是偶尔"投影"在世界杯决赛圈，希望中国队能够再接再厉打进世界杯 16 强。而这不是一支好签，不是整体实力的适度提高，不是好运气能够解决的，这有赖于中国足球脚踏实地的进步。

中国足协以分割联赛为代价，赢来了这张梦寐以求的入场券。这张入场券对中国足球的作用，仅仅相当于一针兴奋剂；利用好了这一契机，中国足球将会走出一片新天地。但兴奋剂的作用不是长期的，等这段兴头儿过去，一切又将恢复平静。正如阎"掌门"所说，打进世界杯决赛圈只是完成了一项任务，这将缓解中国足协目前的压力，给接下来的开展工作提供了一个宽松的环境。但这只是个开始，是中国足球寻求大发展的开始。阎"掌门"对于入场券的理解可谓深入中肯，但说与做之间永远存在着距离。

这个中秋对中国球迷来说，不仅有嫦娥、明月，还有长假和足球。中秋与国庆合二为一，19 年才能轮上一次；而中国球迷与世界杯的第一次"团圆"也是等了几十年，才如此幸福地聚首。有了第一次，就会盼着第二次，但第二次是在 4 年后还是会按数十年一个轮回进行？相信连"神奇"的米卢也给不出答案，所以我们只有等待，也只好等待。

曹　竞

2001 年 10 月 7 日

击槌前两小时专访龙永图

卡塔尔当地时间今天下午 3 时 50 分，距中国代表团步入多哈喜来登饭店萨尔瓦大厅仅有两小时。

中国代表团副团长、外经贸部副部长龙永图在喜来登饭店接受了本报特派记者的独家专访。

面对期盼已久而即将到来的中国入世这一时刻，龙永图不露声色，显得很平静。在 20 分钟的采访中，他始终从容不迫，谈笑风生。

记者： 此前曾有无数记者问过您"怎样的心情？"这个问题从您参加复关谈判开始一直问到现在，从日内瓦、北京一直问到多哈。本报把这个问题放在今天这个时刻，在您走入萨尔瓦大厅前向您提出。

龙永图： 的确，面对这一历史时刻理应提出这样的问题。谈判了这么多年，经历了那么多的波折，此时此刻我反倒充满平常心。为什么会这样？有两个"理所当然"。

第一，中国加入 WTO 是理所当然的事情。以中国这样的大国和经济总量世界第七的排名，加入 WTO 实在是理所应当并且早该如此的事情了。经过 15 年的谈判，终于迎来今天这个时刻，这表明了 WTO 对中国的认可，142 个成员对中国的认可，整个国际社会对中国的认可。对中国的认可实质上是对中国实行市场经济的认可，归根结底是对中国 23 年改革开放的认可。

也有人会说："我们自己的改革开放为什么要被别人认可？"毕竟，我们现在正处在一个全球化的浪潮中，没有任何一个国家可以自行其是孤立地发展。加入 WTO，也就意味着国际社会对中国经济、法制环境的认可。就这一点而言，加入 WTO 将给中国带来巨大的无形资产，这种无形资产的深远影响，是其他任何东西所无法企及的。

第二，我个人为祖国和人民做一点事情是理所当然的。我接触中国复关、入世谈判已经整整10年之久，其中3年复关谈判、7年入世谈判，历尽艰难终于走到了今天这一步。能为国家和人民做这点有益的事情，我个人也很荣幸。"人生能有几回搏"，我感谢祖国提供了这么一个广阔的舞台，给了我一个为祖国和人民的利益拼搏的机会。

记者：两个多小时以后，随着一声槌响，中国正式加入WTO，您所担负的中国入世谈判使命将画上一个圆满的句号。您下一步的主要精力和工作将是什么？

龙永图：我将有两个方面的重要事情要做：

第一，从国际上讲，如果这次多哈会议启动新一轮贸易谈判，我们将全力以赴参与其中，有大量的谈判工作等着我们去做。与此同时，中国正式加入WTO之后，必然会有许多贸易纠纷发生，同样有着很重的谈判任务。我们所要做的就是在磨合的过程中尽量找到共同点，通过谈判达到双赢的结果。

第二，从国内讲，我曾经说过，加入WTO后最大的风险在于对"游戏规则"的无知。我们在国内有一个非常迫切的任务就是尽快普及WTO的知识和规则。对此我还要特别通过你们报纸说明一点——所谓熟悉WTO的规则，并不是要学习繁杂的世贸组织规则本身的条文。中国加入WTO之后，这些规则将根据中国与世贸组织的协议书转换成中国的国内法。其实我们现在已经开始了这个过程，譬如前一段废除一批与WTO不相适应的法律和法规。因此，我们学习的重点应当是根据WTO条款转换后的中国法律、法规和政策，譬如知识产权、市场经济规则等等。要通过中国加入WTO这一历史契机，掀起一个学习的高潮。

我还要强调，一定要牢牢树立"诚信为本"的观念，市场经济必须以诚信为本。没有这个基础，加入了WTO也无法从中受益。

记者：10年的复关、入世谈判，您个人最大的体会是什么？

龙永图：这个艰辛的历程让我深深体会到——中国这样一个国家与外国的沟通和理解是多么的不容易。经过了这个历程，我就更能以平和的心态去对待和理解这个交流日益密切的世界，在国际事务中，通过各国的共同努力，来取得双赢、多赢的结果，促进人类社会的共同繁荣和进步。

杨得志　袁铁成

2001 年 11 月 11 日

中国入世　在欢笑中通过

卡塔尔当地时间 11 月 10 日晚上 6 时 38 分（北京当地时间晚上 11 时 38 分），卡塔尔首都多哈，喜来登饭店萨尔瓦大厅。在 WTO 各成员方贸易部长们的见证下，在全球媒体的关注下，多哈会议主席卡迈尔终于落槌宣布：WTO 同意中国加入！

经过 15 年的谈判，世界终于接纳了中国年轻的、有中国特色的市场经济；经过 20 多年的改革开放，中国终于融入了全球贸易多边体制，享受权利，承担义务。

组委会一个小差错　四位中国人早入世

当地时间 10 日下午 2 时左右，中国代表团成员提前前往萨尔瓦大厅察看会场，并寻找中国的座位，来自财政部税政司的张宝竹巡视员也在其中。本报记者发现，张佩戴的蓝色代表证与中国其他代表的颜色不一样。他乐呵呵地笑着说："您甭看我的牌子，我可是中国最先'入世'的人。由于多哈组委会的疏忽，我的代表证被制作成了正式代表的颜色。与我同时'入世'的还有其他 3 个人，其中包括中国外经贸部前副部长、本次中国代表团的顾问佟志广先生。"根据 WTO 的加入程序和中国本次的"入世"议程，他们 4 人因此成为提前"入世"的中国大陆人。

中国部长落座　数百名记者涌进会场

根据惯例，WTO 会议第二天的议程，通常是各成员贸易部长们进行一般性

记者们在新闻中心见证
击槌时刻。杨得志/摄

辩论。这是大会的第一项议题。11月10日晚6时35分（比原定时间晚了一刻钟），本次会议主席，卡塔尔财政、经济和贸易大臣卡迈尔宣布：现在开始进入大会的第二项议题——"部长行动"。

中国首席谈判代表龙永图首先在各国记者簇拥下，在中国代表团其他成员护送下，提前从萨尔瓦厅后门进入会场，并走到最前排。全场开始骚动，大批记者突破保安人员的防守，冲到龙永图面前。接着，中国代表团团长、中国外经贸部部长石广生也从后门进入。跟着石部长进来的又是一批记者。这时大会一般性辩论还没有最后结束。很多会议代表都用好奇的眼光注视着被一大批记者包围着的石广生和龙永图，似乎已经忘了发言席上还有人在讲话。有一位白人记者扛着摄像机若无其事地走上主席台，居然跑到主席身后往下拍摄在前排就座的中国代表团。后来，在保安人员的疏导下，记者们才纷纷退到两边。

大会第一项议程终于在非政府组织（NGO）——欧洲经济合作组织（OECD）代表发言后结束。这时，很多原本离席的会议代表，纷纷回到了座位。整个会场水泄不通，进不去，也出不来。欧洲一位代表对记者戏称，中国入世议题是"小会驱赶大会"。

主持人自问自答："是否同意？""同意。"

在多哈会议上，中国入世议题一共被分为3个分议题。第一个分议题是，大会主席卡迈尔作短暂的技术性发言，说明有关情况和程序。

之后，卡迈尔主席宣布第二个分议题开始——请WTO中国工作组主席、瑞士驻WTO大使吉拉德向本次大会报告"中国工作组"的工作情况。吉拉德回忆了中国"入世"谈判的整个过程。然后，向大会提交了《中国加入WTO议定书》（草案）和WTO中国工作组代拟的部长级会议《关于中国加入WTO的决定》（草案），提请大会审议和通过。

第三个分议题，就是大会审议并通过《中国加入WTO议定书》和《关于中国加入WTO的决定》。WTO的决定将以协商一致的方式审议通过，并不存在所谓的"投票"和"表决"。卡迈尔主席用幽默的语调问："是否同意？"紧接着，他又说："同意。"在台下的一阵笑声中，《中国加入WTO议定书》通过了。当卡迈尔第二次又宣布"同意"时，全场起立，爆发出长时间的掌声。石广生部长频频挥手致谢。

精彩的演讲　精彩的翻译

中国入世案通过后，石广生在中国外经贸部国际经贸关系司副司长张向晨博士的引导下，从临时安排的前排座位上走向主席台，分别用中文、英文和法文就中国入世和多哈会议阐述中国政府的原则立场。

早在石广生发言几天前，记者就从权威部门获得信息，这份宣言涵盖了"中国结束谈判成为新成员""中国郑重宣告履行自己的承诺""中国希望多哈发起新一轮全球贸易谈判"3个方面的内容。

有意思的是，石部长用中文说完前几段后开始用英文时，台下并没有什么反应。当石部长说完英语，再说法语时，全场一片惊讶。看表情，他们好像在说，中国部长能同时用 3 种国际语言演讲，了不起！

在石部长发言时，台下有一位年轻漂亮的中国姑娘特别值得一提。她就是承担本次大会中国代表团发言同声传译的袁园。是她把石广生说的中文用流利而又标准的英文传给整个世界，是她让 WTO 见识了中国高水平的同传。

WTO 的工作语言是英语、法语和西班牙语，汉语在这里的待遇远远不如在联合国，何况，中国还一直只是一个观察员。

曾经在欧盟接受过专门培训的袁园，在接受本报记者采访时透露，这场翻译做得很顺利，但其实并没有准备多久。石部长的讲话也就在几天前刚刚定稿。

中国大戏落幕　代表团无法退席

中国入世剧目在石广生演讲时达到高潮。之后，很多国家纷纷向中国祝贺。第一个与石广生握手祝贺并上台发言的，就是 WTO 里的"巨无霸"——美国贸易代表佐立克。紧接着是欧盟贸易专员帕斯卡·拉米。前来向中国团长道贺并在大会发言的 WTO 成员，还有韩国、蒙古国、巴基斯坦、印度、哥伦比亚、阿尔及利亚、古巴和中国香港等。

也许是因为会议开得较晚或会议高潮已过的缘故，拉米发言之后，许多会

面对各国记者的镜头，石广生与龙永图会心一笑。
杨得志／摄

议代表和记者们纷纷退席。偌大的会场很快就显得空旷起来，特别是后排座位整排都空。当然，这在国际会议上是司空见惯的。

在卡迈尔介绍完第二天的日程后，会议结束，全体代表退席。然而，空旷的会场中，惟有中国代表团无法离去。石广生和龙永图再次被记者包围。

围着龙永图的大多是港台记者，龙永图用平静的声音重复完自己早就谈过多遍的感受后从后门退出。

会议结束后，石部长要接受中国中央电视台的现场直播采访。他实际上是在卡塔尔保安人员的护送下，从会场走出门口，并走到门口对面的直播间。结果，中央电视台的直播间一下子就变成了国际记者会的会场。如果不是卡塔尔保卫人员前来救场，估计中央电视台的直播间会被损毁得一塌糊涂。

中央人民广播电台记者郭亮等人一边录音，一边用身体护着设备，生怕被人踩上一脚。

待在一旁的路透社记者对本报记者说，由于中国代表团的记者会安排在明天签字仪式之后，现在太多的人有太多的问题都需要答案。这些问题等到明天来回答就没有意思了。这就是中国代表团被苦苦追寻的原因。

石广生结束"记者会"后，先是卡塔尔安全人员在路口两边组成两堵人墙让他撤走，但没成功。最后，喜来登饭店在石广生背后紧急开出了一道门，才使他得以从记者圈中脱身。

有一位西方记者对本报记者转述说，其实，这一次并不是中国加入 WTO，而是 WTO 加入中国。

袁铁成　杨得志

2001 年 11 月 11 日

2002

十月小阳春

"9·11"事件附带了一个意外：中美关系出现转圜。西方对中国崛起的阻击延缓了，我们的外部环境迎来一个难得的"小阳春"（或曰战略机遇期）。

在一年内，中美元首罕见地三次会面。在10月江泽民访美前夕，中青报专访美国著名学者兰普顿，他乐观地预测中美的缓和至少持续10年。当年，两国元首把中美关系定义为"建设性合作关系"。

借国际环境的暖风，入世的中国开始实实在在地收割"全球经济一体化"的红利。用足比较优势，"中国制造"畅销全球，上百种制造品产量居世界首位。2002年出口增速22%，进出口总额占国内生产总值的50%以上。

人们都低估了入世效应。年初两会把2002年的GDP增速目标下调到7%，但实际达到了9.1%。整个社会充满活力：西气东输，南水北调，青藏筑路，三峡截流，竞标世博会，征战世界杯，好莱坞来华淘金，姚明赴美打球……

精神亢奋体现在身体上，就是细胞活跃，这激发了活力，但也容易引发病变，这就是成长的烦恼。2002 年因安全生产事故死亡 14 万人，这个纪录至今未破。更耐人寻味的是，许多祸事是人为的，例如大连空难是一名乘客为骗保而制造，北京蓝极速网吧火灾是四个中学生因泄愤而纵火。

最著名的调查报道来自中青报。6 月山西繁峙发生矿难，但矿主隐瞒事故，将 30 多人抛尸荒野。中青报独家连续追踪，推动真相大白于天下。当时另有包括新华社记者在内的 11 名记者前往调查，但均被矿主金元宝"劝退"。当地警方研究中青报报道，从中找到了部分搬运遗体者和目击者。这组报道荣获了当年中国新闻奖一等奖。

2002 年最重大的事件，是 11 月召开的中共十六大。新老两代领导集体完成了交接，提出了在 21 世纪头 20 年全面建设小康社会的任务。在十六大报告的最后一段，连续五次提到"中华民族伟大复兴"，这是中国国运水到渠成的历史目标。

9·11后，布什在清华演讲

今天上午，清华大学主楼一层前厅内座无虚席，正在中国访问的美国总统布什在这里发表演讲，并回答了同学们的提问。会后，记者找到刚刚从会场出来的清华大学国际传播研究中心主任李希光，并对他进行了采访。

"虽然中美双方在很多问题上还存在分歧，但布什此次在清华演讲一个非常显著的特点是气氛较为友好。"李希光说，"这与上次克林顿北大演讲有着明显不同。"他认为，布什显然把记者招待会和大学演讲区别开来，而克林顿北大演讲，把记者招待会上对中国西藏、人权、民主自由的指责也搬到了校园，一下触动了北大学子们非常敏感的爱国主义神经，因此与学生形成一个正面的交锋。

李希光向记者透露了一个信息，白宫和智囊团在为布什清华演讲作准备时就定下一个策略——"Anything But Clinton"（即凡是克林顿说的他们都不说），充分考虑了中国大学生的爱国主义情绪，避免在中美之间分歧较大的敏感问题上直接指责中国，而是更多地介绍美国的价值观。此次布什政府中一些主张与中国对抗的"鹰派"人物没有来，这也说明问题。

因此，布什在回答问题中不仅承认中国在经济领域发生的天翻地覆的变化，而且承认中国在改革开放、人权、自由等领域发生了质的变化。比如他用中国服饰颜色的变化来说明中国自由程度的提高，因为这本身也是一种自由选择权。另外，布什坦承中国基层民主选举取得了进步。这使得此次演讲成为一个在友好气氛中的对话。这也算是中国对他礼遇的一种回报。胡锦涛副主席的亲自陪同、清华大学对主楼的豪华装修、在洛杉矶特制的演讲台背景以及同学们既自然又响亮的掌声，都是对布什的很高礼遇。

李希光认为，布什此次清华演讲其实是有一定目的的：他希望通过对话与中国未来的栋梁建立一种信任关系。用布什的话来讲，就是希望同中国"未来的或潜在的领导人"对话。

对清华学子提出的问题，李希光给予了高度评价。他认为同学们的提问不仅体现了"和为贵"的气氛，而且绵里藏针，柔中有刚。同学们没有对布什进行任何的攻击，但几乎所有问题都有实质性内容，站在了全球战略和国家统一的高度，这样一方面使得布什必须就实质性问题提出一些有建设性的看法，另一方面又不会引起现场的"冲撞"。同学们的问题中还引用到了胡锦涛副主席和布什总统的话，问题既有原则又有现场鲜活的东西，说明这些都不是事先安排好的，充分体现出了中国名牌高校大学生的高素质。另外，每个同学都用英文重复了一遍自己的问题，而布什总统也没有要求翻译再翻，这些体现了双方的相互尊重。正因为如此，布什在回答完问题之后非常激动，主动下去与同学们握手。本来演讲15分钟，后来延长了半个小时。与同学们握手的时间长达8分钟。

另外，据李希光透露，同学们还准备问很多精彩的问题，但由于时间关系，留下了一些遗憾。

记者还了解到，清华的同学们对布什所表现出来的友好态度表示肯定，但对于布什避实就虚的回答表示失望。在现场第二个向布什总统提问的黄瑞告诉记者，她认为同学们的问题确实给了布什发挥的机会，但布什对实质性问题的回答避重就轻、转移话题，这令同学们感到很失望。她说："许多同学认为，布什清华演讲就是向我们推销美国价值观来了。"

杨丽明

2002 年 2 月 23 日

中国足球掂出真实

与徐志摩那首诗的意境不太一样，中国足球的确是轻轻地走了，带着 9 个弹孔，却"不带走一片云彩"；但他们来时却是轰轰烈烈、惊天动地、掷地有声。韩日世界杯是米卢生命中的第 5 次，也是他第一次未能带队杀进 16 强。韩日世界杯是中国足球的第一次，既然是第一次，以什么样的方式结束都不算意外。

中国队不出意外地提前出局，不出意外地一场未胜，既未在世界杯赛上留下涟漪，也未给自己带来惊喜。与世界杯赛的第一次热吻，居然会如此平淡，的确令人失望。但如果我们从这次平淡的经历中品尝到的不仅仅是经验，还有感悟的话，这样的第一次或许才算完整。

在我们与世界杯、与米卢挥手作别的时候，我们有必要为中国足球的第一次，为中国足球与米卢的第一次做个小结。

上篇：米卢留给了我们什么

博拉·米卢蒂诺维奇，这个走南闯北的老江湖实在是个很聪明的人，他知道什么时候该出手，什么时候该放肆，什么时候该闭嘴，什么时候该走人。在有些国内媒体高举"倒米"大旗、准备来一番惊天地泣鬼神的"倒米行动"时，老米却在中国队小组赛结束的前一天，告诉外国记者"我不会跟中国足协续约了"。在不少人憋足了劲准备拿老米"开刀"时，人家闪了，连让你过把嘴瘾的机会都不给。

这就是博拉或者米卢留给我们的第一点感受，选择合适的时候做你认为该做的事情。米卢之所以肯来中国执教，除了金钱的诱惑，恐怕他还把韩日两国不参加外围赛当成又一次证明自己神奇的好机会。事实证明，在一群实力比我们更差的对手面前，中国队终于了结了44年的心愿。米卢旋即成了中国足球的"救世主"。就连一位国脚到现在还认为，正是因为米卢的存在，中国队这样一支在亚洲都不算太强的球队才会打进世界杯。

其实，米卢本没有那么神，他只不过是教会了中国队如何战胜实力不如自己的对手，如何在弱旅面前自信起来。与中国足球屡屡在阴沟里翻船的过去相比，这一点应该说是米卢留给中国足球的一大收获。但米卢毕竟不是点石成金的巫师，所以，在面对实力强过我们的对手时，中国队即便有自信，最终还是因没有实力败下阵来。但这与米卢的执教水平无关，根子上还是中国足球自身的问题。

米卢不可能从根子上改变中国足球的劣根性，就像一张世界杯入场券并不意味着中国足球从此有了"质"的飞跃一样。但我们必须正视的是，米卢的确留给了中国足球一些很好的理念，譬如快乐足球说，譬如态度决定一切。

尽管国脚中的"北派大哥"郝海东对米卢颇有微辞，并对这个老头的有些作派极为看不惯，但很少佩服别人的郝海东还是对米卢作过一个中肯的评价："你不能不佩服他对足球那种狂热的感情。"而首战带队击败米卢的昔日弟子吉马良斯，同样表示出他自己很崇拜和尊敬博拉对足球的浓厚感情。与那些习惯于将踢球当作赚钱工具的中国球员不太一样，米卢用自己的方式告诉他们：既然可以快乐地赚钱，为何不让足球快乐起来。米卢是想让队员们快乐地训练、快乐地踢球、快乐地比赛，只不过他的快乐被有些人曲解为随意、曲解为玩乐、曲解为松散。这是理解能力的问题，而不是"快乐足球"的错。所以，在中国队最终因整体实力不济败走韩国后，再把责任推到"快乐足球"上去，只会让人觉着可笑和无聊。

米卢要走了，但"快乐足球"的思想应该留下。想想看，如果我们的球员无法让自己打心底里为足球快乐，我们又怎么可能从他们踢出的足球中品出快乐？！

还有态度决定一切的理念。尽管这句话的意思再明白不过，明白到不需要解释谁都明白的地步，但这句话被米卢如此真切地运用到足球中来还是件新鲜事儿。国脚的态度决定米卢的态度，米卢的态度决定中国队的一切。在米卢的用人字典里，能力固然重要，但态度更为关键。孙继海与徐云龙的能力对比一目了然，但徐云龙在米卢眼里更为勤恳，更为听话，所以，他宁愿放弃即将踢上英超的孙继海，而执著地起用徐云龙。孙继海之所以能够在十强赛时打上主力，与徐云龙的受伤有关，当然与孙继海态度的转变同样有关。像杜威这种在俱乐部都打不上主力的队员，居然可以在国家队打上主力，这在其他教练眼中或许是不可思议的事情，但这正是米卢的态度。态度决定一切。

中国队在世界杯赛上铩羽而归，按照"胜者王侯败者寇"的思维逻辑，我们可以尽情地指责米卢的刚愎自用、任人唯亲。但我们必须清醒地思考，米卢即便派上你或我心仪的阵容，中国队果真就能取胜，就能杀进16强吗？昨天，面对记者，范志毅迫切地表达着自己想上场一搏的决心，孙继海虽然仍是一副无所谓的样子，但他同样希望自己能够首发。但米卢依然将他俩放在替补席上，这可以理解为米卢从伤情出发"保险起见"，也可以理解为米卢"公报私仇"，但这就是米卢的态度：用人不疑，疑人不用。中国球员从小便生活在一种很浓的亲情氛围中，投桃报李、哥们义气乃司空见惯的思维模式。场下是哥们，场上就是哥们，带着情绪踢球，而不是像职业球员那样用职业道德来要求自己是我们习以为常的。所以，在质疑米卢态度的同时，我们的球员没有想到过自己的态度。

米卢留给了每位球员一顶态度帽，但我们希望米卢留下的不仅仅是一顶帽子，还有对"态度决定一切"这句话的深层次理解。

有人说，米卢走了，卷走了中国人的无数美元，这的确是事实。但既然是心甘情愿地付出，就不要考虑什么"外汇流失"的问题。相反，在米卢与中国足球说再见的时候，我们需要思考的是米卢留下了什么，如果思来想去仅仅只有一张世界杯入场券的话，这些美元的确花得很冤；如果我们可以从米卢来华执教这两年半中有所领悟的话，那这些钱就算花得值。米卢改变不了中国足球的根基，但他可以改变我们的足球理念。这倒是与鲁迅先生治病救人的方法有些相似。

下篇：世界杯留给了我们什么

如果一次世界杯经历，留给我们的仅仅是一段记忆，一段历史，或者只是被巴西、哥斯达黎加和土耳其队射穿的9个弹孔的话，那我们这一趟世界杯之旅只不过是见见世面。在与数位年轻球员交流时，不难发现他们似乎感觉到了自己的不足，但又不明白真正差在哪里，有些人甚至以为仅仅是经验的欠缺。

老米可以这么说，因为他只是临时过来带兵打仗的，他没有必要在临别前费太多口舌；老队员也可以这么说，毕竟他们将在本届世界杯赛后纷纷退役，这次经历只不过是让他们的足球生涯有更多骄傲的资本。但年轻队员也这样说的话，只能让人悲从心生。要知道与我们对垒的对手中，只有巴西队是真正的世界级强队，另两支与我们一样缺乏世界杯经验，而且只是世界二流水准。

走出井底方知天大，当中国足球正式踏上世界杯赛场上后，我们应该明白我们差在了哪里，只有这样，我们才可能去努力弥补差距，哪怕这种差距大得让人有些绝望。今天坐在替补席上的马明宇，终于可以以一种旁观者的眼光看待眼前的一切，他说自己今天终于意识到了我们与对手的差距到底有多大。"马儿"认为"国内联赛和训练水平太低，是导致中国足球落后于世界，甚至落后于日韩的主要原因"。

从表面看上去，中国队的9粒失球似乎都像是偶然失误，就连对手亦嘲笑我们总是犯些不该犯的错误，但所谓局部细微的失误，反映出来的是我们常年养成的踢球习惯，也可以说是劣根性。正像"马儿"说的那样："这些失误我们在国内联赛里，在与亚洲球队比赛时都曾经犯过，当时也没出什么事，好像无所谓。一到了世界杯，每一个对手把握机会的能力都强过我们，因此只要你一犯错就难以逃脱惩罚。"

总是在局部上失误，这是中国足球联赛烙在中国球员身上的印记。对于中国足球自得其乐的联赛，米卢没有横加批评，但他在指出中国足球落后现状时

E-mail:sybcyd8@cyd.com.cn
本版编辑 蔺永权 石洪涛
电话:(010)64032233~2489 64015064

8

世界杯特刊
SHIJIEBEI TEKAN

中国青年报
2002年6月9日 星期日

欢心英雄

分享足球

为你欢呼
为你骄傲

本版摄影 本报记者 刘占坤 柴继军

中国人:
痛并快乐着

球迷也疯狂

分享足球分享足球分享足球分享足球

很委婉地指出，中国队的水平之所以落后于其他对手，是因为中国联赛才搞了7年。

搞了几年的职业联赛跟搞了上百年的是不一样，但中国联赛起点低，发展缓慢却也是事实。到了世界杯赛场上，我们看到了什么叫真正的激烈，明白了什么才是高水平对抗。而中国足球要做的，就是赶快从那张世界杯入场券中清醒过来，想办法搞好我们的联赛，搞好我们的职业俱乐部。只要让国足中的年轻一代，及他们的下一代在日韩那样相对高水平的联赛中效力，中国足球才会水涨船高。在认识到自身的不足，在输得极为彻底后，中国足协应该没有了任何借口，必须下狠心从整顿联赛、规范俱乐部入手。如果球员们总是在一种低级别的对抗中踢球，总是在充斥着假球、黑哨的氛围中踢球，他们的足球意识和技术水平很难得到提高。那么，中国足球要么只是世界杯的看客，要么是世界杯赛场上任人射击的靶子。

世界杯还留给了我们一个关于青少年培养的话题，这句话连日里不断地从中方教练和队员口中冒出。看着与我们的年轻队员同龄，甚至更为年轻的日韩球员在世界杯赛场上发光发亮，我们不可能不着急。但如果我们的眼光总是盯着别人国家队中的年轻队员，那我们又在犯观察力不够敏锐的毛病。中国足协这些年似乎年年都在说加大青少年培养的力度，可我们的力度似乎只是弄几个收费的足球学校，或者搞个小甲A，就觉着中国足球有了底座。事实上这又只是表面上的，如今的确有越来越多的名宿在开足球学校，可哪个学校的门槛不是用人民币堆起来的。再看看那些省市的青少年球队，如果无钱无关系，有多少孩子因此踢不上球。而我们的小甲A以及那些所谓的青少年联赛，又有几个不在虚报年龄，又有几个不搞锦标主义。以如此为基础的金字塔，又怎能不是个空架子。

如果此次世界杯之行，的的确确让我们意识到这些问题的重要性，那么，我们这一趟还算是没白来。如果我们的球员和官员仅仅是嘴上说说而已，那么，我们这趟以牺牲尊严为代价的"旅行"，只能算是一趟感受气氛型的旅行了。

说实话，在"进一球，平一场，胜一场"的目标一个个被现实击碎后，我们这些与国足同行的记者真是感到失望甚至沮丧。但我们告诉自己，面包会有的，希望还会继续，只是不知需要多少年的努力，才能够追上日韩。

明天上午，国足将返回北京，与世界杯真正挥手作别。但此次一别，下一次何时相逢又成了中国人心中的最大疑问。

曹 竞

2002 年 6 月 14 日

繁峙矿难真相扑朔迷离

明媚的阳光下，乡村大道旁边的一处大院显得空空荡荡。10 多名家属和幸存者仍然执著地坚守在这里。6 月 22 日，一场金矿爆炸事故夺走了他们的亲人。6 月 28 日，许多死者家属都在"私了"协议上签了字，带着 2.5 万至 6 万元不等的"赔偿费"离去了。而这 10 多名家属流着眼泪依旧不肯离去，坚持要"最后看死者一眼"。

6 月 22 日 15 时左右，山西省繁峙县义兴寨金矿松金沟矿井发生一起爆炸事故。6 月 23 日，繁峙县人民政府报告称"死亡两人，伤 4 人"。而幸存者坚持说"远不只这个数"。当记者赶到繁峙县时，有人一直在驻地"盯梢"，外出采访时，服务人员、死者家属都不停地叮嘱记者："有人跟踪，注意安全。"

这一切，使得这起金矿爆炸案显得很不寻常。

爆炸：一个非常时刻

6 月 22 日，松金沟矿井共有 117 名工人下井。事故发生前，有 20 名工人回到地面。13 时左右，井口电缆发生短路，冒出刺鼻的白烟。这时，井下有工人要求上来，但当班的工头大吼："不准上来，谁上来，就把他扔下去。"

之所以如此，幸存的工人们解释说是为了"抢进度"。

田正遥，陕西省岚皋县官元镇古家村人，今年 39 岁。今年四五月间，他和弟弟田正兵来到这里打工。据他回忆，6 月 21 日和 22 日，这个矿井共运来 170 件炸药，每件炸药重 24 公斤。这样，就有 4080 公斤炸药被运进矿井。据介绍，按照常规，这些炸药应储存在地面。6 月 21 日下起瓢泼大雨，22 日又是一个阴雨天，这些炸药被违规存储在矿井里。

6月28日，幸存者田正遥站在矿难的现场依旧恐惧万分。
柴继军/摄

　　一个多小时后，爆炸发生了。6月28日，记者在现场看到，还有工人往矿井外搬运炸药，清理现场，爆炸的炸药仅是存贮炸药的一部分。

　　当时，爆炸产生的浓烟，迅速向井下蔓延，许多人因此窒息。幸运的是，田正遥等20多人在地下一个出口逃生，但是，当他回到地面，怎么也找不到32岁的弟弟田正兵。4个小时后，浓烟散尽，他走下矿井寻找弟弟时，意外地发现一处矿井里有18个人死在了一起。但他没有找到弟弟。

遇难者：神秘"消失"

　　夜里，依然下雨。子夜时分，工头开始指挥一班人搬运尸体。陕西民工何永青也加入了这一行列。他回忆，井下巷道是完整的，许多死者都嘴角流血。大哥何永春和一个堂弟都在这里。

　　凌晨4时，工头大喊："天快亮了，快点。"这一夜，何永青亲手搬运了24个死者，自己触摸过的，还有8人。

　　据田正遥说，当时，一辆北京吉普车，将座位卸了下来，尸体一直堆到车

伍贤明没有认出丈夫田正兵的遗体，悲痛不已。柴继军 / 摄

顶棚，共装了 9 人。还有一辆车是黑色的客货车，尸体一层层"码"上去，高度都超过了汽车后挡板。

据多位目击者证实，工头当时不准任何人问这些死者"运到哪里"。

第二天，有工人下去，将井内现场全部"破坏"了。

据介绍，爆炸事发后，了解这一情况的金矿工人，每人发了 1300 元后被遣散。爆炸的真实情况，则处于严格的"保密"中。

家人追问：亲人在哪?

来自陕西岚皋、旬阳两个县的死者家属，向记者提供了一份名单，上面共有 29 个死者的名字。这个名单是他们聚集在一起共同收集的。据他们反映，由于金矿将家属严格分开，仅有两个县的家属居住在这里，其他地方的死者家属被安置在了其他地方。他们说，这份名单并不完整。

对于家属看一看亲人遗体的要求，金矿的态度十分坚决："见死者是不可能的"，还有人威胁家属："放聪明点，赶紧拿钱回家，否则，你根本走不出繁峙这地界。"

很多家属极为害怕，甚至向记者寻求保护。记者采访时，也有一脸凶相的人在旁监视。为此，记者郑重地向中共繁峙县委常委、办公室主任丁文福反映了这一问题，他用手机向有关领导进行了汇报。但家属那边依然不断打电话给记者，要求"保护我们的安全"。

事故发生以后

6月28日，中共繁峙县委常委、办公室主任丁文福和相关人员接受了记者采访。他说，6月22日17时25分，县里接到砂河镇的报告，称义兴寨金矿发生了爆炸事故。县委书记王建华、县长王彦平等赶到现场，并决定对整个矿区进行停产整顿、疏散作业人员，"确保不漏掉一人，不留一处死角，不放过一个细节"。

6月23日零时，忻州市副市长杨晋生带领市政府办公厅、市安全监察局、市公安局、市地矿局等单位负责人赶到，听取繁峙县委、县政府的汇报，并要求将事故情况迅速上报，由公安部门对死亡、受伤人员进行"伤亡鉴定"。

这时，正是工头指挥矿工下井向外偷运尸体的时候。

6月23日凌晨1时30分，根据杨晋生副市长的指示，繁峙县成立了事故调查组，组长是县长王彦平。就在当天，繁峙县人民政府向市政府交了《关于"6·22"事故的情况报告》。报告说："经初步查明：井下作业人员40人，死亡两人，伤4人，其余34人安全撤离现场"。

今天，接受记者采访时，繁峙县委常委、办公室主任丁文福改口说，当时的调查结论是"死亡情况不明"。

繁峙县政府报告称，一天之内，为了金矿抢险，出动警车29辆，警力116人次。丁文福主任说，为了调查这起爆炸事故，又出动了警力80人次。但是，众多死者家属和幸存者表示，没有见过出具官方身份证明的人来调查。

后来，有人将情况直接反映到国家安全生产监察局。6月26日，该局领导作出批示，对此事进行调查。

7月4日，在山西繁峙县义兴寨金矿爆炸现场，繁峙县县长王彦平承受着巨大的压力。柴继军／摄

6月28日，国家安全生产管理局派员赶到繁峙县，开始了正式调查。

刘畅　柴继军

2002 年 6 月 29 日

脚注：在赶到繁峙时，中青报记者发现这场矿难已被封口。冒着被跟踪的危险，记者发回这篇报道，引起社会关注，赶赴现场的国务院调查组也约见了中青报记者。随后十多天，中青报连续采访追踪，根据报道和当地群众提供的线索，有关方面先后找到37具被藏匿的遇难矿工尸体。2003 年 9 月 16 日，联合调查组公布调查处理结论：繁峙矿难致死 38 人，事故发生后，非法矿主与繁峙县委、县政府有关人员串通一气，隐瞒事故真相。繁峙县原县长被逮捕，山西省黄金管理局局长、忻州市副市长受到行政记过处分，39 名直接责任人被依法追究刑事责任。其间，11 名记者在采访事故过程中被当地干部及非法矿主收买。

新东方裂变

2001 年 8 月 27 日上午 9 时许，北京新东方学校校长俞敏洪正在谈话，副校长王强的秘书推门进来，交给他一封信。信封贴着条子，要求收信回执，确认收到。封面是王强亲笔。

两位校长，北大英语系 80 级同班同学，北大英语系留校任教的同事，1996 年开始是新东方同志，一墙之隔，鸡犬相闻，却要秘书传书，岂不蹊跷？

信的抬头是"尊敬的俞敏洪董事长"。

信的落款是"曾经对你盲信到了心甘情愿把五年最宝贵的人生和才华倾心投入到'新东方'的你的可畏的前战友王强"。

王强的信，历数俞敏洪过错，新东方弊端，正式做出了辞职、退股、离开新东方的决定。

第二天的董事会上，副校长徐小平加码支持王强，向董事长俞敏洪递交了辞去董事的辞呈。

董事杨继说，这个消息，"如同晴天霹雳"。

新东方正在酝酿着一次深刻的内部危机。

俞敏洪一脸的茫然和沮丧。

此时的新东方号称"三驾马车"，俞敏洪是头马，徐小平、王强是其余二马。三驾去其二，还会有新东方吗？

"友情""友谊"面对利益的时候，不堪一击

2000 年初，资本市场运作专家、人民大学金融研究所所长王明夫来到新东方，说："为什么新东方不值 50 个亿？！"

新东方人在"50亿"的巨大诱惑下，希望迅速结束近5年的"分封割据"，2000年5月开始了股份制改造。五个月后，他们注册了"东方人教育科技发展有限公司"，整合新东方产业资源，重新划定利益格局，筹备上市。他们期待在较短的时间里实现现代公司治理结构，通过资本运作完成原始积累。

在巨大的利益诱惑面前，那种你好我好大家都好，哥儿几个大块吃肉，大碗喝酒，友情为重的时代结束了。大家突然发现，"友情""友谊"面对"利益"的时候，不堪一击。

新东方开始了艰难而痛苦的"现代企业"转型。2000年5月，新东方酝酿注册了由校长副校长和一些名牌教师11名股东组成的"东方人科技发展总公司"。

新东方内部利益格局重新洗牌。诸侯们交出了地盘，意图"一统江山"，绕过学校产权瓶颈，通过持有"公司"股权，从享有"小概念的新东方"到享有"大概念的新东方"。

"小概念的新东方"是指原有封地，当下即刻兑现利益并间接享受新东方品牌利益。"大概念新东方"是指共同拥有整个新东方，将来可能直接享受新东方品牌带来的好处。他们以为，交出地盘，疆土归一，在新的利益结构下，就可以很快消弭利益分歧和冲突，成为新东方学校的真正主人，使自己的利益最大化。他们错了。

学校"所有权"没有法律保障，原有属地的所有权或支配权又放弃了，本来十分清晰的景观突然变得模糊了，或者根本不是原来想象的样子，如同杰克·伦敦小说中所描述的那个饥饿难耐的跋涉者，把一只皮鞋幻想成了一只肥母鸡，想吃的时候发现，还是一只皮鞋。股东们陷入了巨大的恐慌之中。

公司股权设计，俞敏洪占绝对控股地位，其他十个人分享其余股权，小股东除了极少数人，大多数不舒服，认为应该得到的更多。这种股权设计，加强了俞敏洪在新东方向现代企业转型过程中的绝对控制地位。

新东方公司化改造2000年5月1日正式启动，历时一年半，高层思想不统一，冲突不断，俞敏洪凭本能和绝对的控制权力，把学校与争吵不休的公司隔断，把管理高层与中低层隔断，紧紧抓住学校发展不放，稳定教师队伍，守住北京，巩固上海，进军广州，一年的时间，使新东方的学生增加了 10 万，客观上降低了转型风险。否则，新东方早就分崩离析了。

俞敏洪在新东方拥有绝对控制地位的制度设计也产生了负面的效果。

"海龟"们在观念和情感上是不能接受"绝对权力"这个概念的，甚至用"绝对的权力，绝对的腐败"这一政治学理念，来抨击和挑战新东方的权力现实。

这种现实确实给人不舒服的感觉，一种"不是新东方的主人，而是俞敏洪的雇工"的感觉。大家都是股东，但是股东的权利在哪儿？股东的感觉在哪儿？在那份缺乏法律保障、不能即时体现利益的一纸"股东协议"上？在发生争执时，王强、钱永强和徐小平都说过：俞敏洪，你不能把我们当雇工看，当狗使！

最较劲的是利益。任何利益的度量和争取，只要在一个公认的游戏规则下，都是正当的。问题是，公认的新游戏规则是什么？

合并后的新东方，校长副校长像苞米花似的，有九名之多，实行工资制，年薪少则二三十万，多则四五十万，还有"分红"。公司 2000 年 10 月才注册下来，管理团队 12 月才定，正式运行 2001 年 1 月，不挣钱，原来期待的"上市"运作泡了汤，"红"从哪里分？只有学校。

有人提出按股权比例，把学校的利润或者预收款全分了，吓死俞敏洪。都说为新东方品牌出了力，都说合并后吃了亏，要多多补偿，将来归将来，现在归现在。高工资？不够。高讲课费？不算。那是自己额外劳动所得。法律问题怎么办？发展后劲怎么办？董事长、学校法人代表俞敏洪一个人担着？权利和义务怎么平衡？小股东们明显感觉到，学校的钱口袋被俞敏洪扎紧了。

小股东地盘没有了，人、财、物的支配权取消了，公司没有利润，股权朝不保夕，自然陷入恐慌，陷入对俞敏洪"改革"动机的怀疑。早期大家集体积极推动的新东方"改革"（俞敏洪反而"看不准"，不积极，相当被动，相当犹豫），结果被理解为俞敏洪"杯酒释兵权"的一场"阴谋"；搞"人民公社"，对大家劳动成果的一次"剥夺"。原来是诸侯之间利益博弈，俞敏洪协调，现在是小股东联盟——利益集团与大股东俞敏洪进行利益博弈，矛盾焦点转移到了俞敏洪一个人身上。

俞敏洪和他的新东方团队面临着二次创业内部利益调整的复杂局面。

CEO们在会议室里开会，俞敏洪在会议室外徘徊

小股东联盟认为，新东方的权力过于集中，需要"制衡"。压力下，俞敏洪妥协，并以董事长的名义宣布，即日起，新东方体系中原来的任命全部作废，重新任命；王强有5万以内的财务审批权。语言天才加"书痴"、读不懂财务报表的王强，在2000年12月20日的董事会上当了新东方CEO。

新东方组成了"CEO联席会议"这样一个常设的行政班子，除了俞敏洪董事长，其他副校长都在"会议"里。"会议"（而不是董事会）界定了"会议"和董事长的权限："公司的战略发展策略、投资、合并、关停的重大决定由董事长最终决定。但公司、学校的具体管理决定，CEO办公会议所做出的决定为最终决定。""会议"有什么决定，以"会议记录备忘录"的形式"通报"董事长俞敏洪。于是，新东方的四楼出现了一个十分有趣的景观：CEO们在会议室里开会，俞敏洪在会议室外徘徊。

CEO联席会议关于权限的决定，其一是"制衡"俞敏洪的权力，其二就是"防止俞敏洪犯老毛病"。俞敏洪的老毛病是事无巨细，事必躬亲。

俞敏洪终于挺不住了。一次，CEO联席会议正在开着，他闯了进去，主动请缨，要求"会议"批准他去担任新东方双语学校项目领导。他在门口站着申请，就像到新东方求职的人在接受领导集体面试。他走后，"会议"否决了他的动议。

此时，抢事情做在新东方是一件敏感的举动，似乎就是"抢地盘""树个

人权威"。

被任命为 CEO 的那天晚上，王强彻夜未眠。他知道自己担任 CEO 责任重大，而新东方的局面复杂，自己不擅长管理。

俞敏洪不认为王强是 CEO 的合适人选，王强的内心也不认为自己能当好 CEO。王强当 CEO 完全是新东方政治的结果。就连幕后操作者徐小平也认为王强"不适合当 CEO"。

徐小平说辅佐王强，实行"实际上的联合 CEO"。但是，"CEO 联席会议"开始运作后，并没有弥补俞敏洪的"观念落后""家族管理"的缺陷，反而在被赋予了权力之后，暴露出了坐而论道，不善于操作具体事务，管理经验不足的缺陷。他们实在是没搞清楚，新东方与其他企业不同，其主体是学校，公司运行以后，没有开辟新的业务，没有解决学校、公司"两张皮"问题。俞敏洪还是校长，他在中层干部和教师中间的威望丝毫未减。CEO 联席会议，分工胡敏主管教学，但是，学校的管理架构，教师的选定，内外的事务，都是俞敏洪亲自打理，教学遇到问题，他不可能不跟俞敏洪商量，他的主导思想是"萧规曹随"。

CEO 联席会议要人没人，要钱没钱，要经验没经验，还加上赌俞敏洪的气，怎么可能驾驭新东方这条大船？

新东方在彷徨、徘徊；俞敏洪和所有"会议"成员都在彷徨、徘徊。

"我愿意用个人换回新东方，用生命换回新东方"

2001 年 8 月 28 日晚，北京翠宫饭店九楼会议室。新东方紧急董事会，议题是讨论王强辞去新东方董事会董事职务，转让他所持有的新东方股权并离开新东方。

在场的大多数人都如同晴天霹雳。

王强第一个发言。

这位前北大艺术团团长的发言努力控制着语气和节奏，抑扬顿挫而不失其平时演讲的华丽色彩。20 年前，王强站在北大的舞台上，扮演轰动北大校园的"活的音乐史"的串场教授，他浑厚的男中音给北大学子留下了深刻印象。

此时的王强像是莎士比亚戏剧中的一个悲剧人物在念一大段感人肺腑的独白：

"感谢大家听我第一次和最后一次发言。这是大家聆听到的新东方的最后发言……

"（5 年前）我回来，放弃家庭、感情，开创了基础英语学院、新概念英语、教学软件。我把最精华的东西贡献出来的时候，现在却要离开新东方这条大船，跳进海里，划一只小舢板，出去重新挣第一块钱。我的选择意味着什么？""（我到新东方）顶着跟个体户合作的压力，在中关村二小九平米的房子里，就是想证明我是对的。"

但是，他在新东方还能看到、感受到俞敏洪"家族制"的影子。"我不愿意为一个家族牺牲。老俞不能超越他老妈，这是我离开的重要原因。"

王强还站在道德立场上对俞敏洪的一些作为提出了严厉批评。

面对大家的真切挽留，王强哽咽了："为了给老俞敲响真正的警钟，我也要走……恰恰我在外面，老俞才能记住今天晚上……老俞才能成为伟人……老俞不能懈怠呵……我在外面挂着你，你才不敢懈怠……我要追求自由，追求无拘无束的生活。"

"新东方可以没有我，但是不能没有老俞。对新东方，我对媒体闭嘴。请大家放了我。"王强掩面痛哭。

徐小平随即递上"辞呈"，辞去董事职务，表示对王强的支持，对俞敏洪施加压力。他的发言激烈而夸张，一是回溯新东方的历史，批判俞敏洪；二是如果新东方还有救的话，也为了"对得起北大，对得起朋友"，俞敏洪"离开新东方一段时间"，出国进修留学，"成为新人"。

但是徐小平并没有界定"新人"的标准，俞敏洪"离开新东方"是关键词。

包凡一批评俞敏洪过多关注新东方内部问题，忽视发展问题。

徐小平、俞敏洪、王强在林肯纪念碑
前。资料照片

　　但是，在场不在场诸公，有谁真正关心过新东方的发展问题？

　　元老级小股东联盟再一次形成，向俞敏洪施压。

　　元老们发言后，会场气氛凝重。

　　平时不抽烟的俞敏洪要了一支烟，眼睛鼻子都挤在了一块儿，闷闷地抽着。

　　俞敏洪的发言相当和缓、克制和忍让。他不愿意辩解、辩论以激化矛盾。王强的信说了些很过头的话，发言比信有所收敛，不乏语重心长；徐的发言就有点"逼宫"的感觉了。

　　长期以来，新东方的气氛很奇特，大家对俞敏洪既依附又依赖，养成了大树底下好乘凉的习惯，新东方的疑难杂症都是俞敏洪去处理，反正有钱赚，天塌下来有俞敏洪这个高个儿顶着。

　　俞敏洪意识到，新东方新一轮危机开始了。

整个危机的本质，仍然是元老股东恐惧俞敏洪担任董事长兼总经理，权力过于集中，"改革革到了这些元老头上"，利益得不到保证；仍然是 2000 年 5 月以来诸次危机的延续。说穿了，是对俞敏洪的信任危机。

和君创业的总裁李肃认为，从管理学的角度看，新东方最大的麻烦是朋友在一起做事，互相要求完美，特别是要求道德上的完美。所以一些技术上的问题，往往上纲上线，混淆问题的性质，火药味很浓地进行道德审判。

"CEO 联席会议"的管理模式流产后，新东方进行了调整。重组董事会，俞敏洪重掌帅印，董事长兼总经理，暂时不设副董事长、副总经理。王强自尊心虽然受到打击，但接受这一现实。他说："经过认真的考虑，如果让我选择的话，还是选择与敏洪合作。"

问题在于，新格局并没有在根本上解决创业元老们对俞敏洪的"信任危机"，并没有统一对新东方发展前景的认识，对很多最基本的价值层面的问题没有取得共识。权力系于俞敏洪一身，反而强化了元老们被抛弃或即将被抛弃的恐惧感，终于导致王强反复。

关于王强在会上提到的一些具体问题，俞敏洪逐个做出了解释和道歉。

他说："我希望王强和小平留下来，对新东方有好处。如果以我的离开一段时间或者彻底离开，能换来新东方团队的团结，我愿意。"

他提出辞去新东方董事长兼总经理的职务。"如果能以我的离开换来新东方的发展，我会高兴一百倍一千倍。我愿意用个人换回新东方，用生命换回新东方。"

"我干了十年了，干得很累。我需要家庭团聚，长期分离，女儿都快要不认识我了。我应该到国外去读书……"俞敏洪的泪水在眼眶里打转儿，强忍着在眼镜后面闪烁。

会场上已有人泣不成声。

至此，新东方五人董事会去其三，三巨头都想走！

8 月 28 日的紧急董事会，开成了董事辞职会。

俞敏洪伤心之至。他想哭，但是哭不出来

为了重建信用和新东方发展的信心，俞敏洪曾经做出过努力。

2001 年 5 月 25 日上午，俞敏洪在股东大会上宣布：一、放弃新东方学校法人代表资格，由王强接替；二、将自己股权约 11.6%、总股权的 6% 赠与胡敏；三、任何一个小股东如果愿意退出新东方，他本人愿意以每股 100 万的价格收购股权，下午 5 点之前有效。

这是惊人之举，有赠有买。赠者，现价可值六百万！根据 2002 年初想与新东方合作伙伴方的开价，6% 值 2000 万以上！

散会后，胡敏当即说，如果谁愿意放弃股权，他胡敏也愿意收购，每股高出俞敏洪 10 万，110 万。

俞敏洪的开价让平时闹着分钱、对前途没有信心的股东为之一震，而不显山不露水的胡敏的开价则让大家心里很不是个滋味。

俞敏洪出牌超出了其他人的想象。他无非是想达到三个目的：

第一是解决小股东们一直担心的俞敏洪控制新东方学校钱袋子的问题。你们不是说我紧抓着学校不放吗？好吧，交给你们管，你们负起责任来。

其次，胡敏虽不是新东方创业元老，由普通老师干到副校长，但功勋卓著，上升为新东方第三大股东，为倡导实干之风，更为平衡新东方政治。

再次，俞敏洪通过股权收购表达他新东方转型和二次创业的决心，同时检验所有新东方元老们平时挂在嘴上的豪言壮语的可信度。没有信心？要走，可以！让你发一大笔财走。兜里揣着百万千万现金走。

俞敏洪的潜台词很清楚：你们不是怀疑股权的真实性吗？那么好，将来不用说，现在立即兑现。

俞敏洪的牌出得太大。严格讲，不是现在每股开价太高，而是将来的利益太不可限量。这么一来，反而让大家犹豫了。他们在现实利益和未来利益之间徘

徊。他们的内心显露出了极度的矛盾。这个时候，他们只有两个选择：要么绝望卖股权，下船走人，该干嘛干嘛；要么上俞敏洪开出的这条船，成为新东方这条大船的一分子，认同俞敏洪这个曾让他们忐忑不安，让他们心存疑虑的"蹩脚船长"，去赌新东方的未来。

俞敏洪想把复杂的事情简单化，毕其功于一役，化腐朽为神奇。此举出乎小股东预料。小股东们没有任何思想准备，甚至怀疑俞敏洪承诺的真实性。但没有任何一个人敢于出来"试错"。

11月1日是王强的最后期限。这个期限似乎强硬，但是客观上给王强观察俞敏洪的走向并最后确定自己的走向留了余地，也给俞敏洪解决危机留了余地。

这期间发生了两件事，一件是"新浪网匿名信事件"，一件是"徐小平事件"。这两个事件缓解了"王强危机"，改变了王强的走向。

9月底，有人在新浪网贴出匿名信，向公众暴露俞敏洪的私生活和一直封闭的王强准备离开新东方的事。

信中所涉及的事情，只有极少数极核心的几个人知道，不一定是了解内情的人干的，但可以肯定是了解内情的人有意无意透出去并被居心叵测的人利用。新东方元老对俞敏洪有意见，当面猛烈批判，但是人品还没有到这么龌龊的程度。

匿名信事件让新东方始终存在着的黑暗幽灵浮现了出来，完全突破了道德底线，甚至构成了"诽谤"犯罪嫌疑。意图很清楚，通过暴露俞敏洪的隐私来摧毁俞敏洪，摧毁新东方。

当天晚上，所有人都聚集在俞敏洪家。他们好长时间没有来了。

新东方"原则"的象征王强在大是大非面前没有表态。

徐小平也没有表态。

在俞敏洪家，在第二天的股东大会上，俞敏洪向大家通报了情况，全文念了匿名信。但是，除了钱永强，其他人没有对这一涉及良知、道德、法律的事件做出应有的反应，包括对用匿名信恐吓新东方的卑鄙行为的谴责，对事件性质的剖析和反省。

他们对事件的性质判断保持了沉默，在大是大非问题上保持了沉默。这是可怕的沉默。这些在民间搭起了东西方交流桥梁的知识分子，这些创造了"新东方神话""新东方精神"的社会精英，此时正面临灵魂的拷问。

说到底匿名信没有构成对俞敏洪和新东方的伤害。但是，他们的眼神里传递出来的矛盾和冷漠掺杂了个人因素，严重混淆了是非，让俞敏洪伤心之至。他想哭，但是哭不出来。

为了防止事态扩大，俞敏洪冷处理了。新东方是他的宿命，所有人可以不理智不冷静，他必须理智必须冷静；所有人都可以情绪化尥蹶子，他受了再大的气，受了再大的屈辱，都不能情绪化尥蹶子。

11月1日，是王强给俞敏洪的最后期限。这天，徐小平发难。他以非常激烈的形式抵制俞敏洪关于让钱永强担任新东方市场推广总监的任命。

紧接着，徐小平意气用事地取消他和俞敏洪的武汉演讲之行，把俞敏洪一个人闪在那儿了。这次演讲早就做了广告，如果不去，将会严重影响新东方的信用。

他本来跟徐小平约好，武汉讲演完后上四川青城山。徐小平依然爽约。

徐小平的行动雪上加霜，把俞敏洪逼上了绝路。

"都江堰都能一劳永逸，完成千秋大业，为什么新东方不能？"

俞敏洪一人来到青城山。他想喘口气。

青城天下幽。青城山是道教名山。不远处，就是中华民族的丰功伟业——都江堰。

青城后山峰回路转，溪流时而潺潺，时而轰鸣。山上有茶馆，老妪沏上一杯香茶，山人合一，充溢着灵气。下山来，泰安镇的店家把准备好的白果炖鸡、青城山老腊肉、青城山野菜端上来，俞敏洪见案台上大玻璃瓶里的枸杞子泡酒，翠红透澈，让店家打来。几杯酒下肚，顿生豪气，不知不觉，喝了七八两。

俞敏洪读都江堰碑，知李冰父子修都江堰，因势利导，顺其自然，一劳永逸，从此岷江安澜，成都平原生民 2200 年享其利，遂成"天府之国"。他说："都江堰都能一劳永逸，完成千秋大业，为什么新东方不能？"

俞敏洪游青城山、都江堰似乎悟到了什么。

今年的 11 月有两个重要的日子，一个是王强给定的时间表，一个是 11 月 16 日——新东方学校创建 8 周年。

11 月 6 日，俞敏洪飞回北京，决心已下。

他回北京走的第一步棋是"削藩"，迅速建立新的薪酬体系和组织结构，建立期权制度，说服胡敏、江博、杜伟和新东方上海分校、广州分校校长放弃带有过去"分封割据"色彩的"收入分成制"，在新东方真正结束了"分封割据"。

第二步棋，说服杜子华放弃再办一个学校的想法，致使杜子华像 6 年前那样，权衡了利弊，愿意在胡敏的领导下工作，担任新东方基础英语学院院长。

第三步棋，说服王强留在新东方，并且恢复董事职务，出任新东方公司的产业开发副总经理。他对王强说，王强在新东方的文化作用是没人可以替代的，新东方缺乏王强"那样气势若虹的东西"。"你一定要回来！我可以跪下来请你回来！"

话说到了这种份儿上，王强开始松动。

第四步棋，彻底打消小股东的不安全感，在利益的层面上妥协，以稳定新东方团队。11 月 20 日，他提议召开股东大会，通过关于年终分红的"股东协议"。

第五步棋，跟徐小平叫板。11 月 21 日，他再次提议召开股东大会，讨论他的"关于徐小平是否当董事重新投票的提案"。提案历数徐小平不适合担任新东方董事的事情和理由，"希望股东会对徐小平是否担任董事重新投票"。而且，他放弃自己具有决定性的投票权，由剩余股权过半数进行最终的选择，以避免"偏见"。

俞敏洪无论是程序还是道德都无可指责。

俞敏洪拿出自己的信用赌了一把。其他董事也必须拿出自己的信用来赌一把。

大家面临的态势很清楚：要么是徐小平出董事会，要么是俞敏洪离开新东方。

投票从另外一个角度应验了徐小平的英明论断："友谊永远战胜不了利益。"

小股东以压倒性多数通过了俞敏洪的提案，打破了一直被营造的虚幻景象，给了徐小平一个真实的回答。他们牺牲了徐小平。

新东方的弊端之一，就是友情和利益纠缠不清，把利益合作关系泛道德化。俞敏洪这次提案开宗明义：维护各自的股权利益。

新东方洗牌在所难免。

解决了徐小平的问题后，俞敏洪的第六步棋是：在新的薪酬体系下，新团队立即审议2002年各部门、各分支机构的财务预算，在现有产业基础上挖掘发展潜力，把原来的财务预算提高了近一倍，让大家能见度很高地看到了明年可能的收益，极大地鼓舞了士气。

正当新东方内部斗争最激烈的时候，俞敏洪在几个月的时间里读了几十本现代企业管理的书和企业家传记，不懂的地方，拜访各方高人，根据新东方的实际情况，写出了新东方企业组织结构、人事制度、薪酬制度等一系列设计文案。他说："如果没有制度设计，自己都搞不清楚方向，说什么都等于零。"

俞敏洪在变化，在提升。

在新东方新团队的真诚挽留下，王强决定捐弃前嫌，回归新东方。

新东方又躲过一劫。俞敏洪如释重负。

11月16日中午，翠宫饭店。

新东方八周年庆典如期开始，新团队在前面一线排开，既有元老，又有新锐。他们今天能并肩站在一起太不容易了。俞敏洪百感交集。

王强主持庆典，俞敏洪致辞。

"大家好！11月16日在中国历史上是一个平凡的日子，但对于我们在座的每一位来说，11月16日是一个不平凡的日子，八年前的今天，我从海淀教委马世平主任的手中，接过了北京新东方学校的办学执照。从此一纸平凡的执照翻开了我们生命中不平凡的一页，翻开了中国教育史上不平凡的一页。在在座各位不遗余力的努力下，八年来我们辛勤耕耘，迎来了新东方硕果累累的今天。我们已经改写了11月16日的历史，我们永远以这个日子为骄傲，我们更希望中国历史和中国人民会以这一天为骄傲，为了这一目的，我们一直在努力，我们将继续努力下去……"

俞敏洪开始感谢在场的每一个人，念到父亲母亲这段时，声调哽咽，在场者莫不动容掩泪。

2001年12月，新东方在加拿大创办了新东方多伦多分校，开创了中国民办学校进入西方教育培训市场的先例。董事会对徐小平的工作要求做出回应，徐小平将以留学咨询专家的身份重新进入新东方团队。

俞敏洪感叹："老天爷不灭新东方。"

新东方诸公以他们的理智、学养、友谊、理想以及有缺陷的个人魅力和初见端倪的新型利益关系，避免了一场由内讧而崩溃的庸俗结局。

这是几十万新东方学员的福音。

这是中国留学事业的福音。

而新东方的故事没有完结，仍将继续……

卢跃刚

2002年6月12日

脚注：2006年9月，新东方在美国纽约证券交易所上市，成为第一只在美国上市的中国教育公司股票。同年，徐小平、王强离开新东方，成立真格基金从事风投行业。2021年7月，中共中央办公厅、国务院办公厅下发"双减"通知，规定"校外培训机构不得占用国家法定节假日、休息日及寒暑假期组织学科类培训"，新东方随后宣布停止经营中国内地义务教育阶段学科类校外培训服务。2021 年 12 月，新东方推出线上直播电商平台"东方甄选"获得成功。如今直播电商已成为新东方的重要业务，2023 年 1 月 5 日，上市公司新东方在线科技控股有限公司改名为东方甄选控股有限公司。这组记录新东方草创时期的报道原题为《新东方之路》，此篇为报道的下篇，上篇和中篇请扫码阅读。

纳什不接受任何采访

8月17日，为期4天的"2002年国际数学家大会对策论及其应用卫星会议"在青岛落幕。天才数学家约翰·纳什像往常一样很快离开了会场，只留给大家一个孤独的背影。

一天前，在青岛一家酒店的国际会议厅里，纳什作为12名特邀专家之一，作了他在中国的第一场专题报告。尽管听众是来自30多个国家及地区的150余名当今对策论领域的著名专家学者，纳什所讲也是非常专业的学术问题，而且大会现场没有同声翻译，但纳什的报告还是吸引了不少记者赶来旁听。

纳什的报告定于8月16日10时45分开始，组委会有关人士告诉记者，12位作特邀专题报告的专家有11位都已将题目提交给了大会组委会，惟有纳什例外，直到作报告的前一刻，谁也不知道他要讲什么。

负责大会宣传的青岛大学宣传部副部长尹增刚很抱歉地告诉众多记者，他对此实在无能为力。他说，纳什12日在北京首都机场也曾遭到记者包围，此后他给组委会发来E-mail明确表示他在青岛期间不接受任何媒体采访。8月12日晚上，纳什抵达青岛。次日组委会原本安排了他和另一位诺贝尔经济学奖获得者、德国科学院院士莱因哈德·泽尔腾与媒体记者有一个小时的见面会，也被纳什拒绝了。很多记者远道而来，已在此守候了3天，都没能跟他说上一句话。有记者得到组委会"照顾"，被安排与纳什同桌进餐，但准备的几个简单的问题也没能得到纳什的答复。尹增刚还告诉记者，遭到纳什"无情"拒绝的还不单单是媒体记者，青岛市政府邀请与会专家参加8月17日上午的青岛啤酒节开幕式，纳什也表示不参加。

对待媒体很"无情"的纳什对会议却很认真。青岛大学负责会议摄像的一位老师告诉记者，每天纳什都是8点钟准时到会场，从不迟到和早退。8月16

日的专题报告会同时让记者体会到了纳什对记者和对会议的截然不同的态度。纳什身着深色西装，还郑重地打上了领带。虽然没有向组委会提交论文题目，但他在黑板上写下了自己的信箱，告诉大家，如果需要他的论文可以给他发 E-mail 索要。他的报告之后是另一位专家的报告，纳什一直坚持听完，然后走向坐在会场另一侧的妻子爱丽西亚，两人相携离去。

与会学者、厦门大学经管学院的董保民老师在听完了纳什的专题报道后告诉记者，他个人认为纳什此次报告并没有多少新的内容，但他仍然是令人尊敬的，因为他一直在不停地奋斗和拼搏，非常勤奋和认真。他向记者讲述了会议期间给他留下深刻印象的一件小事：根据会议的安排，每天上午只有一个会场，是 12 位国际博弈论泰斗作特邀专题报告，下午则是其他与会代表在几个会场同时

8 月 21 日下午，前来参加 2002 年国际数学家大会的斯蒂芬·霍金携夫人参观了北京八达岭长城。八达岭长城有关管理部门为霍金及夫人颁发了长城登城证书。霍金说，此行来中国，中国人民的热情和友好给他留下了非常深刻和美好的印象。霍金夫人是第一次到中国，她早就对长城十分仰慕，并十分高兴能够到举世闻名的八达岭来。但她对长城没有残疾人通道表示遗憾。她说应该让全世界的人都能有机会领略这么伟大的艺术。江菲／摄

作报告。纳什会选择他自己感兴趣的题目，像大学里上课的学生一样，一个会场一个会场地赶过去听。一天下午，他赶过去的时候，正好他想听的一个报告结束了。纳什焦急地问旁边的董保民："怎么结束了？改时间了吗？"

组委会一位工作人员告诉记者，他通过几天的观察发现，在听报告时，常常是国内的学者缺席较多，仅从这一点上说，包括纳什在内的许多国外学者就值得学习。国内一些学术会议就是变相的旅游，而这些国际知名的学者对待学术交流会议的态度则是非常认真严谨的。

他说，1994年病愈后获得诺贝尔奖的纳什曾说，从统计上说，任何数学家和科学家在66岁时，似乎已经不可能通过不断努力来为已有的成就锦上添花了，然而他仍在努力。时隔8年，纳什在学术上的成就有待学术界去认知和评判，但纳什对媒体的漠然和对学术会议的认真，体现的恰恰是一个科学家应该保持的理性的态度。

朱丽亚

2002年8月19日

脚注：2002年8月，国际数学家大会在北京召开。在此之前，科学大师霍金、纳什先后访华，在中国掀起一股科学热。科学界引发了中国离数学大国有多远，应该如何对待基础科学等方面的热议，而在青少年中则刮起了科普旋风。

"计划经济"收进博物馆

8月29日上午9时。一辆白色货车,从机关大楼林立的北京三里河出发,穿过长安街,驶过中南海,滑进了天安门东侧的中国革命博物馆。

车里,是一块4米高的牌子。"'国家计划委员会'的牌子,终于被我们收进博物馆了。"中国革命博物馆年轻的副主任陈禹说,"牌子很重,需要4个小伙子抬。"

自从1998年国务院旨在转变政府职能的机构改革始,陈禹就盯上了这块牌子。他说:"我们是在计划经济年代生活过的人,知道这块牌子的分量。"

"国家计划委员会"的牌子"运"进博物馆,只用了20多分钟。而中国,从计划经济向市场经济的过渡,走了不止20年的艰难路。

在著名经济学家吴敬琏的眼里,告别计划经济,不是摘个牌子那么简单。一段揭开的历史表明,早在1979年,邓小平会见美国人时就说:"说市场经济只存在于资本主义社会,这肯定是不正确的。社会主义为什么不可以搞市场经济?"

1984年,十二届三中全会首次提出"社会主义经济是有计划的商品经济"。吴敬琏透露,当时邓小平夸奖,"这个文件好,有些是我们老祖宗没有说过的话"。

但伴随着"计划"向"市场"的艰难过渡,火药味浓烈的争论从来就没有消停过。

1990年7月5日,在国家领导人召开的一个座谈会上,有的经济学家为捍卫自己的计划经济观点,当场竟激愤得不能言语。也就是这次会后,吴敬琏得到一个大名鼎鼎的绰号:"吴市场"。"当时对我完全不是美称,而且有着很厉害的贬义。"吴敬琏回忆说。

1991年,吴敬琏与人合著《论竞争性的市场体制》的书稿,遭到多家出版社拒绝，就因为书名中有"市场"的字眼。有家出版社决定冒冒风险：所有社领导都为这本书出版签字，"如果撤职就一起撤"。以后这本反复再版、一再脱销的书，成了"影响新中国经济的 10 本经济学著作"之一。一年后，"社会主义市场经济"的提法，正式写进十四大报告。

今天，吴敬琏笑解当年："为一个名词无休止地争论，是中国转型期的独特现象。其实，在名词背后，要突破的是几十年建立起来的意识形态定势、体制和利益格局。"

三里河月坛南街 38 号，取代"国家计划委员会"牌子的是"国家发展计划委员会"。曾在这个苏式建筑里工作了 20 多年的前国家计委常务副主任、86 岁的袁宝华回忆说："当年国家计委的地位非常重要。我们的一把手，都是政治局委员级的大人物。"

这位见证中国计划经济起步的老人说："1950 年，我们去莫斯科谈判新中国的 156 个建设项目。苏联人说，中国人不懂计划经济怎么搞。于是我们就开始现学，上课，记笔记，学了 9 个月。我们做笔记的那个小册子，成了新中国的第一本计划经济教材。"

中国人民大学顾海兵教授说："不仅仅是国家计委，在那个年代，所有政府部门都是计划经济的分支。"他所在的计划系，曾经是人大的"王牌系"。他说："过去的'国家计划委员会'，和现在的'国家发展计划委员会'，两个字的变化，其职能有了天壤之别。"——"国家计划委员会"更多计划的是资金和物资的分配，而现在的"国家发展计划委员会"主要从事的是经济和社会发展中长期规划。

今天，陈禹在向我们展示博物馆收藏的粮票、布票、肥皂票、自行车票等千奇百怪的票证时，仿佛是在用实物再现那个离开我们并不太遥远的"计划经济"年代。当记者对一枚火柴票产生好奇时，顾海兵教授说："不要觉得火柴票可笑，在当时火柴属于能源，牵扯到国计民生的东西，当然需要票。"

顾海兵教授曾经工作的"计划系"，10 年前已更名为"国民经济管理系"，去年又变更为"公共管理学院"。这里专门培养 MPA，一种新型的公务员。

虽然每天和"市场"打交道，但听到"国家计划委员会的牌子收进博物馆"的消息，29 岁的罗瀛心里还是"咯噔了一下"。1991 年，她以高分考进人大计划系。"当时，每个同学都憋着劲，毕业后想挤进国家计委这个有权的大院"。可她们毕业时已没有分配计划了。

这位现在任职于北京中关村管委会的公务员说："现在我的职责，就是为海内外的老板服务，让他们的'市场经济'落户北京硅谷。"

王　尧

2002 年 9 月 16 日

三峡工程导流明渠截流胜利合龙。晋永权 / 摄

巫山云雨汇平湖

　　"现在，导流明渠合龙截流龙口进占正式开始！"

　　今天上午 9 时 10 分，国务院副总理吴邦国一声令下，50 台巨型自卸车震耳轰鸣，向上游 20 米小龙口发起最后一战。观礼台上，彩球腾空而起。

　　堤头不断向前伸展，龙口越收越小。9 时 40 分，站在双向进占的堤头上，现场指挥员们已经能听清楚对方的喊话。

　　9 时 48 分，从对讲机中传来截流总指挥彭启友兴奋而急促的声音：合龙成功了！

幸运：降水云团擦肩而过

此时，61 岁的高黛安一个人在家里静静地看电视直播，她强烈地感受到了来自现场的喜悦。高是长江水利委员会施工处副总工程师，全程参与了此次截流的论证与方案设计。

"这一次老天爷帮了大忙，上游来水小，不如设计的难度那么高，非常幸运。"庆幸之余，高黛安觉得有点不过瘾。

来水小，中国一流的截流技术得不到充分体现，钢筋石笼、重达 30 吨的金字塔状混凝土四面体，很多预先准备的重型武器没派上用场。

10 月下旬，徘徊在上游乌江流域上空的一块云团曾让决策者们挠头不已。气象部门发布的中长期气象预报显示，印度洋上空形成的一股暖空气正由西向东推进，同时一股冷空气正在南下。冷暖气流极有可能在长江上游交汇，形成大范围降雨。

"长江上游如果降下 10 毫米以上的中雨，体现在三峡就是每秒高达 1.15 万立方米的流量。"长江水利委员会总工程师郑守仁解释说。这显然大大超出了预先设计的每秒 1.03 万立方米的流量，而截流成败很大程度上直接取决于水流流量、流速、落差等水文情况。

连续几天的流量预测都在每秒 1.03 万立方米以上，乌云沉甸甸地压在每个人心头。但工期不等人，再拖下去将无法保证截流后其他后续工程的如期完工。"做好碰上大水的准备，合龙时间就定在 11 月初。"决策层终于拍板。

10 月 24 日，接到指令的截流工程总监理工程师孙志禹带人干了一个通宵，准备对付突发大水的紧急预案。

10 月 28 日，预测显示，11 月初水流流量将减小至每秒 1 万立方米以下。此前一直在上游徘徊的云团与乌江流域擦肩而过，雨水降到了湖南与江西交界地带。

根据水情资料，这次来水是历史上比较少的，给截流创造了一个非常好的条件。

"这是中华民族的福气，也是我们工程建设者的福气。11 月上旬有这么一个机遇，恰恰这个机遇叫我们碰上了。非常幸运。"截流总指挥长彭启友说。

截流：目睹了这个伟大的场面

11 月 6 日上午 10 时，47 岁的王军站在下游合龙处感慨不已。

1973 年 12 月，作为基本建设工程兵 61 支队一名志愿兵，18 岁的王军被派到葛洲坝。在当年特殊的历史条件下，不尊重知识，不尊重技术，葛洲坝动工两年后，由于重大设计问题和施工质量而被迫停工。

按王军的话说，61 支队是被"赶"出了葛洲坝工地。这一走就到了河北潘家口水库，之后又辗转到广西天生桥水电站。"一路上，总觉得抬不起头来。"王说。61 支队官兵们最大的愿望就是哪一天重回葛洲坝，回到长江上。

19 年后，王军已是武警水电部队六支队政治部主任。"现在，我可以跟自己的子孙讲，我经历了这个过程，目睹了这个伟大的场面，我非常自豪。"

已过"知天命"之年的郑守仁、高黛安，38 年前相识相知于湖北陆水三峡实验坝。那时主上派与反对派论争激烈，三峡大坝还只是诗中意境。38 年后，郑守仁院士领衔此次截流的论证设计。

"学水电出身的就要搞葛洲坝、搞三峡。"这个朴素的志向被一代一代传承着。

1981 年 1 月初，武汉小雪。18 岁的朱中华从报纸上看到了葛洲坝大江成功截流的消息，心潮澎湃。作为武汉水利电力学院一名大一新生，朱最大的梦想就是，有朝一日能到三峡去，再次截断滚滚长江。21 年后，朱中华彻夜盯守在堤头，他的身份已是葛洲坝集团三峡指挥部副指挥长。

站在观礼台旁，76 岁的周文华老人显得有些失望。她悄悄地问旁边的女儿："今天人怎么那么少？"

1958 年，周文华老人曾亲眼目睹了千军万马建设丹江口大坝的壮观场面。老伴当时是远近闻名的劳模，一个人能背着两袋水泥爬上数米高的大坝。

"现在都机械化了，人干的活儿都叫机器干了。"女儿回答。

"哦，那还是现在好。"老人若有所思地点点头。

提前："与洪水赛跑"

对于尚沉浸在欢庆气氛当中的数千名建设者来说，留给他们的休息时间只有宝贵的一天。11 月 7 日上午开始，一场与洪水赛跑的战役即将打响。

在总指挥长彭启友看来，合龙后的一系列后续工程无疑是一场恶仗，其难度丝毫不亚于截流合龙。首先要迅速在合龙后的上下游围堰上筑起两道坚实的防渗墙，这个工作必须在 12 月 20 日前完成。最晚至 2003 年 1 月 15 日，必须抽干围堰基坑内的积水。1 月 31 日，上下游围堰最后完工，为修筑三期碾压混凝土围堰奠定基础。

万里长江被拦腰横锁显然并非最终目的，三峡工程的巨大效益主要体现在防洪、发电、航运三个方面，水库蓄水至 135 米则是产生这三大效益的必要前提。要在明年 6 月 15 日实现这三大目标，就必须在合龙后在右岸迅速筑起 140 米高程的三期碾压混凝土围堰，大坝才能赶在丰水期达到下闸蓄水的目的。

这道围堰全长 580 米，最大堰高 115 米，要求在不到 115 天的时间里完成 110 万立方米混凝土的浇筑量，相当于在长江上浇起一座新安江大坝，其混凝土浇筑强度将再次刷新世界纪录。

长江 4 月份即开始涨水。按设计，5 月份迅猛上涨的江水将漫过土石围堰，需要由正在施工进程中的碾压混凝土围堰挡水。如此一来，势必形成混凝土围堰上升与步步紧逼的江水的对峙场面。三峡人形象地把这个过程比喻为"与洪水赛跑"。

"一旦我们的进展跑不过洪水，整个三期基坑将顿成泽国汪洋，下游土石围堰溃败，碾压混凝土围堰也必将遭到毁坏。后果不堪设想！"长江水利委员会设计院导流室主任周良景说。

"我们必须为跑赢这场比赛争取时间，这也是为什么要把此次截流时间从原定的 12 月上旬提前到 11 月 6 日的原因。"彭启友解释说。

程　刚

2002 年 11 月 7 日

齐红儿：从谈判代表到微软经理

2000 年 12 月的一天，齐红儿被"辞退"的公告刊登在对外贸易经济合作部机关报《国际商报》上。这个公告，意味着这位中国加入世贸组织谈判核心成员中惟一的女性，此生再也没有机会回到外经贸部甚至任何国家机关工作。

齐红儿时年 34 岁，任职外经贸部服务贸易处副处长。此前，她是中国加入世贸组织谈判服务贸易领域的牵头人。她所参与的加入世贸组织谈判只剩下瑞士一家，即将全部完成。

在所有人认为最风光的庆功时刻，她选择了离开。这一次，她的方向，是微软中国有限公司。

因为她的工作涉及诸多国家机密，按规定，齐红儿被要求在外经贸部其他不涉密岗位工作一年，度过保密期后才能算辞职离开；否则，就以"辞退"论处。

齐红儿痛苦地选择了后者。她不愿意"晃荡"一年。

外经贸部是齐红儿付出了 12 年青春的所在地，也是她成长的土壤。从 1988 年到 2000 年底，齐红儿在外经贸部洒下了数不清的心血和汗水，而外经贸部也提供给她许多难得的机会，让她在联合国、在 APEC、在世贸组织的历史舞台上充分锻炼和提升了自己。

至今，提及外经贸部，齐红儿仍然表达出"深深的感激"。但是，不舍也要离开。

齐红儿在解释原因的时候，迟疑了一下，说："我离开外经贸部绝不是因为待遇低，但机关里固有的沉闷和刻板与我的个性实在难以相容"，"这种冲突在非常时期、在我从事重大工作的时候可能并不尖锐，但回到平凡的工作氛围中，一定会影响到我和领导、同事之间的关系，要说对个人的进步没影响将是不可能的。"

这种离开的念头，几乎是她从到外经贸部第二年就开始萌生了的。

1989 年，生性自由好动的齐红儿就曾经提出过辞职，她觉得机关生活过于死板，和自己的性格不合。由于种种原因，辞职被拖了很长时间后不了了之。

辞职不成的齐红儿给人留下了一个"不安分"的印象，再加上她此后不断变动岗位，更加深了这种印象。尽管外经贸部是个较为开明的地方，但这种"不安分"在循规蹈矩的机关里仍然显得与众不同。她称，早期，"机关的整个氛围让我非常难受，领导对我不满意，我自己在那时也可以说没有什么作为"。

不服输的齐红儿把自己努力地投入到工作中去，离开的想法暂时深埋在心底。繁忙而责任重大的工作，也让她无暇细想。

2000 年 9 月，在最后一场艰苦的谈判结束后，为放松自己，齐红儿跑到上海去看了罗大佑演唱会。台上罗大佑唱起那些曾经多么熟悉的老歌的时候，齐红儿的眼睛在一瞬间润湿，心底深处对自由的追逐也在那一刻升腾。

此时，中国加入世贸组织谈判即将全部结束，想到将重新回到平淡的日常工作，重新"突兀"在机关里，齐红儿觉得，到了回归自我个性的时机。

离职之前，齐红儿与国际司司长易小准，中国谈判首席代表、外经贸部副部长龙永图都有过长谈。

2000 年 9 月底，在瑞士日内瓦，当最后一场谈判取得圆满成功之后，齐红儿向石广生部长详谈了自己离开的原由。石部长告诉她：第一，表示理解；第二，希望她在中国正式加入世贸组织（当时预计中国将于 2000 年底加入）后再离开；第三，相信齐红儿的人格和道德品质，会把所有的秘密深深埋藏在心里。

高层领导的信任和理解让齐红儿感动。

从瑞士回国后，齐红儿要走的消息不胫而走，许多知名跨国公司纷纷登门拜访。这中间，最多的就是各类外资金融、保险、商业等服务企业。他们开出极为优厚的条件，希望齐红儿加盟。

但齐红儿一一拒绝。她有一条重要的原则——绝不加入任何服务贸易领域的外资企业。

微软中国有限公司的开价并不是最高的，但齐红儿心里踏实。"因为软件行业已经是完全开放的，所以我去微软不会有任何嫌疑"。

2001 年 1 月，齐红儿平静地办完了所有的手续。细心的她退回了部里多发给她的一个月工资，也退回了在部里福利分房中购买并自己花了七八万元装修一新的 100 多平方米的房子——"我不想走后给人留下任何话柄"。

齐红儿在微软中国的职位是"政府关系高级经理"，这是微软专为她设立的职位。

齐红儿不否认微软的选择与她的公务员背景有关，"尤其是看中了我在加入世贸组织谈判中协调信息产业部等相关部委所积累的关系和经验"。但是，她有她的原则："第一，我绝不会出卖国家秘密为自己谋取私利；第二，我也不想用过去谈判中所积累的人际关系来办事，尽管这可能是许多外企高薪聘请政府官员的目的。"

"这是公共资源，我不愿意用这些公共资源来谋取什么。所以，我在微软期间，尽管与信息产业部打过很多交道，但我一次也没有找过那些在谈判中和我并肩作战的信息产业部官员。我的优势在于我丰富的经验，我比别人更懂得怎样与公务员打交道。所以很多事情仍然办得很漂亮。"

她刚上任不久就遇到 2001 年 APEC 上海会议，她负责安排 APEC 会议期间微软总裁比尔·盖茨的访华事宜。

此次 APEC 会议，国家元首级人物云集上海。与这些元首相比，比尔·盖茨毕竟只是企业家。在这样的情形下安排好比尔·盖茨的行程，格外困难。比尔·盖茨对最后的行程和齐红儿的安排非常满意。为此，微软大中国区总裁特意授予齐红儿"精英雇员奖"。这在微软是相当高的荣誉，对于刚加入微软不到一年的新员工，更为难得。

收入问题，齐红儿表示要尊重微软的规定，不便透露——"据说外经贸部的领导也私下问：'齐红儿到底挣多少钱'？我只能说——'没有传说中的那么多'"。

对于薪水，齐红儿有自己的看法——"到外企工作，薪水的确很重要。但有了一个基本点之后，我最看中的还是工作的性质。选择微软，第一是为了避开服务贸易领域，第二就是喜欢这个职位，因为我自己是公务员出身，又曾经协调过 10 多个不同部委的官员在一起工作，积累了很多经验。所以我喜欢与政府的人打交道，也更容易与他们沟通，干起来得心应手。"

齐红儿在微软的迅速走红，招致了一些嫉妒甚至个别人的有意压制。而这些，与在国家机关工作的状况又是截然不同的。在这些小小的烦恼和不快之余，齐红儿开始反思外企，反思自己走过的路。

"外企有外企的好处，可以让你学到很多东西。但是，在外企，再精英的雇员也只能是雇员，你永远不可能成为主人，没有那种归属感。而有这些东西也许是比高薪更为重要的。"

记者见到的齐红儿，穿 T 恤衫、短裤，充满活力。她已经从微软辞职，下一步目标，是募集资金，创办自己的企业。

杨得志

2002 年 11 月 6 日

中国青年报

China Youth Daily

11月**9**日
2002年
星期六
第10748期
今日4版

国内统一刊号
CN11—0061
邮发代号(1—9)

网址：WWW.CYD.COM.CN　电子信箱：zqbywb123@sina.com　电话中继线：64032233　青春热线：68416464

党的十六大主题：

高举邓小平理论伟大旗帜，全面贯彻"三个代表"重要思想，继往开来，与时俱进，全面建设小康社会，加快推进社会主义现代化，为开创中国特色社会主义事业新局面而奋斗

◁江泽民代表第十五届中央委员会向大会作报告　　　　　新华社记者　兰红光摄
△2134名代表出席党的十六大开幕式　　　　　　　　　　本报记者　刘占坤摄
▽江泽民、李鹏、朱镕基、李瑞环、尉健行、胡锦涛、荆桥行、李先念在主席台上　　新华社记者　樊如钧摄

全面建设小康社会 开创中国特色社会主义事业新局面

中国共产党第十六次全国代表大会开幕

李鹏主持大会　两千一百三十四名代表和特邀代表出席大会开幕式

江泽民代表第十五届中央委员会向大会作报告

报告总结了党领导人民建设中国特色社会主义必须坚持的十条基本经验：坚持以邓小平理论为指导，不断推进理论创新；坚持以经济建设为中心，用发展的办法解决前进中的问题；坚持改革开放，不断完善社会主义市场经济体制；坚持四项基本原则，发展社会主义民主政治；坚持物质文明和精神文明两手抓，实行依法治国和以德治国相结合；坚持稳定压倒一切的方针，正确处理改革发展稳定的关系；坚持党对军队的绝对领导，走中国特色的精兵之路；坚持团结一切可以团结的力量，不断增强中华民族的凝聚力；坚持独立自主的和平外交政策，维护世界和平与促进共同发展；坚持加强和改善党的领导，全面推进党的建设新的伟大工程

新华社北京11月8日电——走过81年光辉历程的中国共产党，迎来又一个历史性的新起点——中华民族的世纪伟业——中国共产党第十六次全国代表大会今天上午在人民大会堂开幕。江泽民同志在报告中指出，这次大会的主题是：高举邓小平理论伟大旗帜，全面贯彻"三个代表"重要思想，继往开来，与时俱进，全面建设小康社会，加快推进社会主义现代化，为开创中国特色社会主义事业新局面而奋斗。

江泽民代表第十五届中央委员会向大会作了《全面建设小康社会，开创中国特色社会主义事业新局面》的报告。报告说，中国共产党第十六次全国代表大会，是我们党在新世纪召开的第一次代表大会，也是我们党在开始实施社会主义现代化建设第三步战略部署的新形势下召开的一次十分重要的代表大会。

雄伟的人民大会堂今天喜气洋洋。大会堂主席台正上方悬挂着"中国共产党第十六次全国代表大会"的会标会徽。鲜艳夺目鲜明辉映的巨幅红旗旗下簇拥着十面鲜红的党旗，主席台帷幕正中的金色党徽，象征着中国共产党领导全国各族人民团结奋斗。主席台两侧，红旗漫卷。"三个代表"重要思想，继往开来，与时俱进，全面建设小康社会……浓缩着中国特色社会主义崭新时代的壮美图景。这一切，向世人昭示：中国共产党正以崭新的姿态阔步迈进新的世纪新的征程。

上午9时，大会在雄壮的《国际歌》声中闭幕。全场起立，高唱《中华人民共和国国歌》。接着，全体同志为江泽民、李鹏、朱镕基……等老一辈无产阶级革命家和为中国革命、建设、改革事业……默哀。

李鹏同志主持大会。上午9时，会议开始时……全场起立，高唱《中华人民共和国国歌》。接着，全体同志为中国革命和建设事业……等老一辈无产阶级革命家默哀。

李鹏指出，十六大代表和特邀代表共计2134人，今天实际到代表和特邀代表2134名，他们肩负着全党和全国人民的重托，满怀豪情壮志走进会堂。

江泽民同志在热烈的掌声中走上讲台。江泽民的报告共分十个部分……过去五年的工作和十三年的基本经验；四、全面建设小康社会的奋斗目标；五、经济建设和经济体制改革；六、政治建设和政治体制改革；七、文化建设和文化体制改革；八、国防和军队建设；九、"一国两制"和实现祖国的完全统一；十、国际形势和我们的对外工作；十、加强和改进党的建设……

（下转第4版）
▷聚焦十六大　　　新华社记者　胡海昕摄

蒋锡培：民营企业家首次走进党代会

走出人民大会堂，江苏远东集团董事长蒋锡培满脸笑容。

"我没想到，总书记报告中有关公有制和非公有制关系的问题，会阐述得那么细、那么深，让我更加坚信新世纪民营企业的春天已经到来。"

39岁的蒋锡培有很多"没想到"——

13年前，这个钟表匠痴想着这辈子能挣上5万元钱。没想到，13年后，他累计交给国家的税收就有数亿元；

当他刚刚富裕起来，偷偷摸摸将红包塞给跟他干活的职工时，没想到今天他会理直气壮地说——本企业员工家产千万和百万的已有几百名；

当他为头顶上"个体户""民企老板"的帽子忐忑不安时，没想到一个个荣誉接踵而至。特别是，当他经过无记名投票当选为党的十六大代表时，不禁喜极而泣。

"我真的不是为了自己，而是为了所有的民营企业，为了我们的党和国家高兴。"

蒋锡培向记者描述那记忆犹新的一幕：当他在申请表上"身份"一栏庄重地填上"民营企业家"几个字时，他清楚地意识到，他将成为党代会历史上第一次纯粹以民营企业家身份参会的党代表。

1989年底酝酿创业，从一个100多万自筹资金、28名青年职工的小企业，发展到如今拥有12亿资产、年销售20多亿元的大型股份制企业。1991年宣誓加入中国共产党的蒋锡培由衷地说："我赶上了最好的发展时期。没有党和政府的支持，我是过不了很多难关的。"

正因为珍惜企业发展的大好机会，蒋锡培说自己一直备感压力，从未间断过学习。

"有人说，靠着政策好和当初的拼搏，一个民营企业容易起步。但发展到一定阶段，就会暴露许多问题，比如没有长远战略，人才储备不足，家族式管理，等等。不少民营企业因此很难做大做强。"

　　早在5年前，远东初具规模时，蒋锡培就冷静地提醒一些滋生自满情绪的创业战友。他作出了一个当时令许多人想不到的决定：不惜一切代价，在海内外广纳贤才。

　　已经在新西兰工作、生活了6年的杜立平，起初没有留意国内这个不起眼的民营企业。可是一封一封执着的邮件、一个个真诚的电话，终于使他心动。当他意外地见到专程登门拜访的蒋锡培时，立即被这位同龄人微笑的面容所折服——那是一张很中国的脸：沉静、谦和、诚信、坚毅、智慧。

　　杜立平从新西兰回来了，陈亚洲从加拿大回来了……不到5年工夫，就有5名专业对口的优秀"海归"青年被"挖"进远东，占了高管层人数的一半。

　　"现在看来，这个人才战略是实施对了。如今我们2100名职工中，大专以上文化程度的占了近一半，有36名博士和硕士。"蒋锡培谈起他的员工构成如数家珍："当然，留人留心，最关键的是要健全完善各项制度，特别是分配机制。"

蒋锡培接受采访　刘占坤/摄

蒋锡培透露，公司每年内部第一号文件都是关于薪酬管理体系的内容。

"我特别赞同江总书记报告中所说的'不能简单地把有没有财产、有多少财产当作判断人们政治上先进和落后'的标准，要'让一切创造财富的源泉充分涌流'。"

谈到不久前公司成立的全国第一家民营企业党校，蒋锡培郑重地说："我们就是要在公司形成'党员是员工中的优秀分子'的氛围，在公司中树立'为社会多做贡献才能实现自己人生价值'的信念。拿我自己来说，入党不是为了升官，更不是为了钱，就是为了一种信念——能让更多职工变成百万千万富翁，能更好地带动家乡和社会致富，我这个共产党人才当得有光彩。"

张　坤

2002 年 11 月 9 日

2003

分 泌 抗 体

　　2003 年的春天有些怪异。先是法国女科学家布里吉特·布瓦瑟利耶宣布：一名克隆女婴通过剖腹产来到世上，她的名字叫"夏娃"。稍后，一种冠状病毒新变种 SARS 出现，它导致的"非典型性肺炎"横扫了大半个中国，高峰期每天确诊上百例。中国内地累计报告病例 5327 例，死亡 349 例。

　　疫情开始没有得到正确判断，发布口径一直是疫情已控。但随着发病人数增多，民间传言日盛，恐慌情绪弥漫。4 月 20 日，中国政府宣布北京报告病例从原先的 37 例，增加至 339 例。几小时后，北京市市长孟学农和卫生部部长张文康被撤职。

　　中国人民在疫情中展现出顽强的民族精神，尤其是医务人员的表现可歌可泣，在全部 349 名病亡者中，医生护士就有 40 多人。4 月中旬，中青报记者逆行进入非典定点医院北京地坛医院，发回抗疫一线的现场报道。5 月 12 日是国际护士节，中青报出版特刊，收录了京津冀晋粤内蒙古等地参战的约 11000 名护士名单，提示社会永志铭记。

如果说一个人染上非典，说明这个人对 SARS 免疫能力缺失，如果非典大面积扩散，说明这个社会的"免疫系统"出了问题，没能分泌出有效的抗体。非典事件以极端的形式，暴露出我国发展过程中社会建设的"短板"，例如公共卫生体系的漏洞、突发事件应对机制的缺陷，以及政府应急能力的不足，等等，最根本的，是提出了这样一个问题：究竟需要什么样的发展，怎样发展？以人为本，全面协调可持续的科学发展观，在这一年被明确提出，成为重要治国理念。

10 月，十六届六中全会召开，通过了《中共中央关于完善社会主义市场经济体制若干问题的决定》，针对深层次体制性弊端，改革发力。由"建立"改为"完善"，意味着改革的实质性深化。

在微观层面，内部机理的调整也在推进。孙志刚案件被媒体披露，收容遣送制度随后被废止；行政事务社会化，上海、苏州、长沙等地试行政府雇员制；北京大学"校园变法"，撼动高校教师铁饭碗。

中国经济的韧性超出了人们预期。凭着改革的深化和开放的扩大，2003 年中国 GDP 增速不仅没降，而且高达10%。这一年，中国还把第一个航天员杨利伟送上太空，胡锦涛在庆功会上说，载人航天工程取得的成就，是我国综合国力不断增强、科技水平不断提高的重要体现。在返京的飞机上，杨利伟给中青报读者签了名，此前，他安全着陆的号外第一时间进入天安门广场，第二天，广场群众高举中青报号外的照片，出现在许多世界大报的头版上。

人民心中有杆秤

伴着掌声，平缓而整齐的掌声，朱镕基从自己的座位上缓缓起身，向大会主席台侧的报告席走去。作为即将离任的本届政府总理，他将向大会宣读自己任期内的最后一份《政府工作报告》。

伴随着朱总理的脚步，掌声渐渐变得响亮、变得热烈。人大代表和政协委员们用长达1分钟的掌声，一直把朱总理迎到了报告席。

"不管前面是地雷阵还是万丈深渊，我都将一往无前，义无反顾，鞠躬尽瘁，死而后已。"——这是5年前朱镕基刚刚当选总理时对人民发出的誓言。

"我只希望在我卸任以后，全国人民能说一句：他是一个清官，不是贪官，我就很满意了。如果他们再慷慨一点，说朱镕基还是办了一点实事，我就谢天谢地了。"——这是3年前朱镕基总理在人大记者招待会上表达的心愿。

今天，回荡在人民大会堂里一波又一波经久不息的掌声，传达着人民对于这位充满个性、爱憎分明的好总理的敬佩和信赖之情。

河南代表肖红感慨地说，朱镕基总理率领本届政府克服了种种困难，履行了他们的诺言，完成了既定的目标。他本人工作作风务实、性格直率，把人民的疾苦挂在心上，他的人格魅力赢得了许多人的心。

"本届政府工作业绩辉煌，这5年经济社会发展最快，老百姓得到的实惠最多，各族人民十分满意。"蒙古族代表常海说，"朱镕基是一个为民办实事、廉洁奉公的好领导。"

来自朱镕基故乡湖南的黄琼瑶代表回忆说："他每年到我们团来，谈得最多的就是如何增加农民收入，提高老百姓的生活水平。我对他印象最深的是，他真心实意地关心老百姓。"

湖北代表周洪宇称赞朱镕基是位"非常优秀的总理"。"他个人作风硬朗，

3月13日，全国政协十届一次会议在人民大会堂举行第四次全体会议，选举新一届全国政协领导人。图为会场的秘密写票处。柴继军／摄

同时又非常亲民，这两者结合起来构成了他鲜明的风格。他对祖国强盛的那种执著追求令我十分敬佩！"

5年前在记者招待会上被朱镕基点名提问的香港凤凰卫视主持人吴小莉，今年再次来参加两会报道。她告诉本报记者，自从那次和朱总理认识之后，有几次随总理出访采访的机会。"印象最深的是，他是个明白人，什么事情都看在眼里。表面上看起来他好像非常严肃，但内心却非常的细腻。比如，他对政府官员很严厉，但提到农民和其他困难群体却很动情。"

不仅仅是因为个人魅力。5年来，在一个个至关重要的时刻，朱总理一次次地运筹帷幄、力挽狂澜——

朱镕基上任伊始，迎接他的是一场发生在我国家门口的金融风暴。中国能不能挺过这场危机，保持经济的快速持续稳定发展？举国上下的官员和民众都充满了焦虑之情。

朱镕基领导的政府果断实行扩大内需的方针，采取积极的财政政策和稳健的货币政策，引领中国经济成功地度过了那场危机，并且还直接、间接地对陷入危机的邻国提供帮助。

不是没有出现过对他怀疑、责难的声音。中国加入世贸组织，利弊究竟如

何，可以说当时多数人都心里没底。对于中方在谈判中做出的让步，人们更是忧心忡忡。但朱镕基立场坚定，在中美贸易谈判陷入僵局的关键时刻，他打破常规，亲临谈判现场，为中国加入世贸组织扫清了最大的障碍。尽管他知道，在背后，有许多曾经非常爱戴他的民众怀疑他的决断。

在中国加入世贸组织1年多后的今天，几乎所有的怀疑都已烟消云散。

只有掌声，一次又一次热烈的掌声。

朱总理报告结束，全场热烈的掌声长达将近两分钟。人民大会堂里，2900多名全国人大代表、2200多名全国政协委员，用掌声欢送朱镕基回到座席，又用掌声回应他的鞠躬致意。

近2000名中外记者也在对他鼓掌，旁听会议的各国驻华使节也在对他鼓掌。

"朱镕基总理这几年很尽力，很辛苦，也很出色。"来自广西基层的壮族女代表周桂英动情地说，我们常说周总理是人民的好总理，今天我们同样可以说，朱总理也是人民的好总理。

"我给朱总理的政绩打9.9分。"在回答本报记者提问时，一位省长毫不掩饰自己对朱镕基的钦佩之情。他说，这一届政府非常出色、非常在行。中国经济每年都能上一个台阶，用老百姓的话来说，已是"超水平发挥"了。

陈强　杨得志

2003 年 3 月 5 日

地坛"非典"医院日志

走进"非典"病房

北京地坛医院 4 月 29 日电

白色的连体"太空服"，护目镜，两层口罩，两层鞋套。今天，本报记者在医生的指导下进行层层"武装"后，走进了北京地坛医院的"非典"病房。

医院长长的走廊里，穿梭着同样"武装"的医生和护士。每个病房，都有一个小小的双层玻璃窗。从玻璃窗望进去，每个病房有两三张床。4 号病房的吴先生正在吃西瓜，他大声告诉我们："明天就要出院了。"他的隔壁病房，一个 24 岁的女孩，正在春天的阳光下梳理自己的一头长发。

"今天，我过了鬼门关了。"知名电影导演谢飞躺在 11 号病房的床上。他告诉记者，自己是本月在北京一家医院体检时不幸染病的。

带着氧气呼吸罩的这位老人说，今天的早饭，他喝了牛奶，还吃了鸡蛋。现在，每天用手机给家里打一个电话。在他病房的电视里，正播放关于"非典"的新闻。谢飞做着手势说："得'非典'的年轻人，比我恢复得要快。"

31 岁的医生王宇对记者说："这是第二病区，有 12 个病房，现在有 16 个病人。3 月 26 日，我们医院最早就是在这里开始接收'非典'患者的。"他身边的电脑上，显示着每个病人的基本情况。

如今，地坛医院是北京市接收"非典"患者人数最多的医院之一。8 个病区全部开放，接纳其他医院转来的"非典"患者。4 月 18 日，这个以治疗传染病为主的医院，成为北京市卫生局最早指定的"非典"专门收治单位之一。

医院副院长郭明珠说："最辛苦的是病人，他们天天望着天花板，有的旁边放着氧气罐，进来的人都是'全副武装'，心里能不着急吗？我们做医生的，特

"爸爸可想你啦！" 今天，王宇终于通过外界捐赠的可视电话和女儿见了面。王医生还嘱咐爱人："一定要给孩子买一个她喜欢的玩具车，过两天就是女儿的两周岁生日了。"这段时间，北京地坛医院的数百名医护人员无暇顾及自己的家庭，一直战斗在救治"非典"患者第一线。

贺延光 / 摄

别能理解这些，尽量给他们提供方便。"

今天，记者在有警察守卫的地坛医院发现，这里的医生并不都戴口罩。在医院办公楼里，没戴口罩一身便装的医院副院长郭明珠说："我不戴口罩，不是我不怕死，而是讲科学。"

她介绍，这家医院分为清洁区、半污染区和污染区3部分。"我们的办公楼是清洁区，你看大家都没有戴口罩。如果我进入病人所在的污染区，当然也要穿两层防护服。我们医务工作者认为，公众要扫除认识'非典'的科学盲区，'非典'并没有传说的那么可怕。"

今晚，该院党委书记兼院长刘建英确认，截至今天，累计有215名"非典"患者在这里住院接受治疗，已有近30名"非典"患者康复出院。

笑容和着泪水的一天

北京地坛医院4月30日24时电

今天，非常时期的地坛医院。54岁的刘建英院长灿烂地笑了一回。

让刘建英院长灿烂一笑的是，感染"非典"的本院护士罗颖出院了。

下午3时30分，25岁的罗颖走出隔离病房。她的背后，"全副武装"的战友在送别，迎接她的有鲜花和20多天未能见面的先生。

"和先生拥抱一下。"有人开玩笑说。"你们这么多'灯泡儿'，人家怎么好意思。"

"看我们的罗颖白了，还有点胖，要减肥了啊。"刘建英说："看看外边的春天，眼馋了吧？"

罗颖是第一批进入"非典"病房工作的护士。"她被病毒击倒的原因，是工作量太大。"刘建英说。在病房里，罗颖得到一个通过可视电话和家人通话的机会，她让了出去。她说："这么好的机会，让给有孩子的人吧。我还没怎么干，就倒下了。"

刘建英对记者说："这就是我的同事。我对大家说过，庆祝胜利的那一天，我们还是一个完整的集体，我会为大家自豪。"

今天，在地坛医院，让这位院长欣慰的还有，在罗颖出院前后，还有一名台胞、一名急救中心的司机，也都出院了。

今天，54岁的刘建英院长又动情地哭了一次。

刘建英忍不住哭了一鼻子的时间，是今天14时左右。当时，她在劝40岁的麻醉科主治医师刘子军别哭——刘子军为自己没能救活一位51岁的"非典"病

4月30日，北京地坛医院几位医生不顾近距离操作易受感染的危险，紧张地为一名"非典"重症患者进行有创气管手术，努力帮助病人恢复肺呼吸功能。

贺延光/摄

人落了泪。

今天11时多，刘子军和同事进入第一病区，紧急抢救一位专家级的病人。刘子军要做的是为患者气管插管。"这是最危险的一个环节，医生最容易被传染。"刘建英院长说。最后的结果是，紧张工作了两小时后，病人还是去世了。

隔离房放飞爱情鸟

北京地坛医院5月3日电

非常时期的北京地坛医院，这个"婚礼预案"在"解禁"之前，一直被控制在一个小范围里。

"完全解禁"的时间到了——5月2日22时，26岁的护士王春华，走出住着31位"非典"患者的第八病区。她刚刚值满6小时的班，穿着厚厚的出气不畅的隔离服。每过一道门，王春华就脱去一层隔离服，最后连鼻孔、耳朵、眼睛都消了毒。

走出第三道门时，王春华愣住了。拿着一束花的郭亮被推上前，他的T恤衫上，别着红花和"新郎"字条。他告诉今天的新娘："我也是刚刚知道的。"

新郎郭亮，是地坛医院的电工。这些天，他也穿着隔离服，进入污染区，改装危重病房的线路。用郭亮的话说，重病室一定要有备用电源，病人的呼吸机停电可不是小事。

新郎知道这个婚礼稍微早一点。半小时前，正在值班的他被叫到了办公室。头儿捧给他一束鲜花："同事替你的班。你去接新娘子。这是院领导布置的任务。"于是出现了刚才所说的一幕。

5月2日，本来该是他们结婚的日子。"这日子，是两家老人商量后选定的，10桌酒席也早订好了。"郭亮说，他们谈了4年恋爱，今年4月领了结婚证。可是，领证后第3天，地坛医院就成为北京市收治"非典"的定点医院，"准新娘"奉命上了一线。

"婚肯定结不成了。一进病房，护士也都属于高危人群，不能回家。"前天上午，郭亮还对记者说："抗'非典'这仗一胜，我们就结婚，到时候，请你也参加。"

　　知道了新人婚礼延期的院党委书记刘建英安排部下："既然挑了好日子，咱们就给这对年轻人办个他们一辈子忘不掉的婚礼。"于是，准备时间只有半天的这个"婚礼预案"紧急出台了。

　　婚礼按"预案"进行。当新郎挽着新娘，走进临时布置的餐厅时，这里沸腾了。

　　那些"非常婚礼"的来宾也被蒙在鼓里。他们是100多位轮休的一线医生和护士，新郎新娘的同事。院里在晚饭时通知说，今晚开会，有领导来慰问。

　　新郎新娘的父母不能出席婚礼了，因为参加婚礼的人都属于高危人群。

　　"娘家人"是56岁的护理部主任陈征。这位爱动情的"护士妈妈"说："我送自己的女儿出嫁过，今天这个婚礼，让我比嫁自己的女儿时还要激动。"其实，陈征的女儿，一位医学博士此刻正在另一家医院抗击"非典"。

　　喜糖、香槟、结婚蛋糕、电子鞭炮、交杯酒，特殊的婚礼上啥都不少。护士们不知从哪里弄来了一支支红蜡烛，擎在手里。

　　一个业余歌手跑来唱了自编的《白衣天使》歌。歌中唱道："你们的生命也只有一次。"烛光里，记者看到，晶莹的泪花，在很多人的眼里滚动。

　　"这个歌手也是临时撞上来的。"院办主任刘建华说。这个叫侯海华的小伙子是一家物业公司的打工仔。他拿着自己写的歌，送到地坛医院来慰问，结果赶上了这个婚礼。

　　司仪郭丽珠副院长，忘了让新人切蛋糕，就宣布："新郎新娘入洞房"。洞房，是院领导特意在驻地给他们腾出的一个单间。众人拥着一对惊喜的新人走进洞房。有人提醒新人："别忘了，明早6时起床，上8时的班。"

　　半个小时的非常婚礼按"预案"结束了，这时，还有人在悄悄地抹眼泪……

让死者有尊严地离去

北京地坛医院5月8日电

"那是4月6日凌晨1时25分,他的心跳停止。"这是北京地坛医院第一位非典患者生命停止的时间。48岁的护士长贾双萍在一个月后,还清楚地记得最后的细节。

"抢救从晚上8时开始。眼见着,一个生命就这样被SARS病毒夺走了。"做过28年护士的贾双萍说,那一刻她流泪了。

可她的工作还没有结束——连续5个多小时抢救后的场面,"你们想象不到有多脏。"失禁的大小便,难闻的异味,体液,重要的是,还有可怕的SARS病毒。"在抢救时,这些都是顾不上考虑的。"贾双萍说。

贾双萍带着3名护士,开始了"临终护理"。她回忆道:"我们给他擦了身,用的是白毛巾。印象里,他的体重有100多公斤,很重。他的头发乱了,我们帮他理顺。"

"接着帮他脱下了病号服,换上他入院时的衣服——白色的衬衫,深色的西装。最后,白单盖住了他安详的脸。"

贾双萍说:"他的亲人可能再也见不到他,也看不到我们这么做。但是,看到看不到,我们都会这么做。"

这位得了今年全国"五一劳动奖章"的护士长说:"我希望像活着时一样尊重他,让死者有尊严地离去。""国际公认的护理理念,是尊重病人,尊重一切人做人的权利。"中华护理学会秘书长张志君说:"这包括,把死者体面地送走。"63岁的她做过护士,也做过护士学校的校长。

她今天从卫生部得到的数字,我国现有120余万护士中,有万余名护士参与了抗非典工作。这位老护士说:"在非典病人20多天的病期里,如果缺乏护士从生理到心理的呵护,一些病人会崩溃的。我认为,如果没有对人尊重的情感渗透,护士的操作会很生硬。"

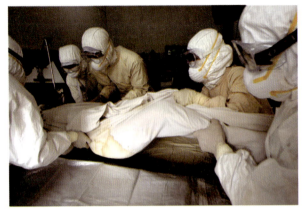

5月3日，一位非典重症患者经抢救无效死亡，北京地坛医院医护人员对遗体精心消毒清洗后，将逝者抬离病房。
贺延光／摄

"可能一个细节，就是对生命的尊重。"刘子军医生讲了一个真实的故事：一位医学教授留下遗嘱：我去世后，把我做成医学标本。这里的医学院学生，每次在做试验前，都会认真地向标本鞠躬。"现在，在一些医学院校，这个鞠躬的细节被省略了。"

据今天国家卫生部公布，非典已夺去我国224个人的生命。

一位已经出院的病人对记者说："在我走进隔离区住院前，爱人突然抱住了我。我真担心，如果我不能出院，爱人再见到的，就是我的一个骨灰盒。"因为这位病人知道，卫生部和民政部的"有效控制传染源，防止疫情扩散"的紧急通知中要求，非典病人不幸去世，亡者遗体"要及时就地火化"，"不得举行遗体告别仪式"。

《传染病防治法》里，有这样的内容："医疗保健机构、卫生防疫机构必要时可以对传染病病人尸体或者疑似传染病病人尸体进行解剖查验。"有些非典死者，也为人类了解非典病毒，做出了最后的贡献。

国家是否应该下半旗向这场灾难的死难者志哀，目前正成为网上争论的一个热点。网上有人说，立一个碑吧，把死难者的名字一一刻上。

贾双萍说："在我这个护士长的眼里，每个死者，都是一个有尊严的人。"

非典医院的寻常一天

北京地坛医院 5 月 12 日电

凌晨 1 时。手机的定时铃声把 40 岁的吴立新护士叫醒。今天是她上凌晨两时到 8 时的大夜班。"当了 20 年的护士，每晚睡觉都很少。习惯了，铃一响，人就醒。"

她只有半小时梳洗时间，然后匆匆下楼坐 1 时 30 分开的班车从驻地赶到医院，两时前穿好她们称为"猴服"的隔离服。

护理部副主任田建华说，夜里两时上班的护士有 52 人，每班护士上 6 小时班。"今天下班的时间是明天上班的时间，大夜班、白班、下午班、小夜班，就这么循环。"

8 时 50 分。登录"北京市 SARS 病情报告信息系统"后，医务部李平用鼠标点了"提交"。这样，地坛医院的"病情日报"就传到了北京市卫生局医政处。

"我们每天报一次。"李平说："这些是截至今天早上的新数据。内容很多，包括住院人数，出院人数，病危、死亡人数，是否有人上呼吸机等。"

这里的工作人员还拿出各种颜色的报表给记者看——蓝卡，是新入院的病人，第一天填写；红卡，是疫情卡，将传到疾病控制中心；还有非典死亡病历分析表。

10 时 40 分。50 岁的女医生蔡皓东，摘下满是血迹和痰液的护目镜，投进消毒液里。这些都是病人喷出的，她刚刚完成了一个气管切开手术。

"今天发挥正常，用了 25 分钟。"蔡医生说："病人是个 50 岁的男性，他先前的治疗很成功。如果不切开，就前功尽弃了。"

蔡医生说："气管切开都会喷痰。你要把管子插进去，眼睛不凑近也不行。"气管切开被视为非典治疗中最危险的手术，医护人员最易感染。据统计，该院累计收治的 279 名病人中，只有 4 人做了这一手术。

12 时 20 分。半小时前因感染非典刚刚出院的护士李志飞，与男友会了一面，就走进办公室，接受一家电台的直播采访。

李志飞在采访时说："自己当了一回病人，体会到病人有多么难受。我的战友都还在一线，我会很快回来的。"

这个 28 岁的护士是 4 月 15 日发病的，直到今天，她的父母还蒙在鼓里。

13 时 20 分。34 岁的伦文辉医生拿着"全日本中国人博士协会"的捐赠信函，走进办公室，与人商量如何办进关手续。捐赠医用口罩的，是他在日本认识的同学。

4 月 10 日，在日本读完博士后的他回到医院，被安排在自己熟悉的艾滋病科。他说："原来艾滋病是一线，现在非典才是一线。"

14 时 30 分。老毕能打电话了。这个病人被切开的喉管昨天刚刚缝上。今天，她打电话给自己的同事："你们猜猜我是谁？"

接了电话的同事，又把感谢的电话打到医院医务部："你们真是创造了奇迹，把她从死神那边拉了回来。"

17 时零 4 分。一张"SARS 患者转入医院通知单"传真到了医务部。今晚，又要转来一个病人。通知说，这位病人是位 48 岁的男医生。

"接到通知，我们要安排病床，通知门卫引导车辆到病区。什么时候接完病人，我们什么时候才能走。"医务部谢后蓉说。

19 时 10 分。今天的新数据出来了：共有住院病人 183 人，累计收治 279 人。

截至此刻，今天没有病人死亡。还有好消息，有 4 个病人出院了。这样，出院病人已达 49 人。

21 时 35 分。一个像桌子那么大的蛋糕切开了，这是今天"国际护士节"的一个大礼物，送礼人是驻地附近一个酒店的经理，他说："国家这么大的事，全靠你们了。多保重啊！"

中国音乐学院学生柳进军在现场唱起了自己作曲的歌《原谅我，妈妈》。写歌词的是该院老师刘小平。"SARS，还有谎言，毁了我们这个绿色的春天；

战争让女人走开，而抗 SARS 之战却需女性上前——SARS 过去，是一个坦诚的夏天，SARS 过去，是一个真实的夏天。"

23 时零 5 分。5 病区那位 49 岁的女病人还在抢救中。这名危重病人也是医生。

最新消息："她的血压，好一点了。"

秀兰医生松开了我们挽留的手

北京地坛医院 5 月 13 日电

今天凌晨 4 时 15 分，丁秀兰走了。

这位北京大学人民医院的急诊科副主任，成为又一个殉职在抗非典一线的医生。在她生命最后的半个月里，本报记者目睹了一个不愿死去的好医生怎样在病魔的胁迫下，一点点、一点点地松开众多与她紧握的手。

今天上午，当记者拿着散发墨香的《中国青年报》，走近地坛医院 5 病区 12 病房时，那张她躺了 22 天的病床，已是人去床空。隔窗望去，室内弥漫着消毒剂的水雾。

在今天的这张报纸上，记录了昨夜对她进行的抢救，里面饱含着我们对一位母亲和医生生命的祈祷。昨天 23 时 30 分，本报摄影记者贺延光离开这个病房时，回望了一眼病床上的丁医生，心里渴望着奇迹会在今天出现。

5 月 1 日晚，本报记者第一次走进她的病房，她还会用眼睛说话；5 月 5 日，在她进行手术前，本报记者曾抚摸着丁医生满是针头留下瘀青的手臂，鼓励说："丁医生，你要挺住。你是医生，要相信自己。"

可是今天，我们来晚了。"4 时，她已经很不好了。心电监护仪上，她的心跳，一点点、一点点地变成了一条直线。"为她做临终护理的陆梅护士说。

在最近的一周里，丁秀兰一直出现在我们的报道中，只是我们没有说出她的名字。这是因为，我们想保护这位女医生患非典的"隐私"，期望她健康地出

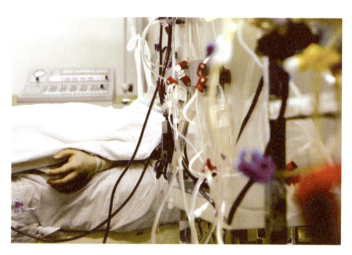

这张照片拍摄时的时间记录是 2003 年 5 月 12 日 22 时 31 分。当时，丁秀兰正静静地躺在北京地坛医院的病床上，接受 MARS 血液净化系统救治。5 个半小时后，人们祈盼的奇迹没有出现，这位曾抢救过许多非典患者的人民医院急诊科副主任，终被非典夺走了生命。贺延光 / 摄

来，回到她工作的医院，回到她平日的生活中去。

今天，在与丁医生相邻的病房里，25 岁的病人王芳也是人民医院的护士。她坐在病床上说："昨夜，我们一晚都没有睡。我们也是护士，我们从她们对讲机的声音里，知道抢救进行到了什么程度，知道我们的丁主任最后怎么走的。"数天前，她把穿隔离服的记者误认作医生，要求我们"救救我们的好主任"。

4 月初，人民医院有 6 名护士感染非典倒下。"丁主任让她丈夫煮了鸡汤让我们补身体。当时送来了很多蛋汤，丁医生还分给了住院的病人。"与王芳同病房的另一位人民医院的护士李翠红说。

5 月 5 日，在为丁医生进行插管手术的现场，记者注意到，护士刚给她做完心电图，她就用很快的动作拉下衣服，盖住自己的身体。当时，她已经十分虚弱，完全不能说话。

"丁医生一点都不想死。这么多天了，我感觉她求生的欲望很强烈，她多次紧紧握着我的手。"曾给她喂过饺子的白艳平护士说。

"有几天，丁医生的状态不错，还打电话让爱人把自己的羊绒衫送来，特意嘱咐一定要那件粉红色的，她说这颜色会让自己的肤色好看点儿。"医务部曾医生说，这个要求让很多关心她的人感到高兴。

　　"都是同行，我们很难过，用尽了一切办法。"地坛医院党委书记刘建英说："市领导指示过，要不惜一切代价抢救丁秀兰。"

　　4 月 22 日，丁秀兰作为重症病人被转入地坛医院。专家组进行了几次会诊，钟南山院士也特地来到这里参与抢救。5 月 10 日，非典康复者海淀走读大学女学生赵阳，为救助丁医生献了 200 毫升血浆。

　　丁秀兰还是走了。留下一个 19 岁的女儿在外读书，还有此刻六神无主的丈夫。

王　尧

2003 年 4 月 30 日至 5 月 14 日

SARS 病房

一条醒目的警戒飘带封住了道路，旁边站着几个戴口罩的警察和保安，他们身后百米之外就是著名的地坛医院，现在它已成为北京专门救治 SARS 病人的定点单位。

从 3 月 26 日开始，259 名感染者陆续入住这里的 SARS 病房，其中不少是从其他医院转来的重症患者。

SARS 疫情在社会上还没有得到明显控制，人们言之色变，惟恐避之不及。与此同时，这所医院数百位医护工作者首当其冲，忙碌于患者床前，在同死神争夺生命。

2003 年 5 月 11 日，又一位 SARS 病人被送到地坛医院。近 50 天，这家著名传染病医院作为北京市医治非典的定点单位，已陆续收治患者 282 人。其中，治愈出院 60 人，病情平稳转院继续医治 25 人，死亡 23 人。贺延光／摄

世界卫生组织的官员日前曾到此考察，对这家医院采取的科学严密防护措施给予了极高评价。尽管如此，SARS 病毒似乎无孔不入，还是有 5 位护士先后被感染，其中李志飞和王捷都是在连续工作 36 小时后病倒的，毕竟她们总是长时间地守护病人。

一位康复者这样描述住院时他床前的白衣天使：我从没见过她们的容貌，她们从头到脚都被罩在防护服里，但从外形和声音中我能判断她们只有 20 多岁。我只能看到护目镜里那湿润的双眼，我觉得她们都很美。

记者跟随推着沉重透视机的医生来到病房，被一位靠在床头的病人叫住："嗨，记者，这儿的大夫太好了！"放射科主任李常青忙摆了一下手："可别这么说。看你的胸片一张比一张清晰，一天比一天好起来，不知能鼓舞多少人呢！"病人并不知道李大夫的爱人也在这家医院工作，他们留在家里的孩子多少天是靠方便面充饥。

人们不难想象，在抗击 SARS 最前沿，医务人员全力救治患者的情景。但恐怕没有人知道，当一个危重病人终因抢救无效不治死亡时，房间里突然没有了声响，那些筋疲力尽的医生，久久地站在遗体旁，眼中噙满了泪水。他们虽然与亡者素不相识，却为一条生命的逝去痛苦不堪。

"如果我还活着，我希望以后能把我送到最好的医院再进修一年。"这是 40 岁的刘子军对院党办主任提的惟一要求。作为一名麻醉医师，他每次做有创气管手术，都与危重患者近在咫尺，受感染的危险也最大。

经历 SARS 折磨、现正在康复的中央电视台记者刘洪波，让人带给同事们两句话：特别要小心，SARS 不可怕。这样颇有哲理意味的认识，与他看到的医护人员严谨作风和有效治疗不无关系。

至 5 月 5 日晚 19 时，已有 32 名 SARS 患者从地坛医院病愈出院。

贺延光 摄影报道

2003 年 5 月 6 日

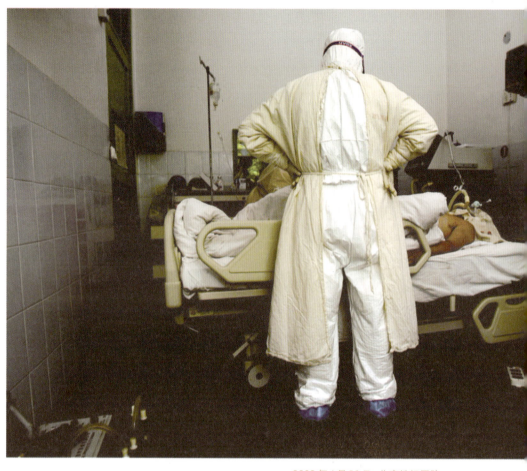

2003年4月30日，北京地坛医院，一位SARS患者经抢救无效不幸死亡，一名医生久久地站在他的遗体旁。

2003年5月11日，北京地坛医院，刚从病房里出来的一位护士在走廊里短暂歇息。一个半月了，坚守岗位的医生护士无法与家人团聚。

2003 年 5 月 29 日，国家卫生部，参加追悼会的医务人员与王晶作最后诀别。王晶是北京人民医院的护士，在救治 SARS 患者时因感染病毒不幸去世。在抗击非典期间，北京共有 9 名医生护士以身殉职。

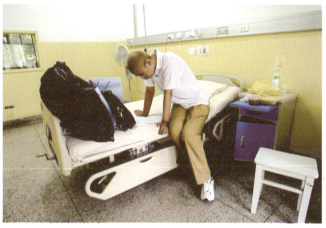

2003 年 8 月 16 日一早，北京市最后一位 SARS 患者孙铮正在病房里背诵他的讲稿，准备在地坛医院"告别非典"的仪式上发言。这位 19 岁的北方交大学生入院治疗整整 4 个月，期间曾三次生命垂危。

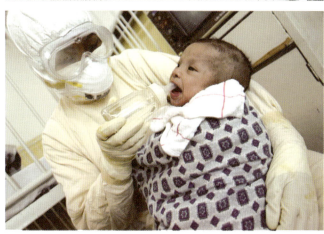

2003 年 5 月 11 日，北京，这个出生 4 个月的女婴，是这里最小的 SARS 病人。所幸的是，地坛医院收治的 20 多名儿童，最后全部治愈出院。

三 公民上书建议对《收容遣送办法》进行违宪审查

"全国人民代表大会常务委员会：

《中华人民共和国立法法》第88条第2款规定，全国人大常委会有权撤销同宪法和法律相抵触的行政法规。第90条第2款规定，公民认为行政法规同宪法或法律相抵触的，可以向全国人大常委会书面提出进行审查的建议。

我们作为中华人民共和国公民，认为国务院1982年5月12日颁布的，至今仍在适用的《城市流浪乞讨人员收容遣送办法》，与我国宪法和有关法律相抵触，特向全国人大常委会提出审查《城市流浪乞讨人员收容遣送办法》的建议。"

5月14日，一份题目为"关于审查《城市流浪乞讨人员收容遣送办法》的建议书"，传真至全国人大常委会法制工作委员会。

建议人在落款处郑重签名：中华人民共和国公民：俞江，华中科技大学法学院；腾彪，中国政法大学法学院；许志永，北京邮电大学文法学院。三人还有一个共同身份：法学博士。

和一般的公民向人大常委会提出制定、修改法律的建议不同，这份公民建议书非同寻常之处在于，是公民依照《立法法》规定，向全国人大常委会提出对有关法规进行违宪审查的举动。

可以说，这份薄薄的公民建议书，以民间形式启动了要求全国人大常委会行使违宪审查权的程序，罕有先例。

"这正是我们三个提交这份建议书的目的所在：促动我国违宪审查机制的有效建立。"公民建议书的执笔人许志永郑重其事地说。

今年同为30岁的俞江、腾彪、许志永，去年7月毕业于北京大学法学院。

我国宪政体制、法理学是三个人共同关注的研究方向。许志永偏向于农村问题研究，他说："关注社会弱势群体的利益关乎社会公正。"

许志永一有时间就去京郊进行实地调查，和进城打工农民聊天，了解到许多进城务工农民的遭遇与困境，很多农民工有过被收容遣送的经历。

而直接引发他们递交这份公民建议书的动因，是近期湖北青年孙志刚命丧广州收容救治站事件的发生。

"难受，说不出的难受。"面对一个和他们年龄相仿的鲜活生命无辜逝去，三位法学博士道出了同样感受。而在情感背后，他们更多地融入了法理的思考。

因为俞江现在武汉，三个人通过电子邮件往来形式对此事引发的法律问题进行讨论，经不断碰撞修改，几易其稿，用半个月时间，形成了这份建议书。

在公民建议书中，他们写道：《城市流浪乞讨人员收容遣送办法》的有关规定，实际上赋予了行政部门具有剥夺或限制公民人身自由的权力。而我国《宪法》规定，公民的人身自由不受侵犯。《立法法》规定，对公民政治权利的剥夺、限制人身自由的强制措施和处罚，只能制定法律。

"我们认为，《收容遣送办法》作为国务院制定的行政法规，其中有关限制人身自由的内容，与我国现行宪法以及有关法律相抵触，属于《立法法》中规定的'超越权限的'和'下位法违反上位法的'行政法规，应该予以改变或撤销。为此，建议全国人大常委会审查《城市流浪乞讨人员收容遣送办法》。"

"这不仅是针对孙志刚的个案，我们关注的是制度本身。应建立并启动一整套完备的违宪审查机制，才能不断地除弊革新。"

对这份公民建议书达到的效果抱有多大希望？面对记者的提问，三位法学博士并未讳言他们的隐忧和尴尬。

"《立法法》中规定了公民有提出审查建议权，但并未规定对公民建议的反馈程序和渠道。"俞江的担心是，"人家想理就理，不想理睬，就可能泥牛入海。对于一般公民来信，往往都转入部门工作建议了。"

但显然，公民的道义与责任感，给予他们更多的是热情和冀望。

"我们虽然是法学博士，但更愿意以普通公民的身份写这份建议书，因为宪法意识，每个公民都应该有。"腾彪和俞江真诚地说，我们期盼听到来自国家最高立法机关的声音。

　　"不管怎么样，这也算是以我们三位普通公民的微薄之力，为加快我国违宪审查机制的建立撬动一个缺口。"

　　"推动社会和法律的变革需要全社会的合力，我们愿意做这样的'法律志愿者'。"许志永说。

崔　丽
2003 年 5 月 16 日

　　脚注：2003 年 3 月，青年设计师孙志刚被广州民警当做"三无人员"带至派出所，后移送至广州市收容人员救治站，在此孙志刚被群殴致死，此事经媒体报道引发社会关注。5 月 14 日，三名法学博士向全国人大常委会递交建议书，认为《城市流浪乞讨人员收容遣送办法》存在违宪，应予以撤销。中青报同步刊发了建议书。5 月 23 日，中青报又刊发 5 位著名法学家就孙志刚案及收容遣送制度实施状况提请启动特别调查程序给人大常委会的建议书。6 月 20 日，国务院令公布《城市生活无着的流浪乞讨人员救助管理办法》，该办法将收容及遣送的相关内容条款予以删除，修改为救助。8 月 1 日，《管理办法》正式实施，已施行 21 年的《城市流浪乞讨人员收容遣送办法》同时废止。

大学堂震荡

这几天，中国科技大学校长朱清时的办公桌上多了一份材料——《北京大学教师聘任和职务晋升制度改革方案》第二次征求意见稿。这是他让秘书专门从北大网站上下载、打印出来的。

"北大真勇敢！"他说，"大学进行人事制度改革是必经之路。如果不改革，中国高校没有希望成为真正的世界一流大学。"

朱清时是当今中国富有改革精神的大学校长之一。但他承认，他在科大推动的人事制度改革没有实质性进展。"后来都变了味儿，成为一种新的大锅饭。"

他因此认为，"改老校不如改新校"。目前，中科大正在苏州和上海筹建研究生院，他希望在那两个地方能一步到位地实行与国际接轨的新体制。

就在朱清时为其苏州研究生院刚从美国招聘到一位高水平院长而欣喜的时候，比中科大历史长一倍还多、中国最老的大学之一——北京大学，启动了人事制度改革。

这可能是自86年前蔡元培着手改造老北大以来，北大内部发起的最激进的一次制度变革。批评者称其为"休克疗法"。但北大校长助理、人事改革工作小组组长张维迎不同意："最多也就称得上是'在跑步中动手术'。"

"重新评教授才是'休克疗法'。"张维迎说。但显然，"重新评教授"没有现实可行性。他明确地说："改革没有最优方案，只有次优方案。只要改革措施能保证今后新提的正教授合格就算成功了。"

也许，若干年后，身为北大光华管理学院教授的张维迎会把他亲身参与的这场改革当作一个管理学案例搬进课堂，不管它最后是成功还是失败。但目前，北大没有一个教师和在读博士生会把它当成一个纯粹的学术问题来对待，因为改革牵涉到了他们每一个人的饭碗。

方案

北京大学党委书记闵维方在接受本报记者采访时明确宣称："北大改革的最终目标是——北大每个终身教授都是一流学者。"

按校方权威解释，北大改革方案提出的新的教师人事管理体制的基本特征可以概括为：

（1）教员实行聘任制和分级流动制；

（2）学科实行"末尾淘汰制"；

（3）招聘和晋升中引入外部竞争机制；

（4）原则上不直接从本院系应届毕业生中招聘新教员；

（5）对教员实行分类管理，教师岗位分为教学科研岗位和专任教学岗位两类；

（6）招聘和晋升中引入"教授会评议制"。

这些名堂，博学多识的北大教师们可能一条都不陌生。让他们感到陌生的，是这些在欧美大多数大学通行的制度如今竟要移植进中国大陆的校园里。

校方解释——

所谓"聘任制和分级流动制"，是指在讲师和副教授岗位的教员都有定期合同，在合同期内最多只能有两次申请晋升的机会，不能晋升的将不再续约；副教授一旦晋升为正教授，则将获得长期教职（类似国外的终身教职）。

所谓"学科实行'末尾淘汰制'"，是指：教学和科研业绩长期表现不佳的教学科研单位，学校将对其采取限期整改、重组或解散的措施；而在被解散单位工作的教员，无论有无长期教职，都得中断合约，但有些教员可能被重新聘任。这里，"业绩长期表现不佳"的标准是该单位在国内大学的相对地位，如某学科教研室长期排名在国内 10 名之后，将可能被解散。解散后，学校可能建立新的教研室，在此情况下，原来的一些教员有重新被聘任的机会，但不保证一定被聘任。

张维迎　资料照片

以上两条结合起来，基本上就是美国大学普遍实行的"tenure-track"制度。这种制度也被称为"up-or-out（不升即离）"合同。

在方案的第一次征求意见稿中，对"分级流动制"还有这样一项具体要求："讲师层面的流动比例控制在总量的1/3以上，副教授层面的流动比例控制在总量的1/4以上。"因为反对的人太多，在第二次征求意见稿中被删除。

方案提出，今后，北大的讲师岗位要面向国内外公开招聘，尽量不留或少留本院系新毕业生；副教授和教授的空缺通过外部招聘和内部晋升两种方式实现。

方案的第一次征求意见稿为此也定过一个死杠杠儿："自2003年起，空缺教授岗位1/2以上对校外公开招聘，对外招聘名额不得用于内部晋升。"北大的许多讲师、副教授认为拿出一半以上的空缺教授岗位给外人会造成对于自己人的"不公"，因此激烈反对。于是在第二次征求意见稿中取消了比例限制，改成了"内部申请人和外部申请人平等竞争"。

尽管做了许多具体的调整，但方案的大原则没变。校方认为："这些都是国外大学的典型做法，无论这些大学是一流的还是三流的。"而北大的目标是世界一流。张维迎说："作为中国的最高学府之一，北大所有的正教授都应该是相关学科领域内至少是国内一流的学者，而不能只满足平均水平是国内一流的学者，就像哈佛大学的正教授必须是世界一流的学者一样。"

"自从我当校长以来，每年都会收到不少同学的来信。他们说有些老师上课不行。"中国科学院院士、北京大学校长许智宏告诉本报记者，"我们给社会的承诺是让最好的学生接受最好的教育。如果教师队伍不行，这一点很难做到。实际上，学生的良好素质在有些方面掩盖了教学问题。"

　　张维迎进一步解释："我们必须承认，我们有些教授在国内学术界也谈不上什么优秀，是二三流的水平。学校的一个基本判断是，在目前的正教授中，一部分是优秀的，一部分基本满意，但也有相当一部分则是不合格的。在不少院系，80%的学术成就和学术声誉是由20%的优秀教员创造的。"

　　张维迎说："我们的本科生不是万里挑一，也是千里挑一，不仅在中国，在全世界的大学里也是最优秀的，社会当然有权利要求北大的每一个教师也是全国最优秀的。"

　　发起这场改革之前，1999年至2001年，国家财政额外支持了北大18亿元，每个教师都大幅度增加了工资。又正好赶上了一个退休高峰，许多"文革"前毕业的老教师近几年陆续退休，腾出了一大批高级职称岗位。尽管许智宏校长有意识地加大了引进外部人才的力度，但内部有些不该晋升的讲师、副教授，也获得了升职的机会。

　　普通教师也许不会认为北大拿国家这18亿有什么不合适。但北大的校领导们却感觉到这笔钱拿得烫手。"社会上对我们有各种各样的反映。一些政府部门的主要官员甚至明确地提出对我们的批评，说北大教师质量的提高速度和科研水平远远赶不上国家对北大的支持速度和北大教师的工资增长速度，有些人甚至提出把用于北大清华985计划的经费转投于农村普及教育的建议。"张维迎告诉教师们学校管理层所面对的巨大压力，"我们可以说教育是百年树人的事业，不能要求投资有立竿见影的功效，但10年以后我们还能说这样的话吗？"

　　问题的关键可能就在这儿——那18亿已经花完了，以后北大还想再向国家要钱，而继续要钱就必须先做出一些实实在在的事情。"如果我们不能通过一流大学的建设扭转我们在社会上的形象，国家对我们的支持力度就难以保持现在的势头，我们的发展将面临更大的困难。"张维迎说。

所以，他们在北大最难改革的时刻——高级学术职位已经基本满员、拿着高薪水的教师们没有一个人愿走——推出了以鼓励竞争、促进流动为目的的人事制度改革。

争论

自5月中旬以来，SARS在逐渐降温，北大校园里却如同开了锅。

5月12日，许智宏校长致信全校各院、系、校学术委员会委员和有关职能部门，把学校管理层内部已经研究讨论了5个月、先后九易其稿的《北京大学教师聘任和职务晋升制度改革方案》（征求意见稿）交付讨论。意见征集截止日期是5月30日。

吸收了各方面的意见以后，6月16日，校方又拿出了第二份征求意见稿，再次提交全校教师讨论。

"第二稿是在第一稿的基础上修改的，更加符合院系的情况，更具操作性。"许智宏说，"目前的第二稿会更广泛地听取意见，接下来可能还有第三轮征求意见。"

各种各样的意见都出来了。

"与其到处去挖40岁以上所谓'有贡献'的学者，不如留一些在北大待了10年或者7年的学生。"一位青年学子说，"因为只有在这个园子里待着，才知道什么是'问学'。"

一个在北大校园网上回应非常热烈的帖子指责："为了去掉近亲繁殖的虚名，而把自己辛苦培养出来的大量优秀学生推到外面，是一种最大的浪费，无异于对北大的犯罪。"

马上就有人出来反驳："现在总体来说，北大文科和理科在国内的优势是非常明显的，但是具体到某个学科和专业，有很多都并不是北大老大，国内一些院校在很多学科方面可以和北大并驾齐驱。从国内引进人从总体上应该不会降低北大师资的水平。并且过了3年5年以后，北大今年和明年毕业的一些人开始在其他学校崛起，将这些本土人士（所谓'100%的北大人'）再引进回来，就更加不用担心没有优秀的师资了。所谓拒绝本校毕业生留校会导致师资水平下降，实际上是一种比较狭隘的观点，这种观点的假设是：高考优秀＝本科优秀＝研究生优秀＝博士生优秀。"

改革方案的六大项内容，几乎每一项都受到了激烈的批评，也都得到了强有力的辩护。

反对意见最集中的，是人文社科院系。"难道要把我们的文史哲专业改造成美国大学的东亚系吗？"一位教师质问道。

最尖锐的反对意见是："改革北大，还是阉割北大？这是个中华文化生死存亡的问题，是中华民族共同面临的问题。"最"上纲上线"的反对意见是，指控现行改革方案违法！

"尽管第一轮有不少批评意见，但支持一方占主流。"许智宏校长说。

为了获得更多的支持，最近一个多星期内，北大改革的3个关键人物——许智宏、闵维方和张维迎频繁露面，答疑释惑，阐述改革的初衷和方方面面的依据。

6月17日，第二次征求意见稿公布的第二天，校长助理张维迎受改革领导小组委托，在北大校园网上发表了长达3万多字的方案说明。

6月18日，许智宏校长接受北大校园网记者采访，表达改革的决心和集思广益的诚意。

6月19日，许智宏校长接受本报记者专访。

6月20日晚，张维迎在北大校园网"发展论坛"即席答问，一口气解答了校内网友提出的近20个问题。

6月23日，闵维方书记专门约见人民日报、新华社和本报记者，介绍北大本次改革的缘起及意义，呼吁社会支持。

闵维方表示："改革是要付出成本的，我坚信，改革的收益会大于成本，我们有勇气支付必要的成本。"

许智宏对本报记者说："如果不改革，北京大学在 5 年内不会有大问题。凭借原有的基础，我相信北大的许多学科在国内依然会是一流的。问题是 5 年后会怎样？10 年后又会怎样？"

"我不怕毁誉参半。"许智宏说，"不是所有的改革都会成功。我没有想过个人的得失，我主要考虑的是北大的未来。"

风度

北大毕竟是北大。即使推进这样一项预期阻力极大的改革，校方也根本不曾设想过密室操作的可能。并且，面对纷至沓来的意见和质疑的时候，他们没有任何躲闪，彻底做到了坦诚相见。

在张维迎代表校方所作的 3 万多字说明中，甚至没有使用一点外交辞令，什么话都敞开直说。

"现行教师人事管理体制的基本特征是，"这位著名经济学家条分缕析，"（1）教员队伍只能进不能出，只能上不能走，没有淘汰；（2）职务晋升以内部提升为主，缺乏外部竞争压力；（3）职务晋升标准过分注重候选人论文数量和申请者之间的相对水平，过分注重内部平衡，过多地考虑了资历的因素，而对论文质量水准和候选人在全国学界的地位注意不够；（4）部分院系新教员招聘近亲繁殖严重，博士生'自产自销'比例过大，不利于活跃学术气氛和鼓励学术创新。"

张维迎不忌讳与清华进行比较："我们必须看到，北大在国内大学的地位正在受到越来越大的挑战。清华大学已经向综合性大学迈进。2001 年，清华在 SCI 上发表的文章已超过北大 200 多篇，2002 年已超过 500 多篇。我们当然不能惟文章数量而论高低，但数量仍然是一个重要指标。当我们被别人在数量上远远甩在后面的时候，我们还能有什么底气说自己是中国最优秀的呢？"

在进行网上答问的时候，张毫不含糊地指出："我感到，有一些教员太封闭了。他们根本不知道国际的学术规则，不知道国际一流的大学是怎样运作的。"

面对"文史哲应不应该与国际接轨"的质疑，张建议批评者们关注一下香港科技大学人文社会科学学院院长丁邦新教授的学术生活。丁的研究方向是中国音韵学、中国方言学和汉藏语言学，照样能够与国际同行对话。"当代新儒学的代表人物，有几个在国内？"张反问道。

这种风度也展现在许多参与讨论的北大教师身上。

中国科学院院士张恭庆教授，是当今中国最优秀的青年数学家田刚的导师。以张老的身份，这场改革，他应该是最"事不关己"的人之一。但在接受本报记者采访时，他仍毫不含糊地表达了自己对于改革的意见。

"我同意改革的大方向。从长远来说，各国大学都要这样做。北大的这次改革总体按照一流大学方向进行，一流大学的核心就是有一流师资。问题在于现实情况下能否实现。比如说，国内能挑选的人才有限，如果得不到更好的怎么办？比如在学校列出的10个人中，最好的前5名都在国外不能回来，第6个人又不符合要求，那这个人是要还是不要？还比如，如果要最好的人，要开什么价码？不做具体工作不知道困难。"

承受改革压力最大的是青年教师。人才流动的规定幅度越大，他们失去北大饭碗的可能性也就越大。但他们中仍然有人在高声呐喊："让暴风雨来得更猛烈些吧！"一位青年教师在网上欢呼："改革方案是一个好文件，令人鼓舞，我坚决支持文件的方向和基本原则。北京大学有的教授水平很低，教师中大锅饭、铁饭碗意识牢固。此种状况不变，别说世界一流，连国内一流位置也难保。"他的批评意见是：改革的力度还不够大！

表现出如此优雅风度的，还有那些作为北大竞争对手的学校。如果北大的改革如期实施，这些学校将面临一场剧烈的人才争夺战。但这些学校的领导都在为北大加油，衷心祝愿北大的改革能够成功。原复旦大学校长、英国诺丁汉大学校长杨福家院士从美国给本报发来一篇鼓励北大改革的专稿。他在附言中说："如果你们觉得这篇文章不好发表，请把它转交给北大校长办公室，以表达我对他们的祝愿。"

北大对于改革方案的第二轮讨论，仍在进行之中。

校党委书记闵维方一生的愿望是做一个教育家，曾在美国斯坦福大学4年连拿3个学位——教育学硕士、组织社会学硕士和哲学博士（教育管理与决策）。他在接受本报记者采访时说："当年蔡元培先生就任北大校长，上任第一件事就是人事制度改革，解聘一批不合适的教员，聘请来李大钊、陈独秀、胡适等知名教授。美国著名教育家杜威曾经在北大任教两年。他这样评价蔡元培：与牛津、剑桥、哈佛、哥伦比亚等顶尖学校的校长相比，蔡的专业知识比不过他们；可在教育上，他们比不过蔡。"

许智宏校长接受本报记者采访时坦率地说："现有方案并不完美，可能到定稿时都不完美。但是改革只有两条路：或者走，或者不走。"

原春琳

2003 年 6 月 26 日

我到过那里了，中国人到过那里了！

10月15日凌晨2时，杨利伟被工作人员从睡梦中推醒。这一晚他睡得特别香。厨师怕他吃不进过硬的食物，就叮嘱他吃点面条，他说："我还是得吃点肉。"

身旁的专家看到大战当前，杨利伟能保持这样好的心态，都为之高兴，而杨利伟想的是，多增加些热量，保持充沛的体力，去迎接艰巨的使命。

这是一个永远留在历史底片上的画面，这不是既定程序中的动作："神舟"五号飞船发射进入倒计时6秒时，杨利伟轻松自然地向地面的人们行了一个军礼。

出人意料的军礼，使得地面测控大厅里爆出一阵雷鸣般的掌声。

这个特别军礼，是杨利伟走向太空的宣言，也是一个民族向等待千年的历史告别。

21个小时之后，杨利伟回到地球。

这一天，成就了一个古老民族的飞天梦想，也书写了一名青年军人的特殊光荣。

在杨利伟落地之后的这些日子里，有两个"中国富豪榜"先后问世，有一场全国选美比赛举行，有一位刚刚出狱的著名女演员又接拍了一部电影……生活在继续，但这些本该星光四射的名角儿，再也吸引不了过去那样多的目光。

杨利伟才是我们这个时代的头号英雄，是当今青年人真正的偶像。

一连串的满分记录

酒泉卫星发射中心有个叫"圆梦园"的地方，航天员公寓"问天阁"就坐

China Youth Daily

10月 16 日
2003年
星期四
第11075期
今日20版

国内统一刊号
CN11—0061
邮发代号1—9

网址：WWW.CYD.COM.CN　　电子信箱：cyd@cyd.net.cn　　电话中继线：64032233　　青春热线：68416464

贺中国载人航天营

在攀登世界科技高峰的征程上又迈出具有重大历史意义的一步

我国首次载人航天飞行圆满成功

胡锦涛到现场观看飞船发射并发表重要讲话
江泽民与载人航天工程总指挥通话热烈祝贺
温家宝代表党中央、国务院、中央军委致贺

据新华社酒泉10月15日电 北京时间10月15日9时9分9时50分，我国自行研制的"神舟"五号载人飞船，在酒泉卫星发射中心发射升空后，准确进入预定轨道。中国首位航天员杨利伟顺利进入太空。中共中央总书记、国家主席、中央军委副主席胡锦涛在现场观看了飞船发射时强调，"神舟"五号载人飞船的发射成功，是我们伟大的祖国的荣耀，标志着我国实现载人航天飞行的梦想变成现实，它是全党全军全国各族人民勇攀世界科技高峰的又一伟大壮举，在攀登世界科技高峰的征程上又迈出了具有重大历史意义的一步。我为此向研制这个工程的全体同志，为广大航天员和为发展我国航天事业作出卓越贡献的广大科技工作者，表示衷心的祝贺和亲切的慰问。

14日下午，党的十六届三中全会闭幕后，胡锦涛就乘坐专机，风尘仆仆，于当天下午赶到载人航天发射现场酒泉卫星发射中心，并连夜听取了关于飞船发射准备工作情况的汇报。

15日凌晨，他先兴致勃勃地来到载人航天发射中心东风饭店，顺畅愉快地亲切看望了即将出征仪式在航天员公寓问天阁举行，鼓励杨利伟等中央领导同志亲切接见，亲切会见了执行这次"神舟"五号载人飞行任务的航天员梯队成员、载人航天工程各系统负责同志和参研参试代表。

落在它的里面。

10月12日，中国首飞航天员梯队来到这里，等待受命出征。

10月14日下午4时，首飞任务指挥部经过慎重研究决定：由杨利伟执行首次航天飞行任务。

其实这是一个没有多少悬念的决定，因为在确定三人梯队时，杨利伟的综合成绩就排在首位。

晚上6时，北京航天医学工程研究所领导吴川生把杨利伟叫到一个房间，正式向他下达了指挥部的命令。吴川生满怀期待地说："明天就看你的了！""请放心，我一定把任务完成好。"杨利伟平静的话语充满着自信。

5年多前，杨利伟参加航天员选拔时，也是这样充满着自信。当时从1500多名空军飞行员中选出20人到北京体检，杨利伟是其中之一。他是第一个赶去报到的，他相信自己会被选上。

从很早开始，杨利伟就是一个想上天的人。

18岁那年，空军部队到辽宁绥中县招飞行员，杨利伟没有犹豫就报了名。在4年的航校生活中，他的学习训练成绩一直很优秀，每个科目都是第一个"放单飞"。

1987年，杨利伟毕业，成为空军某师一名强击机飞行员，后来又改飞歼击机。当了10年飞行员，从华北飞到西北，又从西北飞到西南，祖国的万里蓝天留下了他矫健的身影。

有人认为飞行员是个危险的职业，杨利伟却说："我非常喜欢飞行事业，我要一直飞到飞不动的那一天。"

航天员是比飞行员更具风险的职业。在杨利伟被确定为首飞梯队成员时，有人问他："如果让你执行首飞任务，你紧张吗？""我不想用紧张这个词来形容自己，我只考虑如何把任务完成好。"

进入航天员训练队，杨利伟就渴望能成为第一个飞上太空的人。女教练黄伟芬说，这些年来杨利伟的训练成绩一直名列前茅。在进入三人首飞梯队前，杨利伟做了大量艰苦的准备。做跑步训练时，他光着脊背在跑步机上连续跑了一个多小时，心率达到每分钟 150 多次，汗水把跑步机都打湿了。做了 10 轮的强化训练，杨利伟没有出现一次差错。教员为之感动：长时间做这种大负荷的训练不出问题，实属罕见。5 次理论和实际操作考核后，教练问杨利伟："你感觉怎么样？"杨利伟想了想回答："感觉没有什么错。"果然，前两次成绩是 99.5 分和 99.7 分，后三次全是 100 分。

突然，他产生了错觉，身体仿佛倒了过来

"神舟"五号飞船起飞 9 分多钟后，进入地球椭圆轨道。杨利伟立刻处于失重状态，舱内的灰尘也都漂浮起来。

突然，他产生了错觉，身体仿佛倒了过来，全身感觉很难受。他意识到，这样时间长了，会导致"空间运动病"，给执行任务带来可怕的后果。于是，他调动自己的意志力，抵抗着环境束缚，强迫自己设想是在模拟器上静坐……几分钟后，他的状态恢复了正常。

这不是一个简单的经历，杨利伟回忆时用了三句话："很难受，很要劲，很耗体力。"

有资料记载，世界上 50% 的航天员都在太空发生过"空间运动病"。这种病严重时，会使人产生头晕、目眩、呕吐等症状。杨利伟是单人执行任务，如果发生"空间运动病"，后果将不堪设想。教练黄伟芬说："杨利伟完全是凭着顽强的意志战胜了困难。"

坚如磐石的意志，也是练出来的。

杨利伟平时看了不少俄罗斯和美国有关"空间运动病"的资料，早就有意识地在训练中加强了这方面的自我锻炼。一天，妻子回家时发现杨利伟一个人在客厅里不停地转圆圈，惊讶地问："你这是在干什么？"他说："过两天我们就要做转椅训练考核了，我先刺激刺激自己。"每次做转椅训练时，他都做够最长时

间，别人做 5 到 8 分钟，他却做 15 分钟，头也摆到最大幅度。一位对航天员训练要求非常严格的老专家曾自豪地说："杨利伟在转椅训练上成绩最出色，他是我最得意的学生。"

人生活在地球上，已习惯了地球对自己的吸引力。超重和失重的感觉，只能够想象。而杨利伟在地面上就必须熬过这一关。

离心机训练。坐进一只 8 米多长铁臂夹着的圆筒里，以时速 100 公里旋转。旋转中，不仅要练习紧张腹肌和鼓腹呼吸等抗负荷动作，而且还要随时回答提问，判读信号，保持敏捷的判断反应能力。每次训练要做 8 个 G（8 倍于地球引力）的负载，持续时间 40 秒。"那真是一秒一秒地熬，脸变形，眼泪不自觉地往下流。"杨利伟说。

刚开始训练时，杨利伟的心率是每分钟 140 多次，经过训练，降到 110 次，并且在高负载的情况下，他不用很大的力量去对抗，还能观察别的东西。离心机里的面板上有 3 个灯，其中的警灯是坚持不住的时候按的，杨利伟从来没有按过。

"你喜欢的东西，你不能去做，你不喜欢的东西，你必须要做，还要常年坚持，它确实是一个非常考验人的事情。"战友翟志刚尤其佩服杨利伟这点。

水上应急训练对有些人可能是很轻松的事情，但对杨利伟来说并不轻松。因为杨利伟每次跳水时都要呛水，半天缓不过劲来。但不管怎样，他都按照教练的要求去做，每次都把自己呛得后脑根儿疼。

杨利伟是一个喜欢吃肉的人，但为了控制体重，他从不敢多吃。晚上饿了，也没自己加过餐。"要保证训练，你不得不坚持这样做，尽管是个很痛苦的事情。"杨利伟对记者说。

10 月 16 日，杨利伟乘坐飞船环绕地球 14 圈后返回地面。在穿越"黑障"时，他与地面失去了联系，飞船在疾速下降，外面是烧灼的火苗，通红一片，过载达到 10 个 G，噪音冲击有 160 多分贝。通常情况下，这很容易造成人呼吸极度困难或停止，意志丧失、"黑视"，甚至直接影响生命。杨利伟努力调整着自己的呼吸和力量，同超重对抗。两分多钟后，飞船冲出黑障区，向着陆场奔去。

杨利伟战胜了艰险，也战胜了自己。

"师长，让你说中了，现在我就像学生一样坐在教室里。"

杨利伟乘坐"神舟"五号成功返回地面后，有关人员很快在旷野上找到了飞船上的"黑匣子"，里面的记录显示，杨利伟在太空飞行中的各项操作准确无误，连睡眠也是按照计划进行。

这是令人吃惊的表现，这是一次完美的飞行。

杨利伟在飞行中有202个操作动作，哪一个操作都容不得半点儿失误。比如防潮插头，万一操作失败，返回舱有可能断电。航天服气密检查不细致，航天服就会失去功效。切割主伞不及时，飞船着陆就会产生难以预料的后果。这些操作程序既不能早一秒，也不能晚一秒。

杨利伟刚来到航天员大队时，在14名航天员中间并不算最优秀的，但他的韧劲和钻劲却是最突出的。

当年离开飞行部队到航天员大队报到时，师长对杨利伟说："你的身体，你的训练，我没什么担心的，但是你可能要面临学习许多新东西。"果真，来到训练中心不久，杨利伟打了一个电话："师长，让你说中了，现在我就像学生一样坐在教室里。"

那是一段杨利伟感觉"最难熬"的日子。航天员知识学习有8大类、58个专业。面对天文、航天技术、空间惯性坐标等等新知识，杨利伟的头直发懵。刚开始坐在教室的时候，坐不住，从不喝茶的他，拼命地喝茶，让自己别犯困。

第二天要进行外语考试了，杨利伟住在航天员公寓不能回家，晚上就给妻子张玉梅打电话，让她在电话里帮他背英语单词。电话一直打了两个多小时。第二天，他的教练在路上遇到张玉梅，告诉她：杨利伟的英语考了100分。

第一段学习结束时，杨利伟的综合考试得了93分，排名第三，排名第一和第二的是他的两名教练。

在"神舟"五号发射处于上升段时，医监医保专家李勇枝的眼睛紧紧盯着从飞船上传来的杨利伟的生理数据，因为这个时段航天员所受的负载要达到 5 个多 G，而杨利伟的心率显示只有每分钟 76 次。在飞船飞了一圈后，杨利伟的心率仍保持在 70 多下，与他平时的心率一样。

李勇枝说："这样的心理状态世界少见。"

在首飞梯队进入发射场进行模拟演练时，心理训练教练刘芳为了让杨利伟抛弃首飞前的心理负担，把他叫到面前说："你现在看着我，5 分钟不许咽唾沫。"杨利伟一时有些莫名其妙，但他仍按教练的要求做了。"5 年多来，杨利伟一直是这样要求自己的，他过硬的心理素质也就是这样锻炼出来的。"刘芳说。

在太空飞行中，杨利伟经常拿着飞行手册，一遍遍地翻阅。尽管这些程序杨利伟早已烂熟于胸，但他仍然看得很专注。

航天员们把任务模拟训练称为"走程序"。每次"走程序"，杨利伟都做得非常认真。在航天员公寓他的宿舍里，墙上贴满了飞船舱内的各种电门、仪表的图标。每次训练结束后，他都要把操作程序在脑子里"复走"一遍，自己先检查有没有错漏的地方，然后再去听教练的讲评。

在模拟舱训练时，他还用摄像机把舱内的各种电门、仪表拍摄下来，输入电脑，编辑成模拟舱直观景象，一有时间就熟悉、默记。在执行首飞任务前，他对记者说："我现在只要一闭上眼睛，眼前马上会呈现出一幅清晰的舱内景象，甚至连按钮上被手指磨出的发亮的痕迹也都印在我的脑子里，现在我闭着眼睛都能操作了。"

等待发射的晚上，杨利伟和翟志刚、聂海胜在"圆梦园"散步，仰望星空："明天，我们 3 人中会有一个到达那里。"彼此间的眼神交汇在一起，充满了默契。

10 月 16 日晚，北京航天城，杨利伟再次仰望星空。他在心里默念："我到过那里了，中国人到过那里了！"

在电视观众看不见他的时候，杨利伟使劲把自己折腾了一番

从太空回到地面，杨利伟从一个普通人成为全中国人心目中的航天英雄，他的名字与形象频频出现于电视和报端：身着天蓝色的航天服，平头，自信的微笑。"杨利伟旋风"刮到哪儿，哪儿便是一阵如潮的掌声和涌动的花海。

而杨利伟心里想的却是，回到训练馆去，回到战友们中间。

10 月 27 日，杨利伟在航天员大队恢复了正常的训练。下午，他和战友们打了一场篮球比赛。这一天，距他首飞归来只有 11 天。

在航天城棕红色的航天员公寓里，杨利伟和战友们朝夕相处。5 年的学习与训练，3000 多个学时，千锤百炼，只为一飞冲天。离开了地球的引力，杨利伟乘坐"神舟"飞船在遥远的太空转了 14 圈，一天之内比地球人多经历了 14 个白昼。但回到地面，杨利伟仍然和出征前一样，想着学习和训练。

航天员大队大队长申行运告诉记者："杨利伟这些天心里想着的总是任务。"

对于所从事的事业，杨利伟倾注了太多的感情。从他当上航天员的第一堂课开始，他笔记已经记了几十本。这次太空飞行给了他全新的体验，尽管每天安排的活动很多，他也抽出晚上的时间，把执行首飞任务的一些感受和体会记下来，为下一次任务做技术和经验上的储备。杨利伟说："做飞行总结，给专家们提供参考意见，是我的责任。"

杨利伟在太空中只睡了半个小时。"首次太空飞行，机会太难得了，时间太宝贵了。"除了完成规定的飞行程序和任务外，杨利伟抓紧分分秒秒，尽可能多地体验在太空中的感受、多做一些动作、多拍一些资料，为今后的训练和任务多积累经验。

大家在电视上每次看到他，都是系着束缚带躺在椅子上，但实际上，在电视观众看不见他的时候，他做了各种失重试验，"使劲把自己折腾了一番"。他把飞行手册、摄像机皮包、笔和电池板等物品抛在空中，还解开束缚带让自己飘

在空中，一会儿倒立，一会儿旋转，尽可能做着各种动作，体会身体的感受。杨利伟把这一切都录了下来，带回了地面。

不事张扬的杨利伟其实已经把下一个目标锁定在了两年之内发射的"神舟"六号和今后更艰巨的飞行任务上。他说，他会像 10 月 15 日以前的那个普通的杨利伟一样，一切重新开始。

在塔架平台，教练动员身边的人给杨利伟讲几个笑话

回到航天城当晚，杨利伟迫不及待地给航天员选拔与训练室主任黄伟芬打了电话："感谢您，黄主任，你的训练是管用的。"

电话那头，黄伟芬眼睛湿润了。在这些航天员身上，黄伟芬倾注的心血比对自己的女儿还要多。有时她就像他们的保姆，连每次训练后擦汗的毛巾她都要提前给他们准备好。这位女教头的女儿已上了小学四年级，她居然不知道孩子到底是在哪个班。

10 月 15 日杨利伟出征前，黄伟芬想好了大段送别的话，出口却只剩下两个字："走吧。"16 日，杨利伟归来的时候，她早早就站到航天城的大门口等待。她期望看到自己学生熟悉的身影，狂热的人群一冲，瘦小的她没有看到杨利伟。杨利伟的这个电话让她心里热乎乎的，她感到，经过太空洗礼的杨利伟还是那样谦逊、坦诚。

杨利伟是个很有人缘的人，不论是对教练还是他人。

10 月 15 日凌晨 5 时 50 分，护送杨利伟上发射塔架的教练田力平和保健医生谢俊水，面对临战的气氛，心里不免有些紧张。在塔架平台，他们动员身边的人，给杨利伟讲几个笑话，别让他太紧张了。

但实际上杨利伟反倒比他们都轻松。他指着身边负责飞船工作的一名高鼻梁的技术人员，逗他："我怎么瞅着你长得像俄罗斯一位宇航员？"那位技术人员回答："是。不过人家现在是俄罗斯宇航博物馆馆长啦。"杨利伟进入飞船的

时候，握着他的手说："再见，馆长。"在场的人都笑了起来。

"成功体现在我身上，但功劳是大家的，是无数双手把我托举上去的。"杨利伟在这一点上格外清醒。

杨利伟和翟志刚、聂海胜组成的首飞梯队，配合非常默契。在准备阶段，3个人想得最多的是飞行程序和过程，互相进行技术交流和心理支持。15日早上4时，杨利伟一切准备完毕，在等待的间隙，翟志刚、聂海胜搬了椅子坐在他面前。翟志刚握着他的手，给他按摩，并不断叮嘱："发射的时候，要适当地做些对抗动作；入轨后，别着急解束缚带……"一边说着，一边把杨利伟航天服上的带子调到最松，以便他出征时走着舒服一些。聂海胜对杨利伟说："我相信你能完成任务。"

"我们14位航天员都很优秀，不管谁上，都能出色地完成任务。"直到现在，杨利伟还一直这么说。

送走杨利伟，翟志刚、聂海胜赶到指挥控制大厅，去为杨利伟助威。杨利伟出舱的时候，他们和其他航天员一阵狂呼。再次见到杨利伟，聂海胜对他说了句："你真棒。"眼泪就掉了下来。

"我教你调调电子闹钟吧。"去发射场前，杨利伟对妻子说

10月14日深夜，杨利伟的妻子张玉梅突然惊醒，她看了一下时钟：1时40分。她对自己说："看来一定是利伟首飞了。"

20分钟后，在酒泉卫星发射中心的杨利伟也从睡梦中被医生叫醒，开始了首飞前的准备。

在发射前杨利伟和妻子的最后一次通话中，杨利伟已经知道了是自己首飞，但他并没有把消息告诉妻子。张玉梅也只是在电话里叮嘱他："各方面注意点，不管怎样，你都要保持一颗平常心。"

10月15日晚上8时多，杨利伟从遥远的太空告诉妻子："我看到我们美丽

的家了！""天地对话"结束后，张玉梅和父母从航天城测控大厅回到住处，一夜无眠。利伟的父亲一直在客厅里抽烟，母亲默默无语。

这是杨利伟离家人最遥远的一个晚上，但心灵深处，也是和家人心贴得最近的一个晚上。

张玉梅平时的眼泪最多，用杨利伟的话说就是"眼泪方便着呢！"但杨利伟首飞，她只掉了一次泪，就是在返回舱开伞的一瞬间。

回忆起日常生活，张玉梅告诉我们，自己偶尔也和他拌嘴，杨利伟事后总把错揽到自己的身上。

2002年7月，张玉梅住院做手术。被推进手术室的一刹那，她看到杨利伟那种从未有过的万般牵挂和怜爱、歉疚的眼神。手术后，杨利伟一只手拉着她的胳膊，一只手扶着她的腿，在病房的椅子上整整陪坐了一夜。早上，当他返回航天员公寓参加训练前的体检时，一称体重，减了整整3斤。

在家里，杨利伟和妻子分工明确，家务一般妻子做得多，但涉及电器之类的都归杨利伟管。去发射场前，杨利伟对妻子说："我教你调调电子闹钟吧。"张玉梅说："我不学，等你平安归来，你自己调。"

杨利伟对孩子要求比较严。从太空回来后，有一次参加电视节目录制，到了现场，他才知道儿子也去了。后来节目一录完，他马上告诉电视台，儿子那一段绝对不能放。他说，小孩太小，该好好学习，不要笼罩在父亲荣誉的光环下，先从一个平凡人做起。

这些年来，杨利伟与妻儿聚少离多，心中总有几分歉疚。10月15日的"天地对话"纯属临时安排，杨利伟能够在太空与家人说上几句，他感觉十分幸运。据测控中心的工作人员回忆，当时对话一完，从大屏幕上可以看见，杨利伟马上就转入了工作状态。

在5年多的训练中，教练给杨利伟他们安排了古典音乐欣赏、诗词讲座等文化修养方面的课程，培养航天员多方面素质。而实际上，日常生活中的杨利伟也有着许多普通人的爱好。杨利伟喜欢玩电子游戏，有时也玩到很晚，张玉梅就一直站在他的身后，看他如何"深入敌后"，如何克敌制胜。

在航校时，他最喜欢弹的吉他曲是《致爱丽丝》。在航天员大队的乐团中，他的角色是黑管演奏员，最拿手的是《古老出征》。他擅长短跑，是研究所连续5年的百米冠军，在总装备部的青年演讲比赛中他还拿过优胜奖。

接受记者采访的间隙，我们邀请杨利伟给大家唱一支歌。杨利伟爽快地答应了："我们是中国的航天员，驾驶着神舟号宇宙飞船。在太空漫步，在宇宙探险……"

我们期待着这昂扬的旋律能够陪伴杨利伟和他的战友们，再上"神舟"，遨游太空。

冯春梅　刘程

2003 年 10 月 16 日

2004

人均1000美元

在2004年全国两会上，中青报记者问了发改委主任马凯一个问题：去年年底我国人均GDP跨过1000美元台阶，这意味着什么？马凯回答：意味着可能进入了一个发展黄金期，也可能是进入了一个社会矛盾凸显期。

学界也发出了预警。年初，中国社科院经济研究所发布《中国城乡收入差距调查》指出，如果把非货币因素考虑进去，中国的城乡收入差距已是世界最高。接受中青报采访的多位学者表示："纵观世界经济发展，人均GDP刚好超过1000美元之时，一国城乡收入差距超过1：3的情况，很罕见！"

正是在这一年，党中央在提出"科学发展观"后，又把建设"和谐社会"作为执政方略，开始对快要脱缰的社会经济作出重大调整。在中青报版面上，可以清晰看到这些政策风云，以及伴生的雷鸣闪电。"杀一儆百，常州为铁本付出高昂代价""中国刮起审计风暴""修宪保护私有财产"……

这一年欲望和制衡相互博弈，反复上演"冰火两重天"：GDP 增速跃上两位数，上证指数却跌下 1300 点，原煤产量 19.56 亿吨，但矿难高达 3853 起，公路通车里程超 180 万公里，但交通事故死亡人数也攀升到 10.6 万。8 月，中国代表团在雅典奥运会上创下 32 金的历史新高，赛会结束的第二天，中青报发表文章《神啊，赐给我们健康吧！》指出：我国居民体重严重超标者已达 14.9%，学生近视眼发病率接近 60%，人数居世界之首。六成中年人存在健康问题，老年人人均患有二至三种疾病。所以，中国是金牌大国，但不是体育大国。

　　亚洲杯足球赛的反日风暴标志着 80 后的登台，他们的特立独行引发一轮空前激烈的代际冲突。本报关于"辛酸父亲来信"的大讨论，让冲突公开化了。

　　2004 年是邓小平 100 周年诞辰，官方和民间都高调纪念这位改革开放的开创者。尽管矛盾凸显期利益更加分化，但社会仍有共识，那就是只有往前骑，发展的单车才不会倒。

宪法修正案：一个逗号的删改

对照 6 天前提交大会审议的草案，今天经十届全国人大二次会议最后表决通过的中华人民共和国宪法修正案，其中涉及对土地和私有财产征收、征用及补偿问题的条文，删除了一个小小的逗号。为了删改这个逗号，大会主席团向代表们提交了长达 450 余字的解释和说明。

宪法修正案草案中的相关表述为："国家为了公共利益的需要，可以依照法律规定对土地实行征收或者征用，并给予补偿。""国家为了公共利益的需要，可以依照法律规定对公民的私有财产实行征收或者征用，并给予补偿。"在审议时，点在"并给予补偿"前面的一个逗号引起了有些代表的疑虑。有代表提出，以上两处规定中的"依照法律规定"，是只规范征收、征用行为，还是也规范补偿行为，应予明确。由于对此有不同理解，有些代表建议将"补偿"明确为"公正补偿""合理补偿""充分补偿""相应补偿"，等等。

大会主席团经研究认为，宪法修正案草案上述两处规定的本意是："依照法律规定"既规范征收、征用行为，包括征收、征用的主体和程序；也规范补偿行为，包括补偿的项目和标准。为了避免理解上的歧义，建议在最终的定稿中将上述两处规定中"并给予补偿"前面的逗号删去，修改为："国家为了公共利益的需要，可以依照法律规定对土地实行征收或者征用并给予补偿。""国家为了公共利益的需要，可以依照法律规定对公民的私有财产实行征收或者征用并给予补偿。"

"这不是一个单纯语法上的问题，而是强调要清晰地表达立法原意。一个逗号之差，直接关系到公民、集体财产能否得到有力保护的问题。"全国人大代表、中国政法大学校长徐显明指出。

徐显明说，宪法修正案里这两条的立法本意，是宣布国家对合法私有财产加以保护的态度和原则。要实现这一原则，就需要建立包括补偿在内的相应法律制度。只有依靠法律建立起来的制度，才能使规则得到遵守、公民权利得到保障。

"这个逗号删得非常好。"全国人大代表、全国人大常委会内务司法委员会委员应松年同样给予高度赞赏。他说："删除逗号，等于廓清了立法本意，强调对于补偿不仅要依法保障，而且怎么补、补多少，还要依法进行规范，增强了依法补偿的法律力度。"

这个逗号的删除，给了毛兰珍代表一颗更踏实的定心丸。这位来自四川省雅安市石棉县安顺乡几子坪村的农民代表说，目前在农村存在着对土地征收、征用补偿不合理、不到位等一系列问题。今天通过的宪法修正案，删去一个逗号，更清楚地表明了对征收、征用的补偿必须依法进行。"今后如果再有打着公共利益的旗号，侵犯老百姓合法权益的行为，我们就可以堂堂正正地寻求宪法保护了。"

毛兰珍代表希望国家尽快出台相关法律，对征收、征用补偿进行明确规定，切实把老百姓的权益保护好。

崔丽　程刚　万兴亚

2004 年 3 月 15 日

怒江漩涡里的发展观之争

一场前所未有的争论，使滇西北一条默默无闻的河流——怒江引起了广泛关注。2003 年 8 月 12 日至 14 日，国家发展和改革委员会审查通过《怒江中下游水电规划报告》，随后，引起了有关环保组织和人士反对。为此，本报记者前往怒江进行了实地调查。出乎记者意料的是，极力主张建设怒江水电工程的当地领导和反对派的环保人士，不约而同地表达了自己对"科学发展观"的理解，对实际情况的认识，却由此得出迥然不同的看法。

4 月初，一些媒体报道了怒江水电工程被"叫停"的消息，依据是国家发展和改革委员会向国务院报送的《怒江中下游水电规划报告》未获通过。有媒体报道说，温家宝总理批示要"慎重研究，科学决策"。

国家环保总局有关官员和有关环保人士证实了这一消息。而远在千里之外的中共怒江傈僳族自治州州委书记解毅 4 月 15 日对记者表示，自己尚不清楚这一事态的最新进展，但怒江水电工程确实事关"发展"问题。对此，自己也在"提高认识"。

引而未发的"献礼工程"

初春，36 岁的周国华开着拖拉机驶过怒江边的狭窄山路。午后的阳光下，怒江对岸的十几户人家掩映在青翠的山林里。这里，名叫小沙坝，是怒江水电规划里的六库水电站所在地。

据介绍，六库水电站是根据《怒江中下游水电规划》，经有关部门批准开展的第一个项目，是怒江州建州 50 年来规划投资最大的基础产业项目。有关官员称"也是今后 3 年内支撑全州经济增长的重点项目"。为此，这一电站被确定为怒江州 50 年州庆的惟一献礼工程。

2004 年，怒江州建州 50 年。2003 年 10 月，面对前来考察的专家，怒江州领导称"项目实施前的各项准备工作基本就绪"。并且，《六库电站建设环境影响评估报告》也已完成并按程序报审。

事实上，《怒江中下游水电规划》设计了 13 个梯级水电站。六库水电站位于怒江州六库镇上游 5 公里左右，是这一规划中规模最小的梯级，由于采用径流式方案，也是对环境影响最小的一级电站。根据可行性研究，水库正常蓄水位 818 米，施工总工期 3 年 8 个月，静态总投资 9.4 亿元。

由于《怒江中下游水电规划》遭遇争议，有关部门不得不"退而求其次"，争取将这个"最小的电站"拿下来。因为，比起庞大的怒江水电开发，这一电站获得通过的可能性也是最大的。

然而事与愿违，今年年初还"紧锣密鼓"的六库水电站"献礼工程"，如今却陷入搁置。何时开工，还是未知数。而家住怒江沿岸的 47 岁的傈僳族汉子四化才告诉记者，水电、土地部门都曾经找过他，问他愿不愿意搬迁，他说愿意，但搬迁的日期，却没有了音讯。

在争议中搁置的水电规划

六库水电站是整个怒江水电规划中投入最少的——9.4 亿元，而按可行性研究口径，整个怒江水电建设，静态总投资达到 1000 亿元。

1995 年，国家正式将怒江水电规划工作列入议事日程，由国电昆明勘测设计研究院、国电华东勘测设计研究院分别开展中下游河段水电规划。经过近 3 年的勘测设计和研究，于 2003 年 7 月提出《怒江中下游水电规划报告》。

2003 年 8 月 12 日至 14 日，国家发展和改革委员会在北京主持召开了 140 余名专家、学者参加的审查会议，审查了《怒江中下游水电规划报告》，并通过了两库 13 级 21320MW 开发方案。

怒江仿佛看到了地方经济发展的"曙光"。因为，怒江州全年地方财政收入仅 1 亿多元，而怒江水电工程建成以后，每年带给当地的税收会多达数亿元。对于一直处于贫困状态下的怒江州来说，水电工程的确是个"聚宝盆"。

让始作俑者"意料不到"的是，怒江水电规划一出，即遭到了环保人士的激烈反对。

为此，国家和云南省有关部门多次召开座谈会。这些座谈会很快像足球比赛一样，分成"北京队""云南队"。"北京队"多以环保人士为主，对怒江水电规划提出质疑、反对，甚至在媒体、互联网上形成"声浪"；"云南队"以一些水利、水电、植物专家为主，支持怒江水电开发。

国家林业局工程师沈孝辉，是反对怒江水电规划的"主力"之一。在怒江沿岸，他对记者表示，电站建成对生态一点没有影响是不可能的，认为"江河的作用就是水电开发"是不对的。过去资源消耗枯竭式的开发思路行不通了，不能"先污染后保护"。

他认为，作为生态河流，怒江不能"毁掉"，怒江干流十三梯级开发，会把流动的怒江变成静水，对鱼类物种影响严重，淹没区的生物多样性会受到威胁。

因此，他们认为，怒江建坝缺乏严谨、科学的评估、论证，没有严格遵循重大工程的环境影响评估机制。

与此同时，云南的专家们却表达了相反的观点。

2003 年 9 月 29 日，云南省环保局在昆明主持召开"怒江中下游开发与生态环境保护专家研讨会"，91 人参加，其中专家 24 人，形成的意见说"原则上同意开发"。他们认为，"水电开发对植物物种影响较小，淹没区原生植被破坏严重，已被耕地和次生灌丛及草坡替代，水电开发不存在对原生植被的影响。对鱼类物种影响较小。"

这次专家会还形成共识，认为"长期以来，怒江州各族人民为保护生态环境作出了卓有成效的努力，在保护生态环境的同时，应对怒江的社会经济发展途径给予充分考虑。"

那次会上曾出现很多"精彩语言"。比如，怒江现有 48 种鱼类，"北京队"主张水电开发破坏鱼类生长环境，而会上的专家批评说，"这是用 48 种鱼来压怒江的 49 万人民"。再比如，有专家在会议上说："我们不但讲'兽道'，还要讲'人道'。"意思是说，强调生态可以，但更要强调人的生存、发展。据参加座谈会的人士回忆，这句话曾引来掌声。

对此，沈孝辉说，任何一个人工工程都带来经济一利，也带来生态一弊。双赢是不可能的，因此，人们要权衡利弊。他说，中国环境与发展还没有形成讨论风气，习惯搞"一言堂"。于是，环保组织找环保人士齐呼反坝，水利部门找水利专家主张建坝，各说各话，"不是西风压倒东风，就是东风压倒西风"，结果解决不了问题。

沈孝辉说，一次，一位环保人士参加水利专家论证会议，遭到围攻；回来后，这位环保人士十分郁闷，又组织环保人士开会，把几个水利专家请来，围攻他们，气得水利专家直拍桌子。"怒江争论暴露出我们没有形成研究问题、讨论问题的日常机制。"他说。

环保主义者的窘境

2004 年 2 月，一些环保人士来到怒江沿岸，让他们吃惊的是，怒江当地百姓对水电项目，十有八九说"好"。此前，他们反对怒江水电项目的理由也是"为了当地百姓着想"。

显然，当地群众并不像环保人士那么想。因为，对他们来说，摆脱贫困是第一位的问题。

当地领导称，"我们坚信怒江水电开发之日，就是怒江摆脱贫困之时"。这样的说法，也让环保人士感到难以信服，因为，水电工程可以带来地方财政收入增长，但就沿岸农民而言，移民等问题还可能直接影响沿岸农民的生活，其生活水平甚至可能下降。

李雄辉，22岁，云南大学物理系学生，在怒江边度过了他的初中、高中生活。虽然夜夜都能听到怒江涛声，但这里的贫困给他留下了"刻骨铭心"的印象。同学的家里大都特别贫困，住在深山里，没有什么需要，一般不出门。听到环保人士的主张，他曾试图说服自己的同学不要同意修电站，但80%的同伴、同乡都觉得他站着说话不腰疼。

显然，水电工程给他们带来一些新的希望。李雄辉也开始怀疑，反对建坝是否真在为当地人着想。

怒江州委、州政府在写给有关部门的报告中，诉说了怒江的"一肚子苦水"：全州4个县均为国家扶贫开发重点扶持县，至今仍有22万人处于贫困线以下，占农业人口比例的50%，其中极端贫困人口有7万人，绝对贫困人口有13万人，贫困面和贫困程度都高居云南省之首。

有关官员形容怒江在云南的地位用了10个"最"——山最高、谷最深、坡最陡、地最少、发展最慢、贫困面最广、贫困程度最深、社会发育程度最低、劳动者素质最低、生产力水平最低。

说起环境保护，怒江人也同样有话要说，因为，建立自然保护区和天然林保护工程，使怒江州近50%的土地纳入保护范围，"怒江州为此付出了巨大的牺牲，全州惟一长期支撑地方经济的森工产业退出历史舞台，而替代产业在短期内难以形成，给全州经济带来巨大冲击，财政收入因此每年减收6000万元。"有关人士说。农民人均纯收入增长幅度也由2000年的5.8%下降到2002年的0.6%。

对记者说"喜欢电站"的傈僳族农民四化才理解的电站，就是"能让自己用上电，又能便宜一点的地方"，他希望生活能因此改善。

怒江州政府的公务员区行今年36岁，怒族人，从小生活在山里，经过了"艰苦而贫穷的日子"。他长大后，发现很多人比他还穷，心里很不是滋味。为此，他在最贫穷的乡村工作了两年，这里90%的农民都住在山上，出门必须爬山，从乡政府到最远的村委会要走 10 多个小时。听到怒江水电工程遭遇反对声音，他问："可持续发展、科学发展观，关键不还是要发展吗？"

面对这样的"现状"，反对建坝的环保人士显然无法只说"不行"。来自北京的有关环保人士绞尽脑汁为当地想出路。显然，他们对情况远没有当地人熟悉。他们说"发展旅游，一样可以摆脱贫困"，而中共怒江州委书记解毅解释说，受交通、住宿等先天条件制约，怒江走旅游之路难于上青天。

数据显示，怒江州境内无国道穿越，州内没有公路网络，55% 的农村运输以人背马驮为主，60% 的地区运送困难，山区驿道上至今还随处流动着"最后的马帮"，全州城镇化水平仅为 14.6%，是小城镇发展水平最落后的地区。

有关官员告诉记者："我们需要可持续发展，而不是可持续贫困。"他们认为，水能资源是怒江得天独厚的优势资源，水资源开发具有地质条件好、人口搬迁少、淹没土地少、开发成本低等特点，最适合大规模开发。对此，他们认为，不开发水电，就是影响其发展权。

问题出在哪里

2003 年 9 月 19 日，怒江州人大、政协组织代表、委员对怒江流域水电开发发表意见。他们向人大代表发出意见表 232 份，收回 232 份，认为加快开发的 205 份，同意开发的 26 份，不同意开发的仅 1 份；政协委员 214 份，回收 192 份，其中同意加快开发的 160 份，应该开发的 30 份，不应该开发的 2 份。

事实上，《怒江中下游水电规划》经过了中央、省两级政府职能部门的审查，最初反对的声音来自环保部门和民间环保组织，包括国家环保总局。2003 年 10 月 1 日至 5 日，国家环保总局局长解振华曾与云南省省长徐荣凯一道亲临怒江考察。

目前，争议焦点集中在对物种多样性影响、对三江并流的影响等等。

2002 年，云南省世界遗产管理委员会提交了《关于三江并流申报世界自然遗产与电力事业协调发展的情况报告》，报告指出，电力建设与三江并流世界自然遗产保护可以协调发展。在"三江并流"区域发展电力事业，是三江并流区域内能够抵抗自然遗产保护危险和促进区域社会、经济、文化事业全面进步的有效措施之一。

2003 年，几乎在三江并流申报世界自然遗产成功的同时，怒江水电开发悄然拉开序幕。环保人士、地方政府、相关专家在一些关键问题上难以达成共识。

一位在怒江考察的环保专家告诉记者，水资源不只是为了发电，还有保护生态、灌溉、鱼类洄游等作用，这一项目无疑会对鱼类构成威胁。

而怒江州政府报告称，水电工程对鱼类物种影响不大。怒江是云南六大水系中鱼类最少的河流，规划河段内无长距离洄游鱼类，水电开发不会阻断鱼类的生命周期循环，不会导致怒江各种鱼类的灭绝。

环保人士认为，怒江流域生态脆弱，已经到了"最危险的时候"，水电上马会对三江并流世界自然遗产构成影响。

为此，2003 年 9 月 27 日，云南省三江并流国家重点风景名胜区管理局《关于对怒江中下游水电规划的意见》称：三江并流世界自然遗产在向联合国申报时已充分考虑了区域内水电开发建设问题，在编制遗产地总体规划时，已将拟进行水电开发建设的区域从自然遗产申报范围里划出，如怒江贡山县城以下申报区域海拔高程控制在 2000 米以上，而此范围被拟建的水电站高程都在 1600 米左右。因此，怒江中下游的水电开发不会对三江并流世界自然遗产保护产生大的影响。

而环保人士认为，生态是一个完整的系统，以海拔高度来区分保护和开发不科学。

环保人士呼吁保留下这条原始生态河流。而有关部门认为，怒江上游已经有了水电站，不再是原生态河流。并且，"2000 米以下的半山生态脆弱区和河谷生态恶化区已成为生态环境最恶劣的地区，已不再是原生态河流"。

"生态越好的地方老百姓越穷。过去，怒江就为了生态牺牲了很多发展机会。怎么轮到我们发展了，你们又不让了？"这是一位环保专家听到的抱怨。

"不让发展就不发展呗。"当地一位官员的言语间,充满了情绪和遗憾。此前,他们雄心勃勃地说:"怒江水电开发之日,就是资源优势转变为经济优势之时,就是生态建设从贫困状况下的消极保护,向开发与保护并重的可持续发展转变之时。"

　　正是这样的逻辑,一些当地人认为,怒江流域水电开发对生态环境的影响"更有利"。这点,从怒江州人大、政协收回的意见调查表上得到了印证。

　　显然,怒江水电开发的"急刹车",对于雄心勃勃搞水电开发的当地官员是一种打击。一位专家说:"我很高兴,看到了怒江开发出现的争论和不同利益群体的意见、力量博弈。"不管怎样,他认为还是慎重为好。

刘　畅

2004 年 4 月 19 日

临刑对话马加爵："没有理想，是我人生最大的失败"

马加爵　崔丽／摄

想得最多的是以前生活的美好和自由

6月15日下午，距离马加爵被执行死刑不足48小时，在云南省昆明市第一看守所中，本报记者对他进行了独家专访。

记者（以下简称记）： 你还记得收到一审判决是在什么时间吗？

马加爵（以下简称马）： 上法庭是在4月24号，我收到判决书应该是在4月28号。

记： 算下来，至今已有一个半月。在看守所的这段时间，你每天想得最多的事是什么？

马：（沉默良久）想得最多的，还是以前的生活。家庭生活、大学生活、同学，就是觉得以前的生活很美好。

记：这段时期在你的人生中，是比较特殊的时期，你能否概括一下这段时间的心理感受？

马：有时候很感动，因为在看守所里，管教干部和领导都对我很好。像我这种人，他们还能这样对待，很不容易。同时，我也很后悔做了以前的事。

记：听说，看守所的干警给你过了一个生日？

马：（面色立刻轻松下来，笑）是的。干警给我买了一个蛋糕。小时候在家里过生日，吃的就是鸡蛋。按照我们本地的习俗，一般都是年纪大的人才过生日。我不注重过生日这种形式，在大学里没有过过生日。

（不由自主重复了一次）真的，你问我这段时间想得最多的，真的是从前的生活，很美好，很自由。还有，想起从前的自己什么都挺不错，不错。

记：你对自己哪些方面比较满意？

马：（沉吟）对家里来说，我可以说是比较懂事。在学校，也还算一个好学生。学业一般。

记：为人处事、人际关系如何？

马：（语气轻松）还是可以的。平时与同学的交往还是挺多的，很少闹矛盾，很少发生口角。

记：你在班里属于活跃分子吗？

马：（笑，自嘲地）我？不算。

记：你有哪些方面的特长，能引起班上同学的注意？

马：（羞涩，笑）同学可能觉得我身体好，打篮球不错。很多男生喜欢和我一起打篮球。其他方面，我想不起来有什么。

本来想去植物研究所工作

记：从农村到省会上大学，自己心态上有不平衡吗？

马：（眉头锁住）怎么说呢，我们班一个班主任差不多带110个人，农村来的差不多占一半。我也不算贫困嘛。且不论这些，我没有因为来自农村而感到难过，没有什么别人看不起的感觉。

记：媒体在分析你的案件成因时，有的说是因为你家境贫困，有的说是因为你性格上的问题，与人交往封闭，你怎么看？

马：可能后面一句话说对了。说到贫困导致的压力，这倒没有。当时那一段时间，我正在准备毕业，找工作，我对未来还是充满信心的，觉得找份工作对我来说不成问题，没有感到就业的压力。学校组织的招聘会我都去了。只不过觉得自己不急嘛，还有半年才毕业，如果不发生这件事的话，按计划，一开学就应该写论文。

记：你论文的方向是什么？

马：微生物方面的。

记：你理想中想找一份什么样的工作？

马：我要求也不怎么高。月薪？（笑）这倒不一定非得多少。我想去植物研究所，或制药公司、企业一类都可以，如果实在不行，不要求专业的那种岗位也可以去试一下。反正工作方面，我倒是不担心、不发愁的。

记：你每天在看守所里怎么过？

马：早上7时半起床，吃过早点，看看书。主要看故事书、人物传记。看了一本《东条英机》，（赶快解释）不是我借的，是别人借的。哎，也不怎么想看，反正打发时间呗。

我尽量避免去想问题，不想想太多。反正事情已经到这个地步了。（目光迅速暗淡下去）

杀第一个人时很慌，有种失重的感觉

记：以前在学校有失眠情况吗？

马：（疑惑）失眠？从没经历过。

记：你什么时候开始失眠？

马：这件事发生后，开始失眠了。

记：你杀第一个同学唐学礼时，是什么心态？

马：（两腿一抖，脚镣发出一声脆响）很慌啊！有种失重的感觉。

记：失重？是指你失去自我控制的能力吗？

马：（很认真地想）不能这么说，我头脑还算清醒。

记：你是想通过杀人发泄什么？

马：恨，反正那段时间真的是很恨他们。就是因为打牌，之前没有什么。

记：你并没有和唐学礼先产生冲突，为什么对他先下手了？

马：（不假思索）这个不是先后的问题，而是下手的机会来了，他恰好那时在寝室。那个时候如果不是唐学礼，而是邵瑞杰或别的什么人，结果也会是一样的。没必要分清谁先谁后。

记：你举起铁锤，就因为玩牌时拌了几句嘴？

马：（双手紧搓）他们不光说我打牌作弊，而且说我平时为人怎么怎么样。他们说的与我一直以来想象中的自己很不同，我恨他们。

记：你认为自己是个真诚的人？

马：我平时对人蛮真诚。

记：有没有想过去和他们谈谈，交换一下看法呢？

马：（摇头）没想过，不可能的，当时只想到恨。你刚才讲，人家分析我杀人的原因时说到我的性格，现在想，可能还是因为我的性格吧。

记：你分析一下自己的性格特点，封闭的？还是较开放的？

马：（沉吟许久）我还觉得有点开放呢。要我总结自己还真总结不出来。

记：你是一个愿意与别人沟通的人吗？

马：我觉得是愿意的。

记：你感觉别人愿意与你沟通吗？

马：怎么会不愿意与我沟通呢。

记：你现在能解释自己当时的行为吗？

马：当时想得很少，就是充满了恨。

记：你的恨并非一下爆发。办假身份证、买铁锤、火车票等等，你为作案和逃跑都做了准备。

马：那段时间每天都在恨。必须要做这些事，才能泄恨，至于后果是什么，没去想。

记：孩子都懂得"杀人偿命"，你没想到这点？

马：这我知道。我已准备付出这个代价。

记：不惜以自己的生命作为代价？

马：（头深深低下）是。只是没想到对其他人，包括对自己和同学的家属、对学校，会造成这么大的影响。

记：你当时杀人后，为什么蒙上塑料袋？

马：（沉默，抖动）因为杀邵瑞杰时，他在看着我。他的眼睛是睁着的。

记：那时你感觉到的是什么？

马：（沉默，搓手）恐惧。但我已经没了选择，只有去杀剩下的。

我对自己都不重视，所以对他人的生命也不重视

记：你逃亡海南时，给家里人录完音后，准备再去滥杀无辜？

马：（语气急促地）是有这种念头。因为我觉得，那种逃亡的生活不能再过，要赶快结束。

记：是一闪念吗？

马：（眼神飘忽不定）不是，持续了一天。当时只想随便买把刀，然后去街头乱砍人。

记：是什么最终阻止了你的念头？

马：（停顿）一种对家里人的思念。还有，我不想做社会的罪人。

记：被警方抓住时，你为什么要去看通缉令？

马：是因为被抓住后感到释然，有种突然解脱的感觉。那种逃亡的生活实在是过不下去了。捡垃圾、吃冷馒头不觉得苦，主要是心理压力太大。

记：是想到要被抓到的压力？

马：（搓手）也有要面临后果的压力。更主要来自对自己的惋惜，觉得自己一个好好的人，就这样废了。觉得很痛苦，还不如早点了断了。

记：你不觉得自己矛盾吗，一方面重视、在意自己，另一方面又想轻易了断自己。是对自己太重视，还是太不重视？

马：话不能这么讲。因为对我来说，什么都不可能了，所以也不会有矛盾了。

记：你读的是生命科学专业，喜欢吗？

马：说不上喜欢。我喜欢计算机软件设计。

记：4个年轻同窗的生命在你的铁锤下消失了，你对生命有过敬畏感吗？

马：（茫然）没有。没有特别感受。我对自己都不重视，所以对他人的生命也不重视。

记：学校有没有开心理辅导课？

马：没有。听说有心理咨询机构，我没去过。没听说谁去过。

记：平时你和同学们遇到不开心的事，如何排遣不良的灰色情绪？

马：就靠自己。

记：这次为什么选择用杀人的方式发泄？

马：（没有回答）

记：你是在用沉默来逃避吗？

马：（长长吸了口气）当时我真的迷失方向了，觉得不知道该怎么生活下去了。因为我当时觉得自己做得蛮好，明明不错，别人却觉得我不好，往后不知该怎么做。于是，就有点想不开，自己不想活了。又想我之所以会这样，是他们三个人造成的，就恨他们。

记：如果这时候有人帮你一把，听你说说话、倾诉倾诉，那天的事会避免吗？

马：（点头）如果这样，我想后来的事是不会发生的。吵完架散伙后，我一个人躺在床上，没人发现我情绪不好，我找不到人去说话。

成长中没什么特别的经历对我造成伤害

记：在父母眼中，你是个懂事的孩子，在老师、同学眼中，你是个正常的学生。很多人至今都不理解你为什么做这样的事。在你的人生经历中，是否发生过对你伤害特别严重的事？

马：（沉思许久）我觉得没有。可能有些人会以为出走贵港的经历对我影响大，事实上，大学 4 年中，这件事对我并没有什么影响。直到有媒体问我，我才想起这么一回事。成长中没什么特别的经历对我造成伤害。

记：有媒体报道说，你知道父亲对母亲不好后，在日记中曾动过要杀父亲的念头，是这样吗？

马：小时候写过日记，想不起来了。（突然，咧嘴一笑，反问）这么一说，我小时候就定形了？我小时候就开始想杀人了？这怎么可能？太奇怪了。我认为事实不是这样的。是不是日记中这样记过，就不知道了。

记：你作案后，你的父母和姐姐去被害人家的院子里长跪不起，替你谢罪，你如何理解亲人的行为？

马：（干咳，抽鼻子）我觉得他们是好人。但也不能说是替我谢罪，他们是自己就觉得对不起受害者。我也觉得对不起受害者，但觉得父母不应该这样，下跪的人应该是我。

记：你曾说过"人间最重要的是情"，你现在如何理解"情"？

马：这种感情我觉得能让人心里踏实。还有，说不出来，不知道。

记：有牵挂吗？

马：（眼里有光一闪）牵挂？！刚才我就是想说这句话，只是我怎么形容这种牵挂呢，有亲情就有牵挂，也是一种责任。

记：如果你有机会向受害人的父母表示歉意，会用什么方式？

马：我也不知道。他们不会因此而获得什么安慰，不会的，我做什么都没用。

记：可是不去做，是不是更是一种伤害？

马：可能吧，如果让我对他们作出补偿的话，我想说，我真的很对不起他们，他们的儿子是没有错的。罪恶的人是我，希望他们能够保重。

很多大学生的生活是失败的

记：你知道李开复吗？微软全球副总裁，他对你有过一句评价：马加爵不应该是一个邪恶的人，而是一个迷失方向、缺乏自信、性格封闭的孩子。他和很多大学生一样，迫切希望知道如何才能获得成功、自信和快乐。这也是你的追求吗？

马：（脱口而出）不是我追求的。所谓追求，是还没有达到的。我认为自己挺自信，不能说追求自信。至于成功，我平时对未来看得挺开的，找工作的事情从不担心。快乐嘛，这有什么，平时也蛮高兴的。

记：你理解的成功的标志是什么？

马：说不上来，反正也不比别人差。（又想了想）你这样一问，我也觉得自己不怎么成功，没什么特别的。自卑？是某些方面不如人，才会自卑。我没有什么方面特别不如人意，只能算是个普通人。不是成功，也不算是失败嘛，这在于一个人的心态。你认为满足就满足，我认为自己平时挺满足的。

记：事情的发生，改变了你的这些想法？

马：（立刻有些消沉）肯定改变了，是失败了。我觉得没有理想是最大的失败。这几年没什么追求，就是很失败。

记：这个问题可能很大，但每个人必须给出自己的答案，活着才能有意义。你觉得人生的意义和价值是什么？

马：（抬起头看着记者）活着的价值为自己是有的，但应该更多的是为别人。以前没去想过这些问题，现在意识到了。

记：你有偶像吗？你崇拜什么人？

马：（笑）你指周星驰？不是。说崇拜的没有，我比较喜欢的是金庸《射雕英雄传》里的郭靖。

记：喜欢他什么？

马：有民族正义感，老实诚实。最重要的是他的锲而不舍。他练功笨，为证明自己行，就不停地练。我缺少他那份锲而不舍的精神。我平时比较懒。

记：知道家里人为什么给你起名"加爵"吗？

马：（笑）名字是我爷爷起的。他那一代还很封建，希望我当官发财。但官和钱不是我的理想。小时候想过当科学家，长大后就没有什么理想了。

记：为什么上了大学，有了知识、能力来实现理想时，理想却没了？

马：（晃腿，镣铐声响）不知道。理想这个词，可能在初中就消失了。理想很重要，后来不知道为什么，我成为没什么理想的人了。

记：你想过大学生也应该承担一定的社会责任和义务吗？

马：这个问题以前没想过，来看守所后，经常想。我觉得很多大学生的生活是失败的。平时，我与周围的人，浑浑噩噩过日子。学习不怎么努力，也没有想过为社会国家做什么贡献。想到的、关心的都只是自己的那点心事。

我现在觉得一些大学生应该感到惭愧。毕竟，政府在每一个学生身上的投入都是很大的。但是，我觉得很多大学生根本没有意识到这一点，做贡献、奉献想得少，想到的都只是自己。

以前不觉得，现在回想起来，在大学，很多学生没有什么更高的追求。甚至有些人考研，也不是为了什么学术上的贡献，只是为了讨一份生活。

记：如果把大学生与有社会责任、承担义务、乐于奉献相联系，你觉得这会显得挺高尚吗？

马：（果断地）不是高尚。我觉得这很实在。我觉得这样的话，一个人会非常充实。不能用高尚来形容，只能说是信念。有信念的人活着才会快乐。

像我以前在大学时，如果找工作不算一种追求的话，就没什么追求了。以前嘻嘻哈哈的不觉得，现在回想起来很失败。

记：胸无大志的人，会很容易陷入琐碎小事之中，斤斤计较。

马：你说得很对。一般人不会在乎这种小事。

我是一个不可饶恕的人

记：能回想几个人生难忘的镜头吗？最快乐的事、最感动的事、最后悔的事？

马：考上大学最让我快乐。（轻轻啜泣）最感动的事是叔叔对我的关心。上大学时，有一次，他送给我一个笔记本，要我好好学习，为家乡争光。我是很感动的，可是我辜负他了。还有，高中时，我去贵港，回来后，班主任找我谈话，让我放下包袱。就那一次谈话，让我很感动。最后悔的事，是这件。

记：你谈过恋爱吗？

马：没有。

记：有暗恋的女孩吗？

马：（咧开嘴笑了）多了，高中大学都有。我没有表示过，她们都不知道。找女朋友？以后可以找更好的。

记：你喜欢浏览什么网站？

马：军事、流行音乐、游戏。（顿了一顿）还有很多黄色网站。

记：有性压抑吗？

马：没有。

记：你有过性体验吗？

马：体验？常有。（有些语无伦次）真实的？有好多次，在校外。

记：如果时间可以倒转，如果人生有重来的机会，你希望自己成为什么样的人？

马：（想了许久）希望自己成为一个献身科学的人，专门搞学问。希望不要那么冲动，有什么心事可以向别人说说。

记：如果你能有机会再见一个人，你最想见谁？

马：我的家人我都想见。

记：你为什么一直坚持不上诉？

马：（沉吟）我也想惩罚我自己。

记：在这起案件中，谁是最大的受害者？

马：我的家人。

记：他们损失了什么？

马：（抽泣）他们没有了希望。我是他们的希望，受害者的家庭也一样。

记：你愿意通过自身的经历，告诫人们应吸取哪些教训？

马：希望每个人都能宽容别人，应多有社会责任感。这方面很多人做得不够。

记：你有什么话要对父母说？

马：（面色凝重，一字一顿）我希望我的家人能够好好保重自己，关于我的事情，希望他们不要多想，过去的就让它过去吧。还有，4名受害者家属，我也希望他们能够看开一点。反正事情已经无可挽回了，我也受到惩罚。我很想为他们补偿些什么，但是已经不可能了。我希望我的家人，在为我伤心的时候，请他们也同时想到受害者的家属，明白我是一个不可饶恕的人，不应该为我伤心。其他没有什么想说的了。

记： 你还想对同龄的大学生们说些什么吗？

马： 大学生不是"天之骄子"。以前我认为是。现在很多大学生不配"天之骄子"的称呼。确实，他们可能比平民百姓知识水平高。但他们还有更多更大的空间没有抓住，没有去珍惜。希望每个人都过得充实一点，有所追求。

崔　丽

2004 年 6 月 18 日

脚注：云南大学生化学院学生马加爵曾获得全国奥林匹克物理竞赛二等奖，被预评为"省三好学生"。2004 年马在云大宿舍连杀四个人，引发了轰动全国的"马加爵事件"。事后马从昆明火车站出逃，经长达一个月的全国大排查，3 月 15 日晚，马加爵在海南省三亚市河西区落网。2004 年 4 月 24 日被昆明市中级人民法院依法判处死刑，剥夺政治权利终身。2004 年 6 月 17 日上午 9 时，马加爵被押赴刑场执行死刑。刑前 48 小时，中青报记者独家对话马加爵，他最后坦露了自己的心路历程。

高考刺痛南京

南京高考年年全省倒数?

今年,南京考生的高考成绩再次落在了江苏不少兄弟城市之后,这已是不争的事实。这些天,南京,从教育管理部门到各校校长,从任课老师到学生及家长无不为此"受伤"。

关于南京今年高考的准确信息,比如,考生均分、本科上线率、高分比例等等,有关部门延续了以往的做法,将它看作"机密",而不对外公布。知情人说,掌握这一"机密"的,只局限在江苏省和南京市教育主管部门的核心层。人们只能从外围,从某一类有代表性的具体中学,从各种报道来分析和推测南京高考的大致情况。

今年,南京的高考情况到底如何呢?

据报道,南京今年在考生人数增加的情况下,本科线上的考生却下降到4700人,比去年反而减少600人。南京今年有26105人参加高考,那么,由此可推断出其本科上线率为18%。而江苏今年本科录取的全省平均比例为35%左右,南京本科上线率之低可见一斑。

南京师范大学附属中学、金陵中学、南京市第一中学和中华中学是南京除南京外国语学校外的四大名校,大多有着百年的办学历史,不要说在江苏,就是在全国都有着很高的知名度。这几所名校高考如何呢?据了解,一所是这样的,510多名考生中,本一线上人数353人,加上23名保送生,上线比例约为70%;本二线上450人,上线约为88%;640分以上63人。另一所是这样的,本一线上224人,占总考生的48%;本二线上345人,占总考生的73%。而知名度不如南京这几所中学的江苏省海安县中学,今年有700名考生,本一达线率为

80％，本二达线率98％，640分以上104人。相比之下，南京几所中学的差距是相当明显的。

再考察一所非一流重点中学的高考情况。南京市第28中学，属市重点中学。这几天，大红喜讯一直贴在校门口。喜讯说，热烈祝贺我校2004年高考取得优异成绩，高考成绩名列全市同类学校前茅，白下区同类学校第一。那么，它取得了什么样的好成绩呢？原来，今年，该校有4名同学超过了本二分数线，最高的585分。看一下海安县与其大致处于同一水平的立发中学（属南通市重点中学），它的本二达线人数竟然多达近200人，最高分达到635分。当然，南京28中是6个毕业班，约250人；海安县立发中学有10个毕业班，约600人。但二本上线的比例仍是天壤之别。

一位资深中学校长这样说，南京考生高考成绩确实差强人意。不敢肯定说它全省倒数第一，但它肯定是倒数，而且非常靠后！南京一家电视媒体更是准确地说，近10年来，南京取得最好的高考成绩是全省第九（江苏以前有11个省辖市，后来增为13个省辖市）。

当然，社会不能以考分高低和升学率来评判一个地方的基础教育。然而，在谁也回避不了高考的大背景下，除了升学，却又很难找到一个更有说服力的评价标准。南京的家长们忧心忡忡地说，毕竟，让孩子读大学，读好大学，比无学可上要强得多呀！

高考，深深刺痛着南京。

真是素质教育惹的祸？

一个奇特的现象出现了。拥有全省一流教育资源的南京，每年却有相当多的同学到南通、泰州、扬州等地高中"借读"。所谓"借读"，就是学生保留南京学籍，在高一或高二去那些地方的中学读书，在高考前夕返回南京，成为另一种意义上的"高考移民"。不少人高考还真的取得了好成绩。

赵敏（化名）是南京一中的学生，高二时到南通市启东中学借读。启东中学是闻名全国的奥林匹克竞赛金牌得主制造者，每年总有学生获得奥赛金牌，而高考高分段考生当然也是人数众多。在这个学校借读两年，赵敏受益匪浅。今年，他高考取得了653分的好成绩，从而顺利被南京大学录取。

赵敏说，我感受两地教学最大的区别是，农村中学学习抓得太紧，而南京学校到点就放（学），留给学生自由支配的时间很多。

热心人提供了两份不同的作息表。南京一所重点中学高二年级的作息表是这样的：早晨6:30起床，7:10离家，上午4节课上到11:50。下午1:30至4:30上课，然后放学回家。而苏中地区一所县城中学的高二年级同学是如何安排时间的呢？早晨5:30起床，6时开始早自习，上午4节课上至11:30，下午2:00到5:40再上4节课，晚上6:40至9:40还要上晚自习，老师坐班辅导督促。双休日，学校安排上课，一个月只休息一天，寒暑假还要分阶段补课。

从这两份作息表上看出，农村中学确实抓得紧，而且老师、学生联动，从早自习到晚自习，都有老师坐班。这样，既可督促学生学习，又能随时加以辅导。而南京的中学则按国家规定的时间上课下课，倡导自主学习，更多的时间交给学生自由支配。但如果学生自己抓得不紧，时间就过去了。

由此，南京一些中学老师对高考不如人常不服气。他们认为南京推行的是素质教育，而农村中学搞的是应试教育。

比如，南京努力减轻学生负担，少布置或不布置家庭作业，让学生自主学习，自由支配课外时间；南京竭力禁止学校拖课和不按时放学，更禁止利用双休日、寒暑假等补课；南京各中学引导学生开展研究型学习，做社会调查，写学术研究小报告。同时，针对学生的兴趣爱好，进行个性化教学等等。

说到补课，一位资深教育专家介绍说，这些年来，南京高考老是垫后，学校的压力相当大。也有学校在偷偷摸摸补课，尤其是高三毕业班。然而，南京发达的舆论总是群起而攻之，使得补课往往无果而终。知情人说，除了舆论，还有各种监督的眼睛盯着教育。总之，你只要拖课补课，延长教时，大面积布置作业，就会很快被人举报。

此外，再加上城市学生学习的原动力不如农村（没有借高考来跳出农门的问题），缺乏刻苦精神，城市的学习干扰因素（如歌星演唱会、体育比赛等）多，这些全国各个城市都存在的"通病"，使南京考生考不过农村中学学生就不太难理解了。

然而，也有不少家长和教育专家指出，南京考生高考成绩差，与南京一些中学，特别是名牌中学的老师热衷于做家教、捞外快不无关系。一位姓朱的女士说，外地中学的老师改作文是逐字逐句地改，老师经常抱着大叠作业回家，而南京一些学校的老师很少认真批改作业，责任心显然不如人家。

看来，南京学生高考不如人意，与素质教育有关，但也不是惟一的因素。

考分不高，高校却更欢迎

南京家长对"素质教育"相当不领情。家长们埋怨说，"让学生做社会调查，写研究报告，学吹拉弹唱，可高考并不考这些东西，浪费了时间，耽误了学业，影响了前程"。

南京六中马同学的感慨很具代表性。原本成绩不错的他，今年高考尚不够本二分数线。他说，高中 3 年学校用上课时间组织我们做社会调查，开展第二课堂等素质教育内容，占到全部学习时间的两成多。可这些东西对高考却没有用，我真后悔当初浪费了那么多时间。

于是，一些家长坐不住了，他们主动到社会上为孩子报特长班、强化班、奥数班、培训班，请大学生做家教。每逢双休日，人们都可看到穿梭于南京全城的补课大军。而外地一些名校名师瞄准这一市场，把高考强化之类的短训班也开办到了南京。这让教育资源全省一流的南京又多了一分尴尬。

可是，让人称奇的是，南京考生高考成绩虽不太理想，但却很受一些高校欢迎。

中国工程院院士、南京理工大学教授王泽山，就在一次大学生科技节开幕式的演说中指出，考分高低说明不了多大问题。南京同学的高考分数历来不算高，但就我个人而言，我却喜欢南京的学生。为什么？他们学习、研究都很有后劲儿，爆发力往往会超过一些考分很高的同学。为什么南京的同学有后劲儿呢？王院士说，素质全面、眼界开阔、知识面较广大概是其主要原因。王院士是我国著名的炸弹科学研究专家，成就卓著，弟子无数，他的这番演讲是有感而发。

东南大学早年曾经实行过轰动教育界的教学改革，将大学新生从入校时候起，制定若干考核标准，这些标准多数是分数之外的，按 A、B、C 类进行滚动竞争，辅之以丰厚的奖学金予以奖励。几年下来，一个有趣的现象出现了。从 C 类升至 B 类，乃至 A 类的多为来自城里的高考分数不高的同学，而从 A 类、B 类降至 C 类的多为来自农村、高考分数较高的同学。不少大学负责招生的老师直言不讳地说，如果两个考生高考分数一样，我肯定愿意录取城里的学生。

南京大学高教研究所所长高放教授说，大家往往注意到高考失败者的痛苦。实际上，尽管不少学生在应试教育的培养下顺利进入了高校，但他们在高密度课业负担下同样付出了代价，思维火花和发展潜能已被渐渐消磨，令人痛心。高校更欢迎基础扎实、发展全面、富有活力的学生。

然而，家长对高校专家的这种观点却不屑一顾。他们说，高校说得比唱得还好听。我也知道素质教育好，思维开阔，素质全面，会吹拉弹唱好，但高考毕竟是按分录取，我孩子差一分也进不了你高校的门。这是一个非常现实的问题。孩子要发展，将来有点小出息，首先得迈进高校的大门。大门都进不去，素质教育又有何用？一些家长直言：还是先对付高考，考上大学以后再来搞素质教育吧！

学生和高校，家长和社会，两种不同的观点、态度和价值取向针锋相对。似乎，谁也不错！谁也说服不了谁！

出路在哪里

江苏不少县城中学对社会给他们扣上的"应试教育"帽子大为反感。他们说，我们研究高考就不是素质教育？这几年，高考卷中已渐渐透露出素质教育的方向，开放性的试题多了，关注生活关注实际的试题多了，要回答好这样的试卷，硬啃课本、死记硬背肯定不行。他们说，难道吹拉弹唱才是素质教育？

一方面素质教育广受争议，而另一方面稍微加大学生的课业负担便会受到媒体等各方批评；而原希望通过有序放开教师有偿家教来管住管好家教市场，结果却遭遇社会更猛烈的抨击……当然，关键是，在强调结果、难以找到第二个评判标准的今天，南京学生的高考成绩长期低迷，这是家长和社会各方都无法接受的。南京教育工作者经受着异常的工作和社会压力。

出路在哪里？

南京把2004年定为教育质量年。一位教师说，今年以来，她明显感受到南京的教育政策在调整。过去淡化小学测试，而从去年年底开始，全市调研测试的力度在加强，提出课程和教学改革不能忽视质量，上级教育部门不断抽取几个年级进行调研，将它作为评价教学水平的重要指标。刚结束的学期期末考试，南京从市里到区里都在搞调研，三年级以上全部要参加，不少学校只好加班加点应付考试，各个学科都反复做模拟试卷，反复操练。全市统考——一个已被放弃多年的老办法，也在2004年重新加以应用。或许，这一切都是对南京高考成绩长期不如人意的一种深刻反省。

然而，教育专家和社会却认为这种反思实际上是对传统应试教育的回归，是对高考这一强势指挥棒和升学率这一最现实的教育评价体系的无奈屈服。他们呼吁南京千万不要放弃对素质教育的探索。从长远看，家长和社会会理解的。

南京教育部门显然是在冒着"两头不讨好，里外难做人"的双重风险而负压前行。

其实，南京遭遇到的高考难题，可能在全国不少城市都面对并经受着。只是有的城市被单独命题和招生所掩盖，如北京、上海。正因为如此，不断有呼吁要求南京独立命题和招生。他们认为，如果南京能享受到北京、上海等地的高考招生政策，就可以放手推行素质教育，不会为升学的问题而困扰了。

然而，专家称，这在目前的体制框架下是难以做到的。

他们进而指出，加快我国高校招生制度改革，放手让高校拥有招生自主权，实行宽进严出，可能是解决南京这类城市高考难题的一剂良药。

近几年来，发端于南京东南大学、南京理工大学和南京航空航天大学的自主录取改革，赢得了社会的满堂喝彩。如今，全国有几十所一流院校都加入自主录取的改革行列。自主录取是对高考指挥棒的校正，是对以分取人、一考定终身政策的补充。东南大学对 2001 级和 2002 级自主录取的学生跟踪调查显示，他们综合成绩优秀率达 27％，超过正常录取学生 7 个百分点。但倘若当初按高考成绩来衡量，不少人极有可能因达不到分数线而与东大无缘。

曾长期负责招生工作的东大学生处原处长高建国老师说，自主录取只是高校自主招生中的一个小小环节，它离改革我国招生制度，让高校拥有自主招生权，进而自主办学还相差甚远。

也许，随着我国各项改革的不断深化，人们企盼着高校自主招生和自主办学这一天终能到来。人们也相信，那时，南京的高考死结将会迎刃而解。

丁 茜

2004 年 7 月 23 日

我们看着日本　世界看着我们

亚洲杯中日决赛尚未打响，空气中早已流淌的那种心照不宣的躁动令人不安。

实际上自日本队击败巴林进入决赛起，这种躁动就开始酝酿。两个多小时急切的等待后，刘云飞在中伊大战最后时刻勇猛地扑出象征着中国队打进决赛的那个点球，中日决赛相遇。从那一刻起，躁动真正出现。这绝非体育竞技中常见的争强好胜，其中还交织着基于历史恩怨的复杂情绪。

网友的帖子一个比一个激烈：体育精神没有国界，可人的感情是有国界的；我们球迷有表达自己感情的权利；我要在决赛上多贴反日标语，多"嘘"日本人——球迷的躁动通过网络论坛迅速地传播和膨胀。从前几场日本队比赛的遭遇中，我们大抵已经闻到了呛人的火药味。

已经有人预料，顺着这种情绪发展、膨胀和自我暗示，全世界电视机前的观众，将看到8月7日亚洲杯中日决赛的现场上中国球迷制造的热闹。

说真的，血肉相连，承载着共同的历史，非常能够理解球迷的这种情绪。在这个问题上，我并不比球迷有更高的理性和智慧。其实，作为一个俗人，也常有陷于某种愤怒中的时候，明明知道有些行为或言语是不理智的，最后还是做出来或说出来了，寻求的就是一种发泄的快感——显然，很多对赛场上的日本队有偏激行为的球迷，也清楚自己的行为有违体育精神，但沉溺于历史记忆中，就是不想做遵守体育精神的人，就是想通过偏激方式来发泄内心的愤恨。

对此，我想说的是，我们看着日本，全世界在看着我们。也许我们在赛场上对日本队的嘘声中能获得些许精神上的安慰，可在全世界人的目光中，我们将会是这样一个形象：素质不高，不够礼貌，缺乏体育精神。

有的球迷在网上留言：咎由自取，就是想通过不友好的方式报复那些不道歉、不认错、不尊重历史的日本人，就是想让日本人看到我们的态度。可我们别忘了，作为一次国际体育盛会，亚洲杯的决赛绝非两个国家的事，观众绝非仅是中国人和日本人，全世界的人都可以通过卫星的传送看到现场直播。退一万步讲，即使我们可以不尊重日本人的感受，但我们能够不在乎自己在全世界人民心目中的形象吗？

公道自在人心，世界人民的眼睛是雪亮的。对于那段日本侵华的历史，世界都看在眼里，日本政府的不道歉不认错，还有不顾亚洲人民的感情参拜靖国神社，这一切事实，全世界也都看在眼里。

可是，当全世界不同民族的人坐到电视机前看中国队和日本队的决赛时，他们仅仅是想看一场精彩的球赛，公平、火热、互相尊重。

也许我们的球迷能为自己的偏激行为找到无数条理由，但其他国家看比赛的人是不会理解这些理由的：不讲礼貌就是不讲礼貌，没有素质就是没有素质，缺乏体育精神就是缺乏体育精神。

建立在这样的认识上，我想，表达情感不仅只有"偏激"这一种方式。在沉积的民族旧怨上，在大家都把中国球迷"看扁"、都以为中国球迷会在亚洲杯决赛上发泄民族情绪时，我们偏偏坚守体育精神，坚守球迷道德，坚决不把政治带到体育场上来——在世界人民的目光关注下，这难道不也是一种表达吗？不要中国球迷"过激行为"的提醒，世界人民自然从"拒绝认错"和"宽容理性"的对比中看出历史。

坚守体育精神，这是世界人民沟通的共同语言。记住，8月7日的决赛，世界人民的目光看着我们。

曹　林

2004 年 8 月 6 日

脚注：2004年第13届亚洲杯足球赛在中国举行，中国队过关斩将与日本队在决赛相遇。由于此前日本首相参拜靖国神社，以及钓鱼岛冲突问题，中国青年反日情绪高涨。为劝止球场过激行为，中青报8月6日刊发评论《我们看着日本 世界看着我们》，在球迷中引发两极分化的反响。8月8日，中青报全景报道了那个难忘的决赛之夜，包括一个有手球嫌疑的进球，中国队以0∶3败北，这成为中国球迷永远的痛。后来得知，报道仍有遗漏，当夜赛后日本球队和球迷遭到围堵。

百年邓小平

8 月 22 日，一个星期以来几乎已经习惯了早上起床先打开电视，帮中国代表团数数雅典奥运会金牌数的中国老百姓们，很多人把频道转到了中央一台，看正在直播的邓小平诞辰一百周年纪念大会。

20 年前的 7 月 29 日，是大多数中国人奥运记忆的起点。那一天，许海峰为中国获得了第一枚奥运金牌，而洛杉矶奥运会也是中国首次全面参加的夏季奥运会。两个月之后，10 月 1 日，中华人民共和国成立 35 周年庆祝典礼。游行队伍中，北大学生打出了当代中国最著名的一幅标语：小平，您好！

电视画面记录的那个历史瞬间是这样出现的：站在天安门城楼上的胡耀邦最先看见了什么，微笑了起来，然后倾斜过身子对着神色庄重的邓小平说了一句话，同时手指向长安街上的游行队伍，邓小平的脸上露出了笑容。这时，电视镜头转向游行队伍，一幅绿底黑字的横幅出现在镜头中，全世界都看见了那四个字。

20 年后，当中国人眼中看着雅典奥运，心里想着北京奥运时，前北京市副市长张百发告诉媒体："小平同志是国家领导同志中第一个提出要办奥运会的！"

他回忆，1990 年 7 月 3 日，邓小平视察奥体中心体育场。站在奥体中心看台的最高层，他向身边的张百发和伍绍祖说："办好亚运会就要办奥运会，不然就是浪费了一半，举办奥运会对振奋民族精神、振兴经济有好处。"

于是，我们发现，这一周内，中国最具影响力的事件和世界最具影响力的事件，竟然以这样一种奇妙的方式发生了某种联系。

这种联系其实更像是一种隐喻：邓小平，改变了中国的意义世界，也改变了中国的世界意义。

按照权威的表述，邓小平是中国共产党第一代领导集体的重要成员和第二代领导集体的核心，他非常清醒地看到了中国共产党执政面临的危机，制定了市场经济改革的政策，与此相匹配，提出了政治体制改革的设想，并产生了中国市场经济改革的指导理论——邓小平理论。

百年前，上距甲午战争十年，下距辛亥革命七年，邓小平出生时，没有人能预见到他会叠加如此丰富的意义。正如邓小平故居留言簿上，1989 年 4 月 9 日，一位慕名而来的教师所写到的："公元 1904 年 8 月 22 日这一天，他妈妈肯定想象不到，她儿子以后会成为世界伟人！"

以 1949 年为标志，中国共产党人断裂性地改变了中国的意义世界。以甲午战争为代表的民族耻辱被宣告为已经结束的历史，而以辛亥革命为代表的中国问题解决方案被宣告为失败。中国进入社会主义，并且，事后看来，不是人的"社会主义"，而是理念的"社会主义"。

以 1978 年为标志，中国共产党人在邓小平的领导下再次改变了中国的意义世界。各式各样的理念被宣告为不切实际的空想，除了一条——实事求是；而人民的肚皮被宣告为中国共产党首要考虑的问题。

这其中，毫无疑问，也包括邓小平的老乡王狗儿的肚皮。由于邓小平百年诞辰，王狗儿这个名字，也许是第一次出现在了中国的媒体上。这个"戴着三个金戒指的生意人"，租用着邓小平父亲邓绍昌当年所开的饭馆"味无穷"的门店和牌号，在邓小平童年经常活动的协兴老街上，发出声声悠长的吆喝"买，豆腐干——哈"。1986 年，在贫困线上挣扎的他贷款 200 元开始了豆制品生意，如今，靠着生意，他每天的收入"竟高达 2000 余元"。

许多媒体都把邓小平 1979 年访美时，从欢迎他的普通美国人手中接过白色牛仔帽，潇洒地戴在头上，评为他的"精彩瞬间"之一。从那次访问，邓小平开始改变中国的世界意义。

当时的美国《时代》周刊描述说，1978 年，也许其他一些人比邓更为世界所关注。吉米·卡特渴望通过自己成功的对外政策再次赢得民心；波兰运动员兼学者、克拉科夫大主教卡罗尔·沃伊蒂瓦荣登教皇宝座（约翰·保罗二世）；

加利福尼亚退休的实业家霍华德·加尔维斯提出了一个"第十三号减税倡议"，得到了美国选民的热烈响应和赞同；在圭亚那的丛林中，狂热的巫术预言家吉姆·琼斯对自己的信徒们导演了一场灭绝人性的屠杀及自杀"白夜"，致使 913 人丧生。"然而"，《时代》周刊的结论是，"以上这一切，较之于中国决定加入世界大舞台来说，都是微不足道的"。

所以，邓小平的头像登上了 1979 年第一期《时代》周刊的封面，他被评为 1978 年年度人物。美国人写道："一个崭新中国的梦想者——邓小平向世界打开了'中央之国'的大门。这是人类历史上气势恢宏，绝无仅有的一个壮举！"

这扇门，毫无疑问，也向陈依贵打开了。美国华文报纸《世界日报》在邓小平百年诞辰之际采访了这个纽约的电话卡小贩。他说，上世纪 80 年代，福建移民开始大举移居海外，而如果大陆没有改革开放，像他这样的人要出外闯天下，"只能是痴想"。

在纪念邓小平的热潮中，我们注意到这样一个细节：40 集电视文献片《延安颂》中邓小平的扮演者李中坚，其身份是温州一家民营打火机厂的总经理。

2002 年 10 月，李中坚这个和邓小平一样矮个子的中国人，作为中国打火机企业的代表赴欧盟总部布鲁塞尔，在"欧中首届反倾销论坛"上慷慨陈词，最终赢得了那场在中国经济学界享有广泛声誉的跨国官司。

美国《福布斯》杂志今年一月号曾发表了对李中坚的专访，标题是《游走在企业家和"伟人"中间》。文章是这样开篇的："在行业不景气的日子里，李中坚专赴北京学习表演，作为特型演员出演邓小平。"

身家颇丰的李中坚表示，他的所有财富都受益于邓小平倡导的改革开放。他在接受媒体采访时说："十多年前，当第一部反映邓小平革命生涯的电影《百色起义》上映时，就有人说我长得很像青年时期的邓小平。

"当初听别人说我像邓小平时，我心里很不安：邓小平可是我的偶像！扮演邓小平就更不敢奢望了。但出于对改革开放总设计师的感激和尊重，在大家的鼓励和支持下，我觉得没有理由不去试一试。没有邓小平，我李中坚也不会有现在的事业。"新华社所发的大量关于邓小平百年诞辰的稿件中，颇有意味的是这样一篇：30年前，中国几乎所有出版物都要以"毛主席教导我们"开头，广播、电台、公开场合的演讲乃至老师讲课都大段大段地引用毛主席语录。结果是《毛泽东选集》成为迄今世界上发行量第二大的书籍，仅次于《圣经》。对此，中国人民大学教授杨惠琳评价说，如果一种语言对人的长期统治使人们的表达方式都趋于一致，使用的词汇也基本相同，"这样说话就没有了任何意义，不能代表任何思想"。从"毛主席说"到"我认为"，新华社稿件引用北京首家"当众说话"能力培训学校校长曹瑞芳的看法，"当代中国最有名的敢于独立思考并直言不讳的人是邓小平"。大多数中国人对邓小平的"名言"都耳熟能详，从"不管白猫黑猫，捉住老鼠就是好猫"、"让一部分人先富起来"，到"改革开放胆子要大一些，敢于试验，不能像小脚女人一样"，再到"不讨论""发展就是硬道理"。所谓意味在于，我们看到，邓小平所开启的直率风格和实用主义哲学甚至潜移默化地影响到了中国民众的深层心理。这也应该算是迄今还未得到充分讨论的"邓遗产"之一吧。不过，百年邓小平的意义显然还不止这些。比如这条报道："今年是邓小平同志一百周年诞辰，小平同志的故乡——四川广安成为旅游热点。2004年以来，广安共接待游客298.6万人次，实现旅游总收入8.4亿元，均比2003年同期增长1倍以上。随着邓小平百年诞辰纪念日的临近，邓小平故居保护区做好各项准备，迎接旅游高峰的到来。"

很值得讨论一下的，也许正是广安。记者曾接触过一些四川其他"贫困老区"的官员，提到广安时，他们会露出一种奇怪的神色，说道："广安嘛，这次赚大了！"其中，似乎有羡慕，也有某种讽刺。

据说，小平故里这两年的面貌发生了"翻天覆地"的变化，有了豪华的宾馆，也有了高档的住宅。不过，宾馆的客源有很多是从各地前来"参观学习"的官员，而新建的住宅很多根本就卖不出去，因为老区的百姓依然并不富裕。

与百年邓小平带给广安的发展相比，百年邓小平带给中国出版界的好处可能更加"实在"些。仅四川出版集团一家，就推出了60种纪念出版物。

作为资深的出版界人士，四川文艺出版社副社长金平曾经向记者比较过纪念毛泽东百年诞辰的出版物和纪念邓小平百年诞辰的出版物。他认为，对于毛泽东，大众往往有一种"探秘"的心理，出版物也随之徘徊在不断的神化和人化之间。相比之下，邓小平似乎没有特别引人关注的"秘闻"，他可以是"伟人"，也可以是"凡人"，但不会"走上神坛"。

说过"我是维吾尔族姑娘，辫子多，一抓一大把"这样的话的邓小平，应该是很有一些冷幽默的。所以，纪念邓小平，似乎也不用一直板着脸孔作严肃状。巧合的是，邓小平的百年诞辰是在"猴年"的"马月"，而在他的家乡话里，"猴年马月"指的是遥遥无期。

邓小平"摸着石头过河"，把中国从"猴年马月"的空想拉回"中国特色社会主义"，他这套哲学深刻地影响了当代中国社会。然而摆脱了"猴年马月"的中国社会，似乎又在某种程度上陷入了"此时此刻"的泛功利化甚至泛庸俗化困境。对此回应，不会等到"猴年马月"吧。

徐百柯

2004 年 8 月 25 日

从技术上打开"119"的突破口
——雅典奥运给北京奥运的启示

田径"攻尖计划"成功
罗超毅：我们今后的任务更重了

外电盛赞中国风暴
中国人跑起来
不比任何人慢

中国青年报

China Youth Daily

2004年8月29日　星期日　第11384期

8月27日，中国农林树顺体操意最赛运会男子110米栏决赛中保获冠军，并行破世界运会纪录。图为刘翔赛后身备五星红旗。新华社记者 廖字杰摄

标题新闻

八十届全国人大常委会

刘翔夺得我男子田径奥运首金

中国飞人震惊世界

邢慧娜女子一万米折桂
孟关良杨文军改写历史
罗微跆拳道克强敌夺冠

本报雅典8月28日电 (特派记者曹竞 郭剑 慈鑫) 中国奥运军团经过两天沉寂后，又在雅典掀起夺金高潮。北京时间今天凌晨，他以12秒91平世界纪录的成绩……

中国飞人震惊世界

雅典8月28日电

中国奥运军团经过两天沉寂后，又在雅典掀起夺金高潮。北京时间今天凌晨，刘翔在110米栏的比赛中让全世界感受到中国旋风的猛烈，他以12秒91平世界纪录的成绩，为中国男子田径夺得首枚奥运会金牌。

今天凌晨，全世界的目光都对准了雅典奥运会田径场110米栏跑道。起点上，刘翔的每个动作都让国人牵挂。发令枪响起，刘翔用了0.139秒的时间起跑，向终点飞去。这一刻，所有观看比赛的中国人与刘翔一起屏住呼吸。刘翔以其出色的技术冲在最前面，冲过终点，12秒91！这一刻，人们的欢呼与刘翔一起发出，这是中国人的首枚奥运会男子田径金牌，宣告了中国人在世界田径跑道上的竞争力。12秒91的成绩不仅打破了12秒95的奥运会纪录，也平了世界纪录。刘翔成了中国人的骄傲。

曹竞　郭剑　慈鑫

2004年8月29日

一名所长的改革之祸

尽管不是所有的人都认为他是好所长，但即便是反对者也认为他是好医生。一个公认的好医生却因为所里刚刚试行的管理方案而死在一个职工的刀下，死时年仅 40 岁。

当今中国正处于社会急剧转型期。国有企业和政府机构改革尚未结束，事业单位改革正在启动。事业单位改革涉及 2800 多万人的利益调整，因个人利益受损而引发的心理问题尤其值得关注和重视。

2002 年 1 月，38 岁的符平钊被派往万宁市结核病防治所担任所长。当时，结核所人员严重超编——只有 10 个人的编制，实际却有 64 个人，所里每月只有两万余元收入，职工工资根本无法正常发放。符平钊经过几个月努力，结防所的年门诊量由 7000 人次猛增到 1.8 万人次，月业务收入由两万元上升到 6 万多元，人均年收入上升到 7307 元。

让人意想不到的是，这位改变了结防所窘况的所长上任不到两年却被同所一名职工当众杀害。最直接起因竟然是他刚刚推行一个月的管理方案。

一次意想不到的刺杀

万宁市结防所负责签到的韩姓女职工是那场血案的目击者。

2003 年 12 月 17 日早上 7 时刚过，符平钊就和妻子曾爱玲（当时也是该所职工）来到所里。自从 2002 年 1 月来到结防所任所长的那天起，符平钊几乎每天都是这个时间来到所里。尽管前一天（12 月 16 日）夜里 10 时左右，符平钊还因为所里一名姓郑的职工生病又回到所里打针和看护。当夜 12 时多，符平钊才回到家里。

"签完到之后，符所长就坐在他的座位上看报纸。冯俊德来了，就问他：'你发不发我工资？'几句话以后，冯俊德就掏出刀刺向了符所长。符所长一点防备都没有，就被他刺中了胸部。"

冯俊德还要再次行刺，但被闻讯赶来的几位职工死死抱住了，所持尖刀被夺下。一片惊恐慌乱中，冯俊德若无其事，扬长而去。

在一位职工的陪同下，符平钊坐了一辆出租摩托车去了医院。

"他坚持着自己走出去，上了车。我们都没想到那么严重。到医院后抢救无效，一个小时后，他就去世了。"

2004年5月10日，万宁市纪委对万宁市结防所副所长蒋应卿作出了留党察看两年的处分决定。

决定说，蒋应卿在符平钊被杀身亡的前5天，看见冯俊德拿凶器尖刀放在门诊办公室的桌上，并听见冯俊德扬言要刺杀符平钊，当时蒋应卿没有采取得力措施制止或收缴其凶器，也没有及时将这一危险情况报告符平钊及有关部门，只是简单劝说了事，致使凶手冯俊德后来拿起尖刀到办公室刺杀符平钊身亡。2003年12月17日上午7时30分左右，符平钊被冯俊德刺杀，蒋应卿没有及时承担起组织指挥现场的责任，没有及时组织所里医务人员对符平钊就地进行抢救，也没有采取果断得力措施组织人员捉拿凶手或指派人员报警，放任凶手骑着自行车回家准备逃跑。

蒋应卿对组织上给他的处理决定颇为不满。

一份有争议的管理改革方案

符平钊死在同事刀下的直接导火索，是该所于2003年11月1日试行的管理方案。这份引起争议的管理方案说，原则是不养一个闲人，不留一个懒人，不亏一个能人。人尽其才，才尽其用，用而有效，效而有得。按劳取酬，多劳多得。

根据这个方案，大多数职工的收入都跟所创造的效益挂钩。全所分为办公室、医生组、护士组、检验室、X 光室、项目组和工勤组等 7 个科组。关于所长和医生工资及奖金的发放，是这样规定的：所长属财政定编人员，工资根据财政拨款全额支付，奖金根据个人的收入按分成表中的比例，利润的 60% 作为奖金。医生实行计件工资，按照分成表中的利润直接记到个人。

2003 年 11 月，医生冯俊德没有看一个病人。根据这个管理办法收入为零。12 月初，发工资的日子刚过，冯俊德就带了把尖刀放在诊所里，并扬言不发工资就要杀人。没想到他说到做到。

何子坤是召开职工大会时公开反对管理方案的惟一一个人，但他说实际上医生组都反对。他认为新方案最大的问题是，把医生的工资直接跟处方挂钩，原来也搞医生按处方提成，但那是按集体——医生组，现在是按个人。他认为这样会造成医生之间的矛盾，或者乱开药，开"大处方"，"这种分配方法不符合现行的事业单位干部职工的工资政策，也违背了医疗卫生工作的根本方针和宗旨。"

何子坤认为第二个不合理是提成比例不合理，造成科室之间的差距，没有科学依据，带有一定的主观性和片面性。这样就造成医生的收入比不上其他科室。

此外，他认为作为一个领导，所长属于国家编制，一个人享受财政工资，不管所里状况如何都拿全额工资，如果还要拿这么多奖金，也不合理。

"符所长绝对不是为了自己多挣点钱才制订这个方案。"万宁市结防所的护士王娇虹说。"他常说的一句话就是，只要是认真工作我都不会亏待。照顾到有些大夫业务不强，符所长开了处方，让这些大夫填上自己的名字，目的就是为了让这些医生完成任务。他不是为了整某个人，而是想改变这种局面。因为即使业务不精，但只要态度好总是可以提高的。而有些大夫连病人来了理都不理。"

"如果他想挣钱就不会到这里来了。"结防所出纳黄燕说，"他来了结防所后，有很多他在市委大院门诊的病号跟着他到这里来看病都说他傻，一个人干不挺好的吗？他在市委机关诊所每个月至少有 5000 元的收入。到了我们所里以后，不到 1000 元，有时候有奖金，1000 多一点。"

冯俊德在受审时辩解，该方案没有经过职工大会表决；他是助理职业医生，而不是职业医生。他辩称，本案是间接故意；被害人有明显过错，表现为不顾众多职工反对强行通过该方案；明知被告人没有处方权出于报复而将被告人调到门诊，被害人对本案的发生有一定的责任。

但他的说法遭到了主管部门万宁市卫生局的驳斥。

万宁市卫生局专门下文对此进行说明"据了解，《万宁市结核病防治所管理方案（试行）》的出台是基于激励全体职工的积极性，在竞争中生存、奖勤罚懒目的的。方案出台之初，经过了各科室的充分酝酿和讨论，并集中大家意见进行修改，又经过全所职工大会表决，绝大多数职工同意通过的。""冯俊德的执业资格为执业助理医师，根据《执业医师法》规定'执业助理医师应当在执业医师的指导下，在医疗、预防、保健机构中按照其执业类别执业'。冯完全可以在结防所里其他执业医师的指导下从事诊疗活动，并非'没有处方权'。"

一名评价不一的改革者

冯俊德也有支持者。据说，2004 年春节前夕，冯俊德被批捕后，还有人提议要不要给冯俊德发补助。

记者在采访中了解到，有人对符平钊颇有微词。"从医生的角度来讲，他技术水平比较高，对病人服务态度好，随叫随到，这一点不可否认。"医生组以前的负责人何子坤说，"但他不是一个称职的所长。从领导的角度来讲，缺乏一种宽容的胸怀，碰到一些小事，太斤斤计较。比如在分配方案上，比如补助什么的。"他举了个例子，比如说年终发奖金，何子坤建议按月出勤情况发放，但符平钊坚持要按天出勤情况发。何认为他太计较，没有必要，"作为一个所长，对不同意见还是要认真考虑的。"

受到处分的蒋家卿也向记者反映说，仅因"冯俊德多次提了符所长工作上的一些意见"，符平钊未经所领导班子讨论同意，也没有上报市卫生局批准，擅自宣布取消了冯俊德的诊病处方权，调整到本所"项目控制"办公室工作。2003年11月，当结防所搬迁后，符又将冯俊德调整到所门诊当医生，使冯俊德在门诊室既没有位置，又没有明确给他处方权，因此，冯俊德无法开展医疗活动。符平钊担任所长期间，制订了新的管理方案，所里部分医护人员对许多不合理的问题，三番五次地向主管局领导反映，并请求协助该所解决方案中分配不公的有关问题，主管局到底认真研究没有，做了哪些工作，符平钊所长是否尊重采纳局里的意见？作为主管局，直属单位发生这么大的事件，难道主管局没有责任吗？

何子坤也认为符平钊心胸不够开阔。符曾经批评冯俊德"根本就没有资格当医生"，因为冯医生和他吵了几句，就把他调到了项目组。

但也有职工对此进行了驳斥："符所长说的本来就没错。不仅是冯俊德，我们所还有很多医生都没有资格当医生。医术不高，对病人还爱理不理，冯俊德就是这样的。考虑到在门诊影响不好，符所长才把他调到项目组，但他在项目组仍然是什么都不干。经常是符所长给病人看病忙得连吃饭的时间都没有，而很多医生却什么事都不干。他们为什么不想想这是什么原因呢？"

众人说到的保底工资问题，符平钊在方案试行一个月以后就意识到了。

12月10日，也就是在遇害7天前，符平钊专门对11月的收入进行过分析，其中提到"3名医生不服从安排，想上班就上班，想下班就下班，想骂人就骂人，为所欲为，其中一名医生本月收入为零。"这个分析报告里说管理方案将再次讨论修改，逐步完善；缩减分成比例，固定最低生活补贴150～180元，建议11月分文未收的人员，如有正当理由可向所里申请最低生活补贴。

万宁市卫生局副局长杨浪认为，结防所的管理方案与海南省卫生厅早在几年前就要求各单位做的人事和分配制度改革是一致的，符平钊做的都是在政策范围内的。当时局里也看到方案里没有保底工资，就指出应该有200～250元生活费，但考虑到该所每月只有8000元事业费，人均只有130元，所以后来定为150元。"这个方案已经讨论过很多次。"杨浪说，"符平钊根本就不是个强硬的人，他也不会耍手腕。"

他不无感慨地说："有些人就是每个月给他 5 万元，只要有人比他多 0.1 元，他就不舒服，而只要他是最高的，哪怕只有 20 元，他心里也就平衡了。"

朱丽亚

2004 年 9 月 2 日

辛酸父亲来信撞击大学生心灵

"辛酸父亲"的信

亲爱的儿子：

尽管你伤透了我的心，但你终究是我的儿子。虽然，自从你考上大学，成为我们家几代里出的惟——个大学生之后，心里已分不清咱俩谁是谁的儿子了。从扛着行李陪你去大学报到，到挂蚊帐、缝被子、买饭菜票甚至教你挤牙膏，这一切，在你看来是天经地义的，你甚至感觉你这个不争气的老爸给你这位争气的大学生儿子服务，是一件特沾光特荣耀的事。

的确，你考上大学，你爸妈确实为你骄傲。虽然现今的大学生也不一定能找到工作，但这毕竟是你爸妈几十年的梦想。我们那阵，上大学不是凭本事考的，要看手上的茧巴和出身成分，有些人还要用贞操和人格去换。这也就是我们以你为荣的原因。然而，你的骄傲却是不可理喻的。在你读大学的第一学期，我们收到过你的3封信，加起来比一份电报长不了多少，言简意赅，主题鲜明，通篇字迹潦草，只一个"钱"字特别工整而且清晰。你说你学习很忙，没时间写信，但同院里你高中时代的女同学，却能收到你洋洋洒洒几十页的信，而且每周一封。每次从收发室门口过，我和你妈看着你熟悉的字，却不能认领。那种痛苦是咋样的，你知道吗？

后来，随着你读二年级，这种痛苦煎熬逐渐少了，据你那位高中同学说，是因为你谈恋爱了。其实，她不说我们也知道，从你一封接一封的催款信上我们能感受到，言辞之急迫、语调之恳切，让人感觉你今后毕业大可以去当个优秀的讨债人。

当时，正值你妈下岗，而你爸微薄的工资，显然不够你出入卡拉OK酒吧餐厅。在这样的状况下，你不仅没有半句安慰，居然破天荒来了一封长信，大谈别人的老爸老妈如何大方。你给我和你妈心上戳了重重一刀，还撒了一把盐。最令我伤心的是，今年暑假，你居然偷改入学收费通知，虚报学费。这之前，我在报纸上已看到这种事情。没想你也同时看到这则新闻，一时间相见恨晚，及时娴熟地运用这一招，来对付生你养你爱你疼你的父亲母亲。虽然，得知真相后我并没发作，但从开学到今天，两个月里，我一想到这事就痛苦，就失眠。这已经成为一种心病，病根就是你——我亲手抚养大却又倍感陌生的大学生儿子。不知在大学里，你除了增加文化知识和社交阅历之外，还能否长一丁点善良的心？

一位辛酸的父亲

南京大学张贴出的《"辛酸父亲"的信》，其影响已超出了南大本校。今天，南京不少高校的师生都在反思讨论这封辛酸的信，南京航空航天大学校内甚至张贴出"不体谅父母的大学生是可耻的……"标语，不少大学准备开展给"辛酸父亲"回一封信的感恩活动。

事情源于 11 月 1 日下午，南京大学逸夫馆楼左前方的公告栏上出现了一封署名为"一位辛酸的父亲"的家信，信是用两张 A4 纸打印的。

这封《"辛酸父亲"的信》使南京大学等高校师生的心灵受到强烈撞击。

南京大学有同学说，信中反映的现象挺普遍的，哪个学校都有。有的同学一个月就能花掉两三千元，而且这类同学的奢侈生活还有点雷同：吃饭通常是下馆子，一天 30 元饭钱简直是小意思；手机、MP3、名牌穿戴花费月月少不了；有女朋友的花费更大，出门旅游，节假日还要玩情调，没钱怎么行？但大学生几乎都没有收入来源，于是在攀比心理和物质欲望地驱使下，他们只好从双亲那里榨油水，信中的现象就屡屡发生了。

南大一名陈姓研究生认为，信中的那个父亲的确很可怜，养育多年终于使儿子实现了自己当年的大学梦，却没想到儿子已变成一个只想从他身上榨油水的人了。但从某种程度上看，此类父亲又是一个很可悲的人，因为从头到尾他还没闹清儿子的变质跟他昔日的教育不无关系。孩子的早期教育最重要，父母应该从小就有意识地培养孩子们的同情心和感恩的心态，因为这是形成一个人责任意识的重要内容。

南京大学有关部门的老师则说，这封信提到的情形具有一定的代表性，说明加强大学生思想工作是多么必要。

有人对这封信的真伪提出质疑。有同学说，此前在网上曾看到过此文，这一次极可能是有人从网上下载的以劝讽类似的现象。但当天，这封信被一位男同学愤怒地撕掉了，其理由是，这封信太以偏概全了，打击面太大。

此间资深教育专家认为，这封信很可能就是出自有良知和社会责任感的大学生之手。但是谁写的并不重要，重要的是它说出了当代大学生中相当普遍地存在着缺乏爱心、良知和责任感的大问题。这是值得大学生群体和教育工作者深思的。他们呼吁以这封让人辛酸的信为契机，加强大学生的思想工作，同时深刻反思我们教育的得失。

据了解，南京大学、南京工业大学等高校都在策划利用本月第二个星期四是西方感恩节的机会，开展校园系列感恩活动，给自己"辛酸"或不辛酸的父母写一封信。而南京医科大学基础医学院的同学给父母写信已坚持多年，通过信件交流，他们了解了父辈养育的恩情、生活的艰辛和自身自立的可贵。

让父亲不再辛酸，让大学生早日自立，是绝大多数南京大学生的心声。

郁进东

2004 年 11 月 4 日

脚注：这封公开信在2004年冬天引发了诸多方面的讨论，最后演变成了对"80年代生人"的评价争议。此时的"80后"还是新新人类，社会思潮的纷纭繁杂，物质生活的急剧变化，以及史所未有的"独生"背景，都使这一轮代际矛盾更广泛而深刻地迸发。中青报适时开展了一次大讨论，"呼吁一次敞开心扉的沟通，让我们在讨论中痛并快乐着"。

2005

筑 底 阵 痛

    2005 年充满了躁动不安。无论是地质运动还是社会活动，都是个异常的活跃期。从开年的印度洋海啸到年底的南亚地震，在中青报的版面上都留下了触目惊心的记录，地质板块结束蛰伏，前者致死 23 万多人，后者则夺去 8 万条生命。

    人间的躁动同样炽烈。国际上，7 月有伦敦大爆炸，11 月有约旦恐袭案。在中国，这一年则被称为"矿难年"，先后发生煤矿伤亡事故 3341 起，死亡 5938 人。中青报记者奔赴了 14 起重大矿难现场，其中包括四次死亡上百人的特大矿难。

    2005 年前后矿难频繁并非偶然。1996 年矿业权市场化改革起步，许多国营矿企转制，但市场并未完全放开留下寻租空间，在丰厚利润招引下，政府官员纷纷入股煤企，"官煤勾结"低成本违规作业，成为矿难不断的重要原因。中青报记者在采访新疆阜康矿难时，从煤矿办公室废纸堆里找到一张联系电话表，从中发现阜康副市长刘小龙的名字，由此揭开了一大批在职干部股东的秘密。这是较早针对"官煤勾结"的调查报道。

此后，国务院办公厅等部门发出"紧急通知"，要求入股煤矿的国家机关工作人员、国有企业负责人必须撤出投资，逾期不撤资的就地免职，并提出9月22日为最后期限。中青报全程记录并参与推动了这次整肃行动。9月22日，中青报报道内蒙古大限已到无一人退股，23日报道河北、河南、贵州等地大限延期，24日发表评论《"撤资令"考验政府执政能力》，12月24日刊发整肃成绩单：全国4878名干部从煤矿撤资5.62亿元。

2005年1月6日零点2分，中青报记录了第13亿个公民的诞生。这一年，中国的高校在校人数超过了美国。年轻人的躁动构成了火热的盛夏，青年白领举行了反日大游行，中学生沉迷于"超女"大秀，高校扩招六年后，毕业生争相挤往大城市，让"就业的路为什么越走越窄"开始成为时代之问。

2005年就像在艰难筑底。这一年天灾人祸频仍，每100万吨煤搭上3条人命，矿难成为发展阵痛之最。从中青报报道可以看到，上证指数经过多日徘徊，在6月6日跌破千点，下探到998.23点，随后便开启了一轮史诗般的大牛市，终在两年后创下了6124.04点的历史最高点。回头来看，2005年前后，也是中国GDP连续十年以10%左右增速腾飞的大底。

爱国不能"应激"

仔细观察目前日益高涨的爱国情绪，不难发现这样一个事实：这些爱国主义都带着一种鲜明的"应激"特征。所谓"应激"，即对外在刺激的本能反应。

当以美国为首的北约悍然袭击我国驻南使馆后，我们的爱国主义风起云涌；当美国间谍飞机在南海撞毁我军用飞机时，我们的爱国主义激情澎湃；当日本右翼势力篡改历史，一次次做出伤害中国人民感情的事情后，我们的爱国主义热血沸腾。梳理近几年的爱国思潮和行为，可以看到，这种热烈的爱国情绪往往从政治扩展到经济、文化、体育等领域，在外在刺激下被点燃，爆发出巨大的精神能量。

我们的爱国主义似乎紧贴着外在刺激，被外在刺激牵引着，因外在刺激而兴起，缺乏一种内在的建设性品质。当外在刺激存在的时候，爱国主义是实在的，当刺激消除的时候，爱国主义似乎就淡化了，虽也时时在言论上被提起，但在灵魂上却远离鲜活的社会生活。

这是一种应激爱国主义，它只是一种消极的抗议形式，而不是一种积极的建设形态。

因为只是对外在刺激的反应，这种爱国主义实质是一种焦虑的情感，不被尊重的焦虑，被侮辱时的焦虑，所以应激爱国主义更多以激烈、亢奋、躁动、喧嚣、愤怒等形态表现出来；因为只是对外在刺激的反应，这种爱国主义很难与我们的日常生活相联系，很难转化为支撑政治昌明、经济繁荣和社会和谐的精神动力。一个过度介意别人眼光而缺乏自主意识的人格是不健全的，同样，一种被动应对外在刺激而不主动追求价值内涵和培养精神内涵的爱国主义也是如此。

爱国热情都是值得尊重的，但毋庸讳言，这种应激爱国主义与中国当前所处的时代是不相称的。一个正和平发展的国家，一个正在过改革大关的国家，需要一种专注发展、放眼未来、建设性的爱国主义。

不错，与外界交往中的国家观念是爱国主义最原始的动力和永远不竭的源泉，但在不同的时期，爱国主义应表现出不同的主旋律：受到外国侵略时，爱国主义就是保家卫国、为抵抗侵略奉献一切；国家四分五裂时，爱国主义就是为国家的完整统一而浴血奋战；而在和平发展时期，爱国主义情怀就应表现为一种对国家富强、民族复兴的渴望，以及为实现这一目标所作出的踏踏实实的努力。

倡导这种建设性的爱国主义，并不是说受到外在刺激时我们要保持沉默和隐藏血性，而是说：表达抗议和愤怒时，我们能有一种内在的爱国理性驾驭着自己的思想和行为、激情和冲动——爱国情感不是外在挑衅的奴隶，而是自我操控的精神主宰。爱国主义贯穿于我们的工作和生活中，外在刺激来临的时候，爱国主义会表现为激情抗议，当外在刺激消除的时候，爱国主义仍平静地流淌在我们生活的血液中——这是一种自主自强的爱国主义，爱是一种平静的常态，爱国像爱家人、爱朋友一样，是一种实实在在的生活。

有了这种建设性的爱国主义，我们的爱国情绪才不会被外在刺激所左右，我们的激情才不会被阴谋家利用，爱国也才能成为一种促进社会和谐、增进国家利益、从而有利于社会中每个人的精神资源。

考察美国的爱国主义时，我们看到最多的是"美国精神"这个词：做一个美国国民的自豪感，开拓进取、富民强国的精神，注重实际、以勤奋工作为荣的实用主义精神等等，在近现代史上，"美国精神"曾是推动其快速发展的强大精神动力。欧洲人也在谈欧洲精神，法国前总统德斯坦就说：美国有美国人的爱国主义，欧洲则要培育"欧洲爱国主义"，或者说"欧洲精神"，"欧洲精神"是欧洲一体化的保障，也是欧洲和平繁荣的保障。然而，我们谈爱国主义时，似乎很少谈"中国精神"。

从应激爱国主义到建设性的爱国主义，需要培养的可能正是这种自主的国家精神。我们更希望在自己的国度看到这样一幅爱国主义图景：一踏上中国的国土，举目四望，会觉得置身于一片热烈之中。教室中的莘莘学子正埋头苦学，努力提高自己的综合素质；工程师们正讨论一份技术创新方案，攻关某个技术难题；驾驶着收割机的农民，正挥汗如雨，辛勤劳作；公务员们聚集在一起，商讨如何实施一项社会福利计划——

虽然平淡无奇，但生活中这些朴素平凡的东西才是最强大的爱国主义力量。

曹　林

2005 年 4 月 26 日

脚注：2005 年 4 月，针对日本争当联合国安理会常任理事国和日本侵华教科书等问题，北京、上海、广州等地爆发大规模反日游行。游行民间自发，主体是青年白领，在表达爱国热情的同时也出现一些过激行为。由于特殊原因，主流媒体没有对此次大游行进行公开报道，本报刊发了一组"新时期爱国主义系列谈"，在青年中产生重大影响，至今仍有意义。本书收录其中一篇评论，留作这一重大事件的历史痕迹。系列评论另外四篇《爱国主义重塑民族精神》《爱国需要开放的心态》《爱国与公民责任》《建立负责任的互联网理性》请扫码阅读。

"狗不理"趁容颜未衰先嫁

2月28日上午12时15分，经过两个多小时的激烈竞拍，狗不理易主一锤定音。天津同仁堂股份有限公司以1.06亿元人民币的价格竞得狗不理品牌及其资产，有150多年历史的老字号"狗不理"结束了国有企业身份。

两小时涨9000万元

从1520万元起价，经过两个多小时150多次叫价，到1.06亿元最后定音，女拍卖师孟莹的脸上已经有了汗水。

狗不理集团公司董事长赵嘉祥与集团的各位高层上午不到9时就到了现场。现场几十家境内外媒体的100多位记者足以可见公众对"狗不理"的关注。

上午10时，拍卖正式开始，加价幅度是20万元，6家竞买者中的4家频频举牌，但波澜不惊。

当16号竞买者叫出1720万元的报价时，拍卖师动员再三无人响应，只好喊了"1720万元第二次"。这时，95号举牌者一下子加价100万元，到了1820万元。拍卖现场开始有了竞争的气氛。

之后，浙江同方投资股份有限公司、天津市麦购房地产投资发展有限公司、天津同仁堂股份有限公司、广东德豪润达电气股份有限公司4家企业争相报价，它们的老总都亲临现场。4家竞买的状况持续了1个小时，价格达到4000万元，广东德豪润达、天津麦购不再举牌。德豪润达董事长王冬雷说："我们经过测算，一旦价格超过了4000万元，就没有投资的价值。"

争夺在浙江同方、天津同仁堂之间继续。双方都是一副志在必得的架势，价格很快上升到5500万元，加价幅度也开始变为50万元。

12时，价格上升到9000万元，现场响起了掌声。从拍卖开始，脸色平静的天津市和平区副区长郭建勋开始有了微笑，一直坐在最后面的狗不理集团公司总经理赵嘉祥甚至站了起来观看竞买者举牌。

药房买了包子铺

12时15分，拍卖师叫出"1亿零600万第一次""第二次"的价格后，拍卖槌重重落下，1.06亿元价格成交，天津同仁堂拍得狗不理。其总经理张彦森说，能把狗不理这个品牌留在天津，感到光荣。

在整个拍卖过程中，浙江同方投资股份有限公司的一位女士一直在举牌竞买，以20万元的加价与天津同仁堂公司保持竞争。浙江同方董事长朱志平似乎志在必得，坐在一旁也是一脸轻松，但到最后，放弃了。

拍卖结束后，被记者们团团围住的朱志平有些激动："拍卖信息不对称。我在天津有10亿元的投资，这次准备了3亿元来竞拍狗不理。但是，我到后来才知道天津同仁堂公司有国有资本控股，不完全是民营资本。如果有国有股份，我们是竞争不过他们的，因此放弃了。"

朱志平随后解释说，他自己并不是说同仁堂进入拍卖程序违规，因为标书中没有规定必须是民营资本才能参与竞拍。但他认为一个公司的改制如果以国有资本为主，改制是不彻底的，也与有关精神相背离。朱志平对记者说，以后有老品牌的国有股转让，该公司还是会参与竞买，但如果有国有资本参与竞买，他们就不参与。

对于朱志平提出的疑问，天津国有资产监督管理委员会副主任彭三说："天津同仁堂公司有国有股在其中，但没有控股，民营资本相对控股。因此不是有人所说的，狗不理的国有股权拍卖是一个人把一个口袋里的钱放到另一个口袋，因为这两个口袋的性质不同。"

据了解，天津同仁堂公司的股东包括天津市药材集团公司、天津电视台、天津西青开发总公司和两家民营企业。2002 年改制时国有股占 40%，民营资本占 60%。

"狗不理"仨字值多少钱？

狗不理国有资产最终以 1.06 亿元人民币的价格转让，其中包括无形资产，也就是品牌价值。南开大学经济学院贺京同教授分析说，从理论上来讲，从 1520 万元到 1.06 亿元，增值部分应该是无形资产，也就是说狗不理的品牌价值达到 1 亿元。

天津狗不理包子始创于 1858 年。目前，已成为一个拥有狗不理总店、大酒店、速冻食品销售中心、快餐有限公司、物流有限公司以及 80 余家特许连锁企业在内的大型企业集团。

狗不理已是天津一张"城市名片"，到天津不吃狗不理好像缺了点儿什么。可是，去了狗不理，又觉得差了点儿什么。曾有一位浙江人两年前慕名到位于天津市山东路的狗不理总店吃饭，印象中除了人多，最深的是服务员把一堆碟子和碗，还有一把筷子一股脑儿扔到桌上，让客人自己动手摆放。茶水被叫了好多次才上桌。

董事长赵嘉祥说："老字号大都是国企，发展最根本的问题还是体制，国企的一切毛病老字号都存在，老字号原有的独特优势反倒不明显。"

首先，职工老化严重。狗不理在职职工 565 名，退休职工 477 人，比例接近1∶1。其次，资金再投入存在困难。其三，管理落后。赵嘉祥说，国企的管理方式养了不少懒人。其四，经营不畅。赵嘉祥说，国企船大调头慢，而市场认实力不认资历。最后，人才匮乏。一位经理人员说，月平均工资 1000 多元，不可能吸引优秀管理人才。

"老字号不是保险号，名品牌不是万能牌。无论是老字号，还是新字号，市场只认得强字号。"

南开大学谢思全教授对竞拍者天津同仁堂股份有限公司有过深入研究，他认为，这个老牌国有企业，引入民营资本进行改制，结果很成功。如今这一经改制成功的老品牌，又进一步参与国企的改制。可以说是一个让人皆大欢喜的结果。

李新玲

2005 年 3 月 1 日

一个退休高官的生意经

"没对高文华、许宁怎么样，已经够意思了，要不死100回都不行！"

截至5月17日，许宁已经在辽宁省阜新市看守所被关押了44天。他始终不明白，自己到底犯了什么罪。

2005年4月1日早上8点多，许宁和妻子苏雨去医院看病。车刚开过阜新市解放大街广场时，一辆白色警车突然别住了他们。

"车一停，王晓刚和另外三个人跳下车，王晓刚挥着两尺长的警棍，一把把许宁拖下车。"苏雨对当天的情景记忆犹新，"王晓刚狠狠地用手铐把许宁的手抽伤，然后把他铐上，掏出手枪顶在许宁的头上，一边拖上警车一边骂，'你妈个×，我打死你，你信不？'"

王晓刚，阜新市公安局治安警察支队副支队长。许宁，阜新市华隆房地产开发有限公司（下称"华隆公司"）职工，公司董事长高文华的司机。

许宁被带到阜新市细河区公安分局刑警队。王晓刚举报：许宁偷卖华隆公司的一辆奔驰车。但细河区刑警队查明，奔驰车并没有被人盗窃和私卖。

举报不实，应立即放人。4月3日，人还没有放，王晓刚又举报：许宁盗窃了一辆凌志轿车。

第二天上午10点，苏雨接到《拘留通知书》后，立即将购车合同、行车证等证明材料送到细河区公安分局。

4月10日，细河区公安分局调查后决定：撤销此案，释放许宁。

还没有走出看守所的大门，阜新市海州区法院的工作人员匆匆赶来宣布：4月4日，王晓刚和王晓云（王晓刚的姐姐，阜新市公安局副局长）以"诬告陷害诽谤罪"起诉许宁（许宁在2004年2月23日向辽宁省"两会"代表散发举报两人的检举信）。法院决定立即逮捕。

短短十天，自己被王晓刚三次指控，许宁想不明白，这是为什么？但他的家人终于明白了。

4月11日，和此案没有关系的阜新市公安局经济侦查支队一名干警提审许宁，并警告他："交出幕后指使人！"

4月15日下午5点30分，王晓刚、王晓云的律师赵惠良在阜新市北方大酒店和许宁的岳父苏玉伦、妻子苏雨等见面。苏玉伦说："赵惠良当时说，只要许宁交出幕后指使人，我可以做工作，看能不能撤诉或判缓刑。"

还有一句话让苏玉伦不寒而栗："王晓云当局长这么长时间，黑社会朋友不少，没对高文华、许宁怎么样，已经够意思了，要不死100回都不行！"

"王晓刚实际上是要继续抓我。"华隆公司董事长高文华说，"目的是和他爸爸王亚忧相勾结，把我投资一个多亿的阜新商贸城据为己有！"

"你要是让我爸爸不高兴，你就不要在阜新混了"

在阜新，阜新商贸城几乎尽人皆知。商贸城占地5万平方米，建筑面积9万平方米，坐落在阜新市最繁华的解放大街北段中心地带，有人称之为商海中的"商业航母"。

商贸城所在地原来是阜新液压件厂。2001年7月，阜新市人大代表高文华与大连开发区泰乐房地产开发有限公司，合资成立了阜新双龙房地产开发有限公司（以下简称"双龙公司"），承办搬迁液压件厂，建设阜新商贸城项目。

2002年2月，高文华为工程项目引进资金4500万元。3月20日，高文华代表双龙公司与液压件厂签订协议：双龙公司同意付给液压件厂提出的6500万元，用于动迁补偿和新厂区的开工建设。

截至3月26日，高文华共投入双龙公司900万元。

在调查中，记者看到了高历次投资划款的收据。

今天的阜新商贸城非常红火
刘万永／摄

但是，此时的大连泰乐并没有实际投入资金。2002年2月初，双龙公司董事会作出决定，重新选举高文华为执行董事。

工程并非一帆风顺。没多久，大连泰乐法人代表武金祥携双龙公司230万元巨款潜逃。高文华立即向阜新市公安局报案，要求追回巨款。

高文华说："正是这次报案，给我引来了杀身之祸。"

高文华向记者叙述了事情经过：

接到报案后，阜新市公安局副局长王晓云找到高文华："商贸城的项目挺好。我爸爸现在在家闲着，让我爸给你当顾问吧，你适当给俩钱就行。"

王晓云在阜新市知名度很高，在阜新市公安局，她分管全市治安、户政、巡警支队等，她的弟弟王晓刚任市公安局治安支队副支队长。

王晓云和王晓刚的爸爸王亚忱在阜新政界更是尽人皆知，1986年至1996年，王亚忱历任阜新市市长、市委书记、市人大主任。

高文华说："我和王家此前从来没有交往。我同意王亚忱来，主要是惹不起王晓云。"

王亚忱以顾问名义进入双龙公司。不久，王亚忱提出："我给你当顾问得有一个名分，这样市政府对你的帮助会更大。这样，让我的儿子王晓军当董事，不占股份。"

2002 年 2 月 10 日，王晓军成为双龙公司董事。王亚忱也随之成为项目总指挥和财务总监。

就在同一天，双龙公司决定更名为"阜新兴阜房地产开发有限公司"。

但是，这一更名还没来得及实施，王亚忱又提出，我儿子王晓军是南非公民，应该成立一个中外合资企业，这样可以享受很多优惠政策、节省很多税钱。

2002 年 3 月 27 日，双龙公司向阜新市计划委员会提出《关于本公司更名的报告》，将双龙公司更名为"华隆房地产开发有限责任公司"，高文华任董事长。

华隆公司注册资金 800 万元人民币。王亚忱提出：高文华占 500 万元，王晓军占 300 万元。高文华当即反对："这样王晓军就占股份了！"

王亚忱说："你心眼儿这么小，我能占你的股份吗？我们是中外合资企业，外商的比例要高一些，办手续需要。将来你给我点儿养老钱就可以了。"

2002 年 4 月 10 日，华隆公司股东名单上表明：高文华出资 500 万元，占 62.5%；王晓军出资 300 万元，占 37.5%。

然而，本来是从双龙公司更名而来的华隆公司正式注册时却变成了全新的公司，同时，王晓军的股金和股份从 300 万元的 37.5% 上升为 320 万元的 40%，而高文华的股份则从 500 万元的 62.5% 下降为 480 万元的 60%。

4 月 26 日，王亚忱在商贸城办公室接受中青报记者采访。刘万永 / 摄

高文华说:"公司总经理于雅君做了手脚。"于雅君是武金祥成立双龙公司时带过来的人。

记者注意到,2002年3月27日,王亚忱代表王晓军签署了一份委托书:"在办理登记注册过程中全权委于雅君办理签字手续。"

为什么提高了王晓军的股份?王亚忱的答复是:"40%是整数,好算账!"

高文华说:"当时自己心里感觉不痛快,但大数已经让了,小数就不计较了。"

2003年8月,阜新商贸城主体竣工,销售势头非常好。王亚忱提出,高文华应该再出让10%的股份,双方股份各50%。

高文华认为,王亚忱没有投入一分钱,却要占50%股份,自己不能同意。

8月15日,高文华、王亚忱和阜新市人大一名官员正在办公室开会,一伙不明身份的人突然闯入并殴打华隆公司副总经理杨懿。打手们指着高文华说:"如果不答应给王书记10%的股份,他就是你的下场!"

高文华说:"王亚忱就在旁边看着。"

高文华刚走出办公室,王晓刚突然驾到,用两辆警车堵住路,用枪指着高文华骂道:"妈的,你要是让我爸爸不高兴,就不要在阜新混了!"

高文华说:"我实在是惹不起他们,只能答应!"

当天,华隆公司就调整了注册资本金,王晓军注册资本金从320万元调整为400万元,占注册资本金的50%;而高文华的股份再次下降,从480万元下降为400万元。

2004年初,商贸城竣工。这时,王亚忱又向高文华提出:"你要把董事长的位置让给王晓军!如果不答应就把你送到局子里!"

高文华感觉实在不能退让了。"如果我连董事长的位子都没有了,相当于王亚忱把我投资上亿元的企业一步步吞并了。"他决定到北京寻求法律援助。

王亚忱也在加紧行动。2004年2月2日,王亚忱以王晓军的名义向阜新市公安局举报高文华涉嫌虚假出资罪、挪用本单位资金罪。市公安局10天后就向阜新市人大提出"对阜新市人大代表高文华采取刑事强制措施"的请示。

3月2日，阜新市公安局多名警察在北京观韬律师事务所将高文华抓捕。

3月26日，阜新市细河区检察院以挪用资金罪、职务侵占罪对高文华提起公诉。

高文华说，进入阜新市看守所第十天，阜新市公安局经侦二队队长程显国和一名干警提审了他。

程显国说："你把股份放弃了，再给王书记认个错，我们和王书记做做工作，放你出去。"

高文华说："你说放我出去不行，王亚忱也不干呀！"

闻听此言，程显国当即用自己的手机和王亚忱通话，然后让王和高直接谈判。

王亚忱问："你考虑清楚了吗？这都是轻的！不放你，就给你判刑；放了，你可以当副董事长，我还可以给你一点生活费！"

两天后，程显国再次提审高文华，这次带来了一份委托书：高文华羁押期间华隆公司委托王晓军负责。高文华当场拒绝。

看到高拒绝，程显国再次"热心"地拿出自己的手机，接通华隆公司总经理于雅君的电话。于说："只要你让出董事长、让出股份，王书记答应不判你的刑。"

高文华说，逮捕前，自己为华隆公司和商贸城个人投资940万元，引进资金8000万元，农业银行贷款2000万元，合计1.094亿元。

高文华说："阜新市公安机关办案人员多次对我和我的家属讲，只要给王书记写个认错书，让出董事长、承认没有投资、放弃股份，并保证不告王书记，不告公安局、检察院，高文华就没事了。甚至阜新市一些领导也在做我们的工作。我说，他这是利用权力巧取豪夺！"

代儿子行使权利的王亚忱怎么说？

王亚忱对高文华的说法一概予以否认。

2005 年 4 月 26 日，王亚忱在阜新商贸城"总指挥"办公室接受了记者的采访。

在王亚忱看来，恰恰是高文华不仅没有投入一分钱，而且一次次从公司往外拿钱，自己对他一再忍让。

王亚忱说，商贸城最早是武金祥和自己提出来的，自己帮助武设计了商贸城的规划，帮他介绍各种关系。后来，武金祥卷款潜逃，双龙公司陷入困境。

"这时，高文华找到我家，跪在地上给我磕头、痛哭，一是知道我和武金祥关系不错，二是知道我儿子王晓军有钱，他请我帮忙，说自己有 800 万元，还说要给我股份，我不要，但我还是动了心帮助他。"

王亚忱说，高文华后来听说王晓军有国外身份，提出要办一个中外合资企业，我们就注册了中外合资华隆公司。

王亚忱说，华隆公司成立后，我就正式进入公司了。我代表王晓军，高文华，总经理于雅君，三名董事一致聘请我为总指挥，华隆公司的一切都由总指挥决定。我欣然接受了，因为他们瞎整，不行。

王亚忱说，2003 年 4 月，我发现高文华答应出的 480 万元一直没有到位，而且陆续从公司拿走了 500 多万，不是为了公司办事，他拿的这些钱我根本不知道。

记者问："既然华隆公司的一切都由你决定，为什么高文华拿走 500 多万你不知道呢？"

王亚忱说："具体的事该谁办谁办，大事我知道，拿钱我不知道。"

王亚忱说，发现这些情况后，我在会上指出来，高文华也答应补上股份，不再从公司拿钱。可到 8 月份我仔细查账，发现他不仅没有补上 480 万元，而且已经从公司拿了 800 多万了，现在发现是 1000 万元。我提出，一、你反正没有一分钱股份，王晓军应该占一半股份；二、你不能再拿钱了；三、既然你没有股份，应该让出董事长。

王亚忱说，这时，高文华反而要挟我，让我写下证明，说他过去拿钱的事我知道，而且不起诉他非法注册，我拿过来就签字了。

记者见到了这份证明："为使商贸项目顺利开展，我承诺帮助高文华处理有关注册资本等事宜。借款之事也不再追究法律责任。借款之事我知道。承诺人：王晓军。2003 年 8 月 15 日。"

王亚忱说，一段时间后，我发现高文华还在拿钱，而且比较疯狂。我决定检举他。检举之前，我告诉高文华，最好你找律师来和我谈谈，如果你能退出或当副董事长，你拿的 800 多万我不要了，华隆公司的印章厂也给你，你有困难我还可以帮助你。"就这样，他还不答应！"

王亚忱的上述说法，最后要以检察机关的独立调查来证实真伪。

印章厂是华隆公司下属企业。2003 年 4 月 21 日成立，是阜新市惟一一家防伪印章制作企业。高文华任法人代表。

高文华说："印章制作企业必须经过市公安局治安支队批准。申办时，王晓云找我要了 25 万元，说疏通关系。竞标成功后又提出以王晓军的名义占股份，但不出一分钱，我不同意就威胁我。"

印章厂 4 月 21 日的《出资人协议书》标明：注册资本 100 万元，高文华出资 51 万元，王晓军出资 49 万元。但到了 6 月 25 日，王晓军的股份上升到了 50%。记者注意到，同样是高文华和王晓军"合股"组成的公司，印章厂却是纯粹的内资企业。

高文华说："王晓云威胁我，不提高王晓军的股份你就别在阜新混了。就是这样，印章厂也由王亚忱控制了，保守估计，这两年的利润也有 500 万元。"

记者注意到，在后来公安机关提取的所有证据上，都没有王亚忱的名字，而所有王晓军的签字都是由王亚忱代签。据王亚忱介绍，王晓军是大连隆华国际贸易公司董事长。

从不露面的王晓军究竟是哪国公民?

事实上，从王晓军成为华隆公司董事到现在，高文华从来就没有见过王晓军。王晓军的种种权利，均由他父亲王亚忧代表行使。

王晓军的身份也成了一个谜。检察院的卷宗中有一份王晓军的"南非永久居民证"，发证机关是南非共和国内政部。

在2002年4月8日华隆公司填写的《外商投资企业名称预先核准申请书》上，"项目投资外方名称"一栏标明：南非自然人王晓军。

然而，同样是这个王晓军，同样是检察院的卷宗里，却有一张1999年1月31日大连市公安局签发的身份证。

公安机关调查表明，王晓军为中国公民，现居住在大连市中山区南山里，在近十次出国到南非时均使用中国护照。

记者从某种渠道听说，王晓军有智力上的缺陷，于是问王亚忧："有人说王晓军弱智，是吗？"

王亚忧似乎一震，稍后提出让"正在上海的王晓军"直接和记者通话。

在记者的要求下，"王晓军"介绍了自己的简历："1975年高中毕业，后当知青。1977年19岁时当兵，1980年提干，然后被部队送到哈尔滨船舶工程学院进修了5年。1985年到辽宁大学外语系学了4年工科。1989年毕业到外贸系统。"外语系里学习"工科"？记者实在是听不明白。

电话中的"王晓军"口齿清晰，显然不是弱智。然而，2004年5月25日，王晓军在向阜新市工商行政管理局申请注册公司时的简历却是：1975年9月—1979年，在辽宁大学外语系；1979年8月—1983年11月，中国人民解放军上尉（记者注：我国的《军官军衔条例》1988年7月1日实施）；1983年12月—1990年5月，辽宁省外贸总公司职员；1990年—现在，大连隆华国际贸易公司董事长。

这份《履历表》清楚地写着：谨此确认，本表所填内容不含虚假成分。下面是法定代表人王晓军的签字。

两份履历截然不同。一种可能是《履历表》是假的，一种可能被王亚忱称为王晓军的人根本就不是王晓军！两者要么有一个是假的，要么全是假的。

律师说，这是我见过的违法最多的案子

高文华代理律师、辽宁省长风律师事务所律师杜晋安说："这是我见到的公安局、检察院违法办案最多的一个案子。"

2004年3月2日，阜新市公安局干警在北京将高文华抓捕。高文华说："当时他们没有出示任何证件，也没有穿警服。"

《刑事诉讼法》第六十四条规定，"公安机关拘留人的时候，必须出示拘留证。"

阜新市公安局《拘留通知书》表明，高文华是在3月3日17时被刑事拘留的。这明显是后补的手续。

3月26日，阜新市公安局签发《逮捕通知书》。5月10日，侦查终结，以挪用资金罪和侵占罪向阜新市检察院提交《起诉意见书》。

5月24日，阜新市公安局向阜新市检察院报送《情况说明》，确认"虚假出资罪"和"私刻公章罪"不予起诉。

6月8日，阜新市检察院将本案移交给阜新市细河区检察院。

7月8日，细河区检察院以"挪用资金罪、职务侵占罪"向细河区法院提起公诉。

7月14日，细河区法院送达起诉书。

9月7日，就在高文华准备应诉时，细河区法院却通知律师，检察院已经撤诉。9月20日，高文华母亲找到细河区法院，法院领导明确表示："是检察院撤诉。"

撤诉应该放人。然而，2004 年 9 月 16 日，细河区检察院却向阜新市公安局退卷，要求对高文华虚假出资罪和私刻公章罪补充侦查。

2004 年 10 月 12 日，阜新市公安局重新将本案移送到细河区检察院起诉科。此时，公安局推翻了自己在 5 月 24 日向市检察院所作的《情况说明》，加入了以前自己否定的"虚假出资罪"和"私刻公章罪"，连同职务侵占罪和挪用资金罪，建议检察院一同起诉。

《人民检察院刑事诉讼规则》第三百五十三条规定："撤回起诉后，没有新的事实或者新的证据不得再行起诉。"

检察院为什么这样做？细河区检察院一副检察长对高文华母亲说："因为（王亚忧）举报材料最后一句希望这两项罪名和其他罪名一起起诉。"

实际情况是，在阜新市公安局确认对高文华的"虚假出资罪"和"私刻公章罪"不予起诉后，6 月 8 日，王亚忧以王晓军名义对此向市检察院提出不同意见，"望能将高文华涉嫌虚假出资罪与其涉嫌侵占、挪用资金罪一并起诉"。

究竟谁在撒谎？

在王亚忧看来，高文华在华隆公司成立、商贸城建设中没有出一分钱，反而不断向外支钱；而在高文华看来，恰恰是王亚忧没有出一分钱，反而要靠自己及儿女的权势巧取豪夺。

究竟谁在说谎？

高文华案引起了公安部和最高人民检察院的高度重视。2004 年 11 月 16 日，辽宁省检察院专案组指定将本案移送抚顺市望花区检察院。

2004 年 11 月 24 日，抚顺市望花区检察院审理认定本案"事实不清、证据不足"，退回阜新市公安局。12 月 22 日，阜新市公安局将补充侦查结果返回望花区检察院。

经过认真分析，抚顺市望花区检察院作出了《望花区检察院公诉案件审查报告》（抚望检刑审字（2004）264号）。《报告》得到了辽宁省检察院、公安部和最高人民检察院的一致认可。

《报告》指出：

伪造事业单位印章罪事实不清、证据不足。卷宗内无该印章出自何处，经谁保管的相关证据。高文华涉嫌盖章过程无人证实。高本人亦不供认盖章行为。无印章实物。证据间供证不一，内容矛盾，无法得出伪造事业单位印章的行为系高文华所为。

虚假出资罪事实不清，证据不足。华隆公司是否由双龙公司演变而来不清。

职务侵占罪事实不清，证据不足。

挪用资金罪事实不清，证据不足。王亚忱于2003年8月15日亲笔写的"高文华借款之事我清楚……"说明王亚忱知情并同意。高文华每次"挪用资金"都是通过财务人员以借据形式，挪用手段不明显，且挪用的目的、用途、去向不清。

综上，公安机关移送审查起诉的数个罪名事实不清，证据不足，不具备起诉条件。

《报告》还对阜新市公安局移送的本案证据进行了分析论证，主要问题是：大量书证没有注明提取时间、提取人员、提取部门、提取于何处及所要证明的事实。卷宗所列证据混乱，所需证明的事实的相关证据不够确实、充分。

对犯罪嫌疑人高文华没有进行逐笔询问，对犯罪嫌疑人的辩解没有开展工作，以鉴别其真伪。

各个证据之间，以及证据与案件事实之间的矛盾没有得到合理的排除。

据以定案的证据体系不能得出惟一的排他性结论。

问题不仅仅是这些。

高文华代理律师杜晋安、周坤向记者讲述了他们遇到的怪现象：2004年11月24日，两位律师带着从阜新市细河区法院复印的卷宗找到望花区检察院，办案人员李晨明确表示，在阜新市公安局报送的卷中没有律师出示的原公安局刑事侦查卷第 4 卷第 12—15 页。

记者查阅卷宗得知，阜新市公安局刑事侦查卷第 4 卷第 12—15 页是对华隆公司经理于雅君的询问笔录。在这份笔录中，于雅君承认，华隆与双龙开发的项目是一个。

杜晋安律师说："我们认为，阜新市公安局在第二次移送起诉时，故意撤出对高文华有利的证据材料。这严重违法，我们已经向有关部门反映了情况。"

2005 年 4 月底，记者来到阜新商贸城，商场、酒店、歌厅一个连一个，顾客川流不息，大幅标语欢迎多个商家落户商贸城。看得出，商贸城非常红火。

但商贸城已经没有高文华的位置了。2005 年 2 月 3 日，在被关押 11 个月后，高文华被取保候审，2 月 17 日，在律师陪同下来商贸城上班。王亚忱吩咐保安："他是罪犯，轰出去！"

第二天，八一路派出所民警找到高文华："不准你再去华隆公司！"

高文华说："我现在还是董事长，但我不能履行职责。"

事实上，从高文华被刑事拘留那一天起，商贸城已经发生了变化：2004 年 5 月，高文华被抓没多久，王亚忱就以王晓军的名义注册"阜新华隆物业管理有限责任公司"，王晓军任董事长，负责商贸城的物业管理，年收入 200 万元—300 万元。而华隆公司注册时注明经营范围包括物业管理。

商贸城 1700 平方米商业用房分给王晓刚办起祥和大酒店；3500 平方米由王晓军注册成立海洋大酒店。同时，王亚忱用华隆公司 500 万元资金和商贸城 3000 平方米门市房同阜新市糖酒公司置换土地和房产，然后用置换的财产以王晓军的名义注册成立了阜新光大房地产开发公司……

至此，董事长高文华的巨额财产，都在没有任何授权的前提下，被王亚忱占有和支配。

在结束采访前，记者把同样的问题提给高文华和王亚忱："如果检察院的结论和你想象的不同，你会怎么样？"

高文华说："我相信法律、相信党，总有一天会真相大白！"

王亚忱说："前两天阜新市保持共产党员先进性教育领导小组到我家征求意见，我当时提出，高文华这样的人必须判刑，否则我就在网上公开退党！"

刘万永

2005 年 5 月 18 日

脚注： 2005 年 5 月 27 日，辽宁省纪委、省检察院和省公安厅成立专案组，调查王亚忱及其家族涉嫌犯罪问题。2007 年 1 月 29 日，丹东市振兴区人民法院一审以犯虚报注册资本罪、职务侵占罪判处王亚忱有期徒刑 8 年，同案其他 3 被告被判有期徒刑 1 年至 1 年 6 个月。同一天，振兴区人民法院以高文华虚报注册资本罪，判处其有期徒刑 1 年 6 个月。因发现漏罪，2009 年 2 月 1 日，辽宁省本溪市平山区人民法院一审认定王亚忱犯职务侵占罪，判刑 6 年 6 个月，并处没收财产 120 万元，犯挪用资金罪，判刑一年。数罪并罚，平山区人民法院决定执行有期徒刑 15 年，并处没收财产 120 万元，罚金 40 万元。

两党一小步　民族一大步

4 月 29 日，胡锦涛与连战在人民大会堂会面，这是个历史性事件，如能有采访机会，我的任务不只是要拍得上，而是要争取拍得好，这事我已想了三天了。

要想拍好，摄影记者占据一个有利位置是极其重要的。我必须尽可能最早进入拍摄现场抢个好地方。

13 时 15 分，提前开始放行。从警戒线进入大会堂约有 200 米，记者们已全没了矜持，扛着器材往上疯跑。

进到北大厅，拍摄现场的正中央是专为央视设置的一个两米见方的摄像平台，它的两侧则分别是两排有四个台阶的铝合金阶梯。

电视平台外人是不能用的，其他记者便都想占据紧靠它的位置，还都想挤在第一或第二排，不一会儿，两排各 20 来米长的阶梯就被蜂拥而至的记者们站满了。《人民日报》的朋友说，这架式，记者多得已超过了俄罗斯总理普京访华。

这时，工作人员又从后面抬来一组阶梯，安放在电视平台的正后方。在别人还没反应过来时，我已蹿将上去，占据到最高处正中的一个位置。我下面台阶上站着的是央视四套的老王，还有一位不认识，他俩个头都挺高，一举相机，我面前就成了一堵"篱笆墙"。

我不想功亏一篑，举起相机从他们两个脑袋之间找了个空隙试了试，说："待会儿拍的时候，您二位可千万别动啊，要不，我就全瞎啦！""没问题！"二位非常合作。

我们挤靠在一起干等着，这样要挨差不多两个小时。

等待时我发现，那条红地毯中央部位粘贴着两个核桃般大小的圆形的粉黄

两党一小步　民族一大步

2005年4月29日15时06分，胡锦涛和连战亲切地握手在了一起。这是60年来中共共产党和中国国民党最高领导人的第一次会见，感动着国内外华人的炎黄子孙。　本报记者 贺延光摄

中国青年报
China Youth Daily
2005年4月30日　星期六　第11619期

胡锦涛会见中国国民党大陆访问团

两党共同迈出历史性一步

六十年来两党主要领导人首次握手

胡锦涛和连战举行会谈

胡锦涛指出，近年来，"台独"分裂势力的活动不断加剧。如果不坚决加以制止，威胁台海和平的紧张根源就难以消除，两岸共同发展繁荣的历史性机遇就会丧失，台湾同胞的福祉就会被断送。胡锦涛就发展两岸关系提出四点主张

连战指出，国民党反对"台独"。我们主张在"九二共识"架构下进行有意义的沟通，建立一个两岸关系和平发展的大环境，进而推动签署两岸和平协议。我期望两岸关系能够从当前对抗的恶性循环扭转成为合作的良性循环

色标记，便猜想那将是胡锦涛和连战相会的位置，便开始试镜头。前后试了50多张，总算胸有成竹了。

我早就想好这幅历史性的照片不拍大特写，而要拍一幅两人相见的全身画面。

连战离开台湾时，在桃园机场曾遭遇了"台独"极端分子的阻挠，甚至两派民众发生了血腥的暴力事件。他一到南京，便感慨道：相见恨晚。

可以说，相隔了60年，曾几何时你死我活的敌手党魁的温情相会，不论对共产党还是对国民党来说，都是既艰难曲折又需要极大的勇气。尽管前景依然复杂，所有问题也不会迎刃而解，但这，总算是个良好的开端吧。

所以，对恩恩怨怨的国共两党，对海峡两岸的中国人，今天胡锦涛和连战将伸握的双手，将相靠的脚步，当然意味深长。

15时05分，作为主人的胡锦涛缓步走到地毯中央。

一分钟后，连战出现了。

我举起相机，屏住呼吸，镜头随着连战移动。

果然，两人相距越近，连战步伐的节奏越快。

我不能轻易地按动快门，我要等他们更适当的距离，要等连战的腿迈足的一瞬，要等两人伸手相握又未触及的一刹那。

我的相机响了，并不停地响着。

突然，我发现我的闪光灯上电不快，而别人用的都是频闪。我立即改用手动，继续按着快门。

连战开始向胡介绍他的夫人。当胡和连夫人握手时，站在他们之间的连战给记者的却是一个背影。

记者席中立即有人大喊："挡住啦！"

连战反应真快，他立即绕过身去，面向记者，微笑地站在了胡和夫人的中间。

15时08分，胡锦涛邀请国民党一行步入福建厅。

这回，他们给我们的全都是背影了。

我边退场，边从数码相机后背的影像屏幕上查看成像效果。大喜。

胡锦涛与连战伸手相握，相机自动记录的时间是 2005 年 4 月 29 日 15 时 06 分 42 秒。

后边几张，焦点多少都有些问题，但我已不在乎了，我毕竟是把宝压在头一张上的。

我究竟是个记者，还是个赌徒？

4 月 30 日，本报头版挪了报头，刊登了大幅照片《两党一小步，民族一大步》。《新京报》也用了这张照片，在头版发了通栏，特别署名"中国青年报记者"字样。

贺延光

2005 年 12 月 27 日

"佘祥林，笑一下！"

4月13日上午，湖北省京山县人民法院对佘祥林故意杀人案进行再审，当庭判决佘祥林无罪，立即释放，并告知佘祥林可在判决生效后依法申请国家赔偿。

上午8时10分，离开庭时间还差50分钟，京山县人民法院门口已经挤满来自全国各地的记者和当地群众。卖报人在喇叭里喊："佘祥林案今天开庭，全国200多家媒体聚集京山……"

8时28分，佘祥林在女儿佘华容和二哥佘贵林陪同下向法院走来。佘祥林身穿黑色夹克、藏青色长裤，皮鞋发亮，表情严肃，目不斜视。记者们一拥而上，停在路边的几辆摩托车被拥挤的人群挤倒在地。有人大声喊："佘祥林，笑一下！"

在被法警带入庭审现场的瞬间，佘祥林回头看，问："我的女儿来了没有？我的女儿来了没有？"

4月13日上午，佘祥林走进京山县人民法院，回头找寻女儿的身影。甘丽华／摄

京山县人民法院审判庭座无虚席，佘祥林家属、记者等社会各界人士近百人参加了旁听。9时开庭，法官首先宣读了刑事裁定书和再审决定书，接着就案件的焦点问题，即张在玉是否被杀害进行了举证和质证。

公诉人向法庭递交了4份补充侦查的证据。辩护律师则提交了派出所工作人员在张在玉回家当晚所做的笔录。在这份笔录中，张在玉回忆了自己出走的过程。当派出所工作人员问她对这件事有什么看法时，张在玉说："我认为你们有不可推卸的责任。"张在玉提出政府要给佘祥林后半生以希望，同时，她也希望佘祥林出狱后能化解心仇，不要报复有关人员。双方提供的证据均为法庭认可。

在辩论阶段，辩护律师提出，佘祥林案在当初审理时，经过了3级法院、历时5年，最后仍然成了一起冤案，这一事件带来的思考超出庭审本身的意义。

在最后陈诉时，公诉人称，尊重事实，尊重法律，疑罪从无，无罪推定，还无辜者以清白是所有司法工作人员的共同心愿。

公安机关根据DNA鉴定，证实离家出走11年后又回到家中的张在玉为原审判决认定的被害人张在玉本人。法庭认定原审中检察机关指控佘祥林犯故意杀人罪的事实不能成立，当庭宣判佘祥林无罪，立即释放。法庭同时告知佘祥林，可在接到判决后10天内提出上诉，并依法享有申请国家赔偿的权利。

整个庭审期间，佘祥林言语很少，除了"有""无"之类的简单回答外，他说得最多的一句话是："请我的辩护律师说。"在最后陈诉时，佘祥林大声说："我没有杀人，没有犯罪。我和家人付出的损失都要得到国家赔偿。"

10时40分，再审结束。媒体记者们追随着佘祥林走出法院，对他喊："说两句！说两句！"

佘祥林只说了一句话："公道自在人间。"数百名围在法院门口的群众发出一片欢呼声。

据记者掌握的一份材料，荆门市中级人民法院总结此案最"应吸取的深刻教训"是，要树立新的刑事司法理念。材料上说，过去法院在审理涉及人命关天的重大刑事案件时，往往担心适用"疑罪从无"的原则会放纵犯罪，担心释放犯罪嫌疑人后，被害人家属上访造成社会负面影响，习惯过去的有罪推理或疑罪从轻的原则。新刑事诉讼法中确定了"无罪推定、疑罪从无"的司法原则，只有坚持新的刑事司法理念，才能确保不出现一起冤案。

甘丽华

2005 年 4 月 14 日

脚注：1994 年 1 月 2 日，佘祥林妻子张在玉走失失踪，佘祥林被怀疑杀害张在玉。同年 4 月 28 日，佘祥林因涉嫌杀人被批捕，后被原荆州地区中级人民法院一审被判处死刑，剥夺政治权利终身。后因行政区划变更，佘祥林一案移送京山县公安局，经京山县人民法院和荆门市中级人民法院审理。1998 年 9 月 22 日，佘祥林被判处 15 年有期徒刑。2005 年 3 月 28 日，佘妻张在玉突然从山东回到京山。4 月 13 日，京山县人民法院经重新开庭审理，宣判佘祥林无罪。2005 年 9 月 2 日，佘祥林领取 70 余万元国家赔偿。

"超女"：平民化选秀运动

8月25日晚，湖南长沙，2005超级女声全国总决赛进行最后一次彩排，超女三强张靓颖、李宇春、周笔畅亮相。柴继军／摄

　　决战前的"超级女声"（以下简称"超女"）爆点不断。8月24日上午，饱受争议的评委黑楠通过网站宣布退出。当日下午，抵达决赛地长沙的各超女的"粉丝"（歌迷）代表开始拉票行动。8月25日上午，相关网站统计显示，"超女"专题的网络留言已超过207万条。

　　海选、PK、玉米、凉粉⋯⋯一档节目在今夏创造诸多流行语；15万人全国报名、2000多万名观众每周关注、收视率突破10％，这组"天文数字"让传媒惊呼。"超女"已然脱离一档简单娱乐节目的概念和"草根造星运动"的框框。如今，"超女"被看成当下中国的一面镜子，点点滴滴都是社会现象的折射。选手、主办方、粉丝、观众和旁观者，都可以从这道大餐里各取所需。

如今的"超女"，越来越像一个江湖

4个月以前，这档刚刚开始热身的活动已让主办方高兴异常。数千人报名排长队、连夜赶印报名表，"各大赛区报名处爆棚"的消息频频见诸报端。主持杭州赛区海选的湖南卫视"超女"导演洪涛兴奋地说，2004年的"超女"就挺火了，没想到今年更火。2004年，全国报名"超女"的人数为5万。

但此时的"超女"，带给人们的还只是一种"原生态"娱乐。没有一个音准的胡叶新、"红衣教主"黄薪、恶狠狠一句"我会记住你们"的选手、被无数人痛批的问题评委……人们津津乐道的都是这些"花絮"。在这场以16～20岁年轻女性为主力的娱乐活动中，更多的是看热闹的。

6月，各大赛区评选尘埃落定。此时，"超女"已通过一轮又一轮淘汰，吸引众多跨年龄层的旁观者加入。与此同时，各大赛区的偶像开始冒头，并迅速聚集起各自的粉丝团。在百度的贴吧里，李宇春吧、周笔畅吧等各大"超女"吧相继建立。网络平台的介入，立刻搭起了观众与选手沟通的桥梁，并成为后来"超女"运动的巨大推力。

7月中旬，"超女"夏令营启动。此时的"超女"突然像一幕大戏般不断抛出精彩的片花。黑楠遭枪击、柯以敏赠戒、常宽被炒、内定名单等等，评委和选手都在竭力吸引观众注意力。

比赛越升级，竞争越白热化，"超女"抛出的"亮点"就越多。签约风波、评委退出、粉丝拉票、黑幕疑云和海水般泛滥的眼泪，"超女"终于从一档娱乐节目变成一个全民参与的公共事件。网友评论说，"如今的'超女'，越来越像一个江湖"。

所有的一切，在最具悬念的"5进3"比赛中被发挥到了极致。来自央视索福瑞媒介研究公司的信息显示，8月19日的"超女5进3"比赛，上海收视率达到8.3%，而成都、武汉、长沙等地的收视率更是超过了13%。当晚的短信投票，人气最高的李宇春得到近190万条短信支持，位居第二的周笔畅为133万多条。

每人都能在选秀大餐中各取所需

"广泛性和群众性。"中国社会科学院青少年研究室主任单光鼐把"超女"的火爆首先归功于此，"年轻人有三大需求，学习、就业和参与"。平民化的选秀活动，就极大地调动了年轻人的积极性。

报名者心态各异。自我展示也好，好玩尝试也好，做明星梦的女孩占了大多数。2004年的前三名"超女"签约娱乐公司，又代言，又出唱片，是最好的诱惑。尽管多数人的梦想都会迅速遭遇破灭，但只要能参与，就让她们感觉迈出了真实的一步。所以，2005年的"超女"队伍里，可以看到大量的2004年落选者；各大赛区都可以看到候鸟般追梦的其他赛区落选者。

观众的心态也是复杂的。MTV音乐台上海首席代表顾陆丰分析说，观众有的是希望能够看到明星从海选到成名的真实状态；有的希望看到原生态的表演；更多的则只是为了娱乐。

洪涛认为，"互动"是"超女"吸引观众的制胜一招。当海选的大众卡拉OK结束之后，50进20、20进10、10进8、8进6……选手越来越少，但观众的关注度却得到了累积。他们通过网络、短信发起了一场"全民娱乐"运动。尤其在粉丝团联名罢免评委风波之后，参与者更体验到民众的力量和互动的乐趣，于是更积极地把这场"草根造星运动"进行到底。

评委们风头绝不亚于"超女"们。尽管不断爆出黑钱、黑枪、罢免等风波，参与"超女"的评委似乎各个都被伤害得体无完肤，但却收获了最大的人气利益。"超女"之前，没多少人知道黑楠的名字，复出的柯以敏也声势微弱，"常顺"两位在歌坛都半紫不红。但"超女"之后，各位评委都登上了娱乐新闻头条。争议最多的"柯楠"组合，一进一退都由经纪公司背后决策，如今他们更要出书、办学校、培养新"超女"。

商家也从"超女"中获得了最大利益：以广告提升人气的方式与经纪公司达成协议，用最低成本请上届"超女"季军张含韵为形象代言人，广告如海量般在全国各地铺开。将产品与电视节目、网络、电信整合，商家更愿意把红遍全国的"超女"看作是一次营销的成功。

"超女"运动的最大赢家，当属湖南卫视。这个以创新闻名的地方电视台，在"超女"上投入了最大精力。洪涛表示，他们的大投入，为的是打造品牌。而品牌的背后，就意味着巨大的商业利益。

生生不息的"黑幕"

从漠不关心到热烈讨论，学界人士也频频开谈"超女"现象，有人看出了庶民文化反精英运动的苗头。

"'超女'是当下中国的一面镜子，点点滴滴都是各种社会现象的折射。"单光鼐表示。

"超女"的火爆，凸现国内娱乐节目的缺乏。"虽然我们的文化生活较过去丰富了许多，但娱乐节目更新率高，更讲求'与时俱进'。"单光鼐表示，"在'超女'之前，国内娱乐节目还比较单调，虽然歌唱类比赛不少，但那些都是庙堂式的，观赏类节目。而曾经热闹过的娱乐节目，比如快乐大本营等综艺节目，固有的模式渐渐对观众失去了吸引力。此时，'超女'以一种全新的电视节目形态出现，立刻就抓住了观众的注意力。"

"我们长期处于单一标准的社会形态中，但随着社会的发展，文化日益多元化，大众文化的崛起，应该得到宽容和接受。"上海复旦大学社会学系教授孙时进表示，"'超女'中有不少缺陷，必要的文艺批评也是需要的，但迄今为止，我依旧认为这是一个正面的节目。它给缺乏娱乐生活的中国观众带来了快乐，而且成功的商业策划也有积极的社会意义。"

"超女"启动以来，一路被鲜花和板砖簇拥。观众"扔板砖"的主要原因，就是生生不息的那些"黑幕"。从选手到评委，每个阶段，都会有不和谐音冲击"超女"舞台。而这些不和谐音的产生，也被认为与当下的社会现状相关。

"黑幕的爆料，是对社会上不好现象的折射和联想。"单光鼐认为，"操作过程中制度的不完善，主办者的失误，都会引起一定的猜疑。有指责是正常的，它是一个反刺激，令节目受到更多的关注，同时也需要主办者开诚布公地随时澄清谣传，才能让节目更好地走下去。"

搭建网络平台，为偶像加油鼓劲；指责黑幕，要求主办方澄清；联名要求罢免评委；街头推广为偶像拉票……更令一些学者兴奋的是，"超女"运动中观众的民意表达力量，但更多的学者持谨慎态度。单光鼐认为，"超女"的联名罢免揭示了一个事实，就是凡事不能违背民意，不能置舆论于不顾。既然这个节目是建立在群众参与基础上的，那么群众就是最好的裁判。

林　蔚

2005 年 8 月 26 日

跌破千点那一刻有人叫好

今天，击穿 1000 点的沮丧并没有让沪深股市的投资者陷入彻底绝望，股指随后迎来 20 点的大幅反弹，说明"千点争夺战"仍将处于胶着状态。然而，"千点论"成真的残酷现实让这个久违的"红色星期一"显得格外沉重，已经持续 4 年的大熊市依旧面临更不确定的未来。

就像悬崖上跳舞

今天，沪综指于 11 点 03 分轻松击穿"千点大关"，最低下探至 998 点。而中国股市的投资者上次看到"三位数"的沪指，是在 8 年前。1997 年 2 月 21 日，沪综指从 967 点起步冲过 1000 点时，很多证券营业部的散户击掌相庆，当日指数飘红 50 点。

第一证券某分析师说："（跌破那一刻）忽然间，营业部传来一阵叫好之声。"他说，能在这个时候对千点还这么在意的人有两类：一种是对股市充满仇恨的人，千点跌破对他们来说至少在心理上是一种解脱；第二类就是一些幸存下来的"高手"。而其他人，早就回家睡觉了。

打开上证指数 8 年的 K 线图，一个曲折的"山峰状"折线图清晰地呈现出来。以 2001 年 6 月 14 日的 2245 点为"主峰"，"峰顶"两边几乎均匀分布的曲线形成了若干个"次峰"和"谷底"，记录了 8 年来中国股市经历的狂热与迷茫。

"指数将轻松上升到 3000 点"。至今，经济学家华生还能回忆起当年在"牛市"顶端时市场中流传的预言。当时他写文章提醒投资者，股市的非理性繁荣已经危机高悬。他对记者说，"你不要只看现在熊市惯性下跌的惨状，其实当牛市惯性上涨时，那种疯狂也是让人匪夷所思的"。

发出警告的不仅只有华生。经济学家吴敬琏一句"中国股市就像一个赌场"，曾让普通投资者又爱又恨，他提出的"泡沫论"在当时引起了很多激烈反对。最著名的要算时任中金公司研究部总经理的许小年，他执笔一篇题为《终场拉开序幕——调整中的A股市场》的研究报告，提出了"千点论"，并预测A股市场可能"推倒重来"。多年来许小年因此被股民臭骂，而到今天，他则被媒体戏称为"神奇的算命先生"。

4年间平均股价下跌10元

4年以来股市究竟下跌了多少？这是一个令投资者伤感也很难计算准确的数字。单从指数看，沪综指下跌了55％。而据经济学家韩志国测算，从2001年6月到2005年6月，市场的平均股价已经从14元多跌至4元多，每股股票的平均价格已跌去整整10元。

另一组数据显示，在2001年6月11日至15日市场"最牛"时刻，有三只股票上市，分别是广州榕泰、航天晨光和特精股份，而目前这三只股票的最大跌幅分别是82.7％、63.5％、82.4％。分析人士认为，这组数据比较直观地反映了投资者现实账户的损益情况。

从1000点回到1000点，市场经历了大牛市的狂热、国有股减持风波、全流通大讨论、庄家倒掉、挤泡沫、基金等机构投资者壮大等各类问题和阶段。"庄家吕梁"曾把"中科系"吹上天，被称为股市最坚挺股票的"德隆系三驾马车"也终于在一夜间轰然倒塌，以"铁娘子"著称的前证监会副主席史美伦，曾高举监管大刀清除股市毒瘤。现在，他们都已成为历史。然而，渐行渐远的牛市记忆以及漫漫熊市引发的信心丧失，仍然让中国股市在困境中徘徊。

最终，管理层似乎要抓住"股权分置改革"这"最后一根稻草"，以极高的效率迅速推出"试点方案"，并多次表示出推进改革的"坚决姿态"。然而市场对试点的反应似乎"并不领情"，从 5 月 9 日到 6 月 3 日，试点推出一个月后，沪市指数持续下跌近 14%，大盘指数与个股价格也都屡创新低，市场的熊市氛围还在进一步弥漫。

"牛市或熊市，不应该是人为的，但政策和市场氛围却是受人为因素控制的。"韩志国对记者表示，跌穿 1000 点意味着市场的深度下探空间已然打开，如果政府没有"托市"政策，股市的继续下跌将深不可测。

千点之后是深渊？

"市场在肆意宣泄着自己的不满。"资深市场人士陈生对记者说。

经济学家韩志国对记者表示，股权分置试点出现"如此尴尬的局面"，最根本的原因是试点方案离市场预期相距甚远而远不能为市场接受。

"就像在悬崖上跳舞"，他说，在熊市中启动股权分置改革，时机不好，因此面临的风险巨大，如果市场不接受方案而强行推进，结果就是更深的下跌。

"你不能总让已经倾家荡产的流通股，给那些膘肥体壮的非流通股让步吧。"据韩志国测算，目前流通股股东的平均持股成本为 8 元，而市场每股平均净资产值为 2.6 元，因此流通股股东得到的对价至少应是其持有股票价值的 3 倍。

6 月 6 日，上海一证券公司股民走出证券市场。当天，沪深股市缩量走低，上证综指于 11 点 03 分跌破 1000 点整数关口，自 1997 年 2 月 24 日以来首次低于该点位，跌幅超过 1.3%。中青在线供图

按照他的"缩股"方案，非流通股最低标准应该是"三股缩一股"，"低于这个标准，市场就很可能继续做出更为负面的反应"。

经济学家华生并不赞同"股指将持续下跌"的判断。"市场传言将跌到600点、700点，我不赞同这种过度渲染恐慌情绪的说法。"他说。

华生坚持他在狂热的牛市中得到的经验，"市场从来就不是理性的，上涨是，下跌也是。"他对记者表示，股权分置改革启动本身是一个"长期利好"因素，而熊市的调整需要一个过程，因此不要过分关注"眼前的点位"。

这位长期呼吁"不进行股权分置改革，中国股市就没有希望"的学者，并不掩饰他对后市的乐观态度。因为，毕竟目前在市场中"有很多蓝筹公司"已经具备了很好的投资价值。不过，他建议管理层应该在后续改革试点中采取"综合性措施"弥补目前试点方案的不足。比如，应推进国有大盘蓝筹股进入试点，在价格和时间上严格限定非流通股获得流通权后的减持行为，另外还可以采取取消红利税、加强蓝筹股分红等政策。

对于市场中一度传言政府将筹备"平准基金"入市的说法，华生表示不必过于看重，因为最多不过1000亿元或2000亿元，而市场在牛市的时候流通市值曾达18000亿元。"关键是市场具有了投资价值，管理层必然鼓励各方资金入市，而不是简单的救市。"

韩志国也认为，对于一个深度下跌的股市，"一两千亿元的平准基金根本没用。"

场外资金磨刀霍霍

"每个人都有恐惧和贪婪，只不过在别人贪婪的时候我们恐惧，在别人恐惧的时候我们贪婪。"投资大师巴菲特的经典名言，在沪指下探至1000点后显得格外引人注目。对于场内投资者来说，这是一场灾难，而对于寻找底部伺机入市的场外投资者来说，这可能是一个机会。

据中国证券登记结算公司统计，在 5 月，市场虽然在低迷下跌，但两市开户数却逆市上涨，最多一天开户数达到 6729 户。4 月下旬以来，每天新增开户数大约在 4000 多户，尽管"五一"长假后大盘暴跌开户数有所回落，但随着 1100 点失守，开户数又有所回升，近期一直保持在 5000 户左右，同期机构开户数增加了 313 户。而在 5 月 23 日至 27 日的这一周时间里，沪深两市的新增 A 股账户数达 15405 户。在 6 月 2 日暴跌当天，新增 A 股账户数也有 2730 户。分析人士称，虽然开户并不等于真正投入真金白银，但至少说明场外资金确实可能在磨刀霍霍。

今日午后，轻松击破千点大关的股指迅速反弹，沪综指最终收盘于 1034 点，上涨 20 点，股市迎来两个月来少有的"红色星期一"。西南证券分析师张光宇称，长江电力、宝钢股份、中国石化等指标股反弹带领大盘走强，而基金重仓股的表现激发了市场的人气，其中中集集团涨停，盐田港、海油工程、上港集箱等大幅走高。

不过他认为，虽然市场的悲观情绪有所减弱，但成交量仍较单薄，后市反弹能否持续还有待观望。

"毕竟是千点大关，对投资者的心理影响很大。"陈生对记者表示，股指短线反弹肯定会出现，但这并不意味着熊市向牛市反转的时机已经到来。

在 1000 点附近，风险和机遇再次降临。股市一个轮回过去 8 年，场内的"老股民"在哭泣，场外的"新股民"则开始暗自盘算。

王　磊

2005 年 6 月 7 日

"神龙见首不见尾"

100名出资人都是谁

"新疆神龙有限责任公司由100位自然人集资组建而成。"7月13日，在国务院新疆阜康神龙煤矿特大瓦斯爆炸事故调查组成立大会上，有关领导在介绍新疆阜康神龙有限责任公司企业性质时说。

在记者得到的由阜康市政府提供的所有资料中，也都称该公司由100名自然人集资组建。

记者在阜康市工商管理局查阅了有关新疆阜康神龙有限责任公司煤矿的营业执照备案发现，该公司在2001年11月注册时，登记的自然人只有五人：姜金鹏、张欣、李向革、黄英、陈宝珊。他们全部来自哈密三道岭煤矿。

阜康市工商管理局注册登记科向记者提供的该企业2005年3月企业自然人变更后的营业执照上，也只是显示了四名自然人：姜金鹏、李向革、黄英、王强。他们也都来自哈密三道岭煤矿。

采访中，关于其余90多名参与神龙煤矿集资的自然人是谁，阜康市工商局表示，不知道；阜康市国土资源局矿管办表示，不知道；阜康市经贸委也表示，不清楚。该市经贸委一位办公室副主任甚至表示："想知道神龙煤矿的背景，你还是去阜康市党委办公室了解吧。"

阜康市工商管理局注册登记科科长白小茹说："企业自然人是以营业执照上登记的人员为准，任何未经登记的企业自然人都是非法的，但不排除企业私下吸纳股东的情况……"

新疆维吾尔自治区工商管理局提供的几名企业自然人的履历上，姜金鹏先后担任"新疆哈密矿务局供应处材料科业务员""新疆哈密矿务局供应处材料科科长""哈密煤业集团有限责任公司物资经销分公司处长"等职务。2001 年 10 月还是"哈密煤业集团有限责任公司物资经销分公司处长"的他，当年 11 月变成了"阜康市神龙有限责任公司"的总经理、矿长。至于原来的处长职位是否还存在，没有显示。

记者致电哈密矿务局人事部，询问姜金鹏现在的人事关系。对方称，姜确实曾经是局里的人，但现在人事关系在何处，是否调离，都不清楚。

矿长李向革的履历上显示，在担任该煤矿矿长之前，是哈密矿务局北原矿的工程师。至于他现在是否还担任北原矿的工程师，也没有人知道。

一方面，政府部门称神龙公司由 100 位自然人集资组成；另一方面，工商部门提供的资料显示，自然人只有 5 人。那么，谁说的是真的？其余 90 多名自然人是否存在？

副市长：我和神龙煤矿没有任何利益关系

记者在一份写有"神龙煤矿内外部联系电话"目录中发现，一个叫"刘小龙"的人的位置比较重要。

这个通讯录中，新疆神龙有限责任公司法定代表人姜金鹏和他的两个兄弟姜银鹏、姜小鹏排在前三位。"刘小龙"排第四。在"刘小龙"后面，分别是神龙煤矿 4 名矿长和党支部书记。

记者在本次抢险救灾领导小组名单上发现，领导小组后勤组副组长、阜康市副市长，也叫"刘小龙"。随后，记者拨通了煤矿电话表上刘小龙的手机，对方表示，自己是阜康市副市长刘小龙。

记者问刘小龙副市长："你的名字怎么会在神龙煤矿的内部通讯录上？"

"作为我这个级别的领导干部，又是主管安全的，电话号码出现在他们的通讯录上很正常，这样有利于煤矿的安全工作嘛！"刘小龙回答。

记者问："怎么其他和煤矿生产有关的领导的电话，在通讯录上却没有出现？"刘小龙表示："我也不清楚，我不知道他们制作了这个通讯录。"后来他又表示："我今天早晨才看到这个通讯录。"

记者问："你作为领导干部，名字怎么会排在一个煤矿法定代表人弟兄三人的后面？"

"那是他们排的，我不太清楚。"刘小龙副市长随后表示："我和神龙煤矿没有任何利益关系。"据了解，从1997年起，刘小龙一直担任该市经委主任一职。

新疆维吾尔自治区副主席、调查领导小组副组长宋爱荣表示，如果在调查过程中发现有国家公务人员在该违规煤矿中兼职取酬、为其充当保护伞的，不管涉及什么人、担任何种职务，都要坚决予以查处。

矿长究竟是谁

据矿内职工介绍，神龙煤矿先后有过3名矿长，在新疆阜康神龙有限公司注册之初，煤矿矿长是法定代表人姜金鹏，后来又换成了一个叫汲言斌的乌鲁木齐人担任矿长，2004年，矿长又换成了公司自然人李向革。

自治区工商局提供的李向革个人履历显示，从2001年9月开始，李向革担任煤矿矿长职务至今。

可是，在一份2004年5月1日公司董事会的决定上，记者看到《阜康神龙有限公司关于李向革等同志的任免通知》中清楚地表明："根据神龙煤矿发展的需要，经董事会2004年5月1日研究决定，免去汲言斌同志阜康神龙煤矿矿长的职务，任命李向革同志为阜康神龙煤矿矿长的职务。"签发日期是2004年5月1日。也就是说，这个矿的矿长应是李向革。

但在采访中，矿上的人却说刘君波是矿长，并行使着矿长的职权。而在爆炸事故发生以后，抢险救灾小组名单上，矿长也是刘君波。据煤矿工人们说，这个人是去年年底从黑龙江鹤岗调来的，还带来了一批工人和几个管理者，来了以后大家就称呼他"刘矿长"。

事故发生以后，究竟谁该在爆炸事故中承担主要领导责任？一位矿上的工人说，"刘矿长"来到矿上以后，很多东西都在改变，而李向革在矿上只是主管技术工作，并没有行使矿长的职权。

李润文　刘冰　启洋

2005 年 7 月 13 日

脚注：2005 年 7 月 11 日，新疆阜康市神龙煤矿发生瓦斯爆炸，83 人遇难。调查发现，该矿竟是一个无专用通风井、无安全生产证、无改扩建资格证书的"三无煤矿"。本报记者在煤矿通讯录上发现了副市长刘小龙的名字，由此采写了这篇报道。两个月后，有关方面公布调查结果，神龙煤矿的股东大部分是哈密矿业集团的在职干部，主管安全生产的副市长刘小龙涉嫌在煤矿参股，并收受贿赂，后被移送司法机关处理。

国家级实验站5年只招到一名大学生

从湖南衡阳到广西友谊关的322国道83公里处，有一条长满野草的小岔道。几乎没人会注意，小路尽头会有一个国家级科学实验站——中国农业科学院祁阳红壤实验站。

1994年，这个离最近的乡政府也有1公里多远的实验站，走出了一名中国工程院院士。可从20世纪90年代以后，由于地理位置偏僻、工作条件艰苦，实验站人才不断流失，最近5年更是招不到一名大学毕业生。"如果再没有人来，实验站可能生存不下去了。"今年52岁的副站长秦道珠说。

1992年起，大批科研人员以诸多理由离开

为解决湘南低产田而建立的祁阳红壤实验站，至今已经有45年历史，前后有160多名大学生曾在这里工作。1960年至1966年，响应中央到农业生产第一线的号召，北京中国农科院的7名青年，加上湖南省、衡阳市和祁阳县同时选拔的15名青年科技工作者，到祁阳县官山坪村，要把当地水稻产量成倍提高。随后一段时间，陆续又有科技人员被抽调到这个艰苦的实验站。7年里，这里的科研人员最多时达到57名，平均年龄24岁。村民们回忆说，实验站里整天发出小伙子们开怀的笑声。

这样的情景很快被"文化大革命"改变。实验站受到严重破坏，大部分科研人员被打倒，只有4人留下，给实验站看家。他们白天接受劳动改造，偷偷摸摸做试验，晚上躲进小屋，点着煤油灯查资料、写实验报告。

1978年后，全国掀起向科技进军的高潮。湖南农业大学、华中农业大学、华南农业大学、衡阳农校、宁陵农校和长沙农校等学校分配来的46名大中专毕

业生，给实验站注入新的活力。

当科研工作再次走上正轨时，1984 年，华中农业大学一位大学生在实验站待了两年之后，提出离开。理由很简单，实验站离他老家湖北太远，加上工作生活环境太苦不能适应。他的离开像一枚重磅炸弹，把实验站青年人的思想炸得七零八落。面对艰苦的环境，越来越多的人开始有了离开的念头。

实验站开始想各种办法，尽最大努力挽留这群富有朝气和才华的年轻人。为了让大家开阔视野，每年 11 月，实验站分批派科研人员到北京图书馆查找资料，到其他单位进行业务交流，鼓励科研人员多参加国际、国内的各种学术会议。从 20 世纪 90 年代起，实验站每隔一段时间就要送科研人员到澳大利亚合作单位或菲律宾国际水稻研究所学习。实验站还将一些小课题从开始申请到最后写论文都交给年轻人来做，让他们在业务上得到锻炼，有成就感。

但种种努力仍然挡不住人才流失。从 1992 年开始，越来越多的科研人员以"找不到女朋友、家里来人没地方住、待遇养活不了自己"等为由离开实验站。流失一直持续到 2001 年一名骨干副站长离开。实验站最后只剩下 16 人。

2002 年实验站有了自来水，结束了喝泥巴水的历史；同时还挤出有限资金，把站前泥泞的小路拓宽，这条长 600 米、有 9 个弯的小路原本只有两米宽，颠翻过一位来访韩国专家的小车。2003 年，实验站又在衡阳用土地找房地产商换了几十套房子，让科研人员可以住得宽敞点。

但从 2001 年到今年 7 月，实验站没有招到一名大学生。副站长秦道珠说："招大学生招得我们心都凉了。"目前，实验站剩下的 16 人中，能搞科研的只有 8 人，年纪最大的 55 岁，最小的 38 岁，平均年龄 50 岁左右，人才出现严重断层。

当地百姓为实验站立碑，"希望每个字都能表达谢意"

红壤实验站三楼荣誉室，各种奖状在桌子上摆得密密麻麻，和人才流失一样，实验站的成绩同样引人注目。

湘南红壤低产田耕作后泥土不烂，土块跟鸭屎一样大小，产量只有 100 公斤左右，被当地老百姓叫作"鸭屎泥"。1960 年，实验站成立后第一件事情就是对"鸭屎泥"进行调查，走访了 50 多个村，召开了 140 多次调查会，实验了几十种肥料。经过 3 年努力，终于解决了这一问题，亩产提高到 287 公斤，缺粮的官山坪村变成了余粮村。据 1964 年不完全统计，这一方法在湘中南地区推广 295 万亩，增加稻谷 1.8 亿公斤。1964 年，实验站解决"鸭屎泥"的成果，获得国家重大科技成果奖。

1980 年以后，实验站开始尝试在丘陵地带、不同海拔的地方种不同的作物。科研人员不仅自己试验，还手把手地教当地农民。丁源冲村村民聂小春，就是试验的受益者。在科研人员的指导下，他在山下种水稻，在山脚种西瓜和玉米，在山腰种果树和牧草，在山顶种保持水土流失的树木。这种立体模式很快取得了效果，仅牧草养羊这一项，聂小春家里每年就可以增收 6000 多元。聂小春说："实验站将科学技术变得实实在在，能让农民富裕"。

有这种感受的不止聂小春，所有村民都得到过实验站的技术指导。今年 70 多岁的官山坪村老支书王风元说，实验站不仅让村民们吃饱了，还让大家富裕了，更重要的是提高了农民科学种田的意识。1995 年实验站提出的立体农业模式获得国家"八五"科技攻关重大成果，在全国推广。据统计，45 年来，实验站获得国家级奖项 3 个，省部级奖项 19 个，几乎每两年就有一个奖项。

1995 年红壤实验站成立 35 周年，老百姓和县政府在站里立了块碑。负责起草碑文的原祁阳县委副书记黄承先说，碑文先后请了 3 个人写，修改了无数次，"我们希望每个字都能表达我们的谢意"。

虽然远离都市，但"实验站在国际上的名气比国内大"，科研人员笑着说。从 1983 年以来，来自菲律宾、澳大利亚、日本和韩国等 12 个国家的 200 多名专家，先后到这里考察合作，实验站也有 65 人次出国考察、培训。

2002 年在实验站住了 5 个多月的韩国博士朴洪圭感叹，"所有村民都认识科技人员，你们不仅在实验室工作，更把科学实验做到了农民心里"。到站里访问的澳大利亚博士罗伯特临走把一顶太阳帽送给晒得黑黑的科研人员。

2001年实验站从800多个野外实验站（台）里脱颖而出，成为第一批30个"国家野外观测实验站（台）"之一。红壤实验站是农业研究领域惟一的一个，今后将承担更多的国家级实验项目，为相关部门提供更多的参考数据。

2004年，世界顶级土壤研究站——英国洛桑实验站专程到这里交流业务。因为历史悠久，洛桑实验站的1克实验样土比1克黄金还贵。在我国，红壤实验站也是土壤长期性研究最早、取得成绩最大的实验站。"我们要成为中国的洛桑"，站里的规划这样写道。

远看像要饭的，近看像卖炭的，仔细一问是实验站的

王伯仁蹲在田埂上，戴着破旧的草帽，裤子卷得很高，一边吃饼干，一边跟身边除草的老农聊天。这位看上去和农民没什么差别的副研究员，早晨5时起床到田里取土样，刚停下来。远远望去，应了老百姓形容站里科研人员的一首歌谣，"远看像要饭的，近看像卖炭的，仔细一问是实验站的。"吃完早饭，王伯仁还要做完40亩旱田的土壤取样。

副站长秦道珠说，王伯仁工作了20多年，一个月工资也就1000多元，老婆下岗了，还要供一个孩子上学，"非常困难"。刚来的大学生，工资还不到500元。作为国家级实验站，这里的条件让所有到过这里的人吃惊。

科研人员走出办公室，就进水稻田，每天要顶着烈日在野外工作8小时以上。"大家都在地里，所以白天从不开会，吃完晚饭，开始讨论问题。"科研人员高菊生说。

20世纪60年代建起的房子，室内阴暗潮湿，墙面已经面目全非，墙角的小洞可以透风。实验室地面已经坑坑洼洼，实验桌上的油漆几乎被磨光。官山坪村老支书王凤元说："站里的房子不如老百姓家里，比长沙市的很多厕所还差。"

中国农科院副院长刘旭曾看过站里的住房，第一句就说"这是危房，赶紧搬出去"。

站里虽然喝上了自来水，但一桶水几乎有半桶泥，沉淀干净了才能饮用。以前站里有个食堂，后来人走得太多了，剩下的人只好自己做饭吃。"关键是站里养不起一个食堂师傅啊。"科研人员也为自己写了首歌谣，"住的是泥砖房，喝的是泥巴水，干的是苦力活，拿的是零工钱"。华南农业大学的樊小林教授曾到站里调研，他说，"站里良好的科研基础条件和恶劣的工作条件同样让人震惊"。

副站长秦道珠说，自己哭过四次，第一次是恢复高考那年，"有机会出来读书了，我高兴啊"。第二次是工作以后，夫妻两人都在实验站工作，小孩放在别人家寄养，有一年回家，小孩扑上来叫舅舅，"我心里一紧，哭了"。第三次是1995年中国农科院开表彰大会，"那一年站里所有职工只能拿70%的工资，表彰大会上我作为典型发言，面对几千名听众和同事，我说站里实在太穷了"。第四次是2004年上级到站里进行干部调整，"我跟领导汇报工作，自己干了好几年，工资都发不出去，更不谈奖金，我担心实验站支撑不下去，哭了"。

今年7月底，实验站得到久违的好消息，湖南农业大学资源与环境专业毕业生王晶来实验站报到了。他是5年来惟一一个和实验站签约的大学生。

秦道珠曾和王晶有过这样的对话。

"你将来有什么打算，在站里准备干多久？"

"现在站里条件很差，我想知道将来站里有什么打算？"

"站里肯定会想办法改变条件，争取作出更多成果。"

"那我愿意在这里，和实验站一起发生变化。"

这一次，秦道珠想哭，可是一种幸福的感觉很快盖过了泪水。

周琚　罗旭辉　李健

2005年8月24日

脚注：高校扩招 6 年后，大学毕业生就业难已成社会问题，但与此同时，基层岗位却普遍出现人才断档。2005 年 4 月，湖南省委宣传部研究员蒋祖烜在农村调研时发现，国家级科研站中国农科院祁阳红壤实验站连续多年招不到大学毕业生，为此他给湖南农大党委书记写信反映了情况。根据这一线索，中青报开展了全国性大讨论"就业的路为什么越走越窄"，此稿和蒋祖烜的来信成为讨论的开篇。

大江河密布重化工企业

今天在国家环保总局召开的全国环境污染事故应急电视电话会议上，国家环保总局副局长王玉庆说，当前我国已进入了环境污染事故高发期。

形成这样一个特定的时期的部分原因是，过去我国重化工业发展过程汇总，有相当一部分企业建在大江大河附近，或是一些城市中心区，一旦突发环境污染事故就会造成重大影响。

早在今年初的一次小型研讨会上，环保部门一位高级官员表达了自己的担忧，他说，最近一两年来，一些大江大河边的城市掀起了重化工业的热潮。即便每一个企业都能达标排放，但短时间内一批重化工企业迅速星罗棋布地分布在大江大河附近，怎么说也是对区域和流域生态环境的威胁。

几乎就在同一时期，经济学家中一场关于"中国能否逾越重化工阶段"的大讨论正进行得如火如荼。

至今，这场讨论仍在继续。但这些却丝毫没有减缓各地重化工项目大干快上的步伐。

在互联网搜索引擎上同时键入"重化工业""规划"等字眼就会发现，最近几年来，一些毗邻大江大河的大中型城市纷纷把积极发展重化工业作为自己近期的经济增长点，而且每个城市都能历数出若干发展重化工业的区位优势和资源优势。这些甚至写入了许多地方的"十一五"规划。

以长江为例，从上游往下走，至少有四川、重庆、湖北、江苏、上海等地强烈表达了发展重化工业的愿望。

哈尔滨停水事件确与吉化爆炸相关

环保总局：松花江水污染带长80公里

本报北京11月23日电（记者刘世昕）国家环保总局今天证实，受中国石油吉林石化公司爆炸事故影响，松花江发生重大水污染事件。至此，哈尔滨停水事件的污染源之争有了定论。

11月21日，哈尔滨市政府发布公告称，"2005年11月13日，中石油吉化公司双苯厂胺苯车间发生爆炸事故。据环保部门监测，目前松花江哈尔滨城区段水体未发现异常，但预测近期有可能受到上游来水的污染。为确保市区内人民群众和机关、企事业单位用水安全，市人民政府决定市区供水管网临时停止供水。"

此前有媒体报道，吉化方面并不认可哈尔滨的说法。

今天，国家环保总局负责人称，中国石油吉林石化公司爆炸事故发生后，监测数据表明，苯类污染物流入第二松花江，造成水质污染。

苯类污染物是对人体健康有危害的有机物。接到报告后，国家环保总局立即派专家赶赴黑龙江现场开展污染防控工作，实行每小时动态监测，严密监控松花江水质。

据悉，污染事件发生后，吉林省有关部门迅速封堵了事故污染物排放口，加大丰满水电站的放流量，尽快稀释污染物；实施生活饮用水源地保护应急措施，组织环保、水利、化工专家参与污染防控；沿江设置多个监测点位，增加监测频次，有关部门随时沟通监测信息，协调做好流域防控工作。

环保总局负责人今天还介绍说，11月13日16时30分开始，环保部门已对吉化公司东10号线周围及其入江口和吉林市出境断面白旗、松江大桥以下水域、松花江九站断面等水环境进行监测。

11月14日10时，环境检测发现，吉化公司东10号线入江口水样有强烈的苦杏仁气味，苯、苯胺、硝基苯、二甲苯等主要污染物指标均超过国家规定标准。松花江九站断面检测出以苯、硝基苯为主的污染物。

11月23日，航拍的哈尔滨上游松花江段。 李 晨摄

多次监测结果表明，污染逐渐减轻，但右岸仍超标100倍，左岸超标10倍以上。松花江白旗断面只检出苯和硝基苯，其中苯超标108倍，硝基苯未超标。

随着水体流动，污染带向下转移。11月20日16时到达黑龙江和吉林交界的肇源段，硝基苯开始超标，最大超标倍数为29.1倍，污染带长约80公里，持续时间约40小时。目前，污染带已流过肇源段。

环保总局称，监测数据分析表明，吉林省境内江水污染程度呈现下降趋势。11月22日18时，吉林省境内第二松花江干流所有断面苯和硝基苯已全部达到国家地表水环境质量标准。11月22日23时，肇源断面硝基苯浓度已大大降低，超标0.42倍。11月23日始，该断面未检出苯超标。23日零时硝基苯浓度为0.021mg/L，超标0.24倍。23日1时，浓度为0.0154 mg/L，达标。

专家介绍，接触高浓度苯的硝基化合物可导致以高铁血红蛋白血症为主的全身性疾病，可伴有溶血性贫血，以及肝、肾损害。

据悉，从今天起，国家环保总局将及时公布此次污染事件的相关信息。

GDP 拉动下的重化工热

在化工业，乙烯被认为是化工行业发展的晴雨表。就是这个不为大多数老百姓所熟悉的化工产品，由于市场前景看好，业界评估其至少受到上百亿元资金的关注。

有媒体曾描述说，"就像一场长跑比赛，国内10余省市正铆足劲冲向终点——为的是能让自家的乙烯项目抢先进入国家发改委的乙烯项目计划当中去"。

去年年底，在国家有关部门等待核准的乙烯项目产能，据说总计已达900万吨。而此前一年我国的乙烯总产量才612万吨。这些项目无一不是由省市政府一二把手和企业总经理亲自出面游说的。

乙烯热背后，正是重化工业全面高歌猛进的现状。

国家环保总局环评中心聘请的一位化工专家说，从近几年他参加评审的项目看，沿江、沿海不少大中城市都在建设和准备建设大型石化基地，而且动辄冠以"全国最大"、"世界级"的称号。

中国社科院2005年中国工业发展报告显示，从1998年以来，重化工相关产业以年均18.5%的速度增长。国家环保总局政策研究中心周国梅博士分析说，近几年来，由于城市化建设和居民消费需求提升等因素，市场对重工业化产业形成巨大需求，中国的工业化进入了以重工业大发展为主要特点的新的历史阶段。以石化产业为例，2004年，主要石化产品产量创历史新高，石化行业工业总产值同比增长32.3%，对GDP的贡献份额达到18%。

周国梅认为，正是由于石化产业对GDP的贡献和拉动十分明显，在现有领导干部政绩考核体系下，地方政府自然对石化等产业趋之若鹜。表现在招商引资方面，对外来资金不仅不严格把关，反而一概以优惠政策吸引投资。特别是石化行业，目前在珠三角地区、长三角地区，都不同程度地存在重化工沿江布局、甚至在环境敏感区分布的现象。

也有消息说，由于排队在国家发改委等待审核的石化类项目很多，为增大批准的可能性，地方政府多与企业联手上报项目，例如四川就与中石油合作，重庆、上海则选中了中石化。

一个企业出事可能是一条河流的灾难

从去年起，以乙烯为代表的重化工热引起了环保专家的担心。一位专家说，那些建在大江大河附近的企业一个出事就有可能是一条河流的灾难。

周国梅等环境专家关注的问题也被环保部门的官员注意到。有消息称，环保部门组织的调研认为，目前沿海石化工业布局存在四大环境问题：各地不顾资源承载力和环境容量，争上大型石化项目；小炼油布局散乱，环境污染严重；一些小型石化园区环境污染重，资源浪费大；部分地区存量石化企业布局不合理，环境治理落后。

"中国未来经济增长以重化工为主导的产业结构特征，将使得生态环境的压力日益增大。"中国社科院研究员齐建国认为，得出这个结论是因为重化工产业具有资源消耗高、污染排放强度大的基本特征。

齐建国特别提示，与发达国家的工业化过程不同，我国的工业化具有在时间维度上高度压缩的特征。因此，对于环境的压力将会更加集中显现。

资料显示，美国钢材消费量增加1亿吨所需要的时间平均为10年以上。而在我国，2001年以来每年的钢材需求增量都超过了3000万吨。2004年比2003年增加7000万吨。

"这样高强度的需求对生产和资源的压力巨大，对环境污染的压力更大。"齐建国说。

环保部门的担忧是，尽管一些大型石化项目单个能够达到相关的排放要求，但由于各地区的区域环境容量和资源承载力并不相同，并非所有地区都适合上化工项目。可目前国家还没有大型重化工项目的产业和区域规划，环保部门倡导的规划环评也就无从推进。

一位多次参与化工企业环评的专家说，有时候明明知道一个地区或一条河流边环境容量已经不够了，但由于全国还没有确立类似化工业的产业和区域规划，只能就项目环评项目。

环保专家认为，理想的状态是，根据我国的环境容量制定出国家的产业规划和产业布局，这样即便某一个项目再能为 GDP 贡献，但没有环境容量的指标，也不能上马。

去年沱江污染事故发生之后，四川省环境保护局局长朱天开曾撰文《从沱江水污染事故看四川水环境保护》，在分析当地水环境面临的危机时，他说，一些地方未经环境影响评价和科学论证就盲目投资，低水平重复建设现象严重，高污染、高能耗、低效益、原材料生产加工项目占相当大的比例，产业结构调整由于种种原因而步履维艰。

产业布局应优先考虑水资源约束

一位多年从事化工企业环保的专家说，在国外，出于运输、取水等方面的考虑，一些化工企业也建在大江大河边，但那些企业都被要求实施更严格的环保措施。

他曾考察过一个建在密西西比河附近的化工企业，企业排放的废水尽管达标排放，但还是被环保部门要求排入密西西比河之前必须在厂区内的排水系统待十几天，期间还要不断地监测处理。这样，一旦企业的污水处理系统发生故障，污水不会立即被排入附近的河流，而是会在厂区排水系统中被及时处理。

中国科学院成都山地灾害与环境研究所专家陈国阶最近在一次环保论坛上专门谈到水资源分布和产业布局的关系。他认为，传统的产业布局，对于水资源的约束考虑较少，导致我国许多宏观战略布局的失误，不仅加重了水资源危机，而且对水环境污染造成严重威胁，对区域社会经济的发展极不为利。

陈国阶举例说，在我国北方干旱、半干旱区却大量布局包括钢铁、化工、纺织、印染、造纸、有色冶金等耗水型的工业。一段时间以来，在海滦河流域大上钢铁项目，而这一带水资源利用早已饱和，严重缺水。

再有，历史上辽河流域是我国老工业基地，但辽河水资源量极有限，在大量钢铁、有色冶金、石油、化工、纺织等耗水工业的影响下，水资源奇缺，全流域 90％以上的城市城镇缺水。

朱天开在《从沱江水污染事故看四川水环境保护》一文中建议，要严格实行水环境容量、总量控制制度。凡是超过排污总量许可的地方，一律不能上新项目，新增污染。

刘世昕

2005 年 12 月 2 日

脚注：2005 年 11 月 21 日，黑龙江省哈尔滨市发布公告称，因 8 天前位于上游的中石油吉化公司发生爆炸，导致松花江严重污染，全城将停水 4 天。但 11 月 22 日，吉化一位负责人强调，爆炸绝对不会污染水源。国家环保总局也保持了长达 10 天的沉默。11 月 23 日，中青报记者从国家环保总局获悉吉化爆炸事故造成 100 吨苯类污染物流入松花江的权威信息，及时刊发污染带已过肇源段的消息。12 月 3 日，新华社消息称，国家环保总局局长解振华因松花江水污染事件辞职。事后，记者采写了这篇反思报道。

中国农民将彻底告别"皇粮国税"

施行近半个世纪的《农业税条例》有望被全国人大常委会废止。这意味着延续了 2000 多年的"皇粮国税"——农业税即将被全部取消，9 亿中国农民因此而受益。

十届全国人大常委会第十九次会议今天下午举行。审议全国人大财经委关于提请审议废止《农业税条例》是本次常委会会议的重要议程之一。

52 年间，中国农民上缴公粮 7000 亿公斤

现行的《农业税条例》在一届全国人大常委会第九十六次会议上获得通过，自 1958 年开始施行，其实际税目包括农业税、农业特产税和牧业税。该条例的施行对于处理国家与农民的分配关系、发展农业生产、保证国家掌握必要的粮源、保证基层政权运转等方面发挥了重要的积极作用。

据全国人大常委会预算工委副主任冯淑萍介绍，从 1949 年至 2000 年的 52 年间，全国共从农民手上征收了 7000 多亿公斤粮食。农民人均负担农业税总体上呈下降趋势：1949 年每人负担 28 公斤，减到 2000 年的每人 13 公斤，实际负担率即征收额与实际产量的比例也从 13.5% 降至 2.4%。但从 2000 年开始推行农村税费改革后，原来由农民负担的费也被纳入税里，农业税比例有所增加。

该条例实施至今近 50 年，其间中国经济社会状况发生了重大变化。在建立起比较完整的工业体系的同时，农业与工业、农村与城市差距逐步扩大、"三农"问题依然制约着中国经济和社会发展。全国人大财经委副主任委员刘积斌表示，为推进以工补农、以城带乡，适时调整国民收入分配格局，取消农业税是必要的。废止《农业税条例》，也为实行城乡统一税制创造了条件。

废除农业税势在必行

此前国务院建议从 2006 年起全部免征农业税。在向本次会议作废止该条例的说明时，刘积斌具体陈述了废止《农业税条例》的三大必要性：

——增加农民收入是解决"三农"问题的核心。当前中国农民收入水平总体偏低、负担过重，在国家财政收入结构发生根本变化的情况下，全面取消农业税，可以使农民从改革中得到实实在在的利益。据统计，免征农业税、取消除烟叶税外的农业特产税，可减轻农民负担 500 亿元左右，今年已有约 8 亿农民受益。

——取消农业税，有利于进一步增加农业生产投入，提高农业综合生产能力和农产品的国际竞争力，促进农村经济健康发展。

——取消农业税，有利于加快公共财政覆盖农村的步伐，逐步实现基层政权运转、农村义务教育等供给由农民提供为主向政府投入为主的根本性转变；有利于促进城乡税制的统一，推进工业反哺农业、城市支持农村；有利于落实科学发展观和统筹城乡发展，加快解决"三农"问题。

刘积斌还表示，自 2004 年以来，中国已有 28 个省份免征农业税，为取消农业税积累了经验。另一方面，中国财政实力不断增强，已具备了取消农业税的财力条件，取消农业税对财政减收的影响不大。

50 多年来，农业税占国家财政收入的比重也不断下降。冯淑萍介绍说，1950 年，农业税占当时财政收入的 39％，可以说是财政的重要支柱。1979 年，这一比例降至 5.5％。从 2004 年开始，中央决定免征除烟叶税外的农业特产税，同时进行免征农业税改革试点工作。当年农业税占各项税收的比例进一步降至 1％。今年全国剩下的农业税及附加仅约 15 亿元。

取消农业税只是第一步

今年 11 月，在河北涉县革命老区调研时，当地老百姓曾向丛斌委员反映一个问题。农业税取消以后，看起来农民的负担减轻了，但其他负担加重了。比如，火化一个人最低收费是 500 元。"殡葬费用很高，老百姓说家里都死不起人了。"丛斌委员痛心地说。

在调研过程中，一些农民向孙晓群委员反映，他们特别担心农业税减免以后所带来的好处被其他因素抵销，甚至加重负担。比如，肥料等一些生产资料的涨价，还有一些其他费用的收缴等。

看病难、上学难和赡养老人仍是很多农民陷入贫困的重要原因。一些委员认为，取消农业税后，政府应将如何解决上述问题统一纳入政策目标，作为建设新农村的目标整体加以解决。

地方财政收入主要用于支持地方的义务教育，尤其是中小学教育。王梅祥委员担心，取消农业税后造成的地方财政收入短缺可能会影响地方社会事业的发展。

一些委员和列席本次会议的全国人大代表则在调研中发现，由于中西部一些县乡财政困难，无力投入，当地农田水利和道路年久失修，卫生状况恶化。

汤洪高委员到安徽农村考察时发现，平均每个乡镇负债 400 万元至 500 万元。而这些地区的情况还算是负债较少的。过去为了完成各种达标任务，包括义务教育、村村通电话等等，财政困难的乡镇只好找银行和私人借钱，逐年累积了巨额债务。魏复盛委员也注意到，很多全国人大代表在几次全国人大会议上都反映，很多县乡特别是中西部，都是负债财政。有的乡负了十几二十年的债，甚至背有几千万元的债务。

很多委员认为，废止农业税条例以后，县乡政府不能再靠农业税来解决财政支出问题，应该由国家采用减免和转移支付等其他办法来解决乡村负债问题。

程　刚

2005 年 12 月 25 日

2006

转 型 和 谐

2006 年全国两会最重要的议程就是审议"十一五"规划纲要。在厚达 90 页的"纲要"草案中，主要经济社会发展指标首次被分为"预期性"和"约束性"两类。其中"具有法律效力"的约束性指标涉及单位 GDP 能耗、耕地保有量、主要污染物排放总量、新型农村合作医疗覆盖率等 8 个方面，而传统的硬指标 GDP 在草案中只是预期性指标。

约瑟夫·熊彼特说过，一个国家的财政预算就是它的意识形态。在回答中青报记者提问时，财政部副部长朱志刚说，"十一五"规划的一个重要理念，就是反哺农业："要让公共财政的阳光更多地照耀到广大农村。"根据"规划"，已延续 2600 年的农业税在全国范围内废除；全国农村免收学杂费，全面实行义务教育；全面实行农村合作医疗制度，2006 年中央财政补助将达上年的 7 倍多；国家还将每年安排数百亿元，用于改善农村交通，提供电力、清洁饮用水和清洁燃料。

这一年，中央的转型调整坚定而明确：改革毫不动摇，发展必须科学，经济又好又快，道德厘清荣辱。

然而高层执政理念的调整，难免会因运行惯性的掣肘，形成时滞，这就像一列疾驰的列车，司机按下按钮，车尚未明显减速，但刹车片已发烫。在中青报的版面上，你可以感受到这种热度。

在第一部环保处分规章《环境保护违法乱纪行为处分暂行规定》颁布之时，重庆的气温创下44.5℃的历史纪录，而沙尘暴在一个月内7次袭击北京，四月份的蓝天只有可怜的9个。2006年，在地方政府"土地财政"和地产业高额利润驱动下，全国房价开始攀升，为遏制这一势头，九部委先后出台了13个房地产调控政策，最有特色的一条是规定"90平方米以下的住房不得低于70%"，但显然这几乎是一条无法执行的法令，实际上它也从未被执行过。到年底，房价丝毫没有停止上涨的迹象。

这一年最大的特点就是充斥了许多大辩论：市场化改革能不能动摇？民企有没有原罪？医改是不是已失败？80后是不是垮掉的一代？北京大栅栏是该保还是拆？"超女"是精华还是糟粕？

回头来看，这些喧嚣和博弈都是改革发展到那个阶段的必然情态，也是执政理念调整正常要擦出的火花。烟尘之下，国力上升趋势不改，三峡工程完工，青藏铁路通车，GDP增速高达12.6%，超车到世界第四，上证指数也悄悄爬上了2500点。

大栅栏：由生活变成回忆？

今生前世大栅栏

2006 年 3 月 14 日，张金利站在大栅栏煤市街 117 号金利饭馆门前，看着推土机一点点将自家的房子推倒。规划中的新煤市街，把挡在它面前的最后一间小屋夷为平地。

他没有痛哭流涕，也没有阻拦那些拆迁工人。冰箱和一些家具还没来得及搬出便被压倒在废墟里。48 年前，他母亲在大栅栏一间普通的民居里生下了他。用这样一种方式离开，当然并非他的本意。一些朋友用 DV 记录了最后的时刻，张金利忽然觉得自己"变得很庄严"。

张家的饭馆 1984 年出现在煤市街，是这条老街的第二家个体户。等他当上煤市街个体户组长，这里沿街的房屋已经全部变成了干果铺、饭馆、理发店、杂货铺……南北走向的煤市街，把大栅栏分隔成两个部分：东边的大栅栏步行街集中了同仁堂、步瀛斋、大观楼、内联升、瑞蚨祥等响当当的老字号，来的多是外地游客和老外；西边的大栅栏步行街则遍布各种小商铺和廉价旅馆，更适合那些生活在这个街区的原住民和外来务工者消费。

对于张金利，大栅栏有他的家，他的生活，他的全部过去和寄托；而在某些学者眼里，大栅栏只不过是一处"典型的贫民区"。2005 年北京市社科院公布的《北京城区角落调查》，用冷冰冰的数据诠释了自己的结论：

"大栅栏 57551 个常住居民中，60 岁以上的达 9914 人，占 17％，残疾 963人，失业登记 4427 人，社会低保户 929 户。人群结构呈现社会困难人群的特征。

"人口密度大，居民居住拥挤，某住户 3 口住房仅为 4.8 平方米……最窄的钱市胡同只有 82 厘米宽。

从煤市街东望大栅栏，原有的胡同面貌正在消失。蒋韩薇 / 摄

"工商登记个体经营行业 729 家，90％为小餐馆、小旅馆、小杂货店、小发廊、小歌厅。小发廊为 167 家，有理发工具的仅为 7 家，大部分白天上锁，夜间营业。经营规模和业态呈衰败状况。

"社会治安混乱，珠宝市、月亮湾地区的'110'报警占全地区的 70％以上。

"大量居民日均生活费不足 8 元。"

……

大栅栏的确老了。大栅栏也的确破了。可今天谁能想象得出几百年前大栅栏那般绝代风华的模样？

据文史专家介绍，这里曾是北京最古老的城市肌理的文脉遗存。明代永乐皇帝迁都北京后，因为人口稀少，商业萧条，决定在北京建廊房，招商经营，吸引外地移民居住，这才有了廊房一、二、三、四条胡同。

《北京历史纪年》记载，康熙九年（1670年），为加强治安管理，谕示外城也要像内城一样，在胡同口修栅栏，昼启夜闭，实行"宵禁"。因廊房四条集中了许多大商家，栅栏修得比别处高大，故老百姓习惯称这条胡同为"大栅栏"，后被官方确认。

清政府明令禁止在内城设市场、开戏院。大栅栏及其周边地区虽在外城，但因其所处的地理位置靠近皇城衙署，便日渐成为京城最繁华的地段。

大栅栏有的是"老字号"。"头顶马聚源（帽店），脚踩内联升（鞋），身穿八大祥（绸缎店），腰缠四大恒（钱庄）"，是民间对这一地段的形象比喻。旧日的北京人用大栅栏的老字号往自己身上一裹，俨然一副上流显贵的气派。

大栅栏有的是"钱"。珠宝市曾集中了26家银炉，并经官方批准成立了"公议局"。它们承担着将各省上缴的税银熔铸为银锭交户部的任务，还定期公布银锭与碎银兑换的比价。大栅栏的银炉再加上87家钱庄、26家银号、40家金店，以及以正乙祠（银钱业集资所建）为代表的工商会馆的修建，培育了北京金融市场的萌芽。北京最早由中国人办的银行，如交通银行、盐业银行、金城银行就诞生在这里。1918年，中国人自己办的银行有11家，其中大栅栏就占6家。

大栅栏有的是"戏"。乾隆八十大寿（1790年），三庆徽班晋京贺寿，演出后就留驻在煤市街惠济祠。著名的"同光伶十三绝"和"四大名旦""四大须生"等都曾住在大栅栏。京剧的"七大名班""三大科班"也都开办在大栅栏。过去北京有"七大戏楼"，除广和楼在大栅栏路东，其余6座都在大栅栏。

大栅栏有的是名人。纪晓岚、王士祯、李渔等名流的故居都在这里。这里有70余处会馆，居住在这里的应试举子难以计数，编纂《四库全书》的学人和著名学者，有300多人居住在这一带。

大栅栏有的是声色犬马。南边的"八大胡同"是旧日妓院、烟馆的集中地。老北京的三教九流、五行八作、什样杂耍，都能在大栅栏找到。大栅栏，名不虚传，活脱脱一个老北京市井文化的博物馆。

虽然眼下的大栅栏，当年的绝代风华、流光溢彩不再，可遗址、余韵和市井风俗犹在。但 2005 年以来，大栅栏开始了百年以来规模最大的一次拆迁改造：前门大街将改成步行街。为分流交通压力，大街两侧的部分胡同街巷将被拆除，新建马路。而张金利所住的煤市街的拆迁改造，将成为大栅栏这支曲调低徊、哀声不绝的文化挽歌的第一音符。

当推土机呼哧呼哧远去，站在自家的废墟前，张金利猛地意识到：自己的生活从此将变成回忆。

百年老店谦祥益

一则即将拆迁的新闻，让百年老字号谦祥益这些天门庭若市。

谦祥益是大栅栏著名的"八大祥"之一，专营丝绸品，由孟子后人开办。1830 年在北京建店，老址在前门外东月墙，如今在珠宝市街 5 号。建筑物为木结构两层，一层西洋古典柱将立面分成三部分，各设拱券门，二层铁栏外廊，墙上用壁柱和出檐装饰，顶作女儿墙，立面复杂，保存完好。

3 月中旬，纷至沓来的顾客让谦祥益不得不临时调整营业时间。说是晚上 6 时打烊，可账目到晚 8 时还结不清——不断有顾客涌入，店门根本关不上。

平日里每天只有六七万元的营业额，这些天居然暴涨到每天 30 多万元。但这并没让谦祥益的副总经理高慎昌喜出望外。自从 2 月中旬拆迁公告贴出后，高慎昌像从梦中惊醒似的。"这真是难以相信，太不可思议了！"作为市级文物保护单位的谦祥益，居然也被列入拆迁的名单。

即使不是因为改制而拥有了谦祥益的股份，高慎昌和谦祥益的感情也太不普通了——高家父子两代，已在这家老店服务了 70 年，对谦祥益的历史如数家珍。北京谦祥益先在前门外鲜鱼口设立"谦祥益南号"，光绪八年（1882 年）于前门外珠宝市建"益和祥"（即今天的地址），光绪二十八年（1902 年）于鼓楼设立"谦祥益北号"。之后，谦祥益在上海、济南、天津、烟台、苏州、青岛等地设立分号，形成一个庞大的系统，总投资白银 400 万两，比开张之初资产

谦祥益外景　蒋鞑薇／摄

增加了百倍，是全国规模最大的丝绸布匹店。

晚清时期，谦祥益主要服务于王公贵族、八旗子弟、达官显贵。随着清王朝的衰败，消费对象变为一些清末的遗老遗少、党政要人、社会名流、新兴的民族工业资本家和乡村富绅。马连良等京剧大师，都曾是谦祥益的常客。著名的京剧科班"富连成"素与谦祥益交谊甚厚，其剧装也大多由谦祥益提供。一时间，谦祥益名满京城，享誉全国。

进入 20 世纪，谦祥益没能逃过战争的劫难。"九一八"事变后，谦祥益总号迁往上海，"七七"事变后，生意直线下降，直至日本投降后，东家大力调整才有所好转。但顷刻内战烽烟又起，加之国民党政府的"金圆券"政策和通货膨胀，使得刚刚好转的谦祥益再次受到重创。及至 1955 年，北京谦祥益纳入公私合营，进行社会主义改造。到今天，北京珠宝市的谦祥益门店，是全国仅剩的还在营业的谦祥益，也是"八大祥"里，惟一一家仍在经营自己产品的商铺。

"我父亲那辈儿，能进谦祥益工作，就感觉像今天的公务员似的，生活有保障。店里包吃包住，给大家发丝绸大褂，每顿饭八菜一汤，每年有 50 天的探亲假，来回路费全报销，每半个月有一天假期，让大家出去理发什么的。

　　"谦祥益招伙计，要求严着呢。每两年一次，必须由柜头推荐参加面试，要长相俊秀，能写会算，知道礼让进退的人。选人时，北京总号的掌柜第一个选，然后才是外地分号。"

　　高慎昌和父亲一样，也是从学徒做起。"中国的丝绸文化太丰富了，绫、罗、绸、缎、纱、绢、绉、纺，光是品种就上百，图案富有中国传统色彩，量尺算料、配色也很讲究，没有几年工夫学不过来。我真怕一拆迁，这老字号就毁了。"

　　高慎昌的担心是由一系列的经济账构成的：政府至今没说让谦祥益回迁。即使回迁，每平方米数万元的价格，谦祥益也出不起。另找门面开店，市区人气旺的商铺租金都高，远处是便宜些，可没人气。店里有 52 名在岗职工，88 名退休职工。一旦搬迁肯定有人要下岗，退休工人的退休金发放也是难题，如果找个单位托管，每个人要付 4 万元。2006 年的生产合同大多已经签订，仅定金损失就达上百万元，更何况仓库里还有近 1000 万元的存货。

　　高慎昌说，拆迁公告贴了三次了，可政府有关部门至今只来过两次。第一次是 2 月 20 日，宣武区拆迁办两个工作人员来通知拆迁。第二次，几个房屋评估公司的人来看了一下房子，决定按每平方米 8030 元的价格对房屋予以赔偿。按照这个价格，谦祥益总共也就能得到 1200 多万元的赔偿，至于房子拆不拆，是否允许回迁，职工怎么安置等问题，一概没有答案。"政府说要阳光拆迁，应该透明，我们也想和政府沟通，知道该怎么配合，可我们找了很多部门，谁也不理我们"。

　　"没人告诉我们为什么要拆迁，尤其是文物保护单位，怎么能说拆就拆？这老房子每年都有文物局来检查，去年因为漏水，还特意申报文物局，由谦祥益出资 100 多万元进行修缮。这老房子质量真是好，我工作 27 年，印象中只有 10

年前发生过一次火灾，是我们隔壁的民居着火。高高的女儿墙挡住了大火，我们一点儿损失都没有。"

说到谦祥益的过去，高慎昌有一肚子的故事：梅兰芳对谦祥益的员工非常客气，还给我父亲画过一个扇面，可惜后来毁了。梅兰芳特别喜欢一种提花双绉，他字婉华，我们就给那种双绉起名"婉华绉"。四大名旦之一的荀慧生喜欢一种双经绉，我们就用他的号"留香"，把它改名叫"留香绉"。

从 2 月底开始，一向不打折的谦祥益，无奈也打出了"拆迁打折"的字样。70％的商品按进价销售，30％的产品低于进价销售。从各地涌来的顾客，着实让高慎昌感动得不轻。

"有一个老太太，进门就要找经理。她拉着我的手直哭，说她家四代都穿谦祥益的衣服，她结婚时穿的用的，全是谦祥益的料子。她问我，这老字号还能保住吗？她说她得了晚期癌症，这次怕是最后一次来了。后来，她选了两床被面，说留给子孙做纪念。谦祥益的被面，旁边都织着谦祥益的字号。"

"还有一位老先生，带着坐轮椅的 97 岁的老母亲，从颐和园那边打车过来。他们一家子过去在武汉就穿谦祥益，搬到北京后，一直保留着这个习惯。所有的老顾客都问，你们要搬到哪里去？我们回答不了，于是在收银台边贴出一张公告，请愿意的顾客留下联系方式，等谦祥益选好新址再开张，请大家去当嘉宾。"

翻开留言簿，净是这样的留言："千万别拆谦祥益老店啊，这是老祖宗给我们留下的宝店，我们心疼啊。""可不能再像拆城墙那样，拆了再后悔，再想重建，难啊！"高慎昌长长叹了一口气。

民间小吃爆肚冯

高慎昌还当学徒那会儿，下了班就喜欢逛大栅栏的胡同。他喜欢看老北京坐着小马扎，端把小茶壶，在胡同里悠闲地聊天，很有生活气息。廊房二条和门框胡同的小吃街，是他经常光顾的地方。

廊房二条并不难找，只要嗅着爆肚小料的香味寻去，准没错。这里是大栅栏的"食街"，爆肚冯、卤煮陈、马记月盛斋，还有些个不那么出名的清真小吃店，把这条一米多宽、百余米长的小街簇拥得热闹非凡。

爆肚是老北京著名的小吃。梁实秋在《雅舍谈吃》中回味爆肚的风情："肚儿是羊肚儿，口北的绵羊又肥又大，羊胃有好几部分：散丹、葫芦、肚板儿、肚领儿，以肚领儿为最厚实。馆子里卖的爆肚以肚领儿为限，而且是剥了皮的，所以称之为肚仁儿。爆肚仁儿有三种做法：盐爆、油爆、汤爆。"

爆肚冯一家几代都是做爆肚的，在京城名声响亮。1976年，一位旅居海外的华侨，回到大栅栏寻找记忆中的爆肚，没有找到。1983年，他又回来，托人找到了爆肚冯的后人冯广聚。他当时是一名车工，已经多年不做爆肚。

"我好不容易找来5个肚，给他做了一回。他吃完特别高兴，说老北京的手艺没失传。我告诉他，已经丢了。过去这条街上那么多著名小吃，富顺斋酱牛肉、豆腐脑白、奶酪魏……公私合营以后，都散了，他们的后人也都进了工厂。"

"这个老华侨和我说，他出钱，让我再把买卖做起来，我哪敢答应他呦！要是再给我扣一个'小业主'的帽子，我这一辈子都缓不过来。我那时在技校讲车工工艺，对创新刀具啥的还挺有兴趣。他又让我讲祖上经营的故事，说是给我录音，我也不敢讲。"

2006年3月，廊房二条拆迁在即。这一天，冯广聚趁着下午休息，把我带到小店二楼，细细讲述过去的故事。伙计把一壶茶水搁到桌上，桌面早已磨破，露出里面的纤维板，缝隙处还散落着好些芝麻，全是爆肚冯自制的烧饼上落下的。

"光绪年间，我家祖辈就在后门桥卖爆肚。后门桥的旗人多，好些太监也住在那儿，推荐我家给宫里送爆肚。我爷爷那会儿，隔几天往宫里送一次，有次捅一篓子，碰掉了宫里储水缸上的铁环，发出了很大的声响，被守卫抓起来了，关了他一天半。"

宣统逊位后，后门桥衰落了，冯广聚的爷爷把铺子开到了大栅栏，和当时爆肉马、烫面饺马以及馄饨、老豆腐、炸豆腐等五家组成了一个小吃店，被当时大栅栏的老百姓誉为"小六国饭店"。

冯广聚从小生活在大栅栏，至今仍住在三富胡同里。小吃街上诸多老字号和日本人斗、和国民党伤兵斗、和旧社会警察斗，他全记得清楚。解放后公私合营，他也就进了工厂。

改革开放后，工商局出面，五次请冯广聚再来开爆肚店，他不敢答应，小儿子却动了心，率先出来开店。开张时，好些个领导都来了，冯广聚这才放下心来。

他不仅把老祖宗的手艺都发掘出来，还对小料进行创新。吃爆肚，最讲究的就是小料。他的"独门秘方"一共十三种佐料：黄的是麻酱、粉红的是豆腐乳、碧绿的是香菜……"我还在小料里加了蒜，过去的小料是没有蒜的，但是蒜杀菌，有助身体健康。"

"我在工厂那会儿，一个月也就挣110块钱，自家的小店，一两天就能挣一两百元。我寻思着，一花独放不是春，万紫千红春满园。我的那些发小，都是老字号的后人，这些手艺可不能失传。"

冯广聚花了十几年时间，陆续把这些老字号的后人请出来，借给他们钱，让他们重新开店，又带着大家去西安考了"中华名小吃"的资格。"要是等到这些老手艺都丢了，再挖出来，可就难了。我就是要把这些小吃都扶起来，让它们永久不衰落。"

这些年，老北京小吃风光过。新中国成立50周年时，冯广聚带着老字号的后人去过钓鱼台国宾馆，给领导人做过小吃，各国政要参加的财经会议、外国使馆过年，也都邀请过他们。

大栅栏拆迁，又让这些小吃面临"散伙"的危机。"老街没了，人走了，想再聚起来，难啊！"

"门框胡同的小吃，是大栅栏的一条胳膊，照我说，改造可以，可千万不能拆啊。区政府有次召集我们开会，我就说，不能想拆就拆，想哄就哄。要给老北京留点痕迹。过去说东单西四鼓楼前，王府井前门大栅栏，是老北京的主要商业区。东单西四王府井都改造了，都现代化了，可是老北京的味道，全没有了，就不能留下个大栅栏，让后代回味老北京吗？"

"我说要留住老北京的时候，领导都表示同意。可现在，从前门西河沿到这里，全拆。老北京不拆，是个大古玩啊！是世界的奇迹啊！拆了想再建，比登天还难。全国两会时候，政协委员有提案，说大栅栏、鲜鱼口这带的改造，要注意保留古建筑、注意保存老北京文化。说得多好啊，不能为了办奥运会，拆了半拉儿北京城！"

爆肚冯晚餐从下午5点开始营业。3月14日，到了5点15分，二层店面坐满顾客，门口已经排起了十七八人的长队。排着队的人，有人拿着相机，有人拿着手机，对着门口的招牌拍照留念。不远处的卤煮陈，也是一样的场面。大家都想趁着老字号还没搬迁，再吃一口地道的老北京小吃。

大栅栏是移民文化

大栅栏曾是毛银鹏的梦想。他很费劲地想把大栅栏念成像北京人发音的"大什栏儿"，却总也学不像。

他家在湖北乡下，最大的愿望是到北京当作家。一到北京，便选大栅栏落脚。"这里有老北京的灵气，也有人气。"毛银鹏说。

他在前门的国有商场租了门面房卖鞋，又在煤市街南边的一个胡同里租下两间小屋，安顿一家四口，房租每月400元。他的小屋在一间老式四合院的二楼，经过一条又陡又窄的楼梯，通往搭建了杂乱无章小房的院子。一张高低铺的双人床占据了屋里的大部分空间。床下堆满了鞋盒，兼做仓库。墙上打了几个钉子，用两根粗铁丝吊起个两尺来长的木板，便是书桌，桌上摆着水晶奖杯——2005 年，毛银鹏的小说获得了老舍文学奖新人奖。2006 年，他趁着大栅栏改造的机会，租下大栅栏步行街紧挨瑞蚨祥的门面，斜对门就是卖鞋的老字号步瀛斋。

大栅栏的原住民，开始对毛银鹏这样的外来者并没有多少好感——精明的外地人在这里开店，多少影响了他们的生意。但这种想法很快就改变了。原住民们发现，把房子和铺面租给这些外来客，也是一笔划算的买卖。更重要的是，外地人也带来了很多消费，搞活了这里的商业氛围。于是逐渐接纳了这些外来人口。

这种默契造就了大栅栏的一个奇迹：在一平方公里的土地上，没有高楼大厦，却容纳了 4 万多人。

来自广东的艺术家欧宁，从 2005 年开始，在大栅栏拍摄一部纪录片。它是 2003 年第 50 届威尼斯双年展的参展项目《三元里》（关于广州的城中村）的延续，与计划中的上海普陀区曹阳新村项目（关于上海的工人聚落）一起，构成对中国城市化和城市贫困社区的系列研究和创作。欧宁感兴趣的是街道的生活方式作为商业方式的样本意义。这个外地人坚定地认为，大栅栏文化其实是外来文化，是移民文化。

这种观点可以找到很多支持的论据：谦祥益是山东人开的，遍布大栅栏的回民小馆，祖上也不是北京人，最早的京剧名角，本是进京徽班……这个地区的新规划者显然不赞同这个观点。他们眼下要做的，是把这个地区的原住民和外来者迁出去，迁去哪里他们并不在乎，大兴、回龙观、卢沟桥或者任何别的什么地方都可以，只要不在大栅栏。开发商期望未来的大栅栏是"高尚"的，就像同样临近天安门的东单一样，有最好的写字楼和最豪华的商店，当然，还有同样高昂的地价。

建筑评论家史建也把大栅栏纳入观察视野。3 月，煤市街旧址几被拆空，一条未来道路的雏形，已向北延伸到前门西河沿。钢管围起的护栏下，是深达数米的大坑。史建注意到，这些大坑并不像前大栅栏永兴置业公司总规划师主张的那样，做成地下行车道，而只是为了埋设一些市政管道，"未来煤市街滚滚的车流，会彻底割断两边的商业氛围。"史建断言。

在石头胡同居住了 27 年的张金起，用一张餐馆里使用的劣质餐巾纸，来演示他在区政府看到的未来规划。他把餐巾纸平铺在桌上，稍微用一点力，就撕成了两半。"裂开的这条，就是前门大街，今后要改成步行街。为了让汽车通过，东边的鲜鱼口胡同区，马上要建 7 条马路。"他哗哗地撕了几下，左半片纸立刻变得支离破碎。

他转向右边半张纸，从三分之一处整个撕开，"这是未来的煤市街，要拓宽到 25 米，通汽车"。他顿一下，捏起右边剩下的三分之二，扯断，分成上下两半。"这是铁树斜街，将来也要拓宽。"最后，他捡起代表现在廊房头条、二条的那块小纸片，利落地撕成几个小细条——"这些胡同，4 月 29 日中午 12 点之前，全部要拆掉，拆迁公告已经贴出来了。"

等他说完，那张餐巾纸已经成了一堆碎纸片，七零八落地散在桌面上。

张金起现在要做的工作，就是趁这些老胡同和院落还"健在"，抢拍下来。他在老北京网上发起更多的摄影爱好者一起来拍胡同，期望有一天，大家把这些资料共享，在网上复原出一个老北京的真实影像。

胡同里的生活

网上有一种声音，发言者自称住在胡同里，迫切地表达了想搬离的愿望：没有自家的卫生间、没有上下水、没有暖气，甚至洗澡也要去公共浴室。发言者指责那些要求保留胡同现状的人：你们生活在都市里享受一切现代文明——空调、网络、轿车，却要我们生活在过去的时光，保留原样，来满足你们偶尔回来凭古的兴致，这合理吗？

这种意见一度曾说服了我，直到我在大栅栏的胡同里，拜访了数十个院落，见了几十个生活在这里的人，他们包括教师、公务员、下岗工人、残疾老人、学生、捡垃圾的、开杂货铺的、拉三轮车的、做被套的、跑堂的、当保安的、送报纸的……"我们多数人不想走，但我们没有权利选择离开或者留下，公告一旦贴出，我们只能离开，必须离开。"一位妇女指着老墙上的房地产广告说："你看看上面的房价，哪套房子不得四五十万？还都不在市区。拆迁补偿款每平方米8000元，我们买得起新房吗？就算买得起，我也不想搬。搬到四环甚至五环外去，每天上下班路上三四个小时，大人受得了，孩子上学还受不了呢。"

张金起在老街坊中做了调查，愿意走的，不愿意走的，不想走也得走的，各占三分之一。"愿意走的情况复杂，有的说想住楼房，有的在外面早就分了房，根本不在胡同里住，一拆迁，还能拿笔钱，当然愿意走。"

胡同里的居民分析，网上自称住在胡同里的论调，全是开发商故意散布的。他们比谁都明白，离开这个街区，很多人的生计就没了着落。

煤市街住户腾云龙是假肢技师，在这里生活了60多年。有的残疾人从8个月起就让人抱着请他做假肢，至今已经四五十岁了。"如果让我走，我没了收入，那些老顾客也找不到我。我不愿意上郊区，人老了，到别处开辟个地儿不容易。"

胡同里危房多、火灾多，让老百姓搬离是造福于民的说法，更是遭到胡同居民的一致反对。

"住老院子的，谁家不知道要防火。我在这里住了几十年，没见过几起火灾。倒是拆迁开始后，半年内发生了五六次火灾。"

"胡同里有危房，进行改造不就行了，就算让我们自己出钱维修也行，为什么让所有人都搬出去？"

"不是危房的，也叫他们扒平了。你看看这里新盖的房子，有多少用的以前拆下来的旧料？"

一个住户拉我到街口去看，运来的盖新房的木料堆里，一根近十米长的大梁，一看就是用过好几十年的。工人说，还能做大梁，再用五十年也不会坏。

金利饭馆拆迁后，张金利搬到一处楼房过渡。他觉得不舒坦。过去住平房，买的菜搁地上一星期都不坏，现在住楼房，菜放一两天全蔫了。"过去我家大缸腌酸菜，从来不坏。我姐姐住楼房，腌的酸菜老是坏。不接地气儿啊。"

樱桃斜街一个街头棋局上，几个老爷子谈论着拆迁的话题。"要是搬了，老街坊都散了，我们还上哪儿下棋去？"

"不了解大栅栏历史的人，不会明白胡同里的事。"一位在钱市胡同生活的老人说，他们只看到钱市胡同窄，进不来车，就想拆、扩建。"可他们知道钱市胡同为什么这么窄吗？这里以前好些个铸币的，怕人抢钱，胡同窄了，小偷没地方躲，在胡同口一堵就截住了。这都是有讲究的，他们知道吗？"

几天前，在金利饭馆的废墟上，五六只鸟笼散放着。几只路过的野猫远远地盯着鸟笼。斜对面荣丰恒煤油庄旧址，还顽强地挺立着。很快地，从这里可以直望到前门西河沿，而阻挡着的一切，将被扫平。

蒋韡薇

2006 年 4 月 5 日

宿迁首次回应"卖光式"医改

激荡宿迁的医院拍卖声

"我宣布,医院以 200 万元拍卖成功!"这是从 5 年多前开始,在江苏北部的农业大市宿迁,从城市到乡镇最令人心神激荡的一句话。句式完全相同,语气都铿锵有力,只是地点和成交金额有异。

拍卖槌声响过之后,一批根本没有干过医疗行业但腰缠万贯的老板、一些没有多少资金但却有创业雄心的医生,粉墨登场成为私立医院的院长、董事长……当然,与此相映衬的是,一个个主持改革的官员被围攻,一场场人头攒动的拍卖会上响起了阵阵抗议和反对之声……

从那时到现在,以公立医院私有化、也就是俗称的"卖光"为主线的宿迁市医疗卫生体制改革,一直成为人们关注的焦点,并使当地一度陷入从"好得很"到"糟得很"的两极摇摆之中。

从那时到现在,全市 135 所乡镇以上公立医疗机构,有 134 所完成了产权置换,改造成了股份制、混合所有制、个人独资等多种类型的医疗机构,实行民有民营。拍卖所得的近 4 亿元的资金,进到了宿迁市医疗卫生事业发展的基金专户上。

与之相配套的,还有宿迁市按照"四分原则"打出的改革组合拳——

一是"管办分开",政府由办医疗变为管医疗,在医疗领域,政府当裁判、教练和导演,不当运动员和演员,各类医院由政府主办变为政府扶持,社会多元化兴办;

二是"医卫分离",严格界定卫生和医疗两个领域的职能,实行政府全额出资办公共卫生,民资办医疗;

三是"医防分设"，在全市 100 多个乡镇分别设立乡镇防保所和乡镇医院，防保所履行公共卫生职能，由政府主办，乡镇医院履行医疗服务职能，进行股份制和民营化改造；

四是"医药分家"，这一条作为改革的远景目标，至今还在探索之中。

5 年多过去了，宿迁这场涉及医疗卫生体制根本的改革到底进展如何，能给当下依然没有明晰答案、但却涉及每个民众切身利益的"医改"带来什么样的启示？

政治悖论——卫生局长首次回应："卖"光了我的"权"更大

3 年前，宿迁医改正值风生水起之时，来调研的一位上级领导听说医院全卖光了，禁不住质问市卫生局局长葛志健："那你还是不是卫生局长？"

这一问，曾让负责改革具体事宜的葛志健很是"瞠目结舌"。的确，"卖光式"的医改如果从根本上动摇了卫生行政部门，实际上也就是政府对医院的监控，放任自流，想象中的结果是可怕的！

在此后几年，面对众多媒体记者的采访中，葛志健一提到此事除了叹气没有下文。现在，3 年过去了，葛志健终于打开话匣，要通过本报记者第一次作出回应：

"我的切身体会是，医院卖光了，表面看起来权力被架空了，卫生局对几百个处级、科级干部的推荐权、任免权没了，卫生局长也不再是管理医院人、财、物的'总院长'了，但我感觉自己在卫生界的权力、威望和影响不是小了，而是大了。"

3 月 1 日，记者正在对葛志健进行采访时，宿迁市红十字眼科医院的李院长闯进他的办公室，手里拿着刚刚请人设计好的医院新就诊大楼效果图，要请葛局长过目定夺。李院长刚一离开，葛志健正好就此注解——

过去这样的事情是根本不存在的。过去卫生局经费有限，能给医院的不多，但按照体制，人、财、物，管的东西一样不少，偶尔给些大项目，也是上面从头管到尾，院长们对局长们烦着呢，像私立的眼科医院这样完全自己筹资盖的大楼，按照过去的逻辑，更是怕你卫生局插手搞名堂。

现在不同了，院长恨不得整天围着卫生局转，不仅咨询政策，还生怕一个重要信息漏掉。更关键的是，医院的"生死权"还捏在政府的手中，监督、检查、审批成了卫生行政的主要职能，过去院长们不看这个，医院生与死，与他的个人利益没有瓜葛，但现在体制变了，医院成了院长们的命根子，他不"求"你才怪呢！

权大了，不该管的碎事少操心、不操心，该管的大事多起来，在葛局长看来，对卫生局是好事。但也有人担心会滋生出新的权力寻租的空间。卫生行政部门监管的权利能否完全用好，人们还持观望态度。

前一阵子有人在宿迁乡村暗访后发现，在医改后新冒出的 400 多个医疗机构，特别是个体诊所中，有个别明显不符合条件的也能蒙混过关，拿到行医资格证。责权利永远是三位一体的，能否真正确保不出现劣质的个体诊所和伪劣药品？这个问题现在下结论，似乎还为时尚早。

伦理悖论——私立医院全打"公益招牌"

过去的逻辑是：公立医院是标准的非营利性医院，最能代表国家的公益目的。宿迁医改的政策规定，医院私有化之后，营利还是非营利，性质自定。

结果，绝大多数医院选择了营利性质。由此导致人们最大的担忧是：如果唯利是图横行，医疗机构的公益性质将丧失。

拥有 175 万人口的沭阳是宿迁医改的发源地。而仁慈医院则是沭阳医改后创办的第一家民营医院。更特别的是，由于起家靠的是 5 个医生凑起的股份，创办资金有限，为了享受政府的免税政策，仁慈医院自愿选择"非营利性质"。也正因此，这家医院成了沭阳县民营医院的"公益晴雨表"。在县城，他们最早推出

"挂号免费"政策,按其门诊量测算,仅此一项一年让利百姓近 20 万元。

循着"公益到底"的思路,仁慈医院从 2000 年诞生之后,扮演了整个沭阳县城医疗行业的"搅局者"。你县人民医院有人才,我这里就用高薪和老关系挖,结果仁慈医院把县医院 40 岁出头的业务骨干挖走了一大批,逼得人民医院一方面对现有人才的培养给予前所未有的重视,另一方面在互联网上面向全国招贤。一家三甲医院的泌尿科主任也因此"下嫁"到了沭阳。

县人民医院的收费标准定了,仁慈医院比它再降 1/3。这两家上项目、上设备、上硬件、挖人才的较量,逼得第三方——县中医院一面丰富治疗科目,摆脱中医"一招鲜"的困境,另一方面同样以 1000 万元为单位加大投入。

竞争的结果,让当地的老百姓很高兴。至少当前,可以有效缓解他们的看病贵、看病难问题。

当然,"公益"是要有底气的。仁慈医院的佘院长告诉记者:医院没有一个闲人,成本控制方面没问题,200 张床位,员工 200 多一点,基本上没有再精简的空间了。正是在对"公益"的追求中,仁慈医院"生意"日益火爆。到去年 1 月 28 日,经过 5 年积累后,医院的股东数从最初的 5 个增加到 40 多个,又建起了 10 层高的新就诊大楼,总投入高达 3000 多万元,一举确立了沭阳县城医疗"三巨头"之一的位置。据了解,这些大手笔投入的主要来源是营业收入,还有内部集资和银行贷款。

与仁慈医院一样,大多数定位为营利医院的乡镇医院同样看重"公益招牌"。

走进距离沭阳县城还有 20 公里的新河镇医院,40 多岁的院长李金忠原来是卫生院的一名普通医生,2001 年 6 月,正逢老院长退休,他积极响应改制的号召,多方筹资 163 万元,买下了医院。

新河医院对"公益招牌"的看重,体现在一个个细节中。这里专门设了面向独生子女、残废军人等的优抚病房,价格优惠;独生子女不收挂号费;病房的条件也很好。

医改后沭阳县人民医院成立了县级医疗集团。黄勇／摄

　　沭阳县卫生局的一位负责人对新河医院的深刻印象来自其刚改制后的那个夏天，整个医院只有一台电扇，但却放在病房里，而不是院长办公室。3月2日，面对记者来访，李金忠院长显得有些局促——改制快5年了，整个医院里，惟一没有任何变化的就是院长办公室。谈起降药价，李院长如数家珍一般，阿奇霉素过去30多元，现在20元；过去卖3元的阿莫西林，利润已经很薄，现在还是降到了两元……

　　记者采访时，正赶上一位叫刘迅宝的病人刚做完阑尾手术不久，虽然家不在本镇，但还是选择了新河医院。一旁照料的家属告诉记者，这里看病卫生，一个手术比别的医院要便宜四五百块钱。

　　当然，在公益内容的竞争上，各有各的高招儿和亮点。

　　在向病人广泛散发的《沭阳县人民医院报》上，医院公开宣布：专门开辟"绿色通道"，对无陪护、无款的重症伤病员实行先抢救、后补办各项手续；承担全院230名离退休老干部的生老病死的费用开支；承担全县一部分老干部的医疗包干超支费用等。医院的一位负责人告诉记者，这可是众多的公立医院根本不敢说的承诺，有些即使做了也不敢说，怕的是陷入"公益无底洞"。

　　还是当地一位老百姓道出了真谛：要是不给病人点好处，谁来看病啊！

不仅如此，改制后，追求利益最大化的私立医院，却有效解决了公立医院的一个"顽疾"——红包和回扣。

在沭阳县人民医院，董事长周业庭和他聘任的药房主任签订的《工作合同》中就有一个硬杠杠：本院药品的进价只要超过其他医院的5%，立即走人。在宝贵的工作岗位和同样诱人的药品回扣之间选择什么，大家心里都十分清楚。

在仁慈医院，尽管没有这样有"杀气"的工作合同，但照样有"潜规则"在起作用。负责药房的是医院的40个股东之一。其他的39个股东，都是医疗行业的老把式。按该院佘院长的话说：什么药进价贵了，瞟一眼就知道。你要是搞什么猫儿腻，就要准备好股东大会上把你开除。

在新河这样总共只有不到20名职工的私立小医院，院长直接掌控药品进口，对进价的控制毋庸多言，贵一分钱，那都是"割自己的肉"。

经济悖论——看病费用降低了　医院收入上去了

公益招牌能打多久，最终还要靠"经济悖论"的支撑——看病费用降低，但医院收入必须上去。

卖医院让卫生局有了一笔闲钱。医院私立之后无须政府直接投入，但财政预算还在。这两项加起来，让政府有了"托市"的底气。医改5年来，当地的医疗保险、特别是农村公开医疗统筹从无到有，目前已覆盖全部农村人口的90%以上，人均年标准为50元，全国领先。各家医院都设立了专门的医保窗口，住院病人这边结清了医院的账目，那边电脑程序一启动，可以很快从医保窗口报销拿到现钱。

政府给好政策，成败关键还要看医院练内功。小到像新河这样的乡镇医院，胃切除、阑尾炎这样的手术，现在都可以做，脾脏缝补、肾结石手术、心肌梗死抢救等高难项目，因为重金引进了"高人"，现在也可以做，单病种（指没有别的并发症）的价格比县里便宜好几百元，优势一下就出来了。新河医院的门诊收入由过去常年的 16 万元下降到现在的 12 万元，但门诊损失手术补，手术总量比过去增加了近 40%，大手术增加，这一块的收入过去是 80 万元，现在则翻了一番。

大一点的医院也是如此。调查显示，平均处方值，2002 年沭阳县人民医院是 44.45 元；改制后至今降到了 39.23 元；平均住院日从 11.5 天下降到 8.6 天，但医院的收入，已经从 2002 年的 4830 万元，迅速攀升到 8140 万元，光是一个骨科的进账，就从 180 万元增长到 720 万元。

决定医院生存的收入指标的提高，也让医生的收入高了。现在，同样的职称，宿迁的医生比周边地区同行收入每月至少多出近 1000 元。乡镇医院的医生一个月最多的也能拿到 4000 元。有无医疗技术，成了决定收入的最关键因素。

记者在沭阳县人民医院了解到，过去"公立"时期，一个后勤岗位的干部为了奖金少 20 元，可以跑到院长的办公室拍桌子，现在后勤岗位和医技岗位的收入差距，已经拉大到五六倍，谁也没有脾气。不想干，可以走人。

当然，"经济悖论"并不总是成立的。在宿迁，既有沭阳县人民医院改制 3 年来的辉煌和新河医院的新生，也有当年拍卖出的医院（以原来的乡镇卫生院为主）因为经营无方、资金缺乏，已经被倒手 3 次的残酷现实。

评价悖论——"好模式"至今难复制

对一项改革成效或价值大小的流行性观点是，要看是否能大范围推广。但宿迁这个几年来杂音越来越少的医改模式，至今没有一个被完全复制的典型例证。当地的卫生行政官员向记者坦承，来学习参观的很多，光是接待采访的记者，一年就有近 500 人次。部分地方借鉴经验、取得成功的也很多，但完全意义上的复制，没有。

宿迁市委宣传部副部长张莉当年做沭阳县的父母官时，是这场改革的推行者和实践者。她至今记得 5 年前大家悄悄绕路走的尴尬——前门都被静坐的职工堵住了。虽然事后了解，上访闹事的大多是没有一技之长、一改革就知道自己的利益要受损失的人。但也正是这些，当时却在很大程度上左右着人们对改革的评价，同时也加大了改革推进者的心理压力。

学卫生专业科班出身、在行业已有几十年经历的宿迁市卫生局局长葛志健说，人言可畏。有人说大家本来都不情愿搞什么改革，就是市委书记仇和（现已升任江苏省副省长兼宿迁市委书记）硬压着我们干，目的就是捞政绩。但实际上，都是我们主动要改革。

对改革成败或成效的评价体系没有一个固定的模式，这可能是让推进改革者最头痛的事情。

曲折的过程令宿迁的医改推进者们至今难以忘记。也正因此，几年来面对蜂拥而至的新闻媒体，当地采取的是极其保守的策略，基本上是只干不说。

5 年后的今天，宿迁当地政府终于不再沉默。今年 2 月 18 日，他们一改几年来的低调，筹划大面积宣传改革的做法，同时下发《关于进一步加快民营医院发展的意见》，与 5 年前掀起改革浪潮的《关于鼓励社会力量兴办医疗卫生事业的意见》形成了延续。新的《意见》中明确规定：到 2010 年，民营医疗资产要占到全市资产总量的 75% 以上，企事业单位、社会团体、公民个人均可依法采取独资、股份、联办、合作和中外合资等多种形式申办民营医院。

新的《意见》还规定，卫生行政部门要公开医疗机构设置规划、医院准入规模标准，鼓励民营资本到医疗资源薄弱地区兴办规模医院。对符合准入标准的民营医院应及时核发证件，不得设置任何审批障碍。

从 2006 年起，宿迁市财政每年安排激励民营医院发展专项经费，对市区投资 3000 万元以上、县级投资 1000 万元以上、乡镇投资 300 万元以上的民营医院，最高按投资额千分之五进行奖励，非营利性民营医院的用地可申请划拨使用，与公立医院享受同样的减免相关费用的政策。

或许专家们所说的"市场失灵"，在宿迁短短 5 年的"市场化"医改进程中还没到爆发期。记者目前能看到的只是，过去公立医院沉积的许多弊端，的确在这场"私有化"的进程中得到明显根治。

但至今，无论是宿迁方面或者是相关专家、官员，还没人敢断言宿迁医改真的就能彻底根治中国普遍存在的看病难、看病贵问题。正如宿迁卫生界一位人士所说，"还需要相当长时间的摸索"。

黄　勇

2006 年 3 月 23 日

脚注：2011 年，宿迁决定投资 23 亿元复建公立医院。2016 年 7 月 19 日，宿迁市第一人民医院正式运营。

2019 年 1 月 9 日《2019 年宿迁市民生实事项目实事意见》发布，宣布每个县区规划建设 1～2 所公办区域医疗卫生中心，即宿迁未来至少有 5～10 所公立医院在规划之中，公立医院全面回归。

上千“体育竞赛优胜者”是水货

21 秒 34，这是一名刘姓考生跑 100 米的成绩。而合格标准是 13 秒 7。

6 月 12 日至 13 日，湖南省应届高中毕业生体育竞赛优胜者统一测试在湖南某高校举行。今年湖南省规定，普通高中应届毕业生在高中阶段，参加省级以上（含省级）体育比赛，获个人项目前 6 名的队员或集体项目前 3 名的主力队员，可以加 20 分。参加市（州）级综合性运动会获个人项目前 3 名的队员或集体项目前 3 名的主力队员和获得国家二级运动员（含）以上称号的考生，经省统一测试合格者，可以加 10 分（报考体育专业的考生，不能享受此项待遇）。凡需要享受高考招生加分的国家二级运动员，须经市（州）教育局按照国家体育总局关于施行《运动员技术等级管理办法》和各项目《运动员技术等级标准的通知》（体竞字〔2005〕172 号）验证，并对合格者名单签署审查意见，集中报省教育厅备案后，方可参加省里统一组织的加分测试。

记者在现场看到，除了缺考严重外，被记者记录下成绩的 27 名参测 100 米跑的女生中，无一达到《湖南省普通高等学校招生体育专业与体育竞赛优胜者统一测试手册》载明的合格标准，其中最接近的两个分别是 13 秒 74 和 13 秒 84。

田径测试，不达标者众

跑到第三圈，抬头看看还有整整 400 米赛程，来自某市的谢姓女考生停下脚步，走了起来。在距离终点还有 200 米左右的地方，小谢大口地喘了几口气，又往前跑。直到距离终点 50 米左右的地方，她终于听到了“加油”“冲刺”的声音。坚持、冲刺，她也提醒自己，终于到了终点。此时她已经支撑不住坐在地上。电子记分牌上的成绩：9：49：25。她是这一组的最后一名，前面有 8 人，第一名的成绩是 5 分 59 秒 45。其他 7 人也大都是 7 分多、8 分多，没有一个是 6 分多的。而女子 1500 米的合格标准是 5 分 27 秒。

这样的情景同样出现在男子测试场。

6 月 12 日上午，进行男子 100 米分组测试。一名一直守候在考场的工作人员估计，在测试完的 300 多名考生中，能够达标的可能不到 50 人。记者盯着电子记分牌看完了 40 名考生的成绩，无一人达标（合格标准为 12 秒 20）。其中一名考生竟然跑出了 18 秒 97 的成绩。能用 13 秒多的成绩跑完这 100 米的，也很难见到几个。

在男子 1500 米测试现场，一位陈姓参测者跑出了 7 分 34 秒 02 的成绩，但是一名张姓参测考生，其成绩是 4 分 59 秒 14。而根据测试手册，男子 1500 米的合格标准是 4 分 35 秒。这两人所在的一组 8 名参测者中，无一达到这一标准。在女子 200 米测试现场，记者见到一名蔡姓参测者的成绩是 27 秒 15，而一位邓姓和李姓参测者分别跑出了 42 秒 75 和 42 秒 62 的成绩。而女子 200 米的合格标准是 28 秒 70。

男子、女子 800 米测试现场，在记者观察的一组男子参测者中，10 名参测者无一达标；而在一组女子参测者中，10 名参测者只有 1 人达标。

6 月 12 日下午 5 时 30 分左右，铅球测试还剩下最后 12 名女生。其中一位名叫刘申的参测者第一次就投掷出了 9.6 米的成绩，距离 9.8 米的达标线只差 0.2 米，让在场的考官和工作人员兴奋不已。最终，刘申以 10.13 米的成绩成为这 12 名女生中的唯一过关者。

记者还注意到，在铅球测试现场，还出现了若干特别的场面。

一名戴着眼镜，脚穿凉鞋的女生上场了，也不助跑，托起铅球歪歪扭扭地扔了出去，脚同时踏过了线。"犯规！犯规！"裁判大声叫。

还有一名身穿蓝色短衫、白白胖胖的女生扔出了铅球，"3.84 米"。"还投第二次吗？"工作人员试图劝退，好节省测试时间。

"妈妈，我还投吗？"女生转身朝十几米外的场外高声问道，引来一阵笑声。

在这些女生参加测试的时候，裁判不停地判"犯规"。"一看就知道从来没有受过训练。"一名工作人员说。据他介绍，今天参加铅球测试的女生，成绩大都在 4 ~ 5 米，还有不少只能投出 3 米多远，"能超过 6 米就很不错了，能达标的没有几个。"

记者注意到，这些考生在投掷出三五米的成绩后，一点也不着急，互相还在笑嘻嘻地聊天。"她们来考试，就是向父母交差的。"一名工作人员说。

在随后进行的铁饼测试中，4 名男生和 3 名女生都没过关。据了解，男生铁饼的合格标准为 34 米，女生铁饼的合格标准为 31 米。在 4 名男生中，成绩最好的为 26 米；3 名女生中，投得最远的只有 21 米。

篮球和武术测试现场"搞笑"不断

6 月 12 日上午 8 时 50 分左右，男子篮球测试在体育馆里开始进行。家长们被挡在紧闭的门外。十几名家长绕到体育馆的背面，搬来石头和凳子站在上面，透过铁窗朝里面观望。

这时测试的是"一分钟定点投篮"。考生们如能在一分钟内投进 11 个球就能获得 25 分的满分。一名考生投了 19 次球，但只进了两个。在记者所看到的 6 名考生中，最好的成绩是 9 个进球。在第二天下午进行的女子篮球测试中，1 名女生在"一分钟定点投篮"时总共只投进了 1 个球。另有 6 名女生只分别投进两个球。有的考生根本不掌握投球技巧，抓起球就朝篮板扔。

16 时 10 分左右，女子篮球进行"往返运球投篮"测试。一名身高约 1.5 米的女生运球姿势笨拙，最后抱着球连走了好几步，才朝篮板扔去，球在空中的高度不足两米。这名女生随即被考官叫停。在此前的"助跑摸高"测试中，她跳起来伸长手臂，却距离摸高器至少还有 20 厘米。助跑摸高如能达到 2.75 米，可以获得 25 分的满分。

一名陪同妹妹参加测试的男孩是体育特长生，他在观看了 1 个多小时的女子篮球测试后告诉记者，一些女生连球都不会运，还老是犯规。

6 月 12 日，在体育馆背面的空地上，30 多名身穿白色、红色服装的女生正在练习武术。下午，她们将要进行武术测试。一名 17 岁的教练正在指导学生练习。在转身腾空踢腿的时候，一名女生差点倒在地上。很快，她又遇到了新的难题，忘了下一步应该怎么做。她抓了抓头，望着教练。在教练的提醒和示范下，这名女生总算打完了整套拳，跑到场外，坐在地上喘气。

接下来练习的两名女生，情况也差不多。"你对他们下午的考试有信心吗？"记者问那位来自益阳市某家武术馆的教练，他摇了摇头。据他介绍，这几名女生才练了三个月。"你们连一套拳都打不全，怎么去考试？"教练大声地对几名女生说。

明知不达标，为什么还要参测？

"昨天那些同学知道自己会考不过吗？" 6 月 13 日 10 时，在测试现场外，记者问一名来自益阳的考生。

"当然知道。"她说。

"既然知道不能过，为什么还要参测？"记者又问。

"不参测就没有加分机会。参测了，不达标还可以想想办法。"她说。

"怎么想办法？"该考生轻轻一笑，没有回答。

"那这些考生的优胜者资格证书是怎么拿到的？"记者换了话题。

"自有办法呗！"她说。

就在此次测试前，本报接到了湖南一考生家长举报，说有部分考生的体育竞赛优胜者资格证书是造假得来的，希望本报介入调查。

此次测试前，湖南省纪委、湖南省教育厅、湖南省体育局也接到了类似的举报。5 月 29 日，湖南省体育局下发了一份关于清理在办理二级运动员证书中弄虚作假行为的紧急通知。通知中指出，最近，省纪委、省教育厅、省体育局陆续收到学生家长举报，某市在办理二级运动员证书中弄虚作假。省纪委、省教育厅对此给予高度重视，明确指出要采取有效措施进行清理和纠正。省体育局要求各单位自查自纠的清理情况必须在 6 月 6 日前向省里作出汇报。在省体育局未制定和下发新的二级运动员证书管理办法前，暂停新的二级运动员证书的审批和发放。

从考点报名处公布的资料得知，参加湖南省 2006 年"体育竞赛优胜者统一测试"的考生共有 3407 名，包括田径、篮球、排球、足球、乒乓球、羽毛球、武术、游泳、体操、健美操、定向越野等。记者从来自 7 所中学的考生那里了解到，这些学校来参加此次测试的考生，少则十几、二十人，多则三四十人。而且，这些学校大都是省级示范中学。一名家长说："别的学校怎么会知道还有这样的加分项目？""就算知道，他们也没有关系。"另一人附和。

记者了解到，为了杜绝各种影响考试公平的现象发生，本次测试的所有考官均从全省随机抽调，省纠风办、教育厅、考试院和考点学校的纪检监察部门都全程参与监督测试过程。

6 月 12 日上午，在测试现场，由工作人员发放了"致考生及其家长的信"。信中强调："请不要向监考人员打招呼、递条子，更不要向监考人员送礼或请吃。"而且在测试现场入口处，记者见到了"凡有代考或请人代考等作弊行为者，取消测试资格和当年招生录取资格"的告示。

"真倒霉，今年搞得这么严。"在一个篮球场上，记者听几位考生和家长这样议论。"搞关系的还是有，只是没有去年那么嚣张了。"很多家长多次试图接近考场入口，都被身穿蓝色上衣的保安挡住了，但他们没有死心。早上 9 时左右，一位父亲抱着一箱矿泉水走了过来。"我给领导送水。"他对保安说，保安信以为真，放行。没过几分钟，那位父亲就被赶了出来。11 时左右，在同一个入口，记者看到这名父亲提着两个满满的纸袋走了过来，其中一个袋子里放了一双运动鞋。"我给领导送卫生纸。"他对保安说。"你怎么又来了？不能进。"

6 月 12 日上午 11 时左右，一名来自岳阳某中学的考生，将要参加 100 米跑测试。他告诉记者，学校大约有 600 多名毕业生，这次来了 30 多人参加加分测试，其中女生的测试项目全部为排球。这名考生所在的班级有 50 多人，就有 5 人来此参加排球、乒乓球、100 米跑等项目的测试。"你们班可真厉害，有这么多国家二级运动员。"记者说。"还不都是'搞'的。"考生说完这句话，就被同伴叫走了。

测试场外的弦外之音

"我们都是请了假来的，明天还要赶回去上班，你们怎么能说改期就改期呢？"一位学生家长愤怒地冲着组织老师叫开了。这位家长的叫声引来了很多家长的附和，"抗争"随即在测试场外展开。这是 6 月 12 日上午 11 时多发生在测试现场检入口外的一幕。

这起"抗争"的起因是测试场的广播通知，因为参加 100 米测试的人太多，原计划当天下午的测试拟改在第二天，也就是 6 月 13 日上午进行。

一位考生家长告诉记者，她估计此次聚集在测试现场附近的至少有 1 万人。因为平均一个考生至少有三个人陪着，包括考生父母、考生自己以及其他亲属或司机。而此次公布的参测考生有 3407 人。从 6 月 11 日报名的拥挤程度来看，这位家长的估计不是没有道理的。因为人太多，原计划下午 5 时结束的报名一直"折腾到"晚上 9 时多。

记者 6 月 11 日下午在赶往报名现场的途中，一说测试现场学校的名字，出租车司机就说："你说的那地方已经堵车了。因为考试，来了很多外地的车。"

等记者赶到现场一看，路两边都停满了车，绵延大约一公里。记者注意到，车牌号囊括了各地从公检法到路政以及其他政府机关的多种型号的小车。一位学生家长说，没有点关系和背景的人，怎么能有机会弄到优胜者资格证书呢？她说，这些车不就是最好的说明吗？

记者和一些学生家长聊天，了解到，很多有机关工作背景的人，开着公车请了假陪孩子参加测试。

6 月 11 日，在报名现场，一位学生家长抱怨："幸好我和孩子她爸都来了，要不这孩子连名都报不上。"因为下午 5 时前后，考生太多，数度出现拥挤场面，最后只能由多位警察出面维持秩序。"我们家孩子被一帮男孩子挤在里面，都要哭了。"这位家长这么形容当时的拥挤场面。

李斌　万兴亚

2006 年 6 月 14 日

脚注：报道发出的第三天，湖南省体育局宣布暂停各市州行使国家二级运动员的审批权一年。6 月 24 日，湖南省教育考试院公示体育竞赛优胜者名单，共有 2000 多人参测，合格者不到 800 人。此后两个月里，中青报又连续推出 20 余篇高考加分系列报道，由湖南而全国，由体育特长加分而拓展到整个中、高考加分问题，引发社会对高考加分政策的热议。2013 年 3 月，湖南省宣布取消二级运动员加分政策。2015 年 1 月，教育部等部委联合发文取消二级运动员等全国性加分。

青藏天路通

天路行车

6 月 29 日，在拉萨做生意的甘肃临夏人马进良和他的同乡丁明祥结伴来到火车站，打听拉萨至兰州的车何时开行。当被告知第二天就能买 7 月 3 日发往兰州的车票时，他们很高兴。他告诉记者："有 20 多个同乡准备一起返乡。"

以往他们回家，从拉萨坐长途汽车到格尔木，卧铺车票一百七八十元，豪华大巴得花 230 元，需要十七八个小时，相当辛苦，还可能碰上翻车事故。到了格尔木，再乘火车到兰州，从兰州再坐汽车到临夏。青藏铁路通车后，他们可以直接坐火车到兰州，"舒舒服服的"，硬座才 242 元。

他们这次回家的念头，是青藏铁路开通才有的。"要不也就不打算回了。"马进良说，原来一年也就回一次家，现在铁路通了，一年准备回两次。这时，身材高大的丁明祥从矮个子马进良的肩膀上凑过头来，大声说："一年总得回个三四趟！"

7 月 1 日，一个激动人心的日子。青藏铁路正式通车运营。

在近 1000 公里海拔高于 4000 米的地段上，在长达 500 多公里的高原冻土上，修建铁路和开行旅客列车，中国是第一次，世界上也没有先例。

其实，这个日子仅是这条世界上海拔最高的铁路客运的开端。早在去年 10 月 15 日 11 时，一列满载优质大米、面粉、煤炭、钢材、化肥等 12300 吨援藏物资的列车，停靠在拉萨西站。

堆龙德庆县柳梧乡牧民扎西贡布拉着列车工作人员的手说："青藏铁路修到家门口，是我们期待已久的大事。更让我们想不到的是，援藏物资这么快就运到拉萨了。"

今年3月1日，青藏铁路货物列车试运行成功。青藏铁路公司有关部门表示，青藏铁路运行以来，经沿线监测，冻土层的沉降隆起变化在设计允许的范围之内。从7月1日开始，旅客列车将以100公里的时速穿越冻土区，把世界冻土铁路的最高运行速度纪录提高40%以上。

可可西里国家级自然保护区管理局局长才嘎在青藏铁路建设期间关于在藏羚羊主要迁徙地段设置专用通道的建议，受到铁道部重视。青藏铁路开通了33个野生动物通道。在青藏铁路正式通车之际，才嘎回忆说："刚开始这些藏羚羊面对新建起的铁路还不能马上适应，一直在周围犹豫、徘徊。"近两年来，可可西里藏羚羊已逐步适应青藏铁路动物通道，一改过去的犹豫徘徊，开始大大方方地穿越铁路。

这几天，已过而立之年的马元财和朱红寿十分高兴。在青藏铁路公司挑选进藏庆典列车的驾驶员时，他们从480名机车司机中脱颖而出。7月1日，他们将驾驶庆典列车从格尔木前往拉萨。他们说，几天来，他们最想见到的就是机车。

青藏铁路的特殊地理生态环境，需要大马力、低污染、可靠性强的机车。青藏铁路公司购买了70节美国通用电器公司（GE）生产的机车车头，"功率更大些，更适合在高原上跑。"

据介绍，这是世界上最先进的大功率内燃机车。客车则由我国自主创新研发而成。每辆客车都设有供氧系统、真空式集便装置、污水收集系统、防雷系统，抗紫外线能力强。这趟全新的25T型青藏列车设计时速为每小时160公里，目前在青藏线的试验时速已达120公里，就是在翻越"世界屋脊的屋脊"唐古拉山口时，时速也达到80公里。

唐古拉车站是世界上海拔最高的火车站。车站站台立有"世界铁路海拔最高点5072米"（铁路经过唐古拉山垭口的最高点）的石碑。

据介绍，青藏铁路全线采用我国具有自主知识产权的分散自律调度集中系统。由于该系统的自动化程度很高，青藏铁路格尔木至拉萨段仅设1个调度台，由 2 ～ 3 名调度员负责运输组织；全线 45 个车站仅设 7 个有人站，其余 38 个车站均为无人站。

按照国家 I 级干线铁路标准，规定全线最小曲线半径大于 800 米。实际上，全线最小曲线半径大于 1200 米的路段，超过曲线路段总数的 70%。

青藏铁路全线设计时速冻土地段为 100 公里，非冻土地段为 120 公里。这样，拉萨与格尔木之间 1142 公里旅途，可实现"夕发朝至"或者"朝发夕至"。拉萨与北京之间，也可在 48 小时内到达。穿越世界屋脊的旅客列车时速超过 100 公里，这在全世界海拔超过 4000 米的铁路中，是从来没有过的。

板块抬升

板块抬升，高原隆起。青藏高原与外界交流的困难也是地球上仅见的。唐朝贞观年间，松赞干布统一吐蕃后，文成公主远嫁高原，汉藏和亲。送亲队伍起自长安（今陕西西安西北），经日月山，渡黄河、通天河，西行约 3000 公里。史书关于这段行程的起始时间记述不一，多种说法是送亲路程走了 3 年。而距此略早，唐贞观元年，高僧玄奘西行取经，因青藏高原的阻隔而取道丝绸之路先向西北，再转向南走。为绕过青藏高原，他多走了一倍的路程。

到了清代，进藏主要通道有 3 条，一条由川康入藏，一条从青海入藏，一条是绕道云南入藏。官员过往，书信互通，均赖驿站分段连接。茶马交易，商队通行，都得数月方能抵达。

西藏和平解放以来，52 年间，虽然在政治、文化上进一步融入中华民族大家庭，但在经济上仍是国内发展最缓慢的地区。其经济发展存在对外界的严重依赖性。粮食、能源、原材料、日用工业品和农业生产资料等，需要从内地运进；西藏的矿产品、木材、土畜产品等，也需要运到内地进行商品交换。由于货物运输以公路为主，成本居高不下，西藏的商品价格比内地高出许多，有人估算，每 100 元人民币的购买力只相当于内地 54 元的水平。本报记者二十多年来上百人次进入青藏高原采访，记者孙亚明 1985 年到达岗巴一带采访，吃的是 1958 年运进的小米和 1973 年的脱水干白菜。

当地有关部门统计表明，改革开放以后，西藏的经济增长越来越取决于进出货物量。运输成本严重影响西藏经济社会的可持续发展。

2005 年 10 月 12 日，即神舟六号载人航天飞船胜利升空的当天，随着最后一节轨排落在拉萨火车站，全长 1142 公里的青藏铁路（格尔木至拉萨段）全线铺通。10 月 15 日青藏铁路全线铺通庆祝大会在拉萨隆重举行。

当年为了修建川藏公路，付出了 3000 人生命的高昂代价。在青藏公路开通初期，4 个运输团进藏拉货，每年牺牲 30 多人。青藏铁路开工 5 年中，参建人数达 14 万人次，平均每年近 3 万人次。到 2005 年底，全线共接诊病人 41 万多人次，450 例高原脑水肿、878 例高原肺水肿患者全部得到有效救治，创造了"高原病零死亡"的优异成绩。

万代福祉

青藏铁路开通运营以后，运输瓶颈制约被解除，进藏出藏物资总量将大幅增加。据预测，2010 年，进出藏货物运输量将达到 280 万吨，是 2000 年进藏出藏物资总量的 6 倍还多。西藏运输总量铁路将占 75%。

运输成本将大幅度下降。按青藏铁路公司公布的货运价格，平均为每吨公里 0.12 元人民币，比公路运价低四分之三还多。化肥运价不及公路运价的十分之一。粮食运输成本将下降约 43%。

市场物价水平的明显下降，对当地居民和旅游者来说，等于手中的人民币更值钱了。

青藏高原是地质运动最活跃的地区。国土资源部主持的"新一轮中国国土资源大调查"表明：

青海东昆仑地区发现一个品位较高的大型钴矿床，目前可控资源量超过 2

万吨，而目前世界探明储量仅为200万吨。青海省镁资源量居世界第一位，铅保有资源储量居全国第三位，锌和铜保有资源储量均居全国第十二位。而西藏120多万平方公里的大地下，更蕴藏着无数矿产资源。已知的铬、铜、硼、镁、硫、刚玉、白云母矿的储量均位居全国前列，而铜矿资源远景储量有望达到3000万吨以上，占全国铜矿资源储量的三分之一。目前在中国已发现的173种矿中，西藏就有100种，有十几种为国家急需矿种，矿产资源的潜在价值，至少在10万亿元以上。

长期以来，工业化开采缺乏交通支持，西藏的矿产业发展不快。2000年，矿业开发的总产值只占全区国内生产总值的4％。储量居全国第一位的铬铁矿，产量占全国的90％，但其绝对数量却不大，每年平均下来还不到6万吨，如果换成铁路运输，只够装几十列货车的量。西藏自治区有关部门预计，青藏铁路通车后，矿产采选业将得到迅速发展。

青藏铁路对于旅游业的促进，是最显而易见的。"十一五"全国区域旅游规划，列了9处重点，青藏铁路沿线旅游排在重点之首。

青藏高原居民的燃料结构不合理。目前占人口85％的农牧区，牧区居民以烧牛粪——草原的肥料为主；林区居民以烧木柴为主，近年来甚至连珍贵树种青冈木也遭到砍伐。

农牧民食品以牛羊肉为主。牛羊放养量增加也导致草场超负荷承载。

青藏铁路通车，有利于消除居民燃料消耗和食品结构的"不合理"，青海丰富的煤炭、天然气和内地质优价廉、品种繁多的食品、植物油，将便捷地运进青藏高原，有利于保护和改善生态环境。青藏铁路沿线车站周边400公里以内的居民，可以率先逐步用煤炭、天然气替代牛粪、灌木等；可以用粮食制品、植物油替代一部分牛羊肉。随着时间的推移，藏北丰富的石油天然气资源得到开发，更方便、更清洁、更便宜的天然气很快就能得到使用，对西藏的生态环境保护带来革命性的改变。

青藏铁路通车后，西藏兴建30万千瓦以上的电厂将成为可能，西藏的能源结构会随之发生重大改变。

青藏铁路建设激活了青藏两省区 800 万人民打造"青藏高原经济带"的大构架。青藏铁路全线开通以后，西宁成了国内外旅游者乘火车观赏高原风光的起始地，成了全国援藏物资中转站，成了西藏采购建设物资、生活用品的"指定供应点"。如果以西宁市和格尔木、拉萨、日喀则等高原城市为点线，以青藏铁路为载体，形成辐射整个"世界屋脊"的青藏高原经济带。

向内地向海洋

在第一批藏族铁路员工对拉萨火车站进行最后装饰的日子里，西藏南部亚东乃堆拉山口中印边界两侧，双方的工人正在拆除存在了 44 年的铁丝网。一条

2006 年 6 月 27 日，西藏拉萨，工人在即将投入使用的青藏铁路拉萨站站前广场做最后的忙碌。
陈剑 / 摄

连接两国的公路已在乃堆拉山口对接。7月1日青藏铁路客车营运后不久，7月6日将开通中印边境亚东边贸市场，南亚陆路通道即将打通。

届时，人们将发现，西藏离大海其实并不遥远。从拉萨到印度洋沿岸港口，只有1000公里多一点。

亚东曾是西藏最大的对外贸易口岸，中印两国唯一的贸易口岸。20世纪初，中印两国通过西藏亚东口岸的交易额最高时达到上亿美元，占当时中印边贸总额的80%以上。

亚东口岸于1962年关闭。1999~2004年，中印货物贸易从19.9亿美元增加到136.0亿美元。2005年1~7月已到107.6亿美元。但目前中印通过陆路的转口贸易额每年仅为300万美元。中印贸易大部分通过海运，而西藏的外贸大部分通过万里之外的天津港中转。

2006年3月，十届全国人大四次会议通过的"十一五"规划在铁路重点建设项目中规划了"青藏铁路延伸线"。相信不久青藏铁路就会从拉萨向林芝和日喀则，以及中国与尼泊尔的边境延伸。不仅西藏境内的铁路网将进一步延展、完善，青藏800万人民打造"青藏高原经济带"的美梦将变成现实，也将使中国的目光扩展向更远的南亚贸易通道。

亚东位于拉萨西南460公里，南行数十公里至大吉岭，即可与印度著名的大吉岭喜马拉雅铁路连接，直通海港城市加尔各答（500多公里）和孟加拉首都达卡（600公里）。今年年初建成的距乃堆拉山口16公里的洞青岗临时边贸市场已基本建成。亚东县委一位官员介绍说："去年第一季度，只有两三家客商来这里洽谈投资项目，今年第一季度，已经来了30多家。"西藏自治区主管商务工作的副主席郝鹏表示："未来即使中印贸易额的10%通过这个山口，西藏的外贸额也会增加十几亿美元。这对西藏的带动太大了。"

西藏商务厅口岸办次仁主任向记者强调，目前开通的并非媒体误报的"口岸"，而是边贸市场。"口岸是国家间的综合业务来往，而边贸主要是边民之间的互市贸易。""但是，亚东是两国公路连接地，人员的流量也比较大，实际上是按照口岸规划建设的，印方也迫切希望乃堆拉成为两国间的口岸。亚东升格为口岸不会是太遥远的事情。"

那时，亚东口岸即是西藏及中国西部部分省区距离出海口最近的口岸，有望形成中国连接南亚地区的最大陆路通道。

叶　研

2006 年 7 月 1 日

安徽巢湖四名学生蒙冤事件调查

安徽省巢湖市公安局居巢分局在办理一起伤害致死案时，错误拘捕张虎、张峰、焦华、王浩4名青少年学生，其中张虎和张峰是亲兄弟。4人因被刑讯逼供受尽折磨，被关押3个多月，直到真凶被抓才重获自由。

被抓时，张虎刚领到大学录取通知书，即将进入安徽省一所职业技术学院读书，弟弟张峰是巢湖市一所中专学校的学生，王浩和焦华刚上高二才两天。4人中最大的刚满18岁，最小的才16岁。

目前此案已被安徽省公安厅认定为错案。警方称，4名无辜者在一起案件中同时被当作犯罪嫌疑人错误拘捕，在全国尚属首例。

一位母亲说孩子不是好东西，竟也被警方当成了证据

2005年9月2日凌晨5时许，巢湖市居巢区半汤镇57岁的农民刘之华到市政府门前的一个大池塘起虾笼时被人打得不省人事。其家人闻讯当场报警并将其迅速送往医院。9月7日，刘之华因颅脑损伤，在医院经抢救无效死亡。警方对发生在市政府附近的蹊跷命案十分重视，指定居巢区公安分局管辖，并抽调相关部门协助办理。

在警方的调查中，一位目击者称曾看到有4个小青年对刘之华进行殴打，她见状后立即跑回去通知了刘的家人。另外也有两名证人证实曾在9月2日早上在案发现场附近看到有4个小青年在散步，警方由此确定犯罪嫌疑人是4个年轻人。

9月8日，就在刘之华死后的第二天，居巢区一农民李某到办案部门反映，该案可能是其邻居张佑龙家的两个儿子张峰、张虎干的，理由是刘之华遇害当

日，李某的母亲悄悄对他讲，张佑龙家"世代都不是好东西"。如此荒唐的理由和线索，警方竟然当了真。

此外李某还反映，在刘之华遇害之前那天的晚上10时许，张佑龙的母亲到张佑龙家很神秘地寻找焦裕、焦华、王东峰及其同学4人。"作案人数"又一次吻合，警方更深信不疑。

9月9日晚，居巢区公安分局刑警大队办案人员传唤焦裕，经过5个小时的"思想工作"，焦裕透露说，听其父母议论，该案可能是其哥哥焦华和王浩、张峰及张虎4人所为。

就根据这些所谓的"证据"，居巢区警方于9月10日将张虎等4人刑事拘留。冤案的祸根就此埋下。

有"全国优秀青少年维权岗"称号的检察机关没能抵住政法委压力

刑事拘留期间，王浩被审讯14次，其中10次作有罪供述，4次作无罪供述；张峰被审讯14次，3次作有罪供述，11次作无罪供述；焦华被审讯8次，两次作有罪供述，6次作无罪供述；张虎被审讯9次，3次作有罪供述，6次作无罪供述。

2005年10月8日，居巢区公安分局提请检察机关对王浩等4人批准逮捕。

巢湖市居巢区检察院因为办案过程中多次出色地维护青少年的权益，曾获得"全国优秀青少年维权岗"的称号。这一冤案本来有可能到此打住，因为该院负责任的检察官对警方提请逮捕的案件材料经过认真审查后认为，该案证据之间矛盾点较多，不能形成证据链，4名犯罪嫌疑人先供后翻、时供时翻，并没有铁定的说法。

检察机关经过对4名犯罪嫌疑人提审后发现，4人都认为自己所作的所谓"有罪供述"，是听到别人议论以及在公安机关侦查人员的逼供诱供提示下编造的，并非自己的真实想法或案件的实际情况。

2005 年 10 月 17 日，居巢区检察院果断作出了不批准逮捕的决定。但最终，基层单位仍没能抵抗住来自上级部门的高压。

为争取办案时间，防止被害人家属上访，巢湖市公安局和居巢区公安分局分别向市、区两级政法委汇报，请求协调批捕。在巢湖市政法委的"协调"之下，短短 4 天后，2005 年 10 月 21 日，居巢区检察院撤销了原不批捕决定，并于当日批准逮捕。

不过，居巢区检察院还是向警方提出了最后一个有约束力的要求，那就是移送起诉的材料必须过硬，警方必须在原来卷宗中补充扎实的内容。

从 2005 年 10 月 21 日批准逮捕直到 12 月 15 日，公安机关为将案件办成"铁案"，继续对 4 名无辜学生开展了包括技侦、测谎等大量侦查工作，但还是无法把证据链不足的硬伤抹平，最后只好对 4 名"犯罪嫌疑人"实施取保候审。

真凶被抓，4 名无辜学生才得以洗脱罪名

2005 年 12 月 26 日，办案民警在摸排中发现，案发现场附近的出租房在 8 月中旬有外地人租住，通过租房人留下的手机号码，几经周折，警方在安徽省全椒县（滁州市辖）找到了 19 岁的无业女青年于某，得知其曾与男友王伟及王的朋友房某、刘某等人在那里租房居住。

进一步的审查得知，2005 年 9 月 1 日晚，王伟和其朋友房某、刘某等 4 人在出租房内庆祝房某的生日，4 人饮酒至次日凌晨后，突然心血来潮出去跑步锻炼。早上 6 时左右，4 人分两批回来，王伟和房某身上有多处划伤，并称是在市政府门前水塘游泳时发现有一个虾笼，因为好奇就从水中提起来看，没想到正好被虾笼的主人看到，以为他们要偷虾，张口就骂，结果双方发生殴打，他们 4 人将虾笼主人狠揍了一顿。后经证实，虾笼的主人就是农民刘之华。

根据于某提供的这一线索，居巢区警方确定此 4 人有重大犯罪嫌疑，立即开展追捕工作。2006 年 1 月 19 日至 22 日，警方相继在上海、合肥及宿州市的

灵璧县将4名犯罪嫌疑人抓获。经审讯，4人对犯罪事实供认不讳。

至此，在取保候审1个多月之后，4名无辜的学生终于在2006年春节来临之前的1月23日，被解除了取保候审。

在号子里，吃不饱穿不暖，动辄要挨打受骂

在长达100天的牢狱生活中，4名原本清纯的学生遭遇了办案人员实施的"车轮战"等闻所未闻的折磨：侦查人员轮番进行审讯，不让你有片刻休息，哪怕是合眼的机会；有的人还被罚站、罚跪十几个小时，或是双手整天都被铐在墙上。经过最长达五六天的煎熬，4人最终精神崩溃，被迫作出违心的供述。

经安徽省公安厅派出的专门调查组调查发现，对4人的很多次讯问笔录没有起止时间、没有讯问地点、没有讯问人、没有记录人。

刑讯逼供之后获得的是高度一致的口供：当晚一起吃饭，在吃饭时就约好夜里去打电子游戏，到次日凌晨4时，又一起到市政府门前水塘里洗澡，并与刘之华发生纠纷，继而殴打，然后逃离现场。就连现场上的一束花，王浩都承认是从马路边摘下后放在现场的。

安徽省公安厅认定，这是毫无疑问的变相的刑讯逼供。

审讯完毕回到牢狱中，4人也没有什么好日子过。在被羁押看守所的3个多月时间里，他们吃不饱、穿不暖，家里人送些衣服也被禁止。

在看守所的号房里，谁待的时间长，资历深，就要听谁的，4人动辄要挨打受骂。

据全国律协保护未成年人专业委员会副主任孔维钊律师介绍，按照法律的规定，未成年的少年犯应该与成年犯人分开关押。4人中，除一人刚满18岁，其他全是少年。正是和成年犯人关在一起，让4名青少年学生白白遭受了更多的欺凌和屈辱。

张虎的父亲清楚地记得孩子从看守所出来之后在大门口说的第一句话："这

到底是怎么回事？"话音未落，父子俩已禁不住泪流满面，抱头痛哭。

众多疑点被公安机关"忽略"

据交代，案发当天，即2005年9月2日下午，为逃避打击，王伟等4名犯罪嫌疑人便退掉租的房子，分散逃往外地，就在当天下午，房东又把该房出租给其他人。但由于警方办案人员粗枝大叶、调查走访不深入，当看到新的租房人符合"小青年"这一条件时，便轻易地放过了重大线索。如果调查人员责任心更强些、调查更细致一些，能了解到租房人员的变化情况，真正的犯罪嫌疑人就会很快浮出水面，这起错案就不会发生。

检察机关在审查批捕的过程中就发现了4个方面的问题，如果公安机关的办案人员对其中的每一个问题都认真对待，作为重大疑点，就不会导致在错误的道路上越陷越深。这些疑点包括：

——王浩等4人有无作案时间不难确认，因为事发当晚4人都在家中，其中王浩和父母睡在一个屋内；

——案发后，现场被害人所骑的三轮车被公安机关从水塘里捞出，但王浩等4人均不知道三轮车是如何落入水塘的；

——王浩供述在路边采了一束粉红色的花，但现场勘察照片上反映的是大红色和黄色的花，颜色不一致；

——王浩等4人供述案发当日所穿的衣服、各自实施的故意伤害行为、逃离现场的路线等与现场目击证人的陈述相差较大，且现场目击证人均不能指认这4名犯罪嫌疑人。

但问题是这些疑点都被公安机关"忽略"了。当检察机关列举出这些问题时，公安机关的办案人员不仅没有去认真调查核实，也没有对检察机关不批捕的决定依法提请复议和复核，而是简单地依靠上级协调、施压，导致错误案件无法及时得到纠正。

"某些公检法机关工作人员在执法、司法过程中，片面追求结案率和办事效率，是造成弥天冤案的根本原因。"一位专家指出，正确的司法才是实现正义的关键。国家权力的行使最终要以保护公民合法权益为依归。本案中，因为片面追求办案效率，执法和司法人员对法律精心设计的执行程序、保障公民权利的制度疏忽大意，丧失公平正义就是自然结果。

据最新消息，办案部门与受害学生家长已签订协议，赔偿4人每人6万元。直接导致错案发生的居巢区公安分局的3名办案刑警，近日已被检察机关以涉嫌刑讯逼供立案侦查。

黄　勇

2006 年 9 月 11 日

脚注：记者明察暗访报道了这起青少年冤案酿错和纠错的全过程，尤其是揭示了"命案必破、命案快破"理念下，地方公安机关刑讯逼供和相关部门插手检察办案的内幕。报道形成巨大社会压力，直接推动了案件处理，当地公安分局局长被免职，五名涉嫌刑讯逼供的警方人员被处以刑罚。在次年全国两会上，十余名人大代表提出相关议案，这直接促成了《未成年人保护法》中一条新条款的诞生——"公安机关、司法机关传唤、审讯未成年犯罪人，应通知其法定监护人到场"。

生如夏花

李春华 资料照片

留下来的太少了。

一双磨裂了后跟的浅绿色拖鞋，被人们发现时，一只浮在水面，一只散落在塘边。家里的芦席下压着几册《英语沙龙》、一篇尚未完成的毕业论文《论东汉的隐士》、一张 7 月 23 日返校的火车票，还有一份手写的关于农村耕地抛荒问题的调查报告。作者在报告结尾处说，科技兴农是彻底解决抛荒问题的出路⋯⋯

李春华，湖南师范大学的一名大学生。当他听到两名落水少年的呼救声时，正挑着谷子往家赶。在一片暮色中，他将两个孩子推向了生命的此岸，自己却消逝在家门前的水塘里，22 岁的青春永远定格在 2006 年 7 月 21 日那一天。

4 个月过去了，李春华的故事依旧在三湘四水间流传。除了救人本身带来的震撼之外，人们更多地为这个"80 后"大学生生命中的点点滴滴而感叹。

"过去，我总是想不通，为什么好人要到牺牲之后再去宣传？"田品是春华班上的第一任班长，她在一篇纪念文章中写道，"现在我才明白，人活着，他的光和热总在默默地影响着周围的人，人们有的是时间去感悟、去理解。而当生命终结的时候，我们需要更多的人来见证这份平凡中的伟大，需要更多的人来体会这样一种选择。因为用生命写出的东西是最可贵的，也是最感人的。"

一颗感恩的心

23位大学同学到春华家去看他最后一眼。一下车，同学们都呆住了：眼前是几间破旧不堪的土坯房，春华的木床正对着门，芦席下的稻草一直拖到地上。几年前，春华家的房子被洪水冲毁，一直没钱翻修，一家5口人挤在叔叔的老屋里。

对李春华三兄弟来说，不读书，脱贫就没有希望。2000年，李春华考上了衡南县一中，哥哥李佳庆正在衡南县二中读高二。收到录取通知书的当晚，父亲李先满把兄弟三人叫到床前。

"当时，爸爸的支气管扩张很严重，每天咯血。"李佳庆回忆说，那天父亲抹着眼泪告诉三个孩子，家里月收入不到200元，无法承担兄弟俩上高中的费用。

"爸爸不停地怪自己没用，说没有尽到做父亲的责任。"弟弟李春龙说，其实我们从来没有怨过他，如果不是爸爸硬撑着，兄弟三人早就辍学了。

当时，春华先接口说："哥哥已经高二了，明年就考大学，我去打工，让哥哥读。"哥哥却不同意："弟弟考上县一中不容易，将来考大学的可能性更大。"最后，父亲决定让春华读高中，佳庆出去打工。

开学后，春华来到衡阳的建筑工地看哥哥，当时佳庆正在抬钢材，抬不动，求别人帮忙。春华一看见就扑到哥哥身上，"今后我出息了，借钱也要送哥哥上大学。"兄弟俩抱头痛哭。

2003 年，家里一下子来了两张录取通知书。一张是春华的，湖南师范大学；一张是弟弟春龙的，衡南县二中。家里人很高兴，同时又为学费发了愁。最后还是由父亲拍板，牺牲了春龙，一家人又哭了一场。

物质上的困窘有时会让人心灰意冷，但在这个家庭里，父母的恩情，兄弟的情义，却如同暖流，相互温暖并传递给周围的人。

今年五一，春华一回到衡阳就直奔哥哥打工的店铺，拿出两瓶止咳糖浆："这是我给爸爸买的药，你给爸爸，就说是你买的。"佳庆很奇怪，这药要 50 多块钱，而春华一个月的生活费只有 150 元，他追问这钱是哪里来的？春华拗不过才说，每次学校开大会后，他都留下来捡剩下的矿泉水瓶，捡了 20 多天换来的。佳庆更生气了："你一个大学生，去捡破烂有什么面子呀？"这下把春华逼哭了："为了爸爸，我有什么面子可丢的？"

没有翻不过的山

在田品的印象里，春华有一双深邃的眼睛，总是穿一件黄色的外衣，背一个单肩斜挎包，笑容永远是那么憨厚。"谁也没有想到，在春华的心底，竟然承受着巨大的生活压力。"田品说。

整理春华遗物时，同学们发现了一张 2005 年的国家助学贷款申请表，除了盖着衡阳市雁峰区岳屏镇公章的贫困证明一栏，其余部分都没有填。

令人不解的是，大学四年里，李春华从来没有申请过助学贷款。

"为了凑足他上大学的钱，家里能借的亲戚都借了。"春华的父亲李先满说。大三那年，李先满跟春华商量，能不能申请助学贷款。春华答应了，并且领了表格，填写了证明。

"后来他对我说，助学贷款名额有限，有些同学为省路费一年都不回家，班上比我苦的还很多。"李先满理解儿子的想法，他卖掉羊，又向亲戚朋友借钱才凑齐了学费。李先满借钱时总拍着胸口说，"我儿子考上大学了，将来一定能还得上。"

"很多同学都想不通，为什么那些因贫困产生的自卑和阴影，在春华那儿全部转化为一种自立和自强？"田品说。

大学里强手如云，不善言辞的春华一度被埋没在人堆里。大二，班里举行班干部换届选举，李春华竞选学习委员，结果他落选了，只得到 10 票。在当天的日记里，李春华写道："看着同学们热情大方的演讲，我明白再也不能死读书了……"

李春华的普通话说得不标准，英语口语也是个难题。大二时，他省吃俭用买了一个 MP3，一有时间就跟着苦练英语和普通话。春华牺牲后，同学们发现MP3 里一首流行歌曲也没有。

"最让我感动的是，大冬天，他用棉被裹着全身，每天看书到凌晨一两点钟，然后天没亮又爬起来去操场跑步。"同学刘桥华说："有一段时间李春华睡觉时老在梦里背英语，背得还挺溜儿。"后来，李春华成了班上为数不多的一次性以高分通过英语四、六级考试的学生。

在同学们的印象里，春华不是那种在台上振臂一呼，台下就一呼百应的风云人物，不是运动健将，也不是电脑高手。但是，同学和老师看到的永远都是他助人为乐、笑脸相迎的样子，时间长了，大家似乎都被他积极的生活态度所感染。

在大三的班干部改选中，全班男生都拍着桌子，叫着"李春华"的名字，最终到场的 38 人全票通过，李春华当选为班长。

与春华一样，郭硕也来自农村困难家庭。郭硕情绪不高的时候，春华总是对他说："没有翻不过的山。"春华给郭硕推荐了自己最喜欢的小说《活着》。他告诉郭硕，这里面饱含着人对苦难的承受能力、对生活乐观的态度的描写。活着指的是一种信念，激励着人们去体味现实给予的幸福和苦难，去承担生命赋予的责任。

人，为什么而活

谈及李春华，许多人会不约而同地说起另一个人——马加爵。人们不明白，同样出生于贫困家庭的两个大学生，一个化为一种精神力量激励着后人，另一个却变成一个耐人思索的现象不断地拷问着社会。究竟是什么让这两个青年的死有着截然不同的意义？

个体间的差异是复杂的，人们或许可以从两人对生命意义的困惑中找到一些轨迹。

逃亡期间，马加爵在给姐姐的一段录音中说："我这个人最大的问题就是不知道人生的意义到底是什么。有一首歌说'一百年后没有你也没有我'，好像早死迟死都是一样的。"

李春华也曾为同样的问题感到困惑，不同的是，后来他找到了答案。

2003 年 4 月 20 日，正在读高三的李春华给父亲李先满写了一封信，信中说"亲爱的爸爸，我现在真的很迷惘，不知道将来究竟干什么工作，觉得人生没什么意义，整天就这么浑浑噩噩地过。高考在即，这样下去很危险，我该怎么办？"

"亲爱的儿子，别怕，你的困惑是这个年龄的人所共有的。"李先满在回信中写道，"雁过留声，人过留名，人不一定要名垂青史，但每个人都应该为自己留下一些有意义的痕迹。你还记得保尔关于生命意义的那段话吗？当你不为碌碌无为而悔恨的时候，你的生命才有价值。"在信的末尾，李先满抄录了一首题为《痕迹》的小诗，他鼓励儿子："要让生命中的每一天都能留下可爱的脚印。"

这次父子间书信交流的效果如何，如今已不得而知。不过，从李春华后来交给党组织的一篇篇思想汇报中，可以看出他从未放弃过对人生价值的追求和思考。

在 2005 年 4 月的一篇思想汇报中，李春华这样写道："从前，我曾为人生的意义是什么迷茫过、苦恼过，现在已经逐渐解开了这个结。"在这篇题为《生命在于奉献》的汇报中，李春华总结说，"只有在为他人和社会奉献的过程中，才能实现自我价值，人生的意义即在于此。"2005年5月8日，李春华被组织批准成为中共预备党员。

在同学们眼中，春华总是默默地把事情做好。

同寝室的彭山平回忆，平时宿舍里换水、打扫卫生都是轮着来，但自己经常粗心忘记，每当想起来的时候，春华早就做好了。大热天他把一桶25斤重的纯净水背上6楼，大伙儿只顾喝着凉水，谁也没注意到春华大汗淋漓。直到他走了，大家才惊讶地发现，他已经连续换了三个月的水，却从没在他那里听到一句怨言。

2004年2月，唐去非因病住院。春华来看望时，听说他只能吃流食，第二天早上就用自己做家教赚来的钱，买了几瓶牛奶和蜂蜜，一口一口地喂。唐去非不能动弹，卫生问题必须在床上解决，春华就帮他打理。"我当时差点儿哭出来，只有小时候爸妈帮我做过这种事。"唐去非回忆道。春华当时微笑着说："这有什么啊，我爸爸常说，与人相识是缘分，别人有难处，只要力所能及就应该主动帮一把。"

离开春华的日子

舍友彭山平许久没再踏足网吧，隔壁宿舍的刘桥华也删除了电脑上所有的游戏。从前，为了玩电脑游戏上瘾的事，春华没少跟他俩唠叨。有一回，李春华很认真地对彭山平说："我也玩过电游，有一天我算了一笔账，如果因为玩游戏缺一天课，就浪费了将近22元钱，这可是父母的血汗钱！"

直到赶赴衡阳送别春华的时候，彭山平才真切地体会到春华说的这笔账意味着什么。

"春华的家人看到我们，一下子哭倒在那里，就像看到自己的孩子一样。春华的母亲时常倚着门，向着自家田地的方向张望，她总觉得，儿子只是到地里干活儿还没回来。他的父亲紧紧地拉着同学们的手，他是那么瘦。他不停地说，要我们好好学习，好好工作。"

那一刻，彭山平突然很想念爸妈。上大学之后，除了要生活费，他很少跟家里通电话。回到长沙，彭山平给家里打了个电话，反复地念叨"要保重身体"。彭山平说，他现在常这么做，并且"不再为此感到肉麻"。

李春华所钟爱的电影《离开雷锋的日子》中，有这样一个情节：在雷锋去世后的30多年里，他生前的战友乔安山做每一件事之前，嘴里都会念叨着："如果老班长在，他会咋样做？"

如今，这种情感正在春华的同伴中扩展。

"是的，你能够明显感受到这种变化。"田品这样评价她的同学：曾经荒废学业的开始安心学习；考研的抓紧时间备考；找工作的忙着实习、试讲……

"转变的原因大家都清楚，因为我们失去了一个好同学，再这样虚度人生，就对不起他。"田品说，"不过，我们彼此都像呵护一个秘密一样保持着沉默，因为这个理由是伤心的，这个让我们懂得爱、懂得珍惜、懂得感恩的代价实在太沉重了……"

春华走后，同学们常常围坐在一起，追忆班长的故事，然后不加修饰地讲给愿意倾听的人，他们觉得这是纪念春华最好的方式。

"要是春华救了人，自己也平安归来，咱们一起接受记者的采访，那是多么高兴的一件事情啊。"在和一位同学聊天的时候，田品作了这样的假设。

对方沉默了一会儿，轻轻地叹了口气："如果春华救了人还活着的话，他自己不会说这些事情，连说都不会说。"

蒋昕捷

2006 年 11 月 29 日

脚注：2006 年，社会热议"80 后是不是垮掉的一代"，包括中青报在内，媒体开展了大讨论。就在弹赞相持不下的时候，中青报推出了这篇报道，为 80 后正名，成为这一轮辩论的标志性报道。

2007

增 速 冲 顶

尽管踩了刹车，但 2007 年的中国经济仍然强劲增长。这一年的 GDP 增速达到惊人的 14.2%，回头来看，这也是新世纪 20 余年的顶峰，迄今再没达到过。

顶峰上的景观之一，是不再受限的预期，以及基于预期的过热和泡沫。"涨"字当选了年度汉字，居民消费价格指数（CPI）从 1 月的 2.2% 一路上涨到 11 月的 6.9%，创 11 年来的新高，猪肉涨、牛奶涨、兰州拉面涨，股市更是头疯牛，上证指数在 10 月 16 日达到迄今最高点 6124.04 点，沪深股市规模已超过日本，而当时中国的 GDP 不过是日本的 60%。

这显然脱离了中国的发展阶段。中青报报道了重庆家乐福的一次踩踏事故，事故造成 3 人死亡，31 人受伤，仅仅是因为商场的一款菜籽油搞促销引发拥挤，报道名为"勾魂的 11 块 5"。

过热的社会环境，很容易引发投机、寻租和腐败。中青报曾报道深圳的一项调查，约 85% 购房者抱有投资目的，经济是如此社会化了，以至于无数个你我这样的市场主体分散决策，却共同把 2007 年的房价推高了两到三倍。当然，房地产中的灰色产业链也在推波助澜，一些职能部门和房地产商扮演了不光彩角色。

有识之士已经看到，这样的高速增长是不可持续的。中国当年 GDP 占全球 GDP 的 5.5%，却消耗了全球石油的 8%、原煤的 40%、粗钢的 32% 和水泥的 48%。化工污染导致太湖蓝藻暴发，植被减少加剧淮河水患。更严重的是，一些社会矛盾变得尖锐。中青报详细报道了重庆"最牛钉子户"不同意开发商条件，坚守"孤岛"房屋的过程，这成了拆迁时代各种利益博弈的典型样本。

顶峰的另一景观，就是分配问题提上日程。2006 年，我国财政收入已达 3.9 万亿，怎么花这笔钱，成了上下关注的焦点。党的十七大期间，央视的收视率比往常超出一倍，闭幕时时长 60 分钟的《新闻联播》收视率高出 83%，在这个利益调整的关键期，你不关心十七大，十七大也会关心你。

"发展为了人民、发展依靠人民、发展成果由人民共享"，十七大报告顺应民生新期待，向百姓展示了一个美好的新未来："学有所教、劳有所得、病有所医、老有所养、住有所居"。

实际上，2007 年的国家财政已经实现了从"投资财政"向"公共财政"的大转弯，财政蛋糕更多地切给了民生。国家免除了 1.5 亿农村孩子的学杂费，用于资助困难学生的资金增加到 503 亿元，覆盖非义务教育阶段的各类学校；全面建立农村低保制度，首批 79 个城市试水城镇居民基本医疗保险；确定廉租房建设的时间表，加大对低收入者的财政补贴……民生改善的幅度前所未有。

这一年，刷新审议次数纪录的物权法终于获人代会通过。中青报的年终盘点写道：重庆"最牛钉子户"问题在市长介入下，最终采取异地实物安置方案，当事人悄然消失在人声鼎沸的舆论热潮和公共讨论之中。

拆迁时代的典型样本

从最直观的图像开始，这就是当代中国城市拆迁运动的一个典型样本。

重庆市九龙坡区中心地带杨家坪，步行街对面、轻轨站旁，是一个直径超过百米、深度超过 10 米的大坑。坑中心保留一小块地基，上面立着一栋红砖裸露破败不堪的二层小楼。

在这幅"怪异"景观下，一场拆迁拉锯战悄无声息地进行了两年半。然而数日来，这场斗争突然变得轰轰烈烈。

拆迁户、开发商、政府行政部门、司法机关、公众、专家、媒体，与拆迁相关的几乎所有要素，都在这个样本中凸显出来，供考察。

深坑里，杨家小楼

杨武从父亲那儿继承下九龙坡区杨家坪鹤兴路 17 号的房产时，压根儿没想到多年后他需要凭借自己习武的身手爬上数米高的断土台，才能进入自家私房。

楼上，是他出生的地方。楼下是铺面。杨家 8 个子女，都出生在这里。这栋楼就是杨家的历史。1944 年，杨父买下这块地皮后，又大老远从菜园坝运回木材，建起了这座二层小楼。

据当地人回忆，那个时候九龙坡区主要还是农村，鹤兴路大概是杨家坪"唯一一条街"。杨家小楼，就立在杨家坪城市商业萌发的中心位置。

上世纪 50 年代公私合营改造时，国家将土地和私房收归公有。至 80 年代初，经杨家申请，这栋楼按照政策返还杨家。重新拿到房屋产权后，杨父通过赠与方式，将小楼传给杨武。

"我们家老爷子辛苦一辈子，做买卖、创家业，都在这个房子里。"杨武

重庆，历史上最牛"钉子户"夜景。周民 / 摄

的妻子吴苹对记者说，"纯粹是自家的产业，经营生活了那么久，对这个房子的感情，和后来拿钱买的房子不一样。"

目前听不到杨武亲口讲述他在这里出生长大的故事。3月21日下午，他从被挖断的陡峭地基攀进小楼，至今没有下来。在一场已被裁定的强制拆迁中，他要保卫自家的房产。

"哪个敢上来，老子把他打下去！"杨武厉声喝道。

然而要上来的，他真能挡得住吗？3月19日，重庆市九龙坡区人民法院发出《限期履行通知》，责令他在3月22日前履行九龙坡区房地产管理局下达的《拆迁行政裁决书》中确定的义务，自行搬迁，逾期不履行，法院将依法强制执行。

吴苹表示，他们要抗争。杨武进楼后，在楼顶竖起一面国旗，并挂出写着"公民合法的私有财产不受侵犯！！！"的白布横幅。下面的亲戚买来两罐液化气、一个灶、一个碗、一双筷子、几桶矿泉水、一个脸盆、一块香皂、一条毛巾、两包水果、几十个面包、一张折叠床，让他用绳索吊上去。据说，房内原本只有一把烂藤椅。

没人知道，守卫在楼里的杨武，在想些什么。从上世纪 80 年代开始，他就在这栋小楼里搞起了最早的个体经营，开了家火锅店。当时的鹤兴路相当热闹，是整个杨家坪有名的"好吃街"。

餐饮生意很红火，但也辛苦。吴苹回忆，自己怀上了孩子还得忙活。至今，她回到这片拆迁工地交涉协商时，还有往日熟人打招呼，依旧叫她"老板娘""阿庆嫂"。

到 1992 年，木质小楼年久失修，存在垮塌危险。杨武夫妇向房管所申请"排危"，在原址翻建了面积 219 平方米的砖混结构二层小楼，继续经营餐饮。

然而从 1993 年开始，拆迁，像一层阴影笼罩了这栋小楼和杨家的生活。

拆迁公告告知，重庆南隆房地产开发有限公司按照旧城改造规划，取得对杨家坪鹤兴路项目的拆迁开发权。但拆迁始终没有启动，居民们听说是由于南隆公司自身问题，无力开发。

这一拖就是 11 年。直到 2004 年 8 月 31 日，又一份拆迁公告贴出，除南隆外，增加了重庆智润置业有限公司。九龙坡区房管局向开发商核发了拆迁许可证。

2005 年 3 月，依据重庆市建委的批复，重庆正升置业有限公司成为"杨家坪鹤兴路片区旧城改造项目"（开发商定名为"正升百老汇广场"）的项目法人和项目质量责任人，正升、智润和南隆 3 家公司为该项目联合开发建设单位（联建单位）。

据正升公司开发部经理王伟介绍，南隆公司是一家外资企业，智润公司是一家私营企业，正升公司是一家国有控股企业，智润是正升的股东之一。这块土

2007 年 3 月 21 日下午，亲戚给准备坚守自家小楼的杨武运送生活物品。徐百柯 / 摄

地之所以在 11 年后还能以联合的形式继续开发而未被政府收回，是由于其适用重庆市处置历史遗留问题的"四久政策"，属于"久划不拆"。

拆迁公告规定的动迁期为 2004 年 9 月 5 日至 10 月 4 日。据开发商统计，至 10 月 8 日，该片区共 281 户拆迁户中搬走了 250 户。接下来近两年时间内，开发商陆续与 20 余户达成协议，实施了搬迁。到 2006 年 5 月，整个拆迁工地上只剩下中心位置的杨家和南端角落里的两三户未搬迁。

正升公司称，此时为进行地下管网改造，施工人员开始土石方局部开挖，但始终保证了南端角落里拆迁户的水、电、气，直到数月后他们签协议搬离。杨家小楼由于处在工地中心，且 2004 年动迁后就停止营业，一直无人居住，不存在需要水电气的问题，所以施工人员对其四周进行了挖掘。

但吴苹否认了这种说法。她坚称从 2004 年 10 月起开发商就强行对房屋断水断电，并在四周挖下深坑，坑中积满水，小楼沦为孤岛。

该项目的拆迁工作，开发商委托九龙坡区城市房屋拆迁工程处进行。这是区房管局下属的一家事业单位。记者向该处主任赵荣华求证，他称直到2006年初自己的拆迁人员撤出时，工地还是一片平地，开发商的施工人员并未进行挖掘。

"不管是2004年还是2006年，开发商在拆迁户尚未搬迁之前就对其房屋四周开挖，破坏了道路、地下管网和地基。作为实施拆迁的专业人士，你怎么看？这是否违反了相应的法律规定？"记者问赵荣华。

"这个问题啊，法律上好像也没有规定得这么细。我们市里的工作会上有要求，要不断水电，保证生活。但是他家早就没住人了呀。而且……怎么说呢……正常情况下，也就拆个三五个月一年的，没有谁拖这么久啊！这么久了，两年多了，开发商着急啊，所以就……"他回答。

"那么这究竟是否违反拆迁规定？"记者追问。

"这种情况怎么谈呢？"赵主任嘿嘿笑，不再回答。

挖土机继续掘进。到2006年9月下旬，除杨家外，其余280户全部搬迁，那个如今"名扬海内外"的大坑终于挖成，坑中心孤独地矗立着杨家小楼。

博弈中，各方立场

迄今为止长达两年半的协商，始终未能达成协议。杨家一直由吴苹（开发商、房管局及法院的各种表述中，均使用"吴蘋"。记者向她本人核实，她确定为"吴苹"，并称对方从未向她核实过）作为代理人出面，她要求在项目新建商场内按原位置、楼层、朝向进行安置。而开发商提出按照九龙坡区房管局批准的"拆迁安置补偿方案"进行安置，即货币安置或产权调换。

若按货币安置，由拆迁户投票选择的评估机构评估出的补偿价格为：平街层砖混结构营业用房18841元／平方米，平街层以上砖混结构营业用房3785元／平方米。若按产权调换，则安置到临近商场或项目新建商场负一层，并按评估补偿价格结算差价。

双方均称为达成协议作出了很大让步。吴苹接受安置房位置上的左右移动，"不一定非得在原来的正中心"。而开发商则表示可大幅提高货币补偿金额或在产权调换结算差价时给予优惠。

双方均承认一度曾几乎达成协议，"文本都准备好，就差签字了"。但吴苹最终没有签字。她觉得开发商"不值得信任"，对签了字的协议今后能否兑现"很怀疑"。当被问及，只要签订的协议合法，若开发商不兑现，可以起诉，依法维权时，吴苹说："我经商这么久，从来不相信打官司！你去打吧，拖上个几年，最后赢了官司输了钱。"

正升公司觉得自己很委屈。"搞不懂吴苹，我们始终没明白她的真实想法是什么！"王伟锁着眉头说，"都说开发商强势，可我们谈那么久，她一直处于主动。谈的时间、内容，甚至我们这边出的人，基本都按她的意思在办。"正升公司常务副总经理廖建明告诉记者："我们感到吴苹没有诚意。"

协商期间，应开发商和吴苹的要求，作为拆迁行政主管部门，九龙坡区房地产管理局也介入进来，在双方间进行沟通协调。房管局拆迁科科长任忠萍称，房管局一直在力促双方达成协议。她丝毫不掩饰对吴苹的不满："她显然没有诚意嘛。"而说到另一方，她的表述有时会变成"人家开发商……"

2005 年，智润公司和南隆公司代表开发商向九龙坡区房管局提出拆迁行政裁决申请，要求裁决被申请人杨武限期搬迁。房管局经审查后决定受理。其间，为"化解拆迁矛盾，促进协议搬迁"，房管局曾一度中止裁决，要求双方进一步协商。

2007 年 1 月 8 日，房管局召开鹤兴路片区拆迁听证会，吴苹未到场。她称自己没有接到通知，房管局则称电话联系不上吴苹，也不知她的居住地址，只能于 1 月 5 日在《重庆晚报》上进行公告。

任忠萍介绍，与会的人大、信访、街道工作人员、地区人大代表、政协委员等发表了很好的意见。她向记者出示了一份"听证笔录"，称"这是个很重要的证据，很说明问题"。

笔录中，有人表示"构建和谐社会也是要依法的，不能没有限制，不可能为个人要求影响城市建设……主张强拆"；另有人表示"对不守法的人不能迁就，要依法尽快进行裁决"；还有人表示"对他的宽容就是对其他群众的不公，对弱势群体的救助也不能通过拆迁来达成，这一户的阻挡影响了杨家坪的发展"……

随后，房管局决定恢复裁决，并于1月11日下达行政裁决书，裁决：申请人对被申请人房屋实行产权调换，安置房位置为斌鑫世纪城（拆迁地附近的一座商场）二楼2-15-3号；被申请人杨武在收到裁决书之日起15日内自行搬迁。

1月16日，裁决书送达吴苹手中，她阅后拒绝签收。

2月1日，房管局向九龙坡区人民法院提起"先予强制拆迁"申请，法院当日受理。

此后，开发商和吴苹又多次协商，并就补偿安置条件达成了一致。但吴苹提出，签订协议的前提必须是，终止行政裁决和司法强拆程序，项目联建方三公司法人代表亲自到场由自己验明。

开发商再次大呼委屈。王伟表示，他们之前已告知吴苹，南隆公司老总患重症在外地治疗，无法回来，"况且，已经进入司法程序，我们无法满足她终止的要求啊，不是我们企业去告的她"。

吴苹说，自己当然清楚其中的法律关系，但"你们俩是一家的，你去找房管局让他们终止啊"。

对此，任忠萍干脆地表示："我们不会终止，我们肯定不会！这是干预主管部门的行政行为！除非他们双方达成协议，就自动终止了。"

协商未果，吴苹代表杨武向法院提出就强制拆迁举行听证。3月19日，法院召开听证会。合议庭就是否愿意调解征求了吴苹和开发商的意见，吴苹拒绝调解。

合议庭评议后认为，九龙坡区房管局申请执行的拆迁行政裁决书"事实清楚，证据确凿，适用法律、法规正确，程序合法，无超越职权和滥用职权"，当庭发出非诉行政执行裁定书和限期履行通知，责令杨武在 2007 年 3 月 22 日前履行房管局所下达拆迁行政裁决书中确定的义务，自行搬迁，"逾期不履行，本院将依法强制执行"。

直到 3 月 27 日记者截稿为止，法院尚未强制执行。

天桥上，公民议论

拆迁工地旁一处十字路口，架着过街天桥，高度刚好越过围在深坑外侧的临时营业铺面，里面的情形尽收眼底。

怪异的景观，吸引了不少过往行人的目光。3 月 21 日，记者第一次走上天桥，靠近工地的一端聚集了不少人。

三三两两指着小楼国旗横幅低声议论。刚来的好奇问一声早站在此处的人"这是怎么回事"，有的则掏出手机或用随身带的数码小相机拍上几张。

22 日，依旧。

23 日下午，随着连日来各方媒体铺天盖地的报道，这里愈发热闹，俨然成为一处公众自发的时事讨论会。

这边围着三五个人，一个 40 岁上下穿棕色格条纹衫的汉子正高声说着："是嘛，人家肯定不干。哦，你开发商大坨吃肉，光给人家喝汤，人家凭哪点答应呢？起码也该分给人家小坨肉嘛！这就叫那个啥子……平等利益主体。"

"就是！""哦，对头！"旁边人附和道。

看到自己的议论被大家接受，汉子显然更加兴奋。黑白夹杂的短发下，额头发亮。"说是评估出来的公道价格，这儿杨家坪新修的大商场，临街铺面都十几万一个平米了，你给人家的钱够买好多嘛？人家的私有财产，两百多平方米，凭哪点就要缩水成几十平方米呢？"他边说边用中指托了一下因为面部肌肉扭动而滑下来的眼镜。

"就是！我们厂也拆迁，只给我十几万，我到哪儿去买房子嘛？周围的房子都三千多四千了！"一个中年女子本来不声不响地听着，被汉子的话说中了心事，激动起来。

"你厂里头的嗦，我也是厂里头的。我们比你们要好点儿，还没拆，现在还住起厂里头分的房子，算是可以了。"汉子表示同情，也为自己感到幸运。

旁边一个穿大两号土黄色西装的干瘦老头听了半天，忍不住说："她最后走，拿钱肯定最多，那不是对之前的不公平啊？"

"嘿，你不能这么说，各人要求不一样嘛。"马上有人反驳道。

"这个事情闹这么大，怕是中央都晓得了？"那头有人嘟囔了一句。

"嘿，中央！全世界都晓得了！"一个梳大背头的 50 多岁黑衣男子觉得这显然低估了形势，于是大声宣布道。他是另一个三五人小圈子的中心人物。"去看看电视，中央一台、二台都报了，还有凤凰卫视。上网去看，人家外国媒体也报了，啥子 BBC、纽约时报、澳大利亚电视台，都有！还有那个日本的，N 啥子呢……对，NHK！"

在用这么一长串"术语"建立起威信后，黑衣男子开始了自己的分析："用句老百姓的俗话说，吃屎的不能把拉屎的'鼓到'（重庆方言，指强迫）。你管得人家的仙人板板、人家的爷爷老子，随便哪个传给他的，随便当初花几个大洋买的，总归是人家的私产，你要拆，当然得跟人家商量。人家还没答应，你哪个能强制拆迁呢？"

"好比你这身衣服。"他恶作剧式地指着旁边一个正听得津津有味的女子，"不管你好多钱买的，不管值个 10 块 20 块，反正我只给 2 毛钱，然后就——给我扒！那哪个行呢？"

说得兴起，他扬起手臂，握着的一卷报纸在空中比划着。旁边有人眼尖，看见报纸上的大字号标题"'最牛钉子户'有什么意义？"，于是扒拉下来，摊开看。这是一份当日出版的《文摘周报》。

"要我说，就是老百姓觉醒了。现在叫啥子？叫作'市场经济，法治社会'，你给我讲拆迁政策，我跟你讲法律，用不着怕！以前可以哄，可以吓，现在不管用了！"黑衣男子颇有些满足和得意地总结道。

"确实是，这家人懂得起，人家晓得法律，又没出来拦路，又没闹，人家就是不声不响地扯个条幅，待在自己屋里头，不让你拆。"这头又有新中心出现，一个穿深棕色绒衣、头发吹得整整齐齐的中年男子慢条斯理地说道。

"物权法马上要实施。根据物权法，肯定不能像这么强制拆迁了。"他继续说。

"唉，说起这个物权法，房子满了70年又哪个呢？"看中年男子胸有成竹，于是边上有人讨教。

"满了70年，自然顺延，你只需要支付土地使用税……"中年男子当仁不让地开始解答。

眼看话题扯偏了，旁边马上有人另起炉灶。一个穿暗红色短大衣的矮个子女人忿忿地说："龟儿子强制执行，哪个总是开发商申请来执行到老百姓头上呢？为啥子我不能申请对开发商强制执行呢？他要卖1500一平方米，我只愿意出800，政府给不给我强制执行嘛？"

这番话引来一片笑声。"大姐，你说得在理哦！"一个白衣小伙子起哄道。

"说到底，这一片的老房子是不是就该拆，还是个问题。"另一个小伙子边想边说，"又是修大商场，有多大意思呢？已经有那么多了。这儿杨家坪，少点儿文化味道，其实不该拆老房子。"

"兄弟，你是不晓得原先这儿有多破！"人群中冒出一句。

"也是也是，莫得办法，可能还是得拆。"小伙子显然对自己的想法并不自信。说着说着，人们似乎要稍事休息，高声议论渐少，大多若有所思地看着眼前深坑里孤零零的小楼。

天桥上，这议论的、倾听的、过往的，是一个个公民。他们知道自己的权利，也开始意识到权力的边界。

物与权，谁人评说

就在天桥上的公民，热议杨家小楼拆迁的同一个下午，中共中央总书记胡锦涛主持了政治局第40次集体学习，内容是关于制定和实施物权法的若干问题。在胡锦涛强调要突出把握好的4个重大问题中，第三便是要按照物权法的规定，切实维护人民群众的土地承包经营权、宅基地使用权、房屋所有权及其他财产权利。

在物权法刚刚获得通过、即将实施的背景下，公众关注点与中央显得高度一致。杨家小楼的拆迁迅速成为整个社会的焦点话题，各路媒体纷纷赶至重庆。记者连日所见，达数十家。网络上，热议此事的帖子铺天盖地。

某门户网站3月22日致电吴苹，将她的表态录音整理成600余字的短文，开设了"重庆钉子户的BLOG"。两小时后，网站编辑再次打来电话告知，博客点击量已达数万人次。

"当时我没好意思告诉他，我都不懂博客是什么。"自称对网络一窍不通的吴苹笑着回忆道。

参与物权法起草的民法专家梁慧星，是这次政治局集体学习的两位授课老师之一。此前他曾表示，物权法将终结"圈地运动"和"强制拆迁"，使其真正成为历史名词。在对杨家小楼拆迁的报道评论中，这句话被频频引用。然而对此问题的理解，似乎远非一句定论这么简单。

记者曾听一位同行抱怨，说是找了好几位民法专家，但没一人愿意谈拆迁，因为"这个问题太复杂了，不好谈"。

在采访受开发商委托实施拆迁的九龙坡区城市房屋拆迁工程处主任赵荣华时，他也抱怨道："哎呀，拆迁太复杂了，不好搞啊！"

"所以政府主管部门才会积极介入？"记者问。

"这是职责所在嘛。"赵荣华点燃一根烟，"开发商也算是人民的一分子，向主管部门申请行政裁决，只要合理，政府当然该支持。"

然而学者秋风并不这么看。他分析说：在土地国有的制度下，城市改造的主体当然只能是政府。以前有相当长时间，拆迁都由政府直接组织。现在政府把拆迁活动交给开发商，其前提是，同时也把该地块的建设使用权转让给开发商。而这一转让决定，与现在居于该片土地上的居民没有任何关系，因为他们不过是这片土地上的临时居住者。

　　"按照目前的法律关系，拆迁户是政府与开发商的交易过程中多余的负担。拆迁户所获得的不是交易价款，而是'补偿'，因为拆迁户根本就不是土地交易的主体，开发商是向政府而不是向居民买地。"

　　秋风认为，政府错误地把城市土地国有这一政治性概念，理解为实实在在的民事法律权利，因而在涉及土地的事务中，政府是以土地所有者，而不是以公共管理者的身份行使权力。他建议法律界除了重视物权法所界定的所有权外，也应当面对现实，"把民众对土地的那些次级权利，发展成为可以对抗所有权的权利"。

　　学者秦耕说，自己第一次在网上看到杨家小楼拆迁现场的照片时，受到了强烈震撼。"这张极其现实主义的照片，同时也是超现实主义的，它既是中国重庆市九龙坡区一处街道上 2007 年的真实景观，又像是在中国人内心深处已经存在了近 30 年的人生经历与精神体验。"

危机中，回避？回应？

　　最早出现在网上的一张图片，由于没有及时得到有关方面的正面回应，竟然成为海内外的一个焦点话题。对此，一位中央资深媒体人士分析道："我们的一些基层政府官员，长期以来养成一种惯性，遇到问题总是想方设法回避媒体。事实上，越是这样越容易给公众造成误解。这次由一户拆迁所引发的舆论广泛的关注，实际上已演变为一场公共危机。现在最是考验九龙坡区政府，甚至是考验重庆市政府危机干预能力的时候。"

从网络上的民意表达来看，公共危机之语不虚。有网友发问："在网络繁忙的谴责声中，我们的政府部门怎么不出来作澄清和说明呢？如果在这件事情上，政府有过错，那么政府就应该在媒体监督下，立即改正错误，这样才是一个负责任的政府。如果没有错，就应该理直气壮地澄清和解释，并积极早日协调好商家与拆迁户的关系，这样才是一个务实的政府。"

还有网友联想起了前段时间同样发生在重庆市的"彭水诗案"，认为当时彭水县委、县政府在公共危机面前未能采取断然的拯救方案，是严重失误。该网友建议："针对当前事件，在重庆直辖十周年即将到来之际，应主动启动危机干预方案。"

其实很难说政府没有启动危机干预方案。记者前往九龙坡区委宣传部联系采访事宜时，在外宣科科长刘德贵的办公桌上看到一张 A4 打印纸，这是一份"九龙坡区维稳工作宣传组名单"。名单上，列有区委宣传部副部长、市委宣传部外宣处副处长，以及赵荣华、任忠萍和刘德贵本人的姓名和电话。

然而这套方案似乎只有被动的"维持稳定"，而缺乏主动的"积极澄清"。

记者经向区委宣传部提出申请，获得采访任忠萍的机会。采访中，她突然抬头看着记者身后说："对不起，关掉你的摄像机！你们是哪儿的？"

"是这样的，我们是 ×× 电视台的。"刚进入办公室的两名记者，一个手持话筒，一个肩扛摄像机。

任科长语气缓和了些："你们去和我们宣传部联系。"

"只问一个问题。"对方不甘心。

"跟宣传部联系！好吧？整个的接受采访都是他们在安排。"任说。

"到底会不会强拆？"

"你跟宣传部联系吧，我们现在不接受采访，你先联系吧。"

3 月 23 日上午，九龙坡区法院召开新闻通气会，通报区房管局申请先予执行杨武房屋搬迁案的情况。发言人特别针对有媒体报道称"法院未向吴苹送达非诉行政执行裁定书"作了解释："在这里我可以负责任地告诉大家，本院当庭向被申请人宣读并送达了裁定书，但代理人吴苹拒绝在送达回执上签字。"

对社会普遍关心的何时强拆问题，法院表示：在执行过程中，执行和解及申请人自愿撤回申请皆有可能，至于是否需要实施强制执行，目前尚不能确定。

到会记者们希望进一步提问，但未获准。法院发言人宣读完材料后，随即匆匆离开。通气会仅持续十余分钟。

3月26日，记者致电九龙坡区法院研究室主任吴明琼，要求采访。吴告知：案件正在处理过程中，不能接受采访，"目前正按程序进行，在做工作"。

同日，吴苹接受记者采访时表示："我是在维护自己的合法权益，但也是在帮助你行政部门寻求一个执政的途径，能够让老百姓接受和拥护，这应该是件好事儿吧。你不要说我好像把你冒犯了，你的面子怎么了。今后难免的，老百姓跟你政府部门会有很多矛盾，如何去化解，咱们要总结，要寻求。你政府部门应该虚心一点儿，不要总觉得自己不可冒犯。"

徐百柯

2007 年 3 月 28 日

脚注：2007 年 4 月 2 日，开发商与吴苹家就赔偿问题达成协议，开发商同意杨武夫妇的异地实物安置要求，在沙坪坝区给他们提供一处相同面积的门面房。当天下午，杨武夫妇搬离了房屋，晚上，开发商的器械开进了鹤兴路。

谁导演了追星悲剧

今天下午 1 时 30 分，依旧念叨"头很疼"的杨丽娟，携母静静地离开兰州东方大酒店，前往中川机场。她们将乘坐当日下午 5 时 55 分的航班前往北京，之后转道深圳赴香港。

与杨丽娟母女 3 月 30 日经广州飞抵兰州时，有多达 10 余人的"记者团"随行情形不同，此次杨氏母女离开，只有广东某媒体的两位记者陪同。

据杨丽娟讲，她们母女已经在兰州警方的关照下，"特事特办"，拿到了再次赴港的签证。此次去北京，是因为有好心人要资助她们一笔费用，主要用于杨父的葬礼，"我要把爸爸带回来"。

10 天前，杨丽娟之父杨勤冀举债随妻女赴香港求见女儿苦苦追寻了 13 年的香港巨星刘德华。3 月 25 日，在华仔歌迷会见到华仔并与其合影，但在刘德华未能腾出专门时间与女儿交谈的情形下，68 岁的杨勤冀于次日晨投身大海，被人发现时已经死亡。

此前，平生节俭的杨勤冀有生以来第一次和全家到麦当劳"好好吃了一顿"，一人一个汉堡，但杨勤冀足足 10 多分钟没有动口。

疯狂追星 13 年

"你是《壹周刊》的吧？我从你的声音里一下子就听出来了。"

杨丽娟从电话这头很快听出了对方的来路，尽管这段时间采访杨丽娟的媒体已经计算不过来。本报记者第一次见到杨丽娟的时候，一拨记者刚刚离开她的房间，杨丽娟显得焦躁不安，在宾馆的房间里转来转去，手里不停地揉着纸团。

采访杨丽娟的媒体记者，几乎受到同样的待遇，先要拿出名片。而 13 年前杨丽娟还是一个15岁的花季少女，学习成绩在班上名列前茅，据说还是优秀班干部。那年2月的一个晚上，一个奇怪的梦从此把她和刘德华紧紧地联系在了一起，梦里有一张刘德华的照片，照片两侧写着：你这样走近我；你与我真情相遇。

梦醒后，杨丽娟发誓"不见刘德华，我决不嫁人"。从此，电视上刘德华的演唱会成了杨丽娟每天的必修课，房间的墙上贴满了从各种娱乐杂志剪贴下来的刘德华的照片。但杨勤冀此前留下的信件中始终认为："我们孩子从来不是歌迷，更不是追星，她是从多年的梦中熟悉刘德华，把他当作家里的亲人，家里的一员，像多年不见的大哥一样，见一面而已，不图钱、不图名、不图利。"

2004年，刘德华曾因为电影《天下无贼》的拍摄来甘肃，杨丽娟常常站在自家楼房的9层平台上，一站就是一整天，盼望能看到刘德华的车队，听到刘德华喊一声她的名字。

此后，为见刘德华，杨丽娟先后与父母6次进京，3次赴港。高额的费用早已让这个家庭不堪重负，债台高筑。家里不足40平方米的房子易主，杨勤冀甚

杨丽娟追星事件引起媒体纷纷报道。
狄多华/摄

至产生了卖肾的念头，因为被告知非法而作罢，整个家庭一直在"流浪"，数次搬家。

4月2日晚，杨丽娟母女先后接受了本报记者的采访，在谈到求见刘德华的过程时，两人滔滔不绝，时间地点记得清清楚楚，不容别人打断，两人的口径也惊人的一致。

但当记者问起家庭的情况，母女均十分警觉。"这是我们家的私事。""我已记不清了。"

连日来，透过此前报道的"蛛丝马迹"，本报记者实地走访，这个家庭的本来面貌得以逐步显露。

"给女儿端洗脚水要顶在头顶上"

4月2日早晨，甘家巷36 — 72号院。透过卷闸门，几百米远处就是杨丽娟一家租住近一年的房子。倘若是一年前，阳光好的早晨，大院里的邻居们总会看到，这一家三口总会搬三把小凳子出来晒太阳，杨丽娟的母亲陶菊英因小腿骨折而患有骨髓炎，常常拄着双拐。不一会，就开始大吵大闹。邻居曾亲见杨丽娟扇了父亲几个响亮的耳光，一旁的母亲陶菊英有时也会帮女儿，拿起双拐朝杨勤冀的后背狠狠砸去。

邻居劝架。老杨总会说："小孩子嘛，发个小脾气很正常，这是我们家的家务事，请你们不要管。"

而大多时候是杨勤冀一个光头老汉在慢腾腾地走路，看上去没精打采的，"脚都抬不起来"，见人总是笑嘻嘻的。经常，老杨提着一家三口的饭往里走，在邻居的印象里，这一家很少自己做饭，常常买饭。

这几日，众多媒体的造访已经让这个院子的居民唯恐避之不及。"前两天，大家都还在议论，这两天都淡了，各忙各的了。"社区医院的一位大夫说。

在邻居的回忆中，老杨是个好人。"老杨一辈子教书育人，教了那么多的学生，就是不知道怎么教育自己的孩子。"老杨生前是兰州市 31 中的语文老师，曾多次荣获省市先进教师称号。

自从媒体报道后，老杨一家开始被邻居注意，这家人一走过，就有人窃窃私语，"这就是女娃追星的那家"，然后笑着四下散开。

爱开玩笑的张师傅为这还被请进了派出所。一次，见到杨丽娟在发呆，他打趣说"又在等刘德华啊"，结果杨勤冀报警称有醉汉骚扰他们家。

甘家巷社区居委会的一位主任向记者证实，老杨曾亲口讲述自己的遭遇：给女儿端洗脚水都要顶在头顶上，像太监一样毕恭毕敬，女儿洗完脚，老杨身体躬到 90 度退出来。

而在杨丽娟和她母亲向记者的讲述中，老杨因为结婚晚，又中年得女，"疼爱是有的，但绝对不是溺爱"，陶菊英称自己给了老杨莫大的鼓舞，"老杨的荣誉有一半是我的功劳"。

听到老杨跳海的消息，与杨家做过多年邻居的吉师傅连连感叹："怎么接二连三的怪事发生在老杨家？"

杨勤冀曾向吉师傅诉苦，女儿只知道喜欢刘德华，也不出去工作。"老杨曾托熟人给娟娟找过工作，但过不了几天，她又待在家里了。"

在吉师傅眼里，老杨人挺好，"就是懦弱，是个书呆子，女儿有什么要求，他都答应。"

"媒体太残酷了"

此前较早报道杨丽娟事件的当地媒体的一位记者说，他采访杨勤冀时杨显得很乐观，因为他想当时包括央视在内的全国各大媒体的介入，一定可以让他女儿见到刘德华。这位记者认为杨丽娟悲剧的根源就是杨勤冀对杨丽娟的教育失当，没有尽到一个父亲的责任，养不教，父之过，放纵女儿将近 30 岁还不能自食其力。在采访中他曾多次劝说杨父让杨丽娟出去工作，但杨父表示这是俗人的想法，他告诉这位记者他的女儿不同于常人。

这名记者还透露，杨勤冀曾说过，杨丽娟事件扩大了甘肃的知名度。当时他听到这话感到非常吃惊。

该记者认为，在杨勤冀一家跑到香港这件事中，媒体的责任更大。因为之前将近一年的炒作，使得杨勤冀对去香港见刘德华表现得更加狂热。当时杨勤冀说，这次刘德华一定会见他女儿。

杨勤冀起初和媒体打交道大多是用写信的方式。在这位中学高级语文教师的文字里，详细记述了他的家庭和多家媒体交往的经历。

"媒体说的、写的，给了我们巨大压力。"本来寄希望在媒体的干预下，圆女儿的梦，让女儿见到刘德华。可让他始料不及的是，媒体并没有顺着他的思路去做，而是渲染杨丽娟"不见刘德华，今生不嫁人"。他想不通："为什么角度最后都偏了呢？"

媒体一度给他点燃了希望。去年3月，地方媒体报道，网络转载，并有一批媒体跟进。当地媒体更是联合一些媒体和网站启动了名为"圆梦行动"的计划。

万万没想到的是，刘德华斥责杨丽娟"不忠、不孝"，通过经纪人向香港报章表示："如果他的歌迷利用不正确、不健康的方法与他见面，他决不理会。"

杨勤冀曾向熟人说："现在媒体都炒着呢，全国都知道了，就有政府管呢，与我无关了。"

有时候，杨勤冀也会把媒体报道失实的部分列出来，希望有机会澄清。在北京时，一家人也曾求助于媒体。北京某电视台承诺"我们台有实力能联系上刘德华，见是肯定的"。也有某编导对杨勤冀说，"他要不见，全国封杀他。"

在杨勤冀生前的文字里，记者还发现了他控诉媒体欺骗行为的信件。在信件中披露，某记者曾带刘德华的"超级模仿秀"见过杨丽娟。杨丽娟的母亲陶菊英向本报证实，"（模仿秀）一点都不像，我只是出于礼貌说有一点点像。"在文字中，杨勤冀还披露，他曾打算控告某记者造谣诬陷，咨询过律师，但因为没有凑够诉讼费只好作罢。

"我最后悔的是当初不该主动找媒体报道。"往事不堪回首，陶菊英提高音调。

3月30日，杨丽娟返回兰州，接受媒体采访时情绪激动地说："媒体太残酷了，他们只关心自己的事，之后扔下我们就不管了。"

4月2日，杨丽娟在接受本报记者采访时表示："我们对媒体再也不相信了。"

"社会应有感知痛苦的末梢神经"

兰州安然世纪心理咨询中心首席咨询师兰国强，曾两次近距离接触杨丽娟一家，力争建立某种信任关系，试图进行心理干预。他建议孩子去医院检查一下，起码排除精神病的可能性。但杨家拒绝了。

兰国强将杨丽娟诊断为"钟情妄想症"，他认为杨丽娟的精神状态是社会因素造成的。他分析说，由于教育方式不得当，加上家庭过分溺爱，导致她思维狭隘，没有自制力。

兰国强同时指出，作为孩子的杨丽娟感情淡漠，不能和人"共情"，即感受他人的感受并互相支持、安慰，没有学会理解别人。很可能是因为情感断乳期没有过渡好造成的。

"社会应该同情他们一家的处境，但他们的行为是不能同情的，不能'集体无意识'。"兰国强认为，从科学的角度看，杨丽娟应该去医院检查，由母亲规劝孩子接受现实。

兰国强介绍，以前曾发生过和杨丽娟事件极其相似的典型案例，一位38岁的女教师经过心理治疗恢复正常了。

据他介绍，在国外有完善的心理健康保障体系，而在我国的大多数地区心理危机干预是缺失的。"我们的社会应该有感知这种痛苦的末梢神经。"

2006年，杨丽娟曾表态愿意善待父母，出去找工作。兰国强认为，如果及时干预并让她接受治疗的话，杨家不会出现这么严重的后果，至少会淡化。

对此说法，此前较早报道此事的兰州某媒体的记者表示赞同。他发问："在杨丽娟辍学追星的 13 年里，我们的社会对她进行过正确的心理干预吗？"

他坚持认为，如果在杨丽娟追星的最初阶段，有关部门能够对她不接受义务教育的行为进行纠正，要求其继续接受教育，或者对她的心理健康状况进行检查，发现问题及时救助，悲剧也许就不会发生了。

狄多华　张鹏　朱海燕　马俊刚

2007 年 4 月 4 日

含泪奔跑的阳光少年

6月7日，高考第一天。等儿子张晓为自己穿好衣服，洗完脸，把自个儿挪到床边坐好，曹雪红目送儿子离开，开始"胡思乱想"。

儿子的考试结果怎么样，尚不知晓。可一旦儿子考上了，"那可怎么办？我不能再让儿子背着我去上学，我不能再成为儿子的累赘。"

曹雪红越想越自责：我没有尽到一点儿母亲的责任，相反拖累了孩子14年。儿子的童年被我剥夺了，少年时代也被我剥夺了，我不能再剥夺儿子的青年时代！

泪如雨下，曹雪红用完全变形的手艰难地拽过一张卷纸，低头擦拭泪水。

抬起头，曹雪红说出自己的心愿："阴历八月十五，是我儿18岁生日，我想为他做最后一件事，在很大的范围内告诉我儿：妈对不起你！"

"我再大，我还是你儿"

考场内的张晓无从知晓母亲的心思，但他对母亲的惦记一时一刻也没有放下。考试当天中午，他还是没有听从母亲的嘱咐，满头大汗地跑了回来，为母亲接尿、递水。

张晓不言，但有书信为证："因家中发生不幸，我亲爱的爸爸离开了我们。那是1993年的事了，那时我才4岁。不到一个月时间，我妈妈由于悲痛病倒了。住院命保住了，可留下了严重的'类风湿性关节炎'。这可恶的病魔夺走了妈妈的自由权……"

10岁的张晓第一次写信向别人求救，也是最后一次。

爸爸因车祸去世后，不出一月，母亲高烧不退，七八天说不出话来，千方百计保住性命，从此生活却无法自理。

住院两个多月，家中的积蓄全部花完，还欠下了外债。不得已，外公外婆将张晓母子从内蒙古额济纳旗接回了甘肃平凉老家，借住在亲戚家。可时间不长，他们就成了亲戚眼中的包袱。一辆破旧的手推车将母子俩拉出了亲戚家。眼看要流落街头，好心的大妈腾出自家看守菜地、不足 3 平方米的小草房，供二人栖身。

两年光景，他们又被清出摇摇欲坠的草房，租住在另一家四处透风、不足 5 平方米的伙房内。6 年后再次搬家，挤进稍为宽敞的砖房。房东看他们可怜，将房租由 50 元降到 20 元。这样，他们一样也承受不起，在社区的帮助下，又是两次搬家。

笔记本上，张晓写下激励自己的话语："真正的强者，不是流泪的人，而是含泪奔跑的人。"

14 年，张晓含泪奔跑的背后是常人难以想象的艰辛付出。

常年卧床的母亲，刚开始尚能挪动，搀扶着可以自己上厕所。随后病情越来越重，她一度大小便失禁。张晓每天都要帮母亲穿衣、洗脸、刷牙、梳头，时间稍长，要洗脚、洗澡、剪指甲。生火，做饭，洗衣服，也都是他的事。

曹雪红记得，儿子四五岁时，开始学着煮饭。面条做不了，就煮粥吃。锅台高，够不着，踩着小凳，趴在锅台上。时不时被沸出的米汤烫伤小胳膊。

上了小学，张晓就开始连揉带搓地洗衣服。张晓总是让妈妈穿得干干净净。

儿子一天天长成了大小伙儿，曹雪红感到多有不便，不再让儿子给自己擦洗全身，这让张晓着了急，常年卧床容易生褥疮，不洗不行。长大的儿子反过来劝说妈妈："我再大，就算把媳妇娶了，娃生了，我还是你儿。"

身处青春期的张晓不是没有一点心理障碍，可他不止一次地在内心告诉自己："那是我的母亲，我为她做什么都是应该的。"

"我是娘的全部，娘痛苦我就不幸福。"熟悉曹雪红母子的宝塔社区主任李萍说，张晓活生生地演绎了《宝莲灯》里母子俩的患难真情。

"我有一口饭吃，就不会让娘饿着"

"母亲是我活下去的精神支柱。如果没有母亲，我奋斗下去还有什么意义？"每当别人夸奖自己孝顺，张晓总这样说。

"久病床前无孝子。"常有人惊叹张晓的14年是如何坚守下来的。

张晓却说："这都是生活中的常事、琐事。我没有什么惊天地泣鬼神的壮举，只是做了自己应该做的事情。"

虽然生活艰辛，但张晓很少哭。"眼泪能侵蚀人的脊梁，让你直不起腰。"张晓总把腰板挺得直直的。

不愿过多的提起过去，但对于最为艰难的日子，张晓刻骨铭心。那是2000年前。母子俩靠拾别人的菜叶子糊口。没有面吃，就吃拾来的菜，没盐、没醋，白水煮菜，时间稍长，肚子胀得受不了，娘俩儿口吐绿水。

"我只要有一口饭吃，就不会让我娘饿着。"张晓自小倔强。邻居送他一个馒头，他要留给母亲。别人给的好吃的，他总能找出自己不喜欢吃的理由，让给母亲吃。

5岁直到高中，张晓常做的一件事就是捡柴火。一个风雪交加的冬日，张晓外出捡柴。天黑下来，仍不见儿子的踪影，曹雪红拄着拐棍跟跟跄跄挪到路口等待，只见儿子吃力地将一大捆柴火往回拖。将儿子搂入怀中，曹雪红失声痛哭。

苦难没有压倒张晓。小学阶段的张晓，年年是学校的"三好学生"。进入初中、高中，学习也不曾落下。临近高考，还是班上的十一二名。

张晓打小懂事，知道保护母亲，不给母亲添麻烦。

最初住在菜园子的草房，狭小的空间容不下两个人同时站立。冬日的风时常把木条拼起的"门板"掀翻。年仅四五岁的张晓用小铲子在地上挖个坑，再找来木棍将门板死死顶住。

从菜园子搬出后，家中一度分文没有，房东又催要房租。没法子，曹雪红忍痛卖掉丈夫生前留下的一条毛毯和自己结婚时一幅床罩、一对枕巾。

生活依旧难以维系。因为欠交几十元房租、电费，房东掐了他们的电。悲愤交加，曹雪红决定外出乞讨。

拄着拐杖，在儿子的搀扶下，曹雪红爬上长途汽车去了西安。可真坐在了西安的街头，她怎么也张不开嘴，伸不出手。一连 3 天，没要到一分钱，也没吃上一口饭。狠狠心，母子俩花 3.5 元买了一碗面。可娘俩你让我，我让你，谁也不先动筷子。

回到平凉，在好心人的指点下，张晓给时任甘肃平凉武警 8670 部队政委的刘春灏写了一封求救信。

很快，刘政委来到张晓家，送来米、面和慰问金，帮他们渡过了难关。此后多年，刘政委和部队官兵将张晓一家列入重点帮扶对象，一直关心着张晓的成长，有物质上的，更有精神上的。在张晓幼小的心灵里，军人的坚强和勇往直前，深深地感染了他。

每位好心人的帮助，都被曹雪红记入自家《恩人簿》。曹雪红时常拿这些教育张晓，教育他要懂得感恩，懂得回报。

"我也有想放弃生命的时候"

"总有同龄人问我：这么苦，这么累，你就没有郁闷、痛苦、扛不住的时候吗？"张晓坦言："我也有郁闷、痛苦，甚至想放弃生命的时候……"

记得一天晚自习后，推着自行车赶往家中，脚步越来越沉重，10 多年的艰辛一幕幕涌上心头，越想越烦躁，张晓索性把自行车撇在了路边。

天开始打雷，雨倾盆而下。张晓跪在马路上放声大哭："苍天啊，你咋就这么残酷。"

此时，一道刺眼的闪电击到一棵大树上，树着火。那一刻，张晓的脑子里突然闪过"凤凰涅槃，浴火重生"的念头，精神为之一振。

平时，脾气不好的母亲少不了唠叨，打骂也是有的。理解母亲的病痛，

时至今日，张晓家还在挑水吃。狄多华 / 摄

张晓总是默默地忍着，要么转身忙自己的事情，从不当母亲的面发脾气，也不诉苦。

可 2007 年春节的前一天，张晓感到自己再也挺不住了，甚至想到了放弃生命。

年关将至，屋外的鞭炮声不断，张晓心乱如麻。房东一遍遍催要房租，学校的 110 元补课费迟迟没有着落，高考又要临近，真不知会怎样。他鼓足勇气向母亲要钱时，又招来心烦的母亲一顿责骂……

左思右想，"扑通"一声，张晓面向病床上的母亲跪倒在地，他觉得再也挺不住了，"妈，你不孝的儿子，先走一步……"

张晓没命地磕头，边磕边诉说："妈呀，做儿的没能力，我本想挣钱给您看病，给您买好衣服，可如今一座座大山压得我喘不过气来，我再也背不动了。饶恕你不孝的儿吧，我不想再做任何没有意义的努力了……"

这是张晓第一次有了轻生的念头，也是第一次向母亲诉苦。病床上的曹雪红心如刀绞，哽咽难语："儿呀，妈多少次都有这样的想法了，只是撂不下你啊……"

"妈呀，我也是放不下您啊……"

哭诉让张晓渐渐地冷静了下来。悄声直起腰，擦干眼泪，他走进厨房，为母亲做了一顿特别的年夜饭。

回首往事，张晓泪流满面。可他不后悔，苦难的生活、好心人的帮助，以及母亲朴素的教诲，让自己学会了坚强。

班主任老师刘建军称赞张晓是"顶天立地的男子汉"。"他对母亲的孝行、对母爱的感悟，能净化人的灵魂。以我的阅历，没有人能比。"

70多岁的邻居大妈，感慨自己活了那么大的岁数，没见过张晓这样的孩子。

自从一次志愿服务活动中认识了张晓，团平凉市委就默默地呵护着张晓。高考前，为让张晓有一个平静的学习环境，团市委设立专门的救助基金，把许多好心人的慰问挡了下来，个别媒体的采访也推到高考之后。前不久，张晓获得了甘肃省五四青年奖章，团市委把喜讯也留在了他高考之后。

团平凉市委决定在全市66万名青少年中发起向张晓学习的行动。

这两天，高考后的许多同学在忙着填报志愿。而成绩不错的张晓，想的不是上哪所大学，而是如何不去上大学："上大学，母亲怎么办？我又需要好心人的资助。他们给予我的太多了，我不能再接受他们的帮助。我这么大了，应该自己照顾母亲，支撑起这个家。"

张晓一心想的是参军，之后在部队考军校，"这样我可以把别人的帮助降到最低，在部队上军校，尽早为社会作贡献。"

狄多华 张鹏
2007年6月14日

脚注：本文发表时，正值社会上关于"垮掉的一代"争议正热之时，引发社会广泛关注。在中央领导批示下，全国多家媒体进行了后续报道，中青报也连续刊发《张晓为什么没垮掉》等稿件，产生强烈反响。2007年张晓被甘肃平凉医学专科学校破格录取，并当选为当年度全国道德模范。

房价疯涨背后的买房人和卖房人

"三居"压缩成"一居"

终于，田雨有了自己的房子。原本，她想买个三居室，但从3年前开始看房到现在，袋中的人民币没涨多少，飞涨的房价却不断压缩着他们的三居室计划——直到现在的一居室45平方米。

2007年年初，眼看房价已经过万元，田雨已经不打算买房了。有天周末，和老公到住处附近的一个楼盘边散步，发现这里的房价在短短3个月内上涨了3000元。小区的旁边，三四家中介公司一字排开，业务员很热情，马上围上来问"什么地方能帮到您"，田雨只好不情愿地留下了一个不太常用的联系方式。

回到他们在深圳已经搬了第6次的家——小区建于上世纪90年代初期，塞满了大量无处停放的私家车，每天早上小区保安要费力地用手推动车辆才能让小区来往人车通过。更痛苦的是，每个月他们家的水费账单都高得吓人——无论何时打开水龙头，都有洪水一样浑黄的水流倾泻不止，足足要放掉5大桶水才能见着稍许清洁的自来水。有一次，因为不小心喝多了这样的水，田雨躺到了医院的病床上。

就是这样的房子，他们又接到了房东的最后通牒：因为房价大涨，房东决定卖掉，希望田雨能限期腾房。她跟房东央求，能不能稍微提高点房租？房东回答得很干脆，"我这个房子现在能卖到每平方米9000元以上，你说我是租给你划算还是卖掉划算？"

第二天，心里狂骂房东及房价的田雨一上班就开始电话、网络到处找房，没想到所到之处都是"涨声一片"。一处就在公司附近地铁口边的20余平方米的单房，原来租金才900元每月，现在涨到了1500元，梅林片区上涨300元，皇岗片区上涨 500 元……

中午，田雨的同学在电话中发牢骚说，早上离开住宅楼时，房东竟然在大门贴了一个涨价通知，要求租户自行结算房租，单房上调 20%，三房上调 15%，依次类推。最后一句话更是气人：如有不愿意遵照此规定者，请限期搬离！

半个月后，距离房东要求的搬离日越来越近，田小姐想起了那天看过的那个楼盘。"干脆买下来吧，没招了，反正还能涨。"

几天后，田雨连看房、下定金到签合同，只用了半小时。为此付出的代价是，巨额首付和未来 20 年每个月都要还的月供。"买棵白菜也不过如此啊！"田雨买完房后直拍脑门。

深圳进入全民"炒房"时代?

田雨买房正值 2007 年 5 月底，整个深圳的房价也是一个"涨"字了得。田雨的同学陈倩刚在深圳华侨城附近买了房，"是二手房，150 平方米，花了 350 多万元，刚买才 1 个月，就有人打电话问 380 万元卖不卖"。

6 月底，深圳福田区欢乐谷附近一个叫"纯水岸"的楼盘价格达到了巅峰，这里卖出了一套 7300 多万元的别墅，每平方米价格高达 14 万元。

实际上，深圳居民在 2005 年以前，还对投资买房心怀戒心。那时候深圳人都认为买房子不一定能赚钱，有香港的房价大起大伏的例子，深圳人比较排斥"炒房"。在田雨买房的那个楼盘，有人当时的买价每平方米只有 6000 元。

深圳市社会科学院公布的《深圳蓝皮书：中国深圳发展报告（2007）》称，2006 年置业者中超过 30% 的人在取得产权证后半年内转手。观澜高尔夫 2006 年年底推出的 160 多套别墅开盘，近千万元一套的豪宅每两三分钟成交一套。

2007 年，房价更如脱缰的野马般持续上扬。到今年 7 月，中心区福田岗厦附近的一套 1994 年建成的二手房，均价也卖到了 1.3 万元。而在关外，龙岗中心区刚刚开盘没几个月的龙城华府，价格已经攀升到了 1 万元。

要不是为了办理房产证，田雨可能永远也不会踏进深圳市建艺大厦。那天她一早进去，发现里面像集市一样热闹。"都是几百万元、上千万元的房子在成交啊，从大厅到每个窗口都挤满了人，填写单子的柜台上放置的单子和笔像被抢劫过一样。"熙熙攘攘的人群中不乏"炒房"者。

深圳房屋中介经纪人小乐告诉本报记者，他所在的地产中介分部不足 10 人，小小的一个门面房，月租金高达 4 万元，"在市场上走量只能维持个日常平衡开支，大部分收入还是要靠自己主动出击炒单，现在，最重要的就是要有房源。我们这个小团队就是靠英姐照顾，才有饭吃。"

所谓英姐，指的是一个年龄不超过 30 岁却在深圳市福田区滨河路上一个著名的高档楼盘拥有 50 套房产的年轻女子。只要有人来找房子，小乐他们马上给英姐打电话。这样的情形已经持续快一年了，英姐手中的房子也卖掉了快一半，小乐他们的钱包也因此鼓了起来。"我们都是靠英姐吃饭的，现在只要她一来我们这里，我们对待她比对待自己的娘亲还尊敬。"

而另一批人更绝对。他们有一套自有房屋，等这套房子涨到远高于原价几倍时，他们选择了卖出。跟田雨一起买房的一位邻居，房子买到手后的第三个月，就有中介来电话想买房。

"你的房子是 43 万元买的吧，我可以给你 53 万元。"第二天，还是这个中介打来电话："买家已经到楼下了，给他看看吧，只要看一眼，马上把 53 万元付给你。"见劝说不成，中介开始晓以利害："你到深圳是来干什么的？不就是为了赚钱吗？现在有大钱给你赚，你就卖了吧！"

深圳世华地产有一项调查显示，在回答购房动机时，有 15% 的人选择"自住"，15% 的人选择"投资"，余下的 70% 则选择"投资兼自住"。有的楼盘显示炒家比例高达 70%。

田雨有一句话很经典：除了一些来深圳确实有自住需求的人以外，在一定意义上说，深圳正在进入全民炒房时代，人人都是炒家。

房地产中介的日子

一定意义上说，房地产的巨大升值空间赋予了其特殊的商品属性，成了现阶段人们的重要投资手段。国信证券经济研究所最新一期的调查报告指出，投资房地产有其长期确定性因素，比如本币升值、城市化、消费升级、流动性泛滥下的资产升值和保值等。

房子成为投资品，在更多的人看来更像是一个正在铺开的战场，这也可以解释为什么在深圳有遍地开花的房地产中介公司。

中介经纪人小乐告诉记者说，过了年底，他打算到北京去发展。在他看来，深圳的中介市场已经很成熟了，而北京的中介市场正在向深圳看齐，"我到那里是人才了"。

想离开深圳的，还包括其他中介经纪人。刘强在深圳的房地产中介机构摸爬滚打了数年，积累了一些财富，利用工作之便，他还买下了位于关外的一套大户型，当时只花了20万元，现在已经涨到了100多万元。就在记者发稿前夕，刘强卖掉了房子，回到了家乡湖南创业。

更多的地产经纪人则保持高度热情的工作状态奋战在第一线。小艳来自甘肃，每天早上9点准时到达办公室接待客户，穿梭在深圳的大街小巷，一天带客户看房10套以上。

深圳街头，看到身穿白衬衣、西服裤的人，手拿入门卡、带着身穿便装的人一边走一边介绍，十有八九就是房产中介。他们对自己周边的小区楼盘了如指掌，甚至进门后对保安该说什么话、怎么应对都有一套固定的模式。

小艳每天要开两次会。晨会是必不可少的；华灯初上，他们还要开另外一个会，坐下来分析当天遇到的问题和客户的具体情况。

有时候，公司还会教给小艳一些技巧：客户看了房子有点动心想买的时候，一定要趁热打铁，在他犹豫不决的时候找理由让他赶紧签合同，只要一签合同，一切就搞定了。

还有，第一次跟客户谈的时候应该怎么入手，对不同的客户应该有什么样的问话和回答方式。刚来地产公司的时候，小艳还被安排打了整整一个月的电话，就是不断地跟对方讲，又有一个房子出来了，怎么怎么好之类。

早上和晚上的会议，他们都会在一个分公司经理的带领下，大声背诵自己公司的口号，一般都是励志类的话。然后接受领导训话，墙上随时张贴着工作进度表，签单与否一目了然。

小艳原来曾经参加过传销的培训，在房产经纪公司，小艳说，好像找到了当时传销的影子。"我只要每个月拉一个单子，这个月就能收入至少上万元的佣金，如果每个月能有几个单子，收入真的不错。"

她随时随地都要保持工作状态，不能有丝毫的疏忽，还要永远保持笑意。有时候为了一套房子，要反复跟客户打上百个电话，反复说明，还要忍受客户的怨气。小艳说，有时候回家一闭上眼睛，梦见自己还在带客户看房子。

干中介没两年，小艳在老板的提携下，在老板朋友的楼盘，低价买到了一套 40 平方米的小户型，"一个念过大学的朋友，到现在还没买上房子呢。就冲这一点，我现在就不能跳槽"。

不止一次，小艳跟记者说，等赚到她心目中的那笔钱后，她就卖掉房子，回内地好好过日子去。

刘　芳

2007 年 7 月 31 日

勾魂的11块5

真是飞来横祸

"前天，我还从耳朵里掏出了血痂。"一提伤心事，51岁的重庆市民张立红愤怒得大口喘气，捂住自己的胸口说，"遭罪呀！到如今还是一咳嗽胸口就痛，真是飞来横祸呀！"

11月10日一早，张立红像往常一样，与58岁的邻居于玉珍一起在三峡广场闲逛。突然，她发现家乐福超市门口聚集了黑压压的人群，"比10年前开业那天的人还多"，爱看热闹的她小跑过去一探究竟。

原来，超市一款菜籽油正在特价促销，由51.4元降至39.9元，少了11.5元。

2007年11月10日上午8时20分左右，重庆沙坪坝区家乐福商场内发生踩踏伤亡事故。事故发生后，该超市随即暂停营业，超市门口聚集大批当地市民。郭晋嘉/摄

人越来越多，张立红很快就被困在人海里出不来了，她慌乱起来，拼命想往外挤，却完全是徒劳，反而被前后左右的人"抬"着往前。在队列的最前头，是一排长条桌子，隔开了尚未打开的店门。

头发全白的于玉珍随后赶来，这时，超市开门了，人流躁动起来，她很快听到超市里传来响亮的哭声，还有人高声喊着救命，显然，里边已乱成一锅粥。保安拽住人背后的衣服拼命拉，好不容易搞出了一条路，很快，一个个不断呻吟的伤者被抬了出来，摆放在地上。

于玉珍看到了张立红，鞋丢了一只，耳朵出血，身上还有脚印，疼痛和恐惧让她把自己舌头都咬黑了，"我喊她的名字她都不晓得，把我吓掉了魂。"

救护车和警车呼啸而来，张立红很快送往肿瘤医院。41 岁的许华生是她同病房里的受伤者，他醒来后得知，同去抢购的妻子在踩踏事件中死去。

经营"许老四快餐"的许华生已经得到了赔偿，他以"太忙"为由拒绝了记者的采访。而另一位在事故中丧生的 52 岁的孙苗，她的家人同样冷对记者的采访，"找我的记者太多了，我不想说"。

家乐福的这次踩踏事故，共造成 3 人死亡，31 人受伤，其中 7 人重伤。有人声称，死伤者家庭都被明确要求不得接受媒体采访，甚至还有第三者担保。"他们要是说了，还会连累别人也遭殃。"

张立红是记者多日寻访中唯一愿意开口的人，她的家人说，跟家乐福东说西说才得到了 7300 元赔偿，他们认为，是"家乐福的安全措施不到位才导致了惨剧"。

蔡仪明：碰上萝卜降价，一次买了 20 多斤

去年四季度以来，粮价上涨引发了消费市场肉、禽、蛋等主副食品价格全面上涨，重庆市居民消费价格指数呈持续上升趋势。今年 9 月，居民消费价格指数涨幅创下近年来的新高，涨幅达 7.3%，猪肉、禽、鲜蛋价格也分别比去年同

期上涨 55%、30% 和 29.9%。权威信息显示，重庆粮油价格同比大幅上涨，色拉油涨了 58.9%，菜油涨了 57.94%……

报纸上这些干巴巴的数据，实实在在地影响了不少重庆市民的餐桌。在这个老工业基地，不少工人承受了改革的成本。下了岗，可支配的收入少得可怜，又没有足够技能谋得新的工作，面对疯狂上涨的食品价格，只能想尽一切办法节衣缩食，进一步降低自己的生活标准，焦灼地祈祷自己和家人千万不要生病。

生活必需品的每次涨价，都会牵扯到他们的神经，他们精打细算，以让生活尽可能少些波折地延展下去。不难想象，那些天不亮就出发去家乐福的人，降价 11.5 元的菜籽油会让他们的脚步变得何等轻快。失控的汹涌人群甚至踩着 65 岁的蔡仪明的身子，扑向货架上的菜籽油。

蔡仪明不幸成为事故中的另一名死者，如今，只留给令亲友唏嘘不已的回忆：

他打过仗，转业后做了工人，10 年前退休，成为家乐福最忠诚的顾客之一，每次都收集超市发放的折扣宣传单，然后带回家仔细对比研究，有针对性地去购买。有一次碰上家乐福萝卜降价，便一次买了 20 多斤背了回去——他总是步行 1 个多小时到超市，这可以节省 1 元的公交车费，回家时也一样。

老人卖掉了厂里早年分的房，买了一个不足 40 平方米的经济适用房。他自己装修，用捡来的粉笔画线，借电钻打电线槽，叮叮当当敲打，然后铺埋收集的旧电线。敲下的砖石被铺到卫生间里，又省了一包水泥。

声称"吃不惯鸡鸭鱼肉，那些东西腥味儿重"的他，平时一顿饭只吃一碗菜，打牌输了也只出两角钱。不过，即使只输两角钱，他的沮丧也是"一眼就看得出来的"。

踩死蔡仪明等人的事故，踩痛了重庆，踩出了这个刚被赋予城乡统筹发展探路重任的大都市的贫富差距，踩出了社会底层的生活。而类似的格局，在每个城市都存在。

"涨价"位列重庆年度流行语第一名

仍然有被踩断肋骨的伤者在接受治疗，悲剧让山城的这个寒冬寒意更甚。重庆的一份最新出炉的调查显示，山城 2007 年流行语评选中，93.4% 的人选择了"涨价"，排名第一。

对于那些最困难的群众而言，他们也看到了希望，政府正向他们施以援手。为化解食品价格上涨对低收入群体基本生活的影响，重庆为城镇低保家庭成员、大龄下岗职工的临时价格补贴每人每月已增加 25 元。

据报道，官方在 12 月 13 日召开的重庆市自主新闻发布会上透露，目前，重庆已建成 7500 吨散装食用油储备，还将继续加大储备力度；同时要求重庆国有油脂企业在春节前不能随意涨价；该市各大超市也开始了粮油的双节供应储备，预计元旦、春节市场粮油供应充足，价格波动不大。

田文生

2007 年 12 月 25 日

全民注目：大会堂里如何分好"蛋糕"

当电视正在现场直播党的十七大开幕式盛况的时候，39 岁的木工谈大勇正在北京一工地上干活儿。他没想过这一举世瞩目的大会，会给他和他的家庭带来什么变化。

小谈来自安徽省巢湖市无为县白茆乡一个小山村，1987 年就来到北京做木工，目前每月家庭收入 2000 多元，但光房租就要 400 元，还有个女儿在北京一所打工子弟学校上初一。"挣的钱也就保吃喝住用，多余的没有了。"谈大勇告诉记者，"收入得涨点才好，不然在北京待了 20 年，最后还是待不下去，只好回老家去。"

谈大勇也没想到，他的新期待在胡锦涛的报告中得到了关注。10 月 15 日，胡锦涛在报告中提出，将进一步深化收入分配制度改革，增加城乡居民收入，并将"合理有序的收入分配格局基本形成，中等收入者占多数，绝对贫困现象基本消除"作为全面建设小康社会的重要目标。

有评论认为，这是"发展为了人民、发展依靠人民、发展成果由人民共享"这一重要执政理念，在分配制度改革中的体现，充分顺应了全国上下关于缩小贫富差距的共同愿望。

提高劳动报酬在初次分配中的比重

谈大勇的妻子也在北京干家政服务。他们家可以说是中国千千万万主要凭自身劳动力挣钱的低收入家庭之一。

他给记者算了一笔账，1987 年他每个月能挣 240 元，现在干同样的活儿，每个月挣 1400 多元。这个增速，考虑物价因素，跟其他一些群体相比，是比较

中国青年报
CHINA YOUTH DAILY
2007
10月16日　星期二　第12489期　今日12版

大会的主题：

高举中国特色社会主义伟大旗帜，以邓小平理论和“三个代表”重要思想为指导，深入贯彻落实科学发展观，继续解放思想，坚持改革开放，推动科学发展，促进社会和谐，为夺取全面建设小康社会新胜利而奋斗

高举中国特色社会主义伟大旗帜　为夺取全面建设小康社会新胜利而奋斗

中国共产党第十七次全国代表大会在京开幕

胡锦涛代表第十六届中央委员会向大会作报告

吴邦国主持大会　2237名代表和特邀代表出席大会

胡锦涛代表第十六届中央委员会作报告。　新华社记者　李学仁摄

胡锦涛、江泽民、吴邦国、温家宝、贾庆林、曾庆红、吴官正、李长春、罗干等出席开幕会。　新华社记者　兰红光摄

新华社北京10月15日电　团结奋斗创伟业，继往开来写新篇。举世瞩目的中国共产党第十七次全国代表大会15日上午在人民大会堂开幕。

胡锦涛代表第十六届中央委员会向大会作了题为《高举中国特色社会主义伟大旗帜，为夺取全面建设小康社会新胜利而奋斗》的报告。胡锦涛指出，这次大会的主题是：高举中国特色社会主义伟大旗帜，以邓小平理论和“三个代表”重要思想为指导，深入贯彻落实科学发展观，继续解放思想，坚持改革开放，推动科学发展，促进社会和谐，为夺取全面建设小康社会新胜利而奋斗。

雄伟的人民大会堂大礼堂，气氛隆重热烈。主席台上方悬挂着“中国共产党第十七次全国代表大会”的会标，后幕正中是镰刀和锤头组成的党徽，10面鲜艳的红旗分列两侧。二楼和三楼的眺台上分别悬挂着“高举中国特色社会主义伟大旗帜，以邓小平理论和‘三个代表’重要思想为指导，深入贯彻落实科学发展观，为夺取全面建设小康社会新胜利而奋斗！”“伟大、光荣、正确的中国共产党万岁！”的横幅。

在主席台前排就座的大会主席团常务委员会成员有胡锦涛、江泽民、吴邦国、温家宝、贾庆林、曾庆红、吴官正、李长春、罗干、王乐泉、王兆国、回良玉、刘淇、刘云山、吴仪、张立昌、张德江、周永康、俞正声、贺国强、郭伯雄、曹刚川、曾培炎、王刚、李鹏、万里、朱镕基、李瑞环、宋平、刘华清、尉健行、李岚清、徐才厚、何勇、王忠禹。

大会由吴邦国主持。上午9时，会议开始时，在雄壮的乐曲声中，全场起立，高唱《中华人民共和国国歌》。随后，全体同志为毛泽东、周恩来、刘少奇、朱德、邓小平、陈云等已故老一辈无产阶级革命家和革命先烈默哀。

吴邦国宣布，党的十七大应出席代表2213人，特邀代表57人，共2270人，今天实到2237人。他对列席大会的党外朋友和有关方面负责同志表示热烈的欢迎。

胡锦涛代表第十六届中央委员会向大会所作的报告共分十二个部分：一、过去五年的工作；二、改革开放的伟大历史进程；三、深入贯彻落实科学发展观；四、实现全面建设小康社会奋斗目标的新要求；五、促进国民经济又好又快发展；六、坚定不移发展社会主义民主政治；七、推动社会主义文化大发展大繁荣；八、加快推进以改善民生为重点的社会建设；九、开创国防和军队现代化建设新局面；十、推进“一国两制”实践和祖国和平统一大业；十一、始终不渝走和平发展道路；十二、以改革创新精神全面推进党的建设新的伟大工程。

胡锦涛在报告中指出，中国特色社会主义伟大旗帜，是当代中国发展进步的旗帜，是全党全国各族人民团结奋斗的旗帜。解放思想是发展中国特色社会主义的一大法宝，改革开放是发展中国特色社会主义的强大动力，科学发展、社会和谐是发展中国特色社会主义的基本要求，全面建设小康社会是党和国家到二〇二〇年的奋斗目标，是全国各族人民的根本利益所在。

胡锦涛强调，全党必须坚定不移地高举中国特色社会主义伟大旗帜，带领人民从新的历史起点出发，抓住和用好重要战略机遇期，求真务实，锐意进取，继续全面建设小康社会、加快推进社会主义现代化，完成时代赋予的崇高使命。

胡锦涛在报告中回顾了党的十六大以来我国各项事业取得的新成就：经济实力大幅提升，改革开放取得重大突破，人民生活显著改善，民主法制建设取得新进步，文化建设开创新局面，社会建设全面展开，国防和军队建设取得历史性成就，港澳工作和对台工作进一步加强，全方位外交取得重大进展，党的建设新的伟大工程扎实推进。

胡锦涛在总结了改革开放的伟大历史进程后指出，改革开放是决定当代中国命运的关键抉择，是发展中国特色社会主义、实现中华民族伟大复兴的必由之路；只有社会主义才能救中国，只有改革开放才能发展中国、发展社会主义、发展马克思主义。改革开放以来我们取得一切成绩和进步的根本原因，归结起来就是：开辟了中国特色社会主义道路，形成了中国特色社会主义理论体系。高举中国特色社会主义伟大旗帜，最根本的就是要坚持这条道路和这个理论体系。在当代中国，坚持中国特色社会主义道路，就是真正坚持社会主义；坚持中国特色社会主义理论体系，就是真正坚持马克思主义。（下转4版）

场内场外共此时

10月15日，市民在南京新街口街头一大屏幕前观看十七大开幕会电视直播。当日，党的十七大在北京人民大会堂隆重开幕。　新华社记者　孙参摄

吴邦国曾庆红李长春罗干分别参加代表团讨论

据新华社北京10月15日电　吴邦国同志15日下午来到他所在的党的十七大安徽代表团与代表们一起讨论。他指出，党的十七大是在我国改革开放关键阶段召开的一次十分重要的大会，对于党和国家事业的发展具有重大而深远的意义。胡锦涛同志所作的重要报告，以邓小平理论和“三个代表”重要思想为指导，深入贯彻科学发展观，分析了国际国内形势的新变化，回顾了党的十六大以来各项事业的新进展，总结了改革开放以来的新经验，提出了实现全面建设小康社会奋斗目标的新要求，对我国社会主义经济建设、政治建设、文化建设、社会建设和党的建设作了全面部署，为我们继续推动党和国家事业发展指明了方向。胡锦涛同志的报告，立意高远，思想丰富，求真务实，科学回答了党在改革发展关键阶段举什么旗、走什么路、以什么样的精神状态、朝着什么发展目标继续前进等重大问题，是顺应时代潮流、符合党心民心、推进事业发展的纲领性文件。

会场上气氛热烈，代表们争先发言。吴邦国边听边记并与代表们一起讨论。他说，党的十六大以来，以胡锦涛同志为总书记的党中央团结带领全国各族人民，高举邓小平理论和“三个代表”重要思想伟大旗帜，提出并贯彻科学发展观等重大战略思想，开创了中国特色社会主义事业新局面，开拓了马克思主义中国化新境界。实践充分证明，十六大以来中央作出的各项重大决策是完全正确的。

吴邦国说，胡锦涛同志的重要报告在深刻总结改革开放伟大历史进程和宝贵经验的基础上得出了一个重要结论，这就是改革开放以来我们取得的一切成绩和进步的根本原因，是开辟了中国特色社会主义道路，形成了中国特色社会主义理论体系。他强调，只要我们坚定不移地坚持和发展中国特色社会主义道路和理论体系，就一定能够不断夺取全面建设小康社会新的伟大胜利。

吴邦国指出，科学发展观是对党的三代中央领导集体关于发展的重要思想的继承和发展，是马克思主义关于发展的世界观和方法论的集中体现，是同邓小平理论和“三个代表”重要思想既一脉相承又与时俱进的科学理论，是我国经济社会发展的重要指导方针和必须坚持与贯彻的重大战略思想。我们一定要全面把握科学发展观的科学内涵和精神实质，切实增强贯彻科学发展观的自觉性和坚定性，把科学发展观落实到具体措施上、落实到实际工作中。

据新华社北京10月15日电　曾庆红同志今天下午在出席党的十七大江西代表团讨论时指出，十七大是在我国改革发展关键阶段召开的一次十分重要的会议，会议提出的各项大政方针和决策部署，对夺取全面建设小康社会新胜利，开创中国特色社会主义事业新局面，谱写人民美好生活新篇章，具有重大战略意义，在国际上也会产生重大反响。

曾庆红在发言中指出，胡锦涛同志代表十六届中央委员会所作的报告，顺应时代潮流，符合党心民心，是反映我们党对共产党执政规律、社会主义建设规律和人类社会发展规律认识水平的马克思主义光辉文献，是推进党和人民事业发展的纲领性文献。（下转5版）

电话中继线：010-64098000　新闻热线：010-64098287　发行中心：010-64098373　广告中心：010-64098333　中青在线：www.cyol.net　彩信、短信特服号：移动：335523　联通：935523　E-mail:cyd@cyd.net.cn

缓慢的。

据全国总工会 2005 年对 20 个市（区）1000 个各种所有制企业以及 1 万名职工的问卷调查，2002 年至 2004 年 3 年中，职工工资低于当地社会平均工资的人数占 81.8%，比上一个 3 年（1998 ～ 2001 年）增加了 28 个百分点。只有当地社会平均工资一半的占 34.2%，比上一个 3 年（1998 ～ 2001 年）增加了 14.6 个百分点。甚至还有 12.7% 的职工工资低于当地最低工资标准。

据苏州大学法学院教授沈同仙介绍，现在许多劳动密集型企业的员工主要是外来务工人员。这些企业往往执行最低工资标准。"事实上，最低工资标准应是当地最差企业的工资标准。但许多企业却不顾本企业的经营状况，一味按照最低工资标准压低外来务工人员的工资。"

她说，在我国目前劳动力总量供给过剩、资本供给短缺的情况下，劳动力在要素市场中自然处于不利的地位。

全国总工会副主席孙春兰代表在十七大期间接受中外媒体采访时表示，全国总工会将致力于推动普通工人工资进一步增长，维护职工获得合理劳动报酬的权利。并进一步完善集体谈判机制，通过平等的三方协商来实现工资的正常增长。

北京大学中国经济研究中心主任林毅夫认为，低收入者往往只有自身的劳动力可以作为获取财富的来源。而富有者除了劳动力，还有资本。提高劳动报酬在初次分配中的比重，将使那些只能凭劳动力赚取收入的低收入者更多地分享到经济发展的成果。

初次分配也要注重公平

据 2007 年 8 月 3 日《长江商报》报道，武汉某电力公司员工袁某欲跳槽到上海一企业工作，原单位按事先签订的劳动合同向袁某索赔违约金。按合同，袁某应一次性向公司支付其年收入 30 倍的违约金即 450 万元。

江苏省镇江市国有资产监督管理委员会干部谭浩俊看到这篇报道，一算，惊呆了：这位普通技术员的年薪竟是 15 万元。"假如袁某是在非垄断企业工作，即使是效益较好的非垄断企业工作，像他这样级别的技术员，有这样高的收入根本是不可能的。"

谭浩俊告诉记者，电力、烟草等垄断行业的高收入与行政权力、经营垄断相联系。这是典型的初次分配不公平。

据安徽大学副教授李坤刚介绍，初次分配，就是在创造它的物质生产领域进行的分配。再分配则是政府用宏观调控的方法，以社会效益为原则，对初次分配的结果进行再调整。一般来说，初次分配决定了劳动者的消费能力和消费水平。"只有劳动者在初次分配中拿到手的钱逐步提高，才能保证劳动者生活水平不断提高。"

初次分配比较注重效率，再分配比较注重公平，我国很长时间里都是贯彻这一理念。"在再分配的公平上，十七大报告加大了向下倾斜的力度。"李坤刚说："提高扶贫标准和最低工资标准、提高居民最低生活保障水平、健全廉租住房制度等，这些属于再分配。"

但随着贫富差距加大等阶段性特征日益显现，仅仅注重再分配的公平就不够了。

北京大学中国经济研究中心主任林毅夫认为："十七大报告将初次分配也要体现公平提上日程，意味着广大低收入者的收入增长将会提速，有利于缩小令人不安的贫富差距。"

谭浩俊也注意到十七大报告中"打破经营垄断"等相关表述。他说，从中看到了解决初次分配不公的希望，期望有配套政策出台。

让更多群众拥有财产性收入

去年才毕业于北京大学、现在中国移动重庆分公司工作的刘畅，最近鉴于股市风险抛售了他投入的 1 万元资金，并取得了 2000 多元的收益。同时，今年 3 月他在重庆市以按揭的方式购买了一套一居室的商品房，一共花费了 17.5 万元，但按照目前的市价卖出去，可以卖到 20 万元出头，扣掉税费，可赚两三万元。

像刘畅这样通过投资获得财产性收入的年轻人越来越多。而股市的突然繁荣和房价的全面高涨，更是让许多年轻人开始领悟到"理财"的真实含义。

在十七大报告中，胡锦涛首次提出，"创造条件让更多群众拥有财产性收入"。这意味着将让更多人公平地享受到中国经济发展的成果。

所谓"财产性收入"，是指家庭拥有的动产（如银行存款、有价证券等）、不动产（如房屋、车辆、土地、收藏品等）所获得的收入。它包括出让财产使用权所获得的利息、租金、专利收入等，以及财产营运所获得的红利收入、财产增值收益等。

据国家统计局官员介绍，在我国的"人均可支配收入"中，以工资性收入为主，占到 70% 左右，财产性收入所占比例较小，在 2% 左右。2006 年，全国城镇居民人均财产性收入仅为 240 多元。

对此新提法，许多代表和民众深受鼓舞。中国工商银行天津经济技术开发区分行高级客户经理刘红代表说："创造条件"是指多拓展渠道、多提供机会；"更多"意味着覆盖面更广；"群众"就是咱老百姓；"拥有"就是合理合法拥有；"财产性收入"是指各方面的财富，涉及诸多金融理财方式。整句话连在一起的意思就是"让老百姓的财富保值增值，让老百姓拥有更多的财富。"

中国建设银行董事长郭树清代表说，报告的这个新提法，意味着老百姓的收入不光来自工资。国家还将创造条件增加老百姓的多元化收入，使大多数人成为中等收入者。

《中国保险报》评论员童大焕认为，财产性收入虽然在目前我国国民收入中占的比重很小，但它的发展潜力非常巨大。如何让更多公众拥有财产性收入，在制度层面上有许多工作可做，如创新金融管理体系，让百姓拥有越来越多的金融理财工具和产品，同时强化对现有投资理财渠道的监管以及交易方式的规范。

增加居民收入在国民收入中的比重

"打工挣不了什么钱"，这是深圳市宝安区某理发店理发师张欢的看法。20岁刚出头的她，一年前从湖南省望城县大湖乡来到深圳打工，现在月平均收入1500元上下。她说，这笔收入，除去各种开销外所剩无几，而且每天还得工作12个小时以上。

张欢衣食无忧，只能算低收入阶层。在我国，还有相当数量的城乡贫困人口。

前不久，记者曾去内蒙古自治区多伦县蔡木山乡调研。在与乡民政助理史新东下乡调查危房情况时，发现在这个国家级贫困县的乡村里，仍有部分家庭处于较为贫困状况。个别家庭处于极端贫困状况，甚至完全要靠国家的救济才能生存。几乎每个村都有一两户人家的房子年久失修，裂缝大绽，随时可能倒塌。但这些家庭却因为贫困而无力修缮。

数据表明，我国居民收入在国民收入分配中的比重确实偏低。根据《中国统计摘要（2006）》有关数据测算，2005年，我国GDP达到18万亿元，全国城市居民可支配收入为4.8万亿元，但职工工资总额只有1.9万亿元，仅占GDP的11%。

除此以外，职工工资总额占国内生产总值的比重在逐年下降。1991年为15.3%，1996年为13%，2000年下降到12%，2005年下降到11%。同时，行业之间、地区之间的收入差距也在持续扩大。

贫富差距成了社会关注的焦点。2007年，中国社会科学院发布的社会蓝皮书中，公布了社科院社会学所2006年3月至7月进行的一项名为"社会和谐稳定问题"的全国抽样调查。其中"收入差距过大、贫富分化问题"被认为是目前最突出的三大社会问题之一。

沈同仙认为，胡锦涛在十七大报告中提出要"逐步提高居民收入在国民收入分配中的比重"，这确实是"藏富于民"的好举措。相信党和国家将进一步研究落实这一举措，真正贯彻这一理念。

"分配不公确实应该引起重视。"十七大代表、珠海格力电器股份有限公司筛选分厂技术员张树源说。作为外来务工人员群体的党代表，他表示："既然要和谐，就应该更加均衡，更加协调"。胡锦涛在十七大报告中表述的财富分配的新理念，"非常鼓舞人心，因为拉近贫富差距是全社会共同的愿望。"

叶铁桥　崔丽

2007 年 10 月 21 日

网络"打虎"渐近真相

"水落石出！六方专家一致认定华南虎照片为假。"

12月3日，网易在其新闻首页头条位置刊登了这条转载自"红网"的报道，声称网易综合其委托的多方面专家及专业机构对"华南虎照"中40张数码照片鉴定意见后，得出了陕西镇坪县农民周正龙拍到的华南虎照片中老虎是假老虎的结论。

这一举动，成了网络推动"华南虎照"事件真相进一步展现的又一动作。

此举离周正龙宣称拍到华南虎照片的10月3日整整过去了两个月。这段时间以来，围绕这些照片产生的争议在互联网上形成了汹汹民意，在网友们的追寻和关注下，"华南虎照"及其背后的真相被逐渐抽丝剥茧般地挖掘出来。

怀疑之火燎原

"号外！陕西镇坪县拍摄到了野生华南虎！"

2007年10月12日下午3时46分，当网友"人力车夫"激动地将这一令人震惊的消息贴到"色影无忌"论坛时，不曾想到竟会点燃一场声势如此浩大的华南虎照之争。

这个论坛是交流摄影业务的活跃论坛，里面潜伏着各路高人，他们或者精通数码制图，或者长于摄影用光和彩色分析，还有些网友甚至能通过数学建模重现拍摄现场。

一张看似简单的照片，在他们眼中却是技术性的审视。

先是寻常的怀疑。没过几分钟，就有网友问为什么会在陕西发现？又有网友调侃说，"问题是这24年它到哪里去了？总不会因为环境变好又由猫进化成虎吧？"

但到了 10 月 13 日上午 9 时多，技术上的质疑出现了。网友"第一印象"直接以"照片是真的吗"为题发帖说"疑点甚多"，随后，他又问，"树荫下，这肚子也太白了吧？"

但他不认为这批照片如常见的假照片那样是 PS（通过 Photoshop 软件对图片进行拼接修改）出来的，因为 40 张数码照片要 PS，工作量太大。况且，31 张胶片要 PS 要么成本太大，要么难以保证效果。

他的怀疑引来了网友们七嘴八舌的讨论，一些人开始倾向于认为照片中的老虎是只"假老虎"。网友"sdkfz"也提醒说，如果是找个老虎的图放在那摆拍的，根本不需要后期。

就这样，"华南虎照"成了论坛中技术高手们的竞技场，他们纷纷以自己的专长展开了分析。

"第一印象"15 日在论坛中发布了他的分析结果。他用陕西省林业厅信息宣传中心主任关克翻拍的其他 8 张照片中较为清晰的两张，与正式公布的那张照片进行叠加。令他惊讶的是，三张照片中的老虎图像在前、后景有明显变化情况下，几乎不差分毫。而按照常理，当机位不同时，所显现的华南虎斑纹应该完全不同！

"唯一的可能是，老虎是平面的。""第一印象"发布鉴定结论说。

技术分析产生的强大说服力，使大批网友成了"打虎派"。到 10 月底，已经有网友通过色温、闪光灯反光、拍摄距离、透视变换甚至线性代数方法来证明老虎是"平面虎"。

但论坛并没有完全沦陷为"打虎派"的阵地，以网友"flower7166"为首的"挺虎派"也在用技术说话。10 月 28 日，他利用立体对像技术制作了立体虎照，以此证明"平面虎"结论的原理性错误，他由此赢得了"挺虎派"的叫好声。

在此期间，除了"色影无忌"外，"打虎派"和"挺虎派"的网络阵地纷纷落成。

10月20日，另一个激起了强烈关注的"打虎派"代表人物傅德志出场了，他是中科院植物所研究员，声称他从植物学角度出发，解决了动物学家不能解决的问题，"以叶子大小为参照，周正龙拍摄的老虎太小了"。

他也以一个植物学专业网络论坛"义妹论坛"为大本营，经常发言"打虎"，从而使"义妹论坛"成了"打虎派"的另外一个阵地。

而在10月26日，"挺虎派"代表人物关克则以真名在新浪开博，并由此成了"挺虎派"的主要言论阵地。

在这期间，"三颗脑袋"也一度在网络世界中广泛传播。

傅德志表示，他以脑袋担保老虎是假的。周正龙也表示，他以脑袋担保老虎是真的，"看傅德志有几颗人头"。而据南方都市报报道，陕西省林业厅野生动植物保护处处长王万云曾对该报记者说，"他以人头担保照片真实无疑"，但随后在接受另外一家媒体采访时，王万云否认了这一说法。

但真假老虎和三颗人头的噱头，却刺激了网友们争论劲头的疯长。在主要的中文网站上，有关"华南虎"及其关系人的动静哪怕再微小，也会被媒体挖掘出来并转载在网站的显要位置，从而激起网友们强烈的关注和激烈的争论。而在中文网络论坛中，"华南虎照"事件几乎无一例外成为中心议题。"打虎""挺虎"两派网友一度使"色影无忌""义妹论坛"等专业论坛因流量过大而异常缓慢。

墙画横空出世

11月16日，对于"打虎""挺虎"两派网友而言，都是一个关键的日子。

这一天10时30分，网友"小鱼啵啵啵"在"色影无忌"论坛中发表了4张照片，这四张照片后来被"打虎派"认为是具有里程碑意义的转折点。

在这个名为"人肉引擎搜索结果：老虎原图找到啦！"的帖子中，"小鱼啵啵啵"声称，这张图来自于四川攀枝花的一个网友。事情的原委是，"小鱼啵啵

2007 年 11 月 16 日，浙江义乌威斯特彩印包装公司网站上的彩印图片，与周正龙所拍摄的华南虎照片（左）作对比。小艾 / 制图

啵"在天涯上发帖打虎，结果有网友留言声称感觉虎照很眼熟，后来终于想到家里有一幅墙画，上面的老虎与"周老虎"几乎完全相同。

这个网友随后将墙画照片发给了"小鱼啵啵啵"，"小鱼啵啵啵"则将照片贴到了"色影无忌"论坛中。这个帖子最终在这个小众论坛中获得了近 30 万的点击率和 2000 多条回帖。

第一条回帖就惊叹："果然疑似啊，不但形似，而且神似，看那眼神，看那身条！"

有网友则断言，"一个月来，不断地作图，我对这只虎的身体每个部分太熟悉了，正是这张照片，100% 吻合！"

接下来，网友们开始疯狂地搜索这张墙画的出处。

有网友判断出这是出品于浙江义乌的墙画，接下来，又有网友根据墙画左下角的商标找到了有同样商标的浙江义乌威斯特彩印包装公司的"鑫龙墙画"。随后，网友们惊讶地发现，这张墙画就在该公司的网站上。

威斯特老板骆光临也很快被找到，他表示，这款墙画于2002年面世并销往全国。

第二天，广州、东莞、北京、大理等许多城市陆续有网友发现这款墙画，而骆光临也展示了标有2002年准确时间的印刷底版。

墙画的出现使"挺虎派"的网友纷纷认输。在"色影无忌"上，网友"flower7166"从此再没发言，另外一些挺虎中坚则发帖认输。

但墙画并没有影响陕西省林业厅的态度。11月23日，该厅发表声明称："我们坚信陕西镇坪县存在野生华南虎这个基本事实，周正龙2007年10月3日在该县神州湾拍摄的71张野生华南虎照片，包括40张数码照片和31张胶卷负片，经我们鉴定认为是真实的。"

同时，陕西省林业厅声称："我们发布的野生华南虎信息是建立在深入调查、科学分析、专家鉴定的基础上，是认真、慎重、负责任的。"

但令最后的"挺虎派"们始料不及的是，他们原以为通过一些程序被确证的东西，也纷纷出现了裂痕，尤其是对《陕西华南虎调查报告》的质疑和参与鉴定专家的反水。

专家纷纷反戈

在"打虎派"节节胜利之际，网友们所形成的舆论开始指向了"虎照"背后支撑着的调查报告和鉴定，他们纷纷质疑调查报告出台的原委和专家的鉴定水平。随后，一个个内幕被挖掘出来。

2007年7月6日，陕西省林业厅组织召开《华南虎调查报告》鉴定会，7名与会专家分别是陕西师范大学退休教授王廷正、西北大学生命科学院退休教授刘诗峰、西北大学生命科学院副院长李保国、陕西省动物研究所退休教授许涛清、研究员吴晓明、陕西省林业厅林业勘察设计院院长党景中和动物管理站高级工程师曹永汉。

陕西省林业厅有关人士称，专家鉴定的过程是严谨的，谁也不会拿自己的政治前途开玩笑。

但在网友们的强烈关注下，媒体开始调查报告出台的原委和鉴定会的过程。

《信息时报》调查发现，《华南虎调查报告》得出华南虎存在的主要证据有：脚印、目击记录、虎啸，但三者后来被一一证实不足为信。

他们还得到一个重要信息：参加学术论证的专家中，刘诗峰和李保国多年从事金丝猴研究，王廷正是研究鼠类的，许涛清是研究鱼类的，吴晓明是研究藏羚羊的，这7个专家从来没有研究过华南虎。

随后，他们找到鉴定专家之一的王廷正教授，王廷正承认调查报告有"瑕疵"。刘诗峰教授也表示，从学术报告上看，华南虎调查队的报告是不严谨的，因为调查组没有找到任何直接的证据。

后来，刘诗峰更是表示，他在收到《华南虎调查报告》后才知道自己成了华南虎调查队专家组的专家。此前他根本不知道自己是这个项目的专家组成员。

而对于虎照的鉴定，王廷正教授在接受一家电视台采访时表示，专家组并没有对照片本身的真伪问题作出过判定，只是认为照片所拍摄到的老虎属于华南虎。

这个被宣称为"严谨"的鉴定过程，就这样被事后的调查和专家的证言戳得千疮百孔。

网站委托的鉴定

11月26日，门户网站网易获得了周正龙声称拍摄到的71张"华南虎照"中的40张数码照片，从11月27日开始，他们着手委托专业机构进行鉴定。

"华南虎事件水落石出了，照片中的老虎是假老虎。"网易新闻主编林少梅在多方鉴定结果汇总后，得出了这样的结论。

林少梅说，有六个方面的专家和机构给出了鉴定结论，这六个方面分别是野生动物学家胡慧建，神探李昌钰，中国刑科协指纹检验专业委员会副主任刘持平，广东省图像图形学会副理事长、中山大学电子与通信工程系教授赖剑煌以及他的5人博士团队，中国摄影家协会数码影像鉴定中心和华夏物证鉴定中心。

林少梅说，六方专家经过辨识和分析，要么认为华南虎存在证据属性的影像是不真实的，要么认为40张数码照片中的老虎与"墙画虎"是同一老虎，而神探李昌钰也对照片上华南虎的真实性充满怀疑。

但12月3日下午，陕西省林业厅就华南虎事件最新进展发表声明称："11月23日省林业厅已就华南虎事件进行了表态，省厅将继续关注华南虎事件的事态发展，同时感谢广大网友和媒体对华南虎事件的关注以及对野生动物保护的关注。"

而镇坪县林业局局长覃大鹏也在一份书面意见中表示："周正龙所拍摄的照片，经过陕西省林业厅组织专家进行科学鉴定，我们相信它是真实的。"

双方各持一端的意见对峙仍然使最后的真相扑朔迷离，对于网易委托鉴定的做法和得出的结论该在何种层面得到采信也再次引起了争议。

中国青年政治学院新闻系副教授周泽认为，鉴定其实就是专业人员根据自己的专业知识对特定事物的真伪进行鉴别和评定，属于认识的范畴。"但认识不等于存在，证据不等于事实。鉴定不能以违法与合法来评价，只能以相应鉴定结论是否有法律效力来评价，目前为止具有法律效力的好像只有陕西省林业厅的鉴定。"

他说，在司法实践中，如果纷争双方都有鉴定，结论又不一致，那就有必要由双方共同委托或者由司法机关指定鉴定机构重新进行鉴定。

周泽认为，最后的真相仍未水落石出。"一方说真一方说假，但好在公众有相信何者为真何者为假的权利。"

叶铁桥

2007 年 12 月 5 日

脚注：2007 年 10 月 12 日，陕西省林业厅公布镇坪县农民周正龙拍摄的华南虎照片，并宣布奖励周正龙两万元，争取在发现地设立华南虎保护区。周正龙照片的真实性受到来自网友、华南虎专家、法律界人士等方面质疑，"打虎派"与"挺虎派"展开激烈争论，引发广泛关注。2008 年 6 月底，陕西省政府宣布周正龙拍摄虎照造假，13 位大小官员受到处分；11 月 17 日，周正龙因诈骗和私藏枪支弹药罪，被判有期徒刑 2 年 6 个月，缓刑三年。2010 年 5 月初，周正龙被安康中院裁定取消缓刑，收监服刑。

2008

三 十 而 立

描述 2008 年需要更远的景深，这是中华民族复兴史上的重要转折点。这一年适逢改革开放 30 周年，三十而立，大国已然崛起，韬光养晦再无可能。

天降大任，必将劳其筋骨，饿其体肤，这一年艰难困苦，玉汝于成。先是自然灾难的考验：1 月南方出现百年未遇大雪灾，5 月更发生了新中国成立以来烈度最强、灾情最重的八级强震。春节期间，中青报取消了例行休刊，4 名记者被派往雪灾现场，采访灾民年夜饭。汶川震后，11 名记者或搭乘军机，或就近转赴，第一时间到达现场发回大量报道。特稿《回家》以程林祥背亡子回家的个人悲伤承载了 8 万余名遇难和失踪者家人及 13 亿中国人的集体悲伤，成为记录这次灾难的标志性作品。随后中青报发表评论《建议为汶川地震死难者设立哀悼日》，几天后，国务院发布公告，全国连续三天举行集体哀悼。

两个多月后，北京奥运会开幕。回头来看，奥运会开幕式就像一场庄重的洗礼。奥运会政治风险评估课题组专家房宁说，当时他身边的三个美国人都看傻了，"在场的 80 多个国家元首和政府首脑肯定都接到了这个明确的信息：中华民族的伟大复兴切切实实地开始了！"

在此之前，中青报专门派出报道组，赴东亚邻国韩国和日本采访，他们先后举办过奥运会，都成了各自向发达国家转型的标志性事件。中国以人口第一大国、最悠久文化传统和连续十多年全球最快发展速度为背景举办奥运会，不难估计，北京将迎来奥林匹克在东方第三次空前壮丽的日出。因此，中青报奥运特刊取名为"日出东方"。

然而，外部环境的小阳春也从此结束，这从年初的拉萨暴乱和年中火炬传递受阻已显露端倪。走到舞台中央，就要接受既有秩序的抗拒和遏制，就要拥有理性包容的大国心态。中青报记录了奥运年里青年一代精神成长的全过程，追踪火炬艰难传递，刊发留学生爱国演讲、剖析抵制家乐福事件，赛会期间，甚至把萨马兰奇请到报社与汶川青少年对话。奥运会结束，中青报为这代青年冠名"鸟巢一代"。

这一年可谓大悲大喜，大起大落，大灾刚过即迎大典，盛妆未卸风暴再起。8 月奥运闭幕，9 月次贷危机降临。金融政策上演过山车，上半年五次升准加息，下半年五次降准降息。GDP 增速降至 9.7%，上证指数则从上年 10 月的 6200 点飞泻至这年 11 月的 1400 点，经历了开市以来最严重的股灾。风雨如晦，鸡鸣不已。中国的复兴进入新阶段，不容韬光养晦，只能坦陈直面。

中青报在"文革"中被迫停刊 12 年，于 1978 年复刊，2008 年也是她的而立之年。

家乐福事件：一个发展中大国的理智与情感

家乐福事件，是最近一次西方世界与中国正面碰撞后，国人的一种本能反应。碰撞突如其来，激动也在情理之中。随着奥运会的临近，类似的碰撞或许还会发生。好在随着火炬的长征，我们已经见了世面，更长了见识。从最初海内外伤情动感，到中国人渐渐理性面对，一个发展中大国的国民心态淬了一次火，北京奥运主场也由此多了一层绝不脆弱的人文保障。

激情自由迸发

网上有人好奇："到底是谁最早提出抵制家乐福？"

跟帖五花八门。"是千千万万有良知有血性的中国人提出来的"，这是被复制最多的一个答案。

成都网友"萝雨宁馨"是最早将家乐福纳入"抵制清单"的网友之一。10日上午9时51分，她在天涯社区发帖《爱我中华，抵制法货》。

"这次是我少有的一次冲动。"接受本报记者采访时，这个1981年出生的女程序员说，"我看到一个网友提出抵制家乐福，但那帖被埋得很深，顶不起来，为了醒目，我单独开了一个。"

26岁的"水婴"，也是"80后"，在北京一家IT公司上班。10日上午10时45分，他将《抵制法国货，从家乐福开始》贴上"猫扑"网，没想到一下子就火了。

12日前后，一条短信悄然传遍几乎所有用手机的人："奥运圣火不断受到骚扰，尤其在巴黎……让全世界看看中国人团结的力量！5月1日，让全国的家乐福冷场！"

短信末尾还有一句，足以使它跻身成功营销案例："转发 20 个，你就是最爱国的中国人！"

激情，就这样被点燃了。

稍后，另一条短信被加进来："家乐福后台老板路易威登公司曾多次资助达赖集团，支持其分裂中国的罪恶行径。"

一直关注事态发展的一位民意调查专家对本报记者说，不论是网络还是短信，民众自发的声音，很可能并非单一来源。它们不约而同出现，在极短时间内形成海量的自由传播，确实说明当时人们对法方的不满情绪异常强烈。

4 月 14 ~ 16 日，新浪网连续 3 天的在线投票显示，88% 的网友赞成抵制家乐福。

4 月 15 ~ 17 日，本报社会调查中心联合题客网，通过数据库实施的全国民调显示，赞成抵制家乐福的比例，比在线调查低很多，但也过半——51%（7240个样本）。

辩争互不相让

反对抵制家乐福的声音，也出现了。

"网络让微声弱音也有了舞台。围绕抵制和反抵制，争论很充分，声音也相当嘈杂。"一位传播学专家对记者说。

6 天后，家乐福表态了。4 月 16 日，中国区家乐福向媒体发出声明，"家乐福集团支持个别非法政治组织的传闻完全是无中生有和没有任何依据的"。

随后，路易威登老板贝尔纳·阿尔诺公开申明，他与达赖和"藏独"从未有资金往来，也从未支持过反对中国政府的组织。

法国家乐福总裁若瑟·迪朗，也多次面对媒体坚决否认支持达赖，称"从未直接或间接支持过政治、宗教势力"。

家乐福的"声音"没能减缓中国公众抵制情绪的急剧升温。相反，一个不知源头的消息又进一步激动了许多人："法国政府准备拿出两千万美元，用于家乐福五一降价促销……要让中国人在促销中挤破家乐福，最好踩死几个人。法国电视台也在积极做准备，拍摄中国人到家乐福疯狂购物"。

一位传播学学者对记者说，群情激奋时，这种比较极端的传言，因为迎合了大家的心理情绪，往往有着非同寻常的鼓动性。在北京某跨国软件公司工作的黄宇（化名）告诉记者，那几天，她几乎每天都能收到几封呼吁抵制家乐福的邮件，"我原本无所谓，但看到他们居然要通过促销来分化中国人，我忍不住了——抵制！"

火势趋猛，呼吁国人理性的声音开始被注意。4 月 14 日下午，著名新闻摄影记者贺延光，在个人博客上贴《我不赞成抵制家乐福》，他直言："这么大的情绪就像传染病一样快速蔓延，很令人担忧"。文中说，13 日，他去了家乐福，买回来的全都是国货，"那个超市养活着数百名中国职员，在那货架上数万种货物的背后，恐怕不会少于数百万的中国工人。"

与贺延光差不多同时吁请国人理性对待的，还有三位公众人物：中央电视台主持人白岩松、凤凰卫视主播何亮亮和闾丘露薇。他们的观点同贺延光近似，在网上的待遇也差不多——少量的支持，大量的板砖。

搜狐公司董事局主席张朝阳，是公众人物中"抵制派"的早期代表，他不仅赞成抵制法国货，也不认为抵制法国货就是"愤青"。他在 4 月 16 日发出的博文被众多网友热捧，但也受到一些很严厉的抨击。

学者不同的理念与思辨

知识界也在更深的层面进行着思辨。

王小东是国内外知名的中国民族主义代表人物，他本人是上个世纪八十年代最早的一批海归，这次成了"抵制思维"的主要代言人。他对本报记者说，就在这 10 来天，他已经记不清接受了多少中外媒体的采访。在一场激烈的电视辩论中，他这样"捍卫"了抵制行为的合理合法性："不管家乐福有没有过错，不管法国货有没有过错，这次国人抵制家乐福、抵制法国货都是可以的。"

他请大家思考，奥运火炬传递与中国的西藏政策没有关系，金晶更非决定西藏政策的人，但敌对势力为什么还要通过袭击奥运火炬、袭击金晶来表达他们的抗议呢？

在电视辩论时，王小东还提到 WTO 规则中的"交叉报复"。这是法学博士成晓霞最早在博客中国的座谈会上提出的观点。"我们完全有权选择最方便的抵制对象。一个国家的 A 部分冒犯了我们，我们也许够不着那个 A，但我们完全可以选择那个国家的 B 部分进行报复，以对那个国家施加压力，这就是国际法中'交叉报复'的原则。"王小东说："WTO 就明确认可在国际贸易关系中采用这个原则，这个原则用到其他国际矛盾中也没有什么不可以。"

"抵制思维"的支持者大多是年轻人。

一位"80 后"给本报来信：在一段时期内不去家乐福购物，这只是一个象征性的抵制活动。网民只是在选择"用脚投票"——用自由购买商品的权利来表达不满，而不是"用脚踢人"——去破坏社会公共秩序和他人的合法财产。面对西方嚣张的反华言论，如果连这种表达都没有，也太冷血了。

"不抵制思维"的代表人物也是一位著名学者——薛涌。他在一篇博文中写道：后发国家的经济崛起可分两种模式：一是自力更生模式，特点就是通过产业保护发展民族工业，并立足于本国市场。另一则是有求于人的模式，它强调进入世界体系，以国际市场为经济发展的基点。这两种模式，需要两种民族文化心态。一是干什么只图自己痛快，民族主义精神强烈。二是该弯腰时就弯腰，把别人接受自己当作发展的首要条件。

中国已经放弃了第一种发展模式，但我们毕竟在其中发展了将近 30 年，有一套为这种模式所滋养的文化，即便是"80 后"，也是被这种文化所培养。同时，再加上近代的惨痛历史，民族自尊心格外地强。动不动就有受辱的感觉，动不动就要给人家"一点颜色看看"。薛涌说："抵制家乐福就是这种心态的表现。"

"不抵制思维"，在学界得到了更多的共鸣。"西方媒体有失真的报道，必须加以辩驳和指责。但由此上升到批判一个国家或者某公司，或者用一个整体化的'外国人''西方媒体'来描述，这就好像要做一顶给一万人戴的大帽子。"北京电影学院教授郝建说，"在这次抵制事件中，我看到很多网民有一种整体性思维下的含混、模糊逻辑。"

4月19日，在接受新华社记者采访时，一些专家表示，在全球化背景下，"理性对待"会给中国的发展带来更大的空间。

情绪之后是理智

面对中国民众的强烈情绪，法国政府开始行动。在一周时间内，法国先后派出3名特使前来访问。

其中，法国前总理拉法兰在行前接受本报记者采访时，直接谈到了抵制家乐福事件，他表示理解中国人民的感情，但不赞成任何形式的抵制，既反对抵制奥运，也反对抵制法国企业，"因为抵制就意味着决裂"。

对法方的姿态，我国政府有关部门也作出了回应。4月22日，商务部出来表态，"家乐福等一些企业表态反对'藏独'、支持北京奥运会，我们对此表示欢迎。"

4月25日，家乐福中国区媒体经理陈波告诉本报记者，家乐福中国区临时取消了"五一"促销活动。"这是为了表达对目前中国广大民众情感的充分理解和高度尊重。"

事情似乎在走向平静。在网上，一位网民发帖《我为何停住了抵制的脚步》赢得很多点击。他陈述了自己的五大理由：

一、一个国家赢得尊严的必要条件是强大的国力。强大国力只能从稳定的社会秩序中来。一旦大范围的抵制和抗议，势必破坏来之不易的稳定局面。

二、在经济全球化时代，相互依存、互利互惠已成基本规则，盲目地抵制某个跨国企业或产品，可能损害的是本国利益，也会影响本国人民群众的工作和生活。

三、敌对势力在这一时刻借西藏问题发难，不是偶然的。因此，我们不要盲目过激，干亲者痛仇者快的事。

四、我国已树立起了稳定、开放的国际形象，一旦因为盲目抵制和抗议，破坏了这样的形象，我们将损失惨重。

五、西方敌对势力施加这样那样的压力，使出这样那样的花招，不希望我们办好奥运会。而办好奥运会，不让他们搅局，就是最好的回击。

4月28日，在本文截稿前，中国青年报社会调查中心联合题客网，进行了一次2.4万多个样本的民意调查。在回答"怎样对待此类问题对解决问题最有帮助"时，高达85%的人选择了理性，其中45.40%的人认同"应该持理性分析的心态"，39.28%的人认同"站在全局考虑问题的心态"。同期调查显示，公众认为"最应该避免"这样3种情况："反应过激"（64.74%）、"使用方式不当"（56.95%）和"过分忍让"（46.49%）。

4月24日，黄宇又收到了一封邮件——《五一一定要做好准备，不要去家乐福门口聚集》。文章开头就说："网上到处是抵制法国家乐福的文章，我也支持抵制，但大家是否想过这背后隐藏的巨大阴谋？"文章呼吁："小心中了奸计！"并建议"不要去闹事，不要去打砸，不要去焚烧法国国旗。"

黄宇说，看完这封邮件，感觉身边一度表现得非常激愤的同事，其情绪也慢慢地平静下来。

也许，这就是家乐福事件的尾声——一个民族的理智与情感，在澄清的底线之上，再次选择坚强的和谐。

时间永远在向前走，中国人也是。

100天后，各国朋友将自远方纷至沓来，北京——欢迎你！

叶铁桥

2008年4月30日

映秀镇，痛并战斗着

今天早上 6 时，天色慢慢放亮。脸色疲惫的搜救者们准备开始新一天的工作，一支徒步连夜行军的部队刚刚赶到，正在一块空地上竖起通信电杆。

现在，这里的救援人员已经达到了数千人。早上 9 时开始，每隔十来分钟，就有一架直升机降落，它带来了搜救者们急需的饮水和食物，然后载上伤员迅速离开。

从前一天起，镇上没有受伤的人们就开始成群结队，往救援者们开辟出的渡口撤退。但很多人还是不愿意离开，他们在这里生活了几十年，地震毁掉了他们的所有财产，他们不知道该去哪里。

在老街的街口，摆放着十余具裹着塑料布的尸体。一个准备撤离的 30 多岁男子，嘴里念念有词，把一瓶红星二锅头酒倒在他们面前，这里面有他的弟弟。

"你不要拍这张照片。"这个悲伤的男子眼噙热泪说，"我希望自己能够失忆，永远不再记起这些天的事。"

映秀镇确实已不存在。这里是真正的震中。在地震发生后，它瞬间从世界上被抹掉了。

记者看到，环绕着这座小镇的群山，几乎看不见绿色的植被。大范围的滑坡和泥石流，在山体上撕出了巨大的土黄色伤口，然后顺势而下，掩埋了山脚下的房屋，在泥土和石块中，还能隐约看到一扇扇窗框。

一些救援者在用推土机推出一条街道，两旁是七零八落的混凝土梁柱、斜矗着的电线杆和冰冷的机器残骸。一辆小面包车被拦腰砸成了 V 字形，一辆奥迪车几乎被整面倒下来的水泥墙压成了一块钢板。

这里的房屋基本损毁。保存最完整的建筑是镇口的漩口中学，6 层楼的主教学楼，坍塌了一大半，另外一半已经倾斜，透过窗户，还能看见黑板上的字迹。

4层楼高的映秀宾馆，上面的三四层楼整体压下，把来不及逃生的人压在了下面。在夹缝中露出一块深红色的床垫，和一只穿着黑袜子的脚。

农业银行已被夷为平地。这个镇上最大的银行，里面压着30多人，但已探测不到生命迹象。在废墟的背面，救援人员刚抬出一对牵着手的母女尸体。地震发生时，她们从二楼跳下逃生，但紧随她们坠下的一根巨大的水泥横梁，摧毁了她们的努力。

一处废墟里的一个棕色挂钟已经停止走动，指针停在了地震发生的时间：2：45。

地震后，这个阿坝州最大的镇的5000多居民，有近3000人被压在了废墟下。

许多士兵、消防队员、医疗人员，抬着数百斤的物资装备，正冒着持续不断的余震和山体滑坡，从四面八方赶来拯救这个小镇。

幸存者已经在镇外的空地上搭起了简陋的帐篷，他们曾经展开过自救，但缺乏足够的工具，只能救出一些废墟浅层的幸存者。面对深处的呼救，他们毫无办法。

焦急的人们聚集在搜救者身边，小镇各处都有报告伤情者赶来，但救援力量仍是捉襟见肘。

映秀镇小学全校473名学生，除了两个正在上体育课的班级100余人外，近300名孩子被埋在了废墟下。14日上午，搜救者们使用生命探测仪发现了两处生命迹象。然而，被救出的两个孩子伤势过重，很快停止了呼吸。

操场上躺着三四十具孩子的小尸体，悲伤的家长们正在痛哭。

两天来，从映秀镇抢救出的幸存者仅有数十人。据一位幸存者说，在镇子上游约8公里处，还有一所400余人的中学，地震发生后，曾有家长组织过自救队，但半途就被山上掉下来的碎石砸死两人，只得原路退回。

离地震发生已经超过72个小时，映秀镇的空气里已经隐约可以嗅到尸臭。

这里的食物和饮水依旧十分短缺。许多救援队伍也自顾不暇，因为徒步行军，轻装上阵，他们抛去了多余的装备。一些士兵从山上荒废的田地里刨出了少许土豆、洋白菜，他们当中的很多人一整天只吃了两根火腿肠。

晚上，小镇沉入一片死寂的黑暗，除了步行者晃动的电筒，看不见一丝光亮。数十米外的江水还在流淌，山上滚下的石头砸进江水中，不时发出沉闷的声响。

林天宏

2008 年 5 月 17 日

汉旺镇丧子之痛

你们两个要相互照顾

表面看上去，汉旺镇似乎已经没有什么悲伤了。不错，在"六一"儿童节这天，这里的镇中心广场甚至显得喜气洋洋。

尽管仍旧住在救灾帐篷里，孩子们还是得到了不少儿童节礼物。驻扎在这里的空军部队给230多个孩子每人送了一个漂亮的书包、一套文具和一束鲜花；志愿者给孩子们带来了糖果和布熊；一家报社运来成捆的呼啦圈、球和球拍。此外，他们还分到了镇上几个本地女孩冒着危险从摇摇欲坠的商铺和废墟中捡来的水彩笔和小玩具。

然而这些礼物，王晨和杨楠锋再也分享不到了。这天，在距镇广场两公里之外的一处公墓中，这两个10岁男孩的葬礼正在悄然进行。

两人的骨灰被装在方方正正的小盒子里，用镶着一圈黄色流苏的鲜红色绸布覆盖着。王晨的舅舅和杨楠锋的爸爸小心翼翼地用双手捧着，一直送进公墓。

与往年儿童节学校组织的隆重的庆祝活动和节目表演相比，这个葬礼显得近乎简陋。他们各自只有三四个亲人前来送行，在燃放了两串鞭炮后，他们就被放进了水泥砌成的小小的墓穴里。

还在上幼儿园不到3岁时，他们两人就结拜成兄弟。大人们从未见他们吵过架。他们从不以姓名称呼对方，而是亲昵地以"哥""弟"相称。他们在同一个班级读书，坐在前后排。在5月12日汶川特大地震之后，汉旺中心小学的教学楼倒塌下来，他们被埋进了同一片废墟。

遗体被集中火化后，两家的父母终于在儿童节前一天领回了他们的骨灰。现在，他们并排着安放，葬在同一个墓穴，不再分开。

两个孩子的葬礼，墓地的工人正用水泥封墓。晋永权/摄

王晨（左）和杨楠锋（右）四年前六一节合影。资料照片

　　在长满绿树的山腰上，这两个小男孩能永远眺望山下的那座镇子。他们曾经每天背着书包，走过那里繁华的街道，去学校上学。如今，那里到处是废墟，空气中弥漫着消毒水的气味。还未倒塌的房屋，也大多伤痕累累，似乎一触即碎。

即使到了儿童节这天，这个镇子的一些废墟边，浓烈的消毒水气味中依然透出阵阵腐臭。

这场灾难，让汉旺镇突然间失去了700多个跟王晨和杨楠锋一样的儿童和少年。但现在这里表面上已经很难看到悲伤。幸存下来的人们，在救灾帐篷外搭起简易的锅灶，从废墟里或从破损不堪的危房里抢出碗筷，用废墟上拾来的木头生火做饭，坐在帐篷外吃饭。经常，他们成群结队地到镇里的广场排起队，领取各种救灾物资。不少人忙着高价请搬家队，从危房里抢救出各种家具和电器。帐篷里，一些人开起了小卖部。生活在继续。

即使是节日里的这场葬礼，似乎也并非如想象中那么悲伤。

墓园的工人毫不迟疑地用水泥封住那个小小的墓穴，然后熟练盖上沉重的墓板。亲人们蹲在墓前，烧起纸钱和冥币。两个男孩的外婆只是喃喃地嘱咐着："你们两个要互相照顾"，"你们要好生照顾自己"。

其中一位妈妈柔声地说："妈妈多给你烧些钱，你在那边自己多买些糖和玩具。"

去年的"六一"儿童节，王晨得到的礼物，是一部遥控玩具赛车，杨楠锋从妈妈那里拿到了20元钱。但今年这个节日，大人们给他们供上4个苹果、两袋早餐饼干、几根火腿肠、两包方便面和两瓶矿泉水。这些"礼物"有些凌乱地摆在墓前，甚至，其中一个苹果，还被燃烧的香烛烤黑了一块。

两个小男孩的葬礼没有眼泪。"我们的眼泪早就哭干喽。"王晨的爸爸王坤叹口气说，说完他甚至咧开嘴露出一个凄凉的笑容。在整个安葬过程中，这位父亲只是远远地站着，不忍走近。

然而悲伤藏在他们每个人内心最深的地方。每当他们再次回忆起地震发生后的那些日子，这种感情就会显露出来。他们要么又红了眼圈，要么眼泪又会止不住滚落下来。

5月12日那天下午，无数房屋倒塌，浓重的尘烟腾起，笼罩在小镇的上空。王坤和妻子卿山艳，杨楠锋的爸爸杨彬和妈妈曾慧，与数百名家长一样，从不同的地点赶往汉旺中心小学。

那时惊惶的人群已经涌满了街道，一片混乱，每个人头上脸上几乎都落满泥土，"很吓人"。他们跑过"华伦天奴"的服装店，跑过"靓妆女人""欲望蝴蝶"的店铺，以及老陈渔具店和罗胖子牛肉店，甚至，避过或者跨过倒在路上的死尸，冲进小学的校园。

当一眼看到儿子所在的四年级（3）班的教室已经从4楼垮到一楼时，卿山艳一下瘫软，往地上跌去，幸好高大的丈夫一把抱住了她。

数百名家长围着废墟声嘶力竭地喊着自己孩子的名字，许多人嗓子都喊哑了，有人嗓子甚至喊出了血。

废墟里的孩子们也在呼应："爸爸妈妈救命！""叔叔阿姨救救我！"

在一片杂乱的叫喊声中，杨彬和曾慧甚至觉得听到了儿子杨楠锋的回应："嗯，是我。"但王坤和卿山艳没有听到王晨的声音。人们开始疯了一般在废墟上徒手刨挖，双手鲜血淋漓也不停下来。

在这个约有6万常住人口的镇子里，地震这一天，除了汉旺中心小学外，另有一所幼儿园和一所技校部分垮塌，两所小学和一所中学教学楼倒塌。

站在东汽中学的废墟旁，38岁的陈雪梅一度抱定希望，她的丈夫3年前在杭州一个建筑工地上死于事故，她想，她17岁的儿子周琛怎么可能还会死呢？"老天爷不会对我这么不公平。"

震后第三天，废墟中渐渐听不到孩子的求救声了，但她仍没有绝望。

直到废墟里开始传来尸臭味，陈雪梅才开始绝望。但她一直没日没夜地守在现场，因为"活要见人，死要见尸"。

每从废墟里抬出一具遗体时，她都要上前辨认，生怕漏过自己的儿子。她逼自己喝了一点牛奶和稀粥，好让自己有体力坚持下去。实在太累了，就回到家人临时搭起的帐篷里小睡一会儿。平时10分钟的路程，那几天她要花40分钟才能走完。

她的腿肿了起来，蹲下和弯曲会剧痛无比。就连上厕所，好不容易蹲下去了，自己却站不起来，必须让婆婆拉起来。躺在床上，浑身疼得不能翻身。

那几天每天都有好几次，麻木感从四肢袭向心脏。她觉得自己快要失去知觉了，于是使劲地攥紧拳头，不停地深呼吸，以缓解麻木感。"我一定要坚持住。"她这样对自己说。

甚至当她身体已近虚脱，开始拉肚子，平生第一次拉在裤子上时，她还是固执地要去现场守着，因为她必须要见儿子最后一面，"我要等一个结果"。

当5月18日早上，自己的儿子周琛终于被从废墟中掏出来时，这个瘦小的女人已经守候了138个小时，没有洗脸，没有刷牙。隔着约10米远，她一眼就认出了儿子印着一头驴子的T恤和白色的运动鞋。

"看到儿子被抬出来，就像有人拿刀捅我的心。"她说话时眼圈通红。3年前，丈夫死后，她因为哭得太多，眼角下、颧骨上方的皮肤都被泪水蚀烂了。这一次，"眼泪水又哭干了，没有了。"她摇了摇头说。

她记得，儿子周琛那天早上第二个被掏出来，也是从那片废墟里掏出的第308号死者。他死在教学楼逃生的廊道内，掏出来时身体还是软的。

他与其他9个学生同一车被拉进殡仪馆，他们都是17岁。

他的骨灰被装进一个瓷坛，陈雪梅捧到手中时觉得，"那个坛子好烫好烫"。

"他1米79的个子，现在怎么就这么一点儿了？"她喃喃地问。

但与丈夫的死不一样的是，这一次，对陈雪梅来说，她的悲伤只是集体悲伤中的一部分。

与她同住一条巷子的邻居中，有5户人家的孩子死于地震中教学楼的倒塌。她的亲友中，姨妈的外孙、姑婆的重孙以及一位好姐妹的双胞胎女儿之一，都死在了学校。只有想起这些，她才略微感到一点解脱。

我总觉得他没死，只不过走到别处去了

悲伤似乎渐渐从白天遁入黑夜，从人前退到人后。

白天在外人面前，陈雪梅甚至偶尔还会面带笑容。与其他遇难学生的家长见面，彼此也不再流眼泪了。

但只要静下来，一个人待着，她就会想起那些天的情景，还有儿子平时的样子。一幕一幕，就像放电影一样在眼前来回闪现。这段时间以来她有些恍惚，连自己的手机号码都记不住，牙膏、脸盆之类的日用品，刚刚用过，放在那里，一转身就忘了。但那一幕一幕，她却都记得清清楚楚。

杨楠锋的妈妈曾慧，是个语速很快、说话爽脆的女人，看上去似乎不像一个失去儿子的母亲。在儿童节的前一晚，她刚刚抱回儿子的骨灰。坐在她家的帐篷外，她跟邻居聊着家常。时不时地，还会响起她的笑声。

这一天，她还打开儿子的骨灰盒看了一眼。"我就是要看看我儿子啥样子。你没看见，人骨头雪白。"她甚至这样对邻居说。

但是静下来的时候，她会感到悲伤。"人多的时候没得事，一个人待着，咋个不想？"她说。

她忍不住要从随身的挎包里拿出儿子最好的照片来看看。那是 4 年前"六一"

妈妈钥匙扣里的儿子大头贴　晋永权/摄

儿童节时她带儿子到照相馆拍下的照片。这一天，因为学校组织庆祝活动，杨楠锋眉心点着一个红点，两腮擦了胭脂，还抹了一点口红，穿着 NBA 11 号球衣站在镜头前。

她用手指反复摸着照片上的儿子，自顾自地说："好乖哦！你看他好乖哦！"这个时候，她的眼圈发红，声音哽咽。

她又拿出儿子一本影集来看，翻到儿子最新的一张照片，摄于去年冬天。儿子穿着一件黑色的羽绒服，虎头虎脑地笑着。她盯着照片看了好一阵，说："我总觉得他没死，只不过走到别处去了。你看这照片，活灵活现的，好像站在我面前一样。"

而她的丈夫杨彬，一个温和的男人，至今连儿子的照片和衣物都不敢看。这些天出外搞运输的时候，即使开着车也无法集中精力，儿子的那张小脸总在眼前晃。

另一个叫朱丹的女人，尽管她家的房子在这场地震中损害得并不严重，但她和丈夫"连家都不敢回去"，因为屋里全是儿子的东西。而她的丈夫李昌贵，一个看上去乐呵呵的男人，提起儿子时会突然泪水涌进眼眶。

自从他们的儿子鼻子里嘴里塞满沙子"像睡着了一样"被抬出废墟后，他就开始喝酒。"喝酒可以麻痹自己，不喝酒就睡不着。"他摸着自己的光头说，"到现在我的脑壳还是晕的。觉得做什么都没得意思了。"

悲伤还隐藏在大街旁、广场上的成千上万顶安置帐篷里

悲伤还隐藏在大街旁、广场上的成千上万顶安置帐篷里。外来的人很难看出哪一顶帐篷里正受着这种悲伤的煎熬，即使本地的人们，也未必知道。

当汉旺镇受灾的人们被分流到绵竹市、德阳市的各个安置点后，他们把悲伤也带到了那里。

在德阳市的一处大型安置点内，75 岁的朱鸿章就受着这样的煎熬。37 年前，这位搞设备修理的老工人跟随东方汽轮机厂从哈尔滨支援"三线"来到汉旺镇。如今这家大型国企为汉旺镇贡献了约 80% 的财政收入。

自从 5 月 12 日他唯一的孙子朱子木被压在东汽中学的废墟下后，老人至今没能见到孙子最后一面。事实上，他永远也见不到了。因为当这位 17 岁的高二学生在震后第四天晚上被挖出废墟时，脸已经像茄子一样的颜色，并且有些变形，难以辨认。尽管老人嘱咐守在现场的大儿子要拍张照片给他看，但大儿子只是拍了朱子木从白色塑料布下露出的一只脚，以及被裹进黄色裹尸袋、洒上消毒

粉后的样子。

在朱鸿章从电话里得知孙子被掏出废墟的那个晚上，他梦见了孙子。这个个子高高、鼻梁直直的帅气男孩在梦里对他说："爷爷，我跟你告别来了。借给你的那本《谜语大全》，就留给你做个纪念吧。"

朱鸿章从梦里醒来，忍不住哭出声来。他怕惊扰了安置点里的其他人们，便揣着一只小板凳，摸到外头，坐在黑暗里偷偷地哭。他在那里待了三个小时。直到现在，他仍然怕看到安置点里一直播放的电视，一看到那些地震废墟的画面，就喘不过气来。

这个家里最受悲伤煎熬的也许是他的儿媳。这位母亲这段日子"就像变了一个人"，不哭，也不说话，只是一个人待着。

那天当她的儿子朱子木被抬出来后，她不顾一切地扑上去。她的丈夫拽住了她，但她固执地要求，"我必须要摸手"。男孩的手又细又长，从白色塑料布下露出来。母亲非常细心地为他一点点擦干净。

她的婆婆有些"怕见到她"，因为"不知道说啥好"。灾后因为在不同的安置点，她们只见了两次面。一次，她和丈夫来看望公婆，婆婆说："坐吧。"她只是回应一句"不坐了"，就再也没有说一句话。另一次，婆婆去看望她，没说上两句，看见她要哭，赶紧转身走开，因为俩人都受不了。

她还要求丈夫无论如何回到他们摇摇欲坠的家里，别的都可以不要，但一定要把儿子的照片拿出来，还有儿子的一条游泳裤，因为儿子最喜欢游泳。

丈夫照办了，只不过，他把照片和游泳裤都"转移"到一位朋友家里，怕她看见伤心。

来生你们就投胎做个双胞胎吧

也许正是类似的这些物品，比如照片，让这些悲伤的人们觉得，他们的孩子并没有离去。

"六一"儿童节这天，当两个小姑娘从汉旺镇的巷子里蹦蹦跳跳地走过，一边走一边惋惜今年的儿童节不能像往年那样盘头发化化妆的时候，当两个小男孩骑着小自行车一路飞奔去广场上领取礼物的时候，当另一个小男孩跟他的堂哥玩一种叫"花仙子"的游戏的时候，那些离去的孩子们正以这样的方式存在着：

　　在朱丹家的帐篷里，快满10岁的儿子李显荣，就在她做成钥匙坠的大头贴里。这个小男孩总是盼望着长大，这样就"可以穿爸爸的阿迪鞋了"。

　　在一位叫朱瑞强的父亲那里，读5年级的女儿朱悦，就在他手机里，奶声奶气地唱着一首叫《感恩的心》的歌。女儿长到两岁之前，都是他帮她洗澡。他在儿童节前两天梦见了她，她说了一些让他听不明白的话，而他对她说："有来世的话，你还做我的女儿。"

　　在陈雪梅那里，儿子周琛就在他留下的手机里。那里面保留着他生前收发的短信息，保留着他的好友通讯录，"3娃""阿蛋""东瓜""老硬"……他最好的同学"老硬"也跟他一起死在废墟下。还有一个叫"驴女子"的发来的短信："驴子哥哥，鹅想你乐。""驴子哥哥"是儿子在QQ上的昵称。17岁的男孩已经不需要儿童节礼物，陈雪梅把他收到的情书和贺卡整理出来，烧给他。

　　在几乎所有人那里，这些离去的孩子都在一本本厚厚的相册里。从出生几天，到百日，到周岁……

　　11岁的男孩刘鑫，他的妈妈在他的大部分照片背后写下了备注。101天留念里，他带着银手镯，穿着开裆裤，咧着嘴瞪着眼。"那天因换新裤子而惹得小毅（他的小名）很不高兴。"妈妈这样写道。

　　1岁零7个月时，他被妈妈抱着在一大片菊花跟前照相。妈妈写道："为了让儿子开阔一下眼界，今天一早，我就带着他去绵竹，观赏公园正在举办的菊花展览。照这张相时，我本想让他站着牵着他的手照，但他太调皮了，偏要转过身去摘花，气得我只好抱着他。"

　　这些照片被这些悲伤的人们不时拿出来翻看一下。"你看这些照片，看着看着孩子就长大喽。"朱瑞强说，"可一眨眼就没了，狗日的！"说着他不停地眨着泛红的眼睛。

而对于王坤夫妇和杨彬夫妇来说，两家人共有的照片，是王晨和杨楠锋在 4 年前"六一"儿童节的一张合影。两人搭着肩膀，亲昵地站在一起，王晨比杨楠锋要高一些。

"他俩好得很。"王晨的外婆和杨楠锋的奶奶一遍遍地说，"我们孙孙好乖哦。"

从一年级到三年级，王晨是班长，四年级，他是安全委员。而杨楠锋，上个学期考了全班第二名。

"他俩好得跟一个人似的。"一次吃饭，两人同时夹住一片卤牛肉，又同时缩回了筷子，一个说："哥，你吃。"另一个说："弟，你吃。"

"哥哥"王晨最喜欢的玩具是赛车，最爱看中央七套的《致富经》节目，每天必看。他电脑玩得很好，会帮着同学们申请 QQ 号。他还会炒饭，煎蛋，下面条，包饺子。

"弟弟"杨楠锋是个听话的孩子。他答应了几点回家，就一定会准时到家，如果时间来不及，跑也要跑回家。

5 月 12 日这天下午，杨楠锋从爸爸的车上跳下来，去学校上学。不到半个小时后，他被倒下的教学楼压在了废墟下。

而这天早上，王晨穿着妈妈新给他买的粉红色 T 恤、一条运动裤和一双金莱克运动鞋，吃完一碗炒饭，然后去上学，出门前他说了一句："妈妈，我走了。"

这天他真的走了。等到 14 日夜里 11 时左右，他被从废墟里掏出来时，依然穿着那件粉红 T 恤，红领巾还在脖子上，但鞋子已经掉了，脑袋被砸扁了。大约两个小时后，人们挖出了杨楠锋，他的腰被砸断了，头被砸出一个洞。

"他们一起走了，到那边还可以一起耍。"大人们这样说。

"六一"儿童节这天，阳光灿烂，灾后的汉旺镇看上去很平静。他们把两个男孩葬在一起，当黑色的墓板合上后，他们在墓前说："来生你们就投胎做个双胞胎吧。"

这一损失，无法以数字计算

在大地震后的第 20 天，汉旺镇正一点一点恢复秩序。留下来的人们住在救灾帐篷里，慢慢适应新的生活。他们还不知道自己的明天究竟在哪里，也不知道这个德阳市经济实力最强的镇子，是要在原地重建，还是将异地迁建。

然而让他们忧心忡忡的是，这个镇的主要经济支柱——东方汽轮机厂将要迁到德阳去了。他们担心，这个 GDP 一度达到 38 亿元的富裕小镇是否将从此一蹶不振。

5 月 12 日那天，那块土地下爆发出的自然伟力，破坏了这个镇子中心广场上的大钟，让它的指针永远停留在下午 2 时 28 分，也让这座富裕的小镇倒塌了 3 万多间房屋，让 10 万多间房屋、3 座桥、7 座水库受损，让 43 万只家禽和 6.5 万头猪、牛、羊死亡。

根据镇政府的数据，截至 5 月 30 日 17 时，全镇遇难人数达 2593 人，其中，学生 755 人。此外，尚有 2121 人失踪。

自然的破坏力给这座镇子造成了 450 亿元的直接经济损失。但在王晨的妈妈卿山艳和周琛的妈妈陈雪梅看来，汉旺中心小学和东汽中学那两幢分别建于上世纪 70 年代的老旧教学楼，在那一天垮塌，造成了她们生命中最大的损失。这一损失，无法以数字计算。

5 月 31 日下午，拿回儿子的骨灰，王坤哭了一场。原本，王晨的遗体被拉走集体火化后，"自己还好像在做梦"，但是见到骨灰后，他知道，"梦该醒了"，必须要接受这个现实了。

"六一"节这天，在把儿子王晨下葬后，王坤和卿山艳开车"逃离"了汉旺镇。

他们在德阳市租了房子。尽管在那里跟在汉旺镇一样都需要住户外帐篷，

但他们还是决定前去。因为在汉旺镇，一见到亲人，卿山艳就会"眼泪包都包不住"。而在那个城市里，不会有人跟她提起王晨。

没人提，她就不会伤心了。

"好想这就是一场梦啊。"在车子开往德阳的路上，她叹息着说。

包丽敏

2008 年 6 月 4 日

建议为地震遇难者设立哀悼日

让我们为汶川地震中的不幸遇难者设立一个哀悼日吧！当时针指向 14 时 28 分，让我们全体起立，默哀 1 分钟，向那些亡灵寄托我们的哀思。

5 月 13 日，胡锦涛总书记同美国总统布什通电话时说，中国人民为自己的同胞因强烈地震失去生命而深感悲痛。总书记的这番话，感人至深，说出了所有中国人的心声。

让我们为汶川地震中的不幸遇难者设立一个哀悼日吧！

5 月 15 日，国务院抗震救灾指挥部确认，汶川地震已造成 19509 人死亡，遇难人数估计在 5 万人以上。每一个看到这一消息的人，内心充满悲伤。尽管我们已有不祥的预感，但 3 天来一直在祈祷，盼望营救快一点，再快一点；盼望获救者多一个，再多一个；盼望时间走得慢一些，再慢一些。我们几乎是掐着分秒计算时间，没有人轻言放弃。但现在，当这个冰冷的数字真的出现时，我们还是难以承受。

让我们为汶川地震中的不幸遇难者设立一个哀悼日吧！

5 万以上曾经灿若春花的鲜活生命，就这样离开了美好的世界。这不仅是数万个家庭的巨大不幸，也是共和国的国殇。那些痛失父母孩子亲友的人，将承受怎样的打击！共和国痛失了 5 万以上个儿女，将承受怎样的打击！我们应该为逝者默哀。逝者应该得到这样的礼遇。

让我们为汶川地震中的不幸遇难者设立一个哀悼日吧！

这不仅是为了哀悼与我们永别的人，也是为了所有心藏哀痛勇敢活下去的人，为了所有活着的人。我们要用默哀的典礼，送别灾难和悲伤，让逝者得到安慰，让生者更加珍爱生命。我们要用默哀的典礼，把大家更紧地团结起来，无论多大的痛苦和艰难都一起担当。

2008 年 5 月 19 日 14 时 28 分，在北京天安门广场，人们为汶川大地震中的罹难者默哀 3 分钟。默哀后，人群仍然聚集在广场，他们手持国旗和菊花，高喊："加油四川！加油中国！" 李建泉 / 摄

　　让我们为汶川地震中的不幸遇难者设立一个哀悼日吧！当时针指向 14 时 28 分，让我们全体起立，默哀 1 分钟，向那些亡灵寄托我们的哀思……

中青报评论员

2008 年 5 月 16 日

北京奥运会开幕式　刘占坤 / 摄

奥运会　人类理想中的通天塔

时针指向北京时间 2008 年 8 月 8 日的 21 时 55 分。

数千公里外的巴格达，底格里斯河仍在为伊拉克博物馆曾发生的那场文明浩劫，发出低低的哀鸣声。但此时此刻，全世界对于伊拉克的聚焦并不在那里，而是鸟巢的星空下，一个名叫达娜·侯赛因的姑娘，以及 6 个身穿中国制造礼服的伊拉克小伙子。

包括 88 位国家元首在内的 9 万名观众，集体送上最热烈的掌声，既是向这 7 位历经波折终于来到这里的奥运选手致敬，更是向奥林匹克精神的再一次的胜利致敬。

奥运会，人类理想中的通天塔，尽管经历了无数次劫难，尽管从来没有过绝对的和谐，但在传递到北京后，它依然在坚定地向世人诉说着这样一个理念：奥运会重要的不是胜利，而是参与；生命重要的不是征服，而是奋斗。

六天前，他们终于来了

如此万众瞩目，如此掌声雷动，对于伊拉克奥运代表团来说，这已经不是第一次。

4 年前的 8 月 13 日，当从炮火中走来的伊拉克运动员们出现在雅典奥林匹克体育场时，他们受欢迎的程度足可与东道主希腊代表团相媲美。这让进场前还略显紧张的伊拉克运动员们，几秒钟后便自信从容精神抖擞，他们用大笑和挥舞的双臂回应着。在那一届奥运会上，伊拉克足球队闯进了半决赛。一位一路追随着伊拉克队的希腊球迷告诉记者，他花数百欧元看比赛，不是为了看谁胜谁负，而是要看真正的奥林匹克。

4 年后的 8 月 8 日，达娜们享受到了同样的欢呼，因为在奥运圣火照亮的地方本不该有隔阂和阻碍，这个舞台只有一个名字——奥林匹克。

当然，15 天前的达娜还无法体会这样的感觉。那时的她，得知伊拉克代表团被禁止参加北京奥运会的消息后，足足痛哭了 4 个小时。面对教练"还可以参加伦敦奥运会"的安慰时，达娜却说，以伊拉克现在的安全形势，自己不知道还能不能活到 2012 年。

现在，达娜不仅可以和坎贝尔、菲利克斯这些世界短跑名将一起站在鸟巢的跑道上，可以爬长城、看熊猫，品尝北京烤鸭，她还可以在北京奥运村里那面"和平友谊墙"上写上自己的名字。

"奥运泛政治化"与"去奥运政治化"，是一直存在着的矛盾体。就像达娜的失而复得，国际奥委会依照有关章程取消伊拉克代表团参赛资格，是对政治干预奥林匹克的回击，而伊拉克代表团最终获得参赛资格，则是多方政府斡旋后的结果。因为是奥林匹克对政治的胜利，也就获得了更多人的认同和支持。

　　尽管奥运会已很难与政治完全剥离，但奥运会的主体永远是人，是那些渴望"更高、更快、更强"的运动员们。所以，在国际奥委会的主导思想里，永远遵循着以人为本。

　　1994 年利勒哈默尔冬奥会，从波黑战争中走出的前南斯拉夫运动员，被国际奥委会获准以个人名义参赛；2000 年悉尼奥运会，刚刚独立不久尚未建立政权的东帝汶，其选手同样获得了在赛场上展示自己的机会。身为 4 个孩子的母亲，东帝汶马拉松选手阿拉马尔，没有专门的比赛服装，甚至不知道当时世界女子马拉松最好成绩创造者拉德克里夫的名字，但她却在悉尼和雅典两次跑完了全程，并两次享受了英雄般的礼遇。而她留给奥运会的除了两个倒数的成绩，还有一句经典的话语："东帝汶人参加体育不是为了金钱，而是为了用心拼搏，因为最重要的是参与。"

　　是的，最重要的是参与，是来到。不管出于何种考虑，何种目的，任何人都没有剥夺他人公平地参加奥运会的权利，即使是以维护另一种权益为前提。正因为如此，尽管达娜们甚至跑不进奥运会的决赛，但他们却能够永远赢得世人最热烈的掌声。

那面旗帜上曾经没有三八线

　　如此热烈的掌声还曾经送给过排在第 177 位和第 178 位依次入场的韩国代表团和朝鲜代表团。今天的他们依然笑脸盈盈，他们中的朴泰桓、南贤喜、洪淑贞等人，极有可能在北京奥运会上实现自己的金牌梦想。但仅就开幕式而言，他们的出现却少了一份期待，一面没有那条著名的三八线的旗帜。

　　1988 年汉城奥运会开幕式上，高丽亚娜高唱着《手拉手》，东西方两大阵营也在分别抵制了莫斯科和洛杉矶奥运会后，首次汇聚在奥运会的舞台上。坐在主席台上的组委会主席朴世直先生心潮澎湃激动不已，事隔 20 年后依然无法忘记当时的感动。汉城奥运会对他来说意味着成功和荣耀，除了那一点点的缺憾。而这点缺憾正来自于朝鲜当时的抵制。

但让朴世直先生想不到的是，仅仅 12 年过后，这一缺憾便在悉尼奥运会上得到了弥补。2000 年 9 月 15 日，悉尼奥林匹克体育场，身着统一服装的朝鲜和韩国代表团手拉着手，肩并着肩，在《阿里郎》舒缓的乐曲声中，兄弟姐妹般亲密无间地出现在世人面前。他们举起的白底蓝旗上，只有朝鲜半岛，没有那条赫然的三八线。

这一场景成为悉尼奥运会开幕式上最感人的一幕，全场 11 万人起立鼓掌，全世界 37 亿人见证了这一时刻。一位热泪盈眶的澳洲华人这样告诉记者："本是同根生，相煎何太急。兄弟间真有什么解不开的仇怨吗？"

在那之后，朝韩两国携手开幕式现场的画面，以一种固定模式呈现在世人的脑海中。国际奥委会主席罗格先生，甚至有意促成两国在北京奥运会上的联合组队参赛。尽管因为在组队人数上产生分歧，罗格先生的愿望未能实现，但几乎没有人会怀疑朝韩携手北京奥运会开幕式。

直到 2008 年 7 月 11 日凌晨，两颗子弹，一个韩国女游客的丧生，给历时 8 年的开幕式携手暂时画上了句号。

一周前，当记者就能否携手入场一事询问韩国《朝鲜日报》的摄影记者小崔时，他连连摇头，"不可能，不可能。没办法，没办法。"而就在几个月前，小崔曾经兴高采烈地答应要给本报拍一组最好的两国选手携手入场的照片。

惊喜或者无奈，奥运会注定无法从林林总总的场外因素中抽离。1956 年墨尔本奥运会上，联邦德国和民主德国首次联合参加奥运会。33 年后，阻隔在东西德之间的柏林墙被彻底推倒。时隔 33 年的历史事件间，或许并没有必然联系，但不可否认的是，奥运会是人类表达自己意愿的最佳舞台。这也难怪高丽大学的专家会在 20 天前说出这样一番话："朝韩两国运动员在开幕式上携手入场可能只是象征性的，但是由于目前两国关系如此紧张，这次在北京同时进场可能有助于改善双边关系。"

朝韩两国选手最终还是未能一同入场。但谁也不能漠视，在此之前的近一个月里，包括国际奥委会和中国政府在内的无数人，为达成一个象征性的形式所作的努力。尽管这一形式不会直接影响到两国未来关系的走向，但在这个具有象征意义的大舞台上，一直承载着绝大多数人类的共同语言，那就是对和平与融合的期待。

奥林匹克休战，跨越两千多年的承诺

12 天前，一群中国老军人的举动吸引了世人的目光。他们聚集在长城脚下的千年古刹和平寺，发表了"2008 中国老兵和平宣言"，呼吁"奥运期间，全球休战，止戈为武，铸犁镕剑"。

"铸犁镕剑"，在军备竞赛有增无减的今天，听起来似乎不太现实。但以奥林匹克的名义休战，却是大多数人的愿望，也是奥林匹克所应该承载的内涵。

16 天，加上奥运会之前之后的一周，仅有的短短几十天的宁静，4 年间仅得两次，却成了向往和平的人类极为难得的奢侈品。

这也是为什么联合国秘书长潘基文和联合国大会主席克里姆，会在中国老兵发表"和平宣言"的次日，分别发表声明，呼吁在北京奥运会和残奥会期间遵守奥林匹克休战的原因。

人类需要和平，哪怕只是短暂的几十天。正如潘基文在声明中所写："请放下你们的武器吧，即使只是暂时之举，在奥运会前，让人性能得以重放光芒！奥运期间的休战将为战争提供一个暂停的机会，可以重新考虑高昂的战争花销，重新开始对话，并为战乱中苦难的民众提供一个精神慰藉的窗口。"

但就是这样一扇承载着渴望和梦想的窗口，却也始终摇摆在开合之间。即便是在 4 年前仍是奢望。

2004 年雅典奥运会期间，一份号召世界冲突各方暂时休战的奥林匹克休战决议，曾在雅典市扎皮翁宫签署。但受邀的美国总统布什婉言谢绝了邀请。而美国国务卿鲍威尔随后的发言，则表明了美国政府的想法："休战的想法很美好，但世界并不会因为奥运会而停转。"

就在雅典奥运会开幕式的当天晚上，布隆迪境内的加通巴难民营遭到突袭，至少159人丧生。而这起骇人听闻的大屠杀事件，也成了当时雅典奥运新闻中心里受议论最多的国际事件。

不少记者操着不同语言诉说着自己的愤怒，有记者将这场屠杀比喻为对奥林匹克的亵渎，其恶劣影响甚至不亚于那场震惊世界的慕尼黑惨案。

也是在雅典奥运会期间，驻伊英军、美军以及伊拉克政府军与反美武装间的冲突仍在继续；阿富汗的武装交火仍在继续；伊拉克千人国民会议的会场，遭到迫击炮的袭击，死伤无数。

仅就这一点而言，贪婪的人类似乎正在背弃自己的祖先。

奥林匹克休战始于公元前776年，在长达一千多年的历史中，人类的祖先一直信守着承诺，这也使得"奥林匹克神圣休战"成为人类史上持续时间最长的和平契约。

如果翻阅现代奥林匹克史，又不得不承认，觉醒的人类也从来没有放弃过对奥林匹克休战的追求。不管是1920年安特卫普奥运会曾放飞的第一批和平鸽，还是1993年第48届联合国代表大会上通过的《奥林匹克休战》提案；不管是巴塞罗那奥运会和利勒哈默尔冬奥会期间，前南地区短暂的停火，还是长野冬奥前夕，时任联合国秘书长的安南以奥林匹克休战为契机，暂缓了海湾地区紧张的局势；不管以奥林匹克名义呼唤的和平，是否真的能够到来，不管这种呼唤的力量是大是小，它都将永远寄托着人类的梦想，随同升腾在北京夜空的烟火一起，散落在更多人的心中。就像那座总在修建却总也无法建成的通天塔，奥运会至少给予了每一个人、每一个民族，梦想和希望的权利。

史上最强的烟火表演耀然空中，在2008张笑脸的映照下，是萨科奇的笑脸，是达娜的笑脸，是科比的笑脸，是姚明的笑脸，是鸟巢现场9万人的笑脸，以及电视机前几十亿人的笑脸。

这一刻，人类的理想终于在现实的舞台上散发出瞬间的光芒。

时针指向北京时间 2008 年 8 月 8 日的 23 时 15 分，又一张人类的全家福被就此定格。在这之后的 16 天里，人类公认的语言只有一种，人类理想中的通天塔仅此一座，它的名字叫奥林匹克。

曹　竞

2008 年 8 月 9 日

鸟巢打开中国画卷

　　他们最终站在五环旗下，聚首在北京。

　　走在高大的姚明身边，10 岁的林浩只到姚巨人的大腿高。林浩，代表了坚强的正在为灾后重建忙碌的四川人。

中国体育代表团旗手姚明　刘占坤／摄

8位中国不同时期优秀运动员的代表手持奥林匹克会旗入场。刘占坤/摄

　　姚明高举7公斤重的大国旗，林浩挥舞着小国旗。他此刻的身份，是姚明的小搭档——中国代表团的副旗手。

　　在5月之前，姚明是林浩在电视里才能看到的明星，是他心中的偶像。现在，这个娃娃，也成了很多中国人的偶像。

　　10岁的林浩，是来自四川汶川映秀镇渔子溪小学二年（一）班的班长。今年5月12日，汶川大地震发生，林浩被水泥板砸倒在地。

　　几经努力，这个勇敢的小班长终于爬出了废墟。但他没有逃跑，而是又爬了回去，他连拖带拽地将两个昏迷的同学拉出废墟。当他再次跑进教学楼救人时，遇到垮塌的楼板，又被埋在了下面。"我使劲挣扎，后来，是老师把我拉出来的。"后来，他羞怯地回答。

　　但今晚，林浩没有怯场，他欢快地笑着，他很努力地快走，紧跟着姚巨人的大步。

　　电视镜头给了一个特写：林浩头上一块乒乓球大小的疤，头发还没有长出来，这是在地震中救人受伤留下的痕迹。

栾菊杰走出首都机场，国人喊出了她的名字。这让她想起了24年前的那些场景：洛杉矶奥运会，扬眉剑出鞘，然后是英雄般的凯旋。

这一次，50岁的栾菊杰代表的是加拿大队。可是谁在乎呢？她的行囊里1984年中国体育代表团的征衣仍在。

在击剑场上，面对那些十六七岁的小姑娘，栾菊杰早已是"奶奶辈"选手。

"打这届奥运会是我一生中最辛苦的。如果不是在中国举行，我绝对不可能再打了。"在面对众多境外记者时，栾菊杰用英语坦露心声，"因为我爱，所以我回来了"。

时隔44年，日本运动员法华津弘也回到了奥运赛场。他第一次参加奥运会要追溯到1964年，这位时年23岁的马术障碍赛选手在东京奥运会上的表现令人失望，只列第40位。

此后，他转向了盛装舞步项目，却两次与奥运会擦肩而过，其中一次是因为他的马匹没能在赛前通过检疫隔离期。

然而法华津弘并没有放弃自己的奥运梦想。2003年从医药公司退休后，他飞往德国小镇亚琛，师从著名盛装舞步教练唐·里德，还遇到了梦寐以求的良驹"Whisper"。

如今，11岁的"Whisper"也已经不再年轻，不过法华津弘坚信，只要训练得当，马儿也可以像自己一样在盛装舞步的世界里驰骋更多岁月。

经过重重选拔，67岁的法华津弘终于来到了中国，并成为北京奥运会上年龄最大的选手，排在其后的还有澳大利亚马术障碍赛选手、60岁的雷沃。在开幕式现场，法国自行车女将，50岁的西普雷利已经是第七次参加奥运会了，而41岁的妈妈选手托雷斯也是历史上唯一一位5次挑战奥运的游泳健将。

在年轻人的赛场上，他们优雅地顽强地再度出击——这是人类共通的不屈的奥运精神，他们以花岗岩般的意志，与时间对抗，延续着冲击人类极限的运动生命。中国古老的短歌"老骥伏枥，志在千里。烈士暮年，壮心不已"正应和着他们的志向。

2008年将是图伊托第一次站在奥运会的赛场上。7年前，一次交通意外，她失去了左腿。图伊托回想起那一幕仍感心悸："我不停地对自己说，我的腿没了。"

就在所有人认为她的运动生涯已然结束时，装上假肢的图伊托却重新站到了泳池边。

今年4月底，在西班牙举行的第5届国际泳联公开水域游泳世界锦标赛上，图伊托以两小时两分7秒的成绩排在第四位锁定了一个奥运名额。她也成为了本届奥运会上惟一的残疾人选手。

"我不会去想我到底有几条腿，当你与其他正常的选手竞争的时候，都是公平的，只需要尽全力去比赛。"图伊托来到北京，带着奥林匹克精神的精髓理解。

水立方还将迎来一位癌症选手——埃里克·尚特奥，一个美国游泳队中并不耀眼的人物。

就在参加美国奥运会游泳选拔赛前一周，25岁的尚特奥被诊断出患上睾丸癌。如果立即手术，他的奥运梦就将破灭，如果推迟手术，奥运会期间，癌细胞很可能扩散。

"也许我会在与癌症的战争中'出局'。"尚特奥说，"但是我决不会放弃战胜自己的机会。"美国仰泳冠军阿伦·佩尔森认为，"尚特奥精神"将在北京奥运会上激励所有的人。

8月7日，人们在上海的足球场上如愿看到了21岁的金童梅西。此前，他的东家巴塞罗那俱乐部拒绝了他代表祖国阿根廷参赛的请求，但是在得到国际足联的支持后，他毅然来到了中国。

在巴塞罗那，球星们大多选择山顶的豪宅，年薪1250万欧元的梅西却一直住在靠近大海的公寓里，他觉得这样可以贴近他的祖国。

阿根廷是一个用贫瘠和梦想孕育足球的国度。在贫民窟长大的梅西说，在他和家人最窘迫的时候，是阿根廷足球的每一个生息，以及马拉多纳的名字让他们忘记了一切凄楚，顽强地对抗命运。

这一次，因未能参加奥运会而终生遗憾的马拉多纳告诉梅西："你永远不能怠慢你的国家，因为你这一生都要穿着这件球衣。你应该放弃巴萨的工资，为国效力。"

最终，在国际体育仲裁法庭上，梅西输了，判决称巴萨有权不放他参赛；在8月7日的首场比赛中，阿根廷赢了，梅西奉献了一个进球一个助攻。在这场商业利益与民族大义的博弈中，双方似乎打成平局。但是基于那份共同的赤子情怀，梅西的到来已经赢得了天下球迷的心。

除了商业利益的干扰之外，奥运会始终存在被政治化的危险。在面对国内外反对的声浪时，法国总统萨科奇在是否出席北京奥运会的问题上始终摇摆不定。不过，8月8日这一天，他还是来到了北京。尽管这只是为期半天"旋风式"的访问，但是当他站起来，向法国代表团的运动员挥手致意的时候，奥运会在那一刻终于与政治脱离了关系。

在那些多灾多难炮火纷飞的国度，运动员参赛更要冲破种种藩篱。

巴勒斯坦长跑选手马斯里的家在加沙地带北部。附近常是巴武装人员向以色列城市发射火箭弹的场地，也是以军空袭经常光顾的地方。在以色列的封锁下，加沙的大街小巷成了马斯里训练的场地。他必须在驴车和人群中穿行，同时闪躲路面上的坑洞。因为奥运会，以色列放开了一条通道，从而让他圆梦北京。

来到这里的还有阿富汗女运动员阿赫德雅尔，除了战火之外，她还得同一些观念进行斗争，因为阿富汗人还不习惯去崇拜一名女英雄。

"我几乎每天都会听到恶言冷语，甚至还收到过自称来自塔利班武装的死亡通知，如果为了实现奥运梦我必须经受这些挑战，那么就让它们来吧，我绝不示弱。"阿赫德雅尔说。

这也是19岁的伊拉克柔道运动员法克尔的心声。战乱给伊拉克造成了毁灭性的打击，除了体育经费不足，教练员和运动员还面临着各种威胁，甚至被杀害。但战乱也激发他们参与比赛、分享"奥运休战"的渴望。伊拉克残奥委会主席纳伊米说，"我们将在北京奥运会上向全世界人民表明，来自战乱地区的人们也有参与和平竞争的梦想"。

鸟巢北京奥运会的 204 个代表团中，有 3 个国家是首次参加奥运会——马绍尔群岛共和国、图瓦卢、黑山共和国。

安吉乌·杰森是马绍尔群岛共和国的跆拳道选手，平时的职业是个厨子，然而 2008 年 8 月 8 日的夜晚，他漫步在北京鸟巢体育场的跑道上，享受着看台上数万名中国人的欢呼。

"从前，没人知道我们。"他感慨地说，"奥运会最重要的作用，是宣示我们的存在。"

一直到奥运会之前，马绍尔群岛才刚和新西兰电视台签订了北京奥运会的转播合同。这个人口仅有 6.3 万的小国，当前人均年龄 21 岁，失业率却达到 30％。他们的政府希望，奥运会能将体育的健康风气，带进这个经济低迷的国家，振奋他们的人民。

图瓦卢位于南太平洋，是由 9 个波利尼西亚岛屿组成的环礁，因为不断上升的海平面正慢慢吞噬这个岛国，气候专家预测，图瓦卢很可能会在 50 年内消失。

由于国土的面积太小，3 名参赛运动员——田径选手马诺阿、蒂尼劳，以及举重选手埃萨乌，被迫前往周边的斐济进行训练。

图瓦卢的旗手，举重选手埃萨乌依旧高兴地表示："到开幕式时，你们一定要关注我。我们国家没人参加过奥运会，我实在无法想象奥运会到底是什么样子。"

开幕式上各国代表团的服装，也都绞尽脑汁地贴上中国标签。最简单的莫过于印上汉字，比如新西兰、德国代表团服装上汉字书写的国名。美国代表团也在其 POLO 衫上印上"北京"二字。德国奥委会主席希望博得中国观众的好感，让中国观众为德国运动员加油，还在德国队的休闲 T 恤上精心设计了一条中国人喜欢的龙，并印有"谢谢北京"4个汉字。

俄罗斯代表团特意在运动服上绣了一只具有中国特色的凤凰。

瑞典代表团的服装使用了旗袍、中山装等中国服装的设计理念。

加拿大代表团的服装运用东方文化元素最多，据设计师介绍，设计中还吸取了中国五行"金、木、水、火、土"的灵感。

伴随着一届又一届奥林匹克运动会的举行，一些有形或无形的边界，正被从容地跨越或无声地消融。来自世界各地的人们，正渐渐回归到体育本身。

本次奥运日本队的壮行仪式上，日本旗手福原爱说："报恩的时候到了。中国乒乓球选手教会我很多东西，这次去北京，我要让他们看到自己的进步。对我而言，北京就是报恩的赛场。"

遥想当年，中国女排也正是用自己的进步在感谢老师。

正如北京奥组委主席刘淇的致辞，"奥林匹克运动的魅力在于她的巨大包容力"。国旗依旧会在胜利的时刻被升起，国歌也会被奏响，爱国的情怀也会在这一刻强烈地被唤起。而世界文明的融合因体育而步步深入。

所以，在俄罗斯男篮代表队里，我们看到了美国黑人霍尔登；在人数不多的多米尼加代表队里，我们也看到了和我们一样的东方面孔。在加拿大代表团里，还有着戴着印度民族头饰的运动员。

这些面孔需要承载的，除了胜利的渴望，更多的应该是参与的激情。现代奥运会的创始人顾拜旦说，"奥运会重要的不是胜利，而是参与；生活的本质不是索取，而是奋斗。"刘欢和莎拉·布莱曼在开幕式上演唱的主题歌《我和你》，印证了你中有我、我中有你的新境界。

蒋昕捷　蒋韡薇　林天宏　王小布　成城　王波

2008 年 8 月 9 日

奥运表情

① 2008 年 8 月 14 日，美国队著名球星科比在与希腊队的比赛中。刘占坤 / 摄

② 2008 年 8 月 9 日，夺得冠军后的崔敏浩喜极而泣，他的对手正在安慰他。 刘占坤 / 摄

③ 2008 年 8 月 16 日，中国队以 59∶55 战胜德国队，晋级奥运会男篮八强。刘占坤 / 摄

④ 2008 年 8 月 11 日，泳坛巨星菲尔普斯（右）与队友庆祝比赛胜利。刘占坤 / 摄

⑤ 2008 年 8 月 16 日晚，在国家体育场"鸟巢"进行的奥运会田径男子 100 米决赛中，牙买加选手
博尔特（2163 号）以 9 秒 69 打破世界纪录夺得冠军。刘占坤 / 摄

⑥ 2008 年 8 月，尽管巴西队已经提前出线，但面对出线基本无望的中国国奥队，依然表现出了应有
的职业水准，不仅连进 3 球，还创造了多次破门良机，令中国队门将刘震理苦不堪言。 陈剑 / 摄

⑦ 2008 年 8 月 9 日，获得奥运会女子举重 48 公斤级前三名的选手走向领奖台。当日，中国选手陈
燮霞（右三）以总成绩 212 公斤获得 48 公斤级冠军并打破奥运会纪录。刘占坤／摄

⑧ 2008 年 8 月 9 日，在男子 60 公斤级柔道复活赛中，以色列选手耶库蒂尔（右）战胜乌兹别克斯
坦选手索比罗夫，成功晋级。刘占坤／摄

⑨ 2008 年 8 月 17 日，在奥运会女子自由式摔跤 72 公斤级决赛中，中国选手王娇夺取金牌。
刘占坤／摄

⑩ 2008 年 8 月 23 日，在奥运会乒乓球男子单打决赛中，中国选手马琳发挥出色，以 4：1 战胜队
友王皓，获得金牌。刘占坤／摄

挺过无翔之痛

早上9点半，艳阳已经把地面晒得发烫。在鸟巢运动员入口处，刘翔和队友下了从奥运村开过来的班车，跟着师父孙海平走进内部通道，后面跟着随队医生，通道的那头是位于主体育场北边的训练场。

这个训练场四周围着护栏，只有很少、很狭窄的缝隙让人能隐隐约约看到场内，唯一视线良好的地段在训练场南边，那里有几个小小的石墩，站在石墩上，就能看到场内大部分内容。

很快，不断喊着刘翔名字的热情观众就把这里围住，每个人都为能认出刘翔而激动。

"那个人肯定是刘翔！"一个小男孩一边兴奋地回头向妈妈喊，一边挤进围观的人群里，从露出的围栏空隙向内张望。虽然那个缝隙只能让他远远看到刘翔的身影。而他的妈妈一边在后面心疼地让儿子找个阴凉地方，一边自己也透过人缝向场内使劲张望。

训练场内，纪伟和史冬鹏两个人在摆有栏架的一侧跑道上进行跨栏训练，最强的对手罗伯斯也在他们旁边找着跨栏的感觉。不远处刘翔却独自一人戴着墨镜在训练场中央的草地上慢跑，每跑一会儿，他都要回到休息区待上一段时间。

就算这段时间看不到刘翔的身影，围在训练场外的人们也不愿散去，他们不想错过任何一个能看到刘翔的机会——当时谁也不会想到，比起后来进入鸟巢的9万名观众，他们可能还算幸运的，至少看到了刘翔将近1个小时的热身活动。

1个小时之后，刘翔退赛，"鸟巢"陷入了沉默，观众脸上写满了愕然和失望，再1个小时之后，场外再难见到前几天看完比赛之后兴高采烈离场的观众，几乎每个人都有些无奈。

中国青年报

日出東方

2008年8月19日
星期二
网络下午版
2008pm.cyol.net
热线电话
01064098301

特刊
第21期

8月18日，刘翔退赛后，在全场观众的注视下走向运动员通道。　　　　CFP供图

刘翔停飞 天空仍阔

曹竞

2008年8月18日上午11时，当栏架被蔡齐齐地摆放在跑道上时，"鸟巢"已经

欺的年份里，这名词是第二次被提起。
上一次是因为城阳，这一次是源于刘翔。两个对中国人而言既陌生又非凡的名字，但不同的是，轻明的脚掠伤很清楚，

徒隐忍坚持的心痛。
那一刻，孙海平不像运动助教练，更像一位慈父，他的眼泪引发的是无数"翔迷"的瞬间起来，和一大堆同样来自四面八方的镜头一样……

而分析的疼援就是信息来源。
四管中心事后在解释此举时表示，一切都是为了保密，是战术需要，是为了给对手施压，迫为了不想显示出，但一个反

翔爸与翔迷
相约四年后

本报记者　郭剑

傍晚时分，刘翔爸爸刘学根又接到教练孙海平打来的电话，电话那头孙海平说刘翔正做着赛前准备时。回到住国家体育总局的驾条进行治疗。刘学根和张翔妈妈吉布花所到这个消息，难键都要在过去看看儿子，可刘翔根后来说："暂时先不过去吧，让刘子休息休息。"特别想去看儿子的是吉粉花，她从刘翔退赛就开始没过不成声，看到哭争了眼睛——作为妈妈，她只希望子刘子拿什么金牌，她只硬刘子平平安安完成比赛。
这个最简单的希望没能实现。在电视里看到郭儿多人对刘翔的在意爱儿子的疼苦羡情，刘学根说："当时（刘翔）摔倒时心里那么难受，她说小家伙实在太可怜了，以后没有见他这么难过，只是这么不知道他的脚的底值在这个样子。"

"我们能买到刘翔的比赛票非常非常不容易。"带着女朋友来看今天比赛的李先生说，"真是太难过了"。

刘翔在第六组的预赛，是今天上午"鸟巢"内的最后一项比赛——按照奥组委的赛程安排，本是想用刘翔的轻松胜利，来作为送给前来"鸟巢"观众的最好礼物，但现实却跟所有人开了个残酷的玩笑。

"其实我觉得没什么，他肯定是受伤了。"一位从"鸟巢"出来的观众说，"刚开始不知道怎么回事，后来听说是受伤了，我旁边就有人哭了"。

但和豁达的观众相比，媒体记者和"鸟巢"内部工作人员的眼泪更加让人难忘。来自上海的几位女记者从第一组比赛开始就一直在混合采访区等着刘翔经过，当混合区的电视屏幕上反复播放那令所有中国人都难忘的一幕时，女记者们已是伤心得泪流满面，哭出声来。站在他们身边的中国记者都受到感染，很多人

试图安慰她们。

"我也不知道怎么就这样了。"在旁边看到这一幕的志愿者也忍不住抬手擦去淌下的泪水,"刘翔太不容易了"。

傍晚时分,记者在"鸟巢"外场看到几个兜售接下来几天田径比赛门票的人,其中一人手里拿着好几张票,看上去极不耐烦。这个人说本来打算今天只卖明天的门票,但现在只能都拿出来准备一起卖掉,"因为刘翔受伤了"。

"我没买到上午的票,本来特别可惜。"晚上进场的一位高女士说,"看电视里说刘翔受伤了,为他心疼,但其实能看到其他选手的表演也不错"。

刘翔退赛引发的余波导致今天晚上的田径赛场气氛变得有些沉闷,直到撑竿跳"女皇"伊辛巴耶娃向新的世界纪录发起冲击时,全场才重又掀起高潮。一位观众告诉记者:"奥运会就是奥运会,精彩还将继续。"

郭　剑

2008 年 8 月 19 日

萨翁与汶川少年在一起

如果给你一个机会向萨马兰奇提问，你会问什么？在足足花了两天时间、准备了大把的问题后，今天，130多名来自全国各地的"90后"搭乘"奥运圆梦之旅"的快车驶进了中国青年报，他们真的可以和传说中的"老萨"爷爷近在咫尺。

体育的魅力、北京的情结、还有金牌背后需要付出的坚韧，这些话题迅速缩短了耄耋老翁和90后们年纪上的鸿沟。

上午10时左右，和着《北京欢迎你》的歌声，88岁的萨马兰奇出现在中国青年报六楼会议室，雷鸣般的掌声虽然是最简单的欢迎方式，可同学们眼中闪烁的兴奋点燃了全场热烈的气氛。大家环坐在萨马兰奇周围，他刚刚落座，几十双手就已经迫不及待地举起。

四川茂县的女孩坤清芳第一个抢到了提问的话筒，"听说您多次来到中国，这一次有什么不同的感受？"

这个问题可能是萨马兰奇此行被问到的最多的问题，但他还是很认真地回答。他说："1978年我第一次来北京的时候，你们在座的很多大概都没有出生"。一句幽默的开场白，引得全场哈哈大笑，后来回想起这句幽默的开场白，坤清芳说，这位曾经叱咤奥运的老人是如此平易近人。

萨马兰奇说，正因为大家都很年轻，对30年前的北京是没有概念的，所以他更愿意和大家讲讲他眼中的变化，他此行看到的是中国人的生活水平有了巨大地提高，作为中国的老朋友，他最荣幸的事情就是7年前在莫斯科宣布北京获得2008年奥运会的主办权，他相信，奥运会在此刻举办将有助于中国的发展。

奥运圆梦之旅是黑黑瘦瘦的梁强在这个夏天第二次来到北京，上一次是一个多月前作为四川汶川大地震中的抗震小英雄来领奖，而这次他希望能亲自问问

2008 年 8 月 16 日，国际奥委会名誉主席萨马兰奇先生与参加"奥运圆梦之旅"的 130 名中国青少年合影留念。贺延光 / 摄

萨马兰奇爷爷，体育健儿们在奥运会上的拼搏精神和他已经体会到的家乡人在重建家园中的乐观向上究竟有没有共性，是不是一回事？

萨马兰奇告诉梁强，汶川大地震让全世界的人都非常牵挂，在中国人最悲痛的时候大家都伸手援助，通过大家的合作，中国已经渡过难关，地震带来的不幸已经成为历史，现在大家该往前看了。中国人在地震中的表现，和他们在奥运会上的表现一样，显示了中国人民是伟大的人民。

当主持人向大家介绍，梁强，这名只有 16 岁的孩子，在地震后两个小时就跑步回到母校帮助大人们一起救援时，萨马兰奇老人用慈祥的目光久久注视着他，并为他热烈鼓掌。梁强说，那种目光就像爷爷望向自己。

"那些不幸已经成为历史"，梁强说，萨马兰奇的这句话，他要带回去和同学们分享，毕竟还有大把的青春未来需要他们坚强面对。

在两天前得知要和萨马兰奇见面对话后，100多名孩子冥思苦想出了上百个问题，大家希望知道萨马兰奇最喜欢奥运比赛项目中的哪一项，还想知道，他怎么看待近年来运动选手利用高科技手段不断打破奥运纪录的态度，还有人希望萨马兰奇能讲讲他最欣赏的运动员邓亚萍身上究竟有什么样的闪光点。

在十几个问题结束后，主持人话锋一转说："萨马兰奇先生，今天我们还给您请来了一位年轻的老朋友，您看看，还记得吗？"一位女孩走到萨马兰奇身边，老人端详了半天，满脸疑惑地摇摇头。

这位名叫赵岳的女孩讲起了7年前的一个故事，当时只有11岁的她获得了奥运畅想少儿绘画大赛金奖，当萨马兰奇亲自给她颁奖时，她伏在萨马兰奇耳旁轻轻说道，"中国的孩子非常希望能够在中国观看奥运会"。今天，这个曾经是很多中国人的梦想已经实现，赵岳说，她要代表所有做过奥运梦的年轻人感谢萨马兰奇爷爷，她和现场的100多名中国青年代表制作了几幅画表达谢意，而且，她还要告诉萨马兰奇，当年的小丫头已经上大学了，她正利用假期时间给奥运会做志愿者呢。边说，她边扬起了手腕上的五个微笑圈，"这可是代表着北京奥运志愿者的微笑呀。"

这次赵岳又给萨马兰奇"提要求"，邀请他也作为北京奥运会的志愿者。赵岳隆重请出他们志愿者的"头儿"、团中央志愿者工作部副部长侯宝森先生向萨马兰奇"发聘书"——一枚中国青年志愿者的徽章。侯宝森把徽章别在了萨马

2008年8月16日，中青报总编辑陈小川向国际奥委会名誉主席萨马兰奇先生赠送刊有萨马兰奇照片的《中国青年报》。陈光／摄

兰奇的衣领上，并告诉他，这枚徽章是由一颗心和一个手组成，象征着中国志愿者的心和手是相通的。

现场还有另一张"聘书"，北京奥组委志愿者工作部部长、团北京市委书记刘剑先生把象征北京奥运志愿者微笑的微笑圈套在了萨马兰奇的手腕上，他告诉萨马兰奇，"志愿者的微笑是北京最好的名片，让我们志愿者一起努力。"

萨马兰奇今天收到的最后一份礼物是一份当天的《中国青年报》，中国青年报总编辑陈小川说："我是办报纸的，我的礼物只有报纸。只要您出现在我们的封面上，您就是我们的新闻人物。"88 岁的萨翁说，他非常感激中国青年报给他提供了这样一次机会，坐在年轻人中青春了一回。

一个小时的对话让这位奥运老人变年轻了，100 多名孩子收获的是老人奥运人生的感悟。老人离开时，轻轻地拍拍了跟在一旁的赵岳的脸颊。赵岳说，当时她心里很感动，大家都应该记得，当年萨马兰奇给奥运会冠军邓亚萍颁奖时，也有这轻轻地一拍。

刘世昕　王竞

2008 年 8 月 17 日

交谊舞高手的太空漫步

今天，全世界的目光都聚焦在这个 42 岁的中国人身上。

他把中国人的足迹第一次印在了太空。

今天下午，当神舟七号飞船运行第 29 圈，经地面指挥部决策，确认由航天员翟志刚执行空间出舱任务。在神舟七号飞船进入远望三号船测控区时，北京航天飞行控制中心于 16 时 34 分向航天员下达出舱指令。中国航天员开始了中国人第一次舱外活动。

安装在轨道舱上方的摄像机实时传回了飞船外的美丽画面，推进舱上展开的太阳帆板如同飞船两只轻盈的翅膀，背后的太空漆黑如墨，映衬在太空中的地球现出一片蔚蓝，此时的飞船正翱翔于大西洋的上空。

此时，全中国的目光都锁定在距地面高度 343 公里的神舟七号——通过摄像机，人们可以清晰地看到翟志刚迈入太空的这历史性一步。

舱内的摄像机画面显示，翟志刚将红色的安全挂钩固定在舱内的扶手上，抓着扶手他的身体努力向上接近舱门。轻轻用力一拔，翟志刚首先将舱门锁紧拉帽拉开，然后用力一转扳手，扳手被推开了近 60 度，紧接着又转了一下。

开舱似乎没有想象中的顺利。翟志刚转了一下身，接着又转动了两次。

舱外的画面显示，舱门动了一下，露出一条缝，人们的心随之紧张起来，但随即舱门又合上了。

"有一股向外吸的力量。"翟志刚报告的声音有些闷哑、气喘。

"再试一次！"地面很快指示。

16 时 41 分，舱门翕合了两次，没有再关上。舱内的翟志刚用力一拉，舱门被开到了预定的 100 度。蓝色的光芒透过舱门直射进来，窗口现出了蔚蓝色的地球。人们开始鼓掌，更多的人还是目不转睛地盯着电视画面。

茫茫太空第一次留下中国人足迹。张培林／截图

　　一个螺帽一样的东西从舱口直直的飘飞出去,"那是什么? 会不会影响关舱门?!"一个观众急切地喊起来。

　　一阵哄笑。舱门外的蓝色星球亲切而美丽。

　　"开始对神舟七号出舱实施专业支持!""明白!"

　　舱外摄像机镜头里,漆黑的太空与蓝白驳杂的地球界线分明。舱门口,翟志刚的头盔先露了出来,接着缓缓伸出了右手,将拖着橘红色绳子的红色安全挂钩扣在了出舱扶手上。

　　16时 41 分,翟志刚上半身露出飞船,并向摄像机挥手致意。

　　翟志刚穿着我国研制的"飞天"舱外航天服,右臂上,胡锦涛主席题写的红色"飞天"两字清晰可见。

　　"神舟七号报告,我已出舱,感觉良好。"

　　"神舟七号向全国人民、向全世界人民问好! 请祖国放心,我们坚决完成任务!"

翟志刚用他洪亮的嗓音，说出了世界上第354个出舱的航天员进入太空后的第一句宣言。

然后，他把两个安全系绳的挂钩全部改挂到右侧的扶手上，全身飘出了飞船——此时，飞船正处于祖国上空。

正当翟志刚取下第二个挂钩转身挂在同一个白色扶手上时，突然传来"仪表显示，轨道舱失火"的警报。

人们的心一下子揪了起来。画面上，翟志刚从容自若地转身抓着更高一格的扶手，整个身子滑出轨道舱。他抓着手边的扶手，双脚却飘离舱体，角度越来越大。

又一个重复的声音传来："仪表显示轨道舱火灾！"电视画面很快出现了五彩的马赛克，声音时断时续，屏幕一下花了！

16时46分，画面变成了一个模拟动画，迅即又切换成飞控大厅的指挥席，指挥人员有条不紊地忙碌着，但出舱画面消失了。

令人揪心的沉默。画面上依然只有动画，圆形的轨迹上，飞船按照预定轨道绕着地球转动。

飞船系统总指挥尚志在后来接受记者采访时表示，出现火警，最后被证明是一场虚惊。一个感烟探测器，在真空环境下失效了，于是传感器发出了高电频信号，显示为火警。实际上，当时轨道舱处于真空状态下，没有氧气，是不可能发生火灾的。

"我们对出舱活动有了很多新的认识，无论地面模拟多么接近，毕竟不能完全与太空一样。"尚志说。

"南亚发现目标！"有一个声音响亮的传来。

依然没有出舱镜头，画面上，技术人员凑近低声交谈。

"轨道舱工作正常！"这个口令显得分外清晰。镜头一闪，画面上竟然出现了两位航天员。刘伯明身着米白色的舱外服已经探出了半个身子，翟志刚移到了画面的右侧，地球依然是那么明亮。

掌声顿时响了起来，人们激动地长出了一口气，甚至还有人高声欢呼。

在轨道舱内协助出舱的刘伯明露出身来，递给翟志刚一面五星红旗。

翟志刚在太空中向着镜头挥舞五星红旗的那一刻，北京航天飞行控制中心大厅内，掌声、欢呼声久久不绝。

鲜红的旗帜、雪白的"飞天"、银色的飞船、深黑色的太空，构成一幅绝美的图画。

随后，翟志刚朝轨道舱固体润滑材料试验样品安装处缓缓移动，取回样品，递给航天员刘伯明。

此后，太空变成了翟志刚的个人舞台。

转身、飘移、再转身、再飘移……这个舞场上的交谊舞高手，第一次开始了他的、也是中华民族在太空的浪漫舞步。

安装在飞船舱壁上的两个摄像头，将这一美妙的画面传到北京航天飞行控制中心。

"神舟七号准备返回轨道舱。"

在刘伯明的帮助下，翟志刚脚先头后，缓缓进舱。16 时 59 分，翟志刚在舱内拉下轨道舱舱门，轻轻推向头顶，舱口很快只剩下一圈光线。17 时 00 分 35 秒，翟志刚再一用力，舱门关上，舱内的灯立刻亮了，那是暖暖的黄白的光，如同家里的感觉。

根据航天员报告情况和对航天员生理数据判读表明，翟志刚、刘伯明身体状况良好。

当翟志刚完成出舱活动后顺利返回神舟七号飞船轨道舱，中国载人航天工程取得了又一具有里程碑意义的重大技术突破。中国也成为世界上第三个掌握空间出舱活动技术的国家。

透过飞船的太阳余晖，给地球套上了一圈炫目的光环，给神舟镀上了一层灿烂金色。

此时，飞船刚刚飞过她的起飞地，中国酒泉卫星发射中心上空。

中国人的第一次太空行走共进行了 19 分 35 秒。其间，翟志刚与飞船一起飞过了 9165 公里。在此后与地面的通话中，翟志刚说，"太空漫步的感觉很好，真为我们伟大的祖国感到骄傲！"

赵飞鹏

2008 年 9 月 28 日

"鹿"死谁手

从 1956 年只有 32 头奶牛和 170 只奶羊的幸福乳业合作社，发展到品牌价值近 150 亿元的大型企业集团，三鹿用了整整 50 年时间。

然而，从一个年销售收入亿元的企业走向破产，三鹿却只用了不到一年时间。

其实，从 2008 年 5 月 17 日三鹿高层接到产品出了问题的报告算起，到 9 月 12 日三鹿被封，这 100 多天才是三鹿真正的生死抉择期。

"中国搞市场经济的时间短，企业生存、发展环境复杂多变，决策稍有不慎，就可能影响企业的发展，甚至生存。"2006 年，三鹿集团成立 50 周年之际，企业的长期掌舵者、董事长田文华如是说。没想到两年后，企业竟然真的遭遇生与死的挑战。

更让她没有想到的是，正是她及相关部门的决策失误，竟让她苦心孤诣经营了整整 40 年的乳业王国如泥腿巨人般轰然倒地。

三鹿，究竟"鹿"死谁手？

2008 年的最后一天，田文华和三鹿集团原副总经理王玉良、杭志奇，原奶事业部部长吴聚生一起站在了石家庄市中级人民法院被告席前，经历了长达 14 个小时的庭审。

再次回顾这次庭审，记者却发现，被告人的陈述、公诉机关的起诉书和出具的证人证言，以及辩护方的辩护意见，勾画出了三鹿集团由出现问题到走向崩塌的全过程。其代价之沉重，其教训之惨痛，令中国企业界乃至政府部门反思。

6 个质检部门未检测出"三聚氰胺"

法庭上，石家庄市人民检察院指控，2007 年 12 月以来，三鹿集团陆续收到消费者投诉，反映有部分婴幼儿食用该集团生产的婴幼儿系列奶粉后尿液中出现红色沉淀物等症状。

三鹿集团党委副书记、副董事长刘承德 2008 年 9 月 21 日在接受公安机关的调查时称，早在 2008 年年初开会时，就曾听到王玉良说，接到投诉，说有小孩喝了我们的奶粉出现尿红、结石等现象，当时还开会决定看原料是否出了问题，或者案发地是不是结石高发地，并要求对发病人员详细跟进，掌握情况。

但直到 2008 年 5 月 17 日，三鹿集团客户服务部才书面向田文华、王玉良等集团领导班子成员通报了此类投诉的有关情况。随后，田文华组织成立了问题奶粉处理小组，她自己担任组长，并在 5 月 20 日成立了由被告人王玉良负责的技术攻关小组。同时还成立了奶源管理小组，由杭志奇担任组长，负责生产过程管理和奶源质量问题。一向重视公关工作的三鹿在此期间还成立了市场信息处理小组，由副总蔡树维和张振岭负责，针对消费者的投诉开展应对工作。

技术攻关小组在 6 月份初步发现了问题。田文华说："我记得是在 6 月，领导小组开会听取汇报时，王玉良进行了汇报，他说，咱们的奶粉与国内外其他的奶粉相比，'非乳蛋白态氮'含量高，但根据国家标准来看，这个方面并没有相关标准。"

田文华说，在技术小组查出问题后，她指示技术组要查"非乳蛋白态氮"高到底是出了什么问题，同时还建议技术小组组织专家进行研究，看小孩出现肾结石、尿结石是否真的是因为喝三鹿奶粉引起的。

2008 年 6 月，三鹿又派人直接与出现婴幼儿结石病患的医院联系，试图找出原因。

与此同时，三鹿集团还与消费者共同委托湖南省食品质量监督检测所、长沙市食品质量监督检查中心、徐州市产品质量监督检验所进行抽查。三鹿集团则自行委托了国家乳品质量监督检测中心、国家环保产品质量监督检验中心和农业部乳品质量监督检测中心对市场相应的产品进行了送检。

但田文华说，非常可惜的是，不论是在事故发生地进行检测，还是国家权威部门进行检测，这些送检的产品，不仅未能检测出已被"三聚氰胺"污染的情况，而且检测的结果都被认定为合格产品。

然而，大量的案例显示，这些婴幼儿出现问题与三鹿的产品直接相关。法庭上，公诉机关出具的一份三鹿原副总经理张振岭（现董事长）的证言也显示，此时他们"尽管不知道出了怎样的问题，但知道肯定出了问题"。

通过投放广告控制媒体曝光

公诉方称，三鹿集团在 2008 年 7 月召开了多次会议，其中的 7 月 17 日会议和 18 日会议，所讨论的问题可以证实，企业高层当时已经意识到是奶粉出了问题。

公诉方提供的证言显示，三鹿集团党委副书记、副董事长刘承德曾谈及 7 月 17 日会议的情况。"我们在二楼会议室召开会议，参加人员有田文华等人，会议通报了兰州大学第二附属医院发生了十几例婴儿患肾结石的情况，说大部分都食用过三鹿婴幼儿配方奶粉。同时，我们也了解到，江西、湖南、湖北、河北等地也出现了类似情况。"

田文华也说："在 2008 年 6 月，我们就把 2007 年 12 月之前生产的产品全部收回来了，因为发现出现问题的产品是 2007 年 10 月份的产品。"

然而，即使意识到是自己的产品出了问题，三鹿集团首先想到的却不是及时上报，而是考虑怎么应付舆论的压力。

因此，在这次会议上企业高管们作出的一个决策：封锁媒体。为此，三鹿集团安排了副总经理张振岭和蔡树维来负责这方面事务。其中，张振岭负责处理媒体事务，蔡树维负责处理消费者事务。

两人在此方面早有经验，2004年阜阳毒奶粉事件中，三鹿品牌就曾被列入媒体公布的不合格奶粉和伪劣奶粉的黑名单中，当时负责灭火的正是张振岭和蔡树维，他们成功地让三鹿避过了声誉之灾，并成就一个企业危机公关的著名案例。

这次也不例外。公诉方出具的证言显示，张振岭承认："在7月的一次会上，田文华让我负责做面对媒体的工作，当时已经有传言食用三鹿奶粉后出现问题，不断有记者要采访我，我们怕问题曝光，所以田文华让我负责（这方面）工作。"

张振岭说："当时主要是湖北、湖南地区（反映问题较多）……通过给媒体广告费用，让他们不报道，封锁消息，控制媒体。（我们）做消费者工作，防止消费者向媒体反映问题和情况，怕媒体曝光后影响公司利益。"

公诉机关出具的另一份证言也显示，三鹿奶粉事业部经理付新杰说，在2008年7月他参加的一次经营班子会上，会议要求，要为消费者换货、退货，让消费者情绪稳定，"不要让媒体知道消费者投诉三鹿奶粉情况，不能影响公司的利益"。

"这事一定要保密"

在三鹿集团开展危机公关的同时，技术攻关小组仍然在努力查找问题。7月下旬，他们终于找对了方向。

公诉方出具的证言显示，三鹿集团技术中心应用研究部一位姓王的副部长称，大约在7月20日，他们开始怀疑奶粉中含有三聚氰胺，"是我和张志国在网上查的资料，发现2007年年初在美国发生的宠物死亡事件中，宠物饲料中含有三聚氰胺，我们怀疑婴幼儿奶粉中可能也掺有三聚氰胺"。

公诉方出具的三鹿集团技术保障部部长李朝旭的证言也称："7月24日上午10点多，我去王总（王玉良）办公室，王总正在说要派人去北京检测三聚氰胺，因为我知道河北省出入境检验检疫局可以检测三聚氰胺，所以我就跟他说了。"

李朝旭称，王玉良吩咐，送检时一定不要说是我们的产品。"下午6点多，我和张志国将16批样品送到检疫局，登记时，我们说是市场打假收回的奶粉，以及山东来的原料。26日上午，我打电话（给检疫局）问检测情况，对方告诉我说其中有样品含三聚氰胺，我跟王总汇报情况，王总让我配合检疫局做好保密工作。"

三鹿集团技术中心副部长张志国则证实："7月24日，我和李朝旭将16批产品送到检疫局检测，送检产品上没有三鹿的标志，因为王总吩咐过，这事一定要保密。"

8月1日下午5时，王玉良向田文华汇报了河北省出入境检验检疫局技术中心的检测结果，说16批次奶粉样品中，15批次检出了三聚氰胺。田文华说，"听到这个以后，我决定立即召开经营班子扩大会"。

会议由8月1日傍晚一直开到第二天凌晨4点。田文华说，会议最终还形成了几项决议：一是对已有奶粉立即进行封存，暂时停止产品出库；二是收回市场上的产品并购置检测三聚氰胺的设备，由王玉良负责对库存产品、留存样品及原奶、原辅料进行三聚氰胺含量的检测；三是由杭志奇加强日常生产工作的管理，特别是对原奶收购环节的管理，并决定派出400多名检测人员到各收奶站，以"人盯奶站"的方式监督各奶站，确保原奶的质量；四是召开董事会，公布已经出现的问题，制订收回的方案，对通过检测的和没通过检测的产品进行抽查。

但这次会议做出的决定中，没有包含向社会坦诚问题的内容，反而作出了保密的决定。公诉方出具的证言显示，杭志奇2008年9月22日供述称，在这次会议上，"田文华要求严格保密，说这是为了控制事情的局面……田文华就是害怕奶粉中含有三聚氰胺的事情泄露出去。"

杭志奇同时称，为了保密，田文华甚至要求部分内容不进入会议记录。

同年8月2日上午，三鹿集团的高层又与新西兰恒天然公司派驻三鹿公司的董事一起召开了董事会，田文华等人将产品被污染等情况告知了外方董事，外方董事表示愿意接受经营班子扩大会的决议。

8月1日，还在杭州出差的张志国，接到了王玉良的电话。王玉良告诉他检测结果，并让他在上海购买到检测三聚氰胺的试剂盒后，赶紧回来研制检测三聚氰胺的方法。

"8月3日，我在做这项工作时被告知，不能让任何人知道这些试剂是用来检测三聚氰胺的。"张志国说。

8月4日凌晨，张志国经查阅农业部关于饲料中含三聚氰胺的检测方法后，成功研制了原奶中含三聚氰胺的检测方法。

8月4日上午，王玉良组织开会，"会议同样要求保密，不要写三聚氰胺。如果检测出有三聚氰胺，就用'A物质'或者'B物质'上报。8月5日，我检出16个产品中都含有三聚氰胺。"

杭志奇则表示，只说"非乳蛋白态氮"或者只说"A物质""B物质"，不说三聚氰胺，是由田文华决定的。

政府部门要求"拿钱堵嘴"

田文华说，8月2日，三鹿集团将奶粉被"三聚氰胺"污染的情况书面报告给了石家庄市政府，并恳求市政府出面，迅速查办投放"三聚氰胺"的不法奶户和奶站经营者。

石家庄市政府在收到三鹿的报告后，当即派了主管安全生产的副市长赵新朝和市政府秘书长赵文峰来到三鹿集团。但他们并没有要求企业停产。

据《财经》杂志报道，他们是8月2日下午5时许来到三鹿的。同行的还有石家庄市质监局、食品药品监督管理局、工促局、农业局等部门的官员。他们随即开会商讨应急措施。田文华没有参加会议，王玉良代表三鹿集团向市政府请示提出实行产品召回，但王的提议遭到与会政府官员的明确反对。他们还提出，要以人盯人的方法，安抚家属，"拿钱堵嘴"，并专门强调注意保密，防止出现消费者上访的情况，同时要尽力避免"媒体炒作"。

8月20日，田文华、杭志奇等再次向石家庄市政府做了口头汇报。

8月29日，第二次以书面形式向石家庄市政府进行了汇报。在书面报告中，不仅将企业收到的有关婴幼儿患病的情况作了如实反映，而且还恳请石家庄市政府考虑可否逐级上报。但9月13日河北省副省长杨崇勇在国新办召开的新闻发布会上称，河北省政府是9月8日得到这样一个报告的。由此可见，直到此时，石家庄市政府才向河北省政府报告了情况。

"不能让企业遭受太大损失"

三鹿集团原奶事业部部长吴聚生说，2008年8月3日，他接到副总杭志奇的电话，让他到办公室去一趟。下午3点多，他来到杭志奇办公室，杭志奇让他将生产奶粉的加工三厂拒收的问题奶，调配到生产液态奶的厂子去。

杭志奇说，当时集团内部都知道，"非乳蛋白态氮"是人工添加的对人体有害的物质，既非原奶中正常含有的物质，也不是原奶中允许添加的物质。但既然知道这是有害物质，为什么还要往其他奶厂调配呢？这是因为当时接到的报告，造成婴幼儿结石主要是奶粉的问题，"我想，对这种奶，不能加入到奶粉中，可以调剂到生产液态奶的企业当中"。

他还说，三鹿集团以生产奶粉为重，对液态奶的要求没有奶粉的高，当时生产液态奶的厂子没有检测三聚氰胺的设备，为了不让其他企业抢走奶源，保证原奶的供应，他们决定内部调配。

于是，他提醒吴聚生在收购鲜奶时要保证质量，但同时也要保证数量。"对部分工厂拒收的原奶，要想办法调剂到液态奶企业，以保证鲜奶的供应，防治奶源的流失"。

杭志奇说，当时中秋节、国庆节将至，这段时间是奶制品销售的高峰期，"蒙牛、伊利等乳品企业也在争取我们集团的奶源，为了持续的奶源供应，防止退奶后奶农卖给其他乳品企业，所以我们想办法在内部搞定。吴聚生具体怎么做我不知道，我只告诉这是领导的指示，我没有告诉吴聚生奶粉中含有三聚氰胺，这是我们集团内部的绝密，不能让集团领导以外的人知道。"

杭志奇说，此事田文华也是心知肚明的。田文华则承认，在一次会议上，"我印象中是杭志奇大概说了说，别人没有反对，我也就同意了"。

对于同意的理由，田文华的理由与杭志奇的一样，她说，当时只是觉得问题奶生产奶粉有问题，而生产液态奶没有问题，"主要考虑的还是不能让企业受到太大的损失"。

这些原奶与其他原奶混合后进入了加工程序，分别生产了原味酸奶、益生菌酸奶、草莓酸酸乳等含有三聚氰胺的液态奶。经对其中 12 个批次液态奶检测，均含有三聚氰胺（含量最高为 199 毫克／公斤，最低为 24 毫克／公斤），共 269.44 吨，并已经全部销售，销售金额合计 181 万元。

问题产品悄悄召回

2008 年 8 月 1 日到 2 日的经营班子扩大会上，三鹿集团作出了召回产品的决定。根据国际惯例，召回产品应当采取公开召回的形式，然而，三鹿集团最终采取的却是悄悄换回的方式。

这一决策是在 8 月 2 日上午的董事会上通过的。田文华回忆决策过程时说："会上，外方董事提出来要公开召回，但当时有董事提出来说，公开召回产品会对公司声誉造成重大打击，因此建议通过以合格产品换回不合格产品的方式解决问题。"

田文华说，这一建议提出后，新西兰方面的董事没有反对，所以该决议就这样通过了。

发现三聚氰胺后，三鹿集团曾短暂中断奶粉封包，也曾暂停销售，但液态奶的生产并没有停止。在 8 月 3 日下午 5 时三聚氰胺检测方法研制出来并配备到三厂后，三鹿又开始生产奶粉，并将生产出来的奶粉进行检测，检测出没有三聚氰胺的进入市场销售，含有三聚氰胺的则存入仓库。

但到了 8 月中旬，由于市场销售的压力，再加上换奶返货所需量大，三鹿集团高管们再次面临难题：到底该怎样减轻市场压力。

王玉良说，恰在这时候，三鹿集团中一个来自新西兰恒天然公司的郭姓董事拿出一份欧盟关于食品中含三聚氰胺的标准，该标准称根据体重来衡量，每公斤体重每天耐受三聚氰胺的量是 0.5 毫克。经过推算后，他们认为，奶粉中每公斤三聚氰胺含量不超过 20 毫克，婴幼儿食用后不会出现问题。

8 月 13 日，三鹿集团再次召开了经营班子扩大会。会议决定，将三聚氰胺含量不高于 15 毫克／公斤的奶粉，换回三聚氰胺含量高的奶粉。

在 8 月 13 日之前，王玉良等人带领的检测小组就已经对 2008 年 7 月 31 日之前生产的产品检测完毕。他们发现，三聚氰胺含量在 20 毫克／公斤以下的产品很多。13 日的会议结束后，他召集有关人员开会，宣布对经检测三聚氰胺含量在每公斤 10 毫克以下的产品准予检测部门出具放行通知单，即准许销售出厂。

公诉方提供的数据显示，2008 年 8 月 2 日至 9 月 12 日，三鹿集团共生产含有三聚氰胺婴幼儿奶粉 72 个批次，总量 904.24 吨；销售含有三聚氰胺婴幼儿奶粉 69 个批次，总量 813.737 吨，销售金额 4756 万元。

田文华认为外方作为公司集团董事会成员，在奶粉事件中全程参与问题奶粉的生产、检测过程，他们应当承担相应的责任。她说，"8 月 1 日后，外方进驻公司，帮助进行含有三聚氰胺的检测，协助我公司进行沟通联系。8 月 15 日，我们集团召开扩大会，外方当时没有要求公开曝光问题产品，同时认为问题奶粉影响不大，我方认为奶粉含氮量高，国内没有检测标准，我记得他们认为这个理由好，同时决定 9 月 20 日之前，不要把问题婴幼儿奶粉的事放大。"

9 月 11 日，就在《东方早报》率先点出"三鹿奶粉"问题的同一天，三鹿集团传媒部长崔彦锋仍在接受《兰州晨报》的采访表示，"我们可以肯定地说，我们所有的产品都是没有问题的。"但当天晚上,三鹿终于承认奶粉被三聚氰胺污染的事实,说经公司自检发现 2008 年 8 月 7 日前出厂的部分批次三鹿婴幼儿奶粉受到三聚氰胺的污染,市场上大约有 700 吨。

9 月 12 日,三鹿被政府勒令停止生产和销售。

2008 年 12 月 31 日的庭审中,公诉人问:"被告人田文华,你知道三鹿现在的经营状况吗?"

"三鹿的经营状况?"田文华停顿了一下说,"我因为在二看(石家庄市第二看守所)那住着,我不清楚。"

她不清楚的是,就在一个星期前,石家庄中院已经向三鹿集团送达了破产清算《民事裁定书》,三鹿已经进入法定破产程序。

叶铁桥　马慧娟

2009 年 1 月 17 日

脚注:根据公布数字,截至 2008 年 9 月 21 日,因食用婴幼儿奶粉而接受过门诊治疗咨询的婴幼儿累计 5 万多人,其中死亡 4 人。事件造成恶劣影响并重创中国奶制品业。2009 年 1 月 22 日,河北省石家庄市中级人民法院一审宣判,三鹿集团前董事长田文华被判处无期徒刑,三鹿集团高层管理人员王玉良、杭志奇、吴聚生则分别被判处有期徒刑 15 年、8 年及 5 年。三鹿集团作为单位被告,犯了生产、销售伪劣产品罪,被判处罚款人民币 4937 余万元。涉嫌制造和销售含三聚氰胺的奶农张玉军、高俊杰及耿金平三人被判处死刑,薛建忠无期徒刑,张彦军有期徒刑 15 年,耿金珠有期徒刑 8 年,萧玉有期徒刑 5 年。

义乌打火机感冒

"我的企业不是很困难，是相当困难，就是赵本山和谁那个小品中的那个'相当'。"黄发静用墨绿色的一次性塑料打火机点燃一支"中华"烟，深吸一口，眉头紧锁着说道。

他年逾半百，身材高大，是浙江温州日丰打火机有限公司的老板。这个拥有 500 人的公司，每年为全球提供 1000 万只金属打火机。而作为这座城市的四大支柱产业之一，温州大大小小的打火机企业，其产品占据了全球金属打火机市场份额的 80%。

这原本是一种多赢的格局。有人买打火机，企业赚钱，员工得利，政府收税，社会劳动力被吸纳。不幸的是，由全球金融危机带来的一股寒流，完全打乱了原有的秩序。这股寒流已席卷中国的大江南北，严重地挫伤了一个又一个劳动密集型的制造业。

在温州，打火机业首当其冲。

开工还是停产

和温州大部分产品一样，黄发静的打火机主要走向国际市场。日丰每年生产的 1000 万只打火机，90% 出口。

于是，一场远隔万里的金融危机，通过种种中介，和他的企业发生了关联。简单说，金融危机导致国际购买力下降，打火机的市场逐渐萎缩，企业的日子便开始不好过了。在温州，不少打火机企业关停，一些甚至倒闭。

每年 6 月 28 日，本是温州市烟具行业协会开会的日子。"以往都有几百人，热热闹闹的。今年来了不到 100 人，整个会场空荡荡的，简直有点寒酸。明年更不知道是什么样子了。"黄发静说。他的另一个身份是这个协会的副会长。

鼎盛时期,温州的打火机厂有 3000 多家。"去年还有 500 家,现在最多只有 100 家能开工。"

全国的情况也不乐观。媒体报道称,据国家发改委中小企业司有关负责人透露,初步统计,今年上半年全国有 6.7 万家规模以上的中小企业倒闭。作为劳动密集型产业代表的纺织行业,中小企业倒闭超过 1 万家,有 2/3 的纺织企业面临重整。

国际市场的萎缩只是一个诱因。原材料、能源、运输及劳动力价格的上涨,已经严重压缩了产品的利润空间。汇率、出口退税政策的变化,以及银根紧缩等组合拳,则大大增加了企业运转的难度。

打火机业本是一个微利行业。"好的时候,毛利润保持在 10%,差一点时,则在 5%。"

黄发静的工厂仍在继续生产。他非常清楚,如果选择停产,意味着可能会丧失未来的市场,以及多年打拼下来的声誉。还有,工厂的 500 名员工,至少暂时要各回各家。选择生产,则意味着每天巨额的投入。

两相比较,黄发静选择了后者。毕竟,自己在这个行当内做了 16 年,并且做得有声有色,要想放弃,确实难以割舍。多年的积累,使他暂时还无须过多考虑资金流。不过,他也开始想方设法压缩管理成本,精打细算过日子。

"现在企业根本没有利润。每天睁开眼睛,就得准备几万块钱。"他叹息道。这几天他患了轻微感冒,有点鼻音,在南方 10 月一个小雨的日子里,显得有些凄凉。

大家都有难处,谈判吧

黄发静不时摆弄着手中的塑料打火机。这大概是在某个饭店里顺手拿来用的,很轻巧,比他自己生产的金属打火机来得方便。

从 1992 年进入打火机行业以来，黄发静积累了不少稳定客户。2002 年，他开始和国际著名的打火机厂商 Zippo 合作，共同研制了 CR 多功能点火枪。这是 Zippo 公司自 1932 年创立以来，在美国本土以外首次合作开发的新产品。此举更稳定了黄发静的日丰在全球打火机行业中的地位。

因此，和温州众多打火机厂商相比，黄发静具有绝对优势。他的订单总量并未减少，因为打火机生产厂家锐减，一些新的订单也落到了日丰。不过，单次订单的数额却在减少，"以前订单都是几万只几万只的，现在大部分都是几千只几千只的。"

谈判的难度也在增加。作为商人，黄发静想尽量把企业的额外成本转移到产品中，但外商也看到了国内制造业的形势，因此总在"拼命压价"。每一笔生意，他总要和外商进行一场"马拉松式的谈判"，才能最终签字。有一笔不太大的生意，他和外商共谈判过 5 次，周期长达一个多月。

不成功的谈判也经常发生。温州还有更小的打火机厂，外商还有选择的余地。黄发静的产品虽有品牌和质量优势，但价格相对较高。对于这种易耗品，更低的价格自然会有一定的吸引力。

"每次谈判，我都要提一点价。一次不能提得太多。提得太多，人家接受不了。多谈几次，多做几笔生意，价格就逐渐上来了。"在这个不景气的时节，黄发静有的是耐心。

今年 6 月，他跟一个法国客商谈判。为争取 4 美分的差价，谈判僵持了 5 个小时。最后双方各让 50% 收场。后来法国人"非常严肃"地对黄发静说，他那天是下了决心的，价格压不下来绝不吃饭。

人民币升值之前，和美元之间的汇率相对稳定。但人民币升值后，汇率变动较大，而一笔国际间的生意，账期通常在两三个月，在此期间，无论汇率如何变化，总有一方利益会受损。因此，汇率谈判就成为一个必不可缺的环节。

为规避风险，黄发静偶尔也和外商用英镑等外币结算，或者找一家外贸公司出口，由其承担风险。不过，他最常用的手段是和外商约定一个固定汇率。尽管如此，风险还是存在的。在账期中，一旦人民币升值，黄发静就亏了。相反，则是外商亏损。

无论哪一方受损，总会影响生意。经过一轮一轮的谈判，黄发静和外商又有了新的约定，即在固定汇率制的基础上，新增风险共担机制。这意味着，无论汇率如何变化，任何一方的损失，都由双方共同承担。

谈判成本越来越高，周期越来越长，那些资金短缺、产品竞争力小的企业，还未能进入谈判环节，就被内部问题缠住了。在这场危机中，优胜劣汰的法则，进一步得到了体现。那些胜出的，或者像黄发静一样在苦苦支撑着的打火机企业，部分应归功于品牌。

这叫"与狼共舞"

日丰、东方、虎牌等，都是温州知名的打火机品牌。但很大一部分打火机产品，只是贴牌生产，没有自己的牌子。

"日丰"的 Logo 立在黄发静工厂的最高处。办公楼前的 5 面旗帜中，除一面是国旗外，其余 4 面上均有日丰的标志，两蓝两黄。办公楼的大厅内，摆放着十多箱打包好的打火机产品。后面的工厂中，工人们则在有条不紊地工作着。在温州龙湾区状元镇这个以鞋革为主的工业区中，这个占地 10 亩的工厂显得干净和气派。

闯荡商海之前，黄发静是一名国有企业的工人。1983 年，他紧随经商大潮，停薪留职。先是做工业电器，接着又摆弄了几年眼镜。1990 年，他投资了几万元，支起了打火机的摊。

起先，他和其他工厂一样，只是一个组装商。零部件由各个不同的工厂提供，他则按照各种订货要求组装起来。虽然产品档次不高，但在上世纪 90 年代初期，利润空间并不小。最高时，每只打火机的利润有五六元。

1992 年是黄发静的一个转折点。那一年，他遇到了法国一家大公司。从那

在温州一家中型打火机企业的样品室内，陈列了两万多件造型无一雷同的打火机。史训锋/摄

打火机厂车间一角　资料照片

之后，他就开始标准化生产，更新设备，并建立了自己的研发队伍。这一举措，使得他避开了低端产品市场的恶性竞争，逐渐发展到现在的规模。

好日子在 2001 年碰到了障碍。当年，欧盟制定了 CR 法规。这项旨在保障儿童使用打火机安全而制定的法规规定，价格在 2 欧元或者 2 美元以下的打火机产品，要进入欧洲市场，就必须安装一个防止儿童开启的安全锁。而早在 1994 年，美国就制定了此法规。因未积极应对，中国的打火机业几乎丧失了全部的美国市场。

"这个法规是把产品的价格标准当成了安全标准。"黄发静不服气。为避免温州打火机业全军覆没，他决定牵头抵制欧盟。2001 年 12 月，黄发静联络了温州 17 家打火机企业召开了研讨会。在他的努力下，次年 3 月，原国家外经贸部公平贸易司派人到欧盟 6 国交涉。历经"千辛万苦、千呼万唤"，这个原本于2004 年 6 月生效的标准，终于暂停实施。

因抵制欧盟 CR 法规一事，黄发静被评为 2003 年中国经济年度人物。

黄发静之后，温州东方轻工业实业有限公司总经理李中坚，应诉了 2002 年欧盟提出的反倾销诉讼。同年 10 月，欧盟承认了东方公司的"市场经济地位"。

然而这并不是最后的胜利。"有大的订单，国际商家不仅要来调查产品的质量，还会来调查企业的社会责任。比如，有没有童工，有没有虐工，是否为员工提供各种福利等等。"黄发静说。

为应对贸易摩擦和技术壁垒，拿到大订单，黄发静不得不一再增添新的设备，改进产品质量，并尽量提高员工的福利。

2001 年，日丰公司通过了 ISO9001 国际质量体系认证检测。同年，其产品质量和安全性能还通过了全球最权威机构的认证。2005 年，他联合温州 32 位身为政协委员的企业家，发起"关爱员工构建和谐劳动关系"的倡议，并承诺率先做到"六有六无"，这 12 项，均是为了保护员工利益。

当然，这是一笔不菲的投资。"国际商家在制定游戏规则，我们只能被牵着鼻子走。这是与狼共舞。"他忿忿地说。

不过，黄发静和李中坚也承认，正是前期的投资，使得他们的企业，能在这场金融危机前期站住脚。

这条企业发展之路，也和现在政府扶持中小企业的思路相吻合。前不久，浙江省鼓励困境中的中小企业自力更生，勇当浴火"凤凰"，推进转型升级。记者采访中，浙江省中小企业局办公室一位工作人员也称，该局将企业的转型升级作为以后工作的重点。

不过，黄发静的老朋友、温州中小企业促进会会长周德文认为，单靠企业自身的能力很难完成转型升级。

"转型谈何容易？很多企业都是作坊式的，要转型升级，得有大笔的资金。

钱又从哪里来呢？"他反问道。

税痛！税痛！

隔着大洋吹来的寒风让温州的打火机打起了喷嚏。但实际上，这个微利产业在税负的重压下，本就有些哆嗦。

黄发静和李中坚均表示，目前打火机企业所要缴纳的税费，大概要占到企业总营业额的 8%。这个数字，赶上了很多打火机企业在行情看好时的利润。

早在多年前，黄发静就在公开场合提出，包括打火机企业在内的中小企业税负过重，并呼吁政府减轻税负，以便这些企业完成转型升级。

2004 年 8 月 28 日，温家宝总理到温州，就促进非公经济与当地企业家座谈。黄发静是被邀的 9 位民营企业家之一。

"会议本是讨论'36 条'的。温总理为了让每个企业家都发言，就变更了座谈会的议程，改为每个企业家发言 10 分钟。"他回忆道。

在发言中，黄发静提到了中小企业税负过重问题。"当时总理认真地听，我想他一定会听取我们的意见的。"

时隔 4 年，面对记者，他又提到了税负问题。"市场好的时候，我们有钱赚，多交一点税，大家也还能接受。但现在市场这么不景气，还要交那么多税，哪个企业能承受得了？你随便问一个企业老板，看看有几个能记住交多少项税费。即使是会计也搞不清楚。"他再次忿忿起来。

说到激动处，黄发静又会用墨绿色的塑料打火机点上一支烟。淡淡的烟雾升起，但声音是愈发严厉了。

记者查阅发现，对于像日丰这样的中小企业，所要负担的主要税种有增值税、营业税、企业所得税、个人所得税、城市维护建设税、印花税、房产税、土地使用税、土地增值税等等，名目繁多，难怪黄发静有"数不胜数"的抱怨。此外，这些企业还要负担各种基金和费用。

民建中央曾于 2007 年底就非公企业税负做过一份调查。调查结果显示，40.6％的企业认为"税、费混杂，各种变相和强制性收费太多"，30.6％的企业认为"税、费收取额度的确定人为因素大，民、私营企业受到歧视"。

调查中，在回答"制约企业发展的政策和体制因素"这一问题时，36.9％的民营企业选择了"税负太重"。

对此，民建中央发布了一份名为《非公有制企业税费负担状况及分析》的报告，报告指出："税费负担过滥、过重仍然是制约非公有制企业发展的主要政策和体制因素。"

饶有意味的是，2008 年第一季度，当温州的 GDP 同比增长 10.5％，增幅比去年同期回落约 3.5 个百分点的情况下，全市的财政总收入却同比增长了 29.9％。今年上半年，在整个国家的 GDP 同比增长 10.4％，比去年同期回落 1.8 个百分点的情况下，国家预算收入却同比增长了 33.27％。

只要有人拉一把就死不了

在 2004 年和温家宝总理的座谈会上，黄发静除提出中小企业税负过重问题外，还提到了中小企业的地位问题。当然，前者只是中小企业尴尬地位的一个缩影。

"我们创造了那么多，可我们和大型企业的地位，不可同日而语。"经营自家企业 25 年，这是黄发静最大的感触。他又点上一支烟，有一口没一口地吸着。

融资困难也是一个老生常谈的话题。自 2004 年以来，这个问题日趋严重。当年 10 月 28 日，央行宣布提高存贷款利率。此后，银行存款准备金率一再飚高，最高达到 17.5％。这意味着银行能放的贷款越来越少。次年，国务院发布的"非公经济 36 条"，虽在政策上拓宽了中小企业的融资渠道，但在实际操作中，要想从银行贷到一笔钱，仍要费尽周折。

"要是通过正常渠道贷款，不要财产抵押就要信用担保，我们这些小企业，很难有这样的条件。要想贷到款，只能找关系。其实有些企业，只要有人拉一把就死不了。"温州一位不愿透露姓名的老板说。

在金融危机的冲击中，他因资金链断裂，托了很多关系，也没贷到款，只好将工厂卖掉，到贵州找矿去了。

李中坚有 1000 万元的银行贷款。前一段时间，因更换土地证，需要从银行把抵押的旧证件拿出来。银行坚持要李中坚还掉贷款，但李中坚不敢，怕银行不再放贷。如此谈判了好几轮。最后，在各种力量的担保下，双方才完成对接。

因此在温州，民间借贷仍是融资的一条非常重要的渠道。温州中小企业促进会会长周德文曾就此做过统计，在温州企业营运资金构成中，自有资金、银行贷款、民间融资三者之比，当前已达到 54：18：28。

众所周知，温州的民间资本非常发达，民间借贷盛极一时。不过，民间借贷的高利率也与民间资本的数量之多一样著名：通常是银行利率的 4 倍左右，个别甚至达到 10 倍。

"短期借贷还能承受。长期的谁也受不了。更何况这是不合法的。"周德文说。

银根紧缩的难关还没渡过去，出口退税政策的变化，又给打火机业当头一棒。2006 年，国家下调了部分商品的出口退税率。纺织品、家具、塑料、打火机、个别木材制品的出口退税率，由 13％调整到 11％。这意味着，1 亿元的出口额，收入较调整前要减少 200 万元。

李中坚是温州最早从事外贸的商人之一，"在《温州地方志》中都有记载"，对此他颇为得意。1991 年，其自营出口创汇就达 3000 万元，第二年增长到 6000 万元，1998 年突破了 1 亿元。

"以前外汇奇缺，国家鼓励出口。现在国家外汇多了，下调出口退税率，我们的损失可就大了。温州有不少企业，就是依靠出口退税活着。"李中坚说。

目前，李中坚的企业和黄发静的一样，也在"苦苦支撑"。不过他的另一摊事业似乎受影响不大。因为长相酷似邓小平，他成了小有名气的特型演员，为此还曾接受过表演专业训练。眼下正有一部他参演的电视剧在横店摄制，他还是扮演邓小平。

"经济不是拉木偶，一下子上一下子下的。企业家希望政府有一个稳定、持续的政策，而不是呛一口水，再拉上来喘口气。有些人就喘不过气来了，有些人就不干了。我这个'邓小平'一点办法也没有哦。"这个温州"邓小平"学了句四川话，笑声像他所模仿的对象一样爽朗。

"信心比黄金还珍贵"

在黄发静看来，温州这些小小的打火机，即使这次扛过了寒流和感冒活下来，也依旧隐藏着一个大大的危机，那就是劳资矛盾。

过去 30 年间，企业员工的利益，似乎从来没有像今天这样有望得到充分的保障。他们作为弱势群体，总是随时面临着被解雇的可能。毕竟，中国拥有太多的劳动力，而像打火机厂这样的劳动密集型企业，员工的准入门槛是非常低的。因此，众多的企业老板有了更宽泛的选择。劳动力成本之低，也成为众多国际制造商进军中国的重要原因。

而 2008 年新《劳动合同法》实施后，这种不平衡的劳资关系，将有明显改善。"劳动密集型企业，哪个不加班加点的？一旦老板和员工的关系处理不好，员工把企业告了，企业就吃不了兜着走啦。"黄发静说。他一再强调，自己一定要把这个问题讲出来，而"讲问题的人是真正想执行的人"。

他的员工大都是老员工，很多人跟随他 10 年以上，他们之间关系处得不错，没有发生员工状告企业的事。但他听说在别的企业，老板和员工的关系没处理好，员工一纸诉状将企业告了，最后企业受到了有关部门的惩处，还罚了一大笔钱。

这样一来，似乎"企业成了弱势，员工成了强势"。"员工说走就走，连招呼都不打，造成的损失谁负责？"不少老板遭遇过员工不辞而别的尴尬。

当然，每个员工每年 5000 元的社保支出，无论对哪个企业老板来说，都是一副重担。

"企业的日子本来就很难，一下子又有了这么大的压力。万一工厂倒闭，工人最终还是失业，这种连锁反应会带来严重的社会问题。"黄发静不无担忧地说。

"保护企业家的利益和保护员工的利益同等重要。企业家的信心正在丧失。"黄发静表示。李中坚和周德文也强调了这一点。

浙江省统计局的网站数据显示，2007 年第四季度，企业家信心指数为 145.2，今年第一季度，这一指数下降到 135.3，第二季度则继续降至 122.4。该网站预测，第三季度的企业家信心指数将下降到 119.3。

和大多数温州老板一样，黄发静最初的动力来自对脱贫致富的渴望。他有 7 个兄弟姐妹，吃饭的人多，家里很穷。上学的时候买不起书包，父亲给他做了一个木头书包，招来所有同学的嘲笑。

"现在不少人赚钱了。企业的日子这么艰难，政府如果不对我们有实质性的扶持，谁还有动力发展？"他端坐在沙发上，身体尽量挺直。本就没有笑容的脸，显得愈发严肃。

在温州一些工业区，转租厂房的广告间或可见。当地报纸上，也经常能见到此类消息。

不过，高层已经在行动。7 月上旬短短 6 天内，4 位中央领导分别在 5 个经济发达的东部沿海地区进行经济考察和调研。同时，商务部、银监会、国税总局等部门的负责人也纷纷出动调研。有媒体评价说：这类调研地域、时间、高层官员之密集，为多年来所罕见。

中共中央政治局常委、国务院副总理李克强在温州调研时，特意到黄发静的工厂待了半小时。期间，他详细听黄发静讲了企业生产经营的种种困难，并让工作人员一一记录。

8 月以来，中央出台了一系列政策以扶持中小企业，如出口退税率的上调。财政部明确提出，将从六方面加大对中小企业的支持，其中包括改善中小企业融资环境、实施中小企业税收优惠政策、清理行政事业性收费等。人力资源和社会保障部的最新措施是，暂缓调整企业最低工资标准，并在有条件的地区降低基本医保和工伤保险费率，以"帮助企业渡过难关、稳定就业局势"。

这些都让黄发静"稍微有了点底"。他也坚信，打火机终归会有市场，因为"有那么多人离不开烟嘛"，退一步说，"人类总离不开火"。

"温总理在美国演讲时说过，信心比黄金还珍贵。我觉得他讲得非常有道理。有什么比失去信心更可怕的呢？我们贡献了那么多，我相信，中央一定会为我们正名的。"

小雨一直在淅淅沥沥地下着。黄发静把墨绿色的一次性塑料打火机攥在手里。不管是塑料的，还是金属的；也不管是打火机，还是别的什么商品，大家都指望这场"伤风感冒"赶紧好起来。

郭建光

2008 年 11 月 19 日

2009

V 型 反 转

2009 年是后来许多故事的开始，金融危机、逆全球化、互联网浪潮、中产崛起、文化碎片、高房价，等等，这些现象有的余音袅袅，有的方兴未艾。如果把新世纪20 年当作一个观察周期，经由 2008 年的拐点，2009 年进入了迥异的下半场。

单就年度特征而言，2009 年用一词形容可取神韵：V型反转。在金融海啸影响下，年初中国经济可谓凛冬，入世后外贸对中国 GDP 的贡献率已达 35%，但 2009 年前三个季度外贸贡献降为 -3.6 个百分点，刀削一样的断崖。整体经济受此牵连，前两个月规模以上工业同比增速降到罕见的 3.8%，大批企业关门，上千万农民工被迫返乡。

在全国两会上，"保八"引发热议，但温家宝总理胸有成竹，在记者招待会上引唐诗作喻：莫道今年春将尽，明年春色倍还人。在总理注入信心的背后，是政府注入真金白银，即"四万亿计划"：在两年内实施 10 项振兴措施，共将投入约 4 万亿人民币，这其中 1.18 万亿，是政府直接投资。中青报记者采访政府工作报告起草组专家得知，当年安排财政赤字合计 9500 亿元，比上年增加了 4 倍多，创新中国成立以来的最大规模。

实际上，后来经济增速硬生生被拉了起来，一季度 6.2%，二季度 7.9%，三季度 9.1%，四季度 10.7%，全年 9.4%，标准的 V 型反转。

在冰冷的数字下面是热腾腾的现实。2009 年，在小排量汽车购置税减免、汽车下乡补贴等消费政策刺激下，中国汽车产销量达 1364 万辆，超过美国居世界第一。房地产业也上演了 V 型反转的好戏，随着国办 131 号文件明确信贷政策、税收政策的优惠，明确"支持房地产开发企业合理的融资需求"，由此拉开救市序幕，房产市场量价齐升，地王频现，温州炒房团重游四方。与汽车、房地产同为明星的是 IT 业，新旧业态在这一年错身而过。8 月，新浪微博完成公测，接着阿里巴巴推出"双 11"购物狂欢节。经过 10 年筹备，创业板在 10 月开板，首批 28 家公司平均市盈率 56.7 倍，互联网格局也发生变化，新闻门户式微，开始 BAT 时代。

这一年，中国网民人数 3.84 亿，他们经由 QQ 群、百度贴吧、博客圈、豆瓣小组等结成虚拟社群，开始对现实社会施压影响力。2009 年出了许多网络事件，"躲猫猫""楼薄薄""欺实马"，中青报三大舆论监督报道"贵州习水嫖宿幼女案""河南灵宝警方跨省追捕网民事件""罗彩霞被冒名顶替上大学事件"也都由网络上来，再在网络上发酵。

金秋十月，在率先复苏的乐观气氛中，我们迎来新中国成立 60 周年，盛大阅兵式，军威壮国威。面对"风景这边独好"的中国，西方陷入纠结，奥巴马年末访华，中美仍是"伙伴"，但经贸摩擦已在加剧，新疆"7·5 暴乱"则初露了这个领域未来的凶险。

圆明园兽首拍卖：一场惶恐紧张的闹剧

当地时间 2 月 25 日 20 时左右，圆明园流失文物鼠首和兔首在巴黎大王宫被佳士得拍卖行和皮埃尔·贝杰公司联合拍卖。拍卖场内外剑拔弩张的气氛，让场内记者充分感受到拍卖者惶恐紧张、坐立不安的心情。

部分中国记者受到"特殊照顾"

由于未能从佳士得公司申请到这场拍卖的采访证，记者在当天下午提前赶到大王宫，试图以普通观众的身份观看拍卖现场。

记者在大王宫门前与 3 名法新社记者交谈时，保安人员知道了记者的真实身份。于是，当记者到达普通观众入口后，便有专门的安保人员将记者"护送"到场内。

这名安保人员在没有说明任何原因的情况下，要求记者将背包寄存在接待处。当记者问，为什么其他普通观众可以背包入场，也可以自由拍照时，安保人员推辞说，可能有个别观众逃脱了他们的视线。

当记者试图与接待处交涉时，《人民日报》驻法国记者也被专人带到了接待处，并受到了同样待遇。

记者随后遇到的两名来自法国西南部的中国女留学生介绍说，当天的安保级别明显高于前几天。她们两人曾在 24 日进入拍卖场，当时入口处对行李的检查远不及 25 日那样严格。她们对于记者背包被强制寄存表示惊讶：她们不仅携带背包入场，而且包里还有相机。

佳士得新闻官：你没有报道的权利

为了能够拿回相机，记者经过多方打听，找到了场内的佳士得新闻官。当记者向其询问是否可以申请一个采访证时，这位高度紧张的女新闻官丧失了冷静，她直接对记者说："你没有报道的权利。"当记者问她："我没有采访证，可以理解你们禁止我拍照，但是为什么我没有报道的权利呢？"这位新闻官难以应答，只是问记者为什么要"攻击"她。

随后，记者在以观众身份与场内的一名安保负责人闲聊时获悉，24日网上出现的一条来源不明的针对皮埃尔·贝杰的威胁信息，让拍卖方备感紧张。他们担心场内出现恐怖袭击或人身袭击事件，也担心在拍卖过程中出现"打标语、喊口号"的抗议事件。为此，拍卖方决定加强25日的警戒级别，除了当天一早便将在大王宫内展出的圆明园兽首取走并加以保护之外，还加强了对入口处观众携带物品的检查。

不过，对于记者背包被强行寄存一事，这名安保负责人表示"莫名其妙"，因为他没有收到相关的明确指示。

兽首拍卖前特意清空观众座席

拍卖场内安保人员惶恐紧张的同时，大王宫门前的警察也是严阵以待。当天晚上，一批爱国留学生在大王宫门前散发介绍圆明园耻辱史和即将被拍卖兽首来历的小册子，巴黎警察局特意派出大量警力"维持秩序"。据在场留学生介绍，当晚场外的警车至少包括4辆中型面包车和1辆大型巴士。由于此次爱国活动事先得到批准，所以现场的警察对于中国留学生较为礼貌，但是，他们对于采访中国留学生的各国记者却是逐一盘查身份。

当地时间19时30分左右，亚洲艺术品拍卖即将开始前，场内安保人员宣布了一项不寻常的措施，即所有坐在拍卖场最后四排观众座席上的人员，一律要离开座位，站到拍卖场的最后方。这样，在观众和竞拍者之间，实际上空出了一条4排座位的"缓冲带"。在这条"缓冲带"内，两面分别由安保人员和礼仪人员形成的"人墙"将观众和竞拍者彻底隔离。

一位站到记者身边的70多岁的法国老人非常不满，他说，在当天下午的拍卖过程中，他始终坐在观众座席，安保人员在圆明园兽首拍卖前清空座席的决定"非常荒唐"。"这是一场拍卖，怎么成了一场像在打反恐战的闹剧？"他不无气愤地对记者说。

法国女青年：拍卖成交价格"可耻"

20时左右，圆明园鼠首作为第677号拍卖品出现在场内的大屏幕上。拍卖员宣布：起价900万欧元。场内一些观众随之发出尖叫，他们为这一价格所震惊。

随后的拍卖过程非常简短。现场的竞拍者无人出价，所有竞拍报价都是通过电话进行，竞拍的报价以100万欧元为单位递增。约3分钟后，鼠首被以1400万欧元的天价拍走。

随后，兔首作为第678号拍卖品开始亮相，起价同为900万欧元。短短几分钟后，它也以1400万欧元的价格被人买走。

由于拍走鼠首和兔首的电话报价员为同一人，普遍猜测，两件文物被同一买家收入囊中。

代表民族耻辱史的国宝在不到10分钟的时间内被人拍走，观众席内的十几名特意赶来观看拍卖的中国人流露出伤心的表情。

当了解到鼠首、兔首仅仅是19世纪中期的铜质文物时，观众席上的一名法国女青年对记者说，这完全是"恶意炒作"的结果。她认为，这一成交价格"可耻"，这完全是一大"丑闻"。

当记者问她的名字时，她表示自己微不足道，她只是有两点不明白：为什么两件来自中国的文物可以被以这种耸人听闻的价格任意拍卖？为什么法国的历史教科书里没有"火烧圆明园"的有关内容？

刘洋：竞拍者"冒天下之大不韪"

当天，"追索圆明园流失文物律师团"的代表刘洋律师出现在大王宫的拍卖现场。

在两件兽首被拍卖后，刘洋马上离开观众席。场内三分之二的记者尾随他出来，和那些被安保人员阻挡在门外的记者一起采访刘洋。

对于当天的拍卖，刘洋做出三点表态：首先，他不指名地批评佳士得公司借拍卖中国国宝进行炒作，"不花钱"地提高自己的国际知名度；其次，他表示，拍卖者两天之后才正式交付拍卖金，如果反悔，他只需放弃保证金，因此，拍卖是否完成，目前定论还为时尚早；第三，他指责竞拍者在明知兽首来源的情况下"冒天下之大不韪"，并表示，将通过法律手段对竞拍者进行追究。

当有法国记者要求他对成交价格进行评价时，刘洋表示，这两件兽首的制作工艺难度远远低于同一时期的其他拍卖品，拍卖以如此之高的价格成交，完全是因为中国人已经回购了5件兽首，这纯属"商业炒作"。

刘洋与新闻界的接触显然令佳士得公司非常紧张和难堪。除了10余名保安围在记者周围之外，那位称本报记者"没有报道的权利"的女新闻官也站在保安的背后，密切关注刘洋的表态。

林卫光

2009 年 2 月 27 日

脚注：2009 年 3 月 2 日，中华抢救流失海外文物专项基金举行新闻发布会，宣布该基金收藏顾问蔡铭超参与了圆明园兔首、鼠首在法国巴黎的拍卖，并成为最后竞拍者，但蔡铭超表示，不会付款。这意味着，圆明园兔首、鼠首拍卖可能变相流拍。对此行为，蔡铭超表示，他站出来只是尽一位中国人的责任。中华抢救流失海外文物专项基金是一个民间组织，基金总干事王维明女士表示，此次行动只是在非常时期的一种非常手段。2013 年 6 月，法国皮诺家族将其收购的这两件兽首捐献给中国。

冒名顶替上大学

如果不是今年 3 月的一次偶然，罗彩霞也许永远不会知道 5 年前的真相：2004 年高考后，她没有被任何高校录取，而冒名顶替她的同学王佳俊却被贵州师范大学思想政治教育专业录取。命运由此发生转折，罗彩霞被迫复读一年后考取天津师范大学，2008 年，王佳俊顺利毕业。而本应今年毕业的罗彩霞却不得不面临因身份证被盗用而被取消教师资格证书等一系列问题。

"我不停地问自己，为什么他们选中了我？" 5 月 4 日下午，在天津师范大学校园，罗彩霞对中国青年报记者说，难道就是因为我们家没有什么社会背景，王佳俊的爸爸王峥嵘是当地官员？

媒体报道显示，王峥嵘 2002 年任湖南省邵阳市邵东县牛马司镇镇长，2004 年 8 月，从牛马司镇党委书记的位置调任邵阳市隆回县公安局政委，2004 年被评为 "全省人民满意的公仆"。据媒体报道，王峥嵘曾涉及涟邵矿业集团牛马司实业有限公司原经理沈顺康（正处级）、邓检生（副处级）等人受贿窝案。检察机关查处的该案入选湖南 2007 年度十大反贪案排行榜。

不是巧合，是大事

罗彩霞，湖南省邵东县灵官殿镇人。2004 年，她作为邵东一中应届毕业生参加高考，考了 514 分，没有达到湖南省当年 531 分的二本录取分数线。虽然当年有少数高校降分录取，而且她填报了三批专科院校志愿，但罗彩霞没有收到任何高校的录取通知书。

复读一年后，她考取了天津师范大学历史文化学院旅游管理专业。

四年的大学生活顺利而平静，今年 3 月的一件事却让她卷入了漩涡。

今年 3 月 1 日，罗彩霞和几名同学去参加招聘会，闲暇时间一起到建设银行鑫茂支行开通网上银行业务。办手续需要身份证，可工作人员却告诉她信息不对，不能办理。

罗彩霞感到很奇怪，多次输入身份证号也不对。银行电脑显示，与罗彩霞名字、身份证号码完全相同的身份证上，却是另外一个女孩子的头像，而且发证机关是贵阳市公安局白云分局。

罗彩霞对中国青年报记者说，自己第一反应是那个女孩子很漂亮，而且和自己同名。但她感觉这个女孩子像自己的一个高中同学。

回到宿舍后，罗彩霞把这件事讲给同学听，大家议论的结果是，这不是巧合，应该是件大事。

同学的提醒让罗彩霞想到了以前发生的一件事。

2008 年 7 月 9 日，罗彩霞申请办理高级中学教师资格。可后来，负责资格考试的老师打电话问她是不是已经在贵州申请了教师资格证。罗答复："没有。"

几天后，这名老师再次打电话询问身份证号码的问题，并说："身份证号码报的和填的都没有错呀！"

两件事都和贵州有关，这引起了罗彩霞的怀疑。随后，她向天津市西青区学府派出所报案，称自己的身份证信息被盗用。

警察立即找罗彩霞做了笔录。但随后在公安内部网查询，罗彩霞的身份证号码是唯一的，而且信息也很准确。

听罗彩霞说，冒用她身份证号码的那名女孩子很像自己的同学王佳俊，警察提醒她要尽快找到照片，不要放过这个线索。

罗彩霞通过同学找到了王佳俊的照片，并让父亲从老家快递过来高中毕业合影。警察看到照片说的第一句话是："就是这个女孩儿！"

随后，罗彩霞又让家里查询了自己保存的邵东一中月考成绩。罗彩霞向中国青年报记者出示的两份成绩单显示，在 68 名同学中，王佳俊的成绩在倒数 10 名内。

《2004 年全国普通高等学校招生统一考试档分排序册》显示，王佳俊的高考总分为 335 分，数学 19 分，英语 53 分。

但罗家在当地听到的消息是，王佳俊在贵州师大读书，高中成绩不错。

罗彩霞说："我们掌握的所有线索都指向王佳俊，但不知道接下来怎么办。"

罗彩霞的姨妈是湖南省邵东三完小老师，王佳俊的妈妈杨荣华也是这所学校的老师。

3 月 9 日，罗彩霞的姨妈直接到杨荣华家拜访，询问王佳俊上学等情况。

罗彩霞对中国青年报记者说："我姨后来告诉我，杨荣华当时表情很紧张，当她说'我外甥女罗彩霞被人冒名顶替，不能办教师资格证'时，杨荣华说：'怎么这么严重，不会有事吧？'"

罗彩霞说，几天后，杨荣华和学校校长、邵东县教育局的人约她姨妈吃饭，承认王佳俊冒名顶替上大学的事。随后，杨荣华打电话向罗彩霞道歉，并承诺注销王佳俊的教师资格证，帮助罗彩霞取得教师资格证。

"他是道歉的语言，但不是道歉的口吻"

王佳俊冒名顶替上大学事件查清后，罗彩霞心情反而更加沉重。父亲说："咱们已经被人欺负了，可爸爸不知道怎么帮你！"

"家里越是无能为力，我越是觉得委屈。"罗彩霞说："既然双方已经挑明了，可王佳俊却连声对不起都不说。出事了，我承担了很大压力，王佳俊却始终是她父母出面，这个世道也太不公平了。"

几天后，王佳俊的爸爸王峥嵘给罗彩霞打来电话。罗彩霞说："他的电话很长，一直是他说，不让我说话，总的意思是三五天就可以把我的教师资格证办好。"

罗彩霞说："最让我愤怒的是，王峥嵘竟然说，'小罗，你会发现你认识我……我认识你，是你的荣幸！'你冒了我的名，我还荣幸！他的道歉让你特别

罗彩霞向中国青年报记者展示同学王佳俊的照片。2004 年，王佳俊冒名顶替罗彩霞被贵州师范大学录取，四年后顺利毕业。刘万永 / 摄

不舒服，他是道歉的语言，而不是道歉的口吻！"

3 月 30 日，一个自称是王佳俊的人给罗彩霞发来短信。罗彩霞向中国青年报记者展示的短信说："你好，我是王佳俊，很抱歉给你及你的家人带来了伤害。我和我的家人不求你们原谅我们，我很愧疚我曾做过的一切，让父母现在还为我奔波，更是伤害到了你及你的家人。我的家人为此事情头发都急白了不少，帮我改这个改那个。现在我们能做和能想的几乎都做了都想了，所以最后只能再次求你，帮帮我们。"

罗彩霞对中国青年报记者说："我当时正在医院看病，心情很不好。接到这个短信，心忽然软了。可我也想到了我的父母，遇到这种事，算我倒霉，可我的父母是无辜的呀。假如原谅有用，我不知道怎么才算放过她的父母。"

罗彩霞说，当她给这个号码回复短信时，却显示不能发送，手机不通。

3 月下旬，王峥嵘等两人来到天津师范大学，见到历史文化学院分管学生工作的副书记杨庆。

5 月 4 日下午，记者电话联系到了杨庆。杨庆说："王峥嵘承认自己的女儿冒名顶替上大学的事，要和罗彩霞调解，希望我们做罗彩霞的思想工作。我当时的答复是，罗彩霞是受害者，我们尊重她自己的意见。"

4 月 1 日，王峥嵘又和当地派出所贺姓所长及罗彩霞的爸爸一起来到天津。

高考档分排序册　刘万永/摄　　　　杨荣华的承诺书　刘万永/摄

　　此前，罗彩霞已表明自己的身份证号码不能更改，也不愿意见王峥嵘。

　　4月2日中午，他们和罗彩霞见面。罗彩霞说："王峥嵘在路上说，'小罗，将来想在哪儿工作？回邵东，当老师还是进事业单位，我都可以帮忙。我只有一个女儿，把你当成亲女儿。'后来，我说万不可能更改我的身份证，他的脸色一下子就变了。"

　　在汉庭连锁酒店，王峥嵘等人继续劝说罗彩霞同意更改自己的身份证号码。

　　柯婧、秦颖是罗彩霞的同学，两人见证了当时的情况。

　　柯婧对中国青年报记者说："当时我、许晓飞和王峥嵘在一个房间里，王峥嵘一直说做父母的不容易，希望我们说服罗彩霞改身份证号码。一同去的朋友许晓飞说，你们做错了就要从源头改，不能再错了。"

　　秦颖等人在另一个房间。她对中国青年报记者说："派出所的所长说，改身份证没事儿。"

　　罗彩霞对中国青年报记者说："我需要的是一个没有后顾之忧的人生，一旦改了我的身份证号码，我的英语四级证书、毕业证、学位证等都会作废，将来再遇到问题怎么办？我宁可少拿赔偿，也要通过法律途径拿回本来属于我的一切。"

　　眼看劝说罗彩霞没有结果，王峥嵘等人返回湖南。

王峥嵘承认女儿冒名顶替上大学

罗彩霞向中国青年报记者出示了一份"杨荣华"签字的《承诺书》："我名杨荣华，现年47岁，丈夫王争荣（原文如此，记者注），现年47岁。我们两口人向罗彩霞父母承诺：罗彩霞因身份及户口信息而造成办不到教师资格证或毕业证，一切责任由我夫妇承担，在罗彩霞毕业之前把所有手续办好。承诺人：杨荣华　2009年3月23日"。

从天津返回后，王峥嵘给罗彩霞发短信说："我们已经向贵州师大申请注销罗彩霞（即王佳俊）的毕业证书，贵州师大已受理，并按程序在办理注销手续。但这事的办理还需要你的配合，请予帮忙。贵州师大要你也向他们写一个申请报告，连同你的身份证复印件一起传真给贵州师大招生办赵本喜老师。（越快越好）报告的标题是：关于申请注销罗彩霞（即王佳俊）毕业证书的报告。抬头是：贵州师范大学。内容是：我叫罗彩霞，女，1986年×月×日出生，身份证号码是4305211986××××××，湖南省邵东县×乡×村人，现为天津师范大学×学院×专业2005级学生。要求注销罗彩霞（即王佳俊）毕业证的理由是：2004年我被贵校录取，但因没有收到录取通知书而未到贵校就读。我未到贵校就读的原因是王佳俊冒用我的名字顶替我到贵校就读，她于2008年6月在贵校毕业……由于王佳俊冒用我的名字顶替我就读贵校并先一年在贵校取得毕业证书，从而影响我顺利取得毕业证书。为了使我能顺利拿到毕业证，特申请贵校注销罗彩霞（即王佳俊）毕业证书为盼。"

5月4日晚，中国青年报记者打通了王峥嵘的手机。王峥嵘承认自己的女儿冒名顶替上大学的事实。王峥嵘说："我们已经申请注销王佳俊的证书，所有东西已经送到贵州师大，贵州师大正在按程序办理。我们处在媒体的包围中，感到很难受，我们也不想生活在压力和痛苦中。"

记者问："当初决定让王佳俊冒名顶替上大学是谁的主意？"

王峥嵘说:"这个问题在电话里一两句话讲不清楚,我不是怀疑你的声音,现在很多人找我了解这个过程,最好是面谈,或者过一段时间会有结果。"

王峥嵘还认为罗彩霞在网上发的帖子并不完全真实,"她是受害者,我不想再伤害她。我们会尽最大努力承担自己的责任。"

"现在最担心的是家人受到伤害"

5月4日,在接受中国青年报记者采访时,罗彩霞接到律师的电话,律师说,天津的法院不受理她的案子。此前,她以姓名权、受教育权被侵害为由,起诉王佳俊、王峥嵘等人。法院以管辖权等问题为由不予立案。

罗彩霞对中国青年报记者说:"现在自己最担心的是自己家人的安全。上次爸爸和王峥嵘等人到天津来,我心里很难受,他吃不下饭,吃饭时手都在哆嗦,一直说'这事儿什么时候到头儿呀'。我一直在问自己,我们班级里和我考分差不多的人很多,王峥嵘为什么偏偏选中了我,难道就是因为我家在偏僻的小村子,家里没有任何社会背景?!我认为,自己是被精挑细选选中的。"

罗彩霞说,贵州师大已经向她证实接到了注销王佳俊证书的申请,"哪怕有一点希望,我都不希望错过。"

高校招生录取是一件非常严肃的事情,涉及每名考生甚至其家庭的前途命运。罗彩霞没填报贵州师大为何被贵州师大录取?本来应该给罗彩霞的录取通知书为何被截留?王佳俊是怎样冒用了罗彩霞身份证办理的户口迁移手续?贵州师范大学又是怎样审查王佳俊入学资格的?本报将继续跟踪报道。

刘万永

2009 年 5 月 5 日

脚注：中青报对此案进行了追踪报道。据有关方面调查，王峥嵘先收买了班主任张文迪，获得了罗彩霞等人的高考成绩。接着，王峥嵘又利用同学关系获得了贵州师范大学降低20分的定向补录指标。最后，他利用自己的职务便利，从派出所弄到一张空白迁移证，伪造成罗彩霞的迁移证，最终他的女儿王佳俊在贵州师大就读并毕业。2009年10月26日，湖南省邵阳市北塔区人民法院一审宣判，王峥嵘犯伪造国家机关证件罪（伪造证件罪），被判处有期徒刑二年，与原犯的受贿罪所判处的有期徒刑三年刑罚数罪并罚，决定执行有期徒刑四年。相关涉案人员也受到了不同程度的处罚。

一座西部县城的狂欢

"唱得好！干杯！"

今天晚上 8 时 25 分，"哗啦""哗啦"的玻璃杯碰撞声在万兴广场此起彼伏，140 多张桌子排在一起，四川省渠县人用边喝酒边听歌的豪气声援老乡黄英。

"祝黄英'快乐女声'夺冠成功！"的巨幅标语在声浪中格外夺目，黄英的每次出场、每次歌唱，都会引来欢呼和口哨，信号中断时，叹息声出奇地一致，犹如有着最顶级的指挥。

投影仪将电视信号投射到 1 米多宽的屏幕上，警察、民间艺人和老头老太都聚集在大屏幕下，孩子们爬上最高的架子。此刻，黄英刚在"快乐女声"总决赛舞台上唱完《我是一只小小鸟》，在这个极为干净整洁、被赞誉为"城乡环境综合治理典范"的县城，几乎所有电视机将频道都转换到湖南卫视，"我是一只小小鸟，想要飞呀飞却飞也飞不高……"的歌声，从四面八方的窗户里飘荡出来，从家电卖场门口的大电视中飘荡出来。

渠县曾是张飞和张郃血战的古战场，只有万名手下的张飞将带着大军的张郃引入渠县的狭窄山道上，绕到后面突袭，敌方"前后不得相救"，张飞大获全胜后，洋洋自得，用丈八长矛在八濛山石壁上凿两行隶书："汉将军飞，率精卒万人，大破贼首张郃于八濛，立马勒铭……"

渠县并未因猛将张飞大秀书法艺术而获得多大知名度。体重 42 公斤的娇小女子黄英，在"快乐女声"舞台上的表演和步步前进，却让渠县获得了空前的关注。至今，已有 20 多家媒体 40 多人次到渠县采访黄英的相关情况，这是渠县前所未有的。

"黄英啊，唱得就是好！又不做作。"的哥周平顺说，大家都为自己是渠

县人而骄傲。他的真诚明显写在脸上，得知记者的身份后，他特意把车开到一家KTV，"你看嘛，大屏幕每天晚上8点后都要放黄英唱的歌，我绕路带你过来，不收你的钱！"

今夜，万兴广场上的渠县人全都兴奋得满脸通红，渠县人对家乡的爱，在这一刻喷涌而出，而渠县的知名度，戏剧性地迎来新的一页。

草根女子的音乐传奇

在黄英78岁的爷爷黄友祥那间简陋的老房子里，记者能感觉到，贫穷让黄英的成长艰辛得近乎苦涩。

邻居说，黄英喜欢音乐，但因当时家里房屋岌岌可危，要修房就不能送她去四川音乐学院读书，后来选择了到一所服装学校学习。"她实在是太懂事了，她那么喜欢唱歌，能同意修房子，不去读书，一般的娃娃哪里做得到嘛，不闹翻天才怪！修房时，她还和她嫂子两人一起抬檩子！"

参加"快乐女声"前，黄英是"彩虹艺术团"的演员，这个民间"草班子"

靠为当地人婚丧嫁娶表演助兴赚钱，演出范围多在渠县周边农村。黄英主要负责唱歌、跳舞，偶尔也客串小品表演。此前，无论她个人还是乐队在当地居民中的知名度都很有限。

在乐团留下的影像资料中，黄英会穿着大红旗袍跳集体舞，唱凤凰传奇的《自由飞翔》等流行歌曲："是谁在唱歌，温暖了寂寞……"——彼时，寿宴正觥筹交错。

这样的演出每次能让她得到一两百元。参加"快乐女声"之前，即使在渠县，她也没有预想中的大红大紫，最突出的成绩，是2007年在四川省达州市举办的"唱响达州"比赛中获得大竹赛区亚军。

"她从来没有放弃自己的梦想，在她心目中，音乐是神圣的，她时常在旷野练习，即使在我们这样的乐队表演期间，她对自己唱歌的要求，严格到有时我都觉得太苛刻的地步。"乐团负责人说。

"她没有经历任何科班教育，此前没接受任何人的专业辅导，没接受任何专业的培训，完全靠自己的天赋和后天努力，终于走到今天，可以说，她身上的自信自强精神，是她成功的重要因素。"本身对各种"造星运动"很是不屑的渠县宣传部副部长李彬说，"从这个层面上看，她身上的优良品质，让这颗'星'实至名归。"

"她以前并没有大的名气，参加市级比赛获得名次也不尽如人意，依然能继续坚持，明知'快乐女声'竞争格外激烈，而成都赛区更是人才济济，敢于去挑战，说明她不服输的性格，这是最令我感佩的地方。"李彬说。

渠县新名片

李彬说，黄英身上"自信自立不服输"的特质，与渠县正鼎力提携的"敢想敢干、敢拼敢闯、不达目的不罢休"的精神"不谋而合"，有了这个基点，渠县已开始认真思考借势推进渠县城市营销的课题。

记者蜂拥而至，这在渠县是前所未有的。渠县已敏锐地理解到这一变化背后舆论对渠县的关切以及这种关切背后的可能性。

但官方的态度却经历了一场深刻的变化。

"民间组织的各式各样的选秀有些泛滥，我们的态度是不提倡不宣传，视之为与政府无关的事情。"李彬说，此前，政府完全未在意这场"造星运动"及其选手，一直到黄英在"快女"进入60强时，政府才知道有渠县人在这个活动中表现不错，开始谨慎观望。

随着黄英赢得一轮轮竞争，政府介入的力度开始加大，"渠县有很多独特资源，我们这些年也花了不少力气打造'黄花之乡''汉阙之乡'和'竹编之乡'，但影响力有限。黄英的一次个人行为却让渠县一夜间天下闻名。这是城市营销的大好机会，对我们来说，现在不是要不要支持，而是采取什么方式支持，才显得'既达到效果又比较恰当'？"

最终，当地选择了民间组织牵头、政府助力的方式力挺黄英。政府不直接出面，而是由宣传部下属的渠县新闻网"濛山论坛"承担传播职责，整合当地民俗摄影家协会等民间组织，在前台为黄英摇旗呐喊，在广场设置了专门宣传黄英的巨型展板。

"快女"10进7时，这场城市营销活动达到第一次高潮。分别为40多辆的自行车、摩托车和轿车贴上"黄英加油"的大红标语，带着延绵数百米的人群方阵游行。这次活动中，已有明显的政府的影子，黄英所在的天星镇政府还组织了自己的方阵。

4进3时，宣传部奉副部长率领40余人的助威团直飞长沙，为黄英打气。

一对一PK时，黄英最初的票数落后不少，她的粉丝团在现场齐声高唱黄英的成名曲《映山红》。

最终，这名学历不高、未接受专业培训、没有任何"背景"、未登大雅之堂的纯粹的"草根"，进入了前三强。

今天，渠县的举城狂欢，使这场造势活动登峰造极。

在李彬看来，这次"城市营销"中有很多可总结的地方。比如，黄英的粉丝团叫"映山红"，创意来源于她的成名曲，"如果叫'黄花'会不会更好呢？渠县黄花是全国一等的；她又姓黄；在渠县，黄花闺女又是指有素养的、漂亮的未婚女子。这三个因素加起来，如果叫'黄花'，更有地域特征，符合黄英的特质，传播的效果也更好。"

他说，渠县也有很多希望借助黄英进行推介的想法，比如出任黄花的代言大使、举办推介渠县的大型歌会等，但这些想法将受到各种因素的影响，能否实施尚未可知。

但无论如何，在这个西部很寻常的县城里，黄英的故事颠覆了很多成见，更真切地撬动了城市营销的新思路。

歌声改变的生活

黄英，让平凡女孩变身为公主的"水晶鞋"童话真实地降临到渠县人的身边，这则"童话"对渠县的改变已开始在各方面体现出来。

渠县此前出名的是"稀饭县"的段子，上世纪 70 年代，飞机经过时听见地下传来一片震天动地的稀里哗啦声，问："什么声音？"答："这是喝稀饭的声音，我们正在渠县上空……"

段子说的是渠县的贫困：没干饭吃，全部喝稀饭，而稀饭稀到了极点，能喝出响声。

但随着黄英的一鸣惊人，渠县扬眉吐气。"稀饭县"被赋予了新的含义，当地人请记者吃饭，特意请记者喝粥，"渠县是农业大县，用渠江那清澄的水熬曾经的贡米，还讲究焖锅等技巧，这稀饭真的不错。"

黄英曾经的东家如今成为最直接的受益者，生意出奇的好。甚至有外省客户向其发出了演出邀请。

而今，渠县的大街小巷，"××为黄英加油"的标语随处可见，《映山红》

成为当地人手机的必备铃声，电话一响，大家都在找自己的手机。

更深刻的变化是，这名当地"小"歌手的一夜成名，打消了这里的人对于成长的畏惧。走在街上，记者听见一位送孩子上学的母亲教导孩子说："只要你有真本事，就能出头的，你看看人家黄英！"

成功似乎一下子变得容易触及。在今晚的万兴广场上，人们兴奋地评点黄英的光明未来，硕大的电视屏幕上，童话精灵点燃了家乡人成功的幻梦。

人们更加积极地审视身边的文化。记者走访了几家歌厅，总能听见山歌，"太阳出来罗嘞，喜洋洋罗，郎罗"最为常见，人们肆意地吼叫，不讲音律，而在"快女"舞台上，黄英则选择了赤脚原生态唱歌的方式，这些微妙的细节，传导出人们对大众文化和精英文化的游戏规则中的自主选择。

渠县未来几年内"高起点、超常规、跨越式"发展的"四大目标"之一，就是打造"全国文化先进县"，黄英这只从"山疙瘩飞出的金凤凰"，让当地人有了更多的自信。

这只"金凤凰"所传导出的热流，正在影响和改变这个普通小城的生活。这个 16 万人口的县城自发自主形成的热点和风标，在某种意义上，正凸显出人们文化选择的悄然变化。

田文生

2009 年 9 月 5 日

观礼大阅兵

人间伏虎六十载，次次阅兵换新颜。今年的国庆阅兵式，同以往一样在屏幕前吸引了全国亿万人民的目光，也通过电视传向了世界。

我本人上幼儿园时就在天安门旁的中山公园目睹过国庆阅兵，又看到过1984年的国庆阅兵和1999年的国庆阅兵，今年阅兵的壮观情景不禁再一次令人激荡起胸中的波澜。

这一次在世界最大的广场举行规模宏大堪称当今世界之最的阅兵式，大长了中华儿女的志气。近年国外一些怀有恶意者宣扬"中国威胁论"固然是对中华和平崛起的污蔑，却也从另一个侧面看出任由列强欺凌的解放前的那个贫弱古国早已一去不返，中国日益增强的国力军力已对一切反华势力产生了强大威慑力。

"地上走的、路上跑的、天上飞的"

回顾一下60年前的历史镜头，再看今年的国庆盛典特别是阅兵式，经过一个甲子的光阴，真可谓"萧瑟秋风今又是，换了人间"。开国大典阅兵时，通过天安门广场的装备，人称除了战马是我国自产的，其他全部是进口的"万国牌"杂式旧武器，队列也因缺乏训练走不整齐。再看今天全部国产化且已达到或接近世界先进水平的新装备，了解历史的人都不能不感慨万千！概括此次国庆阅兵的全貌，可谓"地上走的"徒步方队、"路上跑的"装备方队和"天上飞的"空中梯队这三方面都有了跨越时代的巨变。

此次徒步方队与以往相比，队列水平、精神风貌、服装和步兵武器的种类性能都有了新进步，尤其是改变了过去枪支种类单一且技术水平不高的状态。今年的徒步方队减少到14个，却配备了10种枪支，其中空降兵所持的03式自动

10月1日，在八一飞行表演队飞机的伴飞下，体型巨大的国产大型预警机作为领队梯队长机，飞过长安街。陈剑／摄

步枪、水兵所持的短突击步枪、特种兵所持的微声冲锋枪、武警所持的防暴霰弹枪都是首次亮相，这说明中国的轻兵器无论从种类配套方面还是从技术性能方面都达到了国际先进水平。

此次装备方队与以往相比，其数量最多，种类最齐全，可以说各种武器都能与国际先进水平达到同一档次，弥补了过去的"代差"。作为"出场先锋"的是性能位于世界前列的99式主战坦克，"押后阵"的又是作为"镇国之宝"的东风-31甲洲际机动战略核导弹，还有极具战略威慑力的巡航导弹，这些都表明中国的战略打击力量又有了一个质的飞跃。

此次空中梯队的飞机数量不仅为国内历次阅兵之最，直升机编队规模也为世界阅兵之最。过去以歼击机为主的"国土防空型"空军，现在已经变成"攻防兼备型"的强大空中力量，从这次空中阅兵的阵容上充分展现出这一点。

值得注意的是，今年对阅兵的报道与以往那种只说"某型"或只笼统说第几代装备的情况不同，直接说明了多数装备的型号，这又显示出中国军队在武器装备大幅进步后增强了自信心。

美国等西方强国多年间依仗其技术强势地位，长期以"威慑式"方法炫耀新武器，研制出来新型号往往马上亮相并吹嘘得神乎其神，以达到恫吓目的。

新中国成立后长期在装备上处于弱势地位，为了让对手摸不清自己的虚实，在军事上不能不采取较为模糊的报道。上世纪50年代中国的国防工业进步很快，在天安门阅兵时还总能展示新武器。60年代至70年代国内因"左"的错误干扰，此前武器装备与世界先进水平已大为缩小的差距又一度拉大，因此，对军队番号和武器装备状况便长期采取对外较为封闭和严格保密的措施。

进入90年代之后，随着我国国防科研事业与世界先进水平的差距日益缩小，对国产武器的公开报道也愈来愈多。今天阅兵时公布型号的举动说明，随着中国军事科技水平的大幅提升，振奋军民斗志的方式也由过去突出精神激励变为实物展示，用以掩盖落后的那种"不透明"方式已从根本上改变，自信的中华、开放的神州在军事上也会实现更多的公开性。

不再只是"大陆军、大步兵"

今年国庆阅兵在阵容上的一个重要特点，便是陆、海、空参阅部队的比例基本相当，二炮、武警较过去也增大了比例。

60年前开国大典时，受阅的1万多人的部队除了一个几十人的海军徒步方队和天上的17架飞机外，全部是陆军，而且绝大多数都是步兵。从上世纪50年代的阅兵直至1984年的阅兵，虽然参阅的机动装备和飞机越来越多，其主体还是陆军，其中步兵分队的比例也仍然很大。1999年的阅兵式开始大幅增加海空军和二炮方队，而直至今年的阅兵式才达到各军兵种的均衡，同时大幅减少了徒步方队而增加了装备方队。

从此次阅兵的徒步方队看，陆军与海军基本人数相当，空军虽少了一个方队却有空中梯队弥补，二炮徒步方队则首次参阅。作为阅兵亮丽风景线的女兵方队，也改变了前两次国庆阅兵时只有陆军女卫生兵的状况，而由陆海空三军同等数量的女兵构成。在装备方队中，海空军和二炮分队的比例也与陆军基本相当。

国庆阅兵是展示国防力量发展水平的一个窗口，从中也可以透视出国家武装力量构成及建军指导思想。

新中国在解放初期因综合国力弱，对花费昂贵的海空军无力投入太多建设费，战略思想主要立足于内陆防御，建军重点不能不放在传统的陆军上。改革开放后，中国的综合国力不断提升，冷战结束后，国际形势的变化也使国家武装力量的建设方针有了重大变化，这使中国军队的建设由过去的数量规模型转变为质量效能型，由人力密集型转为科技密集型。从上世纪70年代后期直至2005年，中国军队总共进行了6次大规模的裁军，解放军的员额由原先的640万人减少到230万人，部队的质量和战斗力却有了大幅提升。今年参加阅兵的人数也由以往的1万人以上减少到8000多人，参阅武器装备的数量和质量却远非昔比，这也正是新时期建军指导方针的一种体现。

自2004年以后，在两年一度发表的中国国防白皮书都已明确指出，中国军队的建设以信息化为中心，各军兵种的战略任务和发展方向也有了重大变化。陆军的发展方向强调全域机动，装备也以快速机动、立体突击为基本要求；海军的发展方向由过去的近海防御扩展到远洋防卫，从距海岸不远的"黄水"走向"蓝水"，在装备体系上则要形成海空一体、有远程攻击力的装备体系。空军为适应"攻防兼备"的新发展方针，装备的发展则要适应空地结合、攻防兼备的需要；二炮作为国家强大的战略打击和核反击力量，发展目标是建设核常兼备、射程衔接的地地导弹装备体系。以上这些要求，在装备方队和空中梯队的亮相中也得到全面展现。

60周年国庆之
欢乐颂

观礼台上热情的嘉宾。

本报记者 贺延光摄

10月1日，群众游行方阵载歌载舞通过天安门广场。　　　　本报记者 贺延光摄

群众游行方阵中的新婚夫妇。　　本报记者 晋永权摄

各族群众舞着国旗走过天安门广场。　　本报记者 郑萍萍摄

用青春热情约辫装方阵图送上祝福。　　本报记者 赵青摄

"宝岛台湾"彩车。　　本报记者 陈剑摄

造型绚丽的彩车。　　本报记者 陈剑摄

60周年国庆之

军威扬

直升机梯队飞过天安门广场。
本报记者 郑萍萍摄

10月1日,首都各界庆祝中华人民共和国成立60周年大会在北京举行。徒步方队接受检阅。 本报记者 刘占坤摄

装备方队在长安街行进。 本报记者 陈剑摄

天安门广场东临时观礼台上,受邀出席庆祝仪式的外国战友。 本报记者 晋永权摄

飒爽英姿的女民兵通过天安门广场。 本报记者 郑萍萍摄

老战士敬礼。 本报记者 贺延光摄

老战士代表走向观礼台。 本报记者 郑萍萍摄

此次国庆阅兵的威武雄壮阵容，特别是 30 个装备方队和 12 个空中梯队，还形象地展示了经过多年的不懈努力，中国武装力量已经基本建成了新型主战装备、电子信息装备和保障装备协调发展，具有本国特色的现代化武器装备体系。在未来的军事斗争中，人民解放军不仅还能保持"陆战猛虎"的传统，还会以"远洋蛟龙"和"空中雄鹰"的姿态形成前所未有的远程作战力，二炮作为"刺破青天锷未残"的高天利剑，更会发挥其震慑一切外敌的威力。

国力壮军威，装备大跃升

从今年的国庆阅兵亮相的新型装备中，人们可以看出作为其发展支撑的综合国力的大幅提升，并从中体会到富国与强军统一的重要性。

上世纪 50 年代曾是新中国经济建设的第一个黄金时期，从 1950 年至 1958 年国民产值增长了两倍，军队装备在一年一度的阅兵中逐年大有提高。从 60 年代初期至 70 年代后期，我国经济发展进入了一个曲折困难的时期，天安门前的阅兵也停顿了 25 年。

1984 年 10 月 1 日的天安门广场上迎来了久违的阅兵方队，同年中国的国民产值却相当于 3000 亿美元，在世界上还位于第八位，加上国家压缩军费开支以保障以经济建设为中心，部队装备的歼击机、坦克、火炮的技术水平普遍比世界先进水平落后一代以上。当时参阅官兵提前换上仍没有军衔却配大檐帽的 85 式军服，这一过渡型服装样式还是常服与作训服不分，样式简单且系布制。

随着中国经济的快速发展，国民生产总值在 1997 年突破了 1 万亿美元，在世界上居第六位，国家才有财力在 90 年代后期加大国防投入，其成果在 1999 年国庆 50 周年的阅兵中便充分展示出来。此次参加检阅的多数武器性能大都接近世界先进水平，说明中国的国防事业经历了曲折和忍耐时期后又开始了新的腾飞。那次参加受阅部队穿着已有军衔的 87 式系列服装，并分为礼服、常服、作训服三类，标志着中国军服已进入了一个高层次、系列化的新阶段，军队风貌同过去历次阅兵相比，有了焕然一新的变化。

从国庆50周年至今年60周年大庆这10年间，中国经济进入了一个最快的发展期，去年国民总产值按汇率达4.3万亿美元而居世界第三位，今年预计将超过日本而仅次于美国。尽管中国的国防开支只占国民总产值的1.7%，远低于世界上4%的平均水平，按汇率仍超过700亿美元而居世界第二位（不过只相当于美国的九分之一）。近10年来，我国国防科研的投入已超过了过去50年的总和，这使全军的装备面貌有了全新变化，今年国庆阅兵便充分体现出这些辉煌成果，参阅部队的装备、服装的全新变化正是以国家雄厚的财力作为保障。

逝者如斯夫，弹指一挥间。开国大典前夕，毛泽东于1949年9月21日在中南海怀仁堂的新政协会议上曾庄严宣告："占人类总数四分之一的中国人从此站起来了"。当我看到这次阅兵的雄壮场面，最深切的感受就是当年历史巨人的声音仿佛又在广场上回响。美国副国务卿在今年向中国的国庆祝贺中也说道："当年毛泽东说中国人民从此站起来了，如今不仅站起来了，而且还站得非常高了。"

让世界公认的无可争辩的事实是，一个能骄傲地自立于世界民族之林的中华民族已不可遏制地崛起，正在实现伟大的民族复兴，今年壮观的国庆阅兵式正是一个生动的体现。

徐 焰

2009年10月2日

骇然！创业板巨震启幕

多日来兴奋不已的创业板投资者们很快得到了第一个教训。今天，在经历了上周五首日开盘的疯狂上涨之后，创业板迎来暴跌，28 只交易股票中有 20 只跌停。

今早，创业板以全线惨绿开盘。除吉峰农机外，其他股票都以跌停开盘。之后，吉峰农机强势上涨，其他 27 只个股纷纷打开跌停。可好景不长，随后又集体回落，大面积回到跌停板。

午后两市主板强力反弹，沪深两市分别大涨，而创业板却逆势下跌，收盘时仍有 20 只个股跌停。分析人士认为，这说明在主板行情火爆的情况下，资金可能加速从风险较高的创业板撤出，回流进主板市场。

上周五，创业板首日交易遭市场爆炒，28 只个股盘中均遭停牌，整体涨幅 106%，市盈率达到 111 倍，大大超过市场预期。有人感慨，28 家创业板上市"首秀"演绎了一场"大戏"，令众多见惯股市大风大浪的投资老手们相顾"骇然"。

不过，今日的暴跌并不出乎意料。不少业内资深人士，包括一些私募机构投资人，都在上周末的市场预测中表示，并不看好周一创业板走势。

有分析人士表示，创业板市场首日的疯狂，几乎就是 2004 年中小板 8 只新股上市时的翻版，首日疯狂后就连续大幅下跌。而经历周末两天的冷静后，可能大多数追高买家出货意愿较强。"如果没人接手或者资金手法凶狠的话，有些个股可能两三个跌停都打不开。"

财经分析人士金岩石认为，从 28 家公司的盈利水平和成长性来说，只支持 75 倍的市盈率，而上市首日盘中却达到了 140 倍至 150 倍的市盈率，这是非理性的表现。

他的观点代表了今天多数分析师对后市的忧虑。最新公布的第三季财报也不能给人安慰。几家创业板公司三季度业绩仅实现个位数增长，与上市前曾显示的高盈利和高增长预期，似乎成长势头有所减弱。有分析警示，部分创业板公司已处于成长后期或成熟期，而其高发行市盈率已透支未来 1～2 年甚至 3 年的业绩支撑。

国泰中小盘成长基金经理张玮称，投资者不应因为创业板上市公司过高的市盈率而将其神化，要清醒地意识到创业板上市公司存在规模小、抵御风险能力差、业务模式缺乏持续经营考验以及管理者运营经验相对不足等问题。

创业板"爆炒"招致密集的批评。《中国证券报》警告，投资者应充分关注股价大幅波动的风险，切勿盲目追涨，防止长期被套。《证券时报》称，创业板的泡沫已经膨胀，其风险已经显现。《上海证券报》转引中国政法大学刘纪鹏教授的提示：非理性炒作创业板，将面临巨大的亏损风险。

王 磊

2009 年 11 月 3 日

我们不是炒房团

每当有人来访，陈俊总会聊起一个关于炒房者的故事。

三年前的一天下午，北京西客站某一楼盘售楼处，来了两个中年男人。

俩人矮瘦，其貌不扬，穿着普通的休闲服，拎着旧皮包。售楼小姐瞥了他们一眼，有一搭没一搭地接待着。两人想要楼书瞧瞧，售楼小姐嫌他们烦，躲一边去了。

售楼处里一个小伙子见了不落忍，取了资料，又详细介绍了楼盘情况。

看完所有材料后，两位来客问：你们这楼，一层有多少套？

"一层有12套房子。"

"那这一层的12套，我们全要了。"

小伙子一愣，"12套？这是要付定金的，两万块一套。"

俩男人随即拉开自己的破包，取出24万元现金，放在桌上。小伙子目瞪口呆，大厅里的人也都围过来看稀奇，"啧啧啧"地议论，售楼小姐们后悔莫及。很快，他们知道了这两个人，都是浙江人。

"这个故事起码说明两点：一是浙商为人低调；二是浙江人有钱。"陈俊说。

陈俊是北京浙江企业商会副会长，据他介绍，现在北京有浙江人50多万，浙商在北京的投资额达4000亿元。单是去年，他们就投下了2000多亿元，其中不少钱流向了房地产。

"买房子，就像买大白菜一样。"这些年，他曾多次组织浙商，成群结队地买房、买商铺。但他们不愿意称自己是"炒房团"，更愿意自称是"浙江投资团"。

"我们准备在北京投资房地产，但'炒房团'这个名不好听，有贬义，我们不能干有贬义的事"

陈俊第一次出手买房是 2001 年，为了自住。他想在北京安家，不想继续租房。那会儿，对于北京房市情况、城市将来的发展格局等等，他都不清楚。用的是笨功夫，死跑工地，足足跑了半年。最后，陈俊选中海淀区魏公村的一个楼盘。

"当时这一片乱七八糟的，楼正盖着。可能我有教师情结，一看这一带高等院校多，文化气氛浓，就喜欢上了这里。那时，南城的房子才卖 3000 多块一平方米，这里是期房，还要 8000 多呢。我一咬牙：买！买了一套 170 多平方米的四居室。歪打正着，看看，现在涨到近 3 万块一平方米了！"

2004 年房地产市场开始发热，但好多人还没完全意识到。有些想买房的人，听了专家的话，苦苦等待房价的回落。这时，一些在北京经商的浙江人，感觉上海的房价要涨了。

"为什么？你想呵，它离浙江近，浙商想要买房投资，第一站会首选上海。我跟着他们杀过去，买了一套 120 平方米的房子，才八九天的工夫，没等过户就倒出去，赚了近 40 万元。那真叫炒房呵！但风险很大。"

2005 年，国家宏观调控组合拳陆续出台，上海楼市马上降温，陈俊他们撤回北京。而此时，北京的房地产市场尚未喷发，还处在蛰伏期，正蠢蠢欲动。

"我们准备在北京投资房地产，但'炒房团'这个名不好听，有贬义，我们不能干有贬义的事。想了好久，才想出'浙江投资团'这个名字。我们的打法也变了：由短线炒房、瞬间获利的方式，改为以中长线投资为主。"

"浙江投资团"，以民间投资的形式运行，是一个松散的组织，成员不固定，看上某个项目之后，临时招呼人，组团考察，汇集起来的资金数额，少则千万元，多则数亿元。

看楼盘　董月玲/摄

北京，中介在路边卖房。董月玲/摄

　　"我们投资团，在北京打的第一枪，就是万年花城。"陈俊至今仍津津乐道。

　　这个楼盘位于北京西南三环，当时没像现在这么火，一期楼盘刚开卖，知道的人少。经过仔细考察后，陈俊看到了"卖点"。

　　他分析说，北京的城市建设，就像摊大饼一样，一圈一圈地往外摊。二环、三环、四五六环。在三环线上，已形成多个成熟商圈，像西三环的公主坟商圈、东三环的国贸商圈、南三环的木樨园商圈，北边有中关村商圈等，只有这个西南三环，当时还空在那儿。

“对商业网点来说，金角银边的地段优势最为重要。我感觉西南三环，是北京三环沿线最后一块商业处女地。这个楼盘交通好、地段好，商机无限呵！而且，它离浙商的发家地木樨园、大红门又近，离玉泉营也不远，我知道那里有一批浙江人，在做水产冷冻生意，待了十几年了，怎么不盯住这些浙商来发展呢？我当时预测，两个月后这个楼盘准涨。”

2005 年 6 月，陈俊领来温州、台州和义乌的浙商，到“万年花城”看房。“两三天后，就有几个浙江老板定下了 800 万元、1000 万元的铺位。当初，跟我去买房的人，现在全挣钱了。商铺的价格由每平方米一万元，升值到现在的 3 万多元。住宅的价钱，也由原先的 4800，涨到快两万了，五年不到翻了三番。”

一下来这么多浙商集体看房，开发商也高兴。因为这就意味着，浙江投资资本看好他的楼盘，这简直是营销宣传的“活广告”。这次购房行动，陈俊说确实吸引了不少媒体的关注，甚至招来了日本、新加坡、澳大利亚等海外媒体。

陈俊和他的投资团风光一时，不仅记者采访他，甚至连房展会的老总，担心展会冷清，也专程登门，请他们到房展会上露露面，帮着激活一下人气。

“我跟他们提条件，我可以组织浙商去参观，但你得满足我几条。一、我们是以‘浙江投资团’名义去的，可不是炒房团，是代表浙商的整体形象，而不是个人行为。所以，你要给我们做‘浙江投资团’字样的胸牌，让我们挂在胸前，以区别其他人；二、必须选派端庄、漂亮的女引导员，举着牌子，引导我们团入场并绕场三周；三、要在好的位置，给我们准备座位，好让我们听专家和各路房地产商介绍情况。”

“乖乖！哪里还绕场三周，我们一进去就被团团围住。这个拉、那个拽，争着让我们看他们的楼盘。有个售楼小姐死缠住我不放，最后我答应她，去看他们的楼盘。她的公司开来了几辆依维柯，把我们直接拉到了楼盘现场。”

"冤枉呵！浙江商人也好，温州商人也好，他们的投资行为，绝没达到能左右城市房价的地步"

尽管陈俊竭力辩白他们不是"炒房团"，但照样有不少人，把"投资团"看成"炒房团"。人们对"浙江投资团"的态度，陈俊感觉是"有恨有爱"。

早几年，他曾随一个青年企业家考察团，到了东北某省会城市。一下车，陈俊让接站的人陪他绕市中心转转，想看看此地的商业气氛以及房地产开发情况。

一打听，在市中心最繁华的地段，房价也只有每平方米 1800 元左右。太便宜了！陈俊暗自吃惊。第二天，在座谈会上，他发言说作为省会城市，目前，消费市场如此疲软，房价如此低廉，可能会阻碍城市的繁荣和发展。应大力吸引经济发达地区的商人和企业家，来此投资置业。

"我说，我可以组织一批浙商，来买房、来经商，当地领导马上表示欢迎。我又说，过不了几年，这里的房价可能翻倍上涨，有可能突破五六千一平方米。假如，有些商人把房子作为商品拿来转卖，你们啥态度？他们异口同声地说：这个不欢迎，绝对不欢迎！"

"看吧，这就是观念差异。在浙商眼里，任何东西只要有市场需求，都可以拿来买卖。经济的活力，就在于商品的流通。没生意可做，当地的经济怎能搞活？"

在很多人，尤其是缺钱缺房的人眼里，买房就是为了自住，炒房、囤房的人太可恶，是他们把房价抬起来了。"炒房团是不是房价上升的导火索"，有一次，一家大型网站，以此为题做了一场直播辩论，他们请了北京、上海、南京、深圳四地的业内人士参加，作为反方代表，陈俊也被邀请参加 PK。

正方的观点是，炒房团是房价上涨的罪魁祸首，是房价快速上涨和波动的主要诱因。由于目前房地产对销售市场的监管有很多漏洞，给游资炒作提供了机会，上海的房价波动证明了这点。房地产与春节火车票一样，应该是购者自用，炒房者就是黄牛票贩。在一个健康的市场，房产黄牛是绝对不可能左右房价的。但是，如果一个地方的房地产市场，没有强硬的缜密的政策法规来控制，允许某些人用银行的贷款炒房，就像允许爆炒春节火车票一样，那将永无宁日。

反方的观点是：炒房团不是房价上涨的原因，房价上涨的最终原因，是房地产市场的供求关系和土地价格成本的攀升因素造成的，炒房团只是外因的一种表现，炒房团可以起到推波助澜的作用，但不构成原因。

"所谓'炒房'，不过是简单的市场行为，实质是'投资'。既然你承认房子也是一种商品，就要允许人自由地买卖、流通。没有投资的房地产市场，是不健康的市场；没有流通的市场，只能是死水一潭的市场！"陈俊说。

结果，节目一开始，陈俊就成了众矢之的。"大家纷纷把责难的矛头对准我，机关枪似地对我开火。"陈俊说，"冤枉呵！浙江商人也好，温州商人也好，他们的投资行为，绝没达到能左右城市房价的地步，房价一路攀升的原因很复杂，假如把所有的原因归于浙江人，那太冤枉了，我们成了替罪羊。"

他抱怨道，改革开放都三十年了，有些人的观念还停留在计划经济时代。说是一两个"炒房团"进入了大上海，就把上海市场搞乱掉了，稀里哗啦，那说明上海实在是太没市场经济的防线了！

网上直播辩论时，一些网友也纷纷发跟帖，表达自己的想法：

"人无横财不富，炒房子本来就是市场行为，很正常，有嘛大惊小怪的，太落伍了吧。"

"关键还在于制度的规范，上海就是政策漏洞太多。"

"究竟是谁在房地产上赚了大钱？炒房的不过是跟在后面，捡点渣子吃，容易吗人家。"

"滑稽吧，真不想让他们炒，那还不是轻而易举的事？把房价上涨的责任，往别人身上栽，不恶心吗？不要以为老百姓没有眼光，群众的眼睛是贼亮贼亮滴……"

这个铜像很生动、也很亲切，它形象地表现出"倒爷"吃苦耐劳、风尘仆仆的样子

三十年前，当大多数国人还在享受着计划经济的余温时，浙江人便挑上行囊，拉家携口，奔向各方做起小生意。不少城市街头，都能看见修鞋、摆摊的浙江人，他们从一针一线、一钉一扣中开始了原始资本的积累。

"只有鸟儿飞不到的地方，没有浙商走不到的地方。"陈俊说。

1993 年，陈俊辞掉英文教师一职，离开温暖的老家浙江台州，跑到天寒地冻的俄罗斯"淘金"。陈俊给人当过翻译，也跟人倒过服装。"那会儿，在莫斯科经商的中国人，多是散兵游勇式的练摊者，其中浙江人最多，几乎在每一个自由市场，都能见到我的老乡。"

俄罗斯的冬天来得特别早，9 月底就开始下雪。在漫长的冬季里，地上常常铺着半米厚的冰雪。莫斯科自由市场的摊位不是固定的，早到早"坐"。每天，练摊的人得天不亮就起床，匆匆吃过早饭，赶乘地铁，奔向就近的市场，抢占好地盘。冰天雪地里，他们要待上一整天，直到万家灯火才会收摊。这样，每月可赚千把美元。

有的自由市场要交进场费，有的是由警察代收摊位费。摊位费从最初的2000 卢布涨到万余卢布，约合人民币百余元。陈俊讲，他们浙江人脑子活，为了省点钱，往往由一个人背着货，买一张门票进门，其余的人冒充顾客混进去。"一旦警察来收摊位费了，左右几个摊位配合默契，迅速把货都叠到某一个摊位上，看上去只有一个摊位。到底要收几个摊位费，有时警察也傻眼。"

最好卖的是各式皮夹克，"丝库里革（多少钱）？丝库里革？"过往的俄罗斯人不停地问价，他们试衣、讨价，最后成交，一件件皮夹克被买走。"咱中国人做生意，比同行的'老毛子'灵活多了，只要有赚头就成交。市场上，上好质量的皮夹克久售不衰，价格坚挺，居高不下。俄罗斯人长得人高马大，有时候，特大号的皮夹克穿在身上，他们也直喊：'马琳革！马琳革！（太小了！太

小了！）"

在莫斯科练摊可不是件容易事，大多数浙商采用"今天批发几件，卖出几件"的办法。他们身上套上几件皮夹克，行李袋里只放五六件，这样行动起来方便。如果买家是青壮男人，那可得小心，摊主得使劲地拉住衣角，以防试衣人穿上后拔腿就跑。

最难耐的还是严寒。莫斯科动不动就是零下十几摄氏度，千里冰封，万里雪飘的，别说陈俊这些南方人，就连好多东北人也受不了。"在户外练摊，那真是受罪呵。不用多久，练摊的人个个冻得手脚麻木，缩下了腰，眉毛上都凝了白霜。使劲地跺脚、呵气、搓手，也不管用，干冻呵！可宁愿这么风吹雪打的，也没人愿意离开这寸发财之地，只是拼命地跺脚，耐心等买主的光顾。"

后来，有一则新闻，读后让陈俊心生暖意。说是 2008 年 5 月 24 日，俄罗斯的阿穆尔州布拉戈维申斯克的"阿穆尔市场"旁，立了一座铜像——一座纪念上世纪 90 年代中国小商贩的铜像。

这尊"倒爷"塑像，由青铜制成，重约两吨。铜像是一个男人，一手拎着大旅行箱，一手托着个大盒子，肩上驮着大背包，腰上系着"倒爷"典型的腰包。铜像立好后，来参观的俄罗斯人，争相往"倒爷"腰包里投硬币，据说投中的话，能给人带来好运和财富。

陈俊觉得这个铜像很生动、也很亲切，它形象地表现出"倒爷"吃苦耐劳、风尘仆仆的样子。

商规第一条就是：身为商人，不要错过看《新闻联播》

1995 年，陈俊回到北京，跟做各种各样生意的浙江老乡混在一起。不久，他开了一家企业策划公司，后来当上北京浙江企业商会副会长，积累了丰富的人脉资源。

"咱浙江人的思路和观念，就是与众不同呵！"陈俊这些年，总结出了许多条浙商经商的"商规"，还写了一本《草根浙商赢天下》的书，加以介绍。商规第一条就是：身为商人，不要错过看《新闻联播》。他们看新闻的目的，也是为了捉商机，避免做顶风逆势的买卖。

2006 年，全国一些地方的楼市猛涨，5 月 29 日，"九部委"发布了"新政"。那天下午，陈俊得到相关信息后，便一条一条地分析。"十五项条款，我翻过来、倒过去，足足看了一个多小时。"读罢，他又跟多位浙商通电话，交流学习心得。

很快，他们达成共识，简单的两条：一、新政局限在住房领域，对商业地产等其他领域涉及甚少；二、调控重点在房产交易过程。"我们一下子松了一口气，新政绝非实质性地打压，更不是一棍子打死。所以，我和投资团还可以继续留在北京，房地产仍可大胆投资。"

但在投资方向上，他们做了调整：国家出台的一系列调控措施，对商业地产几乎没有限制。"以往，我们投资喜欢'眉毛胡子一把抓'。如今，我们的投资领域，从住房、商业并重，转向以商业地产为主，而做商业地产，是浙商的强项。"

"一个商铺养三代。"这是浙江人的一句老话。现在的说法是："假如你爱他，就劝他做商业地产，因为它的利润、回报实在太高；假如你恨他，也劝他做商业地产，因为它的风险也实在太高，做不好就会血本无归。"

浙江人天生会做买卖，对钱有本能的嗅觉。十几年前，他们初来北京做生意，多聚集在南城，人越聚越多便有了"浙江村"。经过浙商多年经营，现在的"浙江村"，有各类门店超过 3000 多家，中大型批发市场就有 30 多家。像北京有名的虹桥市场、天意市场、潘家园市场、马连道茶城等，也都由众多浙商投资、经营。

"市场、市场，有市才有场。'市'，我的理解就是人气、人流。没有人的地方是做不了买卖的。在人烟罕见的地方，哪怕搞出一个五星级的场所，招商也很难。"

"选什么样的商业地产进行投资，我们看两个标准：一、地段位置好不好。要是在二级城市做商业地产，我们先问这个城市的常住人口是多少，流动人口是多少，人均收入是多少，在两公里之内的商业网点有多少。做商业，商户越多越好，消费人口越多越好，赚的就是'人头钱'；二、看外部环境好不好，也就是看社会治安情况怎么样。否则，你赚到钱了，三天两头有地痞流氓来骚扰，也肯定没法做生意。"

　　做商业地产，投资团一般用这几种方式：一、最简单的就是把项目全包下来，一下承租10年、20年。整体承包的好处是能压低价格。然后，再重新包装、定位、对外招商；二、以租代买的方式。如果一个项目投资两三亿元，只首付启动资金3000万元，半年后再付一笔钱，一年后又付一笔钱。两三个亿，在几年之内付清。三、协助招商引资，按业内规矩得佣金。四、只买摊位。一下子买上十个八个摊位，再转租给别人经营，这就属于小打小闹了。

　　有一回，投资团去东北考察一个项目。那是长白山脚下的一座县城，这个县正在修机场，铁路和公路网四通八达。"资源、交通出人意料的好，让人惊叹的是，直到投资团到来之前，这里还是一片沉睡的商业处女地。"

　　陈俊他们去参观县下的一个镇，说是国内目前最大的人参集散地，但因为缺少深加工、精包装、规模小等原因，所以效益并不好，没挣多少钱。

　　"那么金贵的人参，却像卖大萝卜一样堆在地上卖，搞得不值钱。花上300元，就能买一大手提袋的人参，看了让人愀惜！这一大袋子人参，要是拿到我们浙江倒卖，不知能赚回多少个300块。人参，多珍贵稀有的东西呵！经过反复考察、调研，一位温州商人，决定投资几千万兴建人参市场，并建立产销、精深加工一条龙体系，重新包装，打造品牌。结果，他当年就收回了投资成本。"

　　还有一年，投资团去东北某地投资商业地产，结果开始招商了，可就是招不来商户。

　　"我们就纳了闷：这么好的市场，摊位搞得好好的，还有暖气，而室外温度是零下二三十摄氏度，冷得要死，可商户们就是不进场。难道当地人喜欢在户外做生意？我们反复问原因，你猜他们怎么说：进市场，得交取暖费。可我们一个月才收 10 块钱呵！就为了省这点钱，他们宁可站在冰天雪地里挨冻，真让人哭笑不得。算了！我们干脆把取暖费免了，他们这才进场做生意。"

"目前的投资渠道太狭窄，政府应该好好引导这些民间资本，往什么地方、什么行业上投，而不是像现在这样，任其盲目、随意地流动"

最近，陈俊往来于北京与辽宁两地，他们盯上了那儿的海景房。

"听说当地人，是不太买什么海景房的，嫌潮气重。人生地不熟，猛地到一个地方投资，你们不会受骗上当吗？"我问他。

陈俊说，这几年，"投资团"被骗失手的事还没有过。但被忽悠的事，倒是经常发生。"到了地方一看，跟说的完全不一样，那我们就打道回府，不投就是了。"

现在，外地来找"浙江投资团"去做项目的人越来越多。有开发商，也有政府部门。怎么才能规避风险，投资不失手，陈俊说他们有三步曲。

"第一步，我自己或我们几个人，先跟着过去看看，对方负责所有开销，接待得很好，说得也很好，尤其是政府项目，那简直就是十全十美；第二步，感觉项目有做头，我们再去。这次去，不跟任何人打招呼，悄悄地潜伏进去，明察暗访，实地踏查，询访当地老百姓，这样能听到真话，了解到实情；第三次，如果仍然感到有价值，又去了。这回，我们把了解到的问题，全摆到桌面。对方一听，得！他们知道的比我们还多，不能瞎忽悠了。总之，要来来回回好多次，才能最后拍板，这样基本上不会失误。"

听陈俊的口气，投资房地产，一时半会儿他们不会收手。可眼下的房价，实在太高。今年北京的房价，又上蹿了一大截，还敢往里投吗？

"投！我们浙江人做生意就是这样，只要看准了，有赚头，就大胆出手。

我们做项目，从来不开论证会，从来不带什么专家、学者，我们不听他们的。"

他底气十足，对后市充满乐观。"现在回头看看，每次打压过后，房价还不是弹得更快、更高？我的观点是：一、房价绝不会跌回几年前的价位，只会高起点后的小回落。去年赶上全球金融危机，房价也只是小幅回落而已，接着涨得更高。二、未来房价，不涨是不可能的。"

话虽如此，但上海、北京这样的一线城市，他也觉得投资空间越来越小。"在北京，现在的投资回报率已降到 10%，个别项目甚至低于 5%，算不上是肥肉了。假如没有 15%～20% 的投资回报，我们是不会做的。"但一些交通发达、资源丰富的二级城市，比如长沙、成都、沈阳等地方，还有升值潜力。现在，他们把眼光瞄准了这些城市。

不过，陈俊也承认，选择投资房地产，实际上也是浙商们无奈的选择。

"现在做什么生意，能像买房这么划算？ 5 年不到翻三番。"陈俊的老乡都这么说，"这两年，也只有房地产保值、增值的潜力最大。做外贸的浙商，基本上很惨，倒闭的倒闭，破产的破产，巨亏的巨亏，生意很难做。炒股吧，就是一串数字上上下下的，很难掌控，总觉得不实在。前几年，炒煤的浙商也不少，现在怎么样？也都赔了。温州一个做鞋的老板，投资小煤窑，出了事故，面临整顿，投资失败。办鞋厂多年攒下的钱，全都搭进去了。"

投资买房，相对也省心省力，并不用花太多时间精力打理。"只要你看准了，投下去，房买了，扔在那半年一年的再拿出来卖，价格又不一样了。你说说看，现在，这种扔下不用管，过一阵子就能赚上几倍的生意，还有吗？"

有报道说，现在浙江的民间资本，有 10000 个亿，其中 4800 亿元，趴在银行里。

"浙江人的钱，也不是大风刮来的。"陈俊说，现在，存款利率低，物价上涨快，浙江人本来投资意识就强，但受金融危机影响，好多行业不景气。钱要生钱，哪能捏在手上，总让它在银行里趴着。最保值、最安心的东西，就是房子了。

"资本就是追本逐利的，哪儿挣钱，就往哪儿流动。浙商投资房地产的热情这么高，也说明了一个问题：目前的投资渠道太狭窄，政府应该好好引导这些民间资本，往什么地方、什么行业上投，而不是像现在这样，任其盲目、随意地流动。"

董月玲

2009 年 12 月 16 日

2010

超 越 日 本

　　2010 年，投资这驾马车吃住劲儿，仍在奋力狂奔，四万亿计划中的一半资金投在了 2010 年，这一年 GDP 增速重上两位数，达到 10.6%。

　　强劲崛起体现在许多地方，这一年，我国制造业产出占全球的 19.8%，超过美国的 19.4%，跃居世界第一制造大国；粗钢产量 6.27 亿吨，超过第 2 至第 20 名的总和；"天河一号"二期以每秒 2566 万亿次的速度登上全球超级计算机 500 强排行榜榜首。这其中，最具象征意义的是中国的 GDP 总额超越日本，成为世界第二大经济体，当年中国 GDP 达 5.75 万亿美元，超出日本 4044 亿，这让有着历史纠葛的两个邻国都无限感慨。

　　带着这种优越感，5 月至 10 月上海世博会举行，创下了 246 个国家与国际组织参展、7308 万人参观的历史纪录，一个高速成长的中国被世界博览。作为世博会的合作伙伴，中青报的特刊取名"华之夏"，会后的调查表明：71.7% 的读者认为，在这个火热的夏天，世博会让自己

"开阔了国际视野"，67.1%的读者认为，当代青年称得上中国近百年来最幸运的一代。

但是，风光无限之外，2010年其实也很不平静。除了玉树地震、舟曲泥石流等自然灾害让人揪心，积累的社会问题也变得尖锐，已然健硕的身躯让"旧衣裳"捉襟见肘，王家岭矿难、上海高楼大火、张悟本神话、小悦悦事件，其间尤以"富士康十三连跳"震惊社会，这是增长模式的内伤。

政府出手的"四万亿计划"，在2009年前后挽中国经济衰退狂澜于既倒，也藉此补上民生和基础设施的欠账，在四万亿总盘子中，"铁公基"占去1.5万亿。高铁是基建的重中之重，仅2010年就投下了7091亿，中国率先进入高铁时代，功在当代，利在长远。

但"看得见的手"从来就是双刃剑，2010年就充分领受了"四万亿"的正负效应。这一年从头到尾都在阻击通货膨胀，但老百姓的感受仍然是，生活必需品价格此伏彼起，从"蒜你狠""豆你玩"到"糖高宗""姜你军"，再到年末土豆接过涨价的接力棒。这年的最后一个周日，温家宝总理走进中央人民广播电台的直播间与听众对话，当听到有网友说"涨"字将成为今年的关键词时，总理动情地说："这一番话刺痛了我的心。"

房价的跌宕更能说明政策调控的不易。这一年政府重拳频出，年初即下文定下遏制基调，接着又连续出台"新国十条""新国五条"，限制贷款和购房的力度不断加码，但楼市在观望后仍旧冲破了压力阀，接续井喷，北京和上海的房价都比上年涨了一倍多。"流动性过剩是房市火爆的重要原因"，中青报援引一位业内人士的话说：人民币升值让出口难度加大，而国内市场有限，短平快的房地产就成了资本的新猎场，进场的不乏资金充裕的国企。

2010年，中国戴上了"第二大经济体"的桂冠，但身体内部的躁动不适，诚实地告诉自己，她实在还是一个"发展中"国家。

唐家岭不相信眼泪

2010 年"两会"前夕,几位全国政协委员探访了北京最大的年轻低收入群体聚集地唐家岭。对于媒体争相报道"政协委员流泪探访'蚁族'"一事,"蚁族"的内心五味杂陈:"我们愿意相信他们的探访和眼泪是真诚善意的,但是我们不需要同情的眼泪。""我们也是正常人,过着自己的生活,不想成为聚光灯下的'特殊群体'不断'被消费'。"一些"蚁族"年轻人直言: "不要居高临下地打量我们,我们过得很好,也需要尊严"。更有"蚁族"担心这些会加速"蚁村"唐家岭的拆迁,他们因此不得不加紧寻找下一个更加偏远的容身之处。

我们不需要昂贵的"被改善"

北京北五环外的唐家岭村,本地人口不足 3000 人,外来人口超过 5 万,其中大学毕业生约占三分之一。

对于众多低收入大学毕业生来说,唐家岭最大的吸引力就在于它的"生活成本低廉"。每月以 350 ~ 700 元的价格租下一个 20 平方米带厨房、卫生间的单间,也可与人合租,平均每人每月只付 100 多元。唐家岭有自己的市场,果蔬价格是市区的一半,在村里的饺子馆花上 10 元钱就能买两大盘饺子。加之交通便利,成为在中关村、上地附近工作的"蚁族"的首选。

张欣,27 岁,来自湖南,毕业于一所民办大学,目前在银行做业务员。张欣是典型的"月光族":每月房租 450 元,水电费 40 元,上网费 100 元,自己做饭伙食费可节省到 300 元,交通费 150 元,与女朋友长途电话费 150 元,生活用品约 100 元,平均每月 1500 元的收入只够勉强维持生活。

3 月 17 日,北京市市规委发布消息,唐家岭地区将实施旧村整治改造,拆

唐家岭公交南站，一对年轻人在等车。

周末，一名大学生在小月河摆摊。

春节前夕，一名"蚁族"大学生搬行李回家。

唐家岭一居民楼外晒满了衣服和被子。

几个"蚁族"房客下班后在合租的"阁楼"门口等待另一室友回来开门。

唐家岭一小路口，几个村民围住一名"蚁族"大学生讨要"水费"。每月初，唐家岭的各个路口都有村民围堵，向过路租客讨要10元"水费"。

银行职员小徐（左）和同事挤在一间月租450元的不足10平方米的小屋里。

除非法和违章建筑，建造白领租赁公寓。对此，"蚁族"似乎并不欢迎："盖白领公寓，有几个能住得起啊！就算户型小，价格肯定也会高出咱们现在的房租。""政府一厢情愿为我们改善居住环境，到时环境是改善了，但是生活成本肯定也就高了。如果有钱住白领公寓，我们还搬到偏远的城中村来干吗？"

"一旦白领公寓建成，房租涨了，到时恐怕连基本生活都维持不了。"张欣无奈地说。

甄真，25 岁，山西人，北京理工大学毕业生，目前在广告公司做职员，每月工资加业务提成、奖金等平均 4000 元，家境也比较富裕。甄真很漂亮，也喜欢打扮，当问及以后是否打算搬进白领公寓时，她算了这样一笔账：现在 700 元的房租住的是整个唐家岭条件最好的房子，有厨房卫浴，干净整洁，"一旦房租涨了，就会挤占其他花销，我可不想每天掰着指头攒钱逛街。我不愿意把钱花在什么白领公寓上，能住就行了。"

我只是尚未成功

李婷，女，25 岁，北京某名牌大学会计系 09 届毕业生，现在一家食品公司做办公室工作。"因为是私人小公司，人少，制度也不规范，公司里大事小事、分内分外的都得干，有时就自我安慰，就当是老板对我的信任和锻炼吧。"从毕业到现在半年多，李婷有一半时间都在加夜班，晚上 9 点后回家已经成了常态。然而，与繁重工作量不成正比的是每月不足 2000 元的工资，对此李婷虽然并不满意却也从不抱怨："收入的事情不能强求，刚参加工作缺少的就是经验，现在正处在为了尽快成长而付出的阶段，不能只盯着回报"，"老板已经开始让我接触会计的事务，有机会学习本专业的实际操作是一件特赚的事"。

中科院硕士毕业生刘晴说："烦透了媒体和公众对我们生活的主观臆想，我们只是处于奋斗期的年轻人，并不意味着我们现在的生活就是'一团糟'。我们挣得少，但是这里生活成本低，勤俭节约小日子照样能过得舒舒服服。我们精心收拾这尽管只有巴掌大的临时居所，我们快乐地打扮自己，我们积极地工作，我们在脚踏实地积攒能量。我们不需要同情。"

虽然被外界称为"弱势群体"，"蚁族"的自我定位并不"弱势"，他们相信："有必要时放低身段，未来才能提高身价"。

群居，大学生活的延续

作为低成本的居住方式，"群居"在蚁族中颇为普遍，对于某些"蚁族"来说，"群居"是他们最熟悉和乐意选择的一种生活方式。

王学敬，研究生，现任上地某科技公司技术支持工程师，月收入四五千元，这在唐家岭绝对算是"高收入"了，但他依然和几个同事挤在房顶上加盖的小"阁楼"里，不足20平方米的房间放着两个上下铺床，4个人一起分担每月600元的房租。"不光是为了省钱，更重要的是我们大学的时候就是同学，现在又很幸运在一起工作，我们愿意继续像大学时那样过集体生活。"

林伟莉，本科毕业后的两年里一直和别人合租，合租的女孩儿换了一拨又一拨，但她从没想过搬出去自己住："从小过集体生活习惯了，现在特怕一个人住，太孤独，而且女孩儿自己住有时也不安全。"

不回去，是怕嫁不出去

大城市激烈的就业竞争压力以及依然高涨的房价，引发了一场"去与留"的辩论，政协委员杨澜在"两会"期间接受采访时建议"蚁族"大学生到二、三线城市发展，但对一些大学毕业生来说，是"想回也回不去了"。

他们认为：首先，并不是所有专业都适合回乡发展，比如 IT 产业到了乡镇或者二、三线城市，可能更加难有用武之地。第二，对于大多数没有家庭背景的大学生，回乡后所有的社会关系和人脉都需要自己单枪匹马地重建，而在自己大学所在的大城市，起码还有同学和老师等社会关系。第三，对于很多单身青年来说，回乡意味着很难找到合适的"对象"，尤其是女生。25 岁的吴艳丽来自河北农村，大学毕业两年了没找到理想的工作，一直在北京"漂"着。"家里希望我能回去，去年亲戚在县城帮我找了份还不错的工作，但是干了不到两个月我就又跑出来了。主要是和周围的人没办法沟通，很郁闷。家里一直催着找对象，可是留在县里或者农村的青年大多跟我没有共同语言，和我条件差不多的大学毕业生又几乎碰不到。继续待在县里，恐怕最后我只能做大龄'剩女'了。"（文中人物均为化名）

王叔坤 摄影报道

2010 年 3 月 24 日

脚注：2009 年底，唐家岭被纳入重点村改造范围。2010 年 4 月，唐家岭地区整体腾退改造工程启动。2012 年至 2014 年，在唐家岭村旧址上建起了 2356 亩的中关村森林公园。

中国青年报 CHINA YOUTH DAILY

2010年4月6日 星期二　农历庚寅年二月廿二
第13374期　今日12版
距上海世博会开幕还有 25 天

"3·28"透水事故救援工作惊喜连连

115人获救　王家岭见证生命奇迹

胡锦涛温家宝向获救人员表示慰问并要求千方百计搜救其余被困人员

4月5日，救援人员将获救矿工抬出井口。　　新华社记者 燕 雁摄

4月5日，一名获救矿工被送到山西铝厂职工医院接受紧急救治。
新华社记者　昌晓宇摄

4月5日，王家岭矿难抢救现场，一位妻子带着孩子在焦急等待消息。
本报记者　刘建林摄

那一夜，我目睹王家岭大救援

在凌晨发给编辑的手机短信中，我最后总结："这是一个不眠之夜。"

这句话被印到了几个小时后出版的《中国青年报》上，消息的标题是"截至4月5日1时20分　9名幸存者获救"。

这则消息是由断断续续的几条短信组成。那时，我被"戒严"在野外，手头没有电脑，只能以这种方式"发稿"。

2010 年 4 月 4 日的王家岭，令很多人彻夜难眠——一起罕见矿难后的第 8 天，第一批被困矿工终于升井。

如今，王家岭几乎已经被人忘记。可在 2010 年 3 月 28 日之后的十几天里，那个名叫"碟子沟"的地方举世闻名。那天午后，山西王家岭煤矿发生一起特别重大透水事故，153 人被困。

王家岭位于吕梁山脉南端，三省交界，汾河汇入黄河之处。妇女们站在坡上，眼巴巴地往下看，不时抹眼泪。在视线难以到达的地方，对她们亲人的救援开始了。

这场救援格外让人心焦。由于形势复杂，矿井的排水量迟迟达不到预定目标，救援人员无法进入矿井，被困人员生死未卜。

事故发生 5 天 5 夜之后，4 月 2 日 14 时 10 分左右，一些负责钻孔的抢险队员听到了地下 150 米深处传回的敲击管道的声音。随后还发现，从地下收回的钻杆上不知被谁扭上了一段铁丝——下面还有人活着。对于筋疲力尽的抢险者来说，这是最大的鼓舞。

但这短暂的交流很快过去。尽管抢险救援指挥部用尽了各种办法，向下输送纸、笔、电话、矿灯和营养液，但再也没能听到"生命的回应"。

人们感到不安，担心井下的工人凶多吉少，时间毕竟太久了。

4 月 4 日，救援进入第 8 天。这天下午，我再次来到现场，先是采访了一些疲惫不堪的抢险队员，随后到工人宿舍区，找到两位从外地赶来的志愿者——关注容易被忽略的"小人物"，是本报的传统。

采访结束后，夜已深。我来到抢险救援指挥部新闻组，"占"了一个电源，开始整理当天的情况，传回报社。

事后证明这是个正确的决定。因为如果当时先回几十公里以外的县城，我将错过重大新闻。

4 日晚，抢险转为救援——救援队员进入井下搜救。22 时 20 分左右，有人发现巷道深处的水面上，光点晃动，被困者在求助！

这消息很快传遍现场。人们走出去，试图到井口观察，现场却"戒严"了。大多数人被拦在警戒线外。

成队的救护车等在路上，一直排到井口。每位被困人员获救后，都有一辆救护车供其专用。

眼看无法进入井口，我反其道而行之，来到救护者必经的路旁。任何一辆救护车开出煤矿，都要经过这里。一些抢险队员也放弃难得的休息，守在这里。

零时40分许，第一个担架升井。整个现场掌声雷动。载着第一位获救者的救护车很快来到我们身旁。透过朦胧的窗户，可以见到医护人员在施救。

我给编辑发短信：来了！

第二辆、第三辆、第四辆……人们一遍又一遍数着这简单的数字。接下来的半个多小时里，一共有9辆救护车经过。

直到人都散去，我才发现，已经无处可去。这个时间，不可能有车回县城。

风格外冷。在最近的工人宿舍，我壮着胆推开了一个亮着灯的房间。室内生着煤炉，十分暖和，但所有的床铺都睡着工人。待了一会儿，我悄悄离开。

这时，我遇上了一位好心的抢险队员。他带我去食堂吃了点剩下的馒头和菜。随后，我们各自在黑夜里寻找栖身之处。

第二天是清明节，午后，又有109名被困工人获救。县城里的居民，惊讶地看着救护车一辆一辆呼啸而过。

8天8夜，115人获救，有人称之为"中国事故救援史上的奇迹"。后来，还有人一度打算把这次救援拍成电影。

如果说发生在王家岭的故事是个"奇迹"，那这奇迹也应当包括：115人获救的同时，也有38名条生命永远留在了碟子沟的矿井里。

我至今无法忘记"奇迹"的另外一面：

——王家岭煤矿是个在建项目，隶属于一家大煤业集团。这家集团的一位负责人对于媒体关于"矿难"的表述不太满意，向不少记者强调，因为是施工阶段，出事的是"王家岭矿"，而不是"王家岭煤矿"。很明显，这家集团为牵涉其中感到委屈。

——煤矿施工方事发后迟迟没有露面，后来终于派人出席了一次新闻发布会。他们介绍了自家科学合理调动、分工明确、领导带头等措施，强调如何发挥先锋的作用。这番类似于经验介绍的表态，被一位不耐烦的记者斥为"英模报告会"。

——看似简单的被困人数，是一个难以回答的问题。事发后的几个小时之内，出现了123、152、153共3个版本，此后确定为261人下井，108人逃生，153人被困。事发6天6夜之后，施工方终于宣布了153人的姓名及籍贯，但与之前通报的情况又有出入。

——"安全多下及时雨，教育少放马后炮。""带班人员不下井，工人有权不下井，带班人员早出井，工人有权早出井。"矿工下井前的入口内外，类似的标语挂满了墙壁。标语的存在，与施工方引以为荣的"勇争第一"精神和"施工新纪录"在一起，从两个方向提示事故的起因。

事故的成因之一，是施工赶进度，不落实探水措施。在王家岭煤矿只待了9天的矿工郑步宵说，自己上岗前做过一套关于煤矿安全知识的考卷，队长给他卷子的同时还给了一份可以照抄的答案。他注意到："填空题、判断题、问答题，卷子里连个'水'字都没有。"

而事故发生那一刻，水流首先淹没的，就是这个小伙子曾经所在的工队。3月28日那天清晨，早班的工人照常来到这里集合，乘车沿着坡度极大的轨道向下冲去。地底深处，喷薄欲出的肮脏积水，静静地等待他们。

我还目睹了这样的场景：无法进入现场的家属们，站在半山腰上，长时间地一动不动。74岁的河北老人武正英是借了路费来到王家岭的。在儿子获救以前，老人用难懂的口音哀叹自己命苦，但愿不要"老了没人管了"。最终，他的儿子与其他114位工友获救。他们是在井下吃煤块、啃木头、吞尿、喝脏水苦苦熬过的。

"奇迹"二字太过简单，它无法概括发生在王家岭的，这些望眼欲穿、死里逃生的体验。

张　国

2010 年 12 月 27 日

脚注：2010 年 3 月 28 日 14 时 30 分左右，位于山西省乡宁县境内的王家岭煤矿发生透水事故，造成 153 人被困。经全力抢险，115 人在被困 190 多个小时后奇迹般获救，但仍有 38 名矿工不幸遇难。事后通报称，这是一起违规违章造成的特大责任事故，39 人受到处理，其中 9 人被追究刑事责任。

玉树废墟边的新生

巴桑旺毛的绝望和希望之间只隔了 11 个小时。

11 个小时前，她被压在木板和砖土堆成的废墟下，怀胎 9 月，生死未卜；11 个小时后，她躺在废墟边的天蓝色帐篷里，怀里抱着新生儿子。

4 月 17 日，青海玉树结古镇，37 岁的藏族女人巴桑旺毛被压在废墟下约 66 个小时之后，于凌晨 1 时许获救，并于中午 12 时顺产一名男婴。因为没有称体重，接生的女医生郭山英用手掂了掂这个包在衣服里的新生儿，判断他"差不多有 7 斤重"。

这是一个在死亡阴影中出生的婴儿。帐篷外面是玉树藏族自治州生态复原林，附近的民居几乎全部倒塌。不过，来自四川甘孜县的郭山英说，当这个孩子被放在紫色泡沫垫上时，他的哭声和她在 24 年妇产科工作中接触的所有新生儿一样响亮。

产前，这个全身脏兮兮的孕妇，还没有完全从灾难的折磨中恢复过来。她身上带着许多大大小小的挤压伤，那是 66 个小时的废墟经历留下的。她被裹在一件分不出颜色的藏袍里，全身满是灰土，护士们只好用酒精为她做了简单的消毒。她有些紧张，尽管人们还没来得及询问她在废墟下经历了什么。

但对巴桑旺毛来说，那段不幸的经历毕竟已经过去。当把孩子递过去时，郭山英看到她脸上的表情"总体比较兴奋，但也掺杂着复杂"。她不怎么会说汉语，只是反复地说"谢谢"，语调生硬，念叨了很多遍。

巴桑旺毛是这场巨大不幸中的一名幸运者。救援者发现，几根互相支撑的木棍为她撑下一个容身的空间。来自兰州军区的战士发现了她，彻夜未眠，将她挖了出来。

甚至，就像是作为对这位不幸女人的补偿，她的肚子不偏不倚地紧接着阵

4月20日，玉树结古镇，挖掘机正在一处寺庙前清理地震废墟。陈剑／摄

4月20日，参加抗震救灾的子弟兵列队经过玉树结古镇街头。陈剑／摄

痛起来。丈夫不在身边——他赶到几公里外去领补助品。邻居们也手足无措，只能让她平躺着。一直守在现场的一名来自四川德阳的志愿者驾车来到郭山英所在的医疗队。当时，赶到灾区已经一天多的郭山英，正因为缺乏睡眠而犯困。

当郭山英和她的4名甘孜同事来到离废墟不远的帐篷里时，巴桑旺毛的"宫颈全开"，眼看着就要生了。护士做了简单的检查，她神志清醒，生命特征平稳，但郭山英还是提心吊胆——尽管她曾经在很多艰苦的条件下接生，但面对一个刚刚被埋了近 3 天的孕妇，她还是没有把握。

护士摸摸巴桑旺毛的耳朵，拍拍她的肩膀，想借以平复她的情绪。只过了半个小时，孩子就生了下来。

"她生过几个孩子了，有经验。"郭山英如此总结这场顺利的生产。她是甘孜县派出的医疗队成员之一。这支医疗队原本没打算带妇产科大夫，她在临出发前才被补充进来。不过她相信，这次，自己的任务会很多。在两年前发生在她家乡的那场特大地震里，她听说了不少新生命诞生的故事，个个都让她很感动。

因为医疗队所在的灾民聚集点风沙过大，这个瘦弱女人的黑皮鞋早就变得脏兮兮的，白大褂上也沾着污渍。她用纱布在帐篷里为巴桑旺毛的新生儿隔出一个"相对无菌区"，但因为没有水，她只能用纱布勉强把孩子的全身擦了擦，就算迎接了他的新生。

因为没有婴儿包，郭山英不得不用邻居们凑来的脏衣服和毯子把这个孩子裹得严严实实。她发现，这个紧随灾祸降生的孩子没有显示出一点畏惧。他放声大哭，使劲喝奶。

他在这个被地震击中的小镇上出生了。郭山英在他的哭声中走出帐篷，她发现，地震 3 天来的第一场雪，正悄然降落在这个成为一片废墟的古镇上。

张伟　张鹏

2010 年 4 月 18 日

脚注：2010 年 4 月 14 日，青海省玉树藏族自治州玉树市发生 6 次地震，最高震级 7.1 级。地震造成 2698 人遇难，270 人失踪。国务院决定，2010 年 4 月 21 日举行全国哀悼活动。

世界向我们走来

上海滩将永远记住这个瞬间，189 个国家、57 个国际组织的旗帜，在这里缓缓升起。

在经历国际金融危机和地震、火山喷发等自然灾害后，有史以来规模最大、参与最广的一届世博会，如约在中国亮相。

这是一次世界性的聚会。

他们都来了

朝鲜来了。这是自 1851 年英国伦敦举办第一届世博会以来，朝鲜第一次参加世博会。"我们从没参加过这么大的世界盛会，我们开始也曾害怕、紧张，不知道该怎么办。这个过程中多亏了中国朋友的帮助。" 朝鲜馆负责人、朝鲜商业会议所副会长李成云对中国青年报记者说。

因为是第一次参加世博会，朝鲜特别成立了世博会国家筹委会，多次遴选方案。最初的设计理念是平壤的城市开发，后来考虑到"可能过于注重硬件"，为了配合上海世博会"城市，让生活更美好"的主题，修改为"人民的乐园"。

朝鲜馆成为很多中国游客的目标，高峰时期进入朝鲜馆，要排队半个小时左右。展厅里，几台电视机正在播放反映朝鲜人民生活的录像，即使没有发达国家的大 LED、4D 影院、IMAX 等高科技手段，这些电视仍吸引了不少观众。一位女观众甚至拉开随身携带的小马扎，坐在电视机前看了起来。电视里正在播放"朝鲜向往全社会知识分子化，奔向强盛大国"。

紧挨着上海世博会标志性建筑——"东方之冠"的台湾馆，像一盏放飞的"天灯"。这是台湾时隔 40 年后重返世博。

中国青年报

中青在线 WWW.CYOL.NET

2010年5月1日 星期六　农历庚寅年三月十八
第13399期　今日12版
国内统一刊号CN11-0061　邮发代号1-9

展示中国发展新貌 荟萃世界文明精华

中国2010年上海世界博览会隆重开幕

胡锦涛出席开幕式并宣布上海世博会开幕

本报记者　刘占坤摄

4月30日晚，中国2010年上海世界博览会开幕式在上海世博文化中心隆重举行。国家主席胡锦涛出席开幕式并宣布上海世博会开幕。
新华社发

新华社上海4月30日电（记者孙承斌 李斌 厉正宏）展示中国发展新貌 荟萃世界文明精华。华欣瞩目的中国2010年上海世界博览会开幕式30日晚在上海世博文化中心隆重举行，国家主席胡锦涛出席并宣布上海世博会开幕。

晚上9时10分许，主持开幕式的中共上海市委书记、上海世博会执委会主任俞正声邀请主办方中国政府代表、国务院副总理王岐山走上舞台前。伴随着激越的乐曲声，党和国家领导人胡锦涛、习近平、李克强、贺国强、周永康、国务委员刘延东、戴秉国，来自世界各地的领导人和贵宾出席开幕式。

上海世博会是继北京奥运会后在国家举办的又一国际盛会，也是第一次在发展中国家举办的注册类世界博览会。本届世博会的主题是"城市，让生活更美好"，来自世界各地的智慧和创意将在这里展示、论证、表演等。

4月30日，中国2010年上海世博会开幕式在上海世博园世博文化中心举行，所有参展方的旗帜在开幕式的旋律中飘扬。

形式，共同探讨城市未来发展理念。

夜幕降临后，流光溢彩，灯火璀璨，世博园内光芒四射，造型别致、玲珑剔透的上海世博文化中心如同一颗闪亮的明珠，镶嵌在黄浦江一侧，热烈期待盛会开幕时刻的到来。

20时20分，在欢快的乐曲声中，胡锦涛和俞敏声等步上主席台，向观众挥手致意，全场顿时爆发出热烈的掌声。

站在中心舞台的大屏幕上呈现出中国画的水墨丹青。700名少女在舞台上翩然起舞，手中变幻出造型各异的水晶球。从《茉莉花》到《欢乐颂》，从大城小巷到金色大厅，悠扬的旋律带着亲切的节拍，从世博园跨越五大洲，传遍世界各个角落。

伴随旗帜入场式拉开了一幕青春绚丽的少女手举各国和国际组织的旗帜，踏着青春的节拍，奏响和平的旋律……创意独特，设惊四座的开幕式节目，表达了全国各族人民迎接世博会的真挚祝福、把冠妆万家热情和期待的真诚语述，象征着同五洲四海朋友欢聚上海。

国务院副总理、上海世博会执委会主任王岐山走上主席台上致辞，感谢国际展览局和各成员国，感谢246个国家和国际组织以及参与世博会的各个方面，感谢全国人民对上海世博会建设给予的大力支持和无私奉献，代表中国政府宣布——

20时29分，激动人心的时刻到来了，国家主席胡锦涛用他亲切、洪亮声音向——世界宣告：中国2010年上海世博会开幕！（下转2版）

246个国家和国际组织参展，国际参展方数量创造了世博会历史的记录。五彩缤纷的旗帜组成了气势宏大的阵图，象征着同四面八方朋友欢聚上海。共襄盛会。

容，让所有观众在中国体验一届成功、精彩、难忘的世博会。

国际展览局也在这届举行中兵达3小时的庆典，表示祝贺这首次在发展中国家举办这届国际级盛会，更将为更美好的明天更加努力、更紧、更安全、更和谐的城市，也预祝上海世博会圆满成功。

根据照片，4月30日，中国2010年上海世博会开幕式大家喜庆隆重气息浓浓的场面。
　　　　　　新华社记者 程敏摄

新华社上海4月30日电（记者钱彤 郝亚琳 贾远琨）4月1日的上海，花草斑斓，浦江激荡，涌动的世博会宣传画和"海宝"招贴画，对托出这个东方大都市喜庆闪耀的景象和自我庆节的欢乐气氛。30日晚，国家主席胡锦涛举行隆重宴会，代表中国政府和人民，热烈欢迎前来出席中国2010年上海世博会并表达衷心祝愿，胡锦涛涛、温家宝、贾庆林大的贵宾们出席宴会。这是中国的机遇，也是世界的机遇。世界各国人民一定能够共享一届成功、精彩、难忘的盛会。

国家主席胡锦涛举行隆重欢迎宴会

代表中国政府和人民热烈欢迎出席上海世博会开幕式贵宾

中共中央政治局常委李长春，中共中央政治局常委、国家副主席习近平，中共中央政治局常委、国务院总理温家宝，中共中央政治局常委、中央纪委书记贺国强，中共中央政治局常委、中央政法委书记周永康等出席宴会。来自40多个国家的贵宾出席宴会。

上海国际会议中心黄浦厅，一幅巨大的背景绘上，隆重盛装巧妙地上海世博会中国红的绚丽纹理，彰显着文化中心的绚丽国家魅力魅力多姿。18时许，胡锦涛和夫人刘永清在华灯灯盛开的欢乐气氛中迎接上海世博会开幕式的外国国家元首、政府首脑，议会国家人和国际组织代表友好情，同他们一一握手，互致问候。

18时18分，胡锦涛和夫人刘永清同贵宾步入上海厅。欢迎宴会在喜庆欢快的乐曲声中开始。

在热烈的掌声中，胡锦涛发表了《携手共建美好未来》的重要讲话。

胡锦涛代表中国政府和人民，对各位贵宾的莅临盛情地表示热烈的欢迎，对给予上海世博会诚挚帮助和大力支持的各国政府和人民、对国际展览局和有关国际组织、对所有为上海世博会作出贡献的朋友们表示诚挚的谢意。

胡锦涛指出，上海世博会将向世界展示一个历有5000多年文明历史、正在改革开放中快速发展变化的中国，搭起中国学习借鉴国际先进经验，同世界交流合作的桥梁。（下转2版）

黄浦江畔 中国风牵手世界潮

本报记者　刘世昕

今夜的黄浦江畔，中国风牵手世界潮，在神州大乐大幕的夜空中，点燃华夏文明光芒四射的五彩斑斓。今夜，世界文明史见证着世界各国历史悠久文明《长江之歌》与黄浦江畔同鸣唱时，串起的悠久世界的对话。

在不到两个小时的上海世博会开幕式中，既有"海内存知己，天涯若比邻"的温暖，又有世界心手相连、大爱无疆的浪漫旋律。

创造中外文化交融温情蜜意的青春新阵容是如何拉开帷幕，在黄浦江，地道黑种小文明大家们细，在大舞台的文明古国，中国风的青年来势冲发，不约而同地与史诗性的恢弘乐章。

《相约上海是文艺演出的序幕，从灯光穿越钻石拉大舞台"掀海后着的广袤盛大，经历近四千年的历史里。将《洞的首数曲，一曲曲绽放人类智慧的结晶，显示历史的传奇和魅力，从电灯汽车、碳化又有散穿大西洋……城市让生活越来越美好。

在舞台出的第二部分"江河领略"，多瑙江江的器上海锦秀的多瑙河 109多个国的巴管巡回演出翻越起伏，而黄浦江中国元素的现代纸愉歌舞曲，并由1873年意到世博会计燃个世界之峰影。今天，这个百的舞台呈现的是历史、当代的魅力的醍醐。

晚出的第三部分"世界共襄"属形世界每个方旬地呈一百年不的历史，当代呈现的醍醐的文化。简洁欢乐，日里醉到历史里欢和出的对着精彩气息，烈，又在一那的尽头展示活力，富态的阵容呈展示新气有活力，描大型的阵容象征新时代的上海涵纳今日的开放仪容。

展出的第三部分"世界共襄"属形世界每个方旬地呈一百年不的历史，当代呈现的醍醐的文化。简洁欢乐，醉到历史里欢和出的对着精彩气息，烈，又在一那的尽头展示活力，富态的阵容呈展示新时代的上海涵纳今日的开放仪容。

当晚活动到焰火晚会的主题曲，并由1873年意到世博会计燃个世界之峰影。今天，这个百的舞台呈现的是历史、当代的魅力的醍醐。（下转2版）

电话中继线：010-64098000　新闻热线：010-64098287　发行中心：010-64098373　广告中心：010-64098333　彩信、短信特服号：移动：335523　联通：935523　E-mail:cyd@cyd.com.cn

放天灯是台湾民间盛行的节庆活动，人们用这种方式祈求平安，净化心灵。台湾馆的设计师李祖原只用了两周时间便完成了台湾馆的设计，在他看来，台湾馆的设计充满灵感，LED 大球悬挂在馆内上方，代表"天"，中间的点灯水台是人们祈福放灯的场所，代表"人"，底层的城市主题广场则代表"地"。这一设计将我国古代以"天、地、人"为代表的三元论世界观展现得淋漓尽致。

台湾馆也是热门场馆，每天一开园，台湾馆门口便排起长队，几分钟内，4000 张预约券便被领完。

世界来了，带着各异的风情和新奇的魅力。喜欢童话的孩子可以到沙特阿拉伯馆仔细阅读《一千零一夜》里的神秘，而相隔不到 10 分钟的路程之外，芬兰馆里的载人航天器也为那些追逐高科技的人提供幻想的舞台。曾让无数人向往的罗丹的雕塑《青铜时代》来了，承载着一个国家荣耀与伤痛记忆的金色少女像从卢森堡来了。它们不再是报纸上或电视上的只言片语，而是真实的，带着异国的温度。

穿越灾难和危机

冰岛来了。半个月前，埃亚菲亚德拉冰盖冰川附近的一处火山再次猛烈喷发，将这个北欧国家推到世界关注的中心。火山灰蔓延到欧洲大陆，欧盟委员会 4 月 27 日发布初步评估报告说，欧洲航空业遭受的损失约为 15 亿到 25 亿欧元。而冰岛旅游业的损失，至少在 10 亿欧元以上。

冰岛，曾是全世界人均收入最高的国家，国民人均寿命达到 81.15 岁，高待遇、高福利，犯罪率几乎为零。就是这样一个人间天堂，在去年席卷全球的金融危机中，整个国家濒临"破产"，刚发生的火山爆发又让它雪上加霜。冰岛修改了参展方案，将预算削减到 200 万美元。冰岛驻华大使贡纳尔松在接受媒体采访时说，冰岛不会退出世博会的大舞台，希望上海世博会像 1933 年芝加哥世博会一样，成为世界经济新起点的标志。

4月30日，即将揭开大幕的世博园区里略显安静，第一次参加世博会的朝鲜馆朴素亮相。郑萍萍/摄

台湾馆像一盏放飞的"天灯"　郑萍萍/摄

即使预算被削减，冰岛并未放弃宣传自己的优势——清洁能源。现在，首都雷克雅未克实现100％地热供暖，全国城乡87％的房屋使用地热。全世界有50多个国家使用地热技术，其中很多来自冰岛。出口地热技术或将过剩的地热资源输往欧洲，可能帮助冰岛获得重生，而上海世博会则是最好的展示舞台。

同样深陷金融危机的美国，在很长时间内无法确认是否参加上海世博会。美国国会通过一项禁止使用财政资金参展的法案，认为使用财政收入参加世博会不能实现纳税人的最佳利益。此前，美国已经缺席了2000年德国汉诺威世博会和2008年西班牙萨拉戈萨世博会。

金融危机更让美国馆的筹资工作遭遇困难。今年4月7日，海尔美国与上海世博会美国国家馆签署赞助协议，正式成为美国馆官方赞助商。几乎同时，花旗集团出资500万美元，签约成为美国馆全球指定合作伙伴。美国馆建设所需的6100万美元资金才全部到位。美国馆总代表费乐友表示："上海世博会是一次难能可贵的向世界展示美国价值观、科技及创新的机会，我们赞赏海尔对此给予的极大支持。"

即使受到金融危机的冲击，法国仍维持了世博会法国馆5000万欧元的预算，营造了一个会调动人所有感官的建筑。4月30日，法国总统萨科齐出席了法国

上海世博会
开幕式上的节目：
大型史诗·剧景·
意境《江河情
怀》。
本报记者
刘占坤摄

春江花月夜

4月30日晚，描有来展国家和地区
度旗的小船从黄浦江上驶过。
本报记者 刘占坤摄

4月30日晚，中国2010年上海世博会开幕式在上海世博园世博文化中心举行，开幕晚会上缤丽多彩的焰火让上海市民感受到了一场盛大的视觉盛宴。
本报记者 李建泉摄

市民、游客
在上海外滩观看
东方明珠塔的焰
火表演。
新华社记者
罗晓光摄

4月30日傍
晚，世博会开幕
前，一位军官担
任摄影师举行开
幕式的世博文化中
心。
本报记者
周凯摄

在黄浦江边观看焰火的上海市民。
本报记者 李建泉摄

4月30日晚，上海世博会开幕，玉树孤儿学校师生与婦少先前队官兵一起观看开幕式，并点燃象征希望的红蜡烛。当晚，他们举行"我在长江源，世博在长江尾"主题联会活动，为全国人民和上海世博会祈福。
新华社记者 陶明摄

世博会开幕式的焰火表演结束后，来自非洲的非屋人民兴奋地欢庆，高声呼喊：我爱你上海。
本报记者 李建泉摄

馆的开幕仪式。眼前这座专为上海设计的"感性城市"方案，是萨科齐从 49 个备选方案中亲自选定的。

刚刚从法国运抵上海的 7 件奥赛博物馆展品，从未同时在法国境外展出过。包括法国画家米勒的作品《晚钟》、马奈的《阳台》、梵高的《阿尔的舞厅》、塞尚的《咖啡壶边的妇女》、博纳尔的《化妆间》、高更的《餐点（又名香蕉）》以及罗丹的雕塑作品《青铜时代》。法方工作人员介绍，考虑到安全问题，这 7 件珍品是分别由 7 架飞机运到中国来的。

没有什么能阻止人类展示信心

世博会筹办后期，正值全球金融危机蔓延之时，却没有国家选择退出。在诸多原因中，最根本的一条是——没有什么能够阻止人类展示他们对美好未来的信心。

上海世博会开幕前 5 天，97 岁的小美人鱼终于结束了她差不多一个月的旅途，落户在上海世博园丹麦馆。这是她自 1913 年诞生后的首次旅行。

小美人鱼的跨国之旅得以成行，源于上海世博园丹麦馆设计师毕亚杰·英格鲁斯的执著。一开始，对大多数丹麦人来说，这简直无异于痴人说梦。哥本哈

丹麦馆的美人鱼雕塑吸引众人驻足
刘占坤/摄

根市政府举行了一次市民投票，来决定是否让小美人鱼出国。第一轮，大多数人投了反对票。

第一轮投票之后，是差不多两个小时的休息时间。英格鲁斯一点没闲着，挨个游说市民代表。他宣讲说，丹麦馆希望向世人，特别是中国人传递来自童话王国丹麦的生活理念和幸福观。更重要的是，丹麦馆要担当扩大未来中丹合作的平台，如果小美人鱼能去的话，一定会马上拉近丹麦与中国百姓的距离。一部分丹麦人被英格鲁斯说动了。在第二轮投票中，小美人鱼以两票微弱的优势取得了出使的通行证。

伊拉克来了。对唐志英来说，这是能看到的最好结局。作为伊拉克重建采购中心中国区的负责人，受伊拉克政府委托，唐志英负责伊拉克的上海世博会参展事务。

2009 年 4 月，世博局工作人员到达伊拉克北部。在巴格达，"五分钟没有警报已经算很好了"。唐志英和助手不敢走出酒店买食物，就用一包饼干和几小包萝卜干、榨菜度过了两天，最终在总统卫队的护送下，去总统府谈妥了伊拉克参展事宜。

伊拉克参加世博会的总预算为 500 万元人民币。中国申办世博会时，曾经庄严承诺提供 1 亿美元参展援助资金，包括伊拉克在内的 100 多个发展中国家已经从中受益。在当前国际金融危机和个别非洲国家出现动乱的情况下，这笔援助金一定程度上保障了非洲国家未出现退展。

在太平洋联合馆，中国观众围着身穿大红色民族服装的汤加老夫妇、头戴红花穿着裙子的萨摩亚男子要求合影。来自斐济的四个帅哥，在展馆里弹起吉他唱起歌。观众看到他们身后的美丽风景照不停赞叹，"瞧，他们来自斐济，那不是楚门（记者注：著名电影《楚门的世界》中的主人公）最想去的地方吗！"

在 6 场试运营中，一些非洲国家和太平洋岛国的代表没能出现，他们有的还在前往中国的路上。4 月 28 日，世博局官方公布，原确认参展的国家中，只有不丹、布基纳法索和科威特没来参展。

世界倒数第二小的国家摩纳哥来了，只有 1398 人的太平洋岛国纽埃来了。246 个国家和组织相聚在黄浦江畔，这种组合是微妙的。印度和巴基斯坦同在一个园区，只隔着两条窄窄的马路，韩国和朝鲜也是如此。不同宗教信仰的国家，都和平地相聚在 5.28 平方公里的"理想之城"，奉献一场世界科技与文化的盛宴。

蒋韡薇　张伟　付雁南

2010 年 5 月 1 日

观众争相在法国馆里米勒的作品《晚钟》前拍照。李建泉 / 摄

看世界的中国人

今天是世博园开园的日子。

一大早，26 岁的金义权就和三五个工友来到位于浦西园区的码头，等待第一班开往世博园 C 片区的轮渡。这是在世博园 D 片区干活儿几个月以来，金义权第一次有机会到黄浦江对岸的世界去看看。

金义权是安徽九华山人，他在 D 片区负责巡视电路的工作。昨天晚上，因为要对电路进行更仔细的巡视，金义权既没看到开幕式，也没有看到漫天的火树银花。今天他休息，正好也是世博园开园的日子。他盘算了很久，就等开园的第一天过去"白相白相"（记者注：上海方言，玩耍的意思）。

虽然每个月收入只有 2000 元，金义权也想近距离看看英国、意大利、法国这样的"发达国家"。在英国馆外排队的一个小时里，他一直用上海话和别人交谈——他来上海打工已经 7 年了。看见前面的上海大叔手里的世博护照，他开玩笑说，一会儿敲个章，就真的到"英国"了。

2008 年，金义权从电视上得知上海将要承办世博会。他最大的希望就是在这里看到"中国没有的东西"。他对英国馆里一种酷似乌贼身上开出花的未来植物特别感兴趣，"太有创意了"。

他在巨大的像蒲公英种般的英国馆前挺直身子，双腿并拢，志愿者用他的手机为他拍照留念，留下一个灿烂的笑容。在上海，有数百万人和他一样从乡村来，要融入上海，要融入这个世界。

上午 10 时，加措活佛走出红十字会馆，到联合国馆门口排队。昨天晚上，他应邀在世博文化中心观看了世博会开幕式。几个月前，他就为自己预订了"五一"期间的门票，要"近距离看世博"。

"我最想看联合国馆、红十字会馆和气象馆，因为这些国际组织都非常关注气候和环保问题，而我也对这些问题特别感兴趣。"加措活佛来自四川甘孜，全球气候变化对川藏地区的气候和环境影响很大。参观完世博会后，他要回到藏区，组织那里的喇嘛和百姓进行保护环境的活动，最先启动的将是在高原上捡垃圾。

身穿红色喇嘛服的加措活佛也引起了很多游客的关注，加措活佛微笑着——满足他们的合影要求。中午，他在世博园波兰馆点了一份素食比萨饼。但是心里仍在惦记着玉树的灾民。

两天前，加措活佛从玉树赶到上海。地震发生后，他在那里参加了救助，并且组织了一些救援物资运到玉树。中午 12 时 50 分，加措活佛在排队间隙用手机发了一条微博：我过两天就回玉树，玉树需要大家的帮助。

法国馆的"感性城市"主题、德国馆聆听自然声音的装置，都让加措活佛

5月1日，上海世博园正式开园。充满创意与奢侈品的意大利馆让中国观众大开眼界。郑萍萍／摄

各国展馆前排起长队。郑萍萍／摄

感到新奇，他忍不住赞叹这是"很人性化的设计"。他兴致勃勃地把自己在中国国家馆门口的照片发到微博上。

这一天，加措活佛一共发了12条微博。他把自己印象最深刻的观感发到微博上：一种爱，一样的生命，一个地球，就是我们的家。世博会，六个家庭一个村，扎西德勒。

90岁的新四军老干部杨启华，今天一早就坐着轮椅进了世博园。他平时很少出门，但自从听说要办世博会，就要求家人带他来看看。"早上孙辈开车送我到世博专线车站，我们一路上都得到照顾，志愿者还把我们带到无障碍通道，很快就进了园区。"

一些热门馆动辄要排三四个小时的队，让杨启华的家人感到担心，"怕太挤，老人身体吃不消"。但是在一些馆门口，他们得知，70岁以上的老人可以不用排队，直接进馆参观。这让他们觉得很舒心。

今天，许多老人都在家人陪伴下进世博园参观。91岁的莫林和80岁的君青相约一起来看世博会。莫林坐在轮椅上，由58岁的女儿推着，君青穿着碎花衬衫，精神很好，看上去只有五六十岁。她告诉记者，她们都是当年的新四军战士。

君青14岁就和南通的学生一起，冲破敌人的封锁线，走向解放区抗日战场，她还参加过著名孟良崮战役、渡江战役、解放杭州和上海的战役。走进世博园后，她们参观的第一个馆就是日本馆。君青反复强调，这没有什么特殊含义，只是日本馆恰好离她们走的入口最近。

和日本人作为战场上敌人的年代早已过去，老人心平气和地参观了日本馆。她们印象最深刻的是中国送给日本朱鹮的故事，因为中国的帮助，让日本重新有了朱鹮——日本的国鸟。

28个月大的王俊夫，自从被抱进世博园后就不愿意回家了。看到园区里太空人舞蹈表演，他也跟着扭动起来，引得电视台的摄像记者追着他一通猛拍。妈妈在宝宝双手手臂上用圆珠笔写下了自己的名字和手机号码，因为"宝宝平时就喜欢和妈妈玩躲猫猫的游戏，怕人多走散了。"

王俊夫的父母来自外地，现在上海工作。妈妈从公司订购了20张世博园的门票，准备每周至少带宝宝来看一次世博园。在全球青年创新之旅展馆，用蓝牙控制的机器人引起了王俊夫的兴趣。他要妈妈抱着他，这样他才能够看到展台上的机器人。

70出头的新加坡籍华人朱英彪这几天马不停蹄在世博园转场。4月30日晚上，作为受邀的88名港澳台侨胞之一，他有幸参加了开幕式。今天一大早，他又开始了参观世博园的"世界之旅"。对朱英彪来说，周游世界不是什么难事，他的企业差不多覆盖了整个东南亚地区——从新加坡到香港，还有上海，马来西亚，越南。可他对世博园之旅还是充满期待。"毕竟这是中国期待了100多年的盛事。"

朱英彪在上海也有住所，他计划要停留一个月，"好好看看世博会里的世界"。

被称为"体育外交家"的何振梁，足迹早遍布全球，但今天仍和几位老友相约世博园。每到一个馆，他都要回忆当年他去过这个地方时的景象。还不时问问场馆的工作人员，现在那里是不是还维持原貌。

在奥地利馆，当工作人员告诉他每隔几分钟，就会有一场微型的演奏会时，他惊喜地问，是华尔兹吗？在坐下来欣赏华尔兹的过程中，这位老人的腰板挺得直直的，似乎真的又回到维也纳金色大厅。

蒋韡薇

2010 年 5 月 2 日

富士康流水线上凋零的青春

不到半年，富士康跳楼事件的受害人数已经上升到 9 个。在此之前，富士康每年也都有自杀事件发生。

富士康新闻发言人刘坤介绍，9 名员工有两个共同特点，一是年纪小，18 岁到 27 岁之间；二是入职时间不长，进厂工作最长的是一年半，最短的只有 28 天。

在这家全球 500 强、世界最大代工厂，90 后的队伍正在逐渐壮大。记者在该工厂某车间进行了初步统计，发现 900 多人的员工中，90 后有 270 多人，接近总数的 1/5，剩下的 600 多人全是 80 后。

而在这 9 起跳楼事件中，20 岁左右的 90 后占近一半。其他的都是 80 后。

他们有的是婚恋和情感上遇到挫折，有的是家庭出现变故情绪低落，有的是精神异常导致悲剧。比如来自江西的饶某因感情纠纷，在跟男朋友通电话的过程中赌气跳下；李某因患有特殊疾病，年龄较大没找到女友，精神压力很大。

另外，所有事发员工还有一个共同的身份：新生代打工者。资料显示，80 后、90 后目前在外出打工的 1.5 亿农民工里面占到 60％，将近 1 个亿。而在富士康的基层员工中，80 后、90 后打工者，已经超过了 85％。

一样的打工，不一样的理想

富士康工会副主席陈宏方讲了他眼中三种典型的富士康年轻人。

第一种是家庭条件较好，出来不是为了挣钱，主要是看世界，在北京、上海、广州这些大城市转过一圈后，再回去成家立业。有个富士康员工，月工资只有 2000 元，但愣是从家里要了 4 万元买了辆小车开。

第二种是家庭条件差，出来打工，把每年挣的钱都攒下来，3年攒到五六万，回家盖房结婚过日子。

第三种有理想、有事业心，能吃苦，利用富士康提供的从专科到博士的培训，实现自己的理想。目前富士康在企业课堂"充电"的就有8000多人。

这几类人多来自偏远农村。有的人以前过的是走4小时山路才能到乡里的日子，突然到城市生活，面对摩天大楼、灯红酒绿，很容易产生失落情绪。

陈宏方说，九连跳中有个自杀者，就是这类情况。刚来时连冲厕所都不会，一出门就不认得路，生产线上工作也跟不上别人，到哪里都要排队，觉得自己特别没用。

记者在富士康调查时发现，这些当事人都很年轻，除一名27岁外，其他的年龄都在18至23岁之间，均来自农村家庭，入职时间比较短。根据企业提供的资料，这些人并没有过度加班的记录。

其实，如果这些人发现自己不适应工作，马上离职，或者在事前能得到劝导和关怀，悲剧很可能避免。陈宏方坦承："还是由于我们工作做得不够，没有帮他们把心中的压力释放出来，才导致了这种结果。"

深圳市社会科学院院长乐正分析，这些刚踏入社会又背井离乡的孩子，一旦出现精神困惑，在陌生的环境下又不知该向谁倾诉，这时如果整个社会的心理调适机制没有适时跟进，很容易出现问题。

而深圳市总工会在对富士康坠楼事件调查后，批评富士康在管理方面存在漏洞和不足。富士康85%以上的员工为80后、90后，这些新生代农民工对企业现有的管理模式、制度和方式方法有要求变革的强烈冲动，企业本就应该及时加以调整和改变，不断适应这种变化，才能避免不必要的伤害。

40万人挤在不到3平方公里的土地上

"富士康只是一个企业，不能承担一个城市的社会职能。"面对众多学者专家的解剖，刘坤坦承。

富士康作为一个世界级代工航母，用工人数很大。仅在深圳龙华、观澜两地就有40万员工，相当于内地的一个小城市。

虽然人数和一个城市类似，但其他指标却远远逊于城市。城市里最基本的元素是家庭，但这里却是单个的个人；城市里有公益化比例和占地面积都很高的社会化设施，而这里虽然有网吧、游泳池等诸多公共设施，却难以满足几十万人的使用；另外，富士康也仅仅在近期才成立了"关爱中心"这样的专业心理咨询机构。

40多万人，就挤在不到3平方公里的土地上。"一到下班时间，这里摩肩接踵，比深圳最繁华的中心城区华强北还热闹，走到路上都要侧着身。"刘坤说。

5月17日，记者在地处龙华的富士康园区探访看到，一些外来参观者经常用"震撼"两个字形容观感。这里有标准的足球场、有三甲医院、有企业大学，内设有情侣座、卡座、包厢座的网吧，不仅可以免费上网，还可以免费点餐。"在深圳，企业如果有1个标准化的游泳池就不错了，我们有5个。"陈宏方说。

人们似乎并不能理解在硬件条件最好的深圳园区尚且能发生这样极端的事件，那么，在全国其他的富士康园区为什么没听说这种现象？

同样不能理解的是员工的流动率。富士康基层员工留在厂子里的时间，正在从几年前的3年降到现在的一两年。富士康龙华园区资深副经理万红飞介绍，基层员工的流动率，在2004年、2005年，大约每个月为2%、3%，现在增加到4%、5%，几乎增加一倍。

9连跳发生后，富士康厂区门口的招聘点，依然有大量的人前来应聘。记者了解到，只要有报名者，几乎100%能被招进去。甚至，富士康还出台了一项特别措施，每位富士康员工只要能从老家将自己的亲戚朋友拉来做工，另有相应的现金奖励。

流水线上的青春

在富士康厂区，随处可见"魔鬼藏在细节里"的标语。这里的管理、运营乃至价值观，都堪称细节化。

每个人胸前都挂着一张工牌。用这个牌子，可以进出大门、到食堂用餐、上下班打卡。每张卡的背后都留有火警、匪警、工会、医疗、餐饮等方面的查询电话。

每位员工从流水线上下班以后，就连吃饭也是从传送带上拿饭盒，然后找到位子去吃。每天，位于厂区的中央大厨房都会源源不断地将按比例配置的饭食用锡纸包好，按时间分别供应到各个餐厅。

甚至，员工日常着装规范也被具体到这样的细节：夹克的拉链不拉或者拉到一半都是不规范的，要拉到前胸位置。

记者不止一次来过富士康园区，但每次来都要有厂区内部人员来接才能进入。白天走在厂区的马路上，很少见到闲逛、嬉笑的人群，每个人似乎都有明确的目标，直奔而去。

记者提出利用员工的午餐时间采访，但被笑着拒绝了。原因是：一个普工生活的一天是这样的：6:50 起床，洗漱、早餐，步行到公司，穿上统一的工作服；8:00 准时上班，中午 11:00 下班，一个小时的吃饭休息。下午从 1:30 ~ 5:30 上班，再吃饭休息一小时，晚上 8:00 下班。中午一个小时的吃饭时间，如果算上排队等待和来回走路的时间，吃饭的时间只有十几分钟。

而在一个宿舍内部，舍友间的关系并不密切。每个人进厂后都是随机被分配到一个宿舍的。陈宏方告诉记者，富士康工会在开展心理辅导讲座时，曾做过这样的事，有工人能说全自己室友的名字，便奖励现金，但是，绝大部分人答不出来。

即使是个别性格开朗的人，也容易被这样的生活同化。自杀的员工之一卢新就是如此。这个曾经报名参加过"快男"比赛，唱歌、跳舞、旅游样样喜欢，和同事关系也不错的大男生，就在自己自杀的前 3 天，写了一条 QQ 签名：一切都过去了。

这个湘潭大学毕业的大学生，其实早就被列入干部储备班名单，可能再熬上一段时间，就可以晋升。但是，在富士康，"干部层次一共分为十四级，从师一级到师十四级，新人进来从师一级开始，两三年调升一级，要调到师四五级这样的管理职位大概要十年工夫。"

一位在富士康工作十多年的男青年，今年 35 岁，月薪 8000 元，手下管理着一个 900 人的车间。谈到这一让人艳羡的成绩，他摊开手掌，向记者数起自己已经拿到手的各种证书和文凭，不一会儿，两只手都数完了。

刘志毅，这个卧底富士康 28 天的《南方周末》实习记者，很惊异偌大的一个厂区，竟然连一个老乡会都没有。"每个人在厂区里面活动，但每个人都成了彼此的影子，互相连姓名都不会多问。"

在刘志毅看来，一个人在社会理应有很多层的关系，并且成为一张网。但是在富士康，一个人除了生产线外，几乎没有其他的集体关系，仅此单一的社会关系，他们每个人都成了一个孤立的点。永无休止地面对机器，一旦遇到难以承受的焦虑与压力，最容易自杀。

像对待灾难一样进行社会援助

"什么？又有人要跳楼？" 5 月 17 日，正在接受记者采访的富士康新闻发言人刘坤竟然接到了这样的电话。细问之后才知道，一位富士康女员工与同在该厂上班的丈夫吵架，其夫声称："富士康那么多人跳楼，你也去跳楼吧！"

经过员工关爱中心的连续疏导，该女工的情绪逐渐平复，但留给人们的惊讶却远远没有平息。刘坤告诉记者，员工关爱中心每天都会接到很多员工的见面咨询和电话求助。

为了杜绝坠楼事件接二连三地出现，富士康从 4 月上旬开始"花钱买信

息"，任何职工只要发现身边的同事情绪异常，便可通知心理医师或者部门主管。若情况属实，公司奖励200元，目前已经成功控制了30起类似事件。

"现在最担心的就是自杀事件会对其他员工造成心理阴影，这种负面能量一旦流动起来，在一个以80后、90后为主要群体的人群中是很危险的。"长期从事社会心理咨询工作的孙淇老师说。

"自杀可能跟很多原因都有关，但一定是综合力量作用的结果。"孙淇认为，初到陌生的城市打工，工作压力大、身体出现状况，再碰到婚恋问题，在没有得到社会帮助的时候，那些沉淀下来的深层次的没有解决的问题就会跳出来，成为压垮他们的最后一根稻草。"即使只是一根稻草，力量也足以让人崩溃。"

专家们认为，之所以在短时间内发生多起自杀事件，跟心理暗示有关。"有的时候，做了某件事，才发现自己已经受到了某种心理暗示。比如9连跳事件中的那名女子能够生还，是因为在跳下去的一瞬间突然后悔了，做出了自我保护措施……"

刘坤说："新员工刚进厂没多久就出事，说明富士康对他们的人文主义关怀不够。近一两个月来，发生一连串突发事故，说明我们在管理上出现了问题。"

刘坤介绍，富士康也开始重视员工的心理异常波动，并为此展开了针对员工心理干预的措施。但是，仅有企业自身的心理援助体系是明显不够的。孙淇告诉记者，心理治疗领域一般都是以不求助不治疗为原则。因为只有当有人发出求助信号后，进行心理救助才有效。

深圳市社科院院长乐正也告诉记者，富士康作为一个企业，很难承担社会、政府应尽的责任。富士康上班时可以管着你，下班后就不管了。在当下这种完全竞争社会下，必须明确，在发生这类事件中，第二责任主体是谁?

乐正认为，地震灾情发生后，马上有社会援助组织等社会资源介入，而且是在第一时间内。富士康发生跳楼事件后，还没有一个社会组织能够介入，实际上，整个社会对目前事件中的员工心理、生活的关注还存在很大的空白。政府应该出面委托一家专业的机构进行专题调研，或者另行安排一个独立的调查机构，对此进行专项调查，提出整改意见。

孙淇表示，事件发生后，她已经和几个同行商量过，如果有可能，他们愿意作为社会援助组织介入。

刘　芳

2010 年 5 月 20 日

脚注：自 2010 年 1 月 23 日至 11 月 5 日，富士康科技集团园区连续发生 14 起跳楼事件，引起社会各界乃至全球舆论的关注。本文在第九跳时初步调查分析了"富士康连跳现象"的成因。

大蒜"华尔街"上的预期与博弈

6月4日下午5点，山东金乡胡集镇戴楼村。

戴梦珠蹲在地里剪蒜辫，身后是父母、爷爷在刨蒜，弟弟则在捡蒜。这名高一女生说，家里种了7亩蒜，这是最后一块地没有收，说起蒜价，她揉着左肩说："一会上来一会下去，不知道蒜价怎么样。"

不远处，50岁的戴长海坐着小马扎正在起蒜。他家5亩地，以前一亩能产两三千斤，今年天气不好减产，每亩产1500斤。

他说蒜商到地里来收蒜，价格要到2.9元/斤。但今年雇人费用涨到一亩800元，他决定全家自己弄省点工钱。儿子今年高考，大女儿戴颜菊本来在浙江一家外企打工，这次专门请了假，回来收蒜。

头围毛巾、双手涂着蓝指甲的戴颜菊说："干不来也得干。"

大蒜"华尔街"上的七嘴八舌

正是大蒜收购的季节，装运大蒜的各种车辆挤满了金乡县城周边的公路。在金乡县城南店子市场更是一车一车的大蒜，有人称这里是大蒜"华尔街"。

做了13年大蒜生意的小苏，在鲜蒜上市后已经是第8天拉蒜来卖了。"3日下午，蒜价还是3.5元/斤，今天开价才2.8元/斤。价格有些低，可能是昨天下雨吧。"

"听说国家还要出台政策，我觉得政府不要干预价格，现在是正常运营，以前蒜价最低的年景，一袋蒜换俩烧饼。找媳妇都不好找。"一些卖蒜的经纪人围拢来七嘴八舌："今年主要是减产，本身就值这些钱，我们认为没有炒作。""蒜价没有最高只有更高。"

"老实说我们也不希望价格过高，其他地方都种，价格就跌了，这个价格不算高，现在消费也高。"

从济宁来收蒜的老郝认为价格还是高，决定等着收干蒜，但这一天，他还是运来了验钞机、保险柜，预定了冷库，准备开始工作。

这一天上午，金乡县委领导召开本地大蒜出口加工企业和金融部门座谈会。据县委宣传部的同志讲，与会者担心国家打压价格，担心市场不平稳，特别是国家发改委等部门的人员一直在金乡调研，一些大户还被谈过话，市场上弥漫着对中央部门调研的恐慌。

一家金乡金融机构负责人说该行总部已经将大蒜列为放贷高风险产业第一名。

金乡人一直否认有游资进入市场。"如果有上亿的资金进入市场炒作，这就需要上百人为他收蒜、储存。这在金乡这个小地方，不可能没有信息传出来。"

金乡县委书记张胜明提出稳定情绪，鼓励银行放贷，并且明确表示，大蒜5%的出口退税不会取消。

如何走出暴涨暴跌怪圈

大蒜素有"白老虎"之称。山东一品集团执行总裁曹梦辉认为，大蒜风险和失控来自大蒜市场本身的无序性和不均衡性。最典型的就是，2006年大蒜价格暴涨之后就经历2007年和2008年两年连续暴跌，最低价格只有每斤不到一毛钱！给大蒜产业造成毁灭性打击，也正因此，2009年大蒜价格出其不意地猛涨，像一匹脱缰的野马冲出人们的心理防线。

"2008年到2009年大蒜低谷的时候，全国大蒜出口只有3.8亿美元，但是2007年，卖了14.8亿美元，市值蒸发了多少？"

由于缺乏宏观指导，地区之间盲目扩大大蒜等农产品种植面积。全国每年正常出口在150万吨到170万吨，但2008年全国库存大约在240万吨，过剩储备导致暴跌。暴跌以后对产业产生了影响，大蒜种植面积官方统计是 1250 万亩，实际有 1300 万亩到 1400 万亩，2009 年锐减到 900 万亩，减少了 400 多万亩。

"当时我们曾希望政府成立一个大蒜救市基金，当年最低蒜价才 5 分钱一斤，100 块钱 1 吨。1 万吨才 100 万元，希望国家拿出 1 个亿消灭 50 万吨大蒜库存。但是没有人去消灭过剩的储存量，造成市场储备量失衡和供应量失衡。"山东一品集团副总裁苏骞说。

苏骞认为，"充分竞争给大蒜市场带来的是没有控制、没有计划的任意发展，大蒜市场需要多方面的合理干预，只有在政府的合理干预控制下，加上龙头大企业的合理垄断性调控，才能使之回归健康、平稳、平衡的良性发展之路。"

近年来，发菜、冬虫夏草、牛蒡、芦笋、蘑菇、辣椒、绿豆等十几个小品种，陆续成为游资炒作的题材。我国政府主要调控 602 个大项，而对之外的小品种调控是滞后的。

曹梦辉建议，遏制恶意炒作的最好办法是对农产品的价格保护，通过政府调控补贴平抑价格；这是"调"。除了"调"之外，国家可以"控"，大蒜每年的种植产量、单产信息，相关政府部门可以密切监测，建立一种信息传递、发布机制，最重要的是排除各类干扰因素，掌握最真实的数据，用数据引导产业健康发展。

他认为，这些措施不是干预商品经济，而是对整个农业的有效保护。他说，美国实行的是自由的商品经济，但是美国对本国具有产业优势的农产品实行的却是类似"计划经济"的一种体制，这种体制通过减产补贴、价格补贴、出口补贴、无追索权贷款等方式，最大保护了美国的优势农业。"从农产品价格收入保护政策所涉及的范围来看，美国有几十个保护项目，而我国仅有几个项目。"

他介绍说，欧盟的目标价格正成为农产品价格变动的"上限"，此外，欧盟还制定了干预价格（一种最低保护价）来确定农产品价格变动的"下限"，当农产品市场价低于干预价格时，政府按照干预价格进行收购。

日本也有相类似的"最低价格制度"和"稳定范围价格制度"，日本的贸易商收购农产品时不得低于"最低价格制度"，当市场交易价低于"稳定范围价格制度"的下位价格时，由政府机构收购。

曹梦辉说，大蒜产业作为有影响的产业应该由政府着手建立中国大蒜银行及中国大蒜基金，指导大蒜企业上市进入国际资本市场，引导中国大蒜期货市场并逐步向国际农产品期货市场靠拢，并针对大蒜资源优势推出大蒜保险业的新农业经济发展体系。

郑燕峰

2010 年 6 月 7 日

小作坊吵翻世界杯

浙江女人江夏娟和世界杯似乎毫无瓜葛：她看不懂足球比赛，也不认识球场上的明星大腕。即便当她坐在工厂里，忙活着为手里的塑料喇叭割去毛边时，她嘴里的话题也是结了婚的儿子、学会走路的孙子，而不是离她很远的某一场球赛。

她当然不知道，她手里这支司空见惯的喇叭，有一个外国名字叫"呜呜祖拉"。她也不会料到，在南非进行的那些与她毫无关系的球赛中，这种喇叭发出的巨大噪音，几乎"把全世界都吵死了"。

在南非，以及在世界杯波及的所有角落，从江夏娟手下造出的这支喇叭都成为了人们关注的焦点。德国足球队的队医在考虑要让队员们戴着耳塞上场；法国球迷形容自己仿佛坐在"一群蜜蜂"中；甚至，一位西班牙作家在自己的专栏中愤怒抱怨："呜呜祖拉已经让我们全都要发疯了！"

但对这个 45 岁的农村女人来说，那支喇叭不过是为她带来每小时 6 元钱收入的一份生计。6 月 25 日，在位于浙江省宁海县大路村的这个院落里，她和她的工友们有一搭没一搭地聊着天，而制作呜呜祖拉的工作，仿佛只是为了填补聊天的间隙。

这里有一个响当当的名字，"吉盈塑料制品厂"，但它只是由老板邬奕君的家隔出的几个房间。这里工人也大多是隔壁的邻居，或者干脆是老板的亲戚。

"其实我这里只是一个家庭作坊……"说这话的时候，这个浙江男人脸上露出点不好意思的表情。

但就是这个家庭作坊，在过去的一年里，造出了超过一百万个"吵死全世界"的呜呜祖拉。它们大多数被运往南非，然后通过电视转播，响遍全世界。

不过，无论是对于江夏娟和她的工友，还是老板邬奕君，这些声音离他们的世界都有些太过遥远了。

"没想到，中国的足球没进世界杯，我们的喇叭倒先进去了"

要不是呜呜祖拉吸引来众多记者，邬奕君的工厂很容易就被淹没在周围的民居里，引不起人们注意。这里没有匾额，也没有指示牌，刷着水泥的院墙泛出了发黄颜色，上边已经被偷偷写上了"疏通管道""钻孔"的广告。门框上唯一残存的一片对联，不仅被雨水冲刷得褪去了颜色，连字迹也模糊了。

来访的大多数记者都不会想到，这个呜呜祖拉最重要的"生产基地"，会如此寒酸。穿过一个连门都没有的库房，老板的丈母娘会从右手边的厨房中探出头来打招呼，而在那个由客厅改装而成的加工车间里，一边拉家常一边忙着加工呜呜祖拉的女工们，还会停下手中的活计，微笑着点头打招呼。

那些闻名世界的南非喇叭在这里灰头土脸。它们被码放在几个带着破洞的灰绿色编织袋里，或者有些随意地排列在地上。还有一些被放入了几个并排摆放的箱子里，等待着被运到南非，或者其他遥远的地方。

在过去一周的时间里，已经有几十家媒体慕名找到这里，有中国人，也有

北京时间6月24日22时，世界杯F组斯洛伐克对意大利的比赛在南非约翰内斯堡埃利斯公园体育场举行。图为现场球迷吹着"呜呜祖拉"为喜爱的球队助威。刘占坤 / 摄

外国人。一个工人在接受采访时忍不住摸起了后脑勺："这么一个小小的家庭作坊，每天却有这么多记者来，我们都不好意思了。"

不管怎么说，这家只有十来个工人的加工厂，借助着呜呜祖拉的声势变得抢眼起来。它的工人几乎全是女性，其中大多数来自本村，只有两个打工者是从云南来的。经常有记者试图耽误她们手里的工作，请她们谈一谈足球、世界杯或者呜呜祖拉，这些她们非常陌生的词汇。

因为来的记者太多，这些从来不看球赛的女人，如今也开始谈论一下南非世界杯。31 岁的邬金燕终于找了个机会，在世界杯比赛的转播中看到了球迷吹呜呜祖拉的画面。她兴奋地凑过去："这喇叭好像是我们做的？"而江夏娟好不容易在电视上看了一场球，却没留下什么好印象："一会儿有人飞踢一脚，跟打仗一样……"

在此之前，她们对世界杯"连听也没听过"，但如今，面对外国记者的摄像机，邬金燕已经会笑着大声发表自己的感慨："没想到，中国的足球没进世界杯，我们的喇叭倒先进去了。"

想了想，她又补上一句："中国一支队伍都没进去，我没说错吧？"

"这不是我们生产的那些长喇叭吗？"

连老板邬奕君都是很晚才意识到，自己的喇叭进了世界杯。他宣称自己是个真正的球迷，尽管他已经很久没看过足球比赛了。

6 月 11 日，当邬奕君坐在电视机前，看着世界杯开幕后首场比赛时，这位老板一直感到奇怪："今年的世界杯怎么这么吵？"

第二天，当看到电视新闻里出现呜呜祖拉的照片时，邬奕君吓了一跳："这不是我们生产的那些长喇叭吗？"

除了接受采访和接待客户，多数时间里，邬奕君都待在自己楼梯拐角处的办公室里。这个小小的房间的地面上铺着简陋的蓝色地板革，靠窗的地方摆着一只红木茶几，上面放着一台笔记本电脑，一台计算器，还有一些打印资料凌乱地摊着。

这个留着平头、穿着深色衬衣的年轻老板常常坐在茶几前一把矮小的竹凳上，他总是歪着头，用耳朵和肩膀夹着手机，向客户确认订单，右手的手指则在键盘上不断敲击，应付着那些排队等待出货的焦急的客户。

他从年轻时就开始和塑料打交道，自己也在车间里操作过吹塑的模具。如今为他带来巨大商机的塑料制品，年轻时曾给他带来巨大创伤：19 岁那年，机器夹断了他的左手。不过现在，很少有人知道这些，面对外人，他总是把左手藏在自己的口袋里。

邬奕君生产呜呜祖拉的灵感，来自一幅外国漫画。2001 年，他在一张黑白的漫画中看到，一个"原始部落一样"的非洲土著人一边跳舞，一边把一个长长的喇叭横在胸前。图片下方的文字说明介绍，这是一种竹子做的大喇叭，是当地人用来驱赶猩猩的。

"也许它可以做成球迷喇叭。"成天琢磨着生财之道的邬奕君，用黑色塑料仿制出了几个，而且根据图片说明的内容，他还把这个牛角形状的喇叭做成了像竹子一样一节一节的样子。

当时，因为工厂准备从塑料水壶转行做球迷喇叭，这个浙江男人对所有"能发出声响的东西"都特别感兴趣。他做出的喇叭，有的是圆筒形，需要从侧面吹响；有的是由三个大小不一的喇叭并在一起，吹起来像和弦一样；还有的喇叭，从外形看起来就像一个啤酒瓶。这些不同的喇叭样品，与那个黑色的呜呜祖拉一起，被送去广交会、义乌小商品市场，并且被拍成照片，挂在了阿里巴巴网站上。

不过，直到一周前，邬奕君才从一名记者口中获知"呜呜祖拉"这个名字。在此之前，他曾经听外国客户把它们称为"威欧威欧"（VOVO），但他自己却只是笼统地叫它们"长喇叭"，就像那些同样躺在样品区的"三音喇叭""横喇叭"和"酒瓶喇叭"一样。

在德国世界杯上没人理睬的喇叭，竟然会在南非世界杯上卖疯了

邬奕君原本计划着，用这种"独特"的喇叭在 2006 年德国世界杯上大赚一笔，结果，它们根本无人问津，反倒是另一种国内常见的三音喇叭，一下卖出了 20 万个。

"也许是因为这种喇叭很难吹响吧。"邬奕君这样跟记者解释。圆锥形的呜呜祖拉只是一根空心的塑料管，很多人吹到头晕也弄不出声音来。

随后的几年，邬奕君几乎忘记了这种从没大规模生产过的喇叭。直到 2009 年的 7 月，一个黑人从义乌小商品批发市场找到他的工厂，希望购买 1000 个呜呜祖拉。

邬奕君并不知道，一个月前，在南非举行的"联合会杯"足球赛已经让这种名叫呜呜祖拉的喇叭名扬世界。他更没有想到，这种在德国世界杯上没人理睬的喇叭，竟然会在南非世界杯上"卖疯了"。

邬奕君花了一个星期的时间修改模具，很快交出了这笔订单。随后，来自欧洲、非洲的贸易商也在网上找到了他，订单的数量逐渐增长到几万个。

真正"震"到他的订单出现在 2010 年。大年初二那天，邬奕君接到电话，一家来自比利时的经销商希望他能够发几个样品，并且点名要"荷兰国旗"的橙黄色。样品寄出后没多久，他收到了回复：对方下了订单，购买数量是 150 万个。

"不睡觉也做不完啊！"邬奕君最终接下了 80 万个的订单，两个月后才全部完成。

四月底的时候，邬奕君完成了来自南非的最后一笔订单后，就觉得世界杯的生意已经结束了。两国海运的距离需要三十几天，再晚一些，货物就无法在比赛开始前到达南非。

谁知在世界杯开始后，人们迅速发现了许多呜呜祖拉产自中国，并且很快找到了位于浙江和广东的几个重点生产厂家。随着越来越多人涌入这个小小的院

落，邬奕君发现，自己的厂子真的"红"了。

他不断地接到各式各样的电话，有些要求采访，有些则是希望拿到工厂的销售代理。自己超长待机两个星期的手机电池，往往不到一天就没电了。许多国内的商家也开始从这里订购呜呜祖拉，卖给国内好奇的球迷们。负责调色的工人发现，"只要有球队出线，它的那种颜色马上会有订单"。工厂的几个工人日夜不停地赶工，而邬奕君每天在电脑前坐到凌晨一点，才能把网上的订单要求一一回复完毕。

邬奕君的工人们一直在努力地加班加点。江夏娟手中锋利的小刀好几次差点削到自己的手指，而另一位负责吹塑的女工郭登翠，右手的大拇指上又多了几个水泡留下的疤痕。不过，对她们来说，每个月的薪水也往上涨了不少。

每天，由她们制造的呜呜祖拉都会被整齐地码放在纸箱里，搬上火车，运上 S034 省道，然后再驶入甬台高速。从这里向西 130 公里，是中国最大的小商品批发市场；向北前进 50 公里，是与 600 多个国际港口相互连通的宁波—舟山港。那一箱箱的呜呜祖拉，就是从这里，被运送出国，最后到达了遥远的世界杯赛场上。

"至少，现在我不用晒太阳了"

38 岁的郭登翠每天能造出 800 个呜呜祖拉半成品，却从没听过它在世界杯赛场上"吵死全世界"的声音。

她的工作是为喇叭吹塑。在她手中，这些呜呜祖拉还是像瓶子一样的形状，不仅吹不出声音，而且稍不留神就会透过两层的毛线手套，烫到自己。

不过，她的工作环境并不缺乏声音。在一座红砖外墙的平房里，机器的轰鸣声，一台半人高的风扇吹出的呼呼风声，以及模具撞击发出的金属敲击声混杂在一起，人们常常需要靠近大声喊，才能听得见彼此说话的内容。

这里是邬奕君的另一处厂房，几个工人在这里完成制作呜呜祖拉的前两个

江夏娟、邬金燕和几个工友在邬奕君家里的厂房中，对呜呜祖拉进行修整，并把它们装入纸箱当中。付雁南／摄

步骤：混料和吹塑。负责混料的工人需要把塑料调配出符合要求的颜色，有时候是代表巴西的黄色，有时候是代表英格兰的红色，当然，订单最多的，还是体现东道主特色的，南非国旗上的墨绿色。

而郭登翠所负责的吹塑，则是把加热后滚烫的塑料，加工成呜呜祖拉的外形。

坐在南非世界杯球赛看台上吹响呜呜祖拉的人，想必很难体会郭登翠的艰辛。工作间的空气弥漫着塑料加热的刺鼻味道，她始终站在那台小小的注塑机前面，不断地踩下踏板、再松开。她的手一次次地从混料机中取下一段段橡胶管一样软软的塑料，捏住两端、拉长，然后慢慢放入模具中。

等到充气结束，原先的"橡胶管"已经按照模具的样子，像气球一样膨胀成喇叭的形状。她又要拿着这些依旧滚烫的喇叭，放在工作台上，等待它们变凉、变硬。郭登翠戴着双层的毛线手套，其中一只已经破掉了两只手指，塑料的热气透过毛线的缝隙钻了进去，在她的大拇指上留下了一个个棕色的水泡疤痕。

这个来自云南的外地女人在厂房里总是面无表情，也很少和周围的人说话。她只是一遍又一遍地重复着这些动作，并把那些半成品丢入旁边的编织袋里。如果有记者前来采访，她偶尔会吐几个字作为回答，但大多数时候只是长久的沉默。

每做出一个塑料的半成品，郭登翠能挣 1 角钱。一个月下来，她的收入有 2000 元。原本，加上丈夫的收入，两个人一个月还能存下来一两千。夫妻俩带着女儿在这个江南的村子里定居了下来，很快，他们又生下了一个儿子。

但这种令人满意的生活在去年画下了一个休止符。一向身体不错的丈夫突然因为腰病倒下了，这个没读过什么书的妻子讲不出丈夫的病症，只知道他在很长一段时间里没有办法工作，去医院检查、治疗又花光了家里大部分的积蓄。

于是，在丈夫这两天恢复工作之前，家里每个月只有她一个人的收入，却要维系四个人的生活，还要帮丈夫支付几百元的药费，这几乎让这个家庭捉襟见肘了。

跟郭登翠做同一个工种的几乎都是她的同乡。郐奕君的弟弟私下透露说，这个工作其实非常危险，常常有工人被紧紧密合的模具夹断了手指，如果是外地打工者，还能赔些医药费；如果是本地人，那根本都赔不起。

但这些都没有吓退郭登翠。她自己从来没想过要放弃这份工作。她甚至觉得，这份工作"比起以前在家里种地来说要好多了"，"至少，现在我不用晒太阳了"。

打开话匣子以后，她也会多说几句。在厂房轰鸣的噪音中，郭登翠凑近记者的耳朵大声喊道："其实我也没有办法。毕竟老公身体不好，我要养这个家。"

说这话的时候，是下午 6 点，这个母亲、妻子在回家伺候儿女吃过晚饭后，又准时站在了自己的工作岗位上，面无表情地重复着那些机械的动作。世界杯在十几天以后就会结束，但她并不知道自己的辛劳会持续到什么时候。

"世界杯什么都是中国造的，只有球队不是"

与此同时，郭登翠的女工友们也回到了另一处厂房里，开始继续自己的工作。

这个厂房位于几十米外的邬奕君的家里。江夏娟和她的同伴们坐在房间的门口，没有噪音，也没有刺鼻的味道。她们中的一部分人负责把这些半成品"瓶口"和"瓶底"割掉，让它们有了喇叭的样子；另一些人则是负责把所有的角落修整光滑，并为它们做好包装，放入纸箱当中。

江夏娟刚刚在自己的家里吃完了晚饭。她的家就在邬奕君院子的隔壁，为此，她总开玩笑说，每天的工作就好像去邻居家聊天一样。她右手握着一把小刀，沿着喇叭的顶部、底部和两侧来回滑动，把尖锐的倒刺都削下去。为了防止小刀把手磨出水泡，她的右手戴着厚厚的毛线手套，而在不同颜色塑料碎屑的沾染下，这只手套已经看不出它本来的颜色了。

邬金燕负责的是割掉"瓶底"，她自己形容的则是"割屁股"。她几秒钟就可以处理一个喇叭，一天下来能割2000多个，并为她带来一个月近2000元的收入。这让这个"老板的小姨子"自豪不已："不是每个人都可以做这个的！"

在夏天的江南，邬金燕的手上也戴着厚厚的手套，因为害怕锋利的小刀割伤了自己。这些女工并没有真的受伤的经验，曾经有人一个不小心，在手套上划破一个黄豆大小的洞，大家就连忙大惊小怪一番："真要划到手上，那还得了啊？"说完又嘻嘻哈哈地笑起来。

因为订单增加而造成的加班赶工，这些风靡世界的呜呜祖拉，以及如火如荼的世界杯比赛，的确在影响着她们的生活。尽管，这种影响与足球并没有太大的关系。

在这个江南的县城里，世界杯并没有展现出它一贯的魅力。即使在最繁华的商业区，也看不到有关世界杯的任何海报，晚上，这里的酒吧也没有增加与世界杯的任何节目。

"足球有什么好看啊，中国队踢得太差了。"江夏娟的儿子坐在饭桌前懒洋洋地抹了抹嘴，"我还不如去睡大觉呢。"

但对于那些女工而言，呜呜祖拉似乎给他们的生活打开了一扇通往世界的窗户。在邬金燕看来，如果没有这些喇叭，她和她的同伴们可能根本不会想到去看世界杯。因为"这地方乡下一样的，哪里会看这个"。

而现在不一样了，尽管她们看不懂比赛，但有人却在赛场上发现了其他新鲜的东西。在南非队比赛中，邬金燕第一次看到了黑人的模样。她坐在厂房里向同伴们描述自己的新发现："我们一直说南非世界杯，没想到南非人那么黑哦，连头皮都是黑的！就像……"

她四处看了看，最后找到了一个穿黑衣服的人："就像她的衣服那么黑！""不会吧？"几个女工讨论了一会儿，一起嘻嘻哈哈地大笑起来。

除了足球，其他关于外面世界的资讯也在涌入这间小小的厂房。有人向一位北京来的记者打听，去北京看看天安门需要多少钱、多长时间；还有人想去看看世博会，尤其是那个"像刺猬一样"的英国馆。

络绎不绝的来访者给她们带来了很多新鲜的消息。现在，这些女工中的很多人都能讲出几句点评世界杯的话语，比如"中国在世界杯没有缺席"，或者"世界杯什么都是中国造的，只有球队不是"。

"说明我们中国人脑子还可以哦。"邬金燕笑呵呵地提高了嗓门，"我们不会输给他们外国的！"

她们并不知道，在这次的世界杯上，除了呜呜祖拉，"中国制造"几乎涵盖了赛场的每一个角落，包括座椅、服装，以及那只被命名为"普天同庆"的足球。

甚至，为了对抗她们做的呜呜祖拉的噪音，就在几十公里外的浙江省东阳，已经有30万个耳塞被空运去了南非。

在足球场边同时还出现了中国企业的广告标牌，而中国企业也第一次成为了世界杯的官方合作伙伴。

"中国是世界杯上的第三十三强。"有个球迷这样调侃道。

发生在世界杯赛场上的故事与他们根本扯不上关系

不过，作为这"第三十三强"的一分子，邬奕君觉得自己算不上什么赢家。

世界杯开幕前销售的 100 万个呜呜祖拉，并没有让邬奕君赚到什么钱。每只喇叭的价格只有两元钱多一点，而利润只有一角钱，"基本上只是走走量"。而当这些塑料喇叭漂洋过海到达南非后，就立刻身价倍增，最高可以卖到 60 南非兰特，相当于人民币的 54 元。

邬奕君认为，这是国内的工厂相互竞争恶意压价造成的，因为"这个东西没有什么门槛，谁都可以做"。他声称，自己以后每设计一款产品都要拿去申请专利，不过，目前看来，最迅速的变化是他已经悄悄地涨了价，把每支喇叭的价格定到了 3 元钱。

意外获得的这个机会，让这个年轻老板的心思开始活泛起来。他不拒绝任何媒体的采访，并且在私底下联系了广告公司，希望帮助他制作一个网站，借助人们对呜呜祖拉的关注，让工厂"好好发展一下"。

相比之下，吉盈塑料制品厂的女工人，似乎并不像她们的老板那样，有什么明确的愿望。

对她们来说，不断涌入的订单，只是意味着以分或者角计算的工资又会上涨不少。

江夏娟觉得，自己每天去邻居家和同伴们聊聊天，干干活，一小时居然有 6 元钱的工资，自己的生活简直没有什么再需要改进的了。

郭登翠本来是有愿望的。在丈夫生病之前，她曾经计划着，存够了钱，先把家里住的房子翻新一下。这间屋子只有一扇小小的窗户，地面总透着阴冷的湿气，屋顶衬着一块防雨布用来阻挡漏雨，而已经变成灰色的墙面也被小孩子划满了无法分辨的字迹。

但现在，随着丈夫身体的垮掉，这些愿望也一起垮掉了。"家里根本存不下钱，以后还要养两个小孩……"她低下头，不愿再讲下去。

邬奕君坐在自己的办公室里
付雁南 / 摄

她们日夜赶工做出的呜呜祖拉，如今正改变着世界杯的赛场。6 月 25 日这天晚上，有一个著名的球星宣称，他因为呜呜祖拉的噪音而没有听到边裁的越位哨；而现场的解说员也为了对抗喇叭的声音而变得声嘶力竭。

尽管很多人讨厌这种刺耳的声音，但这并不妨碍它的热销。呜呜祖拉的"嗡嗡"声回荡在越来越多的地方，并且丝毫没有停歇下来的迹象。

但在千里之外，中国浙江腹地的这个小小村庄里，制造呜呜祖拉的人们各怀心事。发生在世界杯赛场上的故事与他们根本扯不上关系。

江夏娟已经下班回家匆匆躺下睡觉了，她"根本没工夫看电视"。郭登翠今天被排在了晚班，她正在节能灯惨白的光线下，一边重复着机械的劳动，一边对抗着自己的困意。而邬奕君还在忙着谈生意，即使是他最爱的西班牙队的比赛，也只能抛在脑后了。

他们的世界里飘荡着关于生计的故事，而那些呜呜祖啦的"嗡嗡"声，虽然吵翻了全世界，却很难飘进他们的生活里。

付雁南

2010 年 6 月 30 日

舟曲月圆村

泥石流灾害令舟曲的这个小村庄几乎失去了从幼儿园、小学到中学的整整一代人。或许村子会整体搬迁，或许"月圆村"这个名字会彻底消失

8月16日，舟曲县月圆村，薛贵忠用湿布擦拭着妻子满是泥土的左手，一枚戒指渐渐从无名指上显露出来。这位30多岁的七尺男儿再也止不住眼中的泪水，他流着泪将妻子裹进印有"龙凤呈祥"的红色被单里。

当天正值农历七月初七，是民间传说中牛郎与织女相会的日子。薛贵忠已经在这里等了整整8个日夜，等来的却是妻冰冷的尸体。

在8月7日夜至8日凌晨舟曲发生的特大山洪泥石流灾害中，位于三眼峪沟的月圆村损失最为惨重。泥石流钻进了村庄，摧毁了房屋，埋没了农田。据初步统计，全村200余户、700多居民，仅有70多人幸存，整个村庄遭受了灭顶之灾。

对月圆村来说，洪水并不陌生。它时常会因漫长夏季中突如其来的降雨而发作。至少在过去的一百年间，大多时候，洪水和村庄相安无事。顶多，泛滥的洪水会淹掉一两家房屋的院墙。在幸存老人们的记忆里，村里从来没有见过这么大的洪水。

薛贵忠家住月圆村91号，在舟曲县邮局工作。7日晚，因为加班他待在单位，而留在家中的父母、妻子还有10岁大的小儿子全部遇难。和薛贵忠一样遭遇的还有同村的何周林。

12日中午，何周林终于挖出了妻子的尸体。妻子的旁边，5个月大的女儿熟睡着，身上的红肚兜仍然完好无损。小生命还没来得及细细打量眼前这个陌生的世界，就已匆匆离开。这个30多岁的男人始终一言不发，亲戚们用一条黄色的

条幅将遗体四周围了起来，男人则用一口铝盆一遍遍舀满浑浊的河水，反复地清洗自己女人和女儿的遗体。洗毕，他一个人蹲在旁边，出神地看着，像是要带走什么似的。这或许是生者能留给死难的亲属最后的尊严。没有人能知道，这道泥石流划开的情感裂痕，需要多久的时间才能愈合。

65 岁的赵梅，在这次灾难中失去了 8 个孙子。"我的狗娃儿……"哀痛中，这个皱纹爬满额头的老妪呼喊着孙子的名字，向天哭诉："我的老天爷，可惜了我的 8 个孙子，我心疼得很呀……"

一个披头散发的聋哑流浪汉，走过月圆村，看着白花花的石头、面目全非的村庄，走一阵，便号啕大哭一阵。

那一晚，留在月圆村的村民，大多都遇难了。泥石流灾害令这个小村庄几乎失去了从幼儿园、小学到中学的整整一代人。8 月 16 日，对月圆村废墟的挖掘仍在继续，一些人被挖出来了，但还有很多人仍被埋在废墟之下。夜晚，所有的救援人员撤出月圆村，村庄陷入死一般的沉寂。废墟之下，埋藏了多少人的梦想，湮灭了多少人对生活的美好憧憬。

而对于村里的幸存者来说，因泥石流撕开的伤痛或许才刚刚开始。外出的打工者、在外的学生、当晚幸运没有遇险的村民，他们为月圆村留下了尚存的一丝血脉。

25 岁的女孩张俊英是月圆村有史以来第一位女博士。在这位女博士的记忆里，儿时的月圆村柳树成荫，小桥流水，阡陌交通，俨然"世外桃源"。小溪宽约数米，清澈见底，尝一口甘甜无比。多少个炎热的夏日傍晚，她和小伙伴们在小溪边戏水。田园诗般的乡村滋润了她的童年。如今，当她从北京赶回来时，"连家都找不见了"，只剩下满目疮痍。

她找来亲属和解放军战士，挖了一天一夜，挖出了父亲的驾驶证；再挖了一天一夜，才找到了父母的遗体。"大家都绷着。"张俊英说，"不是内心不伤痛，实在是没有力气去哭了。"

一切回忆都已经成了需要紧紧抓住的过往。8 月 7 日晚上，张俊英在北京逛

摄 影

月圆村

儿圆泥石流灾害令舟曲的这个小村庄几乎失去了幼迁，儿圆小学到中学的整整一代人，或许村子会整体搬或许"月圆村"这个名字会彻底消失

本报记者 张 鹏 陈 剑 摄影报道

8月14日，灾后的月圆村满目疮痍，几乎整个村子都被泥石流掩埋。人们抢开泥流层，寻找遇难亲人的遗体。

8月16日，舟曲县月圆村，薛贵忠用布擦拭着妻子满是泥土的左手，一枚藏指断裂认不出名指；置露出来。这位30多岁的七尺男儿耳垂止不住落在妻子的身边...

当天正值农历七月初七，是民间传说中牛郎与织女相会的日子，薛贵忠已经在这里等了整整8个日夜，等来的却是妻冰冷的尸体。

在8月7日夜至8月8日凌晨当发生的特大山洪泥石流灾害中，位于三眼峪沟的月圆村损失最为惨重，泥石流链过了村庄，摧毁了房屋，埋没了农田。强烈也统计，全村260多户、700多居民，仅有70多人幸存，整个村庄遭遇了灭顶之灾...

对月圆村来说，洪水并不陌生。它时常会因缓长夏季中突如其来的降雨而发作，至少在过去的30年来，大多村庄，洪水的村子里都安然无恙，因此，这翻不料泥石流会掩埋一两家房屋的灾难。在幸存者人们的记忆里，村庄从来没有过这么大的洪水。

薛贵忠原住在月圆村91号，在舟曲县相邻工作，几个晚，回家就遣绪往在单位，而留在家中的父母、妻子还有20多岁的小儿子全部遇难。和薛贵忠一样遭遇的还有同村的同乡...

12日中午，何遇林终于找到了妻子的尸体。妻子的尸堤，5个月大的女儿紧紧着，身上的红肚兜色彩格外夺目，小生命还没来得及睡睡一觉就随着父母离开了...

63岁的牛随顺，在这次灾难中失去了8个亲子，他的假牛儿...

一个被头发散的费藏流泣汉，走过月圆村，看着江花坑的石头、崩裂金华的村正，忍一忍，便啊啊大笑一声。

那一晚，月圆村的村民...8月16日，对月圆村域域...

薛贵忠的儿子...

村西头一轮犁挖堰现场，村民为遭难亲人缝制的大红布，准备安葬。

人们在泥石流淹埋上挖低低算在月圆村遇难者的老人。月圆村被泥石流冲无有平地，异乡村民的遗体多个托在待领。

8月16日，人们坚守在月圆村的挖掘现场，等候亲人的"出现"。

妈眠，喝一口甘甜无止处，多少个炎热的夏日倒晚，她和小伙伴们在小溪边玩耍，出圆待船的乡村遍词了她的童年。如今，当她从北命挖开时，"连梦都哭不出了，只能下溪日夜眠...

逃使来亲属何繁忠不眠心，挖了一天一夜，挖出了"父亲的驾驶证；把拉了一天一夜，才找影了父亲的遗体，"火突郁微雪，生能长疼，不是内心不痛，实在是没有力气夹痛了..."

一切泥红都已经成了需要紧张倍的过往是8月7日凌上，张俊英正在京正在市内，当姿地的家里打电话，她从，房价如美新衣眠了，"她感劝了她晚，"事以结下工作了，把书闭揉在来吐..."

母亲在电话的那头声声地声："只要你们过得好，我们试在爱家，不给你门添麻烦。"张俊英没有想到，这念这越城上一次，到后父过世的声音，她这一天都没有接到父的"父母亲倒双双挂掉了..."

当约诊家让地延同一份神主炎涝通知单到家里，组她继戚雅租里了母亲...

张俊英也是1父们四口之家曾逝这儿村里所有人就的神福之家；父亲作公务员起几个晚弟、母亲操劳哺育女儿...

一化村民肩着木构架纪念...

遗什么时铁？能挖出来，得到安慰。何楝芬望地看着。

22岁的堪眼东正经打算逃开月圆村。了，这样，再没有许么东西值他留恋。炎电中，中的爷爷骂娜、双亲、姐姐全都遇难，房子被泥石流冲走，家里被夷为平地，家里设人了。

在这场泥石流灾害中，月圆村村支书何金能不来连电，25岁的儿子方在灾后支建底任命为新任村支部书，他就往是月圆村最幸福的人...

月圆，最终的灾尽重建方案宋公布，或许村子会整体搬迁，或许"月圆村"这个名字会彻底消失。

夫去双亲的堪眼俊侵裂身...在月圆村有史以来的第一位女博士...

完街，兴奋地给家里打电话："妈，我给你买新衣服了。"她还撒了撒娇，"等以后工作了，把你们接出来住。"

母亲在电话那头传来声音："只要你们过得好，我们就在老家，不给你们添麻烦。"

张俊英没有想到，这会是她最后一次听到父母的声音。她还"一天都没有报答父母"，父母亲便双双告别了尘世。

当初母亲让她复印一份博士录取通知书寄到家里，但她嫌麻烦拒绝了母亲的请求。这让她现在无比后悔。她说："我拼命拼命读书，就是为了父母高兴。"

张俊英他们这个四口之家曾是让村里所有人羡慕的幸福之家：父亲做公务员朝九晚五，母亲操持家务，女儿张俊英聪慧好学，儿子张俊杰聪明绝顶，在2005年高考中一举拿下甘南高考状元。张俊杰说："父母为我们把心都操碎了，一直省吃俭用。"

由于大型的挖掘机暂时上不来，何缤芬的母亲还被埋在泥石流里没有挖出。8月15日，国家哀悼日那天，也是当地遇难者的"头七"。她和弟弟只能在自家的泥石流废墟上祭奠母亲。姐弟俩给母亲烧了点纸，何缤芬还特意买了4个苹果放在地上。何缤芬说，这几年她和弟弟都在广东打工，每年只有春节的时候才回来与家里人团聚过年。每次他们出远门的时候，母亲总要从自家后院摘几个苹果让他们带在身上。懂事的姐姐知道，母亲是要他们在路上平平安安。"如今妈妈走了，而且还在泥里埋着，不知道什么时候才能挖出来，得到安葬。"何缤芬抽泣着说。

22岁的刘晓东已经打算离开月圆村了。这里，再没有什么东西值得他留恋了。灾难中，他的爷爷奶奶、双亲、妹妹全部遇难，房子被荡为平地。"家里没人了，逢年过节来烧个纸就行了。"这个刚刚从大专毕业的学生说。

在这场泥石流灾害中，月圆村村支书何金朝不幸遇难，25岁的尚方方在灾后火速被任命为新任村支书。他或许是月圆村最幸运的人，由于自家的地势较高，全家在这场灾难中得以幸免。这期间，妻子临产，为他生了个小儿子。尚方方给儿子取名"泽轩"——希望儿子在一片洪泽中拥有一个安稳的居所。这是月圆村最新成员。他的每一声啼哭和微笑，似乎都会让人们暂时忘记伤痛，明白太阳在照常升起。

目前，最终的灾后重建方案尚未公布，或许村子会整体搬迁，或许"月圆村"这个名字会彻底消失。

陈剑　张鹏

2010 年 8 月 18 日

脚注：2010 年 8 月 7 日 22 时左右，甘南藏族自治州舟曲县城东北部山区突降特大暴雨，引发特大山洪地质灾害，形成总体积 750 万立方米的泥石流，流经区域被夷为平地。泥石流灾害共造成 1557 人遇难，208 人失踪。国务院决定，8 月 15 日举行全国哀悼活动。